生之旅

冯时林 著

浙江大学出版社
ZHEJIANG UNIVERSITY PRESS

序 一

中国计量学院（中国计量大学前身）原副校长冯时林先生的大作——《人生之旅》，用"青葱岁月""军旅生涯""浙大岁月""量大年华"等篇章，记载了时林先生半个多世纪以来的辉煌业绩和精彩人生。这部著作充满了深情厚谊，彰显了时林先生的坚定信念、高尚情操、宽广胸怀，以及事业至上、无私奉献的精神。我被时林先生的情、义、业所深深感动，故欣然应邀为他的这部著作表述一下感想之言，算不上什么序言。我和时林先生虽不曾在同时期的班子里共事，但我深知他自担任中国计量学院副校长以来的这十几年时间里，为学校改革、建设、发展做出了突出贡献，至今仍在为学校而操劳，默默奉献，感人肺腑。

2006年11月，时林先生刚到中国计量学院工作，经他努力，中国计量学院便接受了一汽大众一辆大客车和一辆小轿车的捐赠，在到任的新工作岗位上做出了首个贡献。

2007年5月，在姚盛德书记支持、筹划下，他为中国计量学院建立起校友总会，并担任常务副会长。此举使全国广大校友顿时有了"家"的感觉。短短几年时间便在全国建立起44个省市校友会，为中国计量学院在广大校友中赢得了很好的口碑。

时林先生担任中国计量学院副校长后,分管基建、后勤、保卫、校友总会,工作总是统筹兼顾,抓大放小,注重发挥各部门的作用;同时,他谦虚好学,不耻下问,出色完成了东校区的建设和义乌校区前期洽谈签约的任务。

我印象最深的是他为中国计量学院更名"中国计量大学"所做的大量卓有成效的工作。在张土乔书记的带领下,他和党委一班人不惧千里迢迢、想尽千方百计、吃尽千辛万苦、说遍千言万语,在全国各地和北京长期出差两个多月,向一百多位专家介绍中国计量学院的发展情况,终于赢得专家组的关心和支持,为中国计量学院成功更名做出了卓越贡献。

在中国计量学院三十周年和四十周年校庆活动中,他发挥全国乃至世界各地校友的力量,深入思考、周密规划、妥善安排,使两大校庆活动有声有色,取得圆满成功,获得社会各界和广大校友的广泛称赞。

我清楚地记得,2013年三十五周年校庆之际,我和质检总局的安国、郑卫华和王向东等各方面莅临的同志出席陶冶亭重建揭幕仪式时,场景庄重,氛围热烈,使人感慨万千。那座陶冶亭原来在老校区,它确实凝聚着广大校友的深厚感情与思念。时林先生和邵文均等基建处的同志们共同牵头,为在新校区迁建陶冶亭做了大量工作,使它在日月湖畔聚焦的位置上大方得体、原汁原味地重新矗立起来。广大校友看到久别向往的陶冶亭,纷纷勾起了当年的美好回忆,一致赞不绝口,表达出深厚的喜爱衷情和感激母校之心。

时林先生还利用自身人脉资源多次联络香港邵逸夫基金会,为中国计量学院建设邵逸夫科技大楼、邵逸夫计量博物馆获得了总计一千万元捐赠。他那种认准目标锲而不舍,说干就干、一往无前的精神,值得我们敬佩、学习和倡导。

时林先生《人生之旅》这部著作,行文质朴,内容翔实,全面地反映了时林先生青少年时代的成长、参军入伍期间的历练、浙大毕业留校后的工作业绩、晋升量大副校长后拓展事业的成就;特别是他本人心路历程的那些叙述,细致入微,真实无华,令人读后动容。全书文学色彩浓郁,叙述描写生动,细节具体可感,显现了作者出色的文学创作秉赋。更可宝贵的是,全书显现了时林先生对党的忠诚、对祖国的热爱、对社会的责任感、对事业的开拓心、对工作的决策力、对师长与亲友的感恩心。这些满满的正能量,对同侪、对后人都殊为可贵,对时代的进步与社会的前行都有助益,值得推重。

时林先生的著作由浙江大学出版社出版,这亦是他在向浙大毕业后工作 32 年的母校作汇报。浙大学子,量大之臣,中流击水,奋楫时代,无愧天地。

让我们在习近平新时代中国特色社会主义思想指引下,不忘初心,牢记使命,为强国建设、民族复兴、实现高质量发展而奋进不止,永往直前。

纪正昆

2023 年 4 月 18 日于北京

[作者系国家质检总局原党组成员,国家标准化管理委员会原主任、党组书记,曾任中国计量学院党委书记]

序　二

最近,冯时林老师用电子邮箱发来他的新作《人生之旅》的稿件,说即将出版,请我作序,我欣然同意。

我是1982年9月考入浙江大学化工系化工机械专业读书的。当时冯时林老师是浙江大学化工系的分团委书记、学生党支部书记兼化工机械专业政治辅导员。那时候的冯老师,已带过76级、77级、78级和79级的学生。我们82级进校时,78级刚毕业。冯老师给我们的感觉是很有军人的气质(后来知道,他的确当过兵),平时又善于言谈,年龄比我们大不了多少,显得很阳光,心态又好,特别乐于助人,经常和我们打成一片,我们都很喜欢他。

冯时林老师担任分团委书记时,把化工系的学生工作搞得风生水起,每天早上组织全系一千多学生在八舍大操场上做广播体操,开展"学雷锋创三好""文明寝室流动红旗竞赛",还在系际搞各项球类和田径运动竞赛。他和吴信义老师指导的浙大化工77班,受到团中央表彰,被评为"新长征突击队",他个人也评为校级"新长征突击手",化工系的学生工作成了全校的标杆。

冯老师还是我们的德育理论课老师,经常给我们讲形势政策课,讲德育教育的基本理论。虽然他自己也毕业不久,政治理论功底不是很深,但他上课很认真,善于言传身教,讲课中会引用他在部队的亲身经历,开展革命传统教育,以切身体会和人生感悟来折射世界观、人生观和价值观的真正含义,从而让我们懂得做人的道理;他还把许多英雄的事迹、优秀的科学家和浙大的杰出老师树立为我们人生的榜样和学习的楷模。这使我们这些刚进校的学生得以明目扩胸,有了满满的正能量,让我们在人生的道路上做人、做事、做学问时,受益匪浅。

作为化工系化工机械专业毕业留校的青年教师,冯老师还经常跟班听课,给大家一种亦兄亦友的亲近感。1983年底,他调到学校组织部从事平反冤假错案和清理"三种人"的工作。由于在化工系时我们关系比较亲近,所以一直保持联系。我无论碰到什么困难,总会第一时间想到冯老师。1985年初,他调到学校保卫部工作,担任保卫部副部长和派出所副所长。他是我们的思政老师,为什么会调去做保卫工作?也许是他在化工系工作时,组织系武术队的同学开展护校巡逻、设局抓获小偷(有一年竟抓了九个小偷),使他名声大振吧;我想这可能是主要原因。

1995年我从化工系化机设备专业研究生毕业时,冯老师已是浙大保卫部部长、派出所所长了。冯时林老师大事讲原则,小事重教育,工作思路清晰,处事稳健果断。他以保护浙大师生切身利益为第一要务,总是和他的下属讲:"保卫部要想有地位,首先自己要有作为;我们要像保护自己的父母、兄弟姐妹和儿女那样去保护师生,保证他们的安全。"他所带领的保卫部门多次获得省、市"治安安全先进单位""综合治理先进单位"和"国家安全人民防线先进单位";他自己曾荣立三等功两次,被评为"浙江省维护安全稳定先进个人",并在全校实名制评选中获得"浙江大学优秀共产党员"的光荣称号。我2003年在浙大读博,其时浙大保卫部在师生们眼中是忠诚的校园卫士;他们为保一方平安做出了无私的奉献。浙江大学四校合并,成为这么大规模的一所大学,要做到安全稳定,实属不易,这是管理学上的一个复杂而系统的工程;但是,我们的冯时林老师做到了。

光阴似箭,岁月如梭。我在浙江大学本科、硕士、博士毕业,一晃三十年过去了。我和冯时林老师的情谊随着时间推移,变得越发弥足珍贵。2008年,我担任合肥通用机械研究院院长时,他已调任中国计量学院担任副校长。他总要利用出差的机会，来看望浙大的校友和计量学院的校友。他重情重义，为学校的建设和发展任劳任怨，做了很多开拓性工作。记得 2015 年我当选为中国工程院院士，安徽省市场监管局韩局长邀请我担任安徽省质量技术协会会长，我婉言拒绝了；没想到他们把我的政治辅导员冯时林老师搬出来劝我。我对冯老师从来都是二话不说，便担任了会长。冯老师到中国计量学院工作后常和我联系；无论是对计量事业的进步发展还是教育质量的评估，抑或中国计量学院更名大学、博士点申报，只要我力所能及的，我一定毫无保留地给予帮助，因为冯老师是我尊敬的老师。

翻阅冯时林老师 40 余万字的《人生之旅》，我很感慨。我也是写过不少书的人，知道写书是件苦乐参半的事情，因为文章千古事，得失寸心知，非有大情怀、大悲悯意识和非凡毅力不能为也。所以，当我看见他在年届七十时又写一本新作，并恳请我为书作序，我怎能不答应这么好的辅导员老师呢。

冯时林老师所写的《人生之旅》，是对自己人生旅程的回顾，是用文学笔法写成的一部纪实作品。全书分为"青葱岁月""军旅生涯""浙大岁月""量大年华"四卷，基本呈现了他人生的四个重要阶段。浏览了全书后，我才算全面了解了自己喜爱的冯老师。

如今，冯时林老师这部《人生之旅》就要出版了。我愿意用他在"后记"中总结人生的三个关键词来为这篇序言作结。不错，父母给了我们生命，党给了我们思想，国家给了我们平台，社会给了我们机遇，我们必须"有为"，要有"襟怀"，并懂得"感恩"，决不能辜负了这个新时代。

是为序。

陈学东

2023 年 4 月 22 日

（作者系中国工程院院士，中国机械工业集团有限公司党委常委、副总经理，中国科协副主席）

目　录

卷四 量大年华

青葱岁月

1957 年 4 月，我和大哥、
三弟与父母的合影

三代同堂其乐融融

尊敬的恩师张浚生、杨惠仪老师与时任省委副书记吴敏达（右三）、时任杭州市副市长胡万里(右二)，见证了我们的婚礼

志同道合喜结良缘

结婚三十年纪念照

我父亲八十大寿，父母笑得很灿烂

四兄弟举杯贺父亲八十大寿

我的儿子冯卓民、女儿冯楚茵和奶奶合影

儿女都长大了

余姚临山镇解放军小分队在镇北杨家打死一条大虫的合影

我的小学老师徐杏园和陈良贵先生合影

我和四弟冯立平与阔别六十多年的
小学班主任徐杏园老师合影

树下兄弟情（右起郑巨华、
陈世强、我和申屠于升）

一、生逢抗美援朝

人生是一部大书。

我人生的这部大书,首页是来自太平洋的海风翻开的。它掠过朝鲜半岛1953年的战火,将硝烟的气息带至我国的渤海、黄海与东海,经大杭州湾吹送到我的故乡——千年古镇泗门镇。泗门镇的古迹"万安桥",毗邻镇委会古香古色的大院。当来自大杭州湾带着战争气息的海风拂过那里时,我的母亲谢梅琴正坐在镇委会大院里,纳着鞋底。

她在做军鞋。她面前的筶箩里,已经放着十几双纳好的鞋底,正等待绱鞋帮。她的右手中指套着一只铜质"顶针",正将引着细麻绳的粗针顶过布鞋底;见针尖冒出一指,长不盈寸,左手顺势将鞋底交付右手,再捏住针头用力一拽,牵引着细麻绳的粗针便穿过了鞋底。母亲左右手娴熟地配合着,用力拽了拽细麻绳,便完成了那只鞋底成千针线中的一个针脚。

我母亲做军鞋的形象,是那个时代年轻妇女的缩影。因为和母亲坐在泗门镇委会院子里一同纳鞋底、做军鞋的还有很多年轻女子。她们都是在副镇长王小东的安排组织下,在日夜赶做军鞋。王小东是母亲的表妹。她俩是闺蜜,但性格不同。王小东是个风风火火的假小子,非常活跃,后来成长为副镇长;我母亲谢梅琴则是大家闺秀,娴雅贤淑,后来做了妇产科医生。也许是性格互补,她俩合得来、处得好。王小东是新中国的新女性,爱唱歌,演文明戏,解放前便经常拉我母亲做妇救会的工作,解放后更是将表姐带在身边,几乎形影不离。

我的母亲乐意听表妹王小东的话,是因为她代表着新中国成立后的新女性。她纳着鞋底,望着在镇委会进进出出的王小东;王小东也觉得谢梅琴贴心,进进出出中总是将温柔的目光投向表姐。我母亲左手的拇指和食指捻着针头,中指也被细麻绳勒得生疼。但姐妹俩目光对望以后,我母亲便又有了劲头,继续做军鞋。她知道,经她和姐妹们双手做出的成千上万双军鞋,已经随军需列车跨过鸭绿江,到达朝鲜半岛三千里江山,穿到了中国人民志愿军指战员双脚上,正在与他们一起冲锋陷阵。

我的母亲谢梅琴长于女红,幼读诗书,琴棋书画无所不学,是泗门望族谢氏的后裔。谢氏何以在泗门成为名门,说来话长。

泗门镇先秦尚为浅海,汉晋淤涨成陆,唐宋聚邑成镇,至明代杨诸周谢四姓累科高中,开浙东三北大地文明先河,遂成余姚名镇。泗门又称四门或第四门,名缘境内西南的汝仇湖。据我的浙大同事陈桥驿教授考证,那汝仇湖初为潟湖,成于汉唐;湖东开有四门,以便放水灌溉,故称"泗门"。汝仇湖是慈溪和余姚境内最大的湖泊,水面近十万亩。因此,泗门便和慈溪、余姚两地结下不解之缘。唐宋元明时期,泗门分属余姚东山、开原两地;至清置乡,民国置镇,新中国成立次年设区,一直隶属余姚。1954年,泗门区大部划归慈溪;25年后,1979年又重归余姚。

泗门镇名声在明代中期达至顶峰。出生于泗门的明代内阁大学士、状元谢迁,是泗门名扬天下的主因。此人弘治八年入内阁参与机务,累官太子太保、兵部尚书兼东阁大学士;历经成化、弘治、正德、嘉靖四朝,政绩卓著,与李东阳、刘健并称为当时"三大贤相"。那以后,泗门镇便有了一个更加响亮的名字——名邦之源。因为谢迁,泗门镇如今已成"阁老故里",镇上现有"阁老府""大学第""大方伯第""谢氏宗祠"和"万安桥"等谢氏古迹,皆保存完好。

我母亲谢梅琴自小在万安桥头长大。她的父亲谢德昌即为谢氏后裔,在谢氏宗祠附近的万安桥头,置有"德昌茶业",生意常年兴隆。谢掌柜同意将谢府大小姐下嫁我父亲冯少卿,缘于他曾为自己治愈过扭伤的胳膊。说起那段佳话,泗门镇老百姓都说"缘分本天成,佳人配才子"。

我的父亲冯少卿的确有才。他幼读私塾,继承家学,早期师承他的父亲冯顺甫医师——也就是我的爷爷,后来师从浙东名医叶桂芳大师,遂为义子,由叶大师亲授医术,出道不久便名满浙东三北地区。而他独自行医的第一例,便是为谢德昌——也就是我的外公医治伤臂。其实,那也是叶大师有意提携义子,谁知竟成就了我父母的美满姻缘。由于谢掌柜感觉疗效甚好,知道我父亲医术精湛,所以后来叶桂芳大师提议与谢府结为两姓之好时,当即爽快答应。这样,我的父亲冯少卿医师如愿娶到了自己心仪的谢府千金谢梅琴。我曾在《扶伤济世有仁心——冯少卿医生的故事》中专章写过,此处从简。

我母亲谢梅琴是谢府大小姐。由于出身名门，自幼熟读诗书，知书达礼，更兼习得一手好字，有钟繇之风；尤擅女红，描龙绘凤更不在话下。她下嫁我父亲两年后，在叶桂芳大师支持下，冯少卿医师便在临山镇开馆行医。他们夫唱妇随，不久生育一儿一女，也就是我的哥哥和姐姐。就在这时候，中国进入了一个特殊的时期，伟大的抗美援朝战争开始了。

在抗美援朝的火热岁月里，我父亲和母亲一样，也在泗门镇中心医院李嘉济带领下，投身公益事业，上街开展义诊，所得款项全部交给镇政府。不只我的父母，外公谢德昌也在变卖财产，把钱捐给国家支援国家建设。父亲说那两三年里，我们家和外公家生活只保持日常维系，都在勒紧裤带支援抗美援朝。

当时，父亲在外义诊，母亲赶做军鞋，每天都是很晚才回到家。家里主要依靠外公和阿姨支撑。我的姐姐阿娟，一个活泼可爱的七八岁小姑娘，因为感染荨麻疹没有得到及时治疗，引起肺炎并发症，在那段艰困岁月里，不幸夭折了。我父亲早年在江湖奔波，顾不上照料家庭和孩子，曾失去过一个女儿；阿娟姐姐的夭折，让父母的身心更受打击。我无法用言语来形容他们锥心的疼痛，深感战争给和平带来的戕害最后总是落在民众身上，无论战火是在本土还是在异国他乡。

在抗美援朝的岁月里，生命的离去和降临，在我们冯家交替而至。

1953 年 7 月 27 日，抗美援朝战争终于取得了胜利。美韩与中朝在板门店签订了停战协定。两个月后，1953 年 9 月 27 日，我出生了，给父母和冯谢两家带来了新生命的欢乐。那时候，中国人民志愿军依然驻军朝鲜，并未立即撤军。他们留下来，给朝鲜开隧道、修铁路、建设公路和桥梁，盖学校和民房，帮助朝鲜恢复重建……我五六岁的时候，并不知道自己未来会有一段从军的光荣岁月，只是听父母说，志愿军是分三批撤离朝鲜的；负责撤军保障的后勤、工程和通讯的人直到 1959 年才最后撤走。那是战争的袅袅余音，那是东亚和平的尘埃落定。我小时候，脑袋圆圆的，一双大眼睛，一对大耳垂，让我的外公格外喜欢，并称赞有加："啧啧，这个外孙有官相，将来一定会有大出息。"

我的名字，便是外公起的。他说："这孩子将来一定会做官，就取名冯仕林吧。"

当然，我现在的名字叫冯时林，那是在我七岁读小学时父亲给我改的。他认为叫"时林"比较含蓄，意思是让我能想到双木成林，众木成森，同时还要自立于时代之林,寄托了他企盼我这棵小树长成大树的愿望和憧憬。

我小时候曾经暗暗立志,长大以后一定要从军报国,以让自己无愧于生逢伟大的抗美援朝时期。

二、父爱恩重如山

20 世纪 40 年代末,泗门镇谢府千金谢梅琴下嫁浙东名医叶桂芳义子冯少卿医生。

我之所以这么说,是因为我的爷爷冯顺甫医生将自己儿子的婚事全部托付给了叶桂芳大师。虽说冯顺甫医生也是位名中医,曾将中医术亲授嫡传给儿子冯少卿;但为了让我父亲医术更上层楼,他还是将父亲引荐到叶家,拜浙东名医叶桂芳为师。我父亲也是天降宠幸,后来又被叶大师收为义子。看看义子到了婚配年纪,叶桂芳便在谢府为父亲牵了红线。

冯家将我父亲的婚姻大事托付叶家主持,在那个时局不稳、战事频仍的年代里,至少有三层考量:一是充分尊重叶家,既为叶家义子,冯家自当谦让;二是谢家乃泗门镇望族,冯家让叶家主婚,也算门当户对;三是儿子要娶大户千金,从物力财力考虑,我爷爷认为由叶大师出面操持会更加体面。我奶奶徐杏林见丈夫说得在理,便也信从了。这样,1947 年 5 月 14 日,由叶家出面"抬新妇",我的父亲冯少卿如期完婚,娶了谢府大小姐谢梅琴。

他们婚后恩爱,共育有四男四女。但是,说起来辛酸,活下来的只有我们四兄弟;而四兄弟中,我和三弟也都曾路过"阎罗殿",所幸被父亲抢救回来。

这里,单说我两岁左右时患的那次导致生命垂危的肺炎,父母是如何不抛弃、不放弃,终于把我从鬼门关拉回来的。

母亲怀着我时,大哥已经五岁,大姐阿娟也已三岁。当时,全国人民都在勒紧腰带,支持抗美援朝。母亲在妊娠期里,天天为远在朝鲜的前方将士纳鞋底、做军鞋,自然吃不好,营养补给跟不上。因此我自落生后便体弱多病,经常发烧,还时常伴有惊厥。但我的父母从未在路口墙壁或电线杆上贴过"天皇皇,地皇皇,我家有个夜哭郎,过路君子念一遍,一觉睡到大天亮"之类的帖子。

且说 1955 年的夏秋之交,我不幸患了肺炎。肺炎在当时是非常重的疾病。有些病人因家庭条件不好,医治不起,往往难以生还。我虽然出生在医生家庭里,但父亲当时正在小曹娥一郎海乡中西医联合诊所做负责人,母亲开始不愿打扰他工作,虽曾托人打过一次电话,恰逢父亲巡诊没接到,也就没再联系;后来看见我一直咳嗽不止,且声音异常,无奈之下,才给父亲拍发了电报——

小林病重,速归。

父亲星夜从小曹娥一郎海乡中西医联合诊所赶回泗门家里。对我做了检查后,他先用中医方法作了初步诊治。但是由于缺少特效药,我的病情并未见好转。慢慢地,我眼睛凹陷,双目无光,脉相不健;有时候,呼吸也很困难,常常陷入深度昏迷。

次日上午,镇上一些好心的叔叔、阿姨见我病重到危殆地步,纷纷劝我父亲说:"毛医生,看来孩子是救不过来了,放弃吧。"

当地人称我父亲为"毛医生",不是因为他姓毛,而是因为他乳名"阿毛",当地百姓叫着亲切。据我母亲回忆,面对那些七嘴八舌的规劝,父亲当时只回答了这样一个字:"不!"

父亲是医生,对任何生命都不抛弃、不放弃,更何况我的大姐阿娟早夭,已经给他和他的妻子造成了深重的心理创伤。现在,他的二儿子又面临生命危险,让他怎么能够放弃治疗!

他上午启程,火速赶到县医院,请医生们中午前一起赶到泗门镇,到家里一起参与对我的抢救。因为在我患肺炎两年前,余姚县中西医协会合并改为卫生工作者协会,我父亲已经担任泗门医务会副主任,并参加过县里第一期中医师进修班,认识余姚和慈溪人民医院不少医生。但是,他请来的几位医生联合诊断后,都认为情况很不乐观。有个西医说:

"虽然没什么希望,但请大家理解冯医生的心情;反正,死马也可以当成活马医。"

我的母亲流着眼泪,并不认可他的说法:"侬这是什么话?小林并没死啊。"

"只要还有一点希望,"我父亲坚定地说,"就要全力以赴。"

他与众医生商量,决定用中西医结合的方案治疗。当天下午,我被注射了超剂量青链霉素,那是县医院的医生带来的特效药;同时,我还服用了父亲自己动手熬制的中药汤剂"还魂汤"。但是,我依然在昏睡。

时间在一分分、一秒秒流逝。我的父母和参与抢救我的医生们一直在盯着我看。傍晚,我的呼吸慢慢变得平顺了,均匀了。父亲又给我把了脉,量了体温,对着几个医生点了点头。大家终于松了一口气。父亲对从县医院赶来抢救我的医生们表示了感谢,连夜送他们出镇回城,他又赶紧返回来,坐到了我的病床前。

苍天不负有心人,想必是父母的坚定、坚持和坚守感动了上苍,我在"阎罗殿"门口转了转,又折返回来了。据母亲说,当天夜里,我忽然不再昏睡,一双大眼睛刚一睁开,便瞬间放出了明亮的光。母亲高兴得一下子哭了出来,叫自己的丈夫道:

"少卿少卿,小林醒了,小林救回来啦!"

经过一昼夜的生死争夺,我父亲看到终于把二儿子从死神怀抱里夺回来后,也激动万分,用力捏着我母亲的手,并不觉得他已经把妻子的手捏痛了。等到他意识到了,放开母亲的手,长长舒了一口气,看看我,又看看母亲,这才低下头擦擦自己湿润的眼睛,说:

"善哉,善哉。"

我父亲并不信佛。他口中所说的"善哉,善哉",即为吴越方言中的"好啊,好啊"。但是,他一生向善,悬壶济世,深感我被他和众医生合力治愈,是上苍对他慈悲救生的回报。那以后不久,我父亲便向组织申请回到泗门镇,重开私人医馆。他的抉择里有为当地老百姓服务的意思,更有守护好儿女生命、不再让爱人经受生离死别考验的大悲悯在里面。

在抢救我的那些日子里,父母几天几夜守在我身旁,看顾和照料我。经父亲治疗后,我的肺炎终于痊愈,身体慢慢恢复生机,又开始在镇里谢氏宗祠和万安桥头到处乱跑、快乐玩耍了。

三、放飞快乐童年

我两岁的时候,大病了一场,幸运的是被父亲和县医院的医生叔叔们救了回来。但青链霉素超剂量应用,会让很多患者出现耳聋的后遗症。可能由于这个原因,母亲总是把我带在身边,其他几位兄弟都由她寄托在奶妈家里长大。

在缓慢的恢复中,我的身体也渐渐硬朗了。三四岁时,我已经完全记事。最早的记忆,是元宵节里外公为我糊灯笼。那时候,家家户户元宵节都要糊灯笼,画上猪狗猫兔等各种动物,也有的画上梅兰竹菊和牡丹等各种植物;而外公做的灯笼,给我带来的欢乐特别多。

在泗门镇,我外公是开茶店的,街坊四邻都称他"茶店阿德"或"德哥"。他身材魁梧,一米八几的身高,会些拳脚,乐善好施,在镇上算是有钱人,很有名气。虽然他长得五大三粗,却心灵手巧,做什么事情都很认真。糊元宵节的灯笼,他要亲自动手。按说那时候有钱人家大多是买灯笼,可他非要自己做上几盏灯笼拿给我们兄弟几个,眉里眼里,都透出一股得意的劲儿。除了灯笼,我外公做的风筝也是一绝,甚至更为讲究,因为我们发现,他做风筝用的竹骨重量,都要用秤称过,以保证两边对称、重量一样,放飞时可以扶摇直上,飞翔在云天里。说到元宵节的灯笼,我非常喜欢外公做的那些,不到天黑,便央他点上蜡烛,带着我四处游逛。

"不急的,小林。"外公说,"吃罢元宵宴,外公再带侬闹元宵。"

元宵节里,家家户户张灯结彩。我母亲烧了一桌好菜,招待前来送灯笼给我们玩的外公。我最爱吃母亲烧的红烧肉、葱煎鲫鱼、狮子头、黄鳝糊;当然,还有元宵节的汤圆,有红豆馅的,有芝麻馅的。全家人吃罢元宵宴,外公带着我和哥哥上街看元宵灯会。

"正月里闹元宵",一点没说错,元宵节是"闹"出来的。外公买了两个糖人让我们兄弟俩拿在手里。我们不时舔上一口,心里别提多甜了。他带我们围着泗门镇街四处游走,可以看到各种灯笼秀、旗袍秀、乐器秀、踩高跷、木头人摔跤、喷火变脸……就像赶庙会一样,特别热闹。万安桥南边的晒谷场上搭起了戏台,镇里请来戏班子唱戏,四周彩灯齐挂,还有有奖猜谜语等活动。泗门镇是千年古镇,"阁老"谢迁的故里,历朝文人流连、墨客雅集,文化底蕴十分深厚。我父母从小都练毛笔字。母亲的楷书写得工整娟秀,犹如印刷体一般;她有着大家闺秀气质,人们都很尊敬她,称她"冯师母"或"梅琴姐"。外公糊的灯笼,有时候故意不写字,带到我们家让我母亲写,说她的字最漂亮。

童年的时光,无忧无虑,过得就是快。当时我已四岁半,能上幼儿园了,父母便把我送了去。幼儿园在泗门镇中心,离我家只有三百多米;条件虽然简陋,但谢菊仙老师非常有责任心。她生得端正漂亮,身材颀长,又多才多艺,会弹风琴,歌唱得也好,又会跳舞,讲故事,小朋友们都喜欢她。每天一早,我的母亲总是把我打扮得干干净净,吃好早饭,送我上幼儿园。开始时,都是母亲早上送我去,傍晚接我回。时间长了,小朋友们彼此都认识了,便会结伴而行。谢菊仙老师住在我家附近,傍晚也会带着我们送到各家门口。我母亲总是热情地和谢老师打招呼,让我向谢老师鞠躬致谢:

"老师好。老师再见!"

我从小活泼可爱,又比较乖巧。谢菊仙老师很喜欢我,常会摸着我圆圆的脑袋和我告别。

幼儿园的生活丰富多彩。中午吃饭时,一人一个小碗,一个有记号的碟子,一般两素一荤。幼儿园老师们也注意营养搭配,收费也非常合理。中午饭后,小朋友们都必须睡午觉一个小时。开始大家都不习惯,后来慢慢也习惯了。老师教我们识字、唱歌、玩"躲猫猫""丢手绢"和"老鹰捉小鸡"等集体游戏……每天都安排得很好。有的小朋友比较调皮,搭积木时总喜欢捣乱,把别人搭的积木推倒。也有的小朋友尚不懂事,大小便拉在裤子上。谢菊仙老师既当老师又当妈妈,经常帮助小朋友洗裤子。

我母亲对我说:"小林要乖哦,你要讲卫生,不要给谢老师添麻烦啊。"

"我一定会乖,姆妈。"我说,"因为谢老师很辛苦。"

"谢老师很了不起。"我母亲听了,高兴地笑道,"小林很懂事,也很了不起。"

无忧无虑的日子,过得非常快。转眼间我上了两年幼儿园,已经六岁半了。

我父母都希望我早点上小学。为此,我母亲曾带着我到泗门中心小学报过一次名。泗门中心小学当时是一所很不错的学校。我一走进校园,见里面有一条长长的走廊,通向一个荷花池;另一侧有百草园,还有一座假山,环境很漂亮,比幼儿园强多了。母亲领我来到报名处,见报名的小朋友很多,我们耐心地排队等候。轮到我们报名时,老师问我叫什么名字、几岁了、家住哪里、父母做什么工作;母亲微笑着站在我身旁,问题都由我来回答。老师见我对答如流,表示很满意,但是一看户口本,见我是1953年下半年出生的,便说:

"小朋友,你年龄还差一年,明年再来吧!"

"小林很聪明,学习不会吃力的。"我的母亲问,"让他早半年上学不行吗?"

"不行啊。"那个老师抱歉地对我母亲说,"规定是上半年出生的小朋友才能上学的。"

就这样,父母想让我早点进泗门中心小学读书的事儿,成了泡影。

但是,这也没有难住我的母亲。1960年6月份,母亲带我到湖北公社中心小学报名读书。因为此前慈溪县委副书记兼泗门区区委书记干志成和泗门区中心医院院长李家骥,曾联合找我父亲谈话,动员他到泗门区湖北公社去筹办保健所,我也曾被他带着在湖北公社生活过。所以母亲带我到湖北公社中心小学报名时,接待我们的老师都很热情,亲热地称我母亲"冯师母",对我也喜欢得不得了。报名很顺利,我们现场填了表、交了钱,就回到父亲筹建的保健所里等开学通知。

开学前一天,我母亲带着我到湖北公社棉花加工厂旁边,请光海叔叔专门为我理了发。

9月1日到学校报到那天,母亲特地帮我穿上了她做的新衣裳,是一件格子衬衫和一条深蓝色的背带裤;一只绿色的书包,也是母亲亲手缝制的。她知道我最喜欢绿色,便用染色剂把土布染成绿色;还用红布在书包上缝了个红五星。

我背上新书包,高高兴兴地上学去了。新生一共是两个班,每班四五十个同学。因为我的书包别致,同学们都羡慕地围着我,让我感到特别神气,就像小兵张嘎拿着手枪在小伙伴面前显摆一样。同学们都很喜欢我,纷纷和我交朋友。我的心里,别提有多高兴啦。

四、初到湖北公社

在上一章里，我说自己也曾被父亲"带着在湖北公社生活过"。在这里，我想用插叙的方式，记录一下那段难忘时光，同时说明我的小学为什么会在湖北公社中心小学就读。

那是 1958 年 10 月的一天，我五岁多点，从外面玩耍回到家里，见母亲挺着隆起的腹部，蹒跚地在屋里走来走去，正收拾父亲和我的衣服与生活用品。我看见自己的一支玩具枪也被搁在旅行包上。

"姆妈，"我奇怪地问，"您为什么要收拾我的东西？"

"侬爹爹要调到湖北公社，去筹建卫生保健所了。"我母亲说，"侬也要跟着去。"

"为什么我也要跟着去？"我说，"我还和小朋友约好，明天要去粘知了、打水仗呢。"

"我马上要为侬生个四弟或妹妹。"她说，"还要带着侬大哥和三弟，没法照顾侬。"

"那为什么爸爸不带大哥去？"我问。

"侬大哥大，已在镇里上小学，"我的母亲说，"他放学后，还能在家里帮我做事情。侬呢？"

我确实不能。我才五岁多。我只能回应父母的想法。后来我听说，父亲建小曹娥—郎海乡中西医联合诊所时，已经舍小家顾大家，克服了不少困难，还差点误了治疗我的肺炎病。他下决心从小曹娥—郎海回到泗门来不久，又要按区委要求到湖北公社了。由于三弟还小，母亲又怀了我弟弟或妹妹，行动很不方便，没法照看我。我还能说什么呢，只能跟着父亲走。

就这样，我五岁多便中断了幼儿园富有童趣的生活，跟着父亲到湖北公社去了。

启程的那天晌午，阳光明媚，惠风和畅。湖北公社专门派文书单叔叔引着一条木船停在我家门口，我的表哥刘永章从生产队找了几个小青年，把父亲的写字台、医疗柜、医用器械和床柜等日常用品装了满满一船。船头第一格，放了两把竹椅子，中舱全是器具。单叔叔和我坐在船头，陪伴父亲冯少卿医生出任湖北公社保健所所长。泗门镇距离湖北公社，只有七八公里路程，但那时没通机动车，自行车也很少——只有公社机关和棉花厂有两辆自行车，所以人们一般都是步行。如果不走路，就只能坐船了。

事实上，我更喜欢坐船。第一次坐船，我感到非常新鲜。摇船的是三十几岁的应叔叔，非常亲切，脸上堆满笑容，对我父亲十分尊重，总是说：

"坐稳喽，坐稳啦。"

另外一位叔叔用竹篙撑，应叔叔摇橹。他摇橹的水平很高，船走得又快又稳。那时候，每个公社的地界都有堰坝，中间是闸门，用于泄洪和放水，两边则是船的滑道，有两部大的人工搅拌机。船到了堰头，把钱一交，堰上的工作人员便用钢缆套住船两旁的尾角，随着一声响亮的"走嘞"，船就上了堰坝的滑道。当船体升上正中的滑道，整条船就高高地悬在滑道上。我有些恐高，拼命抱住父亲的大腿，嘴里喊道：

"侬这帮坏蛋，要吓死我呀。"

大家见了我天真顽皮的样子，一个个哈哈大笑。船总算平稳地下滑到水面。那一瞬间，给我幼小的心灵留下了深刻记忆。船继续行走，我胆子也大了不少，还对拉搅拌机的工人大喊："叔叔加油，加油！"

船行了将近两个小时，我们到了湖北公社棉花厂码头。码头上早已在等待的几位叔叔，便把船上的物品抬着，进了刚装饰好的保健所屋内。

保健所虽然只有三百多个平方，但分隔开来，粉饰一新。一进门，是一间十平方的挂号室兼财务室；沿着走廊拐弯，是门诊室、理疗室和注射换药室。此外，便是父亲和我的卧室了，一大一小两张床，边上是箱柜，日常用品一应齐全。保健所东西朝向，西门连着应家的院子，一出门有个烧饭烧水的地方；东门为正门，有两级台阶，就这么简简单单。房子四周，种满了凤仙花和鸡冠花，煞是好看。

经过几个月的筹建，保健所基本就绪。我父亲又请四大队的木工阿堂师傅专门做了一块牌子，木牌白底，刻上了"慈溪县泗门区湖北公社保健所"的黑字，在太阳光下闪闪发亮。公社领导和相关部门专门为保健所挂牌举行了仪式。

一阵鞭炮声后,公社党委书记宋天生宣布:"湖北公社保健所今天正式挂牌成立! 咱们以后,也有了自己的保健室啦!"公社主任沈小牛、办公室主任等一起参加挂牌。

现场的干部和群众都鼓起热烈的掌声。宋书记又说:

"各位可能会觉得,三百多个平方的房子不算大。告诉大家,这只是保健所的临时过渡房;等公社有了条件,我们还要扩大规模!"

我的父亲也发表了讲话,对湖北公社领导干部和群众的支持表示了感谢。他说自己是区里派来的所长,决不会辜负组织的信任;来到湖北公社,一定会把保健所建设好,为大家服务好,会以所为家,做大家的贴心医生。

这时候,宋天生书记插话说:

"大家放心,冯医生把他的孩子小林都带来了。要不了多久,全家都会来的!"

大家听了,鼓出的掌声更热烈了。

当时,保健所还有一个当地人,父亲让我叫她"菊芬阿姨"。她原是接生婆,却很年轻,人也长得端庄,整天乐呵呵的,讲话时嗓门很高。她待人热情,工作认真,对我更是特别好。她白天协助父亲工作,晚上回家。她从家里到公社保健所上班时,经常会带些土特产,有时候也会带些梨、桃、枣子或是鸡蛋给我吃。她没有孩子,偶尔会带我到她家里住。那时候,农村不比镇里,是没有幼儿园的。她知道我已经快六岁,上过幼儿园,便开始教我认字。当时,农村的孩子要到七八岁才能上公社的中心小学。

父亲刚到湖北公社的时候,当地的贤达都会请他到家里做客。父亲为人正直,又特别豪爽,绍兴人擅长喝老酒,他更是号称五斤老酒不醉,几乎每天都有应酬。

保健所刚开始接医时,各村老百姓都还不知情。他根据工作需要,把保健所的业务范围、工作设想和规划情况,向公社党委书记宋天生作了专题汇报。宋书记听了父亲的汇报,让我父亲放心,说公社对卫生医疗事业会大力支持。

不久,公社党委召开"三级干部"大会。会上,党委宋天生书记把我父亲介绍给全公社的"三级干部"们,并对我父亲作了高度评价;随后,他让我父亲在大会上报告保健所情况。

那时候,我已经五六岁,完全记事了,整天跟着父亲。我看见他在几百人的大会上,不用稿子,便开始有条有理地向大家介绍保健所情况。因为对医卫业务、工作计划和发展愿景了然于心,所以父亲讲得口若悬河,滔滔不绝,让我心生崇敬;他在我心目中的形象,越发高大了。

跟着父亲在湖北公社生活的那段时光,让我见识了许多奇人奇事。父亲在"叶家班"学医时有个浩师叔,后来居然成为远近闻名的"武松",我听到他的师叔因为打大虫负伤的消息时,着实吃了一惊。

五、师爷变身武松

余姚临山是一个距城里 20 多公里的西北小镇,西临上虞,东临马家堰,南依牟山湖。这个小镇虽然不大,只有三万多人口,但历来商贾云集,物阜民丰,是个富庶的贸易集散地,百姓们过着安居乐业的生活。

忽然有一天,镇北杨家村有村民发现了一条大虫,全身纹理斑斓,足有四五百斤,却动作迅捷,来去生风。邻近的村落,更是时不时发现,牛犊或山羊被咬死,内脏被吃掉,血迹斑斑,虎迹深深浅浅,一直引向山林。城北几个村庄谣言四起,老百姓谈之色变。镇公所高度重视,贴出布告,称已有大虫下山伤及四周牛羊,希望大家提高警惕,夜间不要外出,以防受到伤害。

镇北的杨家村,几十户农民几乎都姓杨。杨老七住在黄泥岭西头,膝下无子。夫妻俩靠种田和卖水果为生,养着一头做种牛的壮硕黄牛,以授精灌胎赚点小钱。

在当地,谁家的母牛发情了,就会找杨老七家的种牛授精。借种授精一般时限两天,由养母牛的农户负责看护,将公牛与母牛关在同一个栏里。受孕成功后,给两元钱作为"借种"费。在此期间,母牛主家必须以最好的精饲料饲养公牛。

那一天,杨老七家的公牛正好有农户"借种",被牵离了牛栏。但是傍晚时分,杨老七忽然发现自家的牛栏中有条黄牛,不时发出呜呜的叫声。按理说,自家黄牛应该是次日傍晚送还才是。这是怎么回事?……他想起镇上大虫下山的传闻,蓦地惊恐万分——

自家牛栏中的"黄牛",会不会是那只大虫呢?

杨老七急匆匆地跑到他的邻居家,即我父亲的浩师叔家,上气不接下气地说了相关情况。

我父亲的浩师叔,我得称他浩师爷,他从小练武,一米七八的个头,壮实的身子,平日里穿灯笼裤,扎纺绸衫,右脸上一个黑痣长着长长的毛,人们见了他,都知是习武之人,会躲着点走。那天浩师爷刚从镇里收摊回家,准备了沙蟹和

几条丈鱼等几样小菜,刚想喝些老酒解乏;听了杨老七的描述,他立即生出了"练家子"的勇气和胆魄:

"好!待我去会会这条大虫!"

他抄起门后的扁担,随杨老七径直奔向他家的牛栏。到近前一看,果然有一只黄乎乎的大虫在牛栏睡觉。他不假思索地用扁担戳向大虫的屁股。那大虫一惊,尾巴像铁棍一般扫向他手中的扁担。他全身一震,一个趔趄,差点摔倒!毕竟是练过功夫的,他一下子挺住了身子,再一次用扁担打向大虫。这一扁担不知打没打着,却惹恼了大虫。只见大虫一声吼叫,从牛栏中腾空而起,前爪扑向了浩师爷。浩师爷机警地腾挪闪身,肩部躲过了大虫的爪子。但大虫两只前爪下落时,左前爪已经抓到了浩师爷的臀部,立即就有碗大的一块肉被抓掉了!紧急关头,杨老七又找来几个村民围着牛栏,把铜锣敲得震天响,大虫这才退回了牛栏。

大家一边分头去镇公所报警,一边把浩师爷扶回家。浩师奶替他换上祖传的"金枪创七日愈"的创伤药,让他在床上静卧。他躺下来后,口中喃喃自语:"大虫个爪子,还真是快,厉害啦!"

镇长接到村民报警,立即跑到解放军驻临山镇中队,向中队长欧阳山求援。欧阳山带了两个全副武装的战士,随村民跑步来到杨家村杨老七家。此时的大虫仍旧躲在牛栏里,暂时被村民的喊叫和锣声镇住了。欧阳山中队长察看了地势,占领了有利地形。

但是,明知大虫在牛栏里,到底怎么个逮法,还是颇费思量。有个战士提议,直接扔个手榴弹进去,炸它一家伙。欧阳中队长没同意。他觉得,万一大虫没炸死,被惊了,跳出来乱咬,反而可能坏事。有个村民提议,扔块牛肉进去,它肯定喜欢吃;在它吃牛肉时,对它开枪就得了。欧阳中队长也觉得不妥,认为万一它吃牛肉时乱动,开枪打不倒,反而更麻烦。

杨老七急了,说:"到底怎么办才好啊?快点拿个主意啊。"

欧阳中队长最后决定,在手榴弹上绑一块鲜牛肉,拉了弦,因为有三四秒钟的爆炸缓冲时间,扔给栏里的大虫,正好引诱它。果然,大虫看见肉弹落地,闻到了牛肉味,一口咬住;两三秒后,只听一声闷响,手榴弹在大虫嘴里爆炸了!硝烟尚未散尽,欧阳中队长一个箭步走到牛栏前,对着大虫头部又补了两枪。

大虫被击毙了!

村民们一片欢呼，把大虫从牛栏里拖出来。只见那条大虫体形庞大，真的有四五百斤，嘴巴还在汩汩流血。有个村民说："快喝快喝，听说大虫血大补哦！"

一个胆大的村民不顾大虫身上沾满牛粪，捧起大虫的血便送入口中。

"怎么样怎么样？"说大虫血大补的村民问，"好喝吗好喝吗？"

喝着大虫血的村民哪里顾得上回答，喝下去几大口，才张开血淋淋的大嘴巴，对着问话的村民学大虫先吼了一嗓子，说道：

"忒好喝啦！"

惹得大家都笑了起来。在老百姓看来，不仅大虫血大补，大虫的全身都是宝。很快，大虫肉、大虫骨、大虫皮便被村民们瓜分一空。

第二天，临山镇解放军打大虫一事便传得沸沸扬扬。浩师爷拿扁担打大虫、被大虫抓伤的事情也家喻户晓了。我们当时住在离临山镇十多里外的湖北公社，也传了个遍。到临山镇街上出市售物的湖北公社村民，知道浩师爷是父亲的师叔，纷纷来向他汇报各种传闻。

当时父亲一听说浩师爷被大虫抓伤，心里不免吃紧，马上带着重礼，领着五六岁的我前往拜访慰问。到了浩师爷家，我父亲早见以前的师兄弟们捷足先登了：他们一是去询问打大虫情况，觉得惊心动魄；二是表示慰问，毕竟是同出于叶桂芳大师门庭。

"浩师叔，"我父亲问他，"现在是什么感觉？"

我浩师爷艰难地支起身来，对我们父子俩到访表示感谢。我看见他脸色泛黄，眉宇间似乎有些赧颜的意思，却把目光投向我，转移话题说：

"这是我的二孙子小林吧。"

"您快躺下。"我父亲赶紧扶住浩师爷说，"别碰着伤口。"

我父亲把带去的礼物交给师奶，又叙了会儿话，便带着我告辞了。

一个月后，浩师爷的伤口基本痊愈了，到我父亲筹建的湖北公社保健所来回访叙旧。我从小是个"小灵通"，立即把消息传给周边认识的小朋友。消息一经走漏，保健所的院子便被围得水泄不通。大家都想见见打大虫的英雄。浩师爷估计也是有备而来，只见他头戴一顶黑礼帽，手摇一把纸折扇，系灯笼裤，扎练功带，穿纺绸衫，显出"练家子"的范儿；得意的脸上绽放笑容，谈笑风生，乐呵呵地回答着大家的提问，讲述他敢摸大虫屁股的光辉历史：

"各位，那天我还没有喝老酒。"浩师爷朝大家拱拱手，豪迈地说，"如果像武松那样喝上三碗,我也会像他一样骑到大虫身上,噼啪两三下,就把大虫打死!"

浩师爷说着,模拟想象中的武松,拉开马步,用力地挥动着拳头。由于马步幅度过大,他臀部的伤口又剧烈疼痛起来,只好皱皱眉,咬咬牙,说了声:"见笑,见笑!"这才停住了口若悬河、牛气冲天的表演。

"行了行了,乱话三千的;光顾着吹牛,小心扯开了屁股伤口。"我父亲笑着劝师叔不要再胡吹了。他让前来围观的村民散去,又为吹牛皮者检查了伤口,发现问题不大,便提醒他以后注意动作幅度,彻底养好伤后,再挥动拳脚不迟。

浩师爷乖乖地听我父亲说话。他对我父亲一方面觉着有叶桂芳义子的亲切,另一方面也觉得师侄现在是公社保健所所长,是有级别的公职人员,所以很尊重他。父亲用青蟹、白蛤、梅童鱼和脊尾白虾款待了我的浩师爷,不消说,我也跟着打了牙祭。

吃饭时,浩师爷问父亲:"小林几岁了? 也该上小学了吧。"

"浩师爷,我已经六岁半,"我说,"再加半岁,就七岁啦。"

"小林还没到学龄,可是他很聪明,已经会做加减法。"我父亲说,"过几天我想让他回泗门,早点到中心小学读书去。"

那时候,我父母只想让我早点回泗门上镇里的中心小学,压根儿没想到学校会因为年龄卡住他们的二儿子。

六、语文启蒙老师

随父亲在湖北公社生活时遇到的那些奇人奇事，暂时按下不表，且说母亲为我理过头发、换上新衣、背上新书包，让我到湖北公社中心小学读书以后的事情。

我们冯家的户口虽然仍在泗门镇，但自父亲按组织要求到湖北公社筹建保健所后，一路从所长做到公社卫生院和医院的院长，一直没再回泗门镇，从而让我的童年与少年时代与湖北公社彻底结缘。我跟父亲离家远行不久，四弟也呱呱坠地。待四弟能稍稍脱身，可以满地乱跑了，母亲便在父亲动员下，锁好家门，带着三个孩子和一些生活用具一同来到湖北公社。

泗门镇的左邻右舍前来为我母亲送行。有人这样劝我母亲："毛医生到底是怎么想的？泗门这么富庶，钱这么好赚，为什么要关了诊所，说走就走，到湖北公社那么偏僻落后的地方去，为集体出力呢？"

也有人鼓动说："梅琴你就坚持不去，看他在那里还能挺多久。"

我母亲笑了笑，一边低头整理行李，一边说："少卿到哪里，我就到哪里。"

由于那些邻居并不完全了解我父母的心路历程，所以母亲理解了他们的好意，也就不多解释了。这样，我们全家人便在湖北公社团聚了。

我读书的湖北公社中心小学，创办于 1956 年，是一所"完小"，即有从一至六年级的完整序列，有公办教师六名，民办和代课教师若干名。校长是石小堂，后来换了杨如龙。俗话说，万丈高楼平地起，基础不牢地动山摇；小学基础教育十分重要。那时候，年轻代课老师基本上是科班出身，毕业于师范类学校；而老师们也大多是多面手。他们工作很辛苦，但很敬业，严谨认真，守正爱岗，尽管收入低微，却都呕心沥血，一心扑在教育战线上，为祖国建设培养了一批又一批有用的人才。好在到 20 世纪 80 年代末，民办教师与代课老师逐步完成了编制转正工作。

湖北公社中心小学的校舍，看上去很陈旧，不如泗门镇中心小学那么漂亮。

每个年级招收两个班。一、二、三年级的老师,一人要兼语文、算术(珠算)两门主课;其他公共课,如大字(书法)、图画、音乐、体育和手工课,则由学校视情安排老师。那时候,农村的孩子都没上过幼儿园。我从泗门镇来,上过两年幼儿园,学过的东西相对较多,所以学习比较轻松,成绩总是名列前茅,因此,从一年级到六年级基本上都做班干部。

虽然在乡间中心小学上学,但我当时并没有清晰的城乡意识,反而觉得自己从童年到少年时代的生活充满了乐趣。那时候,湖北公社还没有电灯,我们兄弟都是在昏暗的煤油灯下学习。上小学的课余时间,我最喜欢看连环画。连环画也叫"小人书"。我那时候不明白为什么叫它"小人书"。是书里画的人儿都很"小",还是那些书都是给我们这些"小人儿"——也就是"小孩"看的,因此才叫"小人书"呢?我问比我大六岁的哥哥,他也说不出个子丑寅卯。

那时候,我最喜欢看的"小人书",是《岳飞传》《水浒传》《三国演义》《半夜鸡叫》和《小英雄雨来》……简直到了"爱不释手"的地步。"爱不释手",是喜欢得不得了、舍不得放下的意思。其实当时,为了看更多的"小人书",我们有时候不得不"放下"——就是说,与其他有"小人书"的小朋友交换着看。你将自己喜爱的连环画交给对方,对方才有可能将你渴望看到的连环画交换给你,彼此间约好看的天数,到时候再交换回来,以便进行下一轮交换。如果有人不遵守约定,那就麻烦了。

"《小英雄雨来》,伊抈子去哉。"不遵守规矩的会指向第三者,意思是"书被他拿走了"。

如果你让他去将书追回来,他会这样回复:"伢去过哉贾。"意思是他"确实去过了呀",没用。追得急了,便会说:"侬是话勿相信,自家来搜搜看。"

那种不畅通的梗阻现象,是对原始的"物物交换"原则的破坏,最让小伙伴们痛恨。规矩嘛,大家都得恪守才是。

说起连环画《小英雄雨来》令人心疼的丢失,我是想引出小学语文老师董华江的话题。董华江老师是区教育办派到公社中心小学来任教的,给我的印象特别深。他一米七以上的身材,生着一双威严的大眼睛,仪表很端庄,喜欢穿蓝色或咖啡色中山装,站在讲台上,显得八面威风。他的文学功底很深,对语文课的讲解总是深入浅出,内容丰富,引经据典,语言生动。我最喜欢上他的语文课;对文学的爱好,便是从他那里得到的熏陶和培养。

他领读课文时,不时会用炯炯有神的目光扫一遍课堂的学习情况。任何人开小差或做小动作,都无法逃过他的眼睛。当他领读完,会毫不客气地提出批评。但他的批评,严厉中透着和蔼可亲,总是点到为止,给学生留些面子。同学们对他都很尊重。

　　董华江老师对我们要求很严格,既要求我们对课文熟记、背诵,又要我们弄懂语文课每篇文章的中心思想和段落大意,能够说出个所以然。有一天,董华江老师在课堂上提问:

　　"同学们,你们都知道小英雄雨来没有死,可谁能告诉我,他为什么能死里逃生?"

　　班上的同学你看看我,我看看你,然后在课文里找答案。课文里只说他趁鬼子不注意跳到河里去了,鬼子慌里慌张用枪打,没打中。有的同学举手后,站起来把课文里的文字念了一遍。董华江老师点了点头,继续提问:

　　"为什么小英雄雨来跳到河里,鬼子就打不中他呢?"

　　有的同学又举手,说:"他打没头功!"

　　同学们都笑起来,知道他说的意思是"潜泳"。那位同学用手指着课文里"趁鬼子不防备"和"鬼子慌忙向水里打枪"的字样,来强调自己的观点。

　　董老师显然还不满意,眼睛继续巡视着,看到我,便点了我的名。我站起来,向大家说了小雨来成功逃生的几种可能的原因:一是机灵,善于观察,选了最佳时机;二是他的水性好,善于游泳,跳水的方向和实际潜泳的方向肯定不一样,鬼子开枪才打不到他;三才是课本里写的,鬼子是慌忙中打枪的,很盲目。

　　董老师对我说的三点很满意,表扬了我:"我们都知道小英雄雨来没有死,他从水底游到远处去了。可是鬼子的子弹不是很快吗?难道打不中小英雄吗?冯时林同学动了脑筋,分析了原因,这就是'知其然',又'知其所以然'啊。"

　　董老师的表扬,让我的脸都红了。实际上,在他提问的时候我也在紧张思考。丢失前的《小英雄雨来》连环画,我都快翻烂了,所以对情节很熟悉。我结合自己夏天在河里"打没头功"的经验,开动脑筋,才想出那三条答案来的。那次课堂回答的经历,让我明白了,读书不能太拘泥;要结合自己的认识和经验,展开想象和联想,才能更好地理解课文。

　　每次课讲完后,董老师都会布置下堂课的学习内容。每堂课上课之前,他都要抽查上堂课的学习内容。同学们是不是掌握了、弄懂了,他都要提问。

我小的时候，脑袋圆圆的，耳垂大大的，长得非常可爱，记忆力也特别好。全校进行的记忆力比赛，我每次都在前几位，因此，我的语文课成绩总是名列前茅，经常得到董华江老师的表扬。他对我很喜欢，非常关心我，经常和我讲学习的方法，还介绍一些好书给我。中国四大古典名著《三国演义》《水浒传》《西游记》和《红楼梦》，他都会说给我们听；挑我们能够看懂的，借给我们看。我从董华江老师那里，还借过《野火春风斗古城》《苦斗》《战斗中的青春》和《唐诗三百首》。他经常告诉我们，多读书，读好书，可以开拓视野；读书使人聪明，增长知识。他经常对我说：

"熟读《唐诗三百首》，不会作诗也会吟，就是这个道理啊。"

董华江老师热爱教学，热爱学生，对学生成长十分关心，经常到学生家里做家访，更喜欢和我父亲聊天。我的父母对他都很尊敬；只要家里有好菜，总喜欢把他请到家里小酌。

"董老师，侬请坐下，先喝茶。"我母亲会招呼董老师在院里的竹椅上坐下，高兴地说，"今天，少卿的朋友带来了舌鳎鱼和蛏子，请侬来尝尝。"

"谢谢冯师母啦。"董老师刚坐下，见我父亲从正房里走出，又马上站起来，从中山装口袋里掏出一包"经济"牌香烟，抽出一支，递给我父亲。我父亲接过来，又用火柴给董老师点上火，两个人便很惬意地抽着烟，开始聊天，看着我母亲走进厨房做菜去了。

我父亲知道，董老师抽的"经济"牌香烟并不好，因为教师工资低，每月只有二三十元。董老师烟瘾却很大，抽的都是比较差的香烟，最常抽的是"经济"牌香烟，只要八分钱一包；有时也会抽一角三分钱一包的"雄狮"和"新安江"。偶尔抽到"飞马"或"西湖"牌的，那就算是"开洋荤"了。当时我父亲工资比较高，月薪88元。他朋友很多，经常来看他，总要随手带点烟酒过来，所以家里有时候会有好烟。但是我父亲从来都是为他人着想，觉得如果不接董老师递过来的那支八分钱一包的"经济"牌香烟，并且认真地抽，会让董老师难堪的。

舌鳎鱼和蛏子的鲜香味从厨房里飘出来了。我的鼻子很尖，知道母亲做菜是下了功夫的。在上个世纪70年代，烟、酒、糖、茶、鱼、虾、肉和布料等生活用品，基本上都是凭票定量供应，即使现在看来不过是日常的普通副食，那时候一般人家里也不常见；舌鳎鱼我们家也不常吃到。想到自己最喜欢的董老师能够吃上母亲认真做的菜，不知为什么，我的心里很满足，好像比自己吃还要高兴。

"欠咸,盐花再揩眼嘟。"我父亲尝了一口舌鳎鱼,对我母亲说。他说的是方言,意思是菜有点淡了,让母亲再微微加点盐。

母亲不好意思地朝董华江老师笑笑,将鱼端回厨房,又加工了一下端出来。大家再吃,果然味道很不一样。董老师表示,盐乃百味之首,多放或少放一点,味觉便大不一样。正吃着聊着,我母亲忽然叫道:"呀,天落毛雨花哉。"

确实,随着母亲的话,天上随即下起细雨来。我们赶紧将餐桌搬回屋里。有只"赖水疙疤"——就是癞蛤蟆,也随我们进了屋,我用脚轻轻把它撵了出去,说:

"连天都听妈妈的,说落雨就落雨啦。"

饭后,我父亲从屋里取出他朋友带来的好烟,递给董老师一条,让他带回去抽。

"谢谢冯院长,"董华江老师不好意思地说,"每次来,总是又吃又拿。"

"我们要谢谢您啊,"我母亲说,"小林着野无知的,让您操心了。"

母亲说的"着野无知"是方言,意思是我很顽皮,言行会犯规矩。董老师立即否认,说道:"哪里,时林学习扎硬,语文尤其好的。"

董老师对我父母说的我"学习扎硬",是在表扬我基础好、能力强,让我很自豪。在大人们说话的时候,我就在想,将来要是能写本书,我一定在书里为董华江老师专门写一篇,题目就叫"语文启蒙老师"。

七、童年苦乐冬夏

每当盛夏三伏天，年少的我都会觉得湖北的乡村酷暑逼人；用现在的网络语汇说，是开启了"烧烤"模式。而夏季却又是农村最繁忙的季节，因为既要夏收，又要夏种。

我小的时候，农村是集体所有制，农民按生产队建制劳作。除却老幼病弱留在家里，其他人都要到田间参加抢收、抢种。小麦登场了，水稻要栽种。村民们半夜起床拔早秧，晚间伴月插秧苗。汗透的衣服，湿了又干，干了又湿，自己也忘却已有多少个轮回。渴了去打一桶清凉的井水，估计味道不亚于现在的可乐和雪碧。衣襟权作毛巾，撩起擦一把脸上的汗水。累了，用手臂捶几下自己的腰背，继续干。饿了，有条件的，啃几口麦馃——一种麦面或米面做的蒸饼；没条件的，勒紧些裤带，咽几下口水。

我记得，有些特殊的年月，出工时还必须要背上几块木制的语录牌，到田头后要毕恭毕敬地向着伟人画像诵念几遍"三忠于""四无限"的誓言。

夏季，由于长时间浸泡在滚烫的泥水里作业，好多人的脚底、手掌和指缝间开始溃烂。头顶着毫无情面的烈焰，脚下的水里有蜇得钻心疼痛的"田钻"和吸血鬼"蚂蟥"；还有不经意间时不时遭受的飞虫稻虱的骚扰。被叮咬的地方，会极刺痛，奇痒难忍。路上的石板能熬熟鸡蛋，赤脚踩上去，犹如走在被烧烫的铁板上……

不能参加田间劳动的老人们在家洗汰烧煮，要料理安排好一切家务。村里很多孩童整天赤条着身子，痱子、热疮和蚊虫块布满稚嫩的身上和脸庞。家长们既缺钞票，又没工夫陪孩子去医院求诊；没有特殊良药，最多只能到合作医疗站买一瓶廉价的红药水或紫药水涂抹一下，把孩子"打扮"得花里胡哨，活像一位化妆就绪、准备上场杂耍的小丑。

那时候，三分钱一支"宁波冷藏公司"出品的白糖棒冰，是孩子们最高档次的美食。他们一听到棒冰贩子的吆喝声,就会迫不及待地冲向家里,向大人索要"钢镚儿",慢了生怕卖棒冰的骑着自行车跑了。家养的鸡鸭躲在阴凉处支起双羽纳凉,路边的黄狗在树荫下吐露着长舌急促喘气。唯有不惧暑气的知了,在树丛间高声鸣唱,仿佛在比赛谁的嗓音最高。

夜幕初降,月上柳梢。知了息了声,田鸡却聒噪起来。这时,河埠头是最热闹的地方。从田间劳作回来的人们,腿上还流着一长串蚂蟥叮咬后的鲜血(蚂蟥吸血以后,伤口不能在短时间愈合,有"吸多少流多少"的说法),拖着疲惫的身躯,脱下沾满污泥的衣裳,不管是否有妇孺在场,便把身体沉入埠头外的河水中,以暂时忘却饥饿与劳累。

有些会凫水的少年,在太阳尚未下山时,早就捷足先登,结队到河里洗澡了。那时候,我还不会游泳,只能眼馋地看着他们不停地在河里"打没头功",也就是潜泳,水被搅得有点浑浊,他们的眉毛和头发上沾满了灰色污渍。这时候,家长们来到河埠头,与他们会合了。顷刻间,孩子们的嬉闹声,大人们"噢""嗳"的舒坦声,以及洗涤的晃荡拍水声混在一起,热闹的场面,汇成了一支生活的交响曲,在河埠上空回荡。

有些后生家,因为处于青春期,荷尔蒙旺盛,会用"打没头功"方式潜泳到妇女们洗澡的区域,猛地露出头来做鬼脸,惹得现场一片惊叫和嬉骂。当时村民们都很纯朴,至多认为是童子小官人调皮,大姑娘也不真正认为是受到了法律意义上的"性骚扰",所以嬉笑怒骂里洋溢着不少欢乐的色彩。大家嘻嘻哈哈,感觉疲劳也好像恢复了不少。

洗罢上岸时,暮色已经四合。男女老少身心畅爽,说说笑笑,在暧昧的夜色里朝家里走去。上个世纪的60年代,湖北公社的村里还没有电灯。每逢夜间召开社员大会或有戏班子来演姚剧时,使用的是一种需要打气的"汽灯"。"汽灯"烧的是汽油,威力着实不小;台前的梁柱上挂上一盏,就能把全场照亮。见得最多的,是那种公职人员或时髦青年配备的手电筒,他们把两节圆圆的小疙瘩装进筒壳,按一下开关,就能放射出一束照见远处的亮光。至于电灯,那种悬挂在房内的玻璃泡,则极少见到。电灯在老百姓眼里是很神奇的事物:没有丝毫明火,只按一下开关,玻璃泡瞬间就能把整间房屋照得雪亮。当时浒山城东有一家电灯公司,我们在公司见到轰鸣的机器正在发电,灯泡亮得晃眼,知道那是城里人享受的玩意儿。

没有电灯的村民，夜间照明用的都是"洋油壶"。一则为了节省限量购买的"洋油"（我还清楚地记得，如果是两口之家的家庭，每月只发给半斤"洋油票"），外面的天地有星星、月亮免费的光亮，二则正值农历六月，低矮的房舍闷热难当，一到晚上就有蚊虫大部队的肆虐，因此家家户户晚餐时，桌椅都会被搬到屋外宽敞通风的地面上。

农忙季节的晚餐，应该是村民最享受的时候了。男人们大多赤膊露臂，光着上身吃饭；喜欢喝酒的，还会美滋滋地抿上几口"红刺根"酿造的烧酒。女人们一边哄着孩子，一边摇着扇子驱赶蚊子。天性好动的孩子们，喜欢在各家之间游来窜去：看一看谁家的菜肴可口，比一比谁家的晚餐考究。其实，不过都是些自产自食的"茄糊苋菜头，长年老过口"；若有荤腥上桌，也无非是孩子们在河里"洗澡"时摸来的螺蛳或抲来的河蚌之类而已……

饭后，一家人乘着晚间的凉意，围坐在桌旁闲聊。内容大多是回顾白天的劳动或准备第二天的计划。小孩子会爬上桌子仰卧，点数布满天空的繁星……直到夜深，为了不耽误次日要早起的劳动，才会打着呵欠，进屋睡觉。没有电风扇，更没有空调，钻进蚊帐里的人全靠摇着扇子入睡，迷糊中常常还会觉得肩膀间有痒嗖嗖的感觉，那是汗水的流动把你搅醒了。

夏天，那样的情景，现在的年轻人恐怕难以想象吧。说罢苦乐夏日，再说说冬天，说说我那曾经的惊魂一刻。

那是 1961 年冬天，我读小学二年级的时候。放寒假时，天气特别寒冷，乡村的田野里荒野一片，地上黄乎乎的，几乎看不见绿色；偶尔会见到还有没拔掉的棉花秆，在空旷的原野里摇曳。河边上的芦花参差披拂，抗争着严冬的到来。那时候的冬天，不像现在，大家能穿羽绒服；那时候穿着的都是臃肿的棉袄棉裤，显得特别笨拙。河床上结了厚厚的冰，人们可以在冰上慢走、转溜，时不时会传来人们摔倒的惊呼声。

我记得很清楚，大约是在上午八九点钟，我带着三弟和四弟，还有邻居家的应国连、应美清等一些小朋友，到湖北公社粮油棉花加工厂的河埠头玩冰。我们在一起玩小瓦砾冰上打飞漂，看谁的瓦砾打得远。大家尽情地玩着，都非常开心。但是，谁都没有想到，临近中午时，在太阳的照射下，坚硬的冰层也会随着气温回升发生变化。四弟阿平一不小心踩到逐渐融化的冰块上，整个身体很快滑到了冰水中！

小朋友们一看到阿平掉到河里,都慌了手脚。我也惊慌失措,因为不会游泳,只能高声向远处呼救:

　　"有人掉到河里了!……"

　　有个大人听到了,立刻发足狂奔,赶到冰河边来。我一看,是我们的邻居罗卜根叔叔。他跳到河里,把我四弟阿平救上来,抱着他又快速奔跑到我父亲的医院里。母亲立即为四弟换了干的棉衣棉裤。他两只大眼睛扑扇着,嘴唇冻得青紫,却好像不知道发生了什么。

　　父亲知道了事情的原委,把我狠狠地训斥了一顿:

　　"哪里都好去玩,为什么去河边玩?幸亏有大人看到,否则要闯大祸了!"

　　我低着头,含着眼泪,不敢作声。母亲把阿平抱在怀里,同时心疼地看着受责备的我。

　　我父亲随即买了些香烟和老酒,去感谢罗卜根叔叔对阿平的救命之恩。

　　中午吃饭的时候,父亲对我们兄弟三人又教育了一番。

　　"当哥哥的,任何时候都要照顾好弟弟。"他说,"出去玩耍,一定要注意安全。千万不能一惊慌失措,就自己跑掉,不照顾好弟弟。"

　　我点点头,把父亲的话深深记在心里,就是当哥哥的一定要有责任感。

　　"明年夏天,你们都要学会游泳。学会游泳,就不怕掉到河里。"父亲又说,"等你们长大了,才能像罗卜根叔叔一样,去帮助别人、救护别人。"

　　我再次深深点头,并懂得了父亲话里的内涵,就是要学会本领,把自己变得强大,才能帮助和保护别人。

八、见证神医妙手

且说这一天,我从小学放学回家,发现我房间里多了一张床铺,妈妈正忙着整理被褥。

"姆妈,怎么多了张床?"我问,"侬为啥人整理被褥?"

"有个姓姚的叔叔生病了,"我母亲说,"他要和侬住在一间。"

"怎么让病人和我住一间?"我很奇怪,问,"那我也生病了,怎么办?"

"他生的不是传染病,只是背上长了一个疗疮。"妈妈发现我有点担心,赶紧细细向我解释。"现在姚叔叔疗疮发炎了,有汤碗那么大,很多医院都不肯收,侬爸爸收下他,准备给他治疗。"

我知道,父母对病人永远是捧着一颗火热的心。我将书包放下,想过去给母亲帮忙。

母亲轻轻推了我一下说:"不用的,侬做作业吧。"

"现在学校搞'以学为主,兼学别样'。"我说,"所以没有家庭作业,放学后主要是'学农'呢。"

"那也要先看书。"母亲说,"把学校学的东西记牢了,再学'别样'。"

晚饭后,我问父亲:"爸,姚叔叔长什么样?他的疗疮好治吗?"

"他生的疗疮很难治疗。"父亲说,"只有把溃烂的腐肉去掉,把脓包脓头去掉,才慢慢长出新肉,起码也要半个月到二十天,才能痊愈。"

"要是脓头不拿掉,怎么办?"我好奇地问。

"那就还会复发。"父亲说。显然,他很重视即将邀来家里入住的那位病患。

"这么难治啊。"我想象不出疗疮有多可怕,对即将同住一屋的姚叔叔感到丝丝恐惧。

父亲告诉我,也不用太担心,他应该有把握治好那位患者的疗疮。他说以前湖堤公社有个"湖堤新街口戚康仁诊所",康仁医生用祖传秘方治疗疮疱和皮肤病湿疹,效果不错。老百姓反映,康仁医生不但医技高超,态度也好,更可贵的是医德好——能够一次治愈的,决不让你跑第二次;自己看不好的病患,决不搪塞拖延,直言劝病人去大医院治疗,以免耽误病情。康仁医生又喜欢做好事、善事,尽管自己家境并不富裕,但非常同情贫苦人,对付不出医疗费的患者,免费治疗。父亲说,康仁医生的志向、兴趣、爱好,跟他十分相似,他们结下了深厚的友谊。父亲向康仁医生虚心学习疮疱和皮肤病的治疗,已经完全掌握了相关方法。

我听了以后,也就放了心,同意姚叔叔住在我的房间里。

姚叔叔来了。他看上去 40 多岁,人比较憨厚,一米七左右的个子。看他的身板架子,没有得病之前肯定是一位农家好把手。由于生了疔疮,他四处求医,都没见好,疮面反而不断扩大——开始只有酒盅那么大,到找我父亲为他诊疗时,已经变成汤碗那么大,而且溃烂的程度加深,如不及时治疗,会有生命危险。

"伢会不会死掉?"姚叔叔痛苦地对父亲说,"伢不想死啊,冯医师……"

我父亲表示理解。他对姚叔叔开诚布公地说:

"侬病情虽然重,但首先侬自己要有信心,要安心接受治疗;二是要相信我,虽然我没有治疗过这么大的疔疮,但我觉得凭几十年的医疗经验,我有信心治好侬的病;三是侬在这里一定要服从医嘱,吃的方面一定要忌口,手术后必须卧床休息,不能回家,每天按时换药,防止感染。能做到这三点,侬就住下来;如果做不到,侬另谋高就,去大医院治疗。"

"我全听侬的,冯医师。"姚叔叔说,"侬不知道啊,我看了好几个郎中了,越看疮越大。"

姚叔叔在我父亲面前变得非常听话,毕竟他知道自己病情的严重性,也许由于前期治疗中没有听医生的话,他吃尽了苦头,这次他真下了决心,一切遵医嘱。

"那好。"父亲说,"侬和我儿子小林住一屋,安心接受治疗吧。"

第二天,手术开始。父亲把手术器械消毒后,先采用针灸麻醉。中医出身的父亲,一般小手术都用针灸麻醉,这样不会有副作用。然后,父亲用手术刀取最佳位置切开,引流和挤干脓血,又用明矾水煎好的中药汤冲洗创口,再用黄纱布浸中药湿敷创口,最后用他特制的"消炎黄连生肉粉末"撒上一层,用纱布包好。

就这样,姚叔叔成了我的好朋友。开始一周,他卧床休息,每天都要冲洗换药,黄纱布上粘着脓头被拔出来了,我父亲绽开了笑脸。

"脓头拔出来了,"父亲高兴地对姚叔叔说,"这样就很快会好的。"

姚叔叔听了,也是信心满满。他按照父亲的嘱咐,忌口,不碰水,保持卫生,天天换药。到了第二周,疮面已见红润结痂。

姚叔叔也开始下地活动。他在医院周围采了芦叶,悄悄在房间里做手工,等着我从学校放学回来。

"快看,小林!"姚叔叔在门口,远远地便向我喊,"叔叔给你编什么了?"

原来,他用芦叶编织了蚂蚱,还有蝈蝈笼等一些小工艺品送给我。他可真是心灵手巧啊。我把这些小玩意儿分送给我的同学,大家都非常喜欢,和我交上了朋友。我少年时代的很多的开心与欢乐,都与姚叔叔住在我房里那段时光有关。大约半个月后,姚叔叔病愈出院了,我心里生出了一种失落感。我多么希望姚叔叔能经常来看我,陪我玩啊。

但是,姚叔叔没有来。好像过了很长时间,他仍然没有来。我已经不等了,却忽然有一天,公社卫生院来了一帮奇怪的人,有着急的,有说笑的,有打闹的,场面乱乱哄哄。他们不是我等来的,却让我很难忘。

那天中午,我们刚端起饭碗吃饭,那帮人背着一个病人来了。病人叫余峰,他生病的原因,我现在想起来,都想发笑。不是我没有同情心,而是事情确实太好玩、太搞笑了。听他们七嘴八舌地介绍病情,好像大家一起听一个朋友讲笑话,都乐得哈哈大笑,前仰后倒;只有余峰大笑一声后,就捧住下巴不吱声了。只见他泪流满面,已经不会说话。旁边几个上了年纪的人见状,马上说:

"坏了坏了,余峰下巴颏掉了!"

"快背他去找冯医师,他治脱位水平很高的!"

我父亲治脱位的水平确实很高。他先后师从爷爷冯顺富医生和叶桂芳大师,学会治疗跌打损伤、夹板固定、脱臼复位、研制膏方、针灸推拿、配制草药等中医全套医术;在当年的"叶家班",我父亲的中医药医术也是众多师兄弟中最好的。

那几个小青年轮流背着余峰,大步流星赶到我父亲的湖北公社医院。父亲一看有病人,即刻放下饭碗,奔向病人。我也放下饭碗,跟在他屁股后头瞧热闹。父亲问了发生的情况后,叫余峰在椅子上坐正。

"眼睛看前方,"父亲说,"头要正!"

说着,我父亲用右手一托,一抬,一送。

"现在怎样?"我父亲问。

余峰小心翼翼地动了动下巴颏,发现已经完全正常,连连说:

"好了,好了,哎呀,刚才痛死我了!"

站在旁边的小伙伴们不由自主地鼓起掌来,说:

"冯医师侬太厉害了,几秒钟就治好他啦。"

"他这个病叫面颌关节脱位。"我父亲说,"只要按骨骼机理科学推送,就可以准确复位了。"

父亲又关照余峰,注意不要吃生冷和坚硬的食物,平时打哈欠、大笑都要注意,防止二次脱位。我在旁边看了,为父亲深感骄傲,觉得他太厉害了。一个下巴颏脱位的病人,父亲只用几秒钟就让他高高兴兴回家了。我从小跟在父亲身边,记忆里像余峰那样被父亲治愈的病例,可以说数不胜数。

学校里,依然是"以学为主、兼学别样"。"以学为主"是所有老师、父母和学生都看重的,"兼学别样"指的是"也要学工、学农、学军,也要批判资产阶级"。我们湖北公社中心小学"学工"和"学军"的条件不够好,但因为地处农村,"学农"是便利的。有一天我中午放学回家,母亲老远见了我,便叫道:"小林,侬看谁来了?"

我定神一看,惊喜地叫道:"姚叔叔来啦!"

我兴奋得不得了,马上跑过去抓着他的手,左摇右晃,说:"可把侬等来啦,姚叔叔!侬怎么好久才来呀?疔疮全好了没有?"

姚叔叔高兴地摸着我的头,说:"好久是多久?我不才半个月没来嘛。疔疮彻底好啦!"

我听了,也不好意思地摸着自己的头说:"才半个月没来?我感觉都好像有好几年了!"

大家听了,都哈哈大笑。我母亲告诉姚叔叔,说我是多么想念他;姚叔叔问了我学校的学习情况。我也都如实相告。我看见医院食堂的大厅里,有姚叔叔送来的蔬菜、水果、鸡蛋……还有一种叫甜椒梗的,既像高粱,又像甘蔗,很甜,很好吃。我把它削好皮,分给我的两个弟弟吃;下午上学时,又带了一些给同学。

姚叔叔比以前胖了点,走路腰板笔挺,说话声音洪亮,还带着他的妻子、儿子来了。他们夫妻俩对我的父母千恩万谢，说了很多感激的话；还从包里拿出一面锦旗，上面嵌有八个大字："华佗再现，妙手回春"，恭恭敬敬交到我父亲手中。像他送的那样的锦旗，我印象里父亲负责的公社医院经常收到。

我父母留姚叔叔一家吃了中饭。父亲笑呵呵地对姚叔叔全家人说：

"我们做医生的，就是为你们消除病痛，这是应该的。你们身体健康，是我们最大的快乐；你们家庭的幸福也是对我们最大的回报。"

我听了，觉得父亲说得真好。他的那些发自内心的理念，说的时候那么真诚，姚叔叔一家听了，眼睛都湿润了。姚叔叔的妻子坐在我母亲身边，一直在擦拭泪水。

九、知鱼方有渔乐

少年时代,人人对美好的未来都充满了憧憬和向往。这句话,其实并不意味少年时代本身的不美好。尽管我的少年时代生活艰苦,家庭也不算富裕,但是我们家比一般的农民家庭,还是要宽裕些。那时候,我们的学习压力也没有现在的孩子那么大,作业也没有现在的孩子那么多,不消说更没有各种"兴趣班"。一般来说,自修课时我们就已经把作业做完了;有时候作业多,吃过晚饭花个把小时也可以做完。母亲通常会要求我们把第二天的课程预习一遍,把不懂的地方提出来,由护士静芝姐姐给予解答。因此,我一到六年级的学习成绩,在湖北公社中心小学总是名列前茅。

这样一来,课余时间里,我的少年生活便被各种童心野趣充满了。那时候的我,最喜欢做的事,莫过于捕鱼。我母亲常常在朋友面前夸我:

"阿拉小林学什么像什么,做什么成什么。"

她说的情况,是缘于我钓鱼的功夫,特别是放撑钓。

暂时不说放撑钓,先说点简单的,钓"畅条儿"。我看到邻居家的大孩子钓鱼,便把大头针用烘膏药的酒精灯烧红,弯成鱼钩,用鹅毛当浮漂,用蚂蚱的肚子剪碎当饵,专门到河里去钓"畅条儿"。"畅条儿"是一种小鱼,浑身是劲儿,肉很结实,很好钓。我很容易把它们钓上来。那时候河水很清,而我们喝的水差不多和鱼喝的一样——除了天落水就是河里的水,只消用明矾消毒和澄清一下,就可以饮用。河里的鱼也很多,有鲫鱼、鲤鱼、鲶鱼、草鱼、汪刺鱼、土步鱼、白条鱼……浮在水面上的"畅条儿"排成队觅食,最好钓,浮漂缩在一起,鱼饵离水面3—5公分,用蝇子或蛆虫就可以钓,有时候饭粒它也吃,一口吞了就走线。因此,我一个上午可以钓二三十条。"畅条儿"油烤、清蒸都很鲜美。

我的家乡地处江南水乡,水网地带。那时候的江河水塘水是清的,天是蓝的,白云一片片的,各种物产资源丰富,河里的鱼成群结队在水里游弋。我们用一个土箕放上米糠,会引来许多的"畅条儿",一提就有好些条。有一些大孩子用猪肝钓甲鱼,我也学着干。我从鞋子店买来纳鞋底的粗麻线,穿上小号的针,居中绑牢,穿上小块猪肝,系上固定用的竹签,然后到多年未干的池塘放甲鱼钓。方法和放鳗钓一样;傍晚放好,睡觉前去收,第二天一早还可以去收。时常能够收获一两只。只要看到钓线绷紧,就有希望。甲鱼闻到猪肝的味道,都会来吃猪肝,一吞到嘴里想溜,针就会横过来,就像门门拴在它的喉咙口。只要线牢,一般都逃不掉。有经验的大孩子告诉我,钓线千万别用尼龙线,甲鱼牙齿很好容易咬断;而麻线是软的,它咬不断。有时候,鳊鱼也来凑热闹,几乎都是一斤多重,拉它上来的瞬间,那种感觉真是让人惬意极了。想想当时的情景,真是美滋滋的快乐。

钓其他的鱼,则要用饭粒或蚯蚓,鱼钩必须有倒扎刺,这样鱼才不会逃脱。有时候钓到老板鲫鱼,烧鱼汤那可就太鲜美了。我母亲烧的老板鲫鱼滚豆腐,那可真是一绝。

现在,来说说放撑钓。话说这一天,我看到有个用脚划船放撑钓的师傅,一路划一路放,大约一次放了五百多米。他放好了到船埠头休息的时候,我凑上前去,用平时从父亲烟盒里"顺"来的"飞马牌"香烟,学着父亲交朋友的样子递给捕鱼的师傅,问道:

"撑钓怎么放的,老师傅?"

"你把那盒烟都给我,"那人说,"我就教你。"

其实,积攒那半盒香烟并不容易。因为从父亲的烟盒里"顺"烟,你不能多"顺",每次最多两支,不然被他发现了,可不是闹着玩的。但是"顺"的次数多了,积少成多,也能凑成半盒。但是为了学艺,我毫不犹像地把那半盒"飞马牌"香烟给了放撑钓的师傅。

放撑钓的师傅接了香烟,才告诉我,说撑钓是竹子做的,有买的地方,放开一字型,用煮成半熟的小麦弯起来像"欧米茄"的字样,鱼一吃小麦撑钓,嘴就被撑住,越想吐撑钓,它就越往鱼鳃里出来,鱼就钓牢了。用撑钓上钩的,往往鲤鱼、鲫鱼比较多。

我有样学样,弄好了撑钓,却没有船,但那也没有难住我。用几百米的塑料线,我用游泳的办法把撑钓也一路放好了。过了两个多小时,我就去收钓,只见五百米的线上有十几条鱼被撑牢了。这时候,我知道不能急着拽;硬拽,鱼容易逃掉。必须慢慢地收线,发现有鱼时,就用网兜由下向上把鱼网住。那时那刻的感觉,哎,实在是喜出望外,美绝了。

除了放撑钓,我从五年级开始还学会了钓鳗鱼。每年油菜花开的时候,是钓鳗鱼的季节。那时候河里的鳗鱼很多,每年下大雨涨大水时,钱塘江的水会倒灌进内河。我去临山镇上买了"歪头钓",用五六米左右的麻线,系上"歪头钓",用竹签插在隐蔽的石缝里、草丛里,将黑色的蚯蚓穿在钓钩上。鳗鱼喜欢吃黑蚯蚓。一般吃晚饭时去放钓钩,作业做完后、睡觉前去收一次,总能钓到三四条。我收了鳗鱼,再穿好蚯蚓、放好钩子。第二天一早起床,最先要做的,便是收鳗钓。我们兄弟三个神神秘秘出去,高高兴兴回来。母亲看到我们有说有笑,就知道我们有收获。父亲却很少表扬我们,总是说:

"河边走路,一定要小心,注意安全。"

但是,那时候我们都已学会了游泳,并不怕掉到水里。但在父亲眼里,我们还都是孩子。

有一次,我钓了一条三斤多重的鱼。那也是我第一次钓到那么大的鱼,我着实兴奋了好几天,经常会向同学们吹牛。那么,我是怎么钓到那么重的鱼的?

原来,那时候"反修"大队和"新生"大队都有自己的鱼塘。社员们一般是在春节前网几网鱼,大家分分,过个好年,"年年有鱼"嘛。我的小学同学姚国民的村里,有一个比较大的鱼塘。塘里大的鲢鱼、草鱼和包头鱼都是养的;特别是养殖的鲫鱼,都长到两三斤以上。

有一天,我和国民同学说好,去他家的鱼塘里钓鱼。开始钓的都是鲫鱼;快中午时,突然一条大鱼咬了钩。它一咬钩,我就知道那条鱼有三四斤重。幸亏我的鱼线比较牢,便先让它在水里折腾了半个时辰,再让它慢慢浮出水面。鱼一浮出水面,就没劲了。我慢慢地把它拖了上来。我成功了!

我把鱼交给四弟放在鱼笼里,上面用兔草盖好,让四弟先回家,免得国民家的亲戚说闲话。四弟一路小跑,在村口碰到四五个玩耍的小朋友;他们看到我四弟,一定要检查鱼笼里是否有鱼。我四弟很聪明,知道我们钓鱼是姚国民同意的,朝南面一指说:

"你们看那不是?让我们来钓鱼的国民来了!"

等小伙伴们转过头去,他便拔腿狂跑,把他们远远甩在了后面。他回到了家,马上把鱼放到木盆里养起来。鱼入了水,如梦初醒,立刻活蹦乱跳起来,溅了我四弟一身水。

那次钓到那么重的大鱼,我们兄弟三个都非常激动,兴奋了好几天。

但是,父亲知道情况后,还是根据市场价格,让赤脚医生任伟春把鱼钱送给了姚国民的父亲,并且告诫我们,今后再也不准去养鱼塘钓鱼了。父亲就是这样,在做人方面对我们永远有很高的道德要求,让我们知道无论在什么情况下,都不能占他人的便宜。

1966年,我小学毕业,应该读初中了。因为"文革"的原因,我被推迟了一年多时间。这一年多,我待在家里,除了看书就是玩。小孩该玩的,我都玩遍了,便开始和一批青年人玩在一起。那一年遇到了干旱天气,河水快干了,大人们开始䎃大阵鱼。大家一字排开,用"罩门外"罩鱼。我也和他们一样,用三角形的罩网䎃大阵鱼。河里的水只有齐腰深。他们考虑到我个子小,安排我靠在边上。这时候,有意思的现象出现了——大的鱼被大家一赶,都往边上跑;罩网一罩牢,鱼就会在网中跳起来。我知道罩到鱼了,便将罩网顶部的三角形竹竿松开,手伸到网里把鱼抓住,扔给岸上的两位弟弟,然后再继续向前赶。这种䎃鱼大阵,䎃到的往往是鲤鱼、草鱼和大的鲫鱼。我们有时候会把一段河流拦截起来,再用手摇动灌溉农田的水车,把这段河水抽干。这样,大大小小的鱼都被留在河床底部。我们把浅浅的河水搅浑,凡有鱼露头浮到水面,便用手抓,用网兜捞出来,那种瞬间,感觉特别美好。

十、乡间野趣童心

少年时的我,除了钓鱼是高手,掏鸟窝也不含糊。那时候,麻雀还不是"二级保护动物";国家当时把它列为"四害"之一,因为它们要吃稻谷,所以政府曾经号召过全民打麻雀。在当时,我们这一代的童年意识中,捕猎麻雀反而是件"正确"的事情。

掏鸟窝很有意思。每年春季,麻雀便开始生蛋,哺育小鸟。麻雀住哪里?在草房顶上。

那时候,农村几乎全是冬暖夏凉的草房。造房子也很简单,先从打地基开始,用石头砌好地基,再用砖砌墙,然后架梁钉椽子,铺上竹席子,再铺油毛毡,最后铺上厚厚的稻草就成。稻草隔两年要翻新一次,内外石灰砂浆一抹,房子就造好了。这个过程中,有个"上梁"的环节,是重头戏,要择吉日良辰,放鞭炮和炮仗。梁上贴上福字,还要系一个红彩球。爬上房顶上的师傅朝房下抛馒头和糖果,让小孩子们来抢,一派洋洋喜气,好不热闹。

房子一般是朝东南方向,西边的杉树上几乎都有麻雀窝。我们一般在白天把棉花加工厂的梯子或学校的梯子放在哪里,都侦查好;到了晚上,大家都出动了。一般是选择星期六的晚上,因为星期天可以休息,睡个大觉。有时候,掏到的鸟窝里不仅有鸟蛋,还有小鸟。在电筒光照射下,那些小鸟是粉红色的,软软的,眼睛都睁不开。我们会将小鸟放回窝里,只将鸟蛋带走。鸟蛋煮一煮,蘸着盐吃,非常鲜香美味。

麻雀,自然有公母之分。公麻雀辨别自己的伴侣,会从羽毛和麻点上来识别。但我们辨别时,一般认为公麻雀后脑勺比母麻雀后脑勺要大一些,公麻雀嘴巴上的胡子比母麻雀要长;但是母麻雀眼圈的眉毛,要比公的长。麻雀繁殖很快,除了冬季天气寒冷之外,一般每个季度都要下蛋,每窝有大约六七枚。

孵化小鸟,当然是母麻雀的任务,因为公麻雀要负责觅食。孵化鸟蛋,一般是十二天左右。小麻雀羽毛丰盛,离巢自己独立生活,大约需要一个月样子。

麻雀们一般也是"一夫一妻"制。但母麻雀也会有"出轨"的时候,公雀会从它离开的时间和羽毛的变化,来辨别出它有没有"出轨";一旦发现,也不会再向孵蛋的母雀提供食物,另觅新欢。

掏鸟窝,有时也有风险。春季,冬眠的蛇苏醒了,草房会引来无毒的火赤链蛇,因为它喜欢的食物,就是鸟类。有时候,它缠在树枝上隐蔽;有时候,会钻到鸟巢里捕食鸟儿,享受鲜美的晚餐。我们掏鸟窝时,经常碰到火赤链蛇,由于它无毒,被咬一下也没什么事。

我们也曾经把小鸟掏回来,大家分养。但是,麻雀的性子急躁,没有一只能养活的。白头翁倒是相对好养些。我们经常会抓点袋皮虫和棉铃虫来,喂给小鸟吃;有大一些的袋皮虫,我们需要剪碎了,细心地喂。

鸟不是那么好喂的,但兔子便好喂多了。由于父亲非常注重培养我们的劳动观念,我们放学了,经常要割兔草。我们兄弟几个,喂了三只兔子。而长毛兔毛长得很快,一个月便可以剪一次毛,剪的兔毛卖掉,钱归我们自己零花。我从小就爱交朋友,同学们一放学,常常先帮我割一会儿兔草,然后再一起玩。

我小时候弹弓打得也非常好。开始的时候,木工阿堂师傅帮我做了木叉子弹弓;后来,我认识了铜匠师傅白眼阿刚——他的一只眼睛有白内障,我们叫他"阿刚师傅";有人不高兴了,便叫他"白眼阿刚"。他给我做了一把很厉害的弹弓,他用板车轮胎的粗钢丝加工成弹弓架,用自行车轮胎皮或医院的挂盐水的橡皮带做成弹送皮带——当然,也有用弹力十足的橡皮筋做弹力带、用钢珠当子弹的,那就十分奢侈了。我们练习时,用的是从沙泥堆里找出来的石子颗粒。刚开始,是用酒瓶或医院里的小瓶子作瞄准目标;练习久了,看见麻雀或白头翁,随手一弹,"啪"的一声,麻雀或白头翁便应声而落。

夏天,我们也经常会逮知了(蝉)。小时候听父亲说过,蝉是一味中药,收集蝉衣可以卖给中药铺。早晨我会去树干上找蝉衣,并把小伙伴们发动起来收集蝉衣,晒干然后卖给中药房,换来的钱买糖果饼干大家分享。蝉衣入药有祛风湿、退烧、明目等功效。我们便对捕蝉产生了浓厚兴趣。

蝉分雌雄两种,雄的又称"响板",我们经常听到它的叫声"嘎嘎吱吱";尤其是中午,它总是吵个不停。母的又称"哑板"。公蝉母蝉交配后,母蝉会在树枝上下卵,然后掉到地上。幼蝉孵出来后,钻入地下,靠树根汁水的营养长大,一般在地底下可以存活十多年。到了成蝉后,钻出泥土,爬上树干,完成金蝉脱壳,自由飞翔。蝉一般喜欢在柳树上生活,成蝉的存活时间,一般都在半个月左右。就这样一批批从地下钻出,循环繁殖永无绝期。我们捕蝉时,用竹梢头圈成手掌大的球拍形状,插在晾衣服的竹竿上,固定牢然后绕上蜘蛛丝,用来粘知了。捕来的蝉用水冲洗干净,肚子里的内脏去掉,可以放到油锅里炸了吃,还可以烤着吃。蝉背上的两块瘦肉,味道特别鲜美。

秋天,我们甚至用弹弓打过枣子。那时候,农村里每户人家都种枣树。每年秋天,枣子成熟时,特别甜。我父母的好朋友甚至会邀请我们去打枣子。我便带上我的小伙伴,大家分好工,弹弓手负责打枣子,其他小伙伴负责捡。负责捡的小伙伴,穿戴了用柳树条编做的伪装帽子和伪装衣,不容易被人家发现。如一旦发现,他们就说:"别怪我们,是小林让我们来捡枣子的。"

其实人家都知道小朋友贪玩,非常客气地说:

"你们捡枣子就捡好了,不要把菜苗踩死了;要吃枣子,到家里来拿。"

大家便听我号令,到我父亲朋友家里,每人抓一大把枣子,嘻嘻哈哈一溜烟跑掉了。

当然,小时候的生活虽然丰富多彩,也有烦恼甚至伤感的时候。这里便要说到我小时候养过的两只小狗了。

小时候,我们几个小伙伴喜欢养狗。我父亲的朋友,一大队沈叔叔家的母狗生了一窝小狗。沈叔叔家也养不起,就告诉我说:

"小林,小狗快满月了,你带小朋友去挑两只喜欢的,养着吧。"

我听了,非常高兴,便带着我的小伙伴们冯东军、沈光成、沈光先、应国连,还有我的两个弟弟去挑选。小狗们又萌又憨,都很可爱。我们挑了两只神气十足的小狗。东军拿去一只,叫"阿汪";我们留下一只,叫"虎子"。

狗狗长得很快。我们经常把掏鸟窝掏来后死掉的麻雀喂给虎子、阿汪吃。那时候,麻雀一群一群地在稻田里吃稻穗,大家都把麻雀当作"四害"之一。麻雀除了繁殖时在鸟巢里,夜间大部分都在竹林里,所以一到傍晚,有竹林的地方,都有麻雀嘈杂的叫声。有时候,我们便和比我们年长几岁的应国树、成尧等哥哥们,用夹网(也称游丝网)来网麻雀。夹网两边分开,用手电筒向竹林里照射;我们在对面摇动竹子,麻雀便会向有亮光的方向飞,接着纷纷落到网上,被夹网"一网打尽"。那时候,我们每个晚上收获都很多。

半年以后,"虎子"和"阿汪"都长大了。我们放学后,会经常把它们带在身边，像警犬一样跟着我们，一起玩打仗的游戏。我们有好吃的东西，都会喂给它们吃。由于我们当时并不懂事，经常喂小鸟给它们吃，培养了它们的野性；时间一长，它们开始对我们邻居家的鸡感兴趣了，经常追逐鸡群，有几次甚至把鸡给吃了。这便铸成了它们被视作恶狗的下场。

回想起"阿汪"和"虎子"的可悲下场，我至今都觉得心痛。先是东军家的"阿汪"，被邻居杀猪阿福悄悄地用杀猪刀砍断了后腿。东军告诉我后，我们便用医院里的红药水、消炎药和纱布，给它包扎好，让它苟延残喘。接着，"虎子"的噩梦也开始了。在我父亲去泗门区医院开会的时候，它被人从桥上扔了下去。但是，谁也没想到，等我父亲开会结束到家时，"虎子"也到家了。母亲见了，心下不忍，说：

"这条狗有灵性啊，不愿意离开我们；只要不再犯错误，就留下它吧！"

可惜好景不长，"虎子"本性难改，又犯错误了，把卫生院北面邻居成尧哥家的鸡给咬伤了。我的父母只好上门道歉，还赔了不少钱。那一次，可真是把我父亲气坏了。

"这只狗子不能留了。"他气咻咻地说，"否则，我们要把邻居都得罪光了。"

虽然我和狗狗很有感情，舍不得扔掉，但是父亲已经决定了，便再也留不住它了。为此，我们兄弟几个都流下了眼泪。恰好，父亲又要去慈溪县城开会了，便用一个大笼把"虎子"装了，驮在自行车后头。到了夹塘公社"光明大桥"上后，父亲忍痛再次把它扔了下去。

从此，"虎子"再也没有回来。

十一、三年困难时期

钓鱼、打麻雀和鸟窝掏蛋,虽然是乡村少年的童心野趣,其实未必不是困难岁月里改善伙食的一丝机会。这里,我要说到一个沉重的话题,就是1959—1961年国家遭受的"三年困难时期"。

当时,我们全家的户口随着父母迁到了农村。按规定,我父母是组织上派到缺医少药的农村的,应该享受优惠待遇,可以自己开灶,单独做饭。自己开灶,当然比公社食堂吃得要好许多,起码不至于挨饿。但考虑到大家都在吃食堂,父母亲只能顾全大局,跟着吃食堂。

那时候的食堂,粮食已经捉襟见肘,几乎到了崩溃的边缘。早上喝的稀饭,依稀可照见人影;饭桌上,都是番薯、玉米、土豆、蔬菜,根本没有荤腥。关键是人们基本吃不饱。我们冯家人口多,兄弟四个男孩,都在长身体,饭量又大,大家只好勒紧裤腰带过日子。

有一天清晨,我还没吃早饭,区防疫站为消灭血吸虫病送水样的小章叔叔就来了。他是来约我和他到湖北公社二大队抽水样的。他骑着一辆破旧的自行车,连个后座都没有,我只能跟着他的车子一路小跑。谁知快到水塘边时,我忽然感觉一阵天昏地暗,便毫无知觉地摔倒在水塘边上。

据小章叔叔事后告诉我,当地做农活的老百姓纷纷围了上来。他们不知道我没吃早餐,因而出现了低血糖反应,都非常紧张:

"介那个办,冯医师的儿子死塌嘞!"

小章叔叔也吓了一跳。但他还有些基本医学常识,赶紧对围观的农民说:"依谁家有糖或是蜂蜜?快去找点来咯!"

幸亏有户养蜂的大伯家里有蜂蜜。腿快的农民跑去取了来,用温水泡了,给我服下,我慢慢睁开眼睛,苏醒过来。那是我第一次体会昏厥的感觉。看到我醒了,大家才松了一口气。

我父亲知道了,明白我是没吃早饭饿的,有了低血糖症状。他对小章叔叔和取蜂蜜的村民表示了感谢。

另一天,父亲到泗门镇药店进药,不在家里。我母亲见我们兄弟四个饿得眼睛无神,再也没有力气到河里捕鱼捞虾;即使有力气,河里也早已被捞得空空如也。她心里实在不忍,便带了两包香烟去粮食加工厂找王师傅,说了许多好话,才搞了几斤麦麸皮回来。母亲为了不让我们四个孩子饿肚子,把麦麸皮做成了咸菜麸皮饼,用有限的一点油煎了,让我们试试看,能不能吃。我们从来没有吃过那样的饼,觉得黄黄的、香香的,还挺好吃。

正当大家吃得津津有味的时候,父亲从泗门镇购药回来了。看到我们兄弟四个正在吃麦糠饼,大发脾气,指责母亲说:

"小孩正在长身体,吃这种东西,不把肠胃都吃坏了?!"

"他们四个,实在太饿了。"母亲像犯了错误似的,低下头说,"我也实在是没办法。"

"没办法也不该给他们吃这种猪食!"父亲沉重地说,"我还有能力养得起你们,我的儿子决不能再吃这种东西!"

我们兄弟四个面面相觑,不知道是该继续吃还是不吃。父亲把那些麦麸皮饼拿起来,叹了一口气,说:"扔了也可惜,大人吃吧;小孩子不能吃这个东西。"

他将从泗门镇带回来的一小包饼干拿出来,递给我们说:"吃这个吧。"

我看见,母亲转过脸去抹了眼泪。她没有怪自己的丈夫凶自己,只怪自己没有能力让孩子吃饱饭。看见丈夫带回了饼干,所有的委屈都变成了无奈的泪水。

"三年困难时期"无疑是一段历史性的特殊时期。后来,在党中央和毛主席的正确领导下,国家大力发展农业,中国彻底做到了毛主席所说的"手中有粮心中不慌,脚踏实地喜气洋洋",终于让那"三年困难时期"成了历史的记忆。

十二、光耀文艺演出

下一个节目,男声独唱,《唱支山歌给党听》!

随着报幕员清亮的报幕声和师生们热烈的掌声,一个少年很精神地走上台来。他穿着洁白的衬衫,蓝色的背带裤,脑袋圆圆的,眼睛大大的;鲜艳的红领巾,像火苗一样在他的胸前飘荡,呈现出年画一般又可爱又有朝气的少先队员形象。他开口唱道——

唱支山歌给党听

我把党来比母亲

母亲只生了我的身

党的光辉照我心

少年歌声嘹亮,音准和音色都非常好。台下的掌声响起来了。这时候,报幕员利用乐器演奏过门时,报出了那个男生的身份——

演唱者,三年级(1)班,冯时林!

是的。少年演唱者是我。那是湖北公社中心小学"六一节文艺演出"现场,是我在表演独唱。不知是报幕员刚才一紧张忘了报我的名字了,待我唱完第一段才补报出来;还是她一报完歌名我就走上台,让她觉得迟一下再报也可以,总之谁也没有想到,她的迟报反而更有悬念,效果更好。十岁左右的我用目光扫描全场,心里一点也不紧张,见操场上人山人海,全校师生和附近的老百姓都来观看演出,我的情绪更加饱满和有信心了。我继续唱道——

旧社会,鞭子抽我身

母亲只会泪淋淋

共产党,号召我闹革命

夺过鞭子揍敌人

共产党号召我闹革命

夺过鞭子,夺过鞭子,揍敌人

我前两句唱得很深沉,后两句唱得非常高亢有力。全场这时候再次响起热烈的掌声。观众们可能没有想到,一个十岁左右的孩子能够把歌曲特别是歌词的感情完全表达出来。我受到掌声的鼓励,继续唱第三段——

唱支山歌给党听

我把党来比母亲

母亲只生了我的身

党的光辉照我心

第三段歌词和第一段完全相同。但我再次唱起它的时候,用的却是更加深情的声音,而不是像唱第一段时那种叙事的唱法。最后的结束句,我唱得余音袅袅,眼睛看着远方,连自己也沉浸在歌曲的情境当中了。这时候,掌声就像雷鸣一般响起来。

我知道,我的独唱成功了;我更知道,那不只是我个人的成功,我的背后还有一个人,那就是我最喜欢的音乐老师徐杏园。

徐杏园老师和我的奶奶徐杏林只差一个字,想必她俩是在一个辈分上。但我没有告诉她这一点,主要是我觉得她是我的音乐老师,一下子让她变成我的奶奶,会让彼此都不好意思的。她当时只有二十七八岁,短头发,圆圆脸,大眼睛,可以说是端庄秀丽。她的声音很脆,很甜。她的音乐课上得非常好,从乐谱识谱开始教我们,什么是四分之二拍,什么是高音、中音和低音,什么是休止符号,她教得很认真。我们眼睛看着她,学得非常用心。每当我们准确地唱完一首歌,她总会当场点评,而且会露出开心的笑容。

因为喜欢徐杏园老师,我读小学的时候,歌唱得非常好,她总会在教唱歌时提问我一些问题,有时候还会让我领唱。全校六一节文艺演出的独唱《唱支山歌给党听》,就是由她提议,让读三年级的我来演唱的。

如果说那次全校六一节文艺演出我的独唱技压群芳,也不完全准确,因为有几个女生独唱的表现也很亮眼。但如果说那场演出中我们三年级(1)班的合唱《没有共产党就没有新中国》惊艳全校,那才是千真万确;而指挥那个合唱的就是我,提议由我来指挥的还是徐杏园老师。

徐杏园老师对我上课时表现出来的音乐素质和天赋很看重,除了让我独唱、做领唱,还时常把歌唱得好的同学抽出来组织大合唱,让我来打拍子指挥大家练习。正是在我指挥同学们练习合唱的过程中,她产生了信心,决定把我们班的合唱《没有共产党就没有新中国》推荐到全校六一节文艺演出中。

我把徐杏园老师要我参加"六一儿童节"独唱和指挥的事告诉了母亲。她非常高兴,专门为我做了一件白衬衫和蓝色的背带裤。徐老师用她画水粉画的画笔做了根指挥棒交给我,让我在六一儿童节那天的演出中好好表现。

"我们都看好你哦,冯时林。"她用柔软的手掌摸着我的头说,"一定要好好表现!"

演出当天,徐老师和谢老师介是认真,还专门为我们这些参加演出的同学化了妆,无论男生女生都打了粉底,女生还特别涂了胭脂,把大家打扮得喜气洋洋。同学们都很懂事,人人都很乖地让老师化妆;个个都有集体荣誉感,决心要为班集体争光。

我的独唱结束后,并未谢幕,也没有走出舞台口,而是朝下面一挥手;我们三年级(1)班合唱队精神抖擞地迈着整齐的步伐走上台来。由于我独唱成功,那种令人赞佩的氛围还在,所以观众看见独唱演员又秒变为合唱的指挥,禁不住又发出赞叹。这一次,报幕员报出的信息很完整——

下一个节目:合唱,《没有共产党就没有新中国》;表演者,三年级(1)班合唱队;指挥,三年级(1)班,冯时林!

我们听了,都生出了集体荣誉感;我还格外有了些个人的自豪感。我将徐杏园老师用画笔做的那支指挥棒向上一举,示意静音;然后,在空中画了一个有力的弧圈,合唱队整齐雄壮的歌声便响起来了——

没有共产党就没有新中国

没有共产党就没有新中国

共产党,辛劳为民族

共产党,她一心救中国

她指给人民解放的道路

她领导中国走向光明

她坚持了抗战八年多

她改善了人民生活

她建立了敌后根据地

她实行民主好处多

没有共产党就没有新中国

没有共产党就没有新中国

徐杏园老师在我们的合唱中加入了轮唱技巧。这无疑增加了我这个小指挥的难度,因为那好像是同时在指挥两支合唱队,且节奏、速度都必须切分得准确无误,才能在最后让两个声部合而为一。为此,我们作了反复排练。有几个同学一到两个声部时便会混插一气;有的怕唱错,光张嘴不出声,影响了整体气势;还有的同学干脆提出不要轮唱了,上去铆足劲来一遍就下去,确保万无一失,不是更好吗?

徐杏园老师没有放弃使用轮唱技巧。她先将两个声部的合唱队员分开排列,又让两个大嗓门的同学悄悄在分声部发出大声,暗地里引导其他队员;并鼓励我大胆指挥,让我用她给我的画笔指挥棒,按声部直接点那两个发出大声的同学方向,这样,我的指挥便变得更加准确和有效了。所谓"台上一分钟,台下十年功",我们在台下虽然没有花费"十年"的工夫,但练得却很刻苦,所以,那次大合唱,我们班的演出很成功,赢得了全场非常热烈的掌声。

那次全校六一文艺演出的现场观众,除了全校师生员工,还有不少家长参加,我一下子成了湖北公社中心小学的小"名人"。演出结束后,大家都对我指指点点,说:

"快看快看,那个唱独唱的小指挥!"

"听说他是冯医师的二儿子。"

"是嘛。院长家的孩子啊,怪不得这么优秀!"

我走在那些家长面前,忍不住把腰板挺得更直,胸挺得更高。我为我父亲感到骄傲,也为自己能够为父母争光感到自豪。当我听见有的家长对自己的孩子说"你要向人家冯时林同学学习"时,我感觉到非常光荣,下决心自己要在各方面做得更好。那次六一节文艺演出后,我周围的好朋友越来越多。我也成了湖北公社中心小学的"孩子王"。

十三、成长难忘师恩

泗门镇原本隶属余姚,新中国成立次年设区,四年以后泗门区大部分划归慈溪,二十五年后才重归余姚。所以,我父亲从泗门到湖北公社创建保健所,是由慈溪县委副书记兼泗门区区委书记干志成和泗门区中心医院院长李家骥联合谈话后去的,属于组织委派。我们冯家在泗门镇生活的地理变迁,正像这个古老名镇和余姚的关系一样,有个去而又归的过程。也就是说,我们本属泗门,后至湖北,终又重归泗门。

且说我的童年与少年时代,因为随父远行,基本上是在湖北公社度过的。在我的印象里,父亲创建的公社保健所—公社卫生院—公社人民医院,好像从来没有上下班的制度。父亲和所有医护人员,吃住都在医院里,病人随到随诊,他们一心都扑在工作上;有时候,半夜三更还要出诊。有些年轻的医护人员,从十八九岁进入医院一干就是几十年,工资待遇也很低。那时候,不光工作连轴转,条件也很艰苦。保健所刚建起来的时候,晚上连电灯都没有,用"洋油(煤油)灯"照明,但无人感到悲观,工作生活在一起,其乐融融。

工作空闲的时候,保健所的菊芬阿姨和静芝姐姐都会帮我检查作业,给我细心辅导。现在回想起儿时的我,受到那么多叔叔、阿姨、哥哥、姐姐的关心照顾,真是感到莫大的幸福;同时,我也耳濡目染,从他们身上学到许多优秀的品质。从某种角度也可以说,他们都是我的人生导师。

当然,我最早的人生导师,便是父母。他们是有知识、有文化的一代人。父母从小学的是圣贤,在私塾中读"四书五经",后来做的是为人民服务的高尚职业。他们完美的人格、优秀的品质熏陶着我,滋润着我,帮助我健康成长。所以,我常说,我的童年和少年时代,是幸福的,快乐的,也是令我终生难忘的。

记得读二年级的时候,我是班上第一批加入中国少年先锋队的队员。当辅导员老师和高年级的同学为我们系上红领巾的时候,那一瞬间,我似乎长大了好多。在队旗下宣誓，我懂得了红领巾是红旗的一角，是烈士们用鲜血染红的。我暗下决心，一定要为祖国美好的未来好好学习、天天向上，做革命事业的接班人。

加入少先队、戴上红领巾后，老师们对我们的要求更严格，总是让我们为同学们做好表率，提前到校温习功课；放学后，除了值日的同学，大家都一起参加搞卫生、擦黑板、擦洗课桌椅凳。自打六一节文艺演出后，我在湖北公社中心小学已经成了小"名人"，加入少先队又早，所以凡事总是要求自己带好头。这一方面是自己觉得要对得起父母，因为被人称为"冯医师的儿子"，那份荣誉感和自豪感不允许自己落后；另一方面，也是因为很多老师都很喜欢我，我也不愿意让自己喜欢的老师们失望。

我已经写过我的语文老师董华江和音乐老师徐杏园，这里再说说记忆深刻的其他老师们。

60年代初，我们经历了三年困难时期，国家经济实力比较薄弱，老师们的生活很艰苦。许多老师都是从全县各地分配到公社小学任教的，有不少是代课老师，收入很低，生活十分拮据，只能省吃俭用。老师们周日回家，大多要从家里带点霉干菜、霉豆腐、咸鸭蛋等下饭；饭是食堂蒸的。食堂也会炒几个菜，价格在如今看来肯定不算贵，但当时很多老师舍不得买。二十几个人的小食堂，大家拼在一起吃饭，也很有乐趣。

"来来来，今天我豁出去了，买了一份肉菜。"校长石小堂说，"大家分着吃点儿。"

后来的校长杨如龙也经常买油炸小鱼干，分给大家打牙祭。我之所以了解这些情景，是因为父母有时候会让我把家里腌的咸鸭蛋送给吃饭的老师们，经常见到他们在一起吃饭的场面。除了董华江老师，我对谢慧珍老师、童志敬老师（化名）、张若慧老师、丁克昌老师、胡栋成老师和谢招英老师的印象都非常深刻。他们都是我的小学老师，精诚敬业，热情施教，对我们像子女一样教育和爱护。回想起当年在湖北公社中心小学的学习情景，我总是对那些老师们肃然起敬。是他们的全心全意的付出和无私的奉献，才让我们茁壮成长。每每想到这里，我都要在心里大声喊道——

老师们，我们爱您！

我读小学的时候，谢慧珍老师给我留下的印象极为深刻。她祖籍余姚市泗门镇,在上海生活长大,幼师毕业后,回到乡村教书育人。她瘦瘦的身材,一米六四左右的个头,短头发,戴一副深度近视眼镜,对人总是笑眯眯的,讲话细声细气。除了教音乐,她还教珠算。由于眼睛高度近视,她走起路来总是小心翼翼,生怕踩死蚂蚁。有些调皮的同学总会在她后面喊:

"谢老师,小心前面有只蝼蛄!"

她便会停下来,左顾右盼。同学们哈哈一阵哄笑,随即逃之夭夭。她知道学生调皮,也不生气,笑笑便继续走路。

也许因为是泗门人,又姓谢——泗门镇本地人大多姓谢,谢慧珍老师便和我母亲成了"闺蜜"。她在大庭广众面前,便称我母亲"冯师母",两人私下相处时,便叫"阿姐"。她非常欣赏我母亲的厨艺,总是说:

"阿姐侬烧几只小菜好来事咽! 我拜侬为师,好好学几手。"

她30多岁时,还没有小孩,总和我妈妈说:

"阿姐侬拿能介会生,侬四泥子阿平曼好,给我当义子好伐?"

后来我弟弟叫她"谢老师姆妈",她答应得十分清脆,笑得合不拢嘴,说:

"哎哟,老开心得嘞。"

她经常会带点大白兔奶糖,分给我和兄弟们吃。寒暑假探亲回来,总要给我四弟阿平带玩具。她对我们的学习,也是教得认真、管得很严。平时她一口上海话,上课时却讲普通话。我的一、二、三年级的音乐和珠算,都是她教的;后来才改由徐杏园老师教。她还组织我们打珠算百进位比赛,看谁打得又好又快。她告诉我们,读书一定要用心读,重要的课文要背熟读懂,要从小锻炼自己的记忆力;乐谱歌词要记牢,脑子不用要生锈,算盘不打手发僵,说都是一个道理。

当时,学校经常组织记忆力比赛,那时我看东西过目不忘,所以总是名列前茅。现在回忆起谢老师教我们的情景,觉得她那种启发引导式的教育,不急不躁、循序渐进甚至慢条斯理,十分有道理;她亦师亦母的形象,让我永远难忘。

印象深刻的老师,还有体育老师童志军。他二十来岁,一米七八的身高,西式发型,长得英俊,穿上运动服后,身上发达的肌肉隐隐可见,很显精气神。他刚从体校毕业,人也和蔼可亲,主要教我们田径和球类。我们喜欢体育的同学经常围着他转,关键原因是他当时有一把气枪,一直吸引我们男生的眼球。听他说,他小时候住在鄞县;读中学的时候,在离家不远的地方有一个气枪摊。当时他家里条件好,父母给的零花钱多,他几乎都用在练习气枪上,因此枪法很好。我们都喜欢他,时常围着他,央他教我们打气枪。有时我们为了买气枪铅弹,要跑十几里路,到泗门镇西街去——那里有一个文具店,可以买到"工字牌"气枪铅弹。那时候,麻雀被列为"四害",我们星期天便跟着童老师去打麻雀,回来后,他便到我家来改善伙食。

大约也就是从那时候开始,因为童志军老师的缘故,我对枪械产生了兴趣。当时正好又是民兵大比武的年代,我便经常跟在民兵训练的队伍后面,从起步、跑步、正步、卧姿、跪姿瞄准来训练。公社人武部长王杏森叔叔是我父亲的好朋友,见我好学,训练打靶到最后,总是让我打上几枪。由于我有跟童志军老师学打气枪的基础,我打起靶来,比有些没有握过枪的民兵都打得好。王杏森叔叔在我父母面前表扬我说:

"嘿,冯医师,小林是块当兵的料。"

我听了,心里美滋滋的,心想,那都是童老师的功劳。不过,那时候"三八大盖"的后坐力太大,虽然王杏森叔叔专门挑小马枪给我用,分量轻一点,但我人小,感觉后坐力还是很大。我虽然肩膀被撞击得很痛,心里却十分高兴。

童志军老师到湖北公社中心小学担任体育老师后,我们的乒乓球水平有了很大提高。但当时因为经费紧张,我们球桌、球拍的质量都比较差。即使如此,我们在童老师指导下刻苦训练,在湖北、夹塘和万圣三个公社的中心小学乒乓球选拔赛中,前三名都是我们湖北公社中心小学的,并准备参加泗门区小学生乒乓球比赛。

说起那次在泗门镇上的比赛,真是令我们湖北公社中心小学的选手们眼界大开。原来兄弟学校的球拍、球桌,都是标准比赛用设备。他们用他们的球拍发球、削球、搓球、抽球,我们很不习惯,镇上的小朋友便嘲笑我们是"海头牛"(因为我们来自杭州湾海边),连削球都吃不惯;最后,那场在我们泗门镇家门口的比赛,我们湖北公社中心小学所有选手,全军覆没。

那次"惨败",让后来担任了校长的杨如龙老师下了最大决心,添置了标准的比赛用运动器材。除了乒乓球器材,还有足球以及框网。自那以后,我们才有了像样的球桌、球拍和足球训练场地。我们对乒乓球和足球训练,更加刻苦和认真。受我影响,我的三弟冯林和四弟阿平,对乒乓球和足球产生了浓厚的兴趣;他们俩的小小身体,整天活跃在乒乓球和足球场上。

终于,在泗门区中小学生乒乓球选拔赛上,勤学苦练的三弟脱颖而出,并在慈溪县中小学生乒乓球大赛上一雪湖北公社中心小学"前耻",获得了冠军。而我的四弟冯立平则因为足球技艺出色,作为少年足球队成员参加了全省的比赛。

十四、三打成之庄记

　　我成长在毛泽东时代,受毛主席的教育思想影响最深,懂得党的一贯教育方针是要"坚持培养学生德、智、体全面发展,坚持与生产劳动相结合,培养无产阶级革命事业的接班人"。我知道毛主席十分重视从初小到高小前三年级的语文课教学,他老人家曾经用"世界是你们的"来鼓励大家亲近社会,将世界作为个人成长的舞台,要树立远大理想,具备宽广视野;"世界是你们的",所以我们要关心世界;一旦关心世界,就会发现世界远超学校的围墙,而属于天下人。他强调我们的教育工作必须起于"大志",具有大心量和大智慧。古人云:"心小志大者,圣贤之伦也。"毛主席一方面注重于教育工作要起于"大志",但在入手处,又十分强调从此时此地做起,从身边事做起,从基层做起。

　　在我接受中小学教育的那个年代,毛主席的讲话就是最高指示。我在湖北公社中心小学读书时,校长石小堂和杨如龙都十分重视学生德、智、体全面发展,经常请一些老八路、新四军的英雄人物,到学校来为高年级的同学作英雄事迹报告。高年级的同学已经基本懂事,世界观、人生观、价值观开始逐渐形成,能够辨别是非对错,能够做到爱憎分明。

　　现在回忆起来,我觉得学校当时经常利用各种讲座进行爱国主义教育,对我们的成长进步的确起到了举足轻重的作用。当时我印象最深的,除了徐杏园老师的先生许刚讲的"人民英雄麦贤得"的故事,还有学校请泗门中心小学语文老师谢建中给我们讲述的"三打成之庄"的故事。

　　我小时候读了董华江老师推荐给我的"四大名著"连环画,知道《水浒传》里有个"三打祝家庄"的故事;知道毛主席对军师吴用在运用战略战术时蕴涵的辩证法有过评述,所以对谢建中老师讲"三打成之庄"的故事,便听得格外用心。这一方面是因为两个战例都是"三打";另一方面,还因为谢老师讲的"三打成之庄",就是发生在我的故乡泗门镇里的故事。

　　谢建中老师是泗门区中心小学的优秀语文教师。他中等的身材,西式发型,略微有些胖墩墩的,给人以和蔼可亲的感觉。

"同学们,我今天给大家讲的故事叫《三打成之庄》。"谢老师开口讲道,"我们泗门区有临海、兰海、横塘,还有泗门镇、万圣、夹塘、湖北。你们去过泗门镇吗?我们经常讲第四门,去过泗门镇的请举手。"

坐在我身边的好多同学都面面相觑,没有几个举手。因为他们对泗门古镇知之甚少,了解不多,谢老师便指着我说:

"小林同学是泗门镇阁老府人,我和他爸是好朋友。"

他这么一说,刹那间同学们的目光都转向了我。我的脸腾一下红了。可能怕我太过害羞,为了让大家不再注意我,他抬高声音,开始了"成之庄"兴亡故事的讲述——

话说,泗门是"千年古镇,阁老故里"。明清时期,泗门出了很多名人墨客。最著名的就是状元谢迁。他官居大学士、成了阁老后,在家乡泗门建造了规模宏大的阁老府、状元楼、大学士第和洗砚池。阁老府的西南侧,有一组建筑群,占地十多亩,四周围墙耸立,这就是清代和民国时期赫赫有名的"成之庄"。

"成之庄"庄主,名叫谢守中。他的哥哥谢守庸,是"人和庄"庄主,也是地主武装"黄头勇"的最早组织者。庄园平时养有护庄兵士六七十人,遇到战事,能够招募上千人。这些庄丁用黄布包头,所以称"黄头勇"。黄头勇骁勇善战,武器有大刀、钢矛,后来发展到土炮、抬枪和凳头炮等。太平天国进军浙江时,绍兴府城和余姚县城告急,都曾向"成之庄"借兵。

"成之庄"私设刑堂,可以随时对有所"触犯"的百姓审讯和施刑。

一个名叫德兴的佃户因缴不清租谷,被抓去关在晒场头,倒扣在稻桶之内,然后往稻桶内点燃青松毛,以浓烟蒸熏,差点被熏瞎双眼;一名叫长贵的佃农因抗租抓进庄里,即时被砍掉了双脚的后跟,使他一辈子无法穿鞋走路,成为残疾人……

"成之庄"作恶出奇,"人和庄"不甘落后。他们横行乡里、欺行霸市、敲诈勒索、作恶多端,各种恶行不胜枚举。有一次,谢守庸同大庙周村人打官司时,乘机抢占了沙地一千四百亩,立上界石,作为私产,可见其恶霸行径之一斑。

清咸丰八年(1858年)夏,余姚淫雨成灾,稻谷歉收,农民日夜劳累,自食难饱。而封建地主串通官府,逼交租谷。正当农民们濒临绝境的时候,有黄春生发起而号召佃农抗租救灾。黄春生两只眼睛像酒盅,两只手臂像薄纱,两只脚胖若灯笼,走起路来地会动,走在身边一阵风。

　　说起那黄春生,据说其祖辈是抗倭民族英雄戚继光的麾下。他一米八的个头,四方脸,有一身好武艺。他带头组成农民武装"十八局",同官府和地主展开了第一次斗争。但第一次攻打"成之庄",由于缺乏作战经验,并未得手。

　　"成之庄"庄主谢守中的第二个儿子,叫谢敬,他在农民军失利的情况下,乘机绑架了佃农严晋奎,激起了农民的愤恨。"十八局"决定再次出师攻打"成之庄",解救严晋奎。但是,由于缺乏周密的计划,队伍刚一行动就被谢敬知悉;谢敬故意放出严晋奎作为诱饵,同时召集"黄头勇"设伏各处巷口,对"十八局"进行狙击。

　　初创的"十八局"农民武装虽人多势众,但一无临战经验,二无正规武器,仅是些锄头和短刀而已,因而被大量杀伤。经过几小时的顽强冲击,农民军战士的鲜血洒满了泗门镇街头巷尾。黄春生和军师潘世忠见状,只好下令撤退。

　　二打"成之庄"再次失利,并未让"十八局"农民义军丧失信心;相反,由于众多佃农兄弟的流血负伤,却进一步激怒了义军,鼓舞了斗志。黄春生和军师潘世忠决定第三次攻打"成之庄"。

　　大家总结了前两次失利的教训,认识到同地主武装斗争不能光凭人多盲进,而要有勇有谋。经过周密商议,农民义军决定采用调虎离山、引蛇出洞再声东击西的战术。入夜,他们兵分三路,一路由潘世忠带领,佯攻"成之庄",诱引"黄头勇"出庄,再佯败诱"黄头勇"追击到泗门镇外;占据有利地势后,尽力牵制住"黄头勇"。另两路由黄春生指挥,即见"黄头勇"出庄离镇后,便悄悄靠近"成之庄"外围,准备一路攻前门,一路打后门。

　　由于四周围墙高筑,庄门坚固,墙外又有护庄河,加以留守"黄头勇"的防护,缺乏攻坚经验的农民军一时难以进入。经临时合计,农民义军决定采用抛火球的办法,火攻"成之庄"。他们用破旧棉絮包裹石头,用油浸透点燃后,用土制的抛球车奋力抛入庄内。农民军人众火球多,几十几百的火球接连抛入"成之庄",庄内屋上、地下、廊前、厅后,到处都被抛掷了火球。一时火势冲天,庄内人员欲逃不得,救不胜救。

　　接着,农民军又点燃了庄外的谢氏谷仓,然后引兵得胜而返。当镇外的"黄头勇"望见火光,自知中计,急忙赶回时,"成之庄"已成一片火海,只可远观而无法近救,终于成为一片废墟。

经"十八局"农民武装的三次攻打,"成之庄"被农民军的怒火烧成一片白地。1863年,由谢守庸之孙谢采璋和谢守中的长子谢小舫合议,重建了该庄园。如今,东为"人和",西为"成之",两庄联建。"成之庄"最终由人民政府没收,作为泗门区公所办公处。两座庄园至今保存完整。

谢建中老师讲话绘声绘色,风趣幽默,脸部表情十分丰富。他嗓音洪亮,铿锵有力,眼神随着故事情节时而炯炯有神、时而光芒四射,对各种人物的描述都恰到好处。讲到激动处,会放声大笑,致使现场的笑声此起彼伏。在讲到坏人行凶作恶时,他会双眼放射冷光,像一名演员进入角色。

谢老师一口气讲了两个多小时。生动的语言,翔实的史料,让农民义军"三打成之庄"的动人故事在我们心间久久激荡和震撼着。故事结束后,同学们报以热烈的掌声,表达我们的衷心感谢。多年以后的现在,当我要复述谢建中老师所讲的故事情节时,竟然毫不吃力,足见当时的印象是多么深刻,几乎是根植在我们稚嫩的心田里了。

事有巧合,机缘相投,谁能想到,给我们讲"三打成之庄"故事的谢建中老师,后来竟成了我三弟的岳父;而他当时也坐在现场,听得比谁都入神。

十五、少年武器情结

哪个农村男孩没有玩过纸枪火炮？哪个乡间少年没有从军梦想？

我的童年和少年时代,国家虽然很困难,生活虽然艰苦,但是精神却很快乐,手里不缺少土制的枪炮玩具,满脑子激荡的都是英雄梦想。

男生小的时候,平时玩的东西原本就比女生多。比如养蚕宝宝,一般男女生都会,那是春天的事情。刚孵出来的蚕宝宝极细小,黑黑的,我并不喜欢。我一般会和小朋友做交易,用医院的药盒、针盒和他们换中等蚕宝宝。每天割兔草时,我会顺便采点桑叶回来喂它们。看到蚕吐丝做茧,破茧成蝶,再下好卵,整个过程很是有趣。但是我们男生还会玩斗蟋蟀,女生便很少玩。蟋蟀当然得我们自己捉。某一次,我在墙根捉蟋蟀时发现了一条蛇,便再也不敢捉蟋蟀了。男生大多会打玻璃弹子,女生也很少参与。玩得久了,我们打弹子便很准;我们还会"括"香烟牌子,把香烟壳子折叠成三角形,看谁能把对方的香烟牌子"括"翻过来;玩滚铁环,更不消说,我玩得透溜,会玩各种花样。

但是,这些养殖和玩乐,还不是我说的重点;我重点要说的,是小时候玩的那些"武器"。

先说掼炮。掼炮的制作方法,是先用线团在木芯的一头固定住三根鸡毛——主要起到平稳着地的作用;另一头,用牙膏皮熔化,浇到木芯的孔里,中间留好放火药纸的凹口。一枚铁钉,截掉三分之二,穿过铁的垫片,用橡皮筋固定它,拉开,装上火药纸,合上铁钉的截面,使劲往上一摔,落地时使铁钉撞击火药纸,便会发出"砰"的一声。一张火药纸,共十响,只消五分钟便会告罄,一般小朋友玩不起。

再说火炮纸枪。当时整个湖北公社的小朋友中,也许只有我有一把。它的样子像真枪,是我专门请为公社卫生院打家具的阿堂叔叔做的。因为他背有点驼,大家都叫他"驼背阿堂"或是"驼背师傅"。我们的父母都关照过我们,对残疾人一定要尊重,不能叫绰号,我们就叫他"阿堂叔叔"。他休息时,我们求他做红缨枪,做火炮纸枪。

阿堂叔叔和我们父母亲关系很好,有时放工了,会留下来陪我父亲喝两盅,因而把我们兄弟当侄儿看待。对我们提出的要求,他会非常认真,帮助我们实现愿望,所以他在我们兄弟中很有威信。我们也经常为他泡父亲喝的珠茶,从父亲的香烟盒中"顺"几根烟给他点上。

阿堂叔叔的木工手艺很棒。他做事很认真,总是先画图打样,仔细研究透了,再动手。

"阿堂叔叔,"我对他说,"我想要一把打火药纸的手枪……"

"这个好办。"他立马答应,"你去公社新生大队样板戏俱乐部,借一把道具手枪来。我好照着样子做。"

我和俱乐部的导演张永根叔叔很熟,和他说了想让阿堂叔叔做把打火药纸的手枪。他父亲的气管炎,是我父亲治愈的,他便看在我父亲的面子上,同意把道具枪借我半天。

我高高兴兴地拿了演戏的手枪交给阿堂叔叔。阿堂叔叔真了不起,第二天中午就做好了。枪的样子跟真的一样,还可以拉开枪栓装上火药纸;一扣扳机,在橡皮筋的作用下,顶针撞到火药纸,就"砰"的一声打响了。

那时我们喜欢看《平原游击队》《小兵张嘎》《小英雄雨来》《智取威虎山》和《海鹰》这些片子,也喜欢模仿剧中的人物,腰间扎一根皮带,插上盒子枪,感觉非常威风。

说起阿堂叔叔为我做的那把火药纸枪,关键时刻,它还真发挥过作用。

公社俱乐部在中心小学操场演《智取威虎山》,其中有个情节,是小炉匠栾平想方设法逃离解放军看管,雪夜逃上威虎山,对侦察排长杨子荣构成极大威胁。在威虎厅当面对质时,八大金刚唇枪舌剑,杨子荣沉着应对,聪明机智,胆略过人,终于赢得了座山雕的信任,把栾平交由"老九"——也就是杨子荣处置。杨子荣一把拎起栾平,拖到威虎山山门,拔出手枪说——

"我代表人民枪毙你!"

话音一落,枪响人毙。这一幕我看多了,也拿起火药纸枪,等待杨子荣那一句话。话音一落,我的火药纸枪"砰"的一声响;而杨子荣的枪没有打响,我的一响正好为他补上了,别人却以为是杨子荣开的枪。事后,俱乐部负责人直夸我机智灵敏。

"小林,"他高兴地说,"你这一枪补得太及时了。"

我也感觉做了件非常有意义的事情。否则,恐怕他们的洋相便出大了。

我还玩过一种"武器",恐怕许多小朋友没有玩过,便是火铳。

一次,应国连的表哥从上海来乡下玩。当时,"上山下乡"运动已经开始。上海有一条政策,即应届初高中毕业生可以报名支援边疆,大多是去黑龙江;后来,支边回来的都称"龙江哥",也可以到浙江农村投亲靠友参加农业生产,叫做"支农"。应国连的表哥先来投石问路,想看看乡下的环境如何、自己适不适应。因为他父亲是拖拉机厂的工人,他一出生便取名王铁牛,大家都称他阿牛哥,有的叫他牛哥。牛哥,一米八的个头,十八九岁,人还是小孩子脾气。我们相处得挺好。

有一天,他从临山镇亲戚家中拿来一把火铳。火铳,也叫土铳。由于我对枪械特别感兴趣,便整天跟着他到海边去打野鸭,到竹林里打斑鸠。他刚开始玩枪,野鸭基本上没打到过。开始看见水里的野鸭,他的枪一响,野鸭就钻到水下;不一会儿,它又浮上来了。

后来我到了部队,学习了射击原理,知道了土铳因为没有膛线,子弹的飞行速度很慢,往往枪一响,子弹抵达不了目标;而军用枪的威力和速度成正比,往往枪响,子弹也到了。

我当时琢磨,这土铳也太简单了,一根枪管上焊个火帽子,机头用弹簧打击火帽子,发火进入枪管,引燃枪膛的火药,"砰"的一声,便将弹丸射出枪口,击中目标。我知道了这个原理,和铜匠阿刚师傅商量做一支。我找来一根50公分的钢管,让他在钢管上钻个放火药线的斜孔,一头封掉,再做一个架子,从商店里买来大炮仗,把火药挖出,装在钢管里,按土铳装火药的要求,先放火药,隔一层纸板垫圈,放入铁砂,把炮仗火药的引线放入斜孔,做好后就到河埠头试验。

我点燃火药线后,便跑上岸。这时候,身后有一个熟悉的声音:"要响了。"

果然,"砰"的一声,便把对面的玻璃打碎了。

身后的声音是人武部长王杏生伯伯发出来的。他说:"你们几个小鬼头在玩什么?"

我们怕他批评,都低着头,拿眼睛的余光瞟他。他知道我们在玩土铳,却明知故问,意在给我们讲安全方面的道理。虽然那时土枪土铳很多,但从安全角度考虑,还是告诫我们说:

"玩这个太危险,土铳出事故的教训太多了。"

因为王伯伯是我父亲的好朋友,讲话既严厉又和蔼可亲。我们听了,都非常听话,信从地点着头,从而让那个危险的玩具终止了使用。

但是,对枪械的喜好,在我的心里却从来没有终止过。在我后来的人生履历中,有一段难忘的从军生涯如期而至,我想也许有着必然性吧。

十六、心仪人民英雄

我是在抗美援朝的伟大时代出生的。我出生后的若干年中,志愿军陆续撤出朝鲜。但我的故乡浙东三北地区面朝东海,对面便是宝岛台湾,再远些便是韩国,更远些是日本,那里都有美军驻守,整天对中国大陆虎视眈眈。

我们音乐老师徐杏园的先生,叫陈良贵,在解放军东海舰队任营级教导员。他到学校探亲时,因为徐老师和我父母关系甚好,便把她的先生介绍给我父母亲认识。学校也曾邀请他给高年级的同学讲中国海军的故事。所以,在我幼小的心灵中很早便植入了对中国军人的敬佩和敬重之心。

徐老师的先生陈良贵,一米七七的瘦高个头,性格开朗,讲话风趣,虽然年轻,却很老成,很受老师和同学们的敬服与青睐。他给老师们讲当时的台海形势,讲蒋介石反攻大陆的由来与始末;我们这些做学生的,都趴在窗子外面静静地听他讲述。虽然有的事情我们似懂非懂,但大致还是能听懂一些。

陈叔叔说,60年代初,蒋介石心里一直想要"光复"大陆,所以东南沿海便一直处于战备状态,时刻准备迎击蒋介石的反扑。他说,大家生活在平安祥和的环境里,体会不到东南沿海的那种紧张气氛。但是实际上,海军都在舰队值班,沿海的陆军部队指战员,都是全副武装在坑道里待命,随时准备打仗。

陈叔叔到我们家做客时,也会和我的父母说一些战事形势。他告诉我们,从1962年开始,蒋介石一直在计划"反攻大陆",并认为大陆经过三年困难时期,国力比较虚弱,因此认为是"反攻大陆"的最佳时机。在蒋介石高层的精心策划和准备下,台军挑选了一批特务,有的是惯匪首领,有的是中基层军官,也包括大陆土改时逃亡到台湾的地主和反革命分子,编成了"反共救国军",经过专门训练后,妄图在福建、广东一带实施两栖登陆和空降作战,以建立所谓的"游击走廊",开展各种骚扰和破坏活动,气焰十分嚣张。

我们兄弟围在大人们身边,安静地听着,心里却怦怦直跳。我们的父母并没有赶我们走,可能他们觉得小孩子知道一些国家大事没有坏处,只有好处吧。

这样,我们从小便养成了关心国家大事的心态和习惯。后来,当我们听到毛主席对年轻一代的要求"你们要关心国家大事"时,我们都觉得父母当时的做法是对的。因为他们很少对我们说:"去去,大人说话,小孩子一边玩去。"

我们听说,针对台湾当局的所谓"光复"计划,毛泽东主席英明决断,采取针对性的战略方针——放到陆地上打,断其退路,包围歼灭,同时在海上将其输送船打掉。那时候,我们做了足够的准备,军民在海上、海岸、陆地和隐蔽斗争四道防线上联合作战,部署周密,使"反攻大陆"的敌特无隙可乘,真正做到了"军民团队如一人,试看天下谁能敌"。同时,由于美国总统换届选举,人事变动,美国主子对扶不起的阿斗蒋介石渐渐失去了支持的信心,使蒋介石"反攻大陆"的行动总是无果而终。

我们湖北公社中心小学也请陈教导员到学校里,专门给老师做形势教育讲座。他在正式做讲座时,身着戎装,英姿勃勃,令趴在教室窗台上蹭讲座听的我们,又敬佩又神往。

陈教导员坐在讲台上,综合当时的国际国内形势,严肃认真地对大家说:

"各位老师,现在虽然是太平盛世,但形势风云变幻,这个世界实际上并不太平。此前我们讲到台海局势,可以说蒋介石打算'东山再起',想要'光复'大陆的幻想并没放弃。他们躲在台湾孤岛,一直想干扰和破坏我们的宏伟大业。

"从我们的东北方向看,'北极熊'也在蠢蠢欲动,制造事端,觊觎我国的领土。我们不能放松警惕。我们从不去侵略别国领土、干扰别国事宜。但从部队首长的分析看,中苏之间,必有一战。我们要响应党中央和毛主席的号召,'对于战争,一是反对,二是不怕。我们要建设强大的陆、海、空军。人不犯我,我不犯人,人若犯我,我必犯人。'这是我国对外的一贯政策和主张。因此,我们把国内自己的事情办好,把我们的国家建设成繁荣富强的国家。一切美帝妄想破坏世界和平的行径,都是痴心妄想。毛主席早在抗美援朝战争时就说:'一切帝国主义都是纸老虎。'我们有信心有能力一定能够战胜一切来犯的敌人!"

陈教导员的讲话赢得了老师们的热烈掌声。我们趴在窗外,也忍不住鼓起掌来。

陈教导员即将结束探亲假,说和徐老师回慈溪云城老家住几天后,就要归队。我们班的同学一早就来到学校大门口为他俩送行。我们挥着小手,向他们夫妇告别,喊着欢迎许叔叔下次探亲假时再为我们讲中国海军的故事。

时间过得真快。1966年的春天到了,我们过了那最后一个学期,小学就毕业了。

这一天,我向同学们传递了一个消息,说在大门口看到了徐杏园老师的爱人陈良贵叔叔。那时候,他已是海军上校副团级干部,按照部队规定,营级以上干部家属可以"随军"。听说徐老师要去部队的子弟学校任教,我们大家都有依依不舍的感觉;我们是多么希望徐老师能够留下继续教我们直到毕业为止啊。

但是,我们知道,留下徐老师,那是不可能的;我们能够表达的愿望,就是希望陈叔叔能够再给大家讲讲中国海军的故事。所以,每次下课后,我们都会集聚在徐老师的宿舍前,一齐高喊——

"陈叔叔好!"

我们发自内心的喊声,让杨如龙校长和老师们听了,也深受感动。杨校长特意到我们中间来做大家的思想工作。

"同学们,你们都去上课。我一定把大家的想法转告徐老师,让陈叔叔为你们讲故事。"

终于,我们的愿望和请求有了回音,陈良贵叔叔答应为我们讲故事了!

我们都非常高兴。我们在教室里加满了凳子,五、六年级的同学坐得满满一堂。当陈叔叔出现在教室门口时,全场响起了热烈掌声。陈叔叔向大家挥手示意,清了清嗓子,开始了他的故事——

人民英雄麦贤得

话说1965年,台湾的蒋介石"反攻大陆"进入第四个年头。

8月5日凌晨,台湾国民党海军巡防第二舰队的旗舰——大型猎潜舰"剑门"号和小型猎潜舰"章江"号,由位于台湾高雄的左营军港悄悄驶出。

当天6时10分,我南海舰队的雷达就发现了已经到达福建东山古雷头和广东南澳交界处海域的这两艘国民党军的军舰。南海舰队司令部命令汕头水警区护卫艇41大队的护卫艇4艘、快艇11大队的鱼雷艇6艘,组成突击编队迎敌,指挥员是汕头水警区副司令员孔照年和参谋长王锦。

当晚,当时的总参谋长罗瑞卿向周恩来总理作了报告。周恩来总理立即向毛泽东主席报告和请示。

夜里23时,孔照年带领的作战编队到达离东山岛很近的南澳前湾待命。恰在此时,敌舰出现于福建省东山岛兄弟屿海域东南方向约3.5海里处。

8月6日凌晨1时42分,双方开始接触交火。国民党海军的"剑门"号和"章江"号两舰凭借其火炮射程远,首先向我护卫艇开炮。

孔照年命令艇队展开战斗队形接近敌舰,当指挥艇已经看清敌舰桅杆时,才下令各艇一起炮击。突击编队连续发动了两次突击和抵近射击,明显压制了敌舰的炮火,并将两艘敌舰分开。

"剑门"号上有国民党海军巡防第二舰队司令胡嘉恒少将,他是此次来犯的国民党海军最高指挥官。"剑门"号舰长王蕴山一看来了这么多快艇,即向胡嘉恒报告。胡嘉恒命令一边还击,一边向东规避,同时呼叫"章江"号一同规避;而"章江"号却被4艘高速护卫艇紧紧咬住不能动弹,最近的护卫艇离敌舰只有50米,充分利用敌舰的射击死角掩护自己攻击敌舰。这时,"章江"号的甲板中弹起火,边还击边后撤。我海军突击编队的598艇、601艇、611艇和588艇,加速冲击堵截,死死咬住。

战斗十分激烈,炮火把整个东山岛以东海域都映红了。深夜隆隆的炮声,甚至汕头海湾都能隐隐听见。

激战中,我601艇中了4发炮弹,有一颗炮弹在指挥台上爆炸了,一块弹片打进了年轻艇长吴广维的头部。吴广维一头栽倒在指挥台上,不幸牺牲。这时,正在一旁跟艇实习的中队长王瑞昌立即接过指挥权,继续战斗;而"章江"号利用这个时机,想加速逃走。孔照年指挥各艇紧紧咬住,战斗空前紧张,炮声中,他的嗓子都喊哑了。

正在这紧张的时刻,611艇却突然减速了。

611艇,就是麦贤得所在的炮艇。艇长崔福俊此刻正在指挥台上,两眼一片血红,紧紧地咬着"章江"号不放。"章江"号也越发疯狂,回击炮火更加猛烈。"咣!咣!"两发炮弹打到了611艇的甲板上,机电军士长杨映松中弹牺牲。"咣!咣!咣!"三发炮弹打来,一发打在了驾驶台上,两发竟然打进了机舱。机舱里的轰鸣声减弱了,611艇失去了部分动力,速度一下慢了下来。受伤的崔福俊大声对副指导员周桂全喊:

"快,快到机舱里去看看。"

周桂全立即下到机舱,机舱里一片漆黑。

611号护卫艇共有四部主机,当头两发炮弹落在甲板上爆炸后,后机舱的一部主机停转了。此时,机电部门轮机兵麦贤得在前机舱岗位上,前机舱班长黄汝省见快艇动力在减弱，就拉了拉身边的麦贤得，用手电筒射向后机舱。麦贤得穿过一个仅有40厘米宽的圆形舱洞，只见后舱罗班长正弯腰紧张地排除故障，便赶紧过来协助。正在这时，两发炮弹打进了机舱，两声巨响，弹片横飞，罗班长一头栽倒在地……

爆炸后的一块高温弹片，烙铁一样扎进了麦贤得的头颅。这块弹片，后来经过医生检查，发现从右额骨穿进，深入麦贤得的颅内二寸，最后插进左侧的额叶。当即，流出的脑脊液和血一下就糊住了麦贤得的眼睛。他什么也看不见了，倒在地上昏迷了过去。

受了轻伤的后舱轮机兵陈文乙上前扶起罗班长，摸出一个急救包，包住了罗班长流血的头，将他放在舱板上，又转身去包扎昏迷中的麦贤得。

周桂全看到如此惨烈的情景，一句话也说不出来。他急忙从陈文乙手中接过急救包，让陈文乙赶快去抢修停转的主机，自己来包扎麦贤得流血不止的头。

这时，打到前机舱的那颗炮弹爆炸后，另一部主机也停了。

躺在血水中的麦贤得从昏迷中醒来，依稀感到前机舱的轰鸣声好像也减弱了，那里是他的岗位。他感到舰艇航速明显变慢了，他艰难地从地上爬起来，在黑暗中向前机舱摸去。

到达前舱的麦贤得，发现一部主机果然停机了，班长黄汝省倒在血泊中。此时，战艇动力减弱，就如同搏斗之中的人，一下没有了气力。作为战士的麦贤得明白这意味着什么。他必须尽快找出原因，并排除它，让战艇重新获得力量。

平时苦练基本功的麦贤得，就是在脑部受到如此严重外伤的情况下，也能从逐渐减弱的机器轰鸣声中判断出，可能是哪处气阀或油阀的螺丝震松了，不是漏气就是漏油。可是，那么多的气阀，那么多的螺丝，那么多的管道，怎么去找呢？

这时，机舱里一片漆黑，什么也看不见，虽有手电筒，可血和脑脊液又糊住了麦贤得的眼睛，他只能用手去摸查。

过硬的基本功，这时发挥出惊人的力量。麦贤得平时总爱蒙住自己的眼睛，在机舱里千百遍摸探，每一个螺丝和阀门的位置，每一条管道的走向，都熟记于心。今天，就是在几十条管道、上千颗螺丝中，他把那颗松动了的螺丝摸出来了，在黑暗中找出扳手，把螺丝拧紧了。

终于，机器慢慢地恢复了它的动力，可麦贤得又从机器虚浮的轰鸣声中，感受到制动器坏了,发动机马力上不来,舰艇仍然恢复不了高速度。他又用手摸了过去,果然,爆炸的震动使波箱移位了。此时,因流血过多,伤势太重,麦贤得越来越虚脱,他已经没有力气再把波箱复位了,只得将整个身子扑到波箱上,双手死死地压住杠杆。终于,主机有力地震动起来了,战舰迅速恢复了航速。

高大的麦贤得,就是以这个雕塑般的姿势,扑在波箱上死死地压住杠杆,一直坚持到战斗结束。

3小时43分的海上激战,"剑门"号和"章江"号被击沉,我军大获全胜。

"八六"海战结束后,战场的硝烟散去,但麦贤得的"战争"没有结束。生命是脱离了危险,但麦贤得与命运的搏斗才刚刚开始。在那场"斗争"中,他同样是九死一生、受尽磨难,一些是在心里,更多的是在身体上!

什么叫英雄?麦贤得用坚韧不拔的精神,赢得了他的"战争",成了共和国的英雄!

……

陈叔叔讲的"人民英雄麦贤得"的故事结束了。我们听了,心情久久不能平静,全场爆发出雷鸣般的热烈掌声。

多年以后的2019年9月29日,中华人民共和国国家勋章和国家荣誉称号颁授仪式在北京人民大会堂金色大厅隆重举行。中共中央总书记、国家主席、中央军委主席习近平向国家荣誉称号获得者麦贤得颁授"人民英雄"的奖章。

伟大的时代造就伟大的英雄,麦贤得的英雄事迹给我留下了永远难忘的记忆,他的英雄事迹激荡着作为少年的我的心灵。麦贤得是我永远学习的楷模和杰出的榜样。也许是受人民英雄麦贤得的影响,出生于伟大的抗美援朝时代的我,从小便立志要当一名光荣的人民解放军,为祖国和人民奉献自己的青春和力量。

那次讲座后的第二天,徐杏园老师和陈良贵叔叔,同样是要先回他们慈溪云城的老家,然后再一同回到海军驻地去。那一天,全校师生都是早早等候在学校大门口。所有老师,都在杨如龙校长带领下与他们夫妇一一握手告别。同学们热烈鼓掌,高声喊道:

"徐老师好!陈叔叔好!欢迎你们再来看我们!"

那种热烈的场面,非常感人,给少年的我留下了毕生难忘的印象。学校委托孙克昌老师推着自行车送徐杏园老师和陈良贵叔叔去临山镇汽车站。那时候,老师的行李非常简单,只有一只箱子和一网袋书籍。大家目送着他们,直至看不到他们的背影为止。

如今,50多年过去了,每当想起徐杏园老师和陈良贵叔叔他们夫妇,我的眼前总会浮现出那感人的一幕。我感到自己命中注定要有参军的经历,不仅与自己出生于伟大的抗美援朝岁月有关,更与海军军官陈良贵所讲的那些英雄战斗故事有关。

附：

爷爷的故事

谢一云

　　本书作者按:《爷爷的故事》是我三弟媳妇谢一云写她爷爷谢久樵的不平凡的一生。我父亲是中医,但当时主张中西医结合,也学习了不少西医的理论,综合施诊,开的西药都是到她爷爷"仁济久号"药房配的,因此两家世交很好。地方天圆,人间有缘。特收入本书中,并致谢忱。

一、风水宝地贵人相助

　　约500年前,在我的老家小镇,出了一位时称"天下三贤相"之一的谢迁,被尊称为谢阁老,为官50多年,清正廉洁,功勋卓著,80岁告老还乡。小镇的繁荣昌盛自从那时起就闻名于江南水乡。约三百年前的清朝名人黄宗羲就有著名诗句流传于民间:"小堂占尽一湖春,咫尺村烟接市尘。日日街头鲑菜满,不妨长做四门人。"

　　1907年,我爷爷就出生在黄宗羲所写诗句中的四(泗)门镇戚家桥南。当时的泗门镇牌坊林立、甲第连云,不少独特壮观的古建筑群保留完好,如大学士第、状元楼、状元坊、阁老府、百岁坊、万安桥、义嘉桥、红桂桥等,沿河面筑的街屋鳞次栉比,特别是义嘉桥下店铺林立,商贾云集,市声鼎沸,终日里车水马龙,加上古朴的街市,特色的居民楼,悠然的小舟,热闹的鱼铺,犹如宋代名画《清明上河图》中描绘的情景。

　　爷爷幼年丧父,只有一个姐姐,太祖母一人带着两个孩子,靠三亩田地为生,终日里辛劳耕作,养家糊口。在我爷爷七岁那年,太祖母深知文化的重要性,再苦也要让孩子去读书,就把他送进了私塾启蒙。爷爷13岁那年,太祖母就送他去上海学做生意。1925年夏,在上海学徒期间,爷爷亲历了轰轰烈烈的五卅运动,这给青年时期的爷爷思想形成起到了十分重要的影响。儿行千里母担忧,太祖母听说上海有运动,寝食难安,从此,千呼万唤,声声催儿回乡成亲。爷爷母命难违,弃业回乡,经媒妁之言,娶了我奶奶。

成家后的爷爷,更加懂得男人的责任,担起了家庭的重担。为了维持生活,他用上海学徒时学到的手艺,挑起了银匠担走街串巷,风雨无阻,夜以继日。后经人介绍进了当地的"仁济"诊所成为职员。我奶奶与婆母一起耕作三亩薄田,起早贪黑,纺纱织布。婆媳俩心灵手巧,她们织的布很受姑娘们的喜爱,只要一出市,定能换成现钱。几年下来,积蓄了一些钱。

"仁济"诊所老板李家骥医生,毕业于浙江公立医药专门学校,医术闻名姚西北。1931年,因另有发展,决定将"仁济"诊所折价三百银元,转让给他认为品行端正、正直仗义、日后定有所为的我爷爷。

那时,三百银元对于一个平民家庭来说,是一个天文数字,我爷爷家里尽管有了一点积蓄,但离三百银元还是差得很远。正在一筹莫展之时,李先生表示,差额不必再筹,不足之数待日后盈利后再归还。从此,我爷爷就有了施展自己才能的平台。正值25岁青春年华的爷爷,为了区别新老仁济,把自己名字中的"久"字作为商店的店号,"仁济久号"就这样于1931年始立于当时泗门最旺市的义嘉桥边。

二、艰辛创业知恩图报

"仁济久号"在我爷爷的悉心经营下,果然蒸蒸日上,初始的经营范围保留了西药,后又增加了五金。五金这一行是爷爷在上海学徒时从事的专项,驾轻就熟。继而又增加杂货,再根据市场需求,拓展到文具书籍。抗日战争期间,姚北一带学校的书籍,都由"仁济久号"订发。随着经营范围的不断扩大,商店的档次也在不断地提升,渐渐地形成了具有"仁济久号"特色的四大经营系列,依次为西药五金、洋广杂货、书籍文具、棉布百货。经过几年艰苦创业,成为泗门镇颇具规模的著名商号。

抗日战争胜利后,李家骥先生回泗门创办同春医院(现余姚市第四人民医院前身)。此时的爷爷已成为泗门镇颇有声望的老板,全力协同,从院址的落实到资金的筹划,从设备的添置到员工的推荐,利用自己广泛的人脉关系,为同春医院的创建,立下了汗马功劳。爷爷的知恩图报,在当时的泗门镇传为美谈。李家骥先生还将次子李炎林,拜在我爷爷奶奶的门下为义子,至今两家的后代仍在交往，延续着深厚的世交情谊。

　　爷爷在走南闯北组织货源时，曾经在海北澉浦被税警扣留一船货物，价值颇重。那时，社会上各派势力此消彼长，有枪就是草头王，各方势力各占码头，各设关卡，真可谓"十里不同税，百里不同政"。在人生地不熟的海北，我爷爷束手无策。危难之时，澉浦一义士，挺身而出，将被抢货物一一追回。为此，义士与当地黑社会有了结怨，在澉浦难以立足，就南渡来到泗门，爷爷腾出老家的祖屋，安顿义士一家住下，为安排长久生计，从"仁济久号"抽资，另创"三益麻酥店"，将义士安排为股东，直到义士在解放前夕因病去世。

三、仁者济众爱徒如子

　　在"仁济久号"店堂内，悬挂着一块"仁者济众"的匾额（可惜在"文革"时期下落不明），这块金字匾额，是"仁济久号"的店魂。我爷爷深受儒家思想的熏陶，将智、仁、勇三者，作为自己修身养性之道，坚守"达则兼济天下、穷则独善其身"的品德，因此将"仁者济众"的精神树为店魂。

　　销售西药是"仁济久号"的主营业务之一。经商自然要讲究营利生财，但"仁济久号"经营西药决不以盈利为唯一目的，始终体现"仁者济众"的文化精神。"仁济久号"经营的西药系列，所出售的大多是常用的平价药物，种类不下一百余种，有消炎解毒、退烧止痛、平喘止咳、消化润肠、防暑解热等药物，对付头痛脑热、伤风咳嗽、痢疹痧痛等常见的小毛小病，备而有余。

　　三四十年代的乡村集镇，缺医少药，老百姓得了病，能熬则熬，能挺则挺，到了万不得已时，则请个郎中，服几帖中药。贫苦人家，无钱求医，则求神拜佛，吞符水、香灰，听天由命。当年由蚊子传播的疟疾在家乡肆虐，得了病后会感到忽冷忽热，热起来大汗淋漓，感觉如在蒸笼里蒸，冷起来浑身发抖，好像是在冰窖里冰，浑身无力，痛苦不堪。家乡人称此病为"卖柴病"（冷热病），中医中药对付"卖柴病"难见成效，因此许多病人深受疟疾折磨，无以解脱。治疗疟疾最有效的药物就是西药奎宁，当时在泗门镇出售奎宁的商号仅"仁济久号"一家，服用奎宁丸两个疗程，就可以病除。奎宁丸的神奇疗效，在家乡一传十，十传百，到"仁济久号"求购奎宁丸的病人络绎不绝，一时供不应求。

　　抗战期间，日本731部队在浙东施放糜烂性细菌弹，疥疮病在泗门传播蔓延，患者浑身奇痒，用手抓破后，皮肤糜烂，流脓流血，在当时，"来苏儿"是治疗疗疮病的良药,也只有"仁济久号"有售,因求购者众多,时常脱销,我爷爷亲自到上海寻觅货源,得到"中法大药房"供应奎宁粉和"来苏儿"的承诺,再配购外壳胶囊,带回店内自制奎宁丸,配制"来苏儿"药水,从此供销两旺。

我爷爷立下店规,销售药品一定要以治病为先,一定要济人之急,救人之穷,所以"仁济久号"在服务上,坚持昼夜迎客,即使半夜三更敲门,必定有求必应;在经济上,实施有钱者买药、缺钱者赊药、无钱者送药的原则,此项店规惠及乡里乡亲,使无钱买药的人得到及时治疗,受益者甚广。"仁济久号"的善举,获得到了当地乡邻的好评,爷爷的人品更得到了认可,在泗门商界声誉鹊起。

爷爷除了有"仁者济众"的店魂之外,很重要的一点是有爱徒如子的亲和力。"仁济久号"中的员工,大多数属于师徒关系。旧社会有一种说法:"一日为师,终身为父"。我爷爷和奶奶经常在生活上无微不至地关心着徒弟们的衣、食、住、行,到了结婚年龄,关心他们的婚姻大事。大弟子张永章13岁进店,长大后结婚生子,都是由我爷爷和奶奶一手操办,商店解散后他到上海发展;弟子何仲良,受业师影响,早期参加革命工作,解放后,在江西上饶任市委政治部主任,到上海出差时,百忙之中一定看望我奶奶;弟子邵庚年,早年参加工会工作,离店后,在余姚横河供销社任支部书记;弟子诸锐钦,到结婚年龄未找女友,由我奶奶做大媒,把自己的外甥女,给他配为夫妻,关店后,从教数十年;弟子徐阿土,孤儿,12岁进店帮工,解放后,任泗门五村民兵队长,我奶奶视他为亲子,关店后他去上海发展。所有"仁济久号"的员工,在"仁济久号"成为地下党秘密联络点后,他们能严守秘密,在"仁济久号"遭查封,我爷爷遭通缉的情况下,他们不离不弃。这就是我爷爷严于律己、爱徒如子的人格魅力。

四、不畏强暴慷慨解囊

我爷爷中等身材,有一口洁白如珍珠的牙齿,一双炯炯有神的眼睛,英俊潇洒,臂力过人,常常穿一身质地上乘、裁剪考究的毛料长衫,浑身散发着优雅的书卷气,又不失商家的随和机敏。他在上海亲历五卅运动的一段重要经历,使他接受了许多新的思想,渐渐形成正直仗义、不畏强暴、慷慨解囊、乐于助人的品性。

抗战时期,兵荒马乱,盗匪猖獗,交通阻隔,百货紧缺,市面上日常生活用品很难买到。生意人自然要在夹缝中求生财之道。"仁济久号"在进货困难的情况下,自制肥皂,自制雪花膏,因价廉物美,在市场上畅销,又独家经营姚北一带学校的书籍供应,独家经营西药奎宁,所以"仁济久号"的生意,虽逢乱世而不衰。随着"仁济久号"的经营有道,生意兴隆,爷爷发财的名声传播在外。

常言道:人怕出名猪怕壮;树大招风。一日黄昏时分,我爷爷坐在账台上清理一天的账目,一个陌生人突然闯入店内,径直走向账桌,恶狠狠地抽出一把长刀,哐啷一声横丢在账台上,开口勒索钱财。爷爷知道今日遇到了散匪,来者不善,其目的无非就是横刀勒财,就随手从抽屉里取出十银元,以换太平。不料来人嫌少,竟欲拔刀相向,爷爷眼疾手快,夺过长刀,咔嚓一声一折两段,把断刀扔在来人脚边,果断利索的身手,威严的神态,震住了匪徒的气焰,他们仓皇逃窜。从此爷爷不畏强暴"夺刀震匪"的胆识在泗门大街传为美谈。

那时,老百姓的生活确实都很困难,爷爷对身边的亲朋好友,只要有求于他,他无不热情相助。对那些上门敲诈勒索的地痞之流,为轻易不去得罪他们,爷爷也常常破财消灾求太平。由于爷爷的慷慨仗义,也往往引来更多的人向他求助。

1941年4月,在浙赣战役中被日寇打散的国民党军官姜芝辉,几经漂泊,经人指点,来到泗门上门求助。我爷爷给他换上长衫,以前店先生的身份,收留在"仁济久号"内,他隐姓埋名达半年之久,并积极寻找脱身的机会,后秘密被送上北去的海船。后来,姜芝辉跟随部队去了台湾,又在台湾某大学任副校长。几十年后,两岸可以探亲,他特意回大陆去泗门寻找我爷爷,当知道我爷爷早已成为故人,又特意赶到上海找到我奶奶,备上重礼,当面感谢当年急公好义、扶危济困的恩情。我奶奶坚拒礼金,欢承重逢情义,并招拢身边子女与他合影留念。他们相聚甚欢,使回大陆探亲的台湾人士更多地了解大陆同胞,加深了两岸友谊。

五、自防自保智退匪日

泗门镇是一块丰腴之地,镇的南面盛产粮食,当地人称之为"粮畈",镇后大沽塘北面的沙田,盛产棉花,镇的四周河道交织,水陆交通四通八达,是旧时姚北地区棉粮交易的中心。在那个动荡不安的年代,丰腴的泗门自然成了盗匪觊觎劫掠的目标,骚扰商界的事件时有发生。泗门镇前靠山,后临海,所以海盗山匪,散兵游勇,时常趁着月黑风高之夜,窜入镇内劫掠商家。当时的泗门镇,隶属于临山区,国民政府在泗门没有设防警力,待临山的警察得到消息赶到泗门,盗匪早已逃之夭夭,所以商家无以自保。

1938年3月,国民政府余姚县政府成立战时政工队,要求各经济重镇商家自行组建民间商工队,用以自防自保。由于我爷爷"夺刀震匪"不畏强暴的名声,泗门商界一致推举他组建商工队,我爷爷不负众望,不畏危险,迅速组织起十几个自愿参加的热血青壮年,成立商工队,又被推举为队长。商工队收集了几样棍棒刀枪,又在上海购置了几根外国巡捕用的警棍作为"武器",开始自防自卫。

又是月黑风高夜,镇上的家犬野狗,一片狂吠,声声凄厉,街上响起杂乱的脚步声,又传来"乒乒乒乓"粗暴的砸门声,沉睡中的商家被狗吠声、脚步声、砸门声惊醒,在惊恐中惶惑。原来是一伙匪徒,从西街席卷而来,挨户抢劫,已经在砸德兴昌商号的排门了。爷爷闻信,迅速招拢几个就近的商工队员,面授机宜,队员"阿能"从羊汤弄冲出,向西大街连开三枪,在大墙门头,又放了一个七响连环炮仗,这种炮仗的声音,酷似连发匣子枪的枪声,几个商工队员,又大声喊叫捉强盗,大张声势。其实匪徒大多是乌合之众,听到"枪声",听到喊声,立即仓皇逃窜。商工队初战奏捷,使商家少受损失。

另一次,海匪从北面进入河塍抢劫同源棉布百货商店,也是我爷爷带头在老洋桥"鸣枪",吓退劫匪。商工队的护商行动带给泗门商界安全感,也带给爷爷在泗门商界更大的声望。当时,凡有商界事宜需要公决,我爷爷公正、公平,照顾到各行各业的意见,为大家所乐意采纳,在拍板决定时,往往起到举足轻重的作用。

有一次,日本小股部队从后圹河龙舌桥欲进入泗门集市,商界唯恐日军烧杀抢掠,引起一片恐慌,商界人士公推我爷爷去劝退日军,爷爷想起曾留学日本东京大学懂日语的同馨南货店老板谢楠寿,邀同前往,为了泗门商界不遭铁蹄践踏,两人不顾个人安危前往劝说,并向日军出示了谢楠寿的日本帝国大学毕业证书,日军见到证书上天皇的头像,竟然被吓退了。这一次日军没有进入泗门集市。历史上有宋太祖杯酒释兵权,当年我爷爷谈笑退日军,他的机智勇敢,他的义无反顾,在泗门传得神乎其神,更提高了他在泗门商界的地位。

六、增税集资抗日救国

"仁济久号"老板,为人刚直不阿,慷慨仗义,其人品为镇里人所共识。因此解放前，镇上大凡需解囊筹款赞助之公益，均公推我爷爷主持，所以爷爷在当时的社会头衔极多，如三乡诚意学校校董、迎神庙会司事、水龙会会董、社戏筹款主等，甚至于民间迎亲办喜事，亦以请到我爷爷能来捧花烛为有面子。他名声显赫，成为泗门商界的头面人物之一。

爷爷的声望、义举、善行、人品、号召力，引起共产党地下组织的注意和重视，他们暗中观察他的政治倾向，指令泗门地区中共地下党委委员吴维涛先行接触。吴维涛的公开身份是义嘉桥下东面"广茂牙行"的老板，话题从合作做生意渐渐深入到抗日救国。过不多久，吴维涛向我爷爷引见上海淞沪游击队五支队四大队领导蔡群帆，蔡群帆向我爷爷晓以抗日救国的大义，以及共产党抗日救国的主张，爷爷向蔡群帆倾吐民族、民权、民生、民主建国的理想。双方志同道合，决定以做生意为掩护，开始交往。当时，与共产党做生意有坐牢杀头的风险，但是，爷爷看到共产党真心抗日，铁肩担道义，毅然不顾危险，同意合作。

旋即，蔡群帆派来五支队下属当时任游击队海防大队长的张大鹏，张大鹏以客商身份住入"仁济久号"，运来大批白糖，运来一船船甘蔗，在"仁济久号"上市销售，换成大洋，装在木制的肥皂箱内，一箱箱地运往淞沪游击队，充作军费。在合作生意的过程中，共产党地下组织严格遵守"三大纪律，八项注意"，遵守买卖公平、互利的原则。这种合作做生意，使共产党换来游击队急需的药品和战略物资，也使"仁济久号"获得盈利；继而，张大鹏又从后海运来市面上紧缺的商品，通过"仁济久号"的合法渠道销售出去，再利用我爷爷的人脉关系，为游击队购置枪支弹药，伪装成一捆捆甘蔗运进来，从海上转运至上海淞沪游击队。（张大鹏在解放后任海军北海舰队工程部部长、后勤部副部长，1994年逝世。）

为了解决余上防务队供给，中共临山区委区政府派钱主任、谢汝昌与我爷爷接触，利用我爷爷在泗门的声望，委托他负责地下党在泗门的税收工作，长期筹集经费。爷爷不负重托，地下税收工作做得很有成效，深受地下党组织的重视。一次，地下党派人到泗门"仁济久号"处取款，次日凌晨，我爷爷到来人住处交款，突然被江伪军包围，两人同时被捕，关押在泗门朝北祠堂。经多方营救，我爷爷经人保释，地下党来人被押往庵东，不久惨遭杀害。解放后，当时带领汪伪军抓我爷爷及地下党人的案犯被逮捕，判决死刑。

由顾德欢、陈布雨、朱之光领导的三五支队四中队（俗称三中），挺进三北地区，朱之光由吴维涛陪同登门造访我爷爷，希望我爷爷能够收购棉花布匹支援

"三中"军需。爷爷承诺,尽力而为。根据朱之光的请求,我爷爷投资给内侄陈松卿开设"信大花行",名为花行,实则是军需采购点,余上办事处安插干部许永仁为花行账房,办事处秘书吕公羽(陈松卿的师兄弟)为花行职员,将收购的棉花、土布,由四明山后勤科科长谢继成接应,通过青山江、曹娥江,再转运至四明山根据地。

抗战时期,日本人将棉花、布匹、药品,列为战略物资,尤其对共产党控制的根据地严格禁运,所以风险极大,没有广泛的社会关系、人脉渠道,难以做成。我爷爷为新四军浙东纵队的发展做出了重大贡献,充分体现了他的爱国精神。

新四军干部谢汝昌,泗门镇人,参加革命后,难以顾及家庭,我爷爷则经常在经济上对其家属给以接济。谢汝昌带领的部队在泗门活动,也经常得到我爷爷的钱、粮、物的支持。1945 年 9 月,浙东新四军接到党中央指示,在一周时间内迅速北撤,谢汝昌劝我爷爷和他们一起撤退,我爷爷丢不下"仁济久号",感情上又难离妻儿老小,最后未随军北撤。

七、国共破裂店遭劫难

1945 年 8 月,日本政府宣布无条件投降,抗日战争取得彻底胜利。9 月,国共和谈在重庆协议,中共主动让出包括浙江在内的南方八个解放区,9 月下旬,新四军军部命令浙东纵队一周内撤出浙东,由谭启龙、何克希率领的浙东纵队15000 余人奉命撤抵涟水整编。我爷爷婉谢了谢汝昌要其北撤的真诚劝说,留在泗门继续为留守的新四军筹钱筹物。

1946 年 6 月,国共和谈彻底破裂,内战全面爆发,为保障蒋介石老家奉化、溪口的安全,为保障蒋介石从浙江撤退的通道,国民党派重兵进驻浙东,国民党派遣大量特务渗透到城镇乡村,白色恐怖立即笼罩浙东大地。以泗门镇东山小学校长身份为掩护的国民党谍报组组长徐某,得知我爷爷的"仁济久号"和吴某的"广茂牙行"是共产党的秘密联络点,立即报告国民政府,依据当时的形势,通共是杀头的罪名。余姚县政府,发出通缉令逮捕通共分子我爷爷及吴某,并且查封"仁济久号"百货商店,那一天,同时遭封的还有"广茂牙行"。待我爷爷得到消息,反动武装已经到了门口,爷爷迅速跳窗逃走,来不及带走一件财物,净身躲避。反动武装将"仁济久号"所有员工搜身检查,遣散出店,将爷爷一家老小赶出店外,再在店内搜了一个底朝天,但是没有搜查到任何与通共有关的可靠证据,反动武装遵照查封的决定,将"仁济久号"所有财物查封于店内,将店门用封条封住,同时,把店内值钱的东西,以检查为名,顺手牵羊拿走,将我奶奶铐走,关押在县看守所。

因特务告密而突然产生的变故,使爷爷一家人变得无家可归,一时生计无着,幸亏隔壁"黄茂泰"老板黄友水,对门"久茂牙行"朱长元先生和他的儿子朱周棠,以及关心仁济的邻里相帮,爷爷一家方才度过最困难时期。

八、众人相救启店除奸

一星期后,因我奶奶不是主事,又无通共证据,被释放回泗门,总算有了安顿乱局可以拿主意的人,奶奶对店务和家人稍作安排,随即打听我爷爷的下落,并开始托人四处活动,设法解救。要解救,要活动,少不了金钱铺路,"仁济久号"的财物都被封条封在店内,怎么办?所幸,国民党县政府的法警办事,百密一疏,他们封了店门,忽略了与隔壁"黄茂泰"相通的窗门加上封条,就此,从相通的窗门处,源源不断地向外传递货物,换成银钱去铺路,托人、使钱,双管齐下。通缉我爷爷的风声逐渐减弱,但是"仁济久号"老板通共的案子并未撤销,爷爷仍然负案在逃。其实,当时爷爷躲在东边保安团一个做长官的朋友那里,被国民党的部队严密"保护"着。奶奶上下活动,四处疏通,加上共产党地下党组织的全力营救,这件案子因证据不足,通缉令撤销,被封商店启封。

我爷爷虽然脱离险境,然而"仁济久号"伤了元气,在经济上受到毁灭性的打击。更为严重的是,由于徐某的存在,严重威胁到地下党的活动,爷爷不能再为地下党筹钱筹物。此人不除,隐患难消,地下党组织探明徐某要去余姚开会汇报谍报工作,余上办事处派出沿海民兵小分队,由队长姚海龙率领,在郑巷小山旁公路转弯处设伏,拦截汽车,把徐某揪下车,拉到河滩边上枪决,身上贴上徐某所犯罪行的除害布告,并对车上乘客作了宣传安抚,扩大共产党的影响,打击了国民党反动派的气焰。镇压徐某,起到敲山震虎、震慑泗门蛇虫鼠蚁的作用,加上"三中"在泗门加强活动,刷标语、喊口号,从声势上掩护我爷爷开展工作,镇上白色恐怖的形势,有所逆转。

九、重整旗鼓坚定信念

我爷爷看着重新启封后空荡荡的店堂,百感交集,思绪万千。他年轻时十分敬仰孙中山先生,拥护孙中山先生的三民主义和联俄、联共、扶助农工的三大政策,他甚至将民主建国的梦想,寄托在五个儿子的名字上:建立、建中、建华、建民、建国,连起来读就是"建立中华民国"。爷爷想起国民党不守信用挑起内战,物价飞涨,民不聊生,国事凋敝,特别想到幼儿建民,在这场劫难中因得不到及时的治疗而夭折,一时间国事、家事涌上心头,伤心地感叹"民之不存,国将焉建","建立中华民国"的梦想破灭。从此,他更坚定了对共产党的信念,全心全意地支持共产党的事业。后着手恢复"仁济久号"的生意,将店名改为"仁济久号棉布百货商店",把经营棉布绸缎作为主营业务,经营中信守足尺放量,"仁济久号"逐渐恢复元气,生意亦日渐兴隆。恰值小女儿出生,遂将小女儿名字取为建芬(分),表明了他政治立场的改变。

辽沈、平津、淮海三大战役,决定了中国之命运。1949 年 4 月,百万雄师横渡长江,以雷霆万钧之势,席卷江南。中国人民解放军七兵团 22 军 194 团,在副军长彭德清将军率领下挺进浙东,在浙东武装力量的配合下,于 5 月 20 日强渡曹娥江,22 军 193 团一部,于 5 月 22 日全歼余姚丰山守敌,5 月 23 日解放余姚,6 月初,193 团一部,浩浩荡荡进驻泗门镇,在泗门休整、练兵,准备解放舟山。我爷爷又积极设法为部队筹措军需药品。

1949 年 10 月 1 日,新中国成立,我爷爷被推荐为宁波地区各界代表,出席宁波市政治协商会议,这更激发了他与共产党长期合作、荣辱与共的信念。

1950 年夏季,余姚县发生历史上最严重的自然灾害,特大台风恣意横行,杭州湾大潮汹涌侵袭,泗门东首的东岳庙在强台风后摇摇欲坠,我爷爷发起将东岳庙改建为泗门镇人民大会堂的倡议,移风易俗,带头捐款,在泗门商界筹款,并亲自去上海,在泗门旅沪同乡人士中募捐,请毕业于土木建筑系的泗门人士谢端成先生设计,迅速将东岳庙改建为泗门镇人民大会堂,成为解放后泗门镇人民集会和文化娱乐中心。东岳庙改建的泗门镇人民大会堂,外部的立面设计,内部的大舞台、走马楼,都有很好的设计,在当时成为第一流的集会中心。

抗美援朝战争爆发,我爷爷又把"仁济久号"的几乎一半资金,捐献给志愿军,还带头购买建设折实公债等等。终因积劳成疾,一病不起,无力经营,商店于 1951 年歇业。

爷爷病重期间,还支持正在读锦堂师范的二儿子(我爸)弃笔从戎。在我爸的带领下,两个弟弟也先后参加了中国人民解放军。爷爷于 1953 年因操劳过度,心力交瘁,病故于泗门。

爷爷的一生是传奇的,短暂的,更是精彩的,他没有给儿女们留下豪华的"大宅院",一家人始终挤在几间简朴的店面房里;也没有给儿女们留下值钱的金银财宝,留下的只是债券、收据、纪念章。由于他给儿子们取的名字,"文化大革命"期间,还招来了"妄想复辟"的罪名。但爷爷留下的精神财富,是值得我们下一辈敬佩的,学习的,发扬光大的。

（注：文中材料由前辈提供,涉及人物都为真实姓名）

父亲的泪水

冯 林

　　本书作者按:《父亲的泪水》是我三弟冯林回忆我父母和我奶奶的文章。由于他从小跟在父母身边,对父母和奶奶的情况更了解,包括他和他岳父谢建中老师如何成为"忘年交"的过程情况,在文中都得到了如实反映。三弟的文章写得真挚生动,感人至深,特收入本书中,并致谢意。

　　1956 年 6 月 6 日(农历四月廿八)傍晚,我出生了。紧接着我的出生,天上降下一场倾盆大雨。这对已经久旱未雨的小镇来说真是一场及时雨,全家特别开心。外公说我"六六"大顺,真是喜逢甘霖;父亲干脆给我取名冯逢霖。我大哥是正月初四出生,取名为春霖;二哥是 9 月出生,取名为时霖。我上小学时,班主任老师觉得冯逢霖名字有点拗口,就改名为冯霖,一直到高中毕业。后来,我觉得"霖"字笔画太多,就改成了现在的双木"林"。我排行老三,又属猴,家人都昵称我为"三猢狲"。

　　父亲比我大 35 岁。他是从一个旧社会的游医(民间俗称"郎中")转变成为新中国的卫生医务人员的,并且从单一的骨伤科中医最终成长为一名全科医生。解放初期,他与同行们创建了余姚县第一家中西医结合的联合诊所;1958年,又受组织委托去缺医少药的泗门区湖北公社开辟医疗卫生基地,创建了卫生保健所。

　　那时候,我们几兄弟都还小。母亲带着二哥和弟弟跟随父亲去湖北保健所工作,我和大哥留在泗门镇,跟外公和奶奶一起生活。在我孩童的记忆中,就好像没有和父母一起生活过似的。直到 1963 年,我八岁,该上小学了,父母才把我接到湖北公社。

　　我父亲创建的保健所成了我们的家。除大哥在泗门上初中外,我和二哥、弟弟都就读于湖北公社中心小学。但是,我们与父母在一起的生活其实也没有几年。因为当时农村没有初中,我二哥要上中学了,我则要上四年级,弟弟要上二年级;我和四弟只好从湖北公社中心小学转学到泗门区中心小学,二哥则转入了泗门中学。

那时候尽管生活很艰苦,父母上有三位老人要赡养,下有四个孩子要抚养;但是他们精打细算,治家有方,还是让我们都能吃饱饭和安心学习,生活甚至比一般家庭还要好一点。

我们这些小孩子不在父母身边了,他们转而把精力全身心地扑到农村的卫生事业上。保健所由我父亲建立,进而升建为卫生所、卫生院和公社医院。新中国成立前,我父母开的诊所只能算是"夫妻老婆店";新中国成立后,他们弃私从公,将在农村建起的一个普通卫生所发展成为科室基本齐全、医务人员相对充足的先进的卫生院和公社医院。尤其是我父亲,他一手创办的农村合作医疗和亲自培养的赤脚医生队伍更是远近闻名,多次被县、地区和省里评为先进集体和个人,获得了广大农民兄弟的一致好评。

在我童年的记忆里,有几次大的疫情防治战役,我父亲带着他卫生院的同事都打得非常漂亮,一是防治、消灭血吸虫病,二是防治二号病霍乱传染病,三是农药中毒救治。而我记忆最深的是剧毒农药 1059 中毒救治战役。

那时候,慈溪县大面积种植棉花。为了防治棉铃虫,棉区都普遍使用剧毒农药 1059。由于棉农对新型的剧毒农药毒性不了解,也没有防护设施,有的还光着膀子、穿着短裤、逆风喷洒药水,出现了许多棉农中毒的现象,而且大多是中度以上的中毒,有的甚至昏迷在田间。有一次,我看见送到卫生保健所的中毒棉农,一下子就有 20 多人。小小的保健所哪里见过这样的场面!

人命关天。我父亲沉着冷静,一边组织人员进行抢救,一边向党委和上级卫生部门报告。但是,由于当时信息不对称,一边是中毒的病人陆续送到卫生所,一边还有不知晓的大队农户继续在棉田喷洒 1059 农药。两天多的时间里,中毒的病人数一下子增加到 200 多!

我父亲临危不惧,一方面要求公社党委派领导干部逐村通知棉农停止喷洒农药,实在需要喷洒时(因棉铃虫也是有时季的),必须戴口罩,穿防护服(雨衣或油布)顺风喷洒,喷洒完用肥皂全身清洗;另一方面要求上级卫生部门派员送药增援,而最有效的办法就是大量输液稀释血液中的毒性。我看见输液病人的竹榻床和门板床从医院露天排着队,一直排到了中心小学的操场上。好多病人还处于昏迷中,情况十分危急。

第二天,区医院马嘉水院长、县卫生局和湖北公社领导都赶到了湖北公社卫生保健所。看到露天地里200多人接受治疗的场景,他们感到很震撼,问我父亲道:

"老冯,您有什么办法救治他们啊?"

我父亲是个强悍的男人,见上级组织和领导那样信任他,竟眼含着泪水说:

"中毒的源头已经找到并控制住了。有些头晕、呕吐和轻微中毒者,都在大队医疗站解决了。关键是这200多号病人,尤其是重度昏迷的病人,要确保不死亡,最大限度减少后遗症,难度还是很大的。现在缺医少药,需要大量的'解毒灵'类药和生理盐水。"

"好,需要我们做什么?"现场领导说,"我们全力支持您!"

因为8、9月份雷雨暴雨比较多,我父亲说:"如果来一场大雨,那么多病人都在露天接受治疗,这是我最担心的。"

公社书记马上表态:"把中心学校腾出来! 一有天气不测,立刻全部从露天转移到教室里去。全公社各大队妇女干部和医疗站同志,都到保健所报到,由您指挥!"

其实,各大队医疗站的骨干,已经按我父亲通知老早就赶来了。公社食堂开始烧开水,提供便饭。马院长也表态说,马上抽调区卫生院医务人员全力以赴增援;县卫生局领导也表态说,马上派专家支持!

几个小时后,增援的医务人员工作人员陆续到位;载着抢救药品的手拉车,也一辆接一辆到了现场。我父亲见了,流着眼泪说:"这下有救了。"

有道是,男儿有泪不轻弹。我父亲这位40多岁的硬汉子,在艰苦创业的困难环境中没有退却过;在"文革"中被批斗时,造反派叫他下跪,他就是不下跪,被踢坏了肾脏都不认输;在"贫管会"(贫下中农管理委员会)进驻医院后,说我父亲月工资98元,农民一年收入都不及他一个月的收入,决定每月扣除他50元——要知道,在那个物质相当贫乏的年代里,每月减少50元工资,这对他这个上有老下有小的家庭"顶梁柱"来说,打击有多大——他都没有屈服……

但是,在见到组织给予他的支持到位,见到中毒的乡亲们有救了,父亲却流下了泪水。那是我见到父亲第一次流泪,给我的童年烙上了难忘的印记。因为他想到的是救死扶伤的责任,他做出了一位基层卫生院长的担当!

经过七天七夜的奋战,多少人彻夜未眠;多少人劳累过度晕倒在病床前;多少人开安瓿、打吊针,手指磨破血流不止,但大家在我父亲的带领和指挥下,那场救治剧毒农药中毒病人的战斗,取得了完全的胜利,没有一个病人死亡,没有一个病人留下后遗症。县卫生局领导在事后评价中说:"这是个奇迹! 冯院长做得太好了!"

我们兄弟几个,当时全都成了抢救中毒棉农的"志愿者"和小帮手,目睹了那场惊心动魄的战斗全过程!

1973 年,我高中毕业了。因为那时是"文革"中后期,好多教师被关在牛棚隔离审查;有的虽然出来了,也还没落实政策。我是当时唯一被学校推荐区教办、县教育局同意留任泗门中学的代课教师(后来代课教师多了,因为工资是县教育局拨付的)。我教初一语文,得到了叶家埭、干凤苗、裘士茂等学校领导和谢逸华、谢增健等语文教研室老师的培养和指教,教学水平有了很大提高。那是我从学生到教师的一个重大转变,当时我 17 周岁。

后来,我看到泗门中学校史的教师名单里,竟然有我的名字,感到无比荣幸,这是母校给予我的最大荣耀。

知识青年支边支农、上山下乡时,我到我父亲医院的所在地——慈溪县湖北公社新胜大队(现湖北村)插队落户。不久,我便成了湖北中学的民办教师。那时候,民办教师是县教育局注册在编、拿补贴工分的,每月 6 元钱,其他劳动则与生产队社员一样记工分。就在那时,我结识了后来成为我岳父大人的谢建中老师。

谢建中老师是书香门第出身,非常有才能,大学还没毕业就投笔从戎,参加了抗美援朝战争,在部队担任文化教员,并且很快提干。抗美援朝战争胜利后,他转业任区教育干部,"文革"时被迫害,关了三年多牛棚。他被平反后,落实政策到湖北公社中学任语文教研室主任。当时的湖北公社中学,没几个是公办教师;他虽然还不到不惑之年,但很有造诣,教学水平很高;会说书,会讲故事,会器械体操,会唱男高音……老师和同学们都喜欢听他的课,与他交朋友。我当然也不例外,对谢老师佩服得五体投地,我们很快成为无话不说的好朋友、忘年交。

谢老师成为我的良师益友后,他的语文写作、修辞逻辑和古汉语等,对我教学的帮助很大。他还是我父亲的好朋友,他们经常在一起聊天喝酒。有兴趣时，谢老师还会在晚上乘凉过程中，在医院门口道地里说书、讲侦探故事。我们好多知青朋友都是他忠实的听众，但每到关键时刻，他都会来一句——

"要知下文，且听下回分解。"

我后来问他："你怎么总在要紧关头就不讲了，吊人胃口？"

他说："那是老艺人说书赚饭吃时摆噱头、卖关子的技巧，希望明天来的听众不少、更多。"

另外，谢建中老师还是我父母亲的高参。我父母亲有什么事都要找他商量、听他的意见，尤其是文字材料方面的，都由他把关。随着我写作水平的提高和文字功底的长进，父亲以前要谢老师写的文章材料，都有意识地叫我写，并由他给予指导。慢慢地，我成了湖北公社卫生院的"准文秘人员"。我父亲读过几年私塾，对学文化和有文化的人特别重视。那时我高中毕业又是中学老师，父亲对我寄予厚望。后来，医院凡是先进集体、个人的申报材料、我父亲的先进事迹报告，包括家里几个民事纠纷官司诉讼状和答辩状，都叫我写、谢老师修改，我俨然成了父亲的文字秘书。他高兴时，就会笑着说这么一句：

"书可不是让你们白读的。"

1976 年末，国家作出了要恢复高考制度的决定。我们这批准教师（民办老师）都在拼命复习，由宁波师范的老师为我们作辅导；学校的正式教师（公办老师）为我们补习，准备迎接 1977 年的高考。

就在这关键时刻，一批接新兵的军人来了。由于那时乡村没有招待所或旅馆，带队的部队官兵就下榻在我们学校。他们把教室当寝室，被子折叠得像豆腐块一样，个个都很英俊潇洒，很让人羡慕。我们学校师生经常和他们一起打球、唱歌、搞联欢活动，建立了很深的感情。

部队带兵的领导很喜欢我，表示一定让我参军到部队去。其实我也很想去当兵，那是我少年时代的梦想；我多么希望像我二哥一样当一名军人，到部队的大熔炉淬炼啊。我二哥是 1969 年 3 月 7 日冒着鹅毛大雪踏上了从军道路的。那时候，他才 15 周岁，在部队干了近 7 年，复员后考上了浙江大学。但是我每次体检，都因长期从事体育运动，心脏有生理杂音 2 级以上——虽属基本正常，却未能如愿。体检不过关，看来无论如何也当不成兵了。我暗自下决心，一定要考上大学。父母当时也不支持我去当兵，因为家里已有人当兵了；当时，已经有机会参加高考，他们都非常希望我去大学深造。

那时候,弟弟刚刚高中毕业,父亲的愿望是希望他学医,而且已经让他进修学习中药制剂制片,在卫生院办了一个中药制药厂。我弟弟不负众望,刻苦学习,勤奋钻研,经常在自己的身上试验,终于把中草药研制成了试剂、片剂,解决了中草药(汤药)发力慢见效不快的缺憾,在全县乃至全省都小有名气,来学习参观的人络绎不绝。父亲把继承祖传中医和中西医结合的厚望,都寄托在我弟弟身上——当然,弟弟最后也没有辜负他老人家的期望,成为市医院的院长和书记,成了唯一继承父业的儿子!

所以,在那样的情况下,父亲想,四个儿子不在他身边(后来我弟弟也做知青,下乡了),他也是50多岁的人了,便不再希望我远离他们,去外地当兵。

但是,接兵的部队首长却不愿意放弃我。他们反复请公社的党委书记、武装部长、学校领导和大队书记做我和父亲的思想工作,说服我父母支持我去当兵。父亲经受不住他们反复劝说,最后问我:

"你去不去?"

"当兵是我从小的愿望。"我说,"但是明年就要恢复高考了,我要上大学,也一定会考上的。"

父亲骑虎难下,犹豫不决,就把谢建中老师请来,听取他的意见,因为他最相信谢老师;谢老师的话就是圣旨。

他们两个彻夜抵酒交谈,最后是谢老师说服了我父亲,同意我去当兵。

我曾经三年体检不合格,没想到那次竟然"合格"了。父亲当时还希望我体检不通过,这样就没办法了;他自己已经同意的,不能反悔了。

1976年12月,我接到了入伍通知书。那几天里,父亲一点也高兴不起来,天天喝着闷酒。母亲说:"你爸是舍不得你走。你大哥16岁参加工作(他工作的单位是慈溪县打击投机倒把办公室,也即工商局的前身),你二哥15岁去福建当兵,他都没有感到难熬过。你已经21岁了,去当兵,他却舍不得。可能他认为自己年龄大了,儿孙不在身边,希望你和你弟弟陪伴在他身边。你现在要去当兵了,他心里难受。你是不是请谢老师过来,到我们家吃个饭、喝个酒,我做几个谢老师最喜欢吃的菜——红烧肉、烤杂鱼和花生米给他们下酒。"

我听了母亲的话,又去请谢建中老师。谢老师欣然答应,如约来我家吃饭。

晚餐一开始,谢老师就说:"恭喜冯医生、冯师母,你们四个儿子两个当兵,祝贺冯林光荣入伍!"

说着,他当众向我送上了一支铱金钢笔和一首诗:

好男要当兵

好铁要打钉

送上笔铱金

聊表我的心

谢建中老师很能说,那天晚餐的氛围很好。谢老师讲了他们四兄弟三个当兵的故事,借着酒兴说出他不希望我考大学当教师的缘由。他心有余悸地说,他和他大哥都是新中国成立前后的大学生,都是教师,"文革"时却被打成右派、黑五类、臭老九,被关进牛棚……所以,还是当兵好,相信冯林在部队,一定会有出息的。

我的父亲终于被谢建中老师说服。

1976年12月26日早上,天下着绵绵细雨,夹带着雪霰,空气清冷。我们整理好行装,在家等候。送新兵的乐队敲锣打鼓、吹着唢呐,来到了公社医院门口。但是,他们等了好长时间,就是不见我父亲出来迎接。乐队的锣鼓敲了一遍又一遍。我母亲对我说:

"你快去跟你父亲告个别,他一定在流泪了,估计他不会出来了。"

我父亲是那么勇敢、顽强和好胜的男人,怎么会在众目睽睽之下流泪呢?我跑到父亲房间,只见他用手帕捂着脸,果然在抽泣。我什么都明白了。如果说我第一次看到父亲流泪,是他为了那200多个中毒病人的安危感到担忧;那么这次流泪,则是对自己儿子远离的依依不舍和眷恋。我的眼泪一下就像断了线的珠子,从眼睛里流出来,哽咽着说:

"爹爹,您保重!"

老爹头也没回过来,含糊地说:"你自己要当心!"

好多人还要等我父亲出来,我妈坚定地说:"走了。"

我们冒着雨和雪霰走了。老天爷也好像在诉说着父亲的难舍与牵挂似的,一直下着雨雪。我们步行十里路,到了临山汽车站,乘专用公共汽车去浒山,到慈溪县第二招待所集合。

一路上,我想到与父亲那几年在一起的生活,深深感受到父子情深,忍不住一直在抽泣,人也在瑟瑟发抖。母亲严厉地说:

"哭什么?勇敢点,当解放军了还哭!"

我只好强忍泪水，因为身边有好多朋友、知青和学生送我。那是我第二次看到父亲流泪，真是刻骨铭心！

我入伍后，在部队首长的培养教育和老兵的传帮带下，各方面进步都很快，不久就入了党、提了干。这里要特别感谢我的岳父，也就是谢建中老师。我在部队经常写信给他，每次立功、受奖、入党、提干，都一一向他汇报。谢老师总是来信鼓励我，叫我在部队一定要好好干。1981年，他将爱女许配给我，我们在部队领了结婚证。

正当我在部队干得风生水起、准备大有作为时，中央军委决定裁军一百万。想到父亲为我流下的泪水，我坚决要求转业。部队首长和好多战友劝我不要转业，说："你这样有文化（那时在部队高中毕业还当过教师的，确实很少），在部队一定前途无量。"

但是，我心里其实还有一个梦，就是想当警察（哪个小男孩小时候不想当兵？谁没做过当警察抓坏蛋的梦？）因为"文革"时"砸烂"了公检法机关，所以当时那批军转干部有很大一部分要充实到地方的公检法机关里去。

经过多方努力，我终于如愿以偿。1981年底，我转业到余姚县公安局泗门区派出所当了一位民警。我结婚生子后，与父母亲生活在一起，其乐融融，也算是圆了父亲的一个梦想。

在组织的培养和老民警的帮助下，我通过自己的努力，从民警做到副所长、所长和区委委员，又从市委政法委专职委员做到主持工作的副书记、公安局党委副书记、副局长和常务副局长，可以说是一步一个脚印地逐步走上了领导岗位；1999年7月，我被交流到宁波市公安局镇海区公安分局，任党委书记、局长和区委常委。由于一路走得很顺，父母亲也为我感到骄傲和自豪。

平时，不管我工作多忙，只要有可能，我就会挤出时间来，到泗门老家看望双亲，陪他们喝个小酒，聊聊天；有时还亲自下厨给他们做几个菜。每每拉起家常，父亲总会谆谆教导我说：

"你们兄弟四个，都出山了，都带'长'了（当时，大哥已经是慈溪市工商所所长兼检查大队长，二哥是浙大保卫部长后任中国计量学院副校长，弟弟已任市医院书记、副院长），但是一定要牢记家训：不喝过量之酒，不取意外之财，不做贪官污吏！"

"我记住了，爸爸。"我郑重地表态说。

父亲经常告诫我们,要有孝心、爱心,要为民办实事;工作上向高标准看齐,生活上低标准要求。我们兄弟四人,一直把家训、父教作为我们的标尺,来衡量和要求自己。

1999年冬,一个噩耗传来——母亲突患脑出血,重度昏迷,在医院接受全力抢救!

待儿孙们都赶到时,母亲终因颅内大量出血抢救无效,撒手人寰。我们悲痛欲绝,千呼万唤,终未将母亲唤醒。母亲一句话都没给我们留下,就走了。

按地方办丧事习俗,要将遗体在灵堂祭祀三天。因为当时我们四兄弟都在任上,又有那么多的同事、战友、学生和父母亲在农村的亲朋好友等前来吊唁,送花圈悼念的人一批接一批,源源不断,不到半天,花圈、花篮就送有600多个,把我家周围的道路堵得水泄不通。

我们兄弟商量,决定丧事简办,母亲的遗体只停放一天,第二天就出殡;否则,得到信息后来奔丧的人将会越来越多,将严重影响交通,给人们生活带来不便。我们的意见遭到了我母亲房族们的极力反对,甚至还有人指责我们不孝,说办丧事有谁会埋怨你们?!

我们只得向父亲汇报,讲明利弊,请父亲定夺。想不到父亲作出果断决定,同意我们的意见。父亲含着眼泪说:"梅琴(我妈名字叫谢梅琴),对不住了,让你受委屈了!"

说完,父亲已经老泪纵横。

那时候父亲已经80岁了。那是我第三次看到父亲落泪。但他是深明大义、顾全大局的人,为了不扰民而忍痛割舍停殡天数,让我们激动不已。父亲太伟大了!亲戚朋友都说我们不孝,不懂情义;但是有谁知道,我父亲恰恰是最讲孝心、最有情义的人?!

我还记得我上高中时,父母亲有一次闹别扭,吵架吵得挺厉害。我母亲哭哭啼啼到泗门去向我奶奶哭诉。奶奶马上到邮局打电话给我父亲,叫他马上来泗门家里。父亲一到,奶奶马上关起门,拿起"被甩"(以前晒被子棉絮时拍打尘埃用的藤条编制的工具)说:

"你给我跪下!"

父亲二话不说,扑通一声跪在灶披间。奶奶骂着:

"梅琴哪里对不住你?给你养子理家,多么不容易!你还不满足,还想动手打她,你这个活畜牲!"

奶奶毫不留情地啪啪啪打了我父亲三"被甩",打得父亲连连讨饶:

"姆妈我错了。"

我真的想不到快 80 岁的老娘还用"被甩"打 50 多岁的儿子;那样的家规,让我们很震惊。我奶奶是个苦出身但很讲诚信的人。爷爷走了后,她一人在绍兴守着斗门镇双井头二楼二底的街面房,不肯到余姚来。那房子原来是做生意的房东请她保管的,把房产证和地契都交给了我奶奶。当时是上个世纪 30 年代,兵荒马乱,房东走了便一直没回来。我奶奶说:

"他的后代万一来寻根,我一定要把房子完整地交还给他的后代。"

奶奶帮他们维修守护了 40 多年,不出租、不买卖。我 20 岁那年,做通了奶奶的工作,同意将她的户口迁到泗门镇,把属于她的家产搬到泗门的家里来。我们雇了湖北公社仅有的一辆大型拖拉机去绍兴搬家。奶奶很郑重地告诉我说:

"你要把这房子捐赠给斗门镇人民政府,而且一定要写上:'如房东有后人来寻找,一定要物归原主'。"

当时我和邻居们都想不通,房产证和地契都在您老人家手里,并且已经为他们维修守护 40 多年了,就是不卖掉,出租也可以赚一些钱。我给父亲打电话,说了奶奶的决定。我父亲很坚决地说:

"就听你奶奶的,你奶奶做得对。"

我根据奶奶的要求,与斗门镇政府签了捐赠协议,移交了房产证和地契。

第二天,阳光灿烂,风和日丽,奶奶坐在我们给她准备的放在拖拉机上的太师椅上,很是高兴,好像如释重负地完成了历史使命似的。其实,她是在用实际行动践行了"不取意外之财"的家训和"做人要讲诚信"的承诺,对我们的教育极为深刻!

我父亲自己也是这样传承并教育我们这样做的。奶奶是个小个子,但很有魄力。父母亲都很尊重她,甚至怕她;我们都很孝敬她,她在家里很有权威。我们的子孙也都继承了这一美德。但是,有些不了解情况的邻居说我父亲无情义,那是大错特错。我父亲同意妈妈早日入殓出殡,是考虑到那个年代怕我们兄弟借丧事收受人家的礼物、怕影响交通、怕影响左右邻居的休息。其实,自从我妈走了以后,他一不看电视,二不听收音机;妈妈在的时候,他要看着电视机

（其实只是在听）、听着收音机睡觉；妈妈一关机，他就醒了。我多次回家看到父亲只喝茶抽烟，不看电视、不听收音机，问他为什么，他说：

"让你妈安静一些，不要把她吵醒。"

我从小就没少看到父母吵架、发脾气、摔东西，但他们仍然不离不弃50多年。作为深爱妻子的丈夫，他用这种方式怀念相濡以沫的老伴，一直到他走完88岁的人生，与爱妻在天堂相聚，能说他不孝和无义吗？不。那是我伟大父亲最大的孝顺和最真挚的情义！

我父亲是一个非常有个性、不畏强势、不怕艰难困苦且非常倔强的人，是个真正的男人。但是，再刚强的男人，也有柔软的一面。他的三次流泪，给我留下了毕生难忘的深刻印象，以致我经常在梦中和父亲、母亲相见。

男儿有泪不轻弹，只是未到伤心时。父亲的泪，体现了他对病患和群众的责任担当；表现了父爱如山的情怀；显现了对爱人内心的愧疚和挚爱。父母离开我们已多年，但他们的尊老爱幼、仁爱无疆、扶伤济世、坦荡忠诚的高尚品德和为人处事的人格魅力，永远激励着我们奋勇前行！

可以告慰双亲的是，你们的子孙都传承了你们的品格，牢记家训，都已成为对国家、对人民有用的人。我们现在也已到了奔70、80的年龄，但一定会像你们一样教育好后代，不忘祖训，在走向未来的进程中不辱使命，努力做一个有所作为的人。

再过几天，就是父亲102岁、母亲99岁的祭日了。谨以此文，献给亲爱的父亲和母亲！愿你们在天堂一切都好，我们永远怀念你们！

2022 年 10 月 1 日

母亲的微笑

　　妈,我想您了! 今天是母亲节,您离开我们廿三年了,今年也是您诞辰100年,您在天堂知道儿孙们有多想您吗?去年父亲节,我写了一篇《父亲的眼泪》。今天我写一篇《母亲的微笑》,以此怀念您,聊表孩儿们对您的思念之情!

　　母亲叫谢梅琴,出生于余姚泗门镇一个还算富庶的家庭,从小接受良好的教育,春晖女子学校毕业,打一手好算盘,写一手很棒的毛笔字。当时外公在泗门倪家桥河塍路开了一个"德昌茶馆",生意兴隆、门庭若市,茶馆成了人们谈生意、吟诗诵词、以茶会友的地方。那时母亲正好学校毕业,辅助外公经营、打理茶馆。母亲长得小巧玲珑,活泼可爱,17岁的少女楚楚动人,皮肤虽有点黑,但非常好看。大家都喜欢她司茶招待。我母亲总是以"摆开八仙桌,招待十六方,来的都是客,全凭'笑'一张",不亢不卑、落落大方、热情周到,赢得了好多回头客。茶馆生意非常火爆。也由于母亲的微笑和热情待客,得到了我父亲及父亲师傅(浙东大力士骨伤科名医叶桂芳大师)的好评。多次交往,父母之间都很有好感。后来由我师爷师奶出面向外公谢德昌提亲,促成了这门亲事。母亲待人接物的微笑也深深地烙在了人们的心里。

　　新中国成立后,我父亲成了县医管委成员,创建了当地第一家中西医结合的联合诊所。1958年,根据组织安排,我父亲责无旁贷地去了缺医少药的湖北公社开辟医疗卫生基地,创建公社保健所。母亲将我寄养在奶妈家,也义无反顾地带着5岁的二哥和尚在腹中的弟弟随父亲到湖北公社,从此相夫教子,历尽艰难,支持父亲创建公社卫生保健所、公社卫生所和乡卫生院。母亲天生和善,笑脸相迎,受到广大老百姓的赞扬与爱戴。大家都亲昵地称呼她为"冯师母",母亲也总是以她慈祥的微笑温暖、安慰着每个病人和家属。不管有多难、多苦、多累,她都一个人默默承受,从不在患者面前显露出来。人们看到的就是一个乐观豁达、善解人意、和谒可亲的微笑天使。

　　1962年,父亲根据当时农村孕妇婴儿死亡率较高的实际状况(农村那时只有土接生婆),他要求我母亲去参加县里组织的新式接生法的培训班。母亲二话没说,克服种种困难,努力参加培训班的学习,最后不负众望,以优异的成绩成为县第一代新式接生法的助产士。在她的刻苦钻研、勤奋学习、仁心关爱下,保健所有了第一个孕妇分娩室,孕妇婴儿的分娩死亡率降为零。湖北公社保健所设有孕妇分娩室,母亲有精湛的医术,远近闻名,来就诊的患者和分娩的孕妇络绎不绝,但保健所和我母亲不堪重负。在我父亲的倡导下,同时也得到公社党委的大力支持,公社抽调各大队的年轻女卫生员进行培训。母亲的老师钱素英教授亲自授课(钱教授是浙江著名的妇产科医生,我们都亲昵地叫她"临山外婆"),从此,湖北公社告别了土法接生,每个大队都有了新式接生法的助产士,这既方便了群众,又大大提高了孕妇和新生儿的安全性。当8位大队卫生员成为了第一代湖北公社的助产士,母亲露出了甜美、欣慰的微笑。妈妈也被她的老师赞誉为"妇幼天使"。而我母亲最值得赞扬的品格和医德是,不管是白天黑夜,还是风雨交加、电闪雷鸣、道路泥泞,只要群众有需求,她就会像一个勇敢的战士一样冲锋陷阵,毫不犹豫地坚持出诊!遇到急重难产的孕妇,她也不会推脱转院。那时候农村交通不便,一个临盆的产妇转院会有多危险。母亲总是说:不能以我们没这个医疗条件为借口让她们转院,转院了,虽然我们没责任了,但孕妇婴儿的生命就会大大增加危险性,只要有一线希望,我们就要百分之百努力,不能让群众失望。她宁可为了孕妇婴儿的安全自己默默承担着风险,这要有多大的事业性、责任感与担当啊!我们兄弟几个也经常帮母亲做一些助产的工作。有时她一个人忙不过来,会叫我们帮她拿什么药水、什么器械。那时候我们小、不懂事,现在想想,母亲太勇敢、太伟大了!每当一个新生儿出生第一声啼哭时,母亲的脸上就会绽放出喜悦的微笑。当她抱着新生儿与等候在产房外的家属道喜祝贺,而家属们向她表示深深感谢时,母亲的微笑是最灿烂、最美、最好看的,这种微笑永远定格在我的脑海里挥之不去。

记忆里最深刻也最难以忘怀的是妈妈最后一次微笑。1999年,因工作需要,组织上决定让我到异地任职。这样回家与父母的相聚更少了,但爸妈很支持我的工作。那时应该是大年夜,我匆匆赶到老家看望父母,他们已上床看春晚节目了。我们开始聊天,他们问我在外地环境生疏工作顺不顺,儿媳孙女工作、学习、生活好吗?你自己身体怎么样?我一一作了回答,一切都好让他们放心!临别时,我跟爸说:您少抽点烟、少喝点酒,80岁了不能老是窝在家看电视、听收音机,也要适当出去活动活动。然后我跟妈告别,发现她目不转睛地看着我,脑门上的皱纹和白发明显增多了。我说:妈,您要保重,待我空一点来接你们去我新工作的地方玩。她满口答应我,但眼里含着泪花。我情不自禁地俯下身去深深地吻了妈妈的脸。妈妈好像感觉儿子是第一次吻她一样,顿时笑得很开心、很慈祥、很安慰!还说了一句:"就你三猢狲最油腔滑调。"(我在家排行老三,属猴,妈喜欢叫我三猢狲)想不到这竟成了永久的吻别。没过多久,母亲因脑出血永远地离开了我们。但这一吻对我来说是刻骨铭心的!后悔我们长大后好像没吻过妈妈,而小时候妈妈吻过我们多少次?当我吻妈妈的那一刻时,她的微笑是多么让人记忆犹新,思念至今!虽然妈妈离开我们那么多年了,但我们每年都会到爸爸妈妈的墓地去祭祀,从未间断。要告慰爸妈的是,你们的子孙后代都像你们一样,为党、为国、为民努力地工作和学习。妈妈,我多想在梦中再吻您一次,看看您的微笑。我们太爱您了!

三猢狲冯林泣祭
2023 年母亲节

卷二

军旅生涯

1969 年 3 月 7 日，
我光荣应征入伍

崇武古镇灯塔合影

十七、初识风云际会

20 世纪 60、70 年代,我亲身经历过共和国不少运动;当然,都是侧面经历。

我之所以说自己是侧面经历,是因为当时年纪尚小,并非运动主体,充其量是在运动洪流来临时被潮水裹挟进去,侧面体验了一些小浪花而已。

我记忆中清晰的社会运动,是发生在 20 世纪 60 年代的"四清运动"。它席卷神州大地,持续四年之久。

听说"四清工作队"要来,湖北公社各大队以上企事业单位党政领导都非常紧张。我父亲是公社卫生院的院长,也是"四清"的主要对象。"四清工作队"一来,所有的权力归工作队。大队以上干部一律"上楼"学习党中央的文件,统一思想,提高认识,深入开展"斗私批修",背靠背互相揭发,批判修正主义一闪念。泗门区的湖北公社、夹塘公社、万圣公社为一个片,干部们集中住宿,进行所谓的"上楼审查"。

我记得,当时湖北公社的"四清工作队"由宁波专署的鲍洪光(化名)处长带队,六名队员都是宁波市各单位抽调的。鲍队长一米六八的个子,戴一副眼镜,文绉绉的样子,比较斯文,讲话总是慢条斯理,带有鄞州口音。当然,我印象最深的是个工作队员,他胖胖的,一米七五的个头,有点秃顶,叫陆锋(化名),人们叫他"陆胖子"。

陆锋叔叔非常和蔼可亲,喜欢讲笑话。他还会吹口琴,可以两把口琴一起吹,很受小朋友们的喜爱和欢迎。时间一长,我们和他混得熟了,便经常去他的房间;他空闲时,就请他教我们吹口琴。当时我们听他吹口琴,都被他的琴技吸引,对他崇拜得很。我还专门到泗门镇文具店买了一把"国光"牌口琴。因为没什么钱,我买的口琴质量比较差,但还是能吹成调子。

有一天,学校召集高小毕业班的同学开会,"四清工作队"的陆锋叔叔参加会议。他给我们讲了抗日战争、解放战争年代边区、苏区组织儿童团的故事,告诉我们,儿童团不仅给孩子们的生活和学习带来乐趣和希望,同时也壮大了革命队伍的力量,为伟大的抗日战争、解放战争的胜利作出了贡献。他的讲解,让我明白了"儿童团"协助政府,团结教育了少年儿童,成为抗日战争、解放战争巩固和建设根据地的一支不可忽视的重要力量,同时也培养了一大批优秀的革命事业接班人。"儿童团"是革命斗争年代的小先锋、小战士,是共青团的得力助手,是中国共产党革命斗争史中不可缺少的一部分。

"今天我来你们学校,就是要发扬革命传统,建立当今的'儿童团'。"陆锋叔叔说,"希望你们踊跃报名参加。"

他讲了现在的"儿童团"的任务后,又让我们重温《共产儿童团歌》——

准备好了吗?

时刻准备着。

我们都是共产儿童团。

将来的主人,

必定是我们。

……

随后,他宣布湖北公社"儿童团"成立。他们事先和学校商量,推荐了"儿童团"的负责人,也就是我。我被推荐为"儿童团"团长,和成顺友、沈光成等一批同学组成了"儿童团"。那时候,各生产大队都有"儿童团",大约一至七个队,都有负责人。陆叔叔还派共青团的基干民兵对我们开展军训,教我们唱歌,唱抗日小英雄《王二小》的歌。

陆叔叔还给我们表演口琴独奏,组织大家玩游戏"抓特务",纸上写着班长、排长、连长、营长、团长……先让团干部把纸条隐匿好,让我们去找出来,把隐藏的特务和"地富反坏右"抓出来。因为有各种奖品,大家兴趣很高。晚上,我们还要站岗、查路条、盘问过往的行人,帮助工作队发传单,宣传党的政策,表扬"四清运动"中表现好的积极分子。

我记得,那时当"儿童团"团长很光荣。我经常带同学们背着红缨枪,腰上挂着指挥刀,很有派头,煞是威武。白天、晚上,我们巡逻在湖北四大队范围,特别是公社的周围。

有一天夜里,十多个小朋友一起设点埋伏,守候在四大队二小队的仓库后边和草缝头。9点左右,有一大帮人拿着手电筒、说着话朝我们走来。到眼前了,十多个小朋友一下子抽出红缨枪,挡住了他们去路,喝问道——

口令是什么?

干什么的?

去哪里?

做得煞是认真。可是,拿来手电筒一照,大家就傻了,原来都是自己的父亲和公社的一些干部叔叔们,从光明大乡(万圣、夹塘、湖北乡合并成大乡称光明乡)参加三天的"斗私批修"学习班回来,结果闹成了笑话。

一年多以后,"四清工作队"撤回了。说实话,当时乡村的干部都非常纯朴,非常廉洁,党组织的战斗堡垒和共产党员的先锋队作用发挥得很好。当时,公社的经费很紧张,除了上级拨款的干部工资,就是助困经费和兴修水利有一些专款,由公社信用社统一结算。公社干部下乡都是自己带饭,或在"三同户"(同吃同住同劳动)家里搭伙。"亲兄弟明算账",付伙食费和粮票。应该说,干部的整体素质比较高,只有想群众困难的多一点,没有想过自己要占什么便宜。

一年的"四清运动",几乎没有发现"四不清"的问题。陆锋叔叔走的那天,专门把我叫到他的房间说:"这把口琴给你,做个纪念吧。"

"这么高级啊。"我惊喜地感叹道,"谢谢陆叔叔。"

"小林,你人聪明,学东西很快,一教就会。"他对我千叮咛万嘱咐,"你要好好学习,今后要考大学,将来一定会有大出息。"

听了陆锋叔叔的话,我一阵心酸和激动,眼泪一下夺眶而出。后来,我一直跟随送行的人,把他们送出湖北公社的地界。

我侧面经历的第二个运动,是"文化大革命"。

1967 年下半年,大部分学校开始"复课闹革命"。我和杨纪良同学从湖北公社中心小学进入泗门中学读书。我能够进入泗门中学,是因为户口在泗门镇西泗居委会;杨纪良同学能够进入泗门中学,是因为他的母亲。

杨纪良原名吴纪良,因为他的母亲杨阿花是解放前的地下联络站堡垒户,她的前夫参加抗美援朝在战斗中英勇牺牲,是二级英模,她享受烈士家属待遇。吴纪良是她与后夫生育的,在加入"儿童团"时坚持改姓,叫了杨纪良。他母亲在他读中学时,找了很多过去的老领导,解决了儿子进入泗门中学读书的问题。此外,在我的印象里,湖北公社中心小学还有张顺龙等一批同学进入泗门区的农业中学读书。

由于"文化大革命"影响,中学的领导和大多数教师都受过不同程度的冲击,因此我们进入泗门中学时,学校的教学秩序比较乱,老师们的精神面貌也很差,能够上好自己课的,就是好老师了。所以,我记忆中的中学生活,可圈可点者无多。但是,我还是要写下学校领导和一些老师的名字——泗门中学校长,叫杨静,他兼我们的政治老师;还有一位政治老师,叫李青照。大家都说,他名字里要是有个"三点水",就可以做宋朝的女词人了。我们的教导主任是裘树茂,班主任是姚北丁,数学老师叫张正开,语文老师是谢立华和吴伯红,化学老师是黄守禹,体育老师是张启堂。英语老师和物理老师,我的记忆不深。

短短两年的中学生活,没有给我留下深刻印象,主要原因可能是我和杨纪良同学来自湖北公社中心小学,而班里同学几乎都是泗门小学来的,对我和杨纪良接纳度不高。当然,我还有同桌陈金如同学,还有邻居张宝尧、卢小锋、魏家齐、谢松迁、张小英、杨竹秀、诸美卿、蒋建明等,大家在一起玩得比较融洽。至于高年级的干成军、冯秀生、洪月莲、魏仲坤他们,当时是"红三司"的;"红三司"是"文革"时期全国通用的红卫兵的组织名称。他们初中毕业后留在学校,准备参加工作。不过,后来他们有的去黑龙江当了知青,有的则去了浙江建设兵团。

我初中毕业后既没去黑龙江,也没去浙江建设兵团。时代风云际会,历史翻至新篇,我穿上了崭新的绿军装,成了光荣的中国人民解放军战士。

十八、光荣应征入伍

1968 年底,中学放寒假了。我家隔壁的泗门镇供销社招待所住进了一批解放军。他们迈着整齐的步伐,以英姿勃发的军姿经过街中心,成了人们视野中一道美丽的风景线。乡亲们驻足观瞻,并自觉地鼓掌欢迎。

当时,我内心特别羡慕并渴望成为一名解放军。待那些指战员办好入住手续,我和陈锦如等几个同学便去串门了。他们都非常热情,见到我和陈锦如,"小鬼小鬼"地叫我们。后来我知道,他们是福州军区来接兵的部队。

一听说接兵,我马上萌生了要参军的念头,连晚上睡觉做梦,都梦到自己已经参军并和同学与亲朋好友告别的场景。由于我出生在抗美援朝的伟大年代,从小听了那么多战斗故事,早已立志一定要成为一名中国人民解放军战士,于是我在心里暗下决心,此番我一定要去当兵!

1968 年 10 月,正值"红十月",全国各地都成立了革命委员会,党政大权都由革委会掌控,县、区、公社人武部长都兼任革委会副主任。征兵工作开始了。县、区、公社人武部长都参加了征兵工作动员大会。镇上和公社的热闹场所,都挂出了鲜艳的横幅——

"积极踊跃报名参军,一人参军全家光荣!"

"保卫祖国,打倒苏联修正主义!"

"响应号召,保家卫国!"

"军民团结如一人,试看天下谁能敌!"

"光荣参军是每个适龄青年的神圣义务和责任!"

忽如一夜春风来,千树万树梨花开。仿佛是一瞬间的事情,到处都可以见到宣传应征入伍的告示传单。

自从接兵的部队来了之后,我几乎天天和接兵的解放军战士们在一起,带兵的团长、营长、连长和排长,我都熟悉了;他们也都很喜欢我。团长是湖南人,听不懂我们当地的方言,我们当地老百姓也听不太懂湖南话。因此团长总喜欢带上我去适龄青年的家里家访，做动员工作。当时正好是寒假，我有时间跟随他们，就像是他们队伍中的一员似的。

湖北公社人武部召开的全公社适龄青年动员大会，由公社革委会副主任施宏基主持，带兵的郑连长讲话动员，人武部长王杏森伯伯给各大队下任务提要求，那次会议自然少不了我。

郑连长号召说，作为新中国的青年人，应该响应党和国家的号召，踊跃报名参军，投身到祖国的国防事业中去；说，只有我们的国防强大了，人民才能安居乐业，才能享受幸福美好的生活。

我们在会场里听得热血沸腾，心潮澎湃。我将自己的拳头攥得紧紧的，心里只有一个想法，就是要让自己穿上绿军装。

会后，东海舰队 4300 部队文工团在泗门镇大会堂作慰问演出。演出中，部队忠于党、忠于毛主席、忠于人民的光辉形象是那样生动鲜活，又一次感动了我。我下定决心一定要参军，当一名中国人民解放军战士！

当时的我有一个爱好，就是收藏毛主席像章。我拜托上海和杭州的亲戚朋友帮我收集了很多毛主席像章，把它们一一分送给带兵部队的指战员"朋友们"，他们十分喜爱，更喜欢我了。

有一次，带兵的团长到湖北公社适龄青年家中走访，专门到我家里看望了我父母亲。团长对我父亲说：

"你们的孩子小林，聪明又机灵，将来一定大有前途！"

我父亲很高兴，也向带兵团长介绍了他自己前半生的经历，说解放前曾帮助过我们浙东游击纵队的伤员疗过战伤；说那时部队首长曾动员他参军北撤，继续为部队医院服务，只是因为当时家中父母亲只有他一个儿子，为了尽孝，他才放弃了参军去部队医院。

"我们家现在有四个儿子。"我父亲说，"老大两次体检不合格，老二只要首长您看得起他，我们做父母的，一定举双手赞成！"

团长很有感触，竖起大拇指说："冯院长您很了不起。只要您儿子身体合格，我们就一定把他带走！"

我父母连连说："好，好，好！"

团长一行在公社稍作停留，专门问了人武部部长王杏森伯伯、办公室主任陈俊伯伯，还有公社革委会副主任施宏基叔叔，对他们说——

"小冯原来户口在湖北公社,可以在湖北公社报名,参加体检和政审。"

他们听了,都表示赞同。我拿到应征入伍履历表,先打了一张草稿,然后找到信用社的会计韩福根大哥,让他帮我认真填写好,因为他的字写得漂亮。

当时,已经是 1969 年 1 月。我们报名参军的,有二百多人;初检刷掉一批,到慈溪县征兵体检办参加体检的人,只剩下一百左右。我在体检之前,特地跟同桌陈锦如同学到泗门镇榨油厂洗了澡,清洗了身上的污垢。陈锦如还帮我搓背,洗得清清爽爽。第二天体检,一路绿灯,我顺利通过。

体检的医生中,有我父亲好朋友张约翰、龚国基、姚国香和杨菊仙等医师。他们问了我好多问题——

"小林,你刚在发育阶段,部队很艰苦,你吃得消吗?"

"小林,你可以等两年再去,也不迟啊;你身体是好的,以后还有机会。"

"小林,参军是真的要打仗的啊,你爸爸、妈妈舍得你走吗?"

这里,我要稍微超前预叙一下,就是当时战事不仅一触即发,而且近在眼前,即在 1969 年 3 月,果然爆发了珍宝岛地区的较大规模的武装冲突。当时,中国军队通过"珍宝岛自卫反击战",保卫了国家领土主权的完整。

那些体检的医生都知道,年轻人参了军,是真的有可能开赴前线参战的。我知道他们的劝告都是好心。但我当时心意已决,表示一定要去部队锻炼。最后,杨菊仙医生在终审复查一栏里,写上了"体检全部合格"的字样。

大概过了一周左右,我收到大红喜报——应征入伍通知书。这是我一生中最难忘的时刻!我被批准入伍了!

当时,我们全区有三百多人应征入伍,湖北公社有 28 人参军。那一天,各大队敲锣打鼓、鸣放鞭炮,参军的新战士统一在公社门口集合,人武部长王杏森伯伯给我们戴上大红花,说了一番祝贺鼓励我们的话后,队伍出发去临山镇坐车,后又去慈溪县浒山中学新兵团集中领新军装。

母亲把我送到临山汽车站,静芝姐姐则送我到了新兵团。一路上,七个大队的锣鼓队把我们送上县人武部接兵的敞篷车,家属坐客车,真的是热闹非凡。那样隆重的场景,我一生中也只有那一次,真是让我终生难忘;更让我自豪的是,我已经是一名光荣的中国人民解放军战士了!

十九、军列开向远方

　　1969年3月7日,我们全县的新兵在慈溪浒山中学集中,这也是离开家乡前与亲人话别的机会。周围的招待所、旅馆都爆满了。许多新兵的亲属三五成群地聚在一起,场面错综,情感交融,有笑的,有哭的,有高兴的,有难过的……

　　送我的是我大哥和未过门的嫂子,还有我父亲医院的护士静芝姐姐和我四弟。大哥对我说:"二弟,爸爸说,他当年有进'三五支队'的机会,可惜是独子,没去成。他让我嘱咐你,到了部队,好好干!"

　　"我会的,大哥。"我说,"你别忘了,我从小就有当兵的志向!"

　　静芝姐姐说:"小林聪明,学习又好,准能很快提干!"

　　大哥说:"哪有那么简单?部队比武,不比文。"

　　我那未过门的嫂子说:"能文能武不是更好么。"

　　大家都笑起来。我四弟看着我那身簇新的绿军装,满眼都是羡慕,不停地用手摸。

　　新兵在中学里开展"三大纪律八项注意"的纪律教育,开展列队、起步走、跑步走、左右看齐、向左向右向后转的步操训练;还要大家学会打背包,要求做到又快又结实;还要唱革命歌曲《我是一个兵》《解放军军歌》《大刀向鬼子们的头上砍去》等等,主要是做出发前的准备。我整天无事无忧,和大家说说笑笑,因为能够参军,心里美滋滋的,别提有多高兴了。

　　3月9日,天蒙蒙亮,下着雨,随着一声哨响,我们迅速起床,打好背包,集合出发,目标余姚火车站。一路上,雨越下越大,我们甚至听到了1969年的第一声春雷。大家心情很好,热情高涨,在雨中精神抖擞地走着,一路上歌声嘹亮,连与连之间还开展拉歌比赛。

　　慈溪中学到余姚火车站20公里路程。在行进的队伍中,我是最小的,实足15岁,第一次走那么远的路。出发前打背包时,排长检查了我的行装,发现我除了一只背包,还外加了一只旅行包和一只网兜——旅行包里是新发的换洗衣服,网兜里装着脸盆和洗漱用品。排长拎起来,晃了晃,见我行李收拾得干净利索,而且我的反应也很灵敏,他感到很满意。路上,排长仿佛特别照顾我,帮我拿着旅行包;我比较有个性,处处显示不甘示弱,一路坚持走到余姚火车站。只是,被雨水浸泡的解放鞋收紧,脚上磨起了水泡;两根背带勒得我肩膀上的肌肉隐隐作痛。

到了余姚火车站,我们排着队有序地登上南去的棚式火车。基本上是两个班一节车厢,两排地铺,中间留个通道,最里面用帘子拉起,有一个马桶备着内急用(大家一般都会在停靠站时如厕,这样车厢里的氨气会少一点)。

火车头上的汽笛一声长鸣,发出"呜呜"的啸叫,棚式火车开始启动,运载着满列车英姿勃发的新兵,驶向大家憧憬中的目的地——福建厦门。

一路上,列车不时发出"呜呜"的汽笛声,估计是会车或在不停靠的站点前作提示。我们听着火车的巨轮碾压铁轨接缝处发出的"咣当咣当"的悦耳声,从火车门缝里看到家乡的城市和乡村渐渐离我们远去,看见庄稼、电线杆与山河被远远地甩在后面,看见列车平稳地向着目的地福建省厦门市进发。那时候国防条件较差,运兵几乎都是棚式火车;到了80、90年代,运兵车改用绿皮车,已提高到卧铺车厢水准;现在,新兵都坐高铁"和谐号",条件越来越好。

我们乘坐的运兵车,停靠站点都有开水供应,能够用热水洗脸,还能用热水泡泡脚。虽然淋了一场大雨,但由于军用雨衣遮蔽,我们身上的衣服没有淋湿,只是解放鞋湿透了。不过那时发的袜子都是尼龙袜,脱下来,马上就很干爽。

火车一路进发到了江西鹰潭火车站。鹰潭是南来北往的列车集散地,为了避开高峰,我们足足停了两个小时。站台上供应很好,老区人民不乏拥军的光荣传统。新兵们一个个吃饱喝足,在站台内侧散步,算是驱散了长途坐车的疲惫感。随着"嘟嘟"的急促集合哨声,大家又开始登上闷罐子车,各节车厢清点人数。汽笛再次发出"呜呜"的长鸣,我们又开始了新的行程。

我们在列车上过了两天一夜,顺利到达厦门的集美。我们打好背包,背起行装,下车列队。看上去,新兵们除了没有领章和帽徽,一边是水壶,一边是挎包,腰带一系,挺像个军人。集美火车站的门口,早已整整齐齐排着几十辆敞篷军车,都有明显的标号。新兵以连为单位点名集合,按车辆标号对号上车。

这时候,带兵的团长欧阳走到我面前,问寒问暖,最后拍着我的肩膀说:

"小鬼,在部队好好干,争取当上五好战士!"

我向他敬礼说:"请首长放心,我一定好好干!"

一辆辆军车载着我们这些新兵,向当时的 6738 部队驻地——惠安县涂寨镇前进。大约坐了近两小时的汽车,我们在惠安涂寨中学宿营。在中学大操场上,我们被重新编班。担任班长的,都是部队抽调的老兵;排长则由准备提干的老班长担任;接兵的排长成了副连长、副指导员;连长则是连队抽调的副连长出任。

分班后,班长把我们带到寝室,搞卫生,整理内务。晚饭后开班务会,大家互相介绍,互相认识。

"我叫冯时林,慈溪的。"我说,"我是泗门人。"

"你们那里是不是出了个叫谢迁的,"班长说,"是个大'阁老'?"

"是啊。"我说,"我们家就在'阁老府'附近。"

"'阁老府'破'四旧'时砸没砸?"班长问。

"没有。"我说,"还有'大学士第'和'状元楼',也都好好的。"

"看来你们那里前几年闹得不凶。"班长笑了。

接着,班长给我们讲新兵连的规章制度,讲军人必须遵守的纪律。当天晚上,我第一次听到了就寝的军号和熄灯号。

新兵连的生活,整整一个月,主要是开展思想政治教育和步操训练。思想政治教育由团首长给大家讲,内容是为什么当兵,为谁当兵,战士的使命和担当,怎样做一个合格的解放军战士,我军的军史和发展史,军队为什么要听党指挥;讲当时的台海形势,中苏边界的紧张局势,中苏边界自卫反击战的始末等。听罢报告,小班讨论,学习交流。

新兵连的军事训练主要是队列训练。内容是三种步伐(起步、跑步、正步),三种转法(向左、向右、向后),以培养良好的军人姿态和军人作风。我们的连长要求:军人必须站有站相、坐有坐相;要立如松、坐如钟、走如风。

一个月的新兵连生活很快就结束了。我们每星期休息一天,可以在周日轮流去涂寨镇上逛街,买点当地的土特产。我们浙江宁波的新兵看到桂圆干、荔枝干,便会买一大包邮寄回家。大家内心的想法,一是给家人安慰,表示在部队生活很好,尽点孝心;二是刚参加工作,每个月有六元钱生活费,条件宽裕不少,有点财力了。因为除了牙膏、牙刷、肥皂、信笺、信纸、信封和寄信花点小钱,其他都是供给制,花钱的地方不多。

新兵连的生活结束了。几辆军车把我们拉到分配的连队。我们一起从老家出来的人员都被打乱,连里只剩下两位;其他的都分到各个连队。有的去了晋江、围头;我们是九团,他们都去了十团、十一团。慈溪的新兵倒有不少,但部队当时有严格的要求,不能拉老乡,不能讲土话,一律讲普通话。我们被分配在一营四连,到崇武半岛烟墩山守防。

刚到连队,大家都吃了一惊;主要是没想到,没见过。

连队的营房,大都是苏式格局,一律平房尖顶。一个连队四排营房,营房大门对着战备公路。一排二排为一幢,后面一幢房子是饭堂伙房、仓库和弹药库;西面一幢是机炮排,有四门反坦克75毫米口径的无后坐力炮,两挺12、76高射机枪和四门六〇炮;后面一幢是连部,连级干部住宿,档案室和司号员、文书、通信员、仓库保管员的宿舍也在那里。

当时,连队驻地没有自来水,用的是井水,也不通电。一个排住一大间,老兵传下来的习惯,叫排房。由于没有电,晚上开班务会或自由活动时,就靠蜡烛和煤油灯照明;尤其是新兵写完家信,两个鼻孔都是黑的。后来,部队请来地方的师傅翻盖营房,部队也学会开山劈石做小工,改建成新格局的营房,大多是就地取材,用长条花岗岩石做房顶,所以是平顶。

新改建的营房,一个班住一间。但是,没有玻璃窗,就在石头窗框两边上下凿出四个洞,安上两扇木板——那就是窗户了。冬天,海边的北风裹挟着沙尘直接往"窗户"里灌。靠窗户睡的战士,头上的棉被上会蒙上一层细沙加土粉。靠窗的地面上,亦是如此!

营区的北面,有围墙。北风吹起的沙土与围墙同高,围墙内的菜地也就成了沙地。营房朝北的排水沟,也被沙土填满至接近窗台的高度,需要经常清理。尽管这样,我们感到,也比原来老排房的条件要好多了!

1975年我退伍时,部队仍然没有通上电。2003年我去老连队看望,情况已经大不相同,条件大幅改善,营区通了水电,营房也安装了铝合金玻璃门窗。但营房的架构和格局,很长时间没有改变。现在,老兵回到连队,看到的则是高大宽敞、水电网络娱乐设施齐全的楼房了。我注意到,在操场边上还留有一排老营房,就像忠诚尽职的老哨兵,默默地守护着营区。不少老兵寻找到老营房,就像看到了多年不见的老战友,红着眼圈与它合影留念,在心里与老营房絮叨着往事,说着心里永远说不完的话……

嗯,真是铁打的营盘流水的兵!声声军号中,老兵一茬茬走了,新兵又一茬茬地来!阿兵哥们,来了又走,走了又来,留下的是青春与热血,深情与眷念。只有营房,永远散发着兵味!

在部队的大熔炉里,我整整锻炼了六年。我们这一代人,在共和国的旗帜上写着老兵的奉献与风采,在灵魂深处刻着永不褪色的记忆!

二十、崇武半岛演兵

我们到连队的第二天,连长带新兵熟悉地形。回想起五十年前我当兵所在地崇武半岛,既古朴寂寥,更是一片充满阳刚之气的热土。如果地方有性别的话,那么,我要说,崇武应属当之无愧的雄性!

崇武明代古城墙以北至大岞渔村之间,一派荒烟蔓草、阡陌田野,我服役的四连,就扼守在东海之滨的烟墩山下。

崇武灯塔面向东海一侧,经西沙湾至大岞渔船厂再返回,是四连战士每天清晨的巡逻路线;用连队的话讲,就是"查海滩"。放眼望去,洁白的沙滩逶迤绵长,暗绿色的木麻黄防风林随风起伏,天风海涛,人迹稀少,空旷悠远。半岛另一侧亦有海湾,当地人称为后海。后海当年常有海军舰艇待命。在举世闻名的"崇武海战"中,我海军炮舰就隐蔽在那里。有时候,空军地勤高炮部队也会前来打靶。

我们熟悉了连队的周边地形后,整天练队列。起步、跑步和正步走,基本的左、右、后转法,各种队形列队以及队形变换。我们还学习基础射击原理,精度从射击到二百米移动靶,再到二百五十米石孔靶。

政治学习,则主要是学习党的九大报告,学习毛泽东军事思想。各级首长进行讲课辅导,而后分班讨论,继而连、排学习交流,战士们谈体会和感想。每个排都有墙报专栏。大家心得体会上墙,每周换一次内容。

当年的 6 月底,由于我表现突出,光荣地加入了中国共产主义青年团,并且是我们这批新兵中第一批加入共青团组织的。我写信向父母亲汇报。他们很快回信,不免问寒问暖,让我给他们寄照片,并鼓励我在部队好好学习锻炼,不断进步;三弟、四弟还在信里夹带着小小的要求,让我寄给他们每人一个皮壳笔记本!

福建的夏季,不是十分炎热,海风会吹来一丝丝凉爽。那年的 7 月份,我们开始进入游泳训练课目。训练场地就在后海。我清晰地记得,夏季的后海蓝天白云,阳光灿烂,海风轻拂,空旷空灵,寂静而又清爽。清澈的碧海波光粼粼,透明如果冻般的排排浪涌,往复依恋地亲吻着金色的沙滩。那时候的后海,用现在的话说,叫作"美得让人窒息"!

夏季的午后,四连常去后海进行游泳训练。海湾的金沙滩缓缓地向海中延展,蹚水五六十米,海水也才齐胸深。下海训练前,我们听当地渔民说,海里常会有鲨鱼出没。为了安全起见,我们用红旗设置了安全区,先投掷手榴弹驱赶鲨鱼,然后再下海进行泳训。不过,我们在游泳训练过程中,事实上从未见过鲨鱼——也许真是被我们用手榴弹吓跑了。我们在潜泳时,透过清澈的海水,在跳跃着金色光斑的海底黄沙地上,经常可以清晰地见到黑色的手榴弹片。

由于我从小捕鱼捞虾,水性尚好,游泳训练不在话下。但连里新兵也有不少"旱鸭子",一时状况迭出;而四连的游泳训练方法可谓简单高效。连长让那些新兵俯卧在沙滩上,由会水的老兵一对一教练;动作要领简洁明了,就是"蹬、划、吸"三个字,反复做动作! 那些"旱鸭子"背上烤着炽热的阳光,胸腹贴着炙热的沙地,一个个热得龇牙咧嘴,大汗淋漓!

"旱鸭子"们掌握了"蹬、划、吸"三字要领后,请示连长下一步干什么。

"还能干什么?"连长笑着下达了命令,"还是'一对一',下水!"

"这就下水了?"他们面面相觑,小声议论。

"肃静!"连长转头对负责训练的老兵说,"带他们先在浅海中扑腾着,再说。"

对于个别不敢下水的"旱鸭子",连长也有招数——划小船把他们载到浅海,直接往海里抛——当然,海水中有老兵在保护! 这一招虽然简单粗暴,却还挺灵。那些"旱鸭子"在海中一通"狗刨",扑腾几下,再呛上几口苦咸的海水,基本就可以漂起来了。虽然他们游泳的动作一拱一拱不好看,但由于体力好,也游得动,再练练就算成了。待到"旱鸭子"练成"水鸭子"后,四连的战士就可以列队在海中围着标志杆绕圈往返了。

那时候,战士们下海训练没有什么防护措施。什么泳镜、泳帽、防晒霜,统统没有! 大家挎上行军壶,穿着绿色大裤衩,列队"一二一"走向大海,直接扑进海浪中。一个训练季下来,人人晒得黑里透红,背上脱皮,也不叫苦;一笑一口白牙,个个生龙活虎!

经过师、团考核,我们四连以优秀的成绩通过。连长让炊事班杀猪为大家加菜。晚餐时，一片欢腾，每人一碗红烧肉，鲜肉大包管饱。有几个新兵饭量大，晚饭后悄悄揣了几个大肉包子在衣服下，微微猫着腰朝宿舍里走，被排长喊住："你们几个，立正！"

一立正，就露馅了。肉包子掉在脚下。排长说："捡起来，吹吹沙子，吃掉。"

他们只好执行命令。原来，鲜肉大包晚饭管够，但不能带回寝室。

近几年，也许是人到了一定年龄，我总是梦绕魂牵那块难忘的热土，那块曾经奋斗过的地方。后来，我利用出差机会，又回到崇武几次。四连的防区，已经成了著名景区和雕塑公园。崇武镇上高楼林立，商铺繁华，拥挤得无处停车。明城墙外、西沙湾海滩和后海边上，尽是鳞次栉比、密集连片的各类建筑。后海海滩，那片我今生所见的最美海滩，虽然涛声依旧，但也只剩下黑灰油腻的窄窄的泥滩了……

沧海桑田，白云苍狗！五十多年过去，许多当兵时认为司空见惯、平淡无奇的事物，现在却显得弥足珍贵！就如我和战友们留在崇武的青春年华，再也寻不回来了！但是，我知道没有不逝的青春，没有不老的年华；只要曾经激情燃烧，生命便无愧无悔！

二十一、军营生活集萃

1969年3月7日,17岁不到的我初中毕业,光荣入伍。最终我梦想成真,穿上军装,背起行囊,告别父母和亲朋好友,登上"闷罐子"列车,奔向远方的福建。

从浙江到福建,是我第一次出门远行。在车轮与钢轨接缝碾压的"咣嘡、咣嘡"声里,我的心跳节律充满了强劲的力量。我知道离开父母兄弟,离开故乡泗门,从此将会开启自己全新的人生。看看身边的新战士,他们年龄与我相仿,是否也像我那样,内心充满了对远方军营生活的憧憬?我暗下决心,到部队一定要好好干。

在厦门的集美火车站,我们新兵下了"闷罐子"列车。出车站后,带兵的欧阳团长让我们列队,发表了简短的讲话:"同志们,你们都是我挑的兵,希望大家在新兵连好好接受集训,别给我丢脸!"欧阳团长声音洪亮地说,"你们表现不好,就会有人说,是我欧阳团长选错了苗子。你们要珍惜军人的荣誉,为祖国守好万里海疆!"

大家纷纷鼓掌。欧阳团长最后说,他将和我们就此别过,并对我们这些新兵行了一个标准的军礼,然后命令我们换乘停在不远处的绿色敞篷军车。欧阳团长是湖南人,待人真诚,对新兵很好。我们和他在集美火车站分别后,就再没见过。

全体入伍新兵换乘敞篷军车后,一路颠簸,抵达福建前线东海前哨,开始了军营生涯。

(一)连队的排房

驻地风沙很大,部队生活艰苦。如今的部队营房,条件早已远胜我们当年。我刚到连队时,是一个排一大间,习惯上叫排房。我住过低矮的排房,也住过坑道,睡的则是硬板床。排房里,既没有水,也没有电。开班会或自由活动时,需要点蜡烛照明;有时候靠着蜡烛写完家信,会发现鼻孔都是黑的。

后来,连队决定改善营房条件,办法是组织新兵做小工,改建上述格局的营房。新营房怎么建?当时是就地取材,开山炸石做房顶,所以营房是平顶的,在石头窗框凿出上下两个洞,安上木板,就是一扇窗。

冬天到了,海边北风挟着沙尘直接往"窗户"里吹。靠窗睡觉的兵,棉被上会有一层细细的土沙;靠窗的地上,也是如此。连队靠北侧的围墙,风吹的沙土与围墙差不多等高。营房朝北的排水沟已被沙土填满,高度甚至接近了窗台。但即使如此,也比原来的营房条件好多了!

再后来,条件慢慢得到进一步改善,直至通了水电,安装了玻璃门窗。但营房的框架和格局,很长时间没有改变。现在老兵回连队,还有一排老营房在那里,以便老兵们都与它们合照留念。

俗话说,"铁打的营盘流水的兵"。共和国的旗帜上有老兵的奉献与风采!老兵不死,只是凋零!必须善待退伍军人,因为世界并不太平,时刻需要准备打仗!

(二)渔家姑娘

当年,我当兵的地方,是惠安县崇武镇。

惠安女,无论是在影视中,还是在年画里,一向有名。那些穿着惠安特色服饰的女性,主要聚居在崇武半岛。当年的崇武妹妹们看到兵哥哥,很是矜持,也很羞涩,眼睛忽闪忽闪的,好像会说话。若是我们早上巡查海滩,往往可能会遇到三五成群的崇武渔家妹子。她们沐着朝阳,身材婀娜,肤色犹如古铜;身上的惠安特色服饰会随着海风轻舞飞扬;看见兵哥哥,她们巧笑倩兮、美目盼兮……让年轻的兵哥哥们心都醉了!

那样的情景,那样的感觉,如今只能回味,很难再见和再现了。

当年的崇武男人,常年出海打鱼。家里,地里,主要靠妇女们——也就是渔家妹子打拼劳作。由于生活条件艰苦,主食大多是地瓜及其制品和鱼类——当然,现在看来,那其实是健康食品——恰恰造就了渔家少女健康的肤色和苗条的身材。那些妹子们干起活来,丝毫不输男性。崇武的民兵妹子到军营帮助生产,种地时同等人数比赛人力拉犁,当兵的也拉不过她们!当年那些民兵和渔家妹子,现在也都成了"依伯"和"依姆"了,但是那些纯朴善良的渔家妹子,却成了我们这些驻军官兵的永久记忆!

(三)军人与背包

三横压两竖!

没有当过兵的,谁懂这句话? 只要当过兵的,谁不懂这句话?

当年,有一首部队官兵都会唱的歌曲,叫做《毛主席的战士最听党的话》,歌词是这样的——

毛主席的战士最听党的话

哪里需要到哪里去

哪里艰苦哪儿安家

祖国要我守边卡

扛起枪杆我就走

打起背包就出发

"三横压两竖",说的就是军人打出的背包上带子纵横交织的形状。只要你当过新兵,刚到连队时,总会碰上一夜间连、营、团连续三次紧急集合。那时候,新兵蛋子动作慢,准会手忙脚乱,背包囫囵成型,衣装不整,子弹袋、手榴弹、背包、水壶胡乱披挂,跑起来叮哩当啷、踉踉跄跄,狼狈不堪!

连长一般会先让部队在操场上跑一圈。有的新兵跑着跑着,背包散落拖在地上;老兵会故意踩住。于是,前面的跌倒,后面的绊倒,带动一串,连人带枪滚成一团! 从班长、排长到连长,一连串的责骂便传过来了——

"这个屌兵! 屌兵一个! 吊儿郎当!"

有的新兵被责骂得蒙了,索性抱着装备一通乱跑! 老兵们有的会帮忙收拾,也有的会捂嘴偷乐……

所以,新兵怕就怕紧急集合。夏天还好,冬天,为防不测,有的干脆不脱军装和袜子,竖着耳朵睡囫囵觉! 如果外出集训或拉练,背包还要用军用雨衣裹严实,朝外的那面是折叠好的草席,同样是三横压两竖,再塞上一双解放鞋。然后,看任务性质,再携带武器、装具、挎包和水壶等;有时,还要用网袋装上脸盆和衣物等用品。

现在回想起来,当年我军的装备、用具还是很落后,全副武装加上背包,身上纵横交错,全是带子;太紧憋气、太松又晃荡,确实影响行动和效率。当然,如今我军的装备和用具越来越好了。但是,听党指挥、为人民服务、一不怕苦二不怕死、一切为打赢的军魂,一直在军人心中继承,不断发扬光大!

(四)军歌与开饭

野战部队,尤其是一线连队,纪律很严。听到开饭号,各排集合列队到饭堂,连长一般要"说三个事"——

"一一个,二一个,三一个……"

连长的"三件事"说完,是唱军歌;唱完军歌,才能听到"两边进"的开饭口令。听到"两边进"的口令后,各班依次进饭堂开饭。饭菜少有荤腥,但是,年轻后生们在一起,吃大锅菜也觉得喷香。有时候遇到加餐,伙食好,士兵们便急不可耐,军歌会越唱越快,完全不按指挥的节拍。连长听了,也不吱声,只是说——

"再唱一遍!"

如果连长觉得唱得仍然不行,就会要求"再唱一遍";有时候要连着唱两三遍,直到歌声嘹亮、节拍整齐了,他才会命令道——

"两边进!"

进了饭堂,不许吱声,只能用眼神或表情表达意思。这时候,就会有战士走到饭堂中间,念学习或训练的心得体会,这是为了进一步得到认可的一种方式。若在吃饭时,哪个班的饭桌上有人讲话,那这个班可就倒了霉了。连长会命令全班搁下碗筷,到操场站军姿,那可是常有的事!

新兵下连队,胃口好,吃得多。如果吃面条,往往是围着饭桶抢着捞。有的帽子不合头,便会掉进饭桶里,在面汤上打转转。那也不管它、不捞它,使劲捞面要紧!那种时刻,战士们会憋红了脸,忍不住哄堂大笑。好吧,哪个班的战士笑了,那个班就去操场上跑几圈吧;跑几圈回来,就只有剩饭吃。没有了呢,拉倒。为什么?为的就是磨性子、讲纪律;为的就是令行禁止、为了打仗。连队的饭,平时是吃得饱的;菜嘛,就不咋的了。逢年过节,改善伙食,但连队更要注意吃饭前的军歌嘹亮、节拍整齐。

离开连队四五十年了,战友们和吃有关的故事很多。为什么记得那么牢呢?因为那些与青春有关的军营生活,的确锻炼人,对自己日后的成长,很有益处。

(五)炸石取材

在我们连下达吃饭"两边进"命令的郑连长,在连队时间并不长。但是,1971年的三号坑道施工,却是他指挥的。他在施工第一线组织用风钻机打眼,装炸药爆破,都是危险工作。但是,我们连队打通和接通三号坑道都很安全,没有出现一点事故,因此得到上级表扬。

打风钻机是个考验人的活儿。因为风钻机开动起来震频很高,噪声很大。炮排高机班的大个子吴传忠,是个老兵,专门负责打风钻机;后于我们入伍的1974年新兵,也有几个能打风钻机的,像陈照海和叶振辉等人都是好手。我们连队的兵都没有打过风钻机,而是在山头上用空压机打炮眼,装上炸药,放炮炸石头。炸石头,不消说有时候有哑炮,需要排除。排除哑炮,自然危险。但我们那时候主要是采用引爆的办法,比较安全和有效。

连里的刘副指导员比较照顾我。建营房的时候,他让我们班主要负责开采石材和丈量石方,即一天开采了多少石材,我们都要记录;最后由连里和采石工结算。盖房子用的石材,即房顶的平板石和砌墙的块石,都有尺寸要求。该裁多大的石材、尺寸要求是多少,我们都按照要求规划设计,做好点位,然后和采石工们一起打炮眼。

当时我们要求严格,不敢马虎。我们和采石的工人一道量好长宽高,然后打一排炮眼,装上黑色火药。这样,靠火药裁制的石材很平整,薄厚也符合要求。我在实际施工之中才知道,石材的裁量靠的是黑色火药;而开石矿用的,是硝烟炸药,即把石头矿材炸开,再用黑色火药裁切,这让我学到了不少知识。

后来我考大学时,浙大招生的老师面试时问我:"你是部队回来的,我们部队的武器有单发、点射和连发,我问你,连发是怎么实现的?"

我说:"连发的枪械,靠的是火药在枪管里爆发后三分之二的气体推送子弹头向前飞行;而三分之一的气体推动枪机后移,在复进扣的作用下,使得机械往复运动,便产生了连发。"

浙大的老师听了很高兴,说:"你基本上答对了。"

因此,我认为获得真正的知识,不仅是从书本上,更多的是从实践应用中。我们讲的"实践出真知",就是这个道理。

（六）慰问演出

我记得很清楚,1971年春节前,晋江地区文艺团到我们一营慰问演出。前一天,连长就讲了一些注意事项,说和慰问团演员握手要有礼貌,不要抓住人家的手不放。第二天下午,全营七个连队都在我们四连公路旁边等待慰问团到来。高营长大声说:

"大家声音要大,欢迎慰问团!"

最后,没想到来的只有十几个人。但是我们都按照高营长的要求,把欢迎的声音喊得震天响。团部的副政委和高营长,陪着地区的领导和几位演员到我们烟墩山观察所看望哨兵。两位演员还现场唱了歌曲。后来,全营人员都到崇武剧院,看了芭蕾舞《红色娘子军》。那场芭蕾舞,演员们跳得非常好,让部队指战员大开眼界,那确实是一场高水平演出。

当时,每年都会有一次春节慰问团到我们一线连队慰问演出。部队女兵少,只有师部才有。新兵们看到女兵,都很腼腆;女兵们伸出手来,新兵的脸便腾地一下红了。

每逢有慰问演出时,高营长都要强调一下纪律:

"同志们,祖国亲人慰问团来慰问我们人民子弟兵,我们一定要热情大方,欢迎慰问团的领导和演出人员。待人接物,要有礼有节。特别是我们有些老兵同志,不要老握着人家女同志的手不放,不要给我出洋相!"

队伍里便哄的一声笑开了,大家呱唧呱唧鼓掌起来。高营长平时讲话,非常风趣幽默,他作为军事干部,人也精明能干,讲话、做事和指挥军事演习时,思路清晰;布置任务,更是十分明了果断。他下连队调研蹲点,总要到我们班里嘘寒问暖,了解真实情况,帮助战士们解决一些实际困难。他参加各项活动时,要求非常严格,一丝不苟;而平时和大家拉家常,又非常和蔼,让大家感到亲切可信,觉得他既是领导和首长,又是可交心的兄长。我从他身上,深切体会到我们人民解放军的向心力和官兵平等、互敬互爱的战斗友谊。

二十二、首长视察连队

1971年春节前夕，连队门口值班的哨兵远远地看到崇武方向扬起一阵尘土，接着便看见三辆小汽车向四连驻地急驰而来。哨兵一看这阵势，知道一定是位大首长。因为团长到连队，一般就坐吉普车。但这次不同，前面是一辆"嘎斯"吉普，中间是一辆小轿车，后面又是一辆吉普。哨兵在连队门口用小红旗打了一个旗语，示意靠边停车，上前询问要求出示证件。第一辆车副驾驶下来一个年轻军官，出示证件并告诉他有首长来检查工作；哨兵查验证件后，又是一个旗语，准许通行。这时候，连长、指导员和连里的干部都站在门口恭候，看见首长下车，同行人员紧随其后，都毕恭毕敬地向首长敬礼、问好。

首长一行在连部会议室里座谈，连队文书、司号员和通信员都忙着给首长们倒茶。

大约过了半个多小时，首长在连长和指导员、副连长和副指导员的陪同下，去各班、排看看。那天下午，正好要政治学习。一班长何金科一看到首长，便命令全班起立，向首长报告道——

"四连一排一班正在组织政治学习！"

首长示意大家坐下来，继续学习。随后，他又看了一排、二排和炊事班，检查了内务卫生，还拿起一支半自动步枪，拉开枪栓，用一张小纸片放入枪膛，把枪管对着室外光线，看了看枪械擦拭的情况，并检查了冲锋枪子弹袋和步枪子弹袋中的子弹。他摸了摸床上的被褥，问连长道：

"我们的战友睡觉够不够暖和？"

连长回答："请首长放心，现在的被褥都是新棉花，而且质量好，加上身上的衣服和大衣，保暖不成问题。"

那时候，我们都住高低床，是上下铺。首长驻足几分钟，然后对连长说：

"我们四连驻扎在东海前线，对面是敌人的乌丘岛，我们要时刻准备打仗。我看你们的上下铺，不符合战备要求，打起仗来那是分秒必争的。你们团长、营长、连长要好好研究一下，看有没有必要改一改。"

从我们二排出来，首长一行又向山上的坑道工事走去。一个刚换岗的士兵正好与首长相遇，立即站到一边向首长敬礼。首长笑眯眯地问他：

"哪年当的兵，家乡是哪里？"

士兵紧张地作了回答。首长知道他是刚来的山东兵，对我们连长说："新兵很有礼貌，不过有点紧张，敬礼不标准。"

连长点点头，朝副连长看，因为副连长是管军容风纪的。

首长对连队干部说："新兵刚到连队，加强军容风纪和军事技术训练，都很重要。我们要从培养军人的仪表和军姿开始，真正使我们部队成为威武之师，仁义之师……"

说话间，首长一行来到了连队主阵地。连长汇报和介绍了烟墩山防御工事的布局和兵力火力地堡配置，各防御节点的应对措施和战术演练。首长听得非常认真，听了提问道：

"为什么我们的坑道只有南、西、北三个出入口？我们主阵地在东面，为什么没有坑道口？"

不待连长回答，他便开始说自己的看法，认为主阵地东、南、西、北都要相互贯通，一旦打起仗来，当敌人的舰炮向我阵地轰击时，可以马上进入坑道隐蔽部位；一旦炮火延伸，我们便可以马上占领阵地，用重武器先行消灭登陆之敌。首长说完观点，作结论道：

"因此，我们的坑道不能距离太远；否则，会增加伤亡。"

连长、副连长和指导员、副指导员听了，不免觉得有些沉重，把首长的指示和要求都在本子上记录下来。首长从主阵地下来，径直到了食堂，听事务长、炊事班长汇报连队的伙食情况——

"我们自力更生喂猪、养鸡、养鸭、养羊，每个小班都有责任地，每年种菜都有指标。我们连前几年都是四好连队，每个月都杀两头猪改善生活。"

首长听了很高兴，又询问指导员连队开展思想政治工作的情况，政治学习与军事训练的时间安排。指导员汇报了连队思想工作情况，基本上军训和政治学各占一半。

首长听了，强调道："军队要时刻准备打仗，我们战士们的军事素质要提升。只有花时间苦练杀敌本领，平时多流汗，战时才能少流血。要把理论学习和实践活动相结合,思想政治教育一以贯之,春风化雨,潜移默化。关键是提高人的思想觉悟,明确为谁当兵,为谁打仗,树立远大理想和坚定的共产主义信仰。政治学习不能光喊口号,搞形式主义那一套。"

指导员和副指导员听得有些紧张,不知首长是不是针对他们的工作,也不知道对他们安排的政治学习和军事训练各占一半的比重是否认可。他们在本子上记录着首长的话语,并不时点着头。首长严肃地说:

"一定要认真学习毛主席的建党思想和建军思想,领会精神实质。毛主席的军事理论博大精深,都是在长期的革命斗争中积累总结的宝贵经验。我们团、营、连、排干部要带头学好,通过我们的领悟和消化,用通俗易懂的语言带领战士们认真学习。要用毛泽东思想武装我们的头脑,应用到实际工作中,心中亮堂,方向明了,我们才能干劲十足干革命。"

连长听了,与指导员对视一眼,表示已经基本明白首长的意见所指。首长继续说:

"其次,我们一线连队要好好研究实战、夜战和现代化战争。敌人从海上来,从空中来,我们怎么防御? 敌人的水陆两栖运兵车、水陆两栖坦克过来,我们怎么打? 各种战时状态瞬息万变,我们平时训练,应带着敌情、以实战来严格训练。"

连队干部纷纷表示一定贯彻首长的指示和要求。首长最后强调说:

"最重要的是,你们要记住,我们人民军队是党的队伍,不是某个人的队伍,我们的原则是党指挥枪。我们要培养一支听党指挥、服从命令、敢打胜仗、忠诚于祖国和人民的革命队伍。"

因为春节将至,首长代表福州军区领导给全连拜了个早年,说祝大家新年快乐、身体健康、事业进步! 并要求代他向全体指战员的父母兄弟姐妹们表示新年祝福和亲切慰问。汽车徐徐前行,首长向大家挥手告别。战士们一阵热烈的掌声再度响起。

第二天,全连开大会。会议由指导员主持,连长和指导员分别就首长视察连队后的重要指示和重要讲话作了传达。这时候,我们才知道头天来视察的那位首长,是福州军区副司令员王建安。

王建安,原名王见安,是湖北省黄安(今红安)县人。他1927年加入中国共产党,参加过黄麻起义,后担任红四军政委,参加了长征。抗日战争时期,他任八路军山东纵队副指挥;解放战争时期,他是华东野战军第八纵队司令员兼政委、东线兵团副司令员,参与指挥了济南战役和淮海战役。新中国成立后,他参加了抗美援朝战争,历任第八兵团司令员兼政委、第九兵团司令员兼政委、沈阳军区副司令员、济南军区副司令员、福州军区副司令员,中共中央军委顾问。

开国上将王建安的革命风范和磊落人格,有口皆碑。凡是和他接触过的同志,都对他两袖清风、一心为民的优良作风留下深刻印象。王建安常说:"共产党的干部,只能做人民公仆;要讲廉洁,首先应从高级干部做起。不能把吃吃喝喝看成小事,要端正党风,要讲廉洁,在一点一滴的小事上也不能放过,领导干部要时时处处给群众做好样子。"

王建安是这样说的,也是这样做的,并影响了身边一大批军队干部。不久,我便对此有了更加深刻的认识和体会。

二十三、师长雷霆之怒

　　福州军区副司令员王建安视察我们连队不久,我便从他带出的师首长身上见识了他作风的影子。我有个战友,叫王榕。在我们退伍多年后的一次战友聚会时,他回忆起当年在部队的一次实弹射击训练,对我还直竖大拇指。他向我描述当时的情景说,在我们连"蹲点"的师长王成忠走到我射击的位置,曾给过我一道指令:

　　"一班长,右前方发现敌指挥官!"

　　一班长指的便是我。那时候,我已经做了班长。顺着他手指的方向,前方200米左右的墓碑上,我看见上面停着一只连队养的白鸽子。

　　王成忠师长说:"消灭它!"

　　"是,首长!"我回应道,并将56式冲锋枪定为标尺2,瞄准鸽子的头部,"呼"的一声枪响,鸽子落地。

　　王成忠师长很高兴,拍着我的肩膀说:"好,好枪法!"

　　其实,当时的我已经是连射击队骨干。记得有一次师部组建"夜老虎先行连",要抽调一个步兵班和一个重机枪班,我被抽中,扛着一挺重机枪去了。结果,250米射孔靶,只有我一个人打上了。为此,后来团里还专门让我去二营做夜间射击指导。

　　在六年的军旅生涯中,我记忆最深的莫过于王师长在我们连"蹲点"时的冲天一怒。在他的身上,可以看见王建安副司令员的影子。

　　那是1971年10月,在我们连队"蹲点"的王师长吃早饭时,看见有几个战士把没吃完的大块馒头随手丢进了泔水桶。他眉头一皱,马上叫指导员集合全连。

　　"今天早餐,我看见有人把吃不下的馒头丢在泔水桶里。"王师长说,"我很心痛!"

　　他顿了顿,环视全连,眉头锁得更紧了,继续说:

"同志们,我是抗日战争扛过枪、解放战争负过伤、抗美援朝渡过江的人,知道部队后勤是多么不容易,也知道我们的父老乡亲把一袋袋粮食送到部队,是多么艰难。"

大家听了,纷纷低了头,小声议论着。其实不用议论,我们也知道王师长是抗日战争时期参军,经历过整个解放战争——从"辽沈"到"淮海",从莱芜到台儿庄,之后是"渡江战役",一路打到福建。在福建喘息未定,便转战朝鲜,参加了抗美援朝。他15岁入伍,从战士、班长、排长等基层指战员做起,到打完抗美援朝战争回到福建老部队时,已经担任师长,可谓枪林弹雨,一路坎坷,多次受伤,功勋卓著。王师长没有制止大家的小声议论,问道:"有谁知道,抗美援朝时我们在朝鲜吃的是什么吗?"

有的战士小声嘀咕道:"是压缩饼干吧。"

也有的战士纠正说:"不对,听说是炒面。"

王师长说:"你们说的,有对也有不对。压缩饼干各位都吃过,那是现在。在朝鲜时,只有烙饼、炒面、炒黄豆、烧土豆,还不够吃的!我们连在德川打穿插、夺阵地,最后全连的口粮,只剩下三个烧土豆!在上甘岭,我们守在坑道里,三天两夜没吃到任何东西,你们懂吗?!⋯⋯"

全连指战员看见,王师长忽然哽咽起来,说不下去了,泪水从他的眼睛里夺眶而出。有的人知道自己做错了,让师首长动了怒,动了情;大家的心情都非常沉重。

"你们知道战争残酷,枪炮会夺去人的生命。"王师长说,"可是,没有粮食,没有水,没有衣服,同样会夺去人的生命啊!"

全连鸦雀无声。王师长继续对大家说,他所在的部队刚打到福建,毛主席一声令下,立即转为志愿军,开赴朝鲜,抗美援朝。当时部队还没有来得及换装,一身单衣,就从福建到了朝鲜。由于衣服单薄,有的战士被冻掉耳朵、冻掉手脚,有的甚至冻死在朝鲜。上甘岭战役打得特别残酷。志愿军打退敌人数百次冲锋,在坑道坚守,与敌人轮番争夺阵地,寸土不让。十多天打下来,粮食和水都用光了。战士们为了去山下抢水,朝鲜老乡为了送粮食上山,都付出了生命的代价。说到这里,王师长忽然发出了愤怒的咆哮,对全连吼道:

"现在生活好了,我们不愁吃不愁穿了,但是能忘记过去艰苦奋斗的穷日子吗?忘记了过去,就意味着背叛!浪费,是最大的犯罪!⋯⋯"

随即,王师长大声点了连长和指导员的名,让他们两位"出列"。连长和指导员站出来,向师长行了礼,等待师长命令。

"兵不教,官之过。"王师长继续说,"今天,我和你们俩就当着全体战士的面,把泔水桶里这几块馒头吃了!"

王师长说罢,便躬身去泔水桶里捞馒头。连长和指导员一看,赶紧拦住师长。站在第一排的班长们立即快步上前,纷纷抢先捞起馒头,大口吃掉。我们连的指导员黄世生,也是从抗美援朝战场回来的,他抱住师长说:

"老首长,是我没把战士教育好,您处分我吧!"

当时的场面,非常震撼,极为感人。自那以后,我们连队再也没有发生过浪费粮食的现象。直到今天写下这些文字时,我就想起当年那个场面,还觉得师长言犹在耳,感触深抵内心;这是对自己的灵魂和精神一次难忘的洗礼。

二十四、部队良师益友

人的一生，无论志向如何远大，总会遇到坎坷，不会永远一马平川。但是，当你并非一帆风顺时，同样也会遇到良师益友。我到部队后遇到的连队指导员黄世生，便是这样的人。

那时候，刚刚入伍的我只有17虚岁，是典型的"新兵蛋子"；因为年龄小，孩子气十足，在新兵连和一个福建新兵发生了冲突，打了一架。由于是那个福建新兵先动的手，他被连里通报批评了；而我被动还手，也作了深刻检查。此事引起了黄世生指导员的重视，我成了他"一帮一"的对象。

黄世生指导员是参加过抗美援朝的老兵，待人真诚，有空就找我聊天，谈他的人生经历。他参加过一江山岛战役和上甘岭战斗，立过战功，令我肃然起敬。

"小冯啊，你年轻，有文化，在部队好好干。"他语重心长地对我说，"男子汉一定要立志高远。以后有机会，说不定还能够上大学呢。"

黄世生指导员那番话，一直激励着我。多年以后我考上浙江大学，冥冥中觉得也是对老指导员期望的一种回报。在黄指导员的帮助下，我自觉提升个人的政治素养和业务本领。部队的训练任务繁重，强度极大。但在"蹲点"的王成忠师长的言传身教和连、排、班骨干的引领下，全连战士都发奋努力，毕竟所有的苦和累，最终都是为了让我们百炼成钢。

参军第一年，我6月份就加入了共青团；12月份，就当了副班长。那年春节，"五好战士"的喜报便由街道敲锣打鼓送到了泗门镇老家。第二年，我再次当选"五好战士"，提为班长，并光荣地加入了中国共产党。在军营生活的六年中，我觉得，自己的每一点进步，都是对远在故乡父母的最好安慰和对三个兄弟的最大激励。

1975年4月，我从福建某部退役，回到故乡泗门镇。

那以后，不消说，我们战友逢五小聚，逢十大聚。2020年8月8日，我们全班退役战友在杭州再次聚会。大家相见甚欢，把酒论英雄。酒过三巡后，众人微酣。看到大家兴致很高，个个酒量不错，我非常高兴；考虑到他们均已年过七十，我作为"老班长"还是要履行"职责"，便好言相劝战友们饮酒适量。

在他们中间，我虽是班长，却是小弟，因为当兵时只有17虚岁，是从中学生直接走向军营的。我退役后考上浙大，在战友们眼里便成了全班的大秀才。大家非常尊重我，让"老班长"在聚会酒宴开始前发表祝酒词。正像2019年战友50周年聚会大家公推我发表讲话一样，我同样做了认真准备，从口袋里掏出事先写的稿子，对战友念道——

各位亲爱的战友：

人的一生中，什么最难忘却？战友情、同志心最难忘却，有时甚至超越兄弟姐妹情！

四十五年前，我们光荣参军入伍，在部队远离家乡亲人。同志们在一起，朝夕相处，互相帮助，互相关心，互相学习，互相理解支持；最危险、最艰苦、最重、最累的活儿，大家抢着上；有好吃的，有享受的，大家一起分享；有缺点、犯错误，彼此抢着承担；谁家里有困难，大家凑钱；谁生病了，互相悉心照顾，抢着端病号饭；野营拉练、野外生存，老兵都是护着新兵。军人的魂魄，军人的风采，军人的品格，都在军营中彰显和发扬，并代代相传。是军营让我们百炼成钢，铸就灵魂和信仰，让我们忠于党、忠于祖国、忠于人民，并恪守到永远！

我当了五年班长，你们大家都称我为"老班长"。在部队里我帮过你们，因此你们对我很尊重。也许因为父母都是医生，他们救人无数，我才有了这么好的福报，一生都非常顺利，可以说事事顺心、心想事成，并知足常乐。但其实，我想，所有这些美好，都是缘分！因为一个人一生中，需要朋友的帮助和支持。我有幸与你们成为战友，并认识了一批领导和首长、老师和长者，有幸结缘了一批战友和朋友，大家对我人生道路上进步发展的关心、支持和帮助，使我终生难忘，永远感恩。

现在，战友们，你们看上去头发白了，牙齿掉了，好像是老了；我们一起当兵的，有四五个已经"走"了。而我在这里，要祝健在的战友们，好好保重自己！因为该努力、该奋斗的，都努力过、奋斗过了；对曾经的付出，我们心甘情愿，无怨无悔！我们对祖国无私奉献，燃烧的青春芳华，值了！

人活七十古来稀；现在是新时代，八九十岁不稀奇。只是，我亲爱的战友们，老了要服老，要想得通、想得开，乐观开朗，想干啥就干啥，心地坦荡，不生气、不急躁,笑口常开。生活节奏要控制好,饮食起居要合理安排。要防止老年痴呆,打打小牌、搓搓麻将,唱歌跳舞,发挥专长,每年聚会,人人参加一个不少!……

战友们对我的致词报以长久和热烈的掌声,让我感慨万千。如今,我退伍已近五十年,但每逢"八一"建军节,心里总有种莫名的激动:有回忆、有思考、有感慨、有激情……我很留恋那种军旅生活,享受那种曾经从军的自豪心境。那种感觉,那段情谊,那种生活,那种回忆,都极为难忘!回首当年的军营生活,有太多的憧憬、太多的缺憾、太多的满足、太多的不舍……军旅生涯,终生难忘!为什么每年的"八一",我总是百感交集?那是因为,一个把青春韶华奉献给国防事业的老兵,在那一天里,有资格拥有一份属于军人的光荣和神圣……

有人曾问我,你人生最难忘的经历是什么?我会毫不犹豫地回答:当兵!军营教会了我勇敢忠诚,奉献牺牲;军营教会了我遵纪遵令,拒耻争荣。青春渐逝伴随着精神升华,体魄磨炼铸就了意志坚定;对批评的烦恼和表扬的喜悦,也都修炼我宠辱不惊的成熟和冷静。虽远离了父母的舐犊之情,却收获了五湖四海的甘苦弟兄。至今,我不羡慕土豪,不追捧明星,只赞美勇士,只崇拜英雄……

如果能重新选择,如果能重返年轻,我仍然会披甲执戈,为国从戎;军人的烙印影响了我的一生,抹之不去,如影随形;当兵无悔,无悔青春,我很自豪——我曾是一个兵!

二十五、机枪射击教员

新兵连训练结束,连长和指导员找我们新兵谈话,征求对岗位分配的意见。我摸着头憨厚地笑着,并不知道有哪些岗位好选以及选什么岗位最好。

指导员黄世生笑眯眯地看着我,问:"到重机枪一班怎么样?"

我听了,有点不敢相信自己的耳朵。因为在全连,我是最小的年龄、最小的个头,怎么会被分配到重机枪一班?

"毛主席的战士,最听党的话。"连长黄镇东(化名)郑重地对我说,"去吧,冯时林同志。"

就这样,我被安排到了重机枪一班。看到带轮子和护板的"五三式"重机枪,我心里直嘀咕,并不明白连首长为什么要做这样的安排。后来我才知道,那样的安排里有黄世生指导员的一片苦心。

黄世生指导员是江苏奉贤人,解放战争期间参军的。他出生于贫困农户家庭,全家人都在解放战争中牺牲了。17 岁时,他还是个放牛娃,为了替父兄报仇,坚决要求参加了中国人民解放军。他参加过淮海战役、渡江战役和解放大上海,随部队一路打到了海南岛。抗美援朝战争爆发后,他们的部队尚未来得及好好休整,一纸命令下来,他又成为中国人民志愿军,随大部队雄赳赳、气昂昂地跨过了鸭绿江。在朝鲜,他参加过最为艰苦的上甘岭战役;只是由于文化水平比较低,才一直没有被提拔起来,仍在部队基层担任连、排干部;而他当班长时的兵,有的已经升任团级干部了。但是,团首长到连队检查工作时,见到我们的指导员黄世生,都是先向他敬礼,一直称他为"老班长"。

黄世生指导员虽然职务不高,但品德素质和思想境界都很高,从不以功臣自居,处处以大局为重,不计较个人得失。他爱兵如子,时时处处关心战士的困难,了解各种思想情绪,经常找战士谈心,帮助大家解决实际困难。因此,连队指战员和他都十分亲近。

对于我的岗位分配,则是由于当时他看到连队重机枪班老兵多,战技水平比较弱,便和连长商量,挑选了优秀的班长和新兵连中几个头脑比较灵光的中学生分配到机枪班,目的一是提升重机枪班的军事素质,二是对我们进行培养和锻炼。我就是因此被他挑中的。一开始,我还有点思想情绪;后来经过他的谈心和教育,我深深爱上了心爱的重机枪和重机枪一班。

重机枪班的配置是,全班两挺重机枪,每挺配给四名战士。这样,一个班除了正副班长,便由八名战斗员组成;而班长、副班长是射手。每挺重机枪,都配有一本射击教材。我把射击教材翻得滚瓜烂熟,将射击原理熟记于心。学习之后,我知道"五三式"重机枪是仿苏式重机枪,枪身重 13.8 公斤,枪架重 26.6 公斤,配有坚实的护板——百米之内,一般枪弹是无法击穿的。每挺重机枪都配有预备枪管,根据需要可随时换置。子弹四箱,每箱 250 发。平时,一个射击组为四人,由机枪手、副射手、弹药手和候补组成,并配一支 56 式冲锋枪、一把军用铁锹——便于构筑工事掩体。"五三式"重机枪在我军服役 30 多年,因火力猛、精确度高,在抗美援朝、抗美援越、中印边界、中苏边界等诸多战役中发挥了巨大作用,是连队防御、进攻中战斗力的重要保障,深受广大指战员的好评,也是足以使敌人闻风丧胆的重型武器。

在抗美援朝的诸多战役中,黄世生指导员便曾经是一名重机枪手。他平时总喜欢来我们班参加班务会,每次都会给我们讲自己参加解放战争和抗美援朝战争的亲身经历和战斗故事。

"如果台军反攻大陆,一旦在正面滩头登陆,重型武器是最能消灭敌人的有生力量。"他告诉我们,"因此,决不能小看你们手中重机枪的作用啊。"

我听着黄指导员的讲话,手里摸着重机枪的枪身,感觉自己责任重大。在重机枪一班的岗位上,我一口气干了三年。经过严格的训练和艰苦的磨炼,我戴上训练的墨镜便可以对重机枪拆卸自如,对它的各种性能了如指掌;笨重的机枪卸掉护板后,我一个人便可以扛起来冲上阵地。在我们连创建全师"夜老虎"先行连活动中,我各种距离的射击成绩都很优秀;特别是在夜间一百米、二百米、三百五十米射击考核中,更是全优,因此受到师首长的表扬。

在黄指导员的关心下,我进步很快,第一年光荣地加入了共青团组织,评上了"五好战士",担任了重机枪一班副班长;第二年我光荣地加入了中国共产党,担任了重机枪二班的班长。黄世生指导员可以说是我革命道路上的引路人。

夜间射击考核,我们班几乎都获得了优异的成绩。当时的团长王成忠给我们一营的高营长打电话,要我带两名战士去二营当重机枪夜间训练的教员。

"这可是王成忠团长钦点哦。"高营长告诉黄指导员说,"让冯时林同志好好表现,重点解决重机枪夜间射击的各个难关。"

我们都知道王成忠团长是华东军区一级战斗英雄;他点名让我去二营当夜间射击教员,确实是对我们连和我本人的信任。我接受了团营连三级首长的指示,出任二营重机枪夜间训练教员。

第二天一早,我、赵丰盛和小李三人整装出发。我们连队到二营驻地,将近20公里路程。我们扛着重机枪徒步前进,大概走了十多公里,忽然有辆北京吉普在我们前面停了下来,车上走下一位高个子军人。

咦! 这不是王成忠团长吗?

我急忙跑步向前,行了军礼,向团长报告:"首长,我们现在奉命到二营,辅导重机枪夜间射击事宜。请首长指示!"

"同志们好——你是冯时林吧? 就是我点名让你去的。"王团长笑容满面,看着我说,"来来来,坐我的吉普车到二营去!"

"不用了,首长。"我说,"我们步行,不能影响首长行程!"

"那……好吧。"王成忠团长听了,更加高兴;临别时,又谆谆告诫我们,一定要把重机枪夜间射击的难题解决好。

我们记牢了团长的叮嘱,挥手向他告别。

快到中午时,我们到了二营营部。黄营长热情地接待了我们,单独陪我们在食堂吃饭。下午,我们便开始带领二营重机枪班集训队学员紧张地进行夜间射击的理论学习。

吃过晚饭,集训队学员们晚点名,我们做教员的也参加。没想到,集训队长当众宣读了团部的通报表扬,大意是说——

冯时林一行三人有车不坐,军容风纪严正,遵守礼节礼貌,自我要求严格,扛着重机枪列队徒步20多公里,去二营参加培训当教员。这种良好的作风纪律值得全团学习,我们需要这样自觉有为的战士! 特此通报表扬!

我听了,感到既光荣又自豪。王成忠团长真是带兵有方,爱兵如子。他让团部发的通报表扬,让我们的责任感和使命感大大增强。我们把自己的夜间射击体验总结成顺口溜,毫不保留地告诉了队员们。他们记牢后加以验证,发现都是独到的秘籍,极为有效。

为期一周的重机枪夜间射击训练结束后,二营进行了严格考核,集训完全达到了预期效果。二营的首长和战友们都非常感谢我们无私的帮助,认为是我们的指导让每个学员都取得了夜间射击的优异成绩。

　　那次重机枪夜间射击教员活动,我个人得到了营嘉奖;小赵和小李记连嘉奖一次。

二十六、救人千钧一发

到连队一年,时间过得特别快。12 月进入全面考核阶段,师、团、营各种考核组、验收组一拨接着一拨进驻我们四连进行考核,沙场秋点兵的肃杀气氛十分浓厚。

战士的技术考核有射击、投弹、刺杀等,是"五好战士"的硬指标。要评上"五好战士",除了射击每次都要达到"优秀"指标,手榴弹投弹还要达到 50 米,获得"投弹能手"称号,刺杀对刺也要达到 3∶2、5∶3、7∶5 的比例获胜。当然,战术班、排、连防御战术等考核内容,更是年终评比"四好连队"的硬杠子。

如此这般,部队各建制单位的竞争异常激烈。我们的连长和指导员压力山大,要求全连不能出现任何纰漏,不能发生哪怕再小的事故。连长训话说:"全连要团结一心,要树立大局观念,要吃大苦耐大劳,争当先进、争当第一!"指导员进行训练动员时,带领大家高呼口号:"苦不苦,想想红军二万五;累不累,想想革命老前辈!"

这一年,也就是 1970 年,为了争取"四好连队"荣誉,为了争当"五好战士",我们全连都拼红了眼。我心里暗下决心,一定不辜负首长们的期待,一定要让家乡的父母和兄弟为我感到骄傲!瞄准射击,我练出了狙击手的水准;投弹,我练出了迫击炮的力道;拼刺刀,我出手快准狠,练出了教科书级的反应。连首长对我拼劲的表现十分满意,并要求我不光要自己练得好,还要带好后进的战友⋯⋯

终于,这一年的师团营考核,我们四连被评为"四好连队";我个人由于表现突出,也被评为"五好战士",并提升为副班长。当年的春节,街道干部敲锣打鼓把大红喜报送到了我家。我们全家都十分激动。整条街的左邻右舍都知道了我在部队的优秀表现。大家纷纷趁着拜年向我父母亲道喜祝贺。

"冯院长的孩子,真是了不起啊。"邻居们说,"这么短时间,真是进步飞快!"

"哪里哪里,"我父亲高兴地谦虚道,"主要是组织培养,也靠他自己努力。"

当了副班长之后,我的工作更加努力。副班长主要是协助班长开展工作,班里的内务卫生、班集体的种菜任务等,都要由副班长负责。当时,连队给各排都分配有指标,种蔬菜、瓜果,包括开荒种地瓜等。我从当新兵开始,就经受了艰苦的锻炼,这些工作当然不在话下。

我被分配到一排重机枪一班。那时的重机枪是 53 式,很重。通常是由班长、副班长扛枪身,副射手扛枪架,第三人拿一把工兵铁锹扛护板,第四个弹药手挑四箱子弹。弹药手必须从新兵开始干,或者说新兵只能当弹药手,要挑四箱子弹。幸亏我父亲从小便让我挑水,扛重机枪身的活儿,我完全能够适应;扛起枪身,也能够做到健步如飞。

班长王金声是个湖南人,也是全军学习毛主席著作的标兵。他看我有文化,经常帮助战友写信,又肯吃苦,凡事都抢着干,对我非常满意。

"小冯,"他找我谈心时总是拍着我的肩膀鼓励说,"你是块好钢。在部队好好干,准错不了!"

王金声经常带领全班在晚饭后出小操。他后来安排我扛重机枪护板,让农村来的能挑担的新兵挑子弹箱。在他的要求下,我一直刻苦训练,各项训练指标均达到全班第一。后来他提干去了别的营,我与他配班子的过程虽然不长,但我很感念他对我的关爱。

接替王金声的新任班长,是比我早一年的兵,曾在江西上饶《工人日报》当过记者,一副书生气,讲起来头头是道,但实际上做得不怎么好。我与他搭档正副班长不到半年,便去了二排机二班当副班长。

我们的排长毕德树是江西婺源人,工作踏踏实实;文化程度虽然不高,但凡事都是冲锋在前、享受在后,是我们学习的榜样。排里有些人看不起他,因为他经常用反形容词,搞得大家哄堂大笑。但我很尊重他,因为他为人的品质和实干的精神深深影响了我。在排里,我一直维护他的威信。他转业后,先在化肥厂工作;化肥厂倒闭后,又调任乡镇人武部长。这么多年来,我们一直保持着联系。

当年年底,我们连通过考核又一次评上了"四好连队";我的各项考核成绩都是"优秀",第二次被评为"五好战士"。这样,在 1971 年春节来临时,街道干部又一次敲锣打鼓,把大红喜报送到了我家里。我们全家人都感到十分光荣。好多老师和同学听说了,纷纷来信祝贺我又获殊荣。大家都认为我是冯家后人中第一个光宗耀祖的人,为能有我这样的同学感到光荣和骄傲。

1971 年 5 月,我被提拔为二排重机枪二班班长;当年 10 月,我光荣地加入了中国共产党。自那以后,作为连里的干部苗子和重点培养对象,我更加严格要求自己,处处以身作则。但是,谁也没有料到,就在那以后不久,连里接连发生了两件令人意外的事情,对我的成长产生了可谓不小的影响。

第一件事情,是和我们一起入伍的老乡陈祥根(化名)的"手榴弹爆炸"事件。本来,陈祥根在连队里表现很好,曾经被全团评为"学习毛主席著作积极分子"。但是,恋爱问题一直困扰着他,女朋友和他分手了。自从和恋人分手后,他便一蹶不振,一病不起。连里、排里和老乡轮番做他的思想工作,指导员还专门让一位老乡陪着他,对他进行心理疏导,但都无济于事。

这天傍晚,我们班正驻守主阵地泰山堡,陈祥根穿着一件军大衣来看我们。他和我们老乡一起聊了会儿天,便抑郁地和我们告别了。谁都没有想到,那次聊天,竟然成了我们的诀别。次日凌晨 4 点多,山下的营房突然传出一声巨响——陈祥根拉响了手榴弹,自绝于革命队伍了。我们怎么也想不通,他怎么会走上了人生的绝路。由于是自寻短见,大家对他的挽救和帮助,瞬间都化成了泡影。幸亏当年部队取消了"四好连队"和"五好战士"的评选,否则我们四连肯定会被剃成光头。但是,无论如何,陈祥根的自杀,已经对全连的整体评价产生了很大的负面影响。

第二件事情是发生在 1972 年 5 月的一次意外。当时,我已经从二排重机枪二班调到一排一班当班长。此时,我原来所在的重机枪二班的一个战士,叫丁声(化名),原来是个比较"稀拉"的兵,后来经过培养教育,应该说大有进步,提出了入团申请。但是,不知为什么,团组织讨论时,丁声没被通过。有人告诉我说,是二排的党小组长不同意他入团。

这天傍晚吃过饭后,大家都在营房门口闲聊。忽然,二排宿舍的方向传来了争吵声,听上去,好像讲的是慈溪话。我立即赶过去,只见丁声拿了个手榴弹,从房间里朝外追赶着六班长,口里喊着——

"你为什么要对我这样?我要和你同归于尽……"

当时,门口的战友都傻眼了。就在这千钧一发之际,我一个箭步蹿上去,一把抱住了他,把他拿着手榴弹的右手死死控制住。因为我知道,那种情势下,决不能让他拧开手榴弹的盖子。我嘴里喊道——

"战友们,快把他的手榴弹夺下来!"

我又喝令他:"丁声!你冷静下来,什么事情都好说!否则就是犯罪,你知道吗!"

大家一起上前,把丁声手中的手榴弹夺了下来,为四连避免了一次恶性事故。连队为此事进行认真的学习讨论。

通过一周的学习讨论,我们四连各班、排战士,都感到认清了问题,也理清了思路。那就是,什么叫老乡?应该怎样对待老乡?不错,故乡人,故乡情;老乡,是一个很亲切的称呼。它既能让人感动万分,又能让人冷若冰霜;它既能让人受益一生,又能让人受害一生。大家走到一起,是一生的情缘。它既能让人永远牵挂,又能让人敬而远之;既能让人同生共死,又能让人比拼不止;既能让人同舟共济,又能让人离心离德;既能让人不负韶华,又能让人空耗时日;既能让人光彩照人,又能让人黯然失色;既能让人战无不胜,又能让人不堪一击……

这就是人生的辩证法,这就是人生需要的历练!所以,保持纯洁的老乡关系,至关重要!

二十七、好钢淬火成剑

1973年初,我们连来了新连长李富民。我曾经在泉州洛阳新兵连带新兵,认识他。我们这批老班长去担任新兵排长,他当时是二连副连长,担任新兵连连长。新兵连训练结束后,他来到我们四连担任连长。

我和李富民连长关系相当好。李连长是陕西铜川人,1958年参军,参加过中印边界自卫反击战,立过战功。总参把参加过自卫反击战的老兵提干,任用到全军各个部队;李富民连长就这样来到福州军区。也许正是因为他参加过中印边界自卫反击战,我们对他都非常尊重,他为人很谦逊,我们的关系自然就比较融洽。

李富民连长来到四连后,很快发现我的军事素质和技术都不错,便有意识培养我。他提议让我去一排一班担任班长。在连队层面,部队有个不成文的规矩,就是一排一班的班长,往往是提排长的预备人选。因此,当我担任一排一班班长时,舆论对我提干是普遍看好的。我也深知担任一排一班班长的重要性,对自己要求也就格外严格。

李富民连长的目标,一方面是培养我成长,另一方面,也可以说是更重要的方面,是要把一排一班培养成作战技术的"先行示范班"。我深知李连长的良苦用心和带兵之道,经常组织全班进行百米精度射击,开展二百米移动目标、隐显目标和三百五十米射孔靶,以及夜间各种距离的射击。对于班防御、班进攻、埋反坦克地雷和防化等科目训练,更是家常便饭。

李富民连长对我们班的训练,要求非常严格。如立姿瞄准,要挂4个手榴弹,并坚持住45分钟才算合格;跪姿瞄准,要挂4个手榴弹,并坚持住1个小时才算合格。

"同志们,你们要记住,"李连长对我们全班战士说,"只有平时多流汗,战时才能少流血!"

我们班的长途奔袭和极限训练,当时在全连做得也是最好的。因为我们的一排长欧阳五夫,是1962年参加的兵,参加过全军大比武,军事素质相当过硬;而我这个一排一班的班长,入伍就分配在重机枪班,对于步兵的战技术训练比较少。李连长为了迅速提升我的步兵战技术,便经常给我开小灶。

"你要理解我,冯时林同志。你是一班长,响鼓更要用重锤。"他总是提醒我说,"只有严格要求,严格训练,关键时候才不会掉链子。"

"我知道。"我练得挥汗如雨,回答他说,"连长是为了我好,为了我们一班好!"

我1969年入伍时,连长是黄镇东(化名),指导员是黄世生。他们都是参加过解放战争和抗美援朝战争的兵,资格比较老,后来都陆续升任了营级干部。到1973年初,我也算是老班长了,连里换了几任连长、指导员——有丰宝根、何克毅、郑根根、李富民、方志敬等。他们都是我的好领导;从他们身上我学到了不少好思想、好传统,彼此之间也结下了不解之缘。

这里,我要写一笔我们一班特别是我和方志敬指导员之间的一件事情。方志敬指导员是从师部下来的政工干事,虽然基层工作经验不足,但十分好学,喜欢读书。他是高中毕业生,1964年入伍,在部队上当时也算是秀才了。他讲话很会引经据典,也能深入浅出,又喜欢和我们这些老班长交朋友,所以我们也喜欢和他接触,在一起相处得很好。

后来,我们得知他是福建福清人,家庭人口多,粮食比较紧张,生活比较困难;而浙江地区比较富庶,又是产粮大区,我们慈溪兵的家庭条件大多比较好,我和班里战士便会自发凑点全国粮票支持方指导员,以缓解他的家庭困难。不过,那种战友情、同志心,那样互相帮助的好事情,后来竟被曲解和歪解,成了个别人告状的话柄,甚至构成了对我在部队提干的致命一击。

"这个事情存不存在?"团部组织股林股长来找我核实情况,问我。

"存在。"我坦诚地说,"可绝不是个别人打小报告定性的所谓讨好和巴结领导。"

"但是方志敬毕竟是连指导员,"林股长说,"是你们领导啊。"

"如果你看见战友家庭生活困难,"我说,"不管他是领导还是战士,你会无动于衷、袖手旁观吗?"

"我明白了。我会向团部汇报这件事情的来龙去脉。"林股长说,"但是,你要有心理准备,它可能会成为你提干的问题,影响到你的进步。"

听到这里,我心里反而坦然了。

"正好,"我说,"我的最大愿望并不是在部队提干,而是退伍以后去上大学。"

"但话不是这么说的,冯时林同志。"林股长似乎有些吃惊,对我说,"你作为共产党员,一定得服从组织安排。"

"这个我知道。"我说,"但是我更知道,无论是党员、战士还是干部,都要有难同当。方指导员家里有困难,我们就要帮助他;绝对没有拍马奉承的意思。"

林股长最后是怎么汇报的,我并不知道。

再说回李富民连长。前面说过,李连长参加过中印边界自卫反击战,军事技术过硬,带兵很有一套,平时对部下很严格,但是战士们有困难时,他又很体恤部下。他很器重我,提供各种机会对我进行培养。在团长点名我为二营做重机枪夜间射击教员后,李连长又让我参加团部组织的教导队,主要是想让我率先克服"五六式"冲锋枪点射的难点,以便带好全班战士。在团教导队,我克服困难,认真训练,不断总结和体会,终于掌握了"五六式"冲锋枪的点射问题。回到一排一班,我对全班战士手把手教学,收到了很好的成效。

由于对方志敬指导员帮扶的事件作梗,我的提干问题迟迟没有解决。说实在话,我当兵时已是城镇户口,家境相对较好,对于提不提干,真心是无所谓。我当兵,只是为国尽忠;因为军人迟早是要退伍的。我在部队好好表现,为的是退伍后能够有机会上大学。

但是,李富民连长却不这样想。他一直不让我退伍,总是鼓励我在部队好好干,后来又送我到师部教导队训练和学习,决心把我培养起来。

我在师部教导队参加射击、投弹、刺杀和匕首操培训,也进行基本的擒拿格斗训练。在师部教导队,我认识了军作训科的林忆(化名)参谋。他曾经参加军区手榴弹投弹比赛,成绩76米,最远82米,获得过第一名。他告诉我,当时外军的纪录,美军最远是60米,俄军70米,我军纪录最远已达102米,被称为"人肉炮弹"。

正是在师部教导队训练场上,我见识了军两栖侦察连的军事水平。他们的装备特殊,每人配有自动火器、无声手枪、手雷、匕首和潜水表等。他们的武装泅渡距离都在万米以上,拼刺刀个个都是高手。他们在场地上表演时,有时像猛虎下山,有时像饿狼扑食,有时如猿猴腾空,只有他靠近你,你却无法接近他。

两栖侦察连战士们生龙活虎的精彩表演,赢得了师部教导队学员们的阵阵喝彩,永远留存在我的记忆中。

一个月的师部教导队集训,让我的军事技术有了极大提高,手榴弹也能投到 56 米,当时在全连,已经是名列前茅了。我感到,经历过团与师部教导队的锻炼,自己已经淬火成钢。

二十八、教诲来自实战

教导队的集训马上就要结束了。林队长告诉大家,下午有位首长要来看望教导队员,希望人人都精神点,说首长很注意军容风纪和精气神。

下午 2 点左右,教导队集合完毕。林队长陪着一位首长来了,向大家介绍了刘忻兴(化名)师长。他是山东沂蒙人,一米八的个头,迈着稳健的步伐来到队伍前面。他一张口,全体教导队员都感觉他声音很洪亮——

"同志们好!"

大家异口同声地喊道:"首长好!"

刘师长又高声问:"你们训练苦不苦?"

大家齐声回答:"不苦!"

"不苦是假的。"刘师长笑着说,"但是,我们不怕苦!"

大家都笑了,随即又绷紧表情,听师长训话。

"这次抽调基层连队的骨干参加集训,并且是超强度的训练,"刘师长说,"你们的教官是军两栖侦察连的教官,他们是山中猛虎,海中蛟龙! 如果我们的战士都能像他们一样,我们的部队就能战无不胜!"

大家听了,为师首长如此重视教导队,专门配备最强教官,都感到很骄傲和自豪。见大家神情都很严肃,刘师长笑着说:"我今天来,就是想和你们聊聊天,谈谈心。"

大家望着刘师长,觉得他的话既贴心,又鼓舞斗志,心情放松下来。林队长让大家坐下。

"我也坐下。"刘师长说,"和大家平起平坐。"

大家都笑了,爆发出一阵掌声。

"今天上午,"刘师长高兴地说,"我去参加了金门乌丘岛海匪大队中尉吴焱火驾冲锋舟弃暗投明的投诚表彰会。"

大家一听,顿时觉得师长的话里有料,都听得十分认真。

"会前,我和他交谈了一会儿,了解了蒋军的一些情况。"刘师长介绍道,"吴淼火告诉我,蒋军官兵不平等,不少军官参加走私,贩卖毒品,敲诈勒索,无所不为;他经常听到我们高音喇叭的宣传,也经常看到我们空飘、海漂的宣传品,他还从大陆渔民那里了解到大陆的人民解放后过上了幸福的生活,根本不像台当局宣传的'大陆人民生活在水深火热之中'。因为他的祖籍在福建莆田,他很想回老家看看他的亲人。就这样,他驾着冲锋舟就过来了。"

大家听了,对吴淼火思念亲人、弃暗投明的举动感到理解和赞同,觉得他还算个明白事理的人。

"我也问过吴淼火蒋军部队的生活和训练情况。"刘师长继续说,"他告诉我,台湾的大学毕业生要先当两年兵再找工作。一般当兵的,恋家、怕苦,都是临时想着当了两年兵就回家。在基层当官的,都会送美国西点军校培养,毕业后到部队带兵;他们侦察大队训练很苦,强度很大。有的极限训练,让你在无人岛上生活一周,不给你水和干粮,一切生存全靠你的意志和敢于挑战的精神。"

大家听后觉得,蒋军侦察大队的许多训练和我们的两栖侦察连其实也差不多。

"但是他们的处罚很厉害。"刘师长笑着转述道,"他们的体罚、关小黑屋,是我军所没有的。"

大家一听,都笑了。

"同志们,我们现在一般部队的训练强度远远落后于别人。"刘师长口气严肃起来,说道,"我们部队地处东海前线,随时都要有打仗的警惕性。千万不要有和平麻痹思想,千万不要有刀枪入库、马放南山的轻敌思想。我们守备部队一定要苦练二百米硬功夫,枪打得准,手榴弹投得远,敢于刺刀见红,用实际行动保卫祖国的东大门!"

大家顿时都觉得重任在肩,心情也随之严肃庄重起来。

"同志们!"刘师长继续说,"我们的干部、战士,一定要认真学习毛泽东思想,学习我们的党史、军史和社会发展史,提升我们观察分析和解决问题的能力;要懂得我们的党和军队是如何从小到大、由弱变强、一步步走向胜利的。"

刘师长说是和大家"聊聊天、谈谈心",但实际上他的讲话很有高度和水平,而且起承转合入情入理,听了令人很信服。

"今天,我要和大家讲讲我们最近的两次战役,"刘师长换了个坐姿说,"一是'南日岛战役',二是'东山岛保卫战'。"

大家都听说过"南日岛战役",一直被蒋军宣传为"最成功的作战",都感到不服,正想了解个究竟,听得更加认真了。

"那是1952年10月,金门防卫司令胡琏按照蒋介石'多占几个岛屿作为反攻大陆桥头堡'的指令,指挥蒋军9000余人对我军控制的福建南日岛发起突袭。"刘师长介绍道,"我们守岛部队官兵的确存有和平无虞、麻痹大意的轻敌思想。敌人的突然袭击,造成了守岛部队全部牺牲。支援部队登岛后,地形不熟,通讯不畅,也伤亡惨重。这一战役,可以说,我军教训沉痛,而给金门的台军落下话柄。他们还举行庆捷大会,守军司令胡琏也因此战晋升二级上将,受到了蒋介石的赞赏。"

原来"南日岛战役"我军的失利是确实的。我们听了,都感到心情沉重。我们这些教导队员们围在刘师长身边,听他继续介绍"东山岛保卫战"——

"第二年,也就是1953年初,金门守军司令胡琏向蒋介石发去一份密电,称他可以用一个加强师的兵力攻占沿海地区一个较大的岛屿,并以此为桥头堡,全面实施反攻大陆的计划。美国军情局掌控的军火商,对胡琏提出的作战计划大为赞赏,承诺愿提供军用物资援助。"刘师长继续介绍道,"蒋介石及高层幕僚对这一密电十分感兴趣,蒋介石亲自察看作战地图,将作战地点选在我军防守的东山岛。"

我们听了,心情开始由沉重转为愤怒。虽然坐在师长四周,但是心里已经在摩拳擦掌,跃跃欲试,恨不得立即加入严惩胡琏金门守军的战斗中。

"1953年7月10日,金门台军开始了频繁调动。"刘师长说,"战舰和战机,也在我福建沿海频繁袭扰,金门大批敌军登舰向外海驶去。这些异常情况立刻引起福州军区高层的极大关注。驻守福建前线的第31军司令部对敌行动进行研判分析认为,台军的目标可能是东山岛。他们很可能要把东山岛做成第二个'南日岛'。但是,此时我军在东山岛的防御力量只有公安第80团和一个水兵连,总共不过一千余人;而向东山岛派兵增援,显然已经来不及了。"

我们听了,心头都感到一紧,觉得透不过气来。刘师长看着我们,沉着地说——

"7月16日凌晨1时,第31军军长周志坚向驻东山岛的公安80团团长游梅耀及副团长刘绍言发出作战命令,要'东山守军全力固守待援',同时电令272

团火速赴东山岛驰援。"

接着，刘师长用他那富有山东口音的声音，具体介绍了"东山岛保卫战"的情形。

凌晨4时许，台军在东山岛外围完成集结，总兵力达1万多人。在强大的舰炮火力支援下，敌军气势汹汹地登上滩头阵地，并在坦克和装甲车的掩护下向岛内纵深区域挺进。为了保存实力，公安80团团长下令，从各滩头阵地撤回岛内防御据点。在庙山一带驻守的我一营一连官兵与来犯的敌军突击大队一千余人展开了殊死搏斗。一连官兵不惧敌军，接连打退敌军猛攻，歼敌二百余人。全连官兵除少数冒死突围外，全部壮烈牺牲。到上午8时许，敌军付出巨大伤亡后，才进抵我公安80团公云山、牛犊山和王爹山主阵地防御中心……

"后来，有幸存的战士回忆，当时从登陆艇上抬下一个坐轮椅的残疾兵和八二迫击炮，他打了三发炮弹，均击中我公安80团指挥部。"刘师长意味深长地看着我们说，"看来，此人是敌军的神炮手；蒋军内部的确不乏能人。"

大家听了，深感刘师长在用激将法，用意在于让我们听了，在教导队好好训练，练出过硬军事素质和本领。

"黄埔军校毕业的许多蒋军将领，也有英勇善战的，"刘师长话锋一转说，"但是他们选错了主子，选错了道路。"

刘师长继续介绍"东山岛保卫战"战况——

虽然公安80团指挥部被炸了，各营、连、排各自为战，但是大家心中只有一个愿望——把敌军消灭干净，为增援部队争取时间！

上午8时许，在榴弹炮的掩护下，敌军一千多人开始向我公云山一营二连阵地发动疯狂进攻。面对数十倍于己的敌军，我一营二连官兵毫无惧色，奋起反击。子弹打光了，扔手榴弹；手榴弹扔光了，拼刺刀。连炊事员也操起锅铲、铁锹参加战斗，和敌军进行殊死搏斗。凭借着旺盛的战斗意志，二连官兵同仇敌忾，做到人在阵地在，硬是打退了敌人多达18次的进攻，以伤亡接近80%的惨重代价，顶住了敌军45师主力部队的进攻。公安80团警卫连，甚至用老式机枪击落了一架低空盘旋的敌机！

我们这些教导队员们听了刘师长的介绍，都为公安80团官兵的敢打敢拼和英勇牺牲而热血高燃，群情激奋。刘师长继续介绍道——

东山岛八尺门渡口，是东山岛通向大陆的唯一渡口，是整个岛屿争夺战的关键区域。蒋军不惜血本，动用 C－46 运输机，开始向我八尺门渡口上空实施空降作业。虽然这些空降兵是经过美军调教并被寄予厚望的伞兵部队，却并没有如期拿下八尺门渡口。由于伞兵对地形不熟、着落地点选择有误，一个个都成了公安 80 团警卫连、水兵连和当地民兵的空中"活靶子"，也有的伞兵被当地的龙舌兰植物刺穿腿部和臀部，无法动弹；蒋军伞兵在八尺门渡口被打得晕头转向。上午 9 时，赶来驰援的第 31 军 272 团抢先登陆八尺门渡口，并立即投入战斗，配合水兵连将敌军伞兵部队一举歼灭。

当天下午，第 31 军周至坚军长率领 91 师全部登岛，敌我双方力量开始逆转。敌军总指挥胡琏只好命令空军和海军舰炮作火力掩护，下令撤退，于下午 5 点多仓皇逃离东山岛。至此，蒋军胡琏苦心策划的东山岛战役，彻底失败。

战报报到党中央，毛主席看后，对东山岛战役的胜利和参战官兵的骁勇善战和不怕牺牲的战斗意志非常赞赏，说："东山战斗不光是东山的胜利，也不光是福建的胜利，而是全国的胜利！"

刘师长介绍的毛主席对"东山岛战役"的评价和他语重心长的教诲，使每个受训队员都心潮澎湃，感到受益匪浅。他话音未落，队伍中一名队员站起来振臂高呼："打倒国民党反动派！毛主席万岁！毛主席万万岁！"

大家跟着那个队员高呼了口号后，师长接着说："同志们！我们现在处在和平年代，但是决不能放松革命警惕性。美蒋反动派亡我之心不死，随时都会蠢蠢欲动。党中央、毛主席把守卫东大门的任务交给我们，我们一定要苦练杀敌本领！只有平时多流汗，战时才能少流血！我们时刻准备着消灭一切敢于来犯之敌！在座的各位都是我军的未来和希望。今后，无论你是基层指挥员，还是解甲归田成为普通一员，都决不能忘记我们当兵的初衷和使命。国家安全和领土完整在我们心中始终是第一位的，我们也要始终牢记，我曾是一个兵！"

刘师长的讲话掷地有声，我们听后都报以热烈的掌声，同时感到热血沸腾，深深体会到师、团、营组织各连排骨干成立教导队强化军事素质和作战技能训练，是多么重要，并暗暗下定决心，决不辜负党和人民的重托，一定要苦练杀敌本领，誓死保卫祖国的东海前线。

接下来，教导队员们向首长作射击、投弹与刺杀三大技术和团体擒敌拳汇报表演。刘师长看后，欣慰地笑了。按照议程安排，林队长又指挥队伍面向靶场原地坐下，请刘师长为大家作"自行车单车双放手双枪射击"表演。只见刘师长跨上自行车急驰而来，忽然撒开车把，双手拔出双枪，略微侧身瞄准靶子，连发数枪，枪枪命中目标！那样的情景，非常像电影《扑不灭的火焰》中的蒋三；只不过蒋三是单枪，单发或连发，而刘师长是双枪连发，难度更大。大家发出了欢呼，并报以雷鸣般的掌声！

林队长适时向教导队发出呼吁道："刘师长还有绝技，再来一个好不好？"

大家异口同声地大声喊道："好！刘师长，来一个！刘师长，来一个！"

刘师长点头一笑，随即让战士推来三辆自行车。他胯下骑一辆，左右两手各把一辆，脚一用力点地，便把三辆自行车同时骑走了，骑了一圈后，又在大家面前稳稳地停了下来。他的一人骑三辆自行车表演，真使我们眼界大开，我们再次报以热烈的掌声！

刘师长将自行车交给战士，转身和大家告辞，登上吉普车走了。大家望着远去的吉普车，对刘师长的言传身教，从内心生出了深深的敬佩，将首长视作永远的学习榜样。他所讲的"南日岛战役"和"东山岛保卫战"胜负的经验教训，特别是他所作的"自行车单车双放手双枪射击"和"一人骑三辆自行车"表演，已经深深地镌刻在我们这些队员们的记忆中，激励着大家苦练杀敌本领，从而成为优秀的教导队员。

后来，林队长告诉我们，说刘师长是一位老革命，曾经参加过抗日战争，并担任过武工队长，是"双枪李向阳"的原形；在解放战争中更是战功赫赫……

姜还真是老的辣啊。

二十九、君山泪悼营长

2022 年 11 月 7 日,我的"战友微信群"出现了一则讣告,说我们敬重的老营长高名良同志与世长辞了!

这一消息犹如晴天霹雳,我心痛如绞,久久不能平静。

真是万万没有想到啊,10 月 20 日战友们在厦门聚会,我还代表大家和高营长通了将近半小时的电话呢。我刚拨通电话,那头便传来高营长熟悉的声音:

"你好! 我是高名良。"

"报告老营长,"我说,"我是原一营四连的一班长冯时林,向您致敬!"

"噢,冯时林?"他说,"你好啊!"

"高营长好!"我说,"我们四连的战友在厦门聚会,很想去看望您!"

当时,他正在福州人民医院住院。他说:

"谢谢同志们! 我在医院住院,现在是'非常时期',医院不允许外人出入;福州又是高风险地区,我们通电话一样的。等我身体好了,欢迎大家到我们老家平潭君山看看,那里风景很好,也是网红打卡地……"

电话那头,高营长声音洪亮,思路清晰。我们怎么也没有想到,不到一个月,老营长会因肺癌转移,永远地离我们而去,那次通话成了他与我们的永别。

我看着微信群里的讣告,耳边仍然萦绕着老营长亲切的话语:

"老冯啊,你是我们一营四连的骄傲! 我当时就说,冯时林是个好兵,思想觉悟高,枪打得准,手榴弹投得远,拼刺刀也有两把刷子……你真的不容易,如今做到了厅级干部。"

"哪里,"当时,我在电话里不好意思地说,"都是老营长当年教导得好。"

"不,是你做得好!"他说,"还有四连的陈照海,现在也任职南部战区副司令了。你们当时,都是非常优秀的战士,不但是四连的骄傲,也是一营的骄傲! 我这个当营长的,也感到脸上有光!"

"都是组织培养的结果。"我说。

"你原来是重机班的班长。"高营长在电话里回忆道,"当时,我向你们连长建议调你到一班任班长,就看出来你是一个好的干部苗子!"

真没想到,老营长对当年的情景,记得还是那么清楚。我在电话里听着,心里很感动。

"我还记得,你们浙江兵和福建兵有矛盾。"老营长继续回忆道,"为了点小事差点打架,还是我亲自去调解的。知道你们抽烟,我还专门买了两包'海堤'牌香烟调解矛盾呢。"

我也记起了当时的情形。高名良营长在调解现场对我们说:

"我们都是革命同志,为了一个共同的革命目标走到一起来,是缘分。我们党员干部,应当带头做团结的模范,大事讲原则,小事讲风格,不要斤斤计较。特别是我们,是一线部队,要时刻准备打仗;如果团结都搞不好,那怎么打胜仗呢?!"

在高营长的教导下,闹矛盾的浙江兵和福建兵各自作了自我批评,最后握手言和。

电话通了半个小时了,我担心高营长疲累,就说:

"老营长,今天就长话短说,不影响您休息了。下次,我们一定要去您的老家看看,拜访您——我们敬重的老营长!"

"欢迎欢迎!"老营长在电话里愉快地说,"祝你们战友聚会愉快! 你代我向战友们问好,祝大家身体健康,家庭幸福!"

和高营长通过那次电话后,我的脑海里会不时浮现出他的音容笑貌,耳边回响起他洪亮而温厚的声音,一桩桩往事也次第浮现在眼前。

1971年秋季,高名良营长陪同王成忠团长到我们四连蹲点,培训全团的"夜老虎先行连"。他给人的感觉是一米七二的个头,身材适中,处事精干,炯炯有神的双眼,透着聪明和睿智。他和我们在一起,像首长又像兄弟,看到我们都是乐呵呵的,大家都非常喜欢他。他讲话说事简明扼要,处事果断,讲"夜老虎先行连"的特性和训练要求时,更是富有哲理。

"大家都知道老虎的习性,一般都是在夜间活动。"高名良营长说,"老虎以威猛凶狠著称,这才成为百兽之王。当它发现猎物时,总是悄悄地接近,然后猛地一跃,将猎物咬住,并置于死地!"

我们"夜老虎先行连"的全体战士听高营长讲得那样生动形象,都被他深深吸引住了。

"你们'夜老虎先行连'，"高营长说，"就是要培养老虎的习性，以便于夜间作战！"

随即，他提问一位小战士："前面闪着灯光的，是什么？"

小战士回答："是靶子！"

"错了！那是敌人的火力点！"高营长说，"我们的训练，一定要带着'敌情'！"

战士们听后，都笑了，但随即又都收住笑声，因为，高营长面容严肃，并不是在开玩笑。

训练之前，我们连的第一次摸底夜间射击，及格率是40％。通过严格训练，我们全连最后打出了"良好"以上的成绩。王团长和高营长见了成绩单，非常高兴，组织班排干部认真总结"夜老虎先行连"射击的宝贵经验，并在全团推广。

"做什么事情，都有它的规律性。"高营长说，"只要我们认真摸索，找出它的规律，一切问题就会迎刃而解！"

高营长第二次到我们四连蹲点，带来了师、团首长的指示——

"四连的坑道不符合战备要求，只有一个进口和出口；如果坑道口一旦炸塌，人员都会被困在坑道内。必须把现有的坑道改成'Y'形，有三个进出口，以满足作战的需要。"

自那以后，我们全连开展了将近一年的坑道作业。高营长非常重视坑道作业，来到我们班，指导我们装填炸药放炮。原来他在战备工程建设中曾打过18条坑道，对这方面的业务非常熟悉；尤其是排哑炮，他有丰富的经验，既快又安全。

"同志们，我的经验很宝贵，你们可要珍惜哦。"他用自嘲的口吻说，"也可以说，是用血的教训换来的。"

原来他在打坑道时，身体曾多次严重受伤，肋骨多次断裂，右耳严重受伤导致耳聋，听力丧失。他在讲解装填炸药的注意事项时告诉我们说：

"排哑炮时，既要耐心细致，又要胆大有方。"

以前我们排哑炮时，总是把原来的炸药一点一点抠掉，再重新装上炸药和雷管。高营长认为那样做的风险非常大；他告诉我们，实际上只要把装填的黄泥抠掉，露出炸药后，放上半截炸药引爆即可，既稳妥又安全。在他的悉心指导下，我们顺利地完成了坑道的爆破作业，没有发生一起事故。

我清晰地记得，每年台风季节，我们军民都要团结协作，共同抗台。1972年8月的一天，惠安县崇武镇遭受了强台风袭击。那次台风比较强烈，公路上的树都被连根拔起。风雨交加中，我们连接到了营部的命令，说崇武镇造船厂的水泥仓库有被海水淹没的危险，必须立即抢险！

　　我们连在连长郑根根的带领下紧急集合。一排留守，二排在排长毕德树带领下，另加高射机枪两个班，跑步赶往崇武镇造船厂。到现场一看，东高西低的崇武镇整个镇中心几乎都被淹没在水中，现场一片汪洋。

　　崇武镇民兵营长张镇武(代名)站在四岔路口等待支援队伍的到来。我们连和高营长带领的二连、三连几乎同时到达。高营长问清情况，向各连下达任务后，身先士卒，首先跳入了齐腰深的水中！我们在水中组成一条长龙，硬是把上百吨水泥一包包传递到地势较高的临时仓库。我们高射机枪班的班长王登才和吴泉忠同志，个子又高，力气又大，有时一个人扛起两包水泥。我受到他俩感染，有时也会两包水泥一起扛，高营长见了，在风雨中对我喊道：

　　"冯时林别蛮干！你可没有王登才、吴泉忠那样的身板儿！"

　　在整个抢险过程中，高营长始终和大家战斗在一起。他那种和战士同甘共苦的精神令我们深受鼓舞，直至水泥抢救完成……

　　我和高营长在部队的最后一次见面是1975年3月初，我被批准退出现役。那一天，天蒙蒙亮，高营长就赶到连队，与退伍的老兵一一握手言别。集会之前，高营长抓住短暂时间，对我说：

　　"冯时林同志，你是一个好兵，有理想、有抱负。退伍后有什么打算？"

　　"我想考大学，高营长。"我说。

　　"祝你梦想成真。"他说，"能够考上大学，必定大有作为。我知道，你年纪还轻，退伍了，还够入伍的年龄……"

　　高营长知道我是15周岁入伍，当了6年兵后，也才20岁出头。

　　"到了地方，先不要急于考虑'个人问题'，要以事业为重。眼睛不要只看漂亮的姑娘。"他谆谆告诫说，"只要事业有成，她们都会主动找上门来的！"

　　他那风趣的忠告，一下子就把我逗笑了，所以那次短暂的聊天一直深深留在我的脑海里。

　　如今，老营长高名良同志永远地离开了我们。他的一生可以说是吃苦的一生、奋斗的一生、光荣的一生。他1959年参军入伍，从走进军营的第一天起，就立志做"毛主席的好战士"。他在几十年军旅生涯中,多次被评为"五好战士""军事训练标兵""小老虎式干部""郭兴福式的优秀教员"。他转业后又再次入伍,担任武警莆田市边防支队队长,那样的情形确实并不多见。他在任职中,注重培养官兵的特工技能,曾破获国民党反攻大陆"海鸥计划"等重特大案件,三次荣立个人"三等功"。他是我们尊敬的优秀革命军人和学习的榜样。

高名良老营长与世长辞了。我们怀着十分沉痛的心情深切哀悼他。挽联纸片飞动,那是我们的无尽的思念;鞭炮声声炸响,那是我们深情的呼唤……

东海哽咽,君山哭泣;

战友情深,魂牵梦绕;

斯人已逝,音容宛在;

德泽长世,百代流芳。

高明良老营长是一名优秀的革命军人。他严格要求自己刻苦学习,摸爬滚打刻苦训练,战术技术刻苦钻研,迅速从一名战士成长为部队带兵骨干和领导干部。他从军几十年,始终严于律己,做到兢兢业业,呕心沥血,对工作高度认真负责,出色完成上级和组织赋予的各项职责使命。

高名良老营长是一名优秀的共产党员。他理想信念坚定,对党无限忠诚,始终不渝听党的话,跟党走。他自觉养成加强政治学习的良好习惯,不断提高理论水平和党性修养。他处处以身作则,起好模范带头作用,严格要求教育家属子女,从不向组织伸手提要求,不给单位添麻烦。他曾因公受伤,右耳失聪,按规定可以评残,单位领导也多次劝说他写评残申请,每月可增发 3000 元至 5000 元伤残补助金改善生活,他都严词拒绝。他曾深情地说"党和军队给我的待遇已经够高了,不要再给组织添麻烦了"。2022 年 9 月在病重入住福建省人民医院期间,还坚持收听收看党的二十大新闻报道,坚决拥护党的方针政策。他一生中多次被评为"学习毛泽东著作先进个人""优秀共产党员"。2021 年荣获中共中央组织部颁发的"在党 50 年纪念章"。他不愧是我们学习和敬佩的好领导、好榜样!

"名节高风千秋在,良操美德万古存",您虽离开了我们,但音容笑貌永存,我们永远缅怀您报效祖国的敬业精神,我们化悲痛为力量,更加努力奋斗去完成您未竟的事业,告慰老营长高名良的在天之灵。

另,经核实,高营长的身高为 1.67 米。

三十、永葆老兵底色

1972 年,我被挑去团部集训队,参加自动武器的连发点射。当时用轻机枪、冲锋枪的射击,难点是点射;一个点射只击发一颗子弹,命中率很低。团首长发现了这个难题,下决心解决,于是从各连队抽调一名轻机枪手和一名班长到团部集训队来,共同解决这个难题。

教导队的队长是一营二连的副连长郑根根。他曾是团作训股参谋,浙江衢州柯城人,1962 年的兵,参加过全军大比武,军事技术非常优秀,负责集训队的工作。

郑根根工作非常认真负责。队员们一报到,他便组织了一次实弹射击,以摸清大家射击水平的底。他把冲锋枪射击组按水平分成三个排,轻机枪一个排,分别由四位教官担任排长;他的教学方法也比较特别:边训练、边体验、边讨论、边总结。目标只有一个——解决自动武器的点射命中率问题。

我们一组一组地打,一组一组地谈射击体会,一组一组地体验。子弹一箱一箱放在旁边,管够。成绩好,奖励你再体验;打不好的,枪上挂砖块再练。

训练了将近 20 天,郑根根通知大家,说王成忠团长要来看望集训队。大家一听,热情顿时高涨起来。

这天下午 1 点半,王团长在郭副团长、军务股长周关银的陪同下来到训练场。

按照郑根根队长的要求,我们首先开始射击表演。一百米靶场上,竖着 10 个胸环靶。一组 10 人,每人 20 发子弹,6 个点射完成。

我们按照平时训练的要求,沉着地表演着点射。因为我在班里就被大家称为“神枪战士”,那一天的状态更是特别的好,我打出了比平时训练更好的成绩。最后评定全队成绩,我们冲锋枪的点射命中率在 80% 以上,轻机枪点射的命中率也达到了 60%。事后队员们说,是我的个人成绩拉抬了全队成绩。

王团长和郭副团长见训练成绩不错,非常高兴。王团长现场作了一番热情洋溢的讲话。

"同志们,大家辛苦了!"王团长说,"今天观看了大家的射击表演,成效明显! 训练和不训练就是不一样嘛。我们步兵连队的轻重机枪、冲锋枪这些自动武器,火力猛,打得准,这就是战斗力的体现!"

大家受到团长表扬,热烈地鼓起掌来。

"你们要把学习的成果带回各连队!"王团长继续说,"你们都是'小教员',能够把所有的机枪手、冲锋枪手都培养成优秀的射手,你们就是功臣!"

大家听到团长称自己为小教员,都很有自豪感,更加热烈地鼓起掌来。

"希望你们再接再厉,严格训练,提高你们的战斗素养。"王团长最后说,"世上无难事,只怕有心人。只要我们沉下心来,就没有办不成的事情!"

大家再次报以热烈的掌声。

王团长和郭副团长随即到各排去座谈。这时候,我认识了与团长同行的军务股长周关银。通过聊天,知道原来他是浙江海宁硖石人,1951 年入的伍,便和他谈得很投机;因为同喝一江水,说话一个音,老乡见老乡,格外亲切。

"我注意到你点射的时候,成绩非常好。"周股长对我说,"你击发时,特别专注。"

"我在班里就是优秀射手,"我腼腆地说,"到了集训队,又有些提高。"

"你给咱们浙江人长了脸、争了气!"周股长说,"以后常联系。"

后来,周关银股长经常陪团首长下连蹲点,我们又见过几次,每次聊得都很开心。

转眼之间,到了 1995 年 4 月。那时候,我已经在浙江大学担任了保卫部长。杭州市公安局西湖分局玉泉派出所的小蒋打电话给我,问我——

"冯部长,您认不认识一位叫周关银的?"

我想了想,马上说认识。

"他是我们团的军务股长啊。"我说,"我 1975 年 4 月退伍,回来后就没有联系了。"

小蒋说:"真凑巧,他是我爸爸的老战友,今天在杭州,凑巧在我这里,问到您。"

我一听,马上说:"好的,中午 11 点半,在玉泉饭店,我请老领导,小蒋你作陪!"

一别二十年,相见分外亲。浓浓战友情,温暖在心间。周关银对我退伍后能考上大学,并在学校以优异成绩毕业留校,感到特别高兴。那天中午,我们相聚甚欢,喝了不少酒。

2022年的中秋节前,我又接到一个陌生的电话——

"请问,你是冯时林吗?"

我说:"是的。"

电话那头说:"你还认识海宁硖石的周关银吗?"

怎么可能不认识啊。我一听,心时顿时激动起来。

"噢! 是老领导!"我在电话中一下听出他的口音,"您好啊!"

他在电话那头说:"今天我翻抽屉,翻出了你当年在浙大做保卫部长时给我的名片,我是试试看打个电话。没想到,二十多年了,你的手机号没有变。很高兴又联系上了!"

是啊,自上次我在玉泉饭店请他吃饭,一晃27年过去了。

两人寒暄了几句后,我说:"最近我一定去拜访您,老领导!"

真是人在情谊在,战友的情谊和缘分,永远不会变。

中秋节后,我兑现了自己的承诺,专门去海宁拜访老领导周关银。我们二十多年没有见面,相谈甚欢。每当谈到部队的生活,特别是他参加的"炮击金门"时,他总是眉飞色舞,感慨万千。从他的话里,我体会到他作为部队的老同志,对党的忠诚、对祖国的热爱、对部队的深厚感情浓得化不开。

周关银是1951年参军的。那时候我还没有出生,抗美援朝战争已经爆发。南下的部队有很多被抽调去参加抗美援朝战争。他当时在上海公安总队,接到军委命令,三个团立即开赴福建,编入海防部队守备三师,守卫海防前线。

1958年夏季,美军出兵黎巴嫩,英国出兵约旦,镇压中东地区人民的民族解放斗争。这使得台湾当局蠢蠢欲动,连续出动飞机、军舰对大陆沿海进行挑衅。在那样的复杂形势下,8月23日,毛泽东主席亲自谋划指挥,指令福建军区司令员韩先楚所部,对金门实施炮击封锁。我军在毛主席和中央军委指导下,集结了所有大口径火炮,对金门岛实行炮火全覆盖,从而爆发了震惊世界的"八二三"金门炮战,后来被称为"炮击金门"。

毛主席的英明决策,挫败了美国力图"划峡而治"、制造"两个中国"的阴谋,维护了国家和民族的根本利益,对国民党当局和美国造成了巨大压力。整个炮击从1958年8月23日开始,一直延续到1978年12月31日,长达20余年。参与"炮击金门"的老领导周关银,也从战士到班长、排长到连长,一直做到副营职,一干就是 25 年,直至转业到地方工作。

"开始的时候,每天都是万炮齐发,有效地震慑了蒋军。"周关银说,"后来,为了照顾当地居民日常生活,改为双日不打单日打、节假日不打;再后来,又改为单日只打宣传弹……"

"打是为了震慑美蒋,不打是为了照顾当地老百姓生活。"我感慨地说,"毕竟是血浓于水嘛。"

"说得是。"周关银赞同地说,"你现在做了大学副校长,是厅级领导,水平就是不一样啊。"

老领导是在夸我。但我知道,实际上他是我学习的榜样。1975 年 10 月,周关银因为家里的老父亲双目失明,没人照顾,便向组织递交了转业报告。部队领导出于对他实际困难的考虑,同意他已经随军的一家五口,与他一道复员,回到了浙江海宁的老家。后来,组织上以转业干部的待遇,安排周关银到国营企业——海宁灯泡厂担任了供销科长。那家企业由于动乱年代闹派性,几乎濒临倒闭。周关银临危受命,一方面利用自己的人脉资源把积压产品推销出去,另一方面积极协助厂领导班子出台一系列增效提质举措,节能减耗,降低成本,提升质量,第二年便使灯泡厂恢复了元气,各种开支后还营利了 250 万元,深得职工和县里领导好评。他退休后,首先提出创办私营企业,在家人支持下办起了拉链厂,产品远销全国各地,成了一名远近闻名的转业干部企业家。他转业转岗不褪色,有一分热发一分光,永葆革命传统美德和革命军人底色;他的两个儿子大学毕业后,也先后办起两家企业,解决了不少人的就业问题,为当地经济建设做出贡献。现在,他的孙子也大学毕业了,一家人过着其乐融融的美好生活。他是我学习的楷模,让我进一步明白了"是金子总会发光"的道理。

2022 年中秋节,我在老首长周关银的家里,看见他身体健康,眼不花,耳不聋;虽然是快 90 岁的老人,却思路清晰,言谈举止都保持着军人的底色,感觉难以置信,却又不由不信。在与老领导把酒面叙的席间,我们彼此都喝了不少酒,回忆军旅事,畅谈战友情,感觉时间仿佛倒流一般。我平时是比较能说的,但那天却感觉自己对他的敬重真是难以言表。

宴罢离席,告别老首长周关银,我看见海宁硖石金桂盛开,闻到馥郁的花香弥漫在空气里,在心里一遍遍默默地祝福老领导健康长寿。

三十一、好战友冯长明

在众多战友里,冯长明是我最难忘的战友之一。

1969 年 3 月,福州军区在慈溪县征兵 1500 多人,据说是解放以后在慈溪招兵最多的一次。我和冯长明便是在那次招兵中成为战友的。

且说 3 月 7 日早晨 5 点左右,我们新兵从慈溪县中学冒着大雨走了两个多小时,到达余姚火车站。新兵被安排在站台上用餐,一个人一碗白粥、两个烧饼、一根油条、一个包子和一碟咸菜。餐后我们坐在原地休息。半小时后,新兵连列队点名。

二排吴泉忠,到!

许长盛,到!

姚先苗,到!

冯长明,到!

冯时林,到!

……

点名结束,新兵们依次登上火车。随着汽笛一声长鸣,列车徐徐向东驶去。

读者也许已经注意到,冯长明和我都是冯姓,算是本家,因此在车厢里聊得很是投缘。我俩交换了年龄信息:我 17 岁,他 19 岁。因为比我大两岁,他很得意,叫我"冯老弟",并打趣地说:

"我们都是 19 岁当兵,你怎么 17 岁就来当兵了? 不是开后门也是干部子弟吧。"

"我是怀着一腔热血,坚决要求当兵的。"我说,"我父母都是医生,没有什么特殊背景。"

他也表示理解。因为当时中俄边界发生战事,年轻人都坐不住,纷纷响应国家号召,踊跃报名参军、保家卫国。可惜的是,我们应征去了东部福建,而不是东北沈阳。当然,只要能当兵,到哪里都一样。我们在车厢里促膝长谈着理想、信仰和将来的打算。

"我们既然选择当兵,一定要当个好兵。"他说,"有可能的话,我要在部队干一辈子。"

我发现冯长明很有抱负,只是当时我思想比较单纯,并没有太多想法。

火车像老黄牛一样拖着一长溜车厢,一路上"咣当咣当"地爬行。我们的军列总是让着客车和货车;因为是运新兵的军列,没有紧急任务,也就只能缓慢运行。大约行驶到3月10日上午,我们到达厦门集美火车站,下车列队点名。

火车站的停车场上停着一排军用敞篷车,车篷上标着"九团""十团""十一团"的字样,每团估计约500多人。我和冯长明被分到"九团"。我们向熟悉的参军老乡挥手告别后,登上军车,向着泉州方向行驶。

在惠安县涂寨中学,我们进行了一个月的新兵训练,又重新分配到连队。我是一营四连,冯长明分到一营二连。当时部队管理很严,星期天每个班只有两位战士可以请假两小时,到崇武镇上看看,买点日用品;其他时间一律要求在营房不准出去。虽然同在一个营,我们俩见面的机会也不多。他在部队表现很突出。我们第一年都加入了中国共产主义青年团,评上了"五好战士",提升了副班长,第二年入党,提升了班长,评上了"五好战士"。我们在同一批兵中表现相当突出,无论在军事训练还是在政治表现上,老乡和战友都对我们刮目相看。我认识了黄世生指导员,心中萌生了上大学的念头,而战友冯长明矢志不改,思想上准备当一辈子的兵。

1972年,我们同在团集训队参加集训,解决冲锋枪点射问题,我们俩的射击成绩都非常好,曾受到了王成忠团长的表扬。

回到连队,组织股林股长找我谈话,我表示希望退役回家乡参加大学高考。战友冯长明当时提干,当了排长。我们同乡战友一起在崇武镇上下馆子,为他祝贺。这是慈溪兵的骄傲和荣耀。

到了1974年,我们同时当兵的战友几乎都退役了,只留下我和炮排班长郑启棠,他的75无后坐力反坦克炮打得好,我的作战技术水平名列前茅。我们俩又多留了一年。1975年4月,我和郑启棠战友结束长达六年的军旅生涯,退伍回到家乡。

临别时,战友冯长明专门赶到四连为我们送行。他握着我的手说:

"冯老弟,你失信了,我们当时约定都要在部队干一辈子的。"

"哪里,"我尴尬地说,"当时我并没有太具体的想法……"

"我知道你想上大学!"他说,"祝你心想事成,能够如愿以偿考上大学。"

我也祝他在部队珍惜荣誉,争取当一名将军。

部队一别,我先分到慈溪化肥厂工作,郑启棠因是农村户口,回到家乡务农去了。

1975年9月,我真的遂了心愿,考到浙江大学化工系化机专业,上大学去了。

此后听说战友冯长明到团里工作,担任作训股参谋;我们的老连长郑关根则调军务股任股长。

1975年4月,我们九团团直属机关二营调防到江西赣州,编入江西省军区独立师一个团。1982年独立师改编为江西省武警总队,冯长明担任内卫处处长。由于部队的调防和人事变动,我和老战友也就失去了联系,并不知道次年发生在他身上的一件惊天动地的事情。

1990年,我弟弟冯林担任镇海区公安分局局长时,区武警中队被评为全国学习标兵。在表彰大会上,冯长明和我三弟冯林相遇,我们才得知冯长明于1987年已调任武警宁波副支队长兼参谋长,1990年升任支队长。联系上以后,他利用到省武警总队开会的机会到浙大找我;当时,我已经担任了浙大保卫部长。

冯长明带着总队参谋长、我们的老战友伍杭明前来相见。在玉泉饭店,我们相聚甚欢。席间,他向我们讲了1983年"严打"时发生的那件轰动全国的"二王大案";原来,"二王"正是在他的直接指挥下,被击毙的!

所谓"二王",是王姓的两个兄弟;一个叫王宗坊(王宗方),另一个叫王宗玮。他们都是沈阳人,也是新中国成立以来第一对悬赏通缉令上的通缉犯。

1983年2月12日中午,王宗坊、王宗玮混入沈阳空军463医院。王宗坊撬开该院小卖部房门入室盗窃,王宗玮在外放哨。就在此时,医护人员发现王宗玮形迹可疑,将他带到医院外科室盘查。盘查期间,王宗玮开枪打死了周仕民、孙维金、刘福山、毕继兵,打伤了吴永春。案发后,"二王"匆忙逃窜。

公安部从辽宁省公安厅得到"二王"案情报告后,立即发出通缉令,向全国通缉持枪杀人潜逃犯王宗坊和王宗玮。

2月15日晚9时,"二王"南逃。47列车员及乘警检查乘客行李,发现一个黑色提包内藏有手枪。当乘警查问王宗坊时,王宗玮开枪打伤乘警。紧急停车时,"二王"跳车逃跑,地点在湖南衡阳南30公里的西里坪。

2月17日,衡阳冶金机械厂干部伍国英等人来到新分楼房,发现房内有两人在吃东西,并看到其中一个人隐藏在兜里的手枪。伍国英马上跑下楼报告,"二王"尾随下楼,抢夺一辆自行车逃跑,打死追赶的张业良,打伤蒋光熙、李瑞玲、刘重阳三人,并在衡阳警方设卡堵截之前逃脱。

3月3日,"二王"潜入湖北省武汉第四医院理疗室,准备过夜。医院实习女医生周建媛来取东西,被"二王"打昏。

3月25日上午10时许,"二王"经过武汉岱山检查站,值勤民警李信岩、民兵熊继国在对王宗坊检查时发现问题,将其带到房内审问,发现王宗坊身上有枪。检查站站长王云即掏枪指着王宗坊,李、熊扭住王宗坊,命令陈震尖缴下王宗坊的枪。这时,骑车在后的王宗玮突然闯入检查站,连开十枪,打死了王云、李信岩、熊继国、陈震尖等四人,并抢走了王云的手枪。"二王"由检查站行凶逃窜后,又与闻声而来的岱山派出所民警发生枪战。"二王"边打边退,遇上骑车经过的武汉工人詹小建。王宗玮开枪打死詹小建后,"二王"夺车逃窜,从武汉消失了踪影。

8月29日下午,"二王"流窜到江苏省江阴市,抢劫了市百货公司营业款两万余元后逃跑。

"二王"杀人、抢劫,连续作案,罪行累累,直至9月13日在江西省广昌县被发现。

公安部向江西省公安厅提出的作战要求是——

尽一切努力,将"二王"围歼在广昌!

江西省武警总队贾庆荣副总队长和公安厅联系之后,召开了紧急会议,决定由内卫科负责人冯长明、赣州支队队长刘德贵、二支队副参谋黄翔等人组成围捕"二王"临时指挥组。

解放军和民兵在6个小时内把大山包成了一个铁桶,并分成6个区域,为每个解放军配备三个民兵、三支冲锋枪和两支枪榴弹。沿公路每五六十米布点一个,要求两人之间互相可以看清对方,几十公里公路都是如此。广昌县所有外通路口都有人站岗。紧挨赣南的福建建宁,更是调动了一个师的部队布防。

但是,一直到当月16日,这种人海搜索式战术毫无收获。

1983 年 9 月 18 日,江西赣州宁都县公安局驯犬师谢竹生发现,"二王"在广昌南坑山附近。几千人立刻分成小分队上山,进行拉网式搜索。几名武警从山腰往下搜索时,警犬"卫南"突然很兴奋。原来"二王"就躲在山腰下的山窝里,仅用茅草把自己盖住。

紧接着警犬的叫声,王宗玮的枪响了!

周围一下子安静下来。谢竹生最先反应过来,让警犬"卫南"扑上去,死死咬住王宗玮的左手。谢竹生整个身子压住王宗玮,抱着他滚下了山!

当时,谢竹生听到王宗玮喊道:

"我是个好人!"

事后审王宗玮得知,那是他们兄弟之间的一个暗号,意即示意对方拔枪杀人!原来哥哥王宗坊一直潜伏在附近。但是他在试图逃出包围圈时,已被击毙,只是因为天色已晚,尸体暂时未被发现。

总指挥部考虑到部队经过连续十几小时搜索,已经十分疲惫;加上天黑,能见度差,搜捕行动可能造成队伍间不必要的误伤,决定暂时停止行动,困住山头,等次日天明时再行搜索。但是,冯长明、黄湘闽和刘德贵等临时指挥组成员经过认真分析,认为"二王"中枪法准、威胁较大的王宗玮已被击伤、捕获,只剩下王宗坊孤身一人,正是乘胜追击的最好时机;如果拖到次日,罪犯肯定会乘夜寻机逃跑,会造成围捕的更大困难,因而决定继续搜索。

与此同时,王宗玮被带到山下。此时他已经瘦得脱了人形。临时指挥组从他身上搜出子弹 20 多发、匕首 1 把。他的小腿上还缠着 1 万多块钱;钱的最里面是一封美国亲戚的信,信中涉及"二王"准备偷渡到美国的内容。

两个小时后,王宗玮因伤毙命;而他的哥哥王宗坊的尸体,不久也被发现。罪大恶极的"二王"终于在我的战友冯长明和黄湘闽、刘德贵等临时指挥组率兵围捕下,双双毙命!

广昌击毙"二王"的壮举,轰动全国,人民群众拍手称快。在那次围歼"二王"的战斗中,冯长明因沉着果断、指挥有方,被公安部授予"一等功"。

那次玉泉饭店相聚,我得知了战友冯长明当时的英雄壮举,我为有像他这样的战友倍感光荣和自豪!我们俩重逢后,但凡有时间都会相约聚会,彼此间仿佛有说不完的话,"战友情谊重如金"的兵谚得到了真正体现。

然而令人痛心的是,2003 年初,冯长明在体检时发现患有肝癌,已是晚期。

当年 11 月,经抢救无效,他溘然辞世。噩耗传来,我双泪长流,为失去像他这样一位好战友、一位党的忠诚战士和优秀的共产党员而悲痛欲绝……

安息吧,长明战友!您的未竟事业会由我们——您的好战友们继续扛起来,朝前走的!

三十二、艰困玉汝于成

孔子曾说:"父母在,不远游,游必有方。"我到福建当兵,虽然算是"远游",但由于是为国尽忠,父母也知道我在福建,且我在部队干得不错,所以他们是放心的。从部队转业回来后,我被分配在县化肥厂工作了一段时间。冯家兄弟四人,又开始了在父母身边工作的日子。现在,我可以腾出些笔来,稍微写写我的三个兄弟的逸事了。

我们这一代,多口之家很常见。因为子女多,最辛苦的自然是父母。我母亲曾经生育过八个孩子,只有我们四个兄弟存活并成长起来。有时候,家庭聚会说起这个话题,父母往往会用慈爱的眼神看着我们,陷入沉默。如今我早已超过当年处于孩提时代的父母的年龄,更能体会到父母面对自己孩子患病无救时心里的那种疼痛和无助感。

先说大哥。大哥比我年长 6 岁。我和三弟、四弟上小学时,他已经参加工作了,是从临时工开始做起,一直做到国家公务员,并成为慈溪工商局领导。他小时候吃了不少苦,在我们兄弟四人中,他和三弟的性格脾气,都有点像父亲。我和四弟阿平则像妈妈多些。不过我觉得,我和阿平既有父亲的刚毅、倔强和豪爽,又有母亲温顺的一面,心地比较善良。

大哥一生都在追求完美,很有自己的主见。他胆子很大,什么官大、官小,他首先认为你也是人。你做对了、做好了,他就信任你;如果你做差了、做错了,他从来就是不依不饶,穷追猛打。

1958 年,我父亲经组织安排去泗门区湖北公社筹建公社保健所。完成了筹建工作后,他突出表现、成绩优异,受到区县领导的表彰。但是有些区镇干部工作粗心大意,在没有征求我父母意见的情况下,就把我们全家的户口迁到了湖北公社。刚开始,似乎感觉问题不大,我们兄弟都在湖北公社中心小学读书;到了我和三弟、四弟需要读初中的时候,问题出来了——湖北公社当时没有中学。

我父亲感到非常生气。因为父母亲对子女学习教育都非常重视,父亲要把我和三弟、四弟送到泗门镇的学校读书,却被告知我们没有泗门镇的户口,上不了镇里的学校。

这样,从1964年开始,我的大哥便带着三位弟弟,到泗门镇政府、泗门区委和区政府、慈溪县委和县政府,不断地反映我们的实际情况。那时候,我顿时感觉大哥很成熟,讲话也很有水平。他还写信给时任县委书记的黄建英和副书记徐渭珍同志,进一步反映我们的情况。后来,我们兄弟三个人的户口问题,最终在县区领导的关心下得以解决。

正是在不断申诉、解决我们兄弟三人户口问题的过程中,我对大哥由衷地敬佩——他已经能够为父母排忧解难了。60年代中期,他列举了大量事实,揭发镇领导在全镇工作中的错误,比如拆万安桥、填平河流,把千年古镇、阁老故里搞得一团糟,大行官僚主义之实,这些说出了老百姓的心里话。他也因此成了泗门镇的名人,其直言不讳给大家留下了深刻印象。

1967年,他报名参加县里打击投机倒把办公室工作人员招考,以优异的成绩被录取。主管部门觉得,我大哥敢于坚持原则,敢于说真话,在当时难能可贵;他去打击投机倒把办公室工作非常合适。大哥参加工作第一个月领到工资时,非常高兴。他送我的第一份礼物,是塑料的风凉皮鞋。那时候,风凉皮鞋是很时尚的,农村的小孩一般穿不起。因为那是哥哥送的礼物,我特别喜欢,一直很是珍惜。大哥在县工商局兢兢业业工作,从工商所长干部做到所长,直到退休,单位和坊间的口碑都很好。

再说三弟。我的三弟曾多次与死神擦肩而过,而挽回他生命的,正是我们的父亲。

我们家里人经常会说,我三弟是属猫的。为什么这么说?因为猫有九条命。我三弟曾经三次命悬一线,都是因为父亲的医术而死里逃生。用父亲自己的话说,就是"只要有一线希望,就要做百分之百的努力"。在这一点上,他对自己的子女和对患者,完全一视同仁。他说那是他的使命、他的职责;作为医生,他在对症施治患者过程中从来都是不抛弃、不放弃。

我三弟小时候聪明伶俐,十分好动;刚上小学时,更是顽皮。我母亲有时候会开玩笑说,可能因为他属猴,所以才喜欢爬树掏鸟窝,喜欢爬到草垛上溜滑梯。不料,恰恰是他的这份"喜欢",给自己惹了大祸。

有一次,在公社棉花加工厂的草垛上,我三弟和小伙伴们攀爬草垛,一不小心从草垛顶上掉了下来，头部刚好磕到一口破锅上，顿时鲜血淋漓。棉花加工厂的一位师傅一把抱起我三弟，发足狂奔，送到了我父亲所在的公社医院。我母亲听到消息，心里又疼痛又着急，扶住急诊室的门框才没摔倒。她盯着我父亲为她的三儿子做手术，一刻也不移开眼睛。我父亲倒是沉着冷静，为我三弟清理罢创口，缝合了十几针。得到了父亲的精心治疗，我三弟没有留下后遗症，母亲说，那真是不幸中的大幸。

但是，谁知道我那拥有"九条命"的三弟，确实不令人省心，不久又弄出第二次更大的险情。大概是在读小学五年级时，某天晚饭后，他到泗门镇东面的义嘉桥旁的卖鱼行门口，玩一种据说是挑战胆量的游戏——跳抓扶栏。结果他失手了，没有抓住栏杆，掉到了石板上，人当即摔得昏迷不醒。当时我已经在读初中，刚巧在家做家庭作业，一听到三弟的同学在我们家院子外面惊慌和急促的喊声，马上奔出房间，听说三弟出了事故，三步并作两步赶到了出事现场。

我的三弟已经摔得七窍流血，耳孔里还流出乳白色的液体，怎么叫都不应声。我小心翼翼地把他抱起来，尽量迈着平稳的小碎步，把他送到了泗门镇医院。医院立即把我三弟送进急救室，开始组织紧急抢救。我又到医院办公室给远在湖北公社医院的父亲打电话，向他报告了三弟摔昏迷的情况。

父亲抢救我三弟的情形，我曾在《扶伤济世有仁心》一书中，专门写了一章《三弟属猫》，意思是他有"九条命"。事实上，全靠父亲的救治，他才能从鬼门关折返回来。

在父母的悉心照料下，我三弟康复很快。他的智力不仅没有障碍，而且好像更加聪明了。他参加全公社"故事会"的比赛，七八页稿子，一目十行，熟记于心，记忆力明显超过常人。高中毕业后，他插队做过知青，任过代课老师，并且会 20 多种乐器，是我们四兄弟里最多才多艺的一个。1975 年我从部队退伍回来后，他次年春季又入伍去了部队，先当兵，后提干。转业后，他在泗门区派出所做了警察，先担任副所长，不久提任所长。

如果说我三弟从此不再涉险，似乎辱没了家人说他"属猫"并有"九条命"的谶语了。他升任派出所所长后，有一天开着一辆"边三轮"摩托车，去夹塘乡执行公务。途经夹塘大桥时，因为避让农用车，他连人带车掉进江中，造成两根肋骨骨折，幸亏骨折的肋骨没有伤及肝脏，否则后果不堪设想。

可想而知，我那受伤三弟的主治大夫，依然是我父亲。他采用绷带固定伤势,用自己调制的膏药,佐以祖传秘方,外敷内服,他的三儿子很快痊愈了。

光阴荏苒。如今,我们兄弟大多已经退休;彼此见了面,还常会拿三弟打趣,说他没有愧对"猫"的属相,真是命硬;正所谓"大难不死,必有后福"。但是我知道,三弟的"后福"其实是他扎实工作、艰苦拼搏、风雨兼程换来的。他担任过余姚公安局副局长、宁波镇海区公安局局长、区委常委;后任宁波公安局党委委员兼治安支队队长,最后从巡视员岗位上退休。

再说说我四弟。我与他性格相似,都是刚柔相济型。我们全家迁到湖北公社生活后,很长一段时间里,我们兄弟三人的衣服上和头发上都散发着淡淡的中草药香。到学校上学时,老远就有同学对着我们喊:

"嗬,晒中草药的来了。"

这就要说到我四弟阿平后来的中医药造诣了。他中学毕业后,插队落户到了泗北公社。父亲请示公社领导后,把他送到制药厂去,专门学习中成药制作工艺。1974年,他学成回来,在湖北公社卫生院办起了简易药厂加工中草药,尝试进行中草药剂型改革。

他负责的药厂,曾经生产制造出颗粒冲剂3种、X剂4种、针剂7种,包括鱼腥草注射液、柴胡注射液、板蓝根针剂和冲剂等,均自产自销,为各大队合作医疗降低成本。由于质量好,疗效明显,不少兄弟公社医院和大队合作医疗站纷纷前来采购,获得了上级的好评。

流感流行时,湖北公社卫生院用自制的板蓝根汤剂为农民预防;乙脑流行时,则用千金草预防。此外,我父亲还用"一枝黄花"草替代抗生素,用乌梅汤驱除儿童蛔虫,用柴胡加味汤治疗疟疾等。中医药被有效用于预防和治疗,改变了农村缺医少药的现状,减轻了农民看病的医药费用负担,降低了疾病发生率,为农村医疗卫生事业做出了极大贡献。

我至今记得,预防乙脑时,湖北公社每个生产大队都设置了千金草汤剂供应点。儿童们每天上午和下午到汤剂供应点各服一碗,场面十分热闹,家长十分开心。那种喜庆的氛围,说明父亲起用四弟冯立平的举措收到了切实成效,他的药厂制造的中成药,受到了老百姓由衷的欢迎。

后来,冯立平成长为余姚市第四人民医院院长,是当地家喻户晓的中医名家,成了我们冯家真正继承父亲家学渊源的人。而我,虽然对中医景仰有加,却仍然沿着自己内心向往的路,坚定地走去。

如今,我们兄弟四个在故乡泗门镇,成了老百姓口中啧啧称美的人;左邻右舍直夸冯家四个孩子都有大出息。因为我们在各自工作的领域都做得不错——大哥在工商系统、三弟在公安系统、四弟在卫生系统都是科局级干部;而我在浙江的高校,已经做了校级领导。

　　我时常想,艰难困苦于人并非幸事,但有毅力熬过和战胜它,并且默默奋斗,终将成为这个社会的栋梁之材。这不是因为别的,而是因为社会需要不惧困难和意志坚强的人来成就事业。

浙大岁月

1987年冬季,我和我的老领导邵孝峰(浙江大学
统战部原部长)拜访老校长刘丹及夫人吴蓉同志

全班同学毕业20年聚会合影

浙江大学化机 75(2)班合影

1976年,在田间地头分享粉碎"四人帮"的新闻

时任浙江省保卫学会理事长、浙江大学党委副书记陈子辰作学会成立10周年总结报告

1990年春节,时任浙江大学常务副校长胡建雄、党委副书记吴金水、副校长卜凡孝慰问坚守岗位的保卫人员和后勤职工

时任浙江大学党委书记梁树德与保卫部合影

时任浙江大学潘云鹤校长、胡建雄常务副校长与工作人员合影留念

1998 年 4 月 28 日下午,张浚生老书记重新回到浙江大学担任"四校合并"筹备领导小组组长,我和邹晓东同志接待陪同

1998 年 9 月 15 日,新浙江大学成立大会

浙江大学化机系78级同学聚会留念

97.4. 杭州

我担任浙江大学化机系政治辅导员时带过的第一届学生

1999年2月,香港著名武侠小说作家金庸先生受聘为浙江大学人文学院院长

1985 年 6 月，张浚生老师赴香港新华社
任职,特地看望了老校长刘丹同志及夫人

时任浙江大学党委副书记王玉芝、校办主任任少波、副主任
傅强、保卫部长冯时林热情接待青海校友会薛政会长一行

浙江大学 100 周年校庆之日,时任中国一汽董事长、党组书记竺延风向母校捐赠汽车

1992 年浙江省高校保卫工作研究会第一届学术年会合影

1987年5月,时任新华社香港分社副社长张浚生回母校参加庆典活动

1999年10月,时任浙江大学副校长倪明江主持会议研讨留学生服务管理工作

2003 年 6 月，浙江大学保卫部被省委省政府表彰
为"维稳工作先进集体"，我为"维稳工作先进个人"

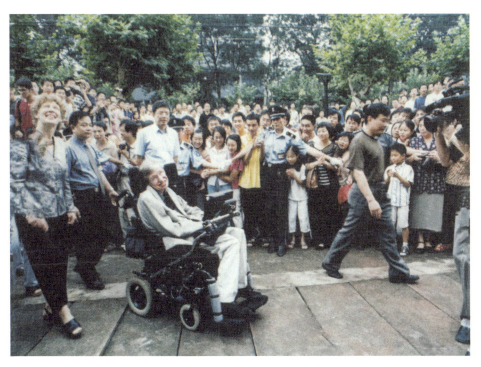

2005 年 8 月 15 日，物理学家霍金访问浙江大学，保卫部认真做好安保工作

1993 年 8 月 23 日，在主席台观看第二届全国大学生田径锦标赛
（左一：时任浙江大学校团委副书记王文序，左二：时任浙江大学副
校长黄达人，左三：时任浙江大学党委副书记吴金水，左四：冯时林）

1996 年 11 月 23 日，时任德国总统罗曼·赫尔佐克来浙江大学访问

2002年10月14日,浙江大学授予时任联合国秘书长安南阁下名誉博士学位

2001年7月,时任浙江大学党委书记张浚生、副校长卜凡孝率团
访问浙江大学杰出校友——时任巨化集团董事长、党委书记刘奇

浙江大学杰出校友竺延风38岁晋升中国一汽集团掌门人，
为中国汽车工业做出了突出贡献，我是他的入党介绍人

苏步青老先生出席母校90周年校庆

2003 年 7 月 1 日，时任浙江大学校长潘云鹤为"校园 110 报警求助服务中心"授牌，时任浙江大学副校长卜凡孝讲话并提出工作要求

2003 年 4 月，杭州发生第一例输入性非典型肺炎后，保卫部全体干部和校卫队员在学校各校区门口加强人员出入管理，严防死守，防止"非典"入侵校园

2005年,时任浙江大学党委书记张曦同志在应急综合演练后作点评讲话

2002年,时任浙江大学党委书记张浚生与杭州市公安局局长张鸿建共同商讨浙江大学治安保卫工作(右一:时任浙江大学党委书记张浚生,左二:时任杭州市公安局局长张鸿建,右二:时任浙江大学党委副书记郑造桓,右三:时任浙江大学党委办公室主任孙桂铨,右四:时任浙江大学保卫部部长冯时林,中:时任浙江大学保卫部副部长刘剑、石民)

2003年8月20日,时任浙江省委常委、省公安厅厅长王辉忠来校视察,并就"校园110报警求助服务中心"及学校的其他安全保卫工作与学校领导进行座谈(左四:时任浙江省委常委、省公安厅厅长王辉忠,右三:时任浙江大学党委书记张浚生,左三:时任浙江大学党委副书记陈子辰,右二:时任浙江大学副校长卜凡孝,右一:时任浙江大学保卫部部长冯时林,左一:时任浙江大学党办副主任孙旭东)

2003年8月,我陪同张浚生书记、陈子辰副书记、黄书孟副校长访问、参观中国第一汽车集团公司,受到了集团公司总经理竺延风同志的热情接待

2003年,浙江大学举行安全保卫工作"双十佳"表彰大会

1988年10月,刘丹老校长等学校领导接待诺贝尔奖获得者李政道博士

2006年8月，浙江大学迎来了新校长杨卫院士

我和老校长杨士林、王启东合影留念

2003 年 8 月 9 日，时任浙江大学党委书记
张浚生专程赴内蒙古新安盟看望挂职的干部

2006 年 5 月，时任浙江大学党委副书记郑造桓接待香港校友
总会副会长周哲，我和时任浙江大学出版社总编徐有智陪同

浙江大学保卫部会同西湖区及学校相关职能部门在校开展禁毒宣传活动(右起为:时任西湖区委副书记周妙兴,时任团省委副书记陈浩,时任浙江大学副校长卜凡孝,时任浙江大学校办副主任陆国光,时任西湖区公安分局局长施金良,时任浙江大学保卫部部长冯时林,时任浙江大学团委书记应飚)

时任浙江大学保卫部部长冯时林访问美国时与美国大学校园警察切磋射击技艺

我和小童与李阿姨的合照

庆贺我大学时的班主任李桂仙老师八十大寿

张浚生老书记八十大寿时我和小童与他合影留念

2000年9月,浙江大学派出所射击队参加市内公安派出所射击比赛获亚军

1985 年 10 月，时任香港新华社副社长张浚生访问母校，我陪同时任保卫处处长王忠接待

1987 年，著名电影演员孙飞虎、刘江来浙江大学出席 90 周年校庆活动

2001 年 11 月,余秋雨教授访问浙江大学

1999 年 10 月 1 日,浙江大学庆祝新中国成立 50 周年升国旗仪式

三十三、大学夙愿可期

　　我们冯家四个兄弟,在父母的关爱与教导下,走的都是人间正道。由于父母言传身教,个个都很努力。回望自己走过的近 70 年人生旅途,我发现一个人的成长,梦想是会不断生成的,并且只能通过努力奋斗,才有可能不断实现;而当一个梦想实现了,便一定会生出新的梦想,再通过更加努力的奋斗,去逐个实现。当然,无论什么梦想,只有和祖国的需要相适应,并融入社会发展进程中,其梦想才是有价值、可追求并需要孜孜以求的。

　　我在少年时代,梦想是成为一名光荣的中国人民解放军战士。这一愿望实现后,黄世生指导员又启发我生出了新的、更高的梦想——读大学,为祖国实现"四化"作出更大贡献。

　　那么,我的这一新的梦想,能否实现呢?

　　1975 年 4 月,我从福州军区某部退伍,回到了家乡慈溪县泗门区。区政府人事部门的同志说,退伍军人要由县里统一分配,让我耐心等待。

　　"等待的时间里,先给我点具体工作做吧。"我说,"我不想闲着。"

　　"到底是军人,素质高。"区政府人事部门的同志说,"区知青办的工作忙,知青大返城,事情特别多。侬先到他们那里帮助工作吧。"

　　我在区知青办工作了两个月,慈溪县人事局的分配方案就到了。我被分配到县化肥厂。

　　当时,县化肥厂正处于筹建阶段。我报到后,被分配到厂办公室,负责管理仓库的各种建设材料。仓库管理工作相对轻闲,我看到工厂里热火朝天的筹建景象,感到自己刚从部队回来,又身强力壮,应该到工地参与建设才好。这样,我在做好仓库管理材料工作的同时,一有空就到工地上去帮助干力气活,和工人师傅打成了一片。整个工厂从上到下,对我印象都非常好。

　　当时,已经复出的邓小平同志接替了周恩来总理的大部分工作,在党政军民学各个领域全面整顿。大学来慈溪县招生。由于从小受父母熏陶和学校教育,特别是董华江老师和黄世生指导员的影响,我一直做着大学梦,随即报名参加了县里组织的考试。考试进行得很顺利。在志愿表上,我第一志愿报的是杭州大学法律系,第二志愿报的是浙江大学化工系。

在等待高考成绩的日子里,我依然在工地上参加劳动,每天都挥汗如雨,晒得黑黢黢的。

有一天,厂人事科长叶巨松气喘吁吁地来到工地上,告诉我说浙江大学到厂里对我政审来了。我一听,心一下子就提到了嗓子眼,又紧张又兴奋,连忙问情况怎么样。他告诉我,说厂领导金书记、顾厂长对浙大来政审的同志一直在夸奖我,说我是中医世家,军人出身,政治素质强,思想觉悟高,特别能吃苦,主动参加建设工地劳动,把我夸成了一朵花……

我听得脸都红了,觉得都是应该做的;同时心里怦怦直跳,不知道政审后浙江大学的录取结果会怎样。叶巨松科长说:

"侬就等好消息吧!"

1975年9月,"大学录取通知书"寄到了厂办,我被浙江大学化工系录取了!在拿到录取通知书的时候,我感到热血沸腾,心潮澎湃,夙愿可期,我终于圆了自己向往已久的大学梦! 金书记和顾厂长都为我高兴,问起我志愿填报情况。我说了第一志愿和第二志愿的填报情况,表示没想到能够录取第二志愿,因为浙大是全国重点大学。

顾厂长笑着说:"可能因为侬从事的是化肥厂筹建工作,才被录到化工系化机专业的吧。"

金书记说:"侬可要立志努力学习,为周总理提出的'四化'建设贡献力量哦!"

我收到大学入学通知书,我们全家都十分高兴。特别是父母,高兴得几乎彻夜未眠。他们看到家里出了个大学生,而且上的是浙大,感到无比骄傲和自豪。

"还是我们家的地方风水好,"我母亲高兴地说,"又是'大学士第',又是'状元楼'。泗门镇介地方好。"

"邓小平是做实事,做好事的。"我父亲若有所思地说,"但愿别再翻烧饼搞运动了。"

第二天,我父母通知了重要的亲友,说要在我到浙大报到的前一日,邀请他们到家里来做客,为我送行。送行的当天,全家人欢聚一堂,很多亲友也特地赶来道喜。家里热热闹闹,就像当年我参军离开家乡时那样,大家都为我感到欢欣鼓舞。

父母亲在泗门镇老家准备了一桌好菜。席间大家把盏言欢为我送行,那个充满祝福的场面我今天依然记得。席间,我端起酒杯、起身敬酒的时候,想到自己无论是参军还是考大学,都是积极响应国家号召并主动选择的结果。我知道,个人的梦想,只有在社会需要的时候,努力争取才能实现。我在不停起身敬酒、表达谢意的时候,看见父母多次流下泪水,并悄悄拭去。我知道,那是为我骄傲的泪水,自豪的泪水,也是幸福的泪水。

母亲为我准备行装,用新棉花弹了一床6斤的棉絮,蓝底的被面,黄色的梅花,斗俏争艳,高雅大气,我用军用背包带打好背包,一只咖啡色的旅行包装满了换洗衣服和一些书籍,网线袋子里装有同事们送的洗脸盆、茶杯、肥皂,还有十几只家乡的梨。

10月9日,是我到浙江大学报到的日子。

当时,我们泗门镇属于慈溪县,去杭州都是坐机动船到余姚县马渚镇,上岸后,附近就是火车站;坐上火车,大约2个小时就到杭州城站。我登上机动船,挥手向父母亲、兄弟们告别,心里感觉既兴奋,又有使命感,觉得肩膀上的背包沉甸甸的。

船在呜呜呜的汽笛声中徐徐驶离岸边,把我的思绪带向了自己的人生之旅。船在行进中,是那样的平稳;岸上两边的房屋、柳树和冬青树,都被远远地甩向后边。我的思绪在浮想联翩中回想到在部队时的情景。想想我7年前第一个夙愿是想当兵,15周岁便步入军旅生涯,在部队首长的教育培养下,在战友们的关心帮助下,我不断进步,入了党,当了班长……老指导员黄世生的形象又浮现在脑中,他的谆谆嘱咐又在耳边回响起来:

"小冯你年轻,将来可以做很多事情。人生一定要有长远的理想和目标,只要有文化、有知识、有技术我们就能报效国家,为实现'四个现代化'服务。"

当时,正是听了老指导员的话,我立下了鸿鹄之志,一定要上大学。而今,我的第二个夙愿又实现了,也可以说是实现了黄世生指导员的嘱托,在时代的召唤下考入全国重点大学浙江大学……我脑子里的思绪,像岸边一排排远去的树木。我不知道大学会是怎么样的?自己能够适应吗?……不知连队的战友们,现在好不好?我那时那刻的心情,像一名战士得到了集结令,准备去冲锋陷阵;但是,作战计划没有下达,前方有许多壕沟、堡垒需要我去跨越,需要我去攻克,心中不免彷徨和惆怅。

船上的售票员喊道:"马渚到了,下船的旅客带上行李,准备上岸。年纪大的,注意安全,慢慢来!"

我听了,才恍然如梦初醒,提起行李,登上岸,走向火车站。

我要乘的,是一趟从宁波驶向杭州的列车。火车站的房子很简陋,售票室、检票员办公室和候车室加起来,也只有三间平房,我买好票排队进站大约20分钟,列车就进站了。

火车只有10分钟停靠。车上人不多,我按车厢对号入座。坐定后,在机车的轰鸣声中,我从上衣口袋中拿出入学通知书浏览了入学须知,心又驰向远方。浙江大学新生报到须知考虑很周到,注明在火车站、长途汽车站和卖鱼桥轮船码头,都有浙江大学的"新生接待点"。想想当时应征入伍,我们坐的是运货的棚车,似乎"咣当咣当"的声音仍在耳旁。现在到大学报到,坐的是绿皮火车,车厢设施良好,坐得很舒服。火车上还有热水供应,服务员穿着蓝色的制式服装,服务态度也很好。

火车行进速度很快,不久便过了绍兴,很快又过了萧山。那时候的萧山还比较贫困,车窗外的村庄都是低矮的茅草屋,庄稼地里种的都是绿麻。列车在风驰电掣中飞奔,很快就要到钱塘江大桥了。

我知道,列车过了钱塘江,便要进入杭州主城区了。等待我这个新生的浙江大学——我向往已久的知识殿堂,已经张开了她那宽广而又温暖的怀抱。

三十四、攻读化机专业

出了杭州火车站，远远地便看见"浙江大学新生接待站"的纸板立在站外广场上。我走上前去，见老师带着高年级学长在接站点，让报到新生签到。我在他们面前的签报簿上找到了我的名字，郑重地签了字。我知道，我与浙江大学一生的缘分，自那一刻便开始了。

学校用大巴车把我们新生接到校园。一个高年级的学姐带我办好了入学手续，亲切地问我道："饿了吧，同学？"

我笑笑说还不饿。那个学姐露齿一笑说："这都过午多久了？怎么会不饿。"

她指着不远处的食堂告诉我，那是浙江大学二食堂一楼，是专供化工系学生用餐的，让我尽快赶过去，说还在午餐时间里。

食堂的大厅，大约有80张方桌；每桌10人，没有凳子，大家都是站着吃饭。这和我在部队的餐厅差不多。打菜的窗口上方，有小黑板标着菜名价格，荤素搭配。那时吃肉都要肉票，我们新生刚到，没有发肉票，只能吃素鸡、青菜和煸土豆。我要了4两饭，稀里哗啦就解决了问题。

回到寝室时，新同学王时正、石惟坚、朱兆武相继到达。他们已经吃过饭。我提议我们一起把寝室的卫生搞一遍。大家一起拖地板、擦床、桌子、脸盆架，并开始整理个人物品，铺床。

我把自己从部队带来的军被当垫被，把母亲做的小花被当盖被。抚摸着新棉花被，我感到暖烘烘的，深深体会到母亲所给予的温暖。我们四个先到的新生，都没有睡意，热切地聊着。其他几位舍友——同学刘国泰、吴国权和黄德富同学在我们聊天的时候，相继到达了。大家互相介绍认识，又一起聊起来。看看已经临近子夜，我提议道：

"话是聊不完的。大家旅途劳顿，都休息吧！"

当时，我们宿舍一共是8个同学，只有贵州的郝苏同学是从六盘水来的，尚没有到。已经到的 7 个同学,都已经整理完毕,洗漱完毕上床休息。

那一夜的浙大校园,特别安静。大家纷纷钻入被窝,美美地睡了一觉。

三天的报到时间,班上的同学陆续到来。我们 75 级化工机械专业一共两个班——75(1)和 75(2)班。我在 75(2)班。到校第二天,我们寝室的同学便开始熟悉周边环境,从学校出发到了岳坟。那是"文革"时期,岳庙、灵隐寺都没有开放。我们走过西泠桥、中山公园和断桥,从北山街一直走到玉泉植物园。那时候,同学们都年轻,走那点路不算什么。中午回学校吃中饭,午睡了一会儿。下午 2 点多,我们又开始从机械工厂后面去登老和山,一直到达北高峰,鸟瞰整个西湖。西湖景色一览无余,水光潋滟,山色空蒙,断桥边杨柳依依,苏堤上游人如织,保俶塔影影绰绰,灵隐寺若隐若现,景色真是美轮美奂。大家在山顶齐声高喊——

"杭州,我来了! 西湖,我来了!"

驻足停留后,我们带着上午在西湖边买的游览图,把景点一一对照,了解了浙江大学周围的环境和地名。快到 4 点钟的时候,大家披着黄昏时分的晚霞余光,从灵峰探梅沿着游步道到玉泉村一路回程,沿护校河回到了学校。那一天,大家一直处在兴高采烈的情绪氛围里,玩得特别开心。

晚上 8 点多钟,系总支的崔春旺和吴雅春老师到新生寝室看望大家。崔春旺老师是总支委员,吴雅春老师是总支委员兼学生党支部书记。第一次见到系里的领导和老师,大家热情高涨,问这问那,一点儿都不感到陌生;听说吴雅春老师也是化机教研室出来的,彼此感到更亲切了。吴老师问道:

"你们谁是郭荣江、晏开明? 谁是冯时林、王河山?"

我们都作了自我介绍。她告诉大家明天上午 8 点半在楼下开班会,说道:

"郭荣江、晏开明,你们把化机 75(1)班组织好;冯时林、王河山,你们把化机 75(2)班组织好。明天上午教研室的老师也会来,老师同学们大家相互认识一下! 明天下午由教研室老师带大家参观实验室、作专业介绍!"

我们听了,既兴奋又神往,簇拥着两位老师走到宿舍门口。吴雅春老师让大家别客气,说今后都会在一起学习和生活。

"明天见。"吴老师说。

"明天见!"我们齐声对吴老师喊道。

我们拿到了全班同学名单,按吴老师要求通知大家次日早上 8 点半,带凳子到三舍门口的草坪上集合。

在草坪上,我们化机专业两个班的同学,整齐地坐好了,与系里的领导和老师们见了面。按程序,是总支书记和各位专业老师先后讲话。我环顾身边同学,望着面前的老师,心里涌出无限感慨。我知道,自己怀着青春的热望和梦想走进了浙大,走进了化工系化机专业来求学,于国家、于自己来说,都殊为不易。通过领导和老师们的介绍,我知道经过"十年浩劫"的化工系,差不多是满目疮痍,无论是学科建设、教学水平、教学质量还是人才培养等方面,都受到了重创。那么,我们这些新生大多来自基层,有的与穷山恶水搏斗了十几年;有的在工厂、车床高炉旁挥汗工作过几度春秋;有的在绿色军营站过岗、放过哨,为祖国的国防事业做出过贡献。大家都深知科学知识的重要性,尽管当时同学们的文化基础参差不齐,但都有一颗学习知识、掌握本领、报效祖国的赤诚之心。

化工系党总支书记邵琦对全体新生动情地说:

"同学们,虽然大家的基础互有参差,但请不要担心,我们知道同学们是各条战线上的优秀人才!进入浙大后,根据学校党委和行政的总体部署要求,按照培养又红又专的社会主义革命事业接班人、'四有人才'的目标,我们化机教研室的全体老师一个共同的心愿、一句共同的口号,就是'决不让一个学生掉队'!"

大家听了,都报以热烈的掌声。

紧张、火热的大学生活开始了。给我留下最深印象的,是丁窘果、吴雅春、顾金初、周保堂、林勇明、李月华、李桂仙等几位老师,他们经常来到我们班级,勉励同学们:

"学生的首要任务,是努力学习。要排除一切干扰,克服一切困难,努力把过去耽误的时间夺回来。"

老师们根据每个学生情况,对症下药,下到小班结对子,建立若干互助小组;同学们更互相帮助、互相学习、共同进步。

当时,老校长刘丹和王正之副书记,也非常关心我们这批学生,经常下到小班座谈讨论、听取意见,鼓励大家努力学习,并开展学雷锋、创三好活动。他们还经常参加班级的早操锻炼,并由此影响了全校,形成早操锻炼的风气,使我们班级形成了一个团结向上、发奋学习的好班风。

1978年毕业前夕,我们75(2)班被学校评为学雷锋先进集体,并被共青团浙江省委授予"先进班集体"的光荣称号……

三十五、接受始业教育

大学校园,我神往已久;大学生活,我梦寐以求。所以,即使时光已经流逝约 50 年,刚到浙江大学那几天的情景,初见老师们那几次的场面,甚至老师们所讲的那些话语,至今我仍然历历在目,恍惚如昨。

到浙大报到的第二天,10 月 10 日,是个艳阳天,我们新生接受始业教育。始业教育,即是对大学新生进行最初的专业教育,也意味着我们这些新生大学生活的开始。

上午 8 点一刻,化工系化机专业两个班的 62 个同学,按照老师的要求在三舍草坪上集合。虽然当时并没有明确谁是班干部,但由于头一天老师让我召集同学,我便把大家集中在一起,要求他们围成一个圆,把老师的位置给老师留出来。我能够并且知道需要这样做,源于我在部队当过班长的历练。部队生活,经常会有以班为单位的民主生活会或者思想恳谈会,通常是全班围在一起,把中间位置留出来,给营连排的首长坐。

8 点 20 分,老师们身上披着暖暖的阳光,笑吟吟地走来了。他们热情和大家打招呼,问长问短,好像久别重逢的朋友。大家将老师们围在中间就座,感到非常温馨。系总支委员、学生党支部书记吴雅春老师主持"始业教育"会。她首先代表系党总支和系行政对全体新同学的到来表示热烈欢迎,然后依次向大家介绍参加会议的老师——

化机教研室主任朱国辉副教授;

教研室党支部书记丁窨果老师和周保堂副教授;

政治辅导员贺世正老师;

一班的班主任林勇民老师;

二班的班主任李月华老师;

……

她介绍一位老师,我们新生的目光便转向那位老师。那时候,我们对老师们都充满了期待、好奇和敬意，觉得自己能够进入梦寐以求的大学，成为"天之骄子"，内心也是自豪满满，觉得全新和高端的学习生活从此开始；而所有的一切，全赖老师们以后的教诲和指导，才能让我们纵身扑进知识的海洋。

吴雅春老师脸上洋溢着暖暖的笑，对大家说：

"同学们，我们化工系化机专业的两个班，今天就正式成立开班了。现在，我宣布：一班班长为戴金辅，团支部书记为胡习勤，党小组长为郭荣江；二班班长为晏开明，团支部书记为余雅琴，党小组长为冯时林！"

大家听了，纷纷鼓起掌来。我心中觉得十分温暖。因为有过从军经历，知道在任何单位与部门里，党组织是最神圣、最重要和最核心的组织；那意味着从那时那刻起，我就要挑起全班党员组织生活的担子，成为党组织召集人，带领大家过组织生活了。

接着，我听吴老师宣布了两个班的学习委员、文体委员、生活委员等班委成员。这样，各班的班干部明确之后，吴老师要求同学们从左到右一一自我介绍。我自我介绍在部队入党、立功和做过班长的经历，引得大家一片惊叹。他们眼里放出羡慕的光，也让我内心深处生出要带领大家好好学习、共同进步的愿望。

自我介绍结束后，吴雅春老师开始讲话。由于我是军人出身，所以很注意对人的观察。我知道吴老师是浙江诸暨人，她个头不高，人很端庄，短发齐耳，脸圆圆的；虽然已到中年，但红润的脸庞上洋溢着大姐般的慈善和仁爱。她向大家讲话时，一口江浙官话，语速不快，语感温婉，但字斟句酌，非常谨慎；她手里的本子上更是密密麻麻记了很多内容。她给我们新生讲的是"当前的形势和我们的任务"。直到现在，我翻开当年的笔记本，仍然能够清晰地看见自己记录下的吴老师讲话的大意，大略有以下几点——

一是国际形势。当时国际形势的特点，仍然是天下大乱，而且越来越乱；资本主义世界面临最严重的经济危机，世界上各种矛盾在进一步激化：一方面是世界各国人民革命蓬勃发展，表现是国家要独立、民族要解放、人民要革命，这已成为不可抗拒的历史潮流；另一方面，是美苏两个超级大国争夺世界霸权越来越激烈，而那样的争夺，总有一天会导致世界大战，因此各国人民必须要高度警惕。我们中国，则要按照毛主席的外交路线，着眼于人民、寄望于人民，把对外工作做得更好。

我们当时听了吴老师的概括与分析，都觉得毛主席说得好，说得对，对国际形势和国家前途认识更清楚了。吴老师继续说——

我们中国是一个发展中的社会主义国家，属于第三世界。我们要坚持无产阶级国际主义，要加强同亚非拉国家和人民的团结，坚决支持朝鲜、越南、柬埔寨、老挝、巴勒斯坦和阿拉伯国家、南部非洲各国人民的正义斗争。我们要联合国际上一切可以联合的力量，反对殖民主义、帝国主义特别是超级大国的霸权主义。我们愿意在和平共处五项原则的基础上，同一切国家建立和发展关系。目前和我们建立外交关系的国家，已经增加到近百个。令人自豪的是，我们国家在联合国的席位得到了恢复。我们的斗争，得到了各国人民广泛的同情和支持，我们与150多个国家和地区有经济贸易和文化往来。我们的朋友遍天下！

大家听了，都情不自禁地鼓起掌来，为毛主席和党中央擘画的国家战略感到由衷的喜悦和自豪。我坐在草坪上，视野所及，是绿树葱茏背景下浙大"求是园"明亮的校舍，是老师们热情洋溢的真诚笑颜，是同学们入神听讲时信心满怀的神情；耳畔听到的，除了吴老师动听的声音外，还有同学们记笔记时笔尖的沙沙声。我接着记下来的内容是——

二是国内形势。国内形势一片大好。我们超额完成了第三个五年计划，第四个五年计划也将于今年胜利完成。我国农业连续十三年获得丰收，我国一个近八亿的人口国家，保证了人民吃穿的基本问题。

吴老师接着列举了一系列的工业总产值——钢铁、石油、机电、化工、棉花（当时被列入轻纺工业原料）等增产的数据，告诉我们，在第三和第四个五年计划中，我们国家依靠自己的力量，建成了一千一百个大中型项目，成功地进行了氢弹试验，发射了人造地球卫星。我国财政收支平衡，既无内债又无外债，物价稳定，人民生活逐步改善，社会主义建设欣欣向荣、蒸蒸日上。接着，她又对我们这些新生提出了殷切的期望——

三是共立鸿鹄志，珍惜好时光。你们从五湖四海来到浙大"求是园"，你们是工农兵的优秀代表，你们经过层层筛选、人民推荐，走进了大学校门。你们是这代人中的佼佼者，心里要记着"人民送我上大学，我上大学为人民"。你们来自各行各业，无论是农村、工厂还是军营，你们政治上成熟，社会实践经验丰富，见多识广，你们肩负着人民的重托、祖国的希望，一定要共同立下鸿鹄之志，珍惜大好时光。

我们这些新生听了吴老师的话，纷纷感到心潮澎湃，觉得肩上的担子很重。

我看看身边的郭荣江、晏开明和王河山等做班干部的同学,他们眼神湿润,神情坚定,和我当时的心情完全一样。是啊,我们这些大学新生,既是人民推举,也是时代之选,决不能辜负党的希望和人民的重托。吴老师仿佛感应到了我们的心声,继续说道——

大学的学习时间很短暂,任务很繁重,遇到的困难会很多。你们一定要有愚公移山的精神,消灭学习道路上的拦路虎。成功属于不懈努力的奋斗者。你们的前途无量,学业完成后,建设祖国四化事业的责任会历史性地落在你们身上!

接着,吴老师又讲了第四点和第五点,要我们自尊自爱自律自强,以优异的成绩向党和人民汇报;要求党团组织积极发挥战斗堡垒和桥梁纽带作用,决不让一个同学落伍掉队。吴老师讲话结束后,班主任、辅导员又补充讲话。他们深入浅出,结合个人人生经历,谈了大学时代的学习生活和注意事项,包括遵纪守法和外出时注意安全等事项。

不知不觉,一个上午的时间,就在各种纷至沓来和令人倍受鼓舞的信息流中消逝了。那是我大学生活中的第一次会议。我在心里默默记下了学生支部书记吴雅春老师代表组织提出的期望和重托。望着从草坪上陆续散去的新生们,我知道他们大都在各行各业锻炼过两年以上,有的已经在工厂或军营锻炼了五六年,也有的甚至还带薪上学——比如我。不少同学来自祖国南陲北疆,各地风俗习惯、生活条件不一样,文化程度也参差不齐;但既然来到了浙大这个大家庭,就要互相尊重,维护团结,并自觉遵守学校规章制度,做好自己,严格要求自我,培养良好的习惯和健康人格。想起吴雅春老师讲话时的殷切神情,我也悄悄在心里立下了自己的期许——

浙大有非常优秀的教师队伍,老师们都有为祖国四化建设培育优秀人才的愿望,只要我们虚心好学,凡事多向老师请教,敢于提出问题、解决难题,我们化机75(2)班全班同学就一定会共同进步,毕业时都能成为对祖国四化建设有用的人才!

三十六、教授妙解专业

化工系化机专业新生入学后的"始业教育",事实上进行了一整天。上午是以吴雅春老师为主,下午则是朱国辉教授为主。我没有想到,当天下午,自己会经历那样一场生动而又形象的"始业教育",简直堪比一场奇幻而又令人陶醉的科普讲座;自那以后,我从内心深处对朱国辉教授便充满了敬意。

10 月 10 日下午 2 点,万里无云,树上蝉声嘹亮。我们两个班的全体新生,在班主任林勇民、李月华老师和政治辅导员贺世正老师的带领下,参观化机教研室和高低压容器应力测试实验室。同学们都被眼前的仪器惊到了,眼睛显得有点不够用,我同宿舍的石惟坚伸出手来去摸机器,被林勇民老师制止了。他朝我吐了吐舌头。我报以微笑,意思是不要大惊小怪。毕竟我在慈溪县化肥厂工作过,对化工仪器设备并不陌生。

参观结束后,我们都来到四楼化工系资料室,听朱国辉教授讲授化机专业概论和化机学科发展史。

朱国辉老师中等身材,当时是 40 岁出头点,一表人才,满面红光,一双炯炯有神的眼睛总是带着笑意和慈爱。他的讲话慢条斯理,却很有磁性,一开口便把我们吸引住了。

"亲爱的化机 75 级同学们:大家好!

"云飞万里迎新月,风扬千帆竞朝霞。今天,我们相聚在美丽的浙江大学校园,共同见证一群意气风发的新青年开启人生新篇章。在此,我谨代表浙江大学化工系化机专业的全体老师,向各位新同学表示热烈的欢迎和诚挚的祝贺!"

他可真有才气呀。我在心里感叹着,出自朱老师口中的一段欢迎词,听上去是那么暖心,那么亲切,辞藻像阳光那么明媚,内容像春风那么怡人。但接下来,我听了朱老师的讲话,便觉得他不仅有才气,而且还有视野和高度了——

"青春不悔,芳华不负。每个时代的青年都有着不同的使命担当。毛泽东在莫斯科对中国青年留学生们说:'世界是你们的,也是我们的,但是归根结底是你们的。你们青年人朝气蓬勃，正在兴旺时期，好像早晨八九点钟的太阳。希望寄托在你们身上。'在第四届全国人大一次会议闭幕后，邓小平要求一定要搞好科学技术工作。国家要强大，民族要复兴，科技是最大的生产力，教育培养人才是根本。"

在朱国辉老师的介绍下，我们知道了浙江大学不仅是国家培养输送高层次科技人才的高校，更是发展相关科学技术的基地。1952年，浙江大学即以国内最早被确立的二级教授王仁东为学科学术带头人，在化工系成功创办了"化工机械"学科。

"朱老师，"我举手提问道，"您能简单介绍一下二级教授王仁东先生吗？"

"哦，"朱国辉老师笑着说，"他可了不起，是全国著名的工程力学和机械工程的顶级专家哦！"

朱老师接着告诉我们，拥有化机专业，在全国浙大是为数不多的几个高校之一；而全国各高校"化机"专业办学各有侧重、各有特色，相互支持、相互补益，共同为国家化工机械相关工程、产业提供了极为重要的历史性人才，在不同时期为科学技术发展与顶尖科技成果推广应用提供了战略支撑。

我们听着朱老师的介绍，为自己能够攻读如此尖端的学科专业，内心充满了骄傲和自豪。事实上，朱老师在介绍的时候，神情也像我们一样充满了骄傲和自豪。他声音洪亮地说——

"浙江大学化工机械研究所创建于1953年，1961年开始招收研究生，是我国最早的化工过程机械学科硕士点。研究所拥有一支学术水平高、知识与年龄结构合理、富有开拓创新精神的师资队伍。研究所在国内外具有良好的学术声誉，面向能源、军工、安全等领域，已形成高压技术与装备、高速技术与装备和高性能特种装备三大主体研究方向，掌握了一批具有自主知识产权的核心技术，在解决国民经济建设和国防安全的若干重大问题中发挥了关键作用，为国家创造了巨大的经济效益和社会效益。"

由于我在部队工作和生活过，对各种枪械基本熟悉，所以当知道自己读的专业也涉及军工与安全时，听得便格外上心。而朱老师的介绍，也越来越专业化，越来越深入机械制造更加深广的领域中了——

"化工过程装备与控制工程学科，包括物理过程，即化工机械学科，是一个对国家能源、化工、炼油、轻工、生化、食品、制药等工、农业生产，包括核站、氢能利用、航天工程、海洋开发,气、液高压贮存与国防军工科技等相关工程装备战略发展,关系重大,内涵独特,应用面广的工程类学科;和机械制造、电机工程、汽车制造、飞机制造、内燃机、水轮机械、冶金机械、轻工机械等学科一样,都是对国家发展、强大具有重大意义的机械工程类学科。"

我听得心花怒放,兴奋不已。因为头一天的夜里,我在宿舍和王时正、石惟坚聊天时,还曾被他们俩戏称为工农兵的"三界代表"——因为我从小在乡村生活,懂得农事稼穑;当过兵,对部队生活熟稔;进过工厂,在慈溪县化肥厂工作过不短时间,所以他们觉得我有资格代表工农兵三个界别。虽然被他们称为"三界代表",但是我还是觉得化工机械学科最为新奇,因此也最感兴趣。朱老师介绍化工过程装备与控制工程学科时,我还是想知道化机专业与它们的关系密切到何种程度;想知道自己将要学习的化机专业的详细和具体情况。我急不可耐地举手提问道:

"朱老师,您快给我们讲讲我们要学的化机专业吧!"

朱国辉老师见我爱学好问,好像格外喜欢我。他对我赞许地点点头,依旧笑吟吟地、慢条斯理地说——

"化工机械学科,主要面向的是当代具有化工或物理过程热力特性的工程产业的各种机械工程装置或设备。而又因这类工程产业中的各种气、液介质,通常都具有高温、低温、高压、强腐蚀、强辐射及高速运动等特性,和内燃机、热能工程、低温工程、热能物理等学科一样,在我国现行高等教育学科体系中,又划在'动力工程与工程热物理'一级大学科下属的一个二级学科,即化工过程装备与控制工程学科。"

朱老师见我们这些新生听得有些懵懂,便用粉笔在黑板上画了个逻辑关系图,继续讲解道——

"又因为化机学科以发展现代化工和物理生产过程的高速特殊机器与承压装备为教学、科研和工作服务的工程科技对象,即面向重型化工、大型炼油、核能电站、轻工制药、食品加工、油气长输、空分制氧、海洋开发,以及航天工程中需用的液氢液氧供应、贮存等需要的特殊机器和承压容器工程装备;化工机械学科又是一种化工和机械学科交叉,即机械和化工两个学科必须或必然交叉的一个新的学科。把机械和化工两个学科,乃至和当代新材料、计算机与智能化技术应用紧密结合,就更将为新时代创造更多新的化工过程机器、承压工程装备与其控制工程的创新技术。"

通过朱老师形象具体的介绍，我们知道了自己所学的化工机械专业，是个不断更新发展的交叉学科，又纷纷觉得自己将在化工和机械方面成为专业人才，自豪感顿时爆棚。我同宿舍的王时正同学忽然大声说：

"这下子可好了，我们这个专业简直太牛啦！"

"这位同学，"朱老师笑眯眯地说，"发表意见和提问，要像冯时林同学那样先举手哦。"

"不好意思，老师。"王时正同学举手说，"朱老师，您快说说，我们都能干点啥吧！"

"干点啥？"朱老师好像在有意逗他，慢悠悠地说，"你们这个专业的根本任务是：战天斗地，改变世界，创造奇迹，为国家强大、民族复兴提供不可或缺的各种重要战略物资！"

"可是，"王时正同学抓着头皮，依旧丈二和尚摸不着头脑，不知所措地说，"我们这个专业，具体到底能做什么？"

朱老师这才继续娓娓道来——

"能做的多了。具体地说，利用地球所能提供的水、空气、矿产、动植物、煤、石油、天然气、页岩气等各种通常物质，经过必要的粉碎、筛分、净化、裂变、蒸馏、冷凝、萃取、浓缩、过滤、分离等加工，改变温度、压力、触媒、吸附、吸收、搅拌、混合及酸碱度等作用条件，通过化合、分解、聚合、分裂等激烈化学或物理过程反应作用，产生新的更高层次、性能更优的各种物资，如氢、氧、氮、氨等纯净气体，酸、碱、盐、酒类、药品、纸张等可用物资，合成氨、甲醇、尿素及高分子聚合物等，还有化肥、炸药、火箭的液体与固体燃料推进剂等国家重大战略物资，以及氢能与核能的利用等，经传输、分离、过滤、贮存、造粒、分装应用等工程技术处理。各个工程产品的工业生产过程，在各种化工机械装备里，如梦似幻，化生新物。"

说到"如梦似幻，化生新物"这八个字时，朱老师仿佛也陷入了幻想状态，好像进入了学科神秘而又奇幻的宫殿，神情也庄严起来。他继续说道——

"这里，显然包含了诸多化学和化工工艺类学科，以及现代物理学等学科；而其生产过程所需的各种机器和承压容器等机械工程装备，甚至包括其所需的连接管道与进出口上的截止阀、控制阀和安全阀等设施，就需要用整个化工机械学科去面对。因而化工机械学科本质上肩负着化工与物理过程机械工程装备科技发展的重大战略任务。其中,所需人才供应,按多个化工工艺类学科和一个化工机械学科的工作配比需求,国家对化工机械科技人才的培养就必然非常迫切! 当然,若论所培养的各类学生就业后,有着更为广阔的用武之地。"

说到这里,朱国辉教授仿佛也陷入了专业的自豪感里难以自拔。在他的介绍中,我们知道了在世界范围内,可谓百舸争流;而我们中国的广大化工机械学科领域的科技工作者,经过长期艰苦奋斗,已经从无到有,从小到大,从低到高,从弱到强,开拓、创新发展了诸多适应当代化工过程装备与控制工程需求的装备技术,为人类科技进步与繁荣发展做出了历史性的巨大贡献。

"所谓神女应无恙,当惊世界殊。"朱国辉教授深情地说了一句毛泽东主席的诗词,又拿起一支粉笔,在黑板上写出当时诸多令世界惊艳的化工过程装备技术成果,然后对我们说:

"其中较为典型的主要化工与物理过程装备,可略示如下:各类破碎与粉碎机械,各类气体与液体(如液氯)钢瓶,各类截止阀、控制阀与安全阀等阀门,各类板框式压榨过滤设备,各类搅拌混合反应釜,各类柱塞与离心式等液压输送泵,各类活塞式与透平离心式大型高压气体压缩机,各类气、液及颗粒混合物质高速离心分离机装置,各类大型管壳式和板翅式等热交换设备,各类洗涤、蒸馏、萃取等精炼分离高塔设备,各类筒形和大型或超大型球形气、液压力贮罐装备,各类大型高压厚壁容器装备……"

"怎么有这么多的'各类'。"王时正悄声向我嘀咕道,然后举手提问道,"老师,各类大型高压厚壁容器装备,您能不能展开来说说?"

朱国辉教授顿了顿,解释道:

"那可多了。譬如高压氨合成塔、甲醇合成塔、尿素合成塔、海洋开发承压构件大型测试高压容器,液氢液氧大型火箭发动机测试与灌装深冷贮存特殊高压容器装备,各类气、液介质贮存高压容器、大型热壁石油与煤加氢反应与炼化装置,以及微型与大型核反应堆压力壳等等,都是。"

见我们飞速地做着笔记,朱老本来就慢条斯理的语速,放得更慢。他可真是一位善解人意的老师啊。接下来,他又强调起化工过程机械装备与控制工程技术应用领域的重要性来——

"这些特殊的长期承受压力、耐腐蚀、抗疲劳、抗辐射作用的化工过程机械装备与控制工程技术,是确保持续完成现代化工与物理过程工程产业、能源核站与制氢、制氧等工程,以及相关的航空航天与国防军工等国家战略发展的根本保证。"

我们听了,神情也变得庄重和严肃起来,内心生出了一种使命感和担当意识。朱教授殷切地望着我们,最后总结道——

"显然,所有这些都需要依赖国家加强高等教育事业,强化化工过程装备与控制工程学科,发展相关装备科技创新研究,重视化工过程装备技术高层次人才培养,提升科技人才献身化机学科领域创新科技的活力。所以,从事化工过程装备学科创新发展的科技工作者的个人命运,和国家的科技发展进步,进程完全一致! 各位亲爱的同学,你们都将会是'化工机械'或相近学科培养出来的天之骄子,以后在化工机械学科的工程科技领域,有足够宽阔与崇高的空间为党和人民建功立业。只要你们勇于瞄准世界科技发展前沿,敢于上场、艰苦奋斗,就一定能够收获美好的未来!"

朱教授的讲解结束了。静了几秒钟,62 位同学忽然爆发出热烈的掌声,经久不息,既为他的精彩讲解,又为化机专业崇高的事业和美好的未来。掌声停息后,朱教授与我们告别了,又投入到他的工作和研究中去了。我们离开了四楼化工系资料室,但心情似乎还驻留在朱老师翔实生动的介绍和风趣幽默的语言中,感觉他的讲解不啻一场精彩的科普报告,给我们这些新生们留下了深刻印象。

近 50 年以后的现在,人们可能会诧异我怎么会对"始业教育"中朱国辉教授所讲的内容记得那么清晰。其实,那是缘于我在部队练就的一手速记本领。如今,翻开自己一直珍存的笔记本中有关"始业教育"的内容,我依然可以完整地看到当时吴雅春和朱国辉两位老师所讲内容的记录,清晰地回想起自己聆听他们进行"始业教育"时的情景。正是朱国辉教授关于化机专业生动而又深入浅出的讲解,坚定了我的专业信心,激发了我的学习热情,让我成了一名浙江大学化工系化机专业的优秀毕业生,并得以留校工作。

三十七、奋楫大学时代

"始业教育"结束后，我们进入正常上课。学习委员陈婕给每个寝室发了一张课程表，带几个同学去教材科领了教材，一一分发到同学们手中。

"怎么，"王时正有了新发现，说，"课表里都是高中数理化和外语课？"

"哪里啊，别胡说。"石惟坚向他指出，"这不是还有机械制图课吗？"

"我看这些教材不错，"我说，"还散发着新鲜的油墨香哩。"

确实，我也发现，从安排的课程来看，第一学期的课程，主要是补高中的数理化和外语；当然，正像石惟坚说的，还有机械制图课。我分析，当时社会处于"文革"后期，邓小平同志复出主持工作后，提出教育整顿；学校遂组织老师编写教材，所以发下来的书籍还带着油墨香。我们捧着新书，在新奇和憧憬中开始了大学生活。

我们浙江大学化工系75级，是1975年入校的工农兵学员，是当年全国高校招收数量最多的一届学生，在浙江大学颇有"名声"。两个班62位同学，有9位女同学。我们这些学生来自全国9个省市的工厂、农村、科研院所，有工人、农民、知青，也有像我这样的退伍军人。学制当初定为三年半（由于各种原因，实际从1975年10月到1978年9月，最后几个寒暑假比较短）。

浙江大学非常重视化工机械专业，基础课都安排了最好的老师。数学老师陈子良从给我们补习开始，到高等数学、线性代数、微积分，他一竿子插到底；我们的物理老师钱朝元、化学老师胡意辉、机械制图老师应道宁、外语老师童秀莲（从大学英语到科技英语）、马克思主义理论老师魏益华，都非常耐心细致，讲得通俗易懂。化机教研室20多位老师，几乎全部教过我们专业课，并且带领我们到工厂、农村和部队参加各种学习、劳动和实践训练。

几年下来，我们与老师们密切交往，形成了一种亦师亦友的融洽关系。我们班的同学来自五湖四海，都十分珍惜在大学的学习机会，尽量不受那些无谓的政治活动的影响，学习风气非常浓郁。

我们教研室的老师,刚刚从"四人帮"营造的桎梏中解脱出来,身上有一股大干事业和教好学生的劲头;几乎每天晚上都到我们班级帮助我们答题、解题,还组织我们成立兴趣小组或帮扶小组。他们几乎都下定了一个决心,就是绝不让一个同学掉队。我们两个班的同学在学习上也几乎是争分夺秒,誓要把过去耽误的时间夺回来。

从进入浙江大学那天起,化机教研室的教授王仁东、汪希萱、薛继良、朱国辉、丁窘果、顾金初、周保堂、陆君毅、申亚敏、李桂仙、李月华、林勇民、吴荣仁、叶德潜、沈庆根、华永利、沈祖凤、潘永密等20多位老师,就陆续走进了我们的视野,融入了我们的校园生活。他们把我们当成自己的孩子或自己的兄弟姐妹,关心每个同学的进步与成长。他们不仅教好每门课程,还带领我们下基层实践,并经常来到我们的宿舍和同学谈心,鼓励我们克服困难,学好专业知识,以投身未来的化工事业。他们希望我们在政治上要求进步,爱党爱国,做到又红又专,为国家的现代化贡献力量。在党政口老师吴雅春、丁窘果、贺世正和专任教师的严格要求和关心帮助下,我们化机75级形成了良好的班风,团结互助,尊重师长,勤奋学习,政治上积极要求进步。两个班62位同学,入学前即有10位中共党员;在校期间,又有2位同学先后光荣地加入了中国共产党。

王仁东、汪希萱、薛继良、朱国辉、丁窘果等几位教授在筹建和领导浙江大学化机教研室的同时,还根据化机学科的发展,与其他老师们一起为我们制定了具有科学性和前瞻性的教学大纲。他们高度重视理工科理论与实践相结合的特质,带领由教师、学生和工人组成的小组,到南京石化、上海四方锅炉厂、杭州制氧机厂、浙江炼化厂等单位调研,建立教学基地。"文革"时期,有些专业课程根本没有中文教材,他们广泛搜集资料,查找国外文献,自行编撰教材,成稿后组织老师刻钢板,油印教材,发给同学们使用。

老师们带我们下工厂实习时,在工厂的临时宿舍和同学们同吃同住。

"怎么样,冯时林?"朱国辉老师端着铝饭盒,边吃边问我,"还吃得惯吧?"

"朱老师,"我说,"我就是慈溪来的,吃得惯。"

"吴雅春老师告诉我说,"他说,"你来上大学前,曾经在化肥厂工作过?"

"是的。"我说,"所以我对化机仪器和过程设备结构,有些初步认识。"

"那好啊。"朱国辉老师慈祥地笑着,说,"你要多帮帮同学们。他们有些是从农村来的,对化机一点感性认识都没有。"

"请我们的老师们,"我说,"放心吧。"

老师们请工厂的技术人员给我们上课,讲解典型的化机仪器和过程设备结构,学习压力容器热交换器、精流塔、锅炉等的设计制造。老师们严格检查我们的实习笔记,给大家讲解实习过程中遇到的各种问题,与同学们建立了密切的师生关系。他们对学生严格要求、认真负责的态度,给我们这届学生留下了深刻的记忆。

根据教学培养计划,1975年底,学校武装部组织全校新生到湖州黄芝山参加为期20天的军训。我们化工系五个专业300多人编入军训团。化机、石化、高化、化自、化工等每个专业,均各编为一个排。每个排的副排长由学生中有参军经历的党小组长或团支部书记担任;军训部队配排长。这样,我便成了二排副排长;排长由部队的教员张鹭同志担任,各班班长由部队老兵担任。

军训的目的,是为了提高组织纪律观念,养成服从命令听指挥的军事素养,培养良好的军人姿态。军训的科目,有立正、稍息、三面转法、齐步跑步、正步走;还有刺杀的基本动作——预备用枪、左右下防、突刺以及基本的射击要领。按照要求,大家在完成射击的第一演习后,要进行实弹射击。

在军训的日子里,我这个二排的副排长,曾经的团军事教员和营"神枪手",为了全班军训成绩的提高,可谓宵衣旰食,为大家付出大量汗水。班里的男生还好,女生在实弹射击时,由于胆小、紧张,手心出汗,眼睛瞄准时总是达不到"三点一线"要求;练得久了,便会说手臂酸痛,或者嚷嚷寒风吹得眼睛疼痛。我便给她们讲我在部队时的历练经过,举战士们苦练时的事例,并给她们不断示范,终于让可能拖后腿的几个女生过了关。经过最后考核,我们化机全体同学都取得良好的成绩。

军训时间虽然比较短,但是训与不训不一样,我们化机专业那个排,无论列队和走正步,都像模像样。军训结束时,校党委副书记土止之同志到部队参加军训汇报和检阅。他和其他党政领导对于军训成绩给予了高度评价,说:

"经过这次军训,你们这一届同学,已经像一支准军事化队伍;一旦有战事,拿起枪就可以打仗,了不起,真了不起!"

我们回到学校时,已经是1976年初,国家发生了一系列重大历史性事件。1976年1月8日,我们从中央人民广播电台收听到一个不幸的消息——我们敬爱的周恩来总理与世长辞了！噩耗传来,我们全体同学都非常悲痛。那些日子,阴霾笼罩着大地。我们化机专业75级聚集在一起,讨论如何悼念敬爱的周总理。

"我建议,"我说,"由我们男生到市里购买黑布和白纸,由女生来做黑纱和白花佩戴。"

"我们要到大操场布置灵堂,"班长晏开明说,"举办追悼大会！"

"可是,上级有令,"团支部书记余雅琴说,"不允许举办任何悼念周总理的活动。"

"不管它。"石惟坚说,"敬爱的周总理为人民、为国家鞠躬尽瘁,谁也不能阻挠我们悼念。"

由于我是班里的党小组长,最后一锤定音。这样,我们全班顶着压力开始行动:男同学到市场购买黑布,女同学做黑纱;男同学又借来食堂的柴刀,到"二食堂"前面的竹园里砍来竹子扎成花圈,女同学设计了一个大花圈,一圈圈白花中间,有62朵红花表达62位同学对周总理的敬仰爱戴之心。我们带领同学们在大操场布置灵堂,党员班干部带头守灵堂,举办追悼大会,带领师生们共同哀悼敬爱的周恩来总理。在我们的带动下,全校各个班级都做了花圈,学校机关、工厂职工也敬献了花圈,一下子把大操场打扮成了花圈的海洋。兄弟年级和同学也纷纷来参加我们的悼念活动。这件在当时具有极大政治风险的事情,充分体现了广大师生对敬爱的周总理的热爱、不怕高压的政治原则性和做人的骨气。

1976年,是中国多灾多难的一年。7月6日,朱德委员长也与世长辞。7月28日,河北省唐山丰南一带发生强烈地震,并波及天津和北京。那次地震造成死亡24.2万多人,重伤16.4万多人,损失重大。

就在全国人民和解放军指战员大力支援灾区人民奋力救灾、重建家园时,9月9日,中国共产党中央委员会主席、中国共产党军事委员会主席、伟大领袖毛泽东与世长辞,全国人民陷入了极大的悲痛之中。9月18日,是举国悼念的日子。浙江省各地市按照中央要求,统一举行追悼大会。杭州与中央同步,在红太阳展览馆广场举行了十万人追悼大会,听华国锋同志致悼词。我站在浙大师生的队列中,在听悼词时流下了悲痛的泪水。我身边的同学们几乎都在流泪。有的女生甚至哭出声来;有的女生还因为痛苦过度,晕倒在现场。

毛主席他老人家走了。但是,社会还在运行,生活还在继续。1976 年 11 月,按照省委的统一部署,浙江大学结合教学计划,安排全校 75 级学生分别赴湖州、长兴、德清开展"农业学大寨"宣教活动。我们化机 75 级同学由系党总支钟坚老师带队,开赴德清县城关镇卫星大队沈家大村。

"同学们,我们这次'学农'活动,为期一个月。"钟坚老师在出发前夕的队列前说,"由于远离学校,党组织要求必须成立临时支部。我代表系党总支宣布,临时支部书记,由冯时林同志担任。"

钟坚老师称我"同志"而非"同学",是我们党的传统——全党一律称同志。同学们纷纷向我投来信任的目光。按照系党总支要求,我担任了临时支部书记,配合钟坚老师工作。

将近一个月时间,老师和同学们同吃同住同劳动。我们有的住在贫困户家里,有的住在党员干部家中,主要工作是参加兴修水利,和当地的人员挖水渠、夯路基,为油菜地施肥等。

上个世纪 70 年代,化肥比较紧缺。农田用肥料,主要是老乡家里的人畜粪便晒干后与草木灰搅拌合成的"有机肥"。老师们向农民学习后,都亲力亲为,为同学们作榜样;我是临时支部书记,更要以身作则。给油菜施肥时,我们每个人都要背个粪筐。粪筐里的臭味弥漫在空气中,令人作呕,熏得人直反胃,但我们努力坚持着。劳动结束后,我们都拼命用香皂洗手。女生们洗手后还把手放在鼻子上闻。

"呀,臭味还在哎。"她们彼此叽叽喳喳,还互相闻手。"怎么洗也去不掉。"

看见我们男生大大咧咧,好像没事似的,她们跑过来问:"冯支书,你们是怎么洗的?"

我还没有说话,同宿舍的王时正说:"洗什么洗?我们不怕,根本不洗。"

"别瞎说了。"女生说,"那么臭,不洗怎么受得了?"

王时正说:"你们拼命洗,就是小资产阶级思想在作怪。"

我见状,制止了他的插科打诨,告诉女生们说:"去采点薄荷叶,在手上用力搓,臭味会淡一些。"

这个方法还是我在湖北公社生活时,从村民那里学的。但是,说实话,粪便的臭味确实不容易去掉,要过好几天,异味才会慢慢变淡。

一个月的"学农"生活，给我们留下深刻印象，我们体会到了农村生活的艰辛和农民生活的艰苦。特别是挖渠修水利的活儿，更是累人。无论是用铁锹挖土，还是推泥车、抬土筐，都是吃劲的活儿。我们班上有些是从农村来的同学，倒是能够挺住；但生活在城里的同学，都不免叫苦叫累。但是，在老师们和我的示范影响下，全班同学最终还是坚持下来了。

我们在村民家里居住，作为临时党支部书记，我要带头和村民们打成一片，和同学们一起多做好事——早晨起来，为老乡挑水、打扫院子卫生，以便用实际行动给村民留下好印象。那也是我当兵时从福建驻军那里学到的做法。我们还要求同学们多了解农村，与农民兄弟交朋友；同时，我还要带着支部党员和先进分子，与村党支部的党员和村民互相交流学习经验，宣讲党的方针政策。到即将返校时，我们党支部宣传委员欧阳廷宗同学又组织能歌善舞的男女同学，自编自导了一台文艺晚会。节目有大合唱，三句半；有舞蹈《庆丰收》，有独唱《红军不怕远征难》，有相声《学农》……我们化机75(1)班的包耦庆同学，从小学习变魔术，还当场展示了他的魔术绝活，受到了广大村民的阵阵喝彩。我们的表演，在当时缺少文化生活的农村掀起了文艺的浪花，给村民们留下难忘的记忆。

"学农"生活结束了，村民敲锣打鼓一直把我们送上校车。我们每个同学都收到村民房东送的土特产，大家都非常自觉地把钱和粮票、烟票、酒票送给房东。我们回到学校后，村民们还经常到杭州来看望我们；彼此间建立起来的那种真挚的感情真是难能可贵，令人永生难忘。

1977年开始，我们化机专业75级两个班全部顺利进入专业基础理论学习。记得最清楚的是，有"理论力学""静力学""材料力学""断力力学""弹性力学""压力容器""热交换器""锅炉""特种设备"等专业课程。1977年11月，我们参加了为期一个多月的机械工厂金工实习。大家把车、钳、刨、铣的工种摸了个遍。大家和工厂的工人师傅打成一片，虚心学习，碰到难题虚心向他们请教。实习结束时，同学们有的做了小榔头，有的做了三潭印月的小作品，给师傅留作纪念。

接下来的大半年时间，我们进入"毕业设计"环节。我们设计的课目是"无油润滑压缩机"。我们的指导教师是周保堂、沈庆根、李桂仙、李月华、吴永顺、叶佳潜、贺世正等几位老师；当然不唯他们几位，教研室几乎所有的老师都来给我们指导和辅导毕业设计。我们从撰写设计任务书"无油润滑压缩机"的外形结构,再到主要零部件单图绘制、总成图、三视图和各种参数的计算,可谓是全身心投入,挑灯夜战,废寝忘食。最后,在老师们的悉心指导和辅导下,我们化机75级两个班同学圆满完成了毕业设计,真正做到了一个同学都没有掉队,全部顺利毕业!

来自全国9个省市的浙大化工系化机专业75级的62位年轻学子,毕业后又奔赴9个省市的高校、研究所和工厂。大家走上工作岗位后,老师们依然和我们很多同学保持着密切联系。无论作为学者教授、政府官员还是高校领导,对于我们那届化机专业毕业生来说,他们始终都是睿智的师长,是可亲可爱的家人,是我们的良师益友。和他们在一起,我们总有说不完的话——谈工作、谈政治、谈生活、谈学习;任何一个话题,总能聊得起来。

40多年后的现在,我们那届同学现在已经分布于世界各地。我们利用在浙江大学学习到的知识,身负师长们的殷切期望和教诲,勤奋工作了差不多一辈子,为国家贡献了青春年华,如今大都是70岁左右的老人了。回想起我们和浙大那些老师的相识,深感终身受益;从交往中,我们领悟到化机教研室老师们高洁的人文素养、精湛的专业知识、犀利的政治敏锐性、赤子的爱国情怀、真诚的爱校如家、宽广的气度胸襟、广泛的兴趣爱好和非凡的人格魅力。他们授业解惑,做到了一代人的表率,在那个特殊的年代里对我们进行了人生的引领和智慧的启迪,堪称我们终身的良师挚友。

我毕业留校后,一直保持和老师们的联系。1994年,我担任了浙大的保卫部长,几乎每年的教师节,我都要请化机教研室和系总支办公室的老师们一起聚会,汇报我和同学们的工作变动情况;直至我到中国计量大学担任副校长,仍然坚持每年一聚。我60岁时,老师们都已经80多岁了。他们纷纷对我说:

"冯时林啊,你的心意我们领了;我们也都老了,现在聚会有风险,就到此为止吧。以后以电话联系为主,互相问候吧。"

"好吧,老师。"我在电话里对他们说,"你们都要多多保重啊。"

写到这里,我要补叙一段令我深深感动和终生难忘的事情——

2022年2月2日,是我的恩师朱国辉教授87岁生日。作为他的学生,我有幸受邀参加了他的生日家宴。茶余饭后,朱教授饶有兴趣地谈论起他一生为化机事业竭心奋斗的人生经历。他对我说,他对王仁东、汪希萱老先生的敬重,对薛继良教授等老同事的怀念和诚意,是无法用语言表达的。

他饱含深情地描述了近70年来浙大化机学科创始人王仁东教授所倡导的理念——

要为国家的强大和发展奉献终身。在此前提下,要为学生打好数理化方面力学、机械与化工科技的理论基础,锻炼基本技能;要特别重视学科的专业科技理论基础与知识技能,如动手设计与工程实验等能力的培养教育,并要求化工机器和容器设备相关课程并重,以求化机学科所培养的学生,能像装上两只翅膀的"飞老虎",具有更全面、更强大的实际工作能力。

他说,自王仁东教授倡导了上述理念后,化机专业基本上按照王仁东教授的理念进行课程规划要求。现在,该学科已培养了约5300名本科生、500名硕士生、300名博士生与博士后等高层次科技人才。近年来,更先后有陈学东(毕业后曾任合肥通用机械研究院院长)和郑津洋(毕业后留校任教,曾任浙大化机研究所所长)两位成果丰硕的博士,先后晋升为中国工程院院士,成了国家最高层次科技领军人才。

他说,最近由郑津洋院士和洪伟荣、刘宝庆两位教授为主要领导的浙大能源工程学院化工机械研究所,在浙江大学和能源工程学院党政领导下,得到国家立项,支持获准设置由郑津洋院士带领的"高压工程装备技术研究中心"和"氢能利用与贮存装备和安全技术研究院"。这将使浙大能源工程学院和全国各兄弟院校学科同行一起,共同为我国"化工过程机械"学科科技领域和人才培养的重要平台,可谓"国之重器"!

他说,浙大化机专业毕业的众多学硕博士们,现在都活跃奋战在祖国化工与物理过程装备与控制工程产业与科技领域、国防军工科技部门、高等院校、科研院所与国家各级政府管理部门。他们有的已经担任了国家各部委、各省和高等学校的重要岗位与技术岗位的主要领导,正在为国家的发展与强大做出成就与贡献。当然,浙大化机专业毕业的学生能够有所作为,是得到了全国化机企业和高等院校化机同行专家的合作帮助的,是在教学和科技研发与推广应用中,长期团结奋斗、创新发展所取得的……

2022年2月2日,是我后半生的最重要日子之一。我坐在恩师朱国辉教授面前,听他对我所就读的浙大化工系化机专业如数家珍,娓娓道来,不免百感交集,内心感慨万千,深深知道在那段艰辛的岁月中,正是靠着老师们的家国情怀、无私奉献和奋楫中流的精神,才有了浙大化机科学的发展壮大;他们永远是我们学习的人生楷模和典范。

三十八、蔼然长者风范

在中国高校发展的历史长河中,浙江大学素来享有"东方剑桥"美誉,已经风雨兼程走过120余个年头。人们记得浙大奠基人、"求是"精神的倡导者竺可桢老校长事迹的多,谈起"求是"精神的忠实捍卫者实践者、著名教育家刘丹的少。听我的恩师——原浙大党委书记张浚生老师介绍,刘丹同志自1952年调到浙大工作直至逝世,先后在浙大工作生活了37年;除了十年"文革"之外,他一直负责浙大的工作。然而由于种种原因,直到1978年以前,名义上他一直不算浙大的一把手。但是,在相当长的时期里,大家都清楚是他在主持浙大工作,对浙大的建设和发展呕心沥血,对浙大的教育科研、人才培养、整体发展规划和校园建设的实施倾注了毕生心血,建立了不世之勋。

我清晰地记得,第一次认识刘丹老校长时,是1977年5月中旬,一个阳光灿烂的上午。当时,校园里绿意盎然,到处都是生机勃勃。我们化机75(2)班的全体同学正在教四401室搞课程设计。刘丹校长兴致勃勃地来到我们中间,进行班级走访。他身材魁梧,满头银发,衣着更是一丝不苟,当时虽已68岁高龄,天庭眉宇间镌刻着岁月年轮的纹辙,一双眼睛却炯炯有神,既威严又慈祥,一派蔼然长者的风度,给我们留下了深刻印象。我们这些平时自诩为见过世面的"工农兵"们,在与他面对面的瞬间却显得非常局促不安,甚至有些手足无措。也许是感受到这种气氛,刘丹校长很快便用亲切的交谈和爽朗的笑声把它冲淡了。

"你叫什么?"刘丹校长笑着问我,"班上同学今天都到了吗?"

"我叫冯时林,校长。"我迅速站起来,回答道,"有个同学生病请了病假。除了他,全都到齐了。"

"好啊。"刘丹校长听了,很欣慰,问我道,"你是从哪里考来的?"

"从慈溪县化肥厂考来的,校长。"我说。

"可我怎么觉得你的站姿,像个标准的军人?"刘丹校长笑道,"是军训的成果吗?"

"进化肥厂以前,"我仍然笔直地站着,回答道,"我已经参军六年,当过班长。"

"我说呢,"刘丹校长笑得更畅快了,"原来是解放军同志——我们最可爱的人。"

一些来自农村的同学开始时还有些拘谨,远远地注视着刘丹校长,听他和我一问一答,那么风趣幽默,觉得他并不像想象的那么难以接近,便很快地围拢到他身边。因为他那循循善诱的神韵和豁达自信的风度,像强大的磁场一样吸引了大家。

聊得深了,同学们便开始向刘丹校长说自己的心里话。那时候,我们全班同学大多来自基层,有的与穷山恶水搏斗了十几年,有的在车床高炉旁挥汗工作了几度春秋,有的在绿色军营里站过岗、放过哨。上了浙大,突然面临浩瀚书海,一时难以适应。基础差、年龄大,显然需要我们付出数倍于别人的毅力和汗水。当时,我们是多么需要周围的理解和支持啊。可是现实却并不尽如人意。面对着良师益友般的校长,我们各种各样的苦恼纷纷诉说出来了。

"刘校长,社会对我们这批学生有偏见,"有的同学说,"认为我们先天不足,基础差。"

"还说我们即使毕业了,"也有的同学说,"将来也派不了大用场。"

刘丹校长认真地听着,敏锐地把握住了我们思想的脉搏,语重心长地说:

"社会上有这样或那样的说法,大家要正确地对待。你们基础差是客观存在的,但是你们有自己的长处——沉稳,见识多,经验也多。只要肯努力学习,先天不足后天补上,同样可以有所作为。"

"我们可以做好自己,"有的同学问,"但是社会偏见怎么去克服呢?"

"首先,你们自己可不能有自卑感,要看得起自己。"刘丹校长说,"你们当中有的来自工厂,有的来自农村,有的在部队大熔炉里锻炼过。这也是你们的长处,你们要把生产实践、组织管理经验与自己所学的理论知识紧密结合起来,在工作实践中加以运用,不断充实自己,这样无论到什么岗位上一定能够报效祖国。"

刘丹校长充满理解精神的话语,驱散了困扰在我们心头的忧虑。如今回想起来,仍然令人感激,因为是他,在我们最困难的时候,帮助我们确立了自尊自爱自强的前进方向。

刘丹校长了解和理解我们学生。他欣喜地听着我们汇报,知道同学们惜时如金,在努力把过去耽误的时间拼命夺回来;他也告诫我们,一定要坚持德、智、体全面发展。他风趣地回忆自己年轻时喜欢踢足球和参加各种体育活动的情形,自豪地说:

"现在年近70了,登上四楼仍然不觉得吃力,这是高楼大厦平地起、基础扎实的缘故。"

"还要吃得好才行。"有个同学说,"饿着肚子爬楼,心里发慌。"

刘丹校长听了,哈哈大笑:"同学们是不是对伙食有些意见?"

大家你看看我,我看看你,也随着刘校长笑起来,默认了校长的问题。

"我看你们可以组织膳管会,民主监督办好食堂。"刘丹校长对大家说,又转过身来面对我道,"刚才你说有个同学病了。你给食堂主任带个信,就说我讲的,食堂应为同学们送病号饭……"

"嗯嗯,好的。"我回答道,同时对刘丹校长这种体察下情到细致入微的工作作风深受感动。经我传达刘校长的要求后,那个生病的同学果然收到了病号饭。那件事情,以后成了在同学们中间流传很久的佳话。

那次班级走访谈话结束了,但刘丹老校长的工作并不只是浮光掠影。他和当时的校党委副书记王正之同志还时常来我班参加早操锻炼,并因此影响了全校早操锻炼的风气。刘校长对我们班的教诲和嘱托,化成了我们班同学的行动力量,全班形成了团结向上、奋发学习的气氛。从那以后,我们班在学雷锋、树新风、争三好的道路上不断前进,取得了可喜的成绩。1978年毕业前夕,我们班被评为全校的先进集体,并被浙江大学及团省委授予先进集体称号。当我们班同学手捧奖旗和奖品时,内心无不感慨万千,因为里面也凝聚着老校长的一片心血。

如今,尊敬的老校长刘丹同志已经离我们远去。但他的音容笑貌和谆谆教诲却长留在我们心中。一个一直得到他亲自关怀的全是工农兵学员的小班,现在终于可以向老校长告慰了。我们这些昔日的基础薄弱者,现在已经全部晋升中高级以上职称,不少同学走上高层领导岗位,更多同学在各个领域大有作为,已经成为国家和社会的栋梁之才。但是,每当我们在工作中遇到困难和挫折时,老校长刘丹同志当年对我们的理解和教诲,仍然会成为我们人生旅途中进取的最大激励。

　　行文至此，我愿意把对刘丹老校长的感恩和敬意，用四句五言诗来
表达——

　　　　哲人西归去，魄气贯长虹。

　　　　仰慕青松节，矢志进取中。

三十九、毕业分配留校

我曾经在《扶伤济世有仁心》一书中写道,在到浙江大学报到之前,我的母亲曾专门写了一封信给她在省计经委做领导的同学李赛子阿姨。母亲在字里行间,除了表达她们的姊妹情谊和对我读大学的殷切希望外,还拜托李阿姨对我多关照、多教诲,帮助我读书和成长。

我到浙大报到一星期后,想起母亲所托信件,便按照信上的地址,去拜访了母亲的同学李阿姨。李阿姨是之江大学毕业的,见到我特别热情,留我在家里吃饭,并详细询问了我们家的情况。听说我 1969 年参军,十六七岁便离开父母去部队锻炼,非常赞赏;同时嘱咐我珍惜大学深造机会。

"侬这批学生没上过高中,不要怕。"李阿姨再三叮嘱我,"先天不足后天补,努力学习。世上无难事,只要肯用心。"

因为李阿姨的儿子小宝在东海舰队当兵,母亲嘱咐我有空多去看看李阿姨。李阿姨见我常去看她,十分高兴,仿佛看见了儿子小宝,对我更是关爱有加,把我当作自己的孩子一样对待。

我在浙大第一个寒假前一天,又去看望李阿姨。由于第二天是腊八,她正好熬了一锅"八宝粥"。我们品尝之后,她用保温瓶装了一瓶,说是去看一位"大姐",让我也一起去认识一下。我高兴地陪着李阿姨去了。

没想到那一天,我遇到了一位极为重要的,并将影响我一生命运走向的贵人。

李阿姨住在少年宫车站附近,她要去看望的"大姐"的住所,是西湖断桥边北山路的一所二层楼的小洋楼。由于两家相距不远,我们一路走一路聊,不久便到了。

初次进入陌生长辈的家里,我有点拘谨。我见李阿姨与她的"大姐"关系非同一般,亲如姐妹;因为一见面,她就对李阿姨笑容可掬地说:"赛子,你来啦。"

李阿姨和她的"大姐"寒暄了几句,便马上介绍起我来:"来,小冯,快叫丁妈妈!"

"丁妈妈,您好。"我说,"我是浙大化工系化机专业的学生,叫冯时林。"

丁妈妈慈祥地看着我,很有长者风范,端庄的脸庞上仿佛镌刻着饱经风霜的经历。

"噢,小冯,是浙大的学生!"她高兴地说,"侬真幸福,能够上大学。我们年轻时是在战争年代,可没这种机会啊。"

丁妈妈非常健谈,询问了我大学的生活,询问了浙大的情况,临别时,再三告诉我:

"抓住浙大学习的机会,努力学习,将来毕业了,为祖国建设事业多做贡献。"

"我记住了,丁妈妈。"我郑重地点点头。

第一次相见,丁妈妈的风范、觉悟、水平和慈祥都给我留下深刻印象。那以后,我陪李阿姨在西湖边散步时,经常顺道去看望丁妈妈。

时间一长,通过丁妈妈和李阿姨的交谈,我了解到了丁妈妈的革命经历,对她肃然起敬。原来她是一位非常令人敬仰的革命老干部,1938年加入中国共产党,长期在敌占区从事党的妇女工作,担任过中共台州特委妇女部长,曾当选为中共第七次全国代表大会代表,是中共浙江省委第一位省委书记刘英的夫人,是我党早期的优秀女干部,称得上是巾帼英雄。解放后,她出席过第一次全国妇女代表大会,1962年就担任省委组织部部委委员,后任浙江省轻工业厅副厅长。

我在浙大化工系读二年级的那年秋天,"四人帮"被一举粉碎,全国一片欢腾。丁妈妈重新恢复工作,担任浙江省人事局党组副书记、副局长。为落实党的干部政策和平反冤假错案,她做了大量卓有成效的工作,深得全省老中青干部的尊敬、信赖和好评。

我在浙江大学的学习生活可谓丰富多彩,自不待言。很快,我们便到了即将毕业分配的时间节点。当时,我已经担任化工系学生党支部书记;我们的化工系化机75(2)班也被评为共青团浙江省"先进集体"。

毕业与分配是决定大学生命运走向的关键时刻。化工系党总支书记郑绚和组织委员吴雅春两位老师找我谈话,告诉我说,学校为了加强大学生思想政治工作,准备挑选一批政治素质好、组织能力强、学习成绩好的毕业生,留校担任政治辅导员。

"侬这届毕业生,年龄差距比较大。"吴雅春老师说,"侬在部队锻炼过六年,又在工厂工作过,有一定的社会阅历和经验积累,组织上希望侬留下来,担任政治辅导员。"

"现在只是征询意见阶段,暂时保密哦。"郑绚书记郑重地说,"希望侬认真考虑一下。"

我上大学之前,是在慈溪县化肥厂工作,属于带薪上学的大学生;按规定应该是从哪里来到哪里去。我把郑绚书记和吴春雅老师找我谈话的消息告诉了父母,并征求他们的意见。他们的组织观念一向严谨,向我表明的态度是"服从组织安排"。

"工厂送侬到大学学习,很不容易。"我父亲说,"毕业后应该回来,为工厂服务。"

父母的意思我明白。但是浙大想把我留在学校工作的想法,让我也很感动。两者相权不下,我不免纠结起来。看看毕业近在眼前了,我又去见李阿姨。李阿姨对我说:

"要毕业了,侬去和丁妈妈道个别。"

我便跟李阿姨去见丁妈妈。在丁妈妈家里,李阿姨说:

"大姐,小冯要毕业了,来向您道个别。"

"时间这么快啊,马上就要大学毕业了。"丁妈妈笑着问我,"小冯啊,有什么困难吗?"

既然丁妈妈过问,我便把自己毕业分配决定不下的事情,向丁妈妈汇报了。

"学校想留我担任政治辅导员。"我说,"可我是带薪上学的,毕业后可能得回原单位,到慈溪县化肥厂上班了。"

她听了我的纠结,直爽地说:"都是革命工作嘛。组织要留,侬就安心留下来,也可以照顾李阿姨嘛。原来的单位,我和宁波人事局打个招呼,把人事工资关系转过来就是了。"

就这样,因为丁妈妈的一句话,改变了我的人生轨迹,决定了我大学毕业后的命运走向。

人的一生,有很多机缘。关键的时候,如果得到贵人相助,指点迷津,人生走向就会发生惊人变化。在我看来,丁妈妈就是这样的贵人,让我永生难忘。

浙大化工情似海,好风借力好行船。1978年8月,我毕业留校,成了一名光荣的政治辅导员。1978年9月,浙大78级新生入学后,我担任了化工机械76、77、78级的专业辅导员。我的主要工作是抓学生的思想政治教育和行为规范管理,同时兼系党总支的秘书。

当时,我和化工系办公室的温健老师被抽到"清理三种人"办公室,首要的工作是集中力量把浙江大学十年浩劫大事记整理完成,对"三种人"的在校表现进行甄别梳理、重新鉴定,以写实的形式写明他们在学校所干的"打砸抢"事实,寄往其所在单位组织和部门,作为不能重用的依据。我们对浙大的校报仔细浏览和审阅,把重点事件的性质进行定性,把重点事件中重点人物的所作所为作为调查、整理的依据,登记在册,呈报学校组织部审议……

在做着那些严肃、繁重和政策性很强的工作时,我又去见过丁妈妈多次;每次见面,她都会在做人、做事方面给我新的启迪。1979年,我担任了化工系团委书记和学生党支部书记;1981年,我被评为浙江大学"新长征突击手"。

丁妈妈知道了我的成长和进步,很高兴,勉励我说:"年轻人,一定要有远大志向,一定要有人生的目标,一定要踏踏实实做事,要老老实实做人。我们为党工作,不是为了荣誉和职位。你平时多读点马列主义和毛主席的著作,对将来的发展很有好处。"

丁妈妈的谆谆教导,我一直铭记在心。如今,我参加工作已经50多年,从不争名争利,不计较个人得失,一直奋发向上,砥砺前行,就是因为丁妈妈一直在我的心里,给我温暖,给我力量。

四十、革命者李托夫

炎热的 1978 年夏季开始了。我因为知道自己已经留在浙大工作,所以没有其他同学要奔赴全国、全省各地工作的负累,心态相对从容些。就在 7 月份,学校通知我参加78级新生的招生工作,招生目的地是河南省。

我们的招生组长,是浙大土木系的党总支书记李托夫同志。他是河南南阳人,是一个老资格的抗战老干部,参加过抗日战争和解放战争。在上党战役中,他负过伤,当时李德胜同志任营长,他任教导员。伤好南下时,他像部队许多南下干部那样,被分配到地方工作,他进入了杭州市军管会;又因他参加工作时上过初中,一直在部队搞党务工作,所以被分配到浙江大学做政工,担任土木系党总支书记。

临行前,我们学校的组织部副部长邹荣波专门交代我:

"小冯啊,李托夫书记资格比较老,他可是我们党的宝贵财富,至今身上还有两处留有弹片,你可一定要照顾好李老哦。"

我按照组织的要求和嘱托,既成了招生组工作人员,又成了李托夫同志的警卫员。他到了河南,让我感觉到这位深受战火考验的抗战老战士,人脉资源太广了,因为他的好多战友、部下都是河南省及郑州市的领导。我们在河南住在郑州市的"友谊宾馆",条件很不错。除了招生工作,河南省教委的同志还给我们安排了丰富多彩的文艺生活。我第一次观看豫剧《铡美案》《卷席筒》,参观龙门石窟、白马寺和开封府等,就是那时候的事。值得一提的是,那些景点封闭多年,是专为我们全国各高校招生的老师们开放的。

那时候,差不多每天晚上,李托夫老师的战友和部下都安排宴请他。他们战友之间已经有很多年不见了,"文革"时大多被打倒、"靠边站";拨乱反正后,冤假错案平反了,彼此间那种纯真的感情,真是让人感动不已。有时候,他们会像小孩子一样欢笑;有时候回想战争年代,有的战友在枪林弹雨中浴血奋战、有的英勇牺牲、有的光荣负伤,讲到动情处,又往往潸然泪下。我像个孩子一样在旁边听着,时喜时悲,悲喜交加,被他们的深情厚谊深深感动。再加上河南人的酒量不错,喝酒时总是非常照顾负过伤的老领导,不让李托夫书记多喝;于是,我就成了代他喝酒的"酒坛子"。

席间,李托夫老师向我们讲述了他参加过的上党战役。多年以后的现在,我查阅相关资料,根据文献记载,已经可以大略复述李托夫书记所讲述的上党战役始末——

抗战胜利后,蒋介石迫不及待地动手争夺胜利果实,调集大批军队向解放区发动进攻。1945 年 8 月中旬,国民党军第二战区司令阎锡山所部在日伪军接应下,进占太原和同蒲铁路(大同—风陵渡)沿线城镇后,以第 19 军军长史泽波指挥 4 个步兵师及 1 个挺进纵队(相当于师),连同收编长治地区(古称上党郡)的伪军共 1.7 万余人,乘我晋冀鲁豫军区部队正在向日伪军举行全面反攻之际,袭占长治及其周围地区,并修筑工事,加强守备。其军部率 3 个师主力及炮兵等共万余人守备长治,其余部队及地方团队部署于襄垣、长子、屯留、潞城和壶关等地,企图以此为依托,进一步打通白(圭)晋(城)铁路,扩占整个晋东南,并配合国民党军第一、第十一战区部队沿正太、平汉铁路向石家庄、北平(今北京)等地推进。

为保卫抗战胜利果实,中共中央军委于 8 月下旬指示晋冀鲁豫军区进行自卫反击,首先歼灭进入长治地区的国民党军,收复失地,清除解放区心腹之患,以便尔后将主力转用于平汉线(今北京—汉口),阻滞国民党军北进;同时指出,上党地区 6 城堡坚垒密,反击须有充分准备,不可草率,认为宜选择一两城,各个击破,不宜同时攻击;如攻而不克,可围城打援。

晋冀鲁豫军区司令员刘伯承、政治委员邓小平遵照上述指示,针对国民党军第二战区部队孤军深入和分散守备的特点,决心以所属太行、太岳、冀南军区各 1 个纵队及地方武装共 3.1 万余人,在 5 万民兵的配合下,先由北而南逐个夺取长治外围各城,吸引长治守军出援,力求在运动中予以歼灭,尔后收复长治,并相机歼灭可能自太原、平遥来援的国民党军。

晋冀鲁豫军区各参战部队依据上述部署,一面向上党地区开进,一面进行整编和政治动员。太行纵队在南进途中,于 9 月 1 日攻克襄垣。9 月 10 日,战役正式发起,太行纵队首攻屯留。史泽波两度组织长治守军出援,均与打援的太岳、冀南纵队略事接触即迅速缩回。12 日,太行纵队攻克屯留。17 日,冀南纵队攻克潞城,截断了长治与太原的联系。19 日,太岳纵队和太行军区部队分别攻克长子、壶关。至此,晋冀鲁豫军区部队连克 5 城,使长治守军陷于孤立。

当晋冀鲁豫军区部队开始夺取长治外围各城时,阎锡山唯恐长治兵力不济,于 9 月 15 日令第 7 集团军副总司令彭毓斌率第 23、第 83 军等部,由祁县东观镇经沁县南下增援。

9 月 20 日起,晋冀鲁豫军区集中主力围攻长治。因城高壕深,工事坚固,多次攻击未能奏效。24 日,得悉自太原出援的国民党军 3 个师已抵子洪镇以南,遂留冀南纵队和太岳纵队一部及地方部队继续围困长治、吸引援敌,令太行纵队和太岳纵队主力迅速北上打援。10 月 2 日,将国民党援军包围于虒亭以南老爷岭、西犹、磨盘垴、榆林地区。在围歼过程中,查明援军为 2 个军 6 个师,另外由伪军改编的山西省防军第 3 军 4 个团也正从沁县出动,全部援军 2.3 万余人。为确保打援的优势兵力,晋冀鲁豫军区又急调冀南纵队北上参战,并令其白天开进,故意暴露,以动摇援敌军心。5 日,晋冀鲁豫军区部队从两翼向退据老爷岭的国民党援军主力发起攻击,并在北面留一缺口,诱其突围。当夜,国民党援军在其老爷岭阵地失守后,向北突围。晋冀鲁豫军区以一部兵力先机抢占虒亭以北土落村制高点,截断其退路;主力沿虒亭、屯留间公路两侧实施追击。至 6 日,国民党援军除 2000 余人逃回沁县外,其余全部被歼灭,彭毓斌被击毙。

国民党援军被歼灭后,长治守军待援无望,于 8 日向西突围,企图横穿太岳区,逃回浮山、翼城。晋冀鲁豫军区除以围城部队跟踪追击外,另以太岳纵队自虒亭向南取捷径直出沁水以北马壁,控制沁河,进行截击。至 12 日,将突围的国民党军全部歼灭在沁河以东将军岭及桃川村地区,史泽波被俘虏。至此,抗战结束后国共两党的第一仗,以晋冀鲁豫军区部队大获全胜而告终。

每个人都会有自己的人生经历,像李托夫书记这样有在战争年代出生入死的非凡经历,更是难能可贵。他们战友之间患难与共形成的生死之交,每每听到,既是一种心灵的洗礼,更能让人终生难忘。那次参加河南省招生的工作,时间虽然比较短,但是跟李托夫书记出去,可以说是受了一路的红色文化教育,那一件件、一桩桩对革命斗争故事历史性的回顾,令我深受感动,受益匪浅。1993 年,李托夫书记去世。30 年后,2023 年初,通过辗转关系,他的子女托人转来李托夫同志的悼词、墓志铭和生平给我。我读后感喟不已,感慨万千,深深缅怀这位对我工作生活与情操精神形成重大影响的老领导和老革命。

回到 1978 年夏季。那年的高校招生结束后，我看距离学校开学还有半个月时间，便回了一趟慈溪老家，并专门去了一趟我原来的工作单位——慈溪县化肥厂，去拜访厂领导和工厂里的工友师傅。

"嗬，小冯，"他们会打趣我，说，"又'上班'来啦?"

"是啊。"我也笑着说，"太想你们啦。"

说实在的，在浙大化工系化机专业读书期间，每年的寒暑假，我都会到厂里"上班"，到技术科"实习"；看看生产车间的图纸，了解合成氨的生产工艺；到金工车间学习车、钳、刨、铣的技术。

但是，那次我回到厂里，真实的想法是要和大家告别；因为假期结束后，就要到浙江大学工作了。厂领导顾加庚、吴吉峰、叶巨松和工友们见了我，都十分热情，专门让食堂加了几个菜，为我饯行。有的工友还拿出从家里带来的土烧——所谓"无酒不成席"，说工友一场，无论如何大家都得喝几杯……

席间，我因为在河南招生时陪李托夫书记的老战友喝了不少酒，自信"练"得不错，便放开和化肥厂的领导和工友们喝起来。厂领导和工友们十分热情，询问我关于大学的学习生活和工作情况，纷纷说:

"冯时林，浙江大学有多牛? 比得上北大、清华吧?"

"你是学化机专业的，毕业了怎么不回我们厂工作啊?"

"你以后会不会为我们化肥厂造机器? 我们厂用你造的机器来生产化肥，一定高产!"

"你刚大学毕业就当了老师，还开始招新生了，太了不起了! 你把我们也招到浙大读书去吧。"

……

家乡的土烧，度数高，酒劲大，我喝着，回答着，讲述着，恍惚觉得，自己就像李托夫书记见到他的从前的老战友那样，沉醉在那种浓浓的乡情氛围中了……

四十一、导师风采素描

　　我于 1978 年毕业留校,25 岁担任化工系化机专业政治辅导员兼化工系党总支秘书,遇到了一批非常优秀的人生导师。在他们身边工作,接受他们的指导,我受益匪浅,因为无论在政治素养、工作能力还是管理水平上,对我都大有增益。

　　我在党总支书记周文骞老师、副书记朱深潮和郑绚老师、系主任潘祖仁和吴平东教授,还有郭承章和吴雅春等老师身边,学习和工作了六年,学到了许多书本上学不到的东西。他们兢兢业业,无私奉献,处处以大局为重,大事讲原则、小事讲风格,从不计较个人恩怨和得失,团结带领全系师生员工赶创先进,为化工系的学科建设、教学科研做出的贡献,形成的精神传统,给我留下了深刻的印象。

　　浙大化工系是一个较老的系,创办于 1927 年,是我国高校中第一个化工系,创办人是美国伊利诺伊大学获得博士学位后回国的著名化工教育家李寿恒先生。我听我的老师们说过,全国高校有化工系的四所高校,分别是清华大学、天津大学、华东化工学院和浙江大学;而排名第一的便是浙江大学化工系。

　　当时的浙江大学化工系,有六个专业——化工机械、化学工程、化工自动化、石油化工、高分子化工和硅酸盐。后来,学校在调整学科时把硅酸盐划出,重新组建了材料系。我留校时,还有 76 级、77 级、78 级学生在校学习;76 级的人数少一点,78 级、79 级招生人数便扩大了。当时浙江大学两个大系——化工系和电机系,每个系便有上千人。因此,化工系的党政班子配得比较强,化工系工作的成绩也是最优秀的。我印象最深的是党总支书记周文骞教授和副书记朱深潮老师。当时他们班子很团结,工作很深入,非常务实,各项工作都走在了全校的前列。他们俩后来都担任了浙江大学党委副书记,对我的关心、培养和帮助,更是令我终生难忘。

　　因为在周文骞老师身边工作了四五年,我和周老师的感情一直很好。他和夫人钟小满老师都非常关心年轻人,总是像对自己家里人那样问长问短,嘘寒问暖。那时,我和爱人小童会经常去周老师家串门,汇报自己的工作情况,听听老师们的教诲。时间长了,对周老师夫妇也有了进一步的了解。周老师是浙江诸暨人,他和夫人 1949 年在上海沪江大学读书时,便参加中共地下党搞学生运动了;解放后,他们都在共青团中央工作。周老师曾担任中国青年出版社的编辑,后来任浙江大学政经教研室主任、浙江大学化工系党总支书记、校长助理、党委副书记,离休时享受副省级待遇。钟小满老师曾任共青团中央对外联络部机要秘书、浙江大学外语教研室主任、外语系党总支书记。这对优秀的革命伴侣,值得我们这一代人一生学习和敬重。他们都在浙江大学工作了将近 40 年,光荣离休。

我初次见到周老师,感觉他待人温文尔雅,颇有学者风度。他的衣服虽然总是灰蓝色,换得不多,但都是干干净净的;哪怕是手肘和膝盖打有补丁,也都是既俭朴又得体。他见了同事,总是笑呵呵的,驻足和你寒暄几句,没有一点架子。和你聊天时,他好像有点口吃,据说是因为小时候隔壁邻居老王是个结巴,他和小朋友总喜欢模仿他,但是,只要他一上讲台,讲话便既顺溜、又风趣。他说事讲理,总是能够动之以情、晓之以理。他的演讲水平很高,从不用稿子,思路清晰,演讲语调即时变化,手势时起时伏,语音时而透迤低沉,时而铿锵有力,总是扣人心弦,始终能够吸引人们的视听觉。他的演讲内容,也总是能够给人以信心和希望。系里开大会,只要有周老师的报告,整个会场就会座无虚席,有时过道和最后排都要加座位。每次听周老师讲话,大家都感觉是在接受一种心灵熏陶,有了精神食粮。他演讲结束时,大家都会报以热烈的掌声。

我印象里,周老师讲如何树立正确的世界观、人生观、价值观,讲共产主义的理想信仰,他从不照本宣科、说大话、讲空话、搞说教,而是把革命先烈的浴血奋战、师生个人的奋斗与党和国家的前途命运联系在一起。他讲自己参加地下党的亲身经历,讲淞沪会战,讲共产党人与国民党反动派斗智斗勇,讲他们不怕镇压、视死如归的革命斗争精神,让师生们受到红色文化和革命传统的教育。

周文骞老师还是一位政治经济学专家。他作报告时,还会结合时代特点与国家经济建设的现状,作一些前瞻性的个人点评。他深入浅出,引经据典,并加上与西方国家的比对,使大家受益匪浅。

周老师睿智高才,为人坦诚,党性很强。他在重大政治问题上决不含糊,敢讲真话,敢于发表自己的不同见解,从不溜须拍马。钟小满老师说,他还是教政治经济学的老师,不懂规避风险。也因此在"文革"中备受冲击,被"关了牛棚";钟老师受牵连,被下放到萧山农场"劳动改造",他们俩的人生道路因此坎坷不平。但是,备受磨难反而使他们更加坚定了对党的理想信仰和对党忠诚的坚强意志。

记得全校在认真学习党的十一届三中全会精神、认真贯彻落实党的干部政策、平反冤假错案时,周文骞老师是系党总支书记兼系平反冤假错案领导小组组长。他以一种高度的使命感和认真负责的精神,对全系在"三反运动"中打成右派和"文革"中受迫害被打成反革命的师生进行大筛选、大排查,并对全国各地的来信、来访进行认真甄别和处理。当时,我配合系党总支组织委员吴雅春老师做调研和落实政策工作。周老师对每一份申诉材料、每一个人的政审评议鉴定,都亲自过目修改。他要求我们写鉴定平反结论,一定要实事求是,不要用形容词,不要似是而非;要用写实的格式,不要让受迫害人员存有心理压力。

他对我和吴雅春老师说:"我们共产党人不搞'文字狱'。以前由于搞极左路线和派性干扰,让我们一批老师和学生蒙受不白之冤。现在,我们就要把错误的结论纠正过来,把他们从'四人帮'制造的桎梏中解放出来。"

周老师严谨踏实的工作作风、高超的政策水平使我们深受教益,同时,在周老师的指导下,我的写作水平和文字能力也有了很大提高。后来周老师担任学校党委副书记时,我调到学校保卫处和派出所工作,他还总是关心帮助我进步,告诫我说:

"小冯,在保卫部门工作,一定要依法办事,千万别感情用事。遇到了棘手问题,一定要冷静、谨慎,认真把握法律、法规的政策界限,正确地区分两类不同性质的矛盾,做到稳、准、狠地打击一切刑事犯罪活动,同时,又要保护好师生员工的切身利益。"

周文骞老师的话一直是我工作的座右铭,他更是我人生道路上终生尊敬的良师益友。

四十二、浙大化工现象

留校以后,我的"浙江大学"白校徽便变成了红校徽。我戴着只有老师才能佩戴的红校徽,走在浙大校园里,除了在内心深处涌起一波波自豪;更多的,是感受到作为一名政治辅导员肩膀上担子的沉重。

我们化工系党总支班子对学生工作非常重视。凡没有结婚的政治辅导员、分团委书记都和学生同住。这样,我和分团委书记吴信义老师都住在学生宿舍,便于开展学生工作。我真正做到了爱校如家,爱生如子,工作全身心投入,真正到了废寝忘食的程度。

那时候,周文骞书记和朱深潮、郑绚副书记经常深入学生小班,做好思想政治工作,同时充分发挥政治辅导员和班主任的作用。周文骞老师还要求我们抓好小班典型,创建一至两个先进班集体,使得大家学有榜样,赶有先进。

当时,我发现化工 77 班和化机 78(2)班两个班,在全系表现比较突出。我们抓住这两个先进集体加以宣传指导,使他们的各项工作走在全系前列。尤其是化工 77 班,他们的集体主义精神发挥得很好,全班 38 个同学个个出类拔萃。由于班上的同学年龄差距比较大,有"老三届";年纪大的 30 多岁,从工厂、中学和农村里考上的;年纪小的应届高中生只有十五六岁。班长胡望明是杭州人,来自杭州市万里化工厂,算是班里带薪上学的三位之一。他在全班年龄最长,我们在挑选班长时,觉得他比较合适。他为人温厚谦和,经历丰富,善解人意,同学们都非常信任他这位老大哥。

我做政治辅导员时,认为最能体现一个班级集体精神面貌和凝聚力的,首先是班级的体育活动。那时候,我们按照系党总支的要求开展群众性体育运动,一方面增强学生的体能、体质,另一面也是为了增进班级的凝聚力和集体荣誉感。群众性体育运动在化工系展开了,各小班都组织了相应的篮球、排球、足球、乒乓球和田径运动队,工作开展如火如荼。

当时,学校党委副书记张浚生老师非常重视共青团和学生会工作,团委书记陈忠德和陶松锐、王玉芝副书记经常深入各系开展调查研究,推广先进经验。当大家发现化工系化工 77 班德、智、体、美都全面发展,各项工作开展得有声有色,决定选抓化工 77 班为先进典型。

班长胡望明被推举到全校宣讲经验,介绍他们如何开展体育活动,如何全班发动、深挖特长,组织相应的运动队;每个队又如何安排既有运动员,又有"后勤保障"——拿水、拿衣服;班上同学又如何把饭菜票也集中保管,让参加体育运动的同学吃好吃饱……总之全班同学心往一处想,劲往一处使,在全校组织的运动会中获得了三项冠军、好多项亚军,取得了全校总分第二名的优异成绩!……

体育成绩虽然提士气、长精神,但是,学习成绩如何,才是考验一个班集体水准的"试金石"。那时候,班上同学学习成绩参差不齐是常见现象。原因是有的同学因为上山下乡,荒废学业好多年。77 级大学生,是邓小平同志复出后恢复高考的第一届学生。他们大多匆忙复习、紧赶慢赶,通过高考进入浙江大学;进校后,学习中仍然碰到不少困难,学习的压力负担比较重。而 1977 年的应届生,从高中到大学,中间没有停顿过,基础好,学习相对轻松。

针对这种情况,全班开始组织班级"一对一"帮扶小组。学习委员范镇和系学生会副主席黄海两位同学,把学习有困难的同学召集起来,结合自己的学习和理解,总结每门课的重点与难点,对大家进行辅导。化工 77 班的口号是——

"我为人人,人人为我,一定要把耽误了时间夺回来,决不让一个同学掉队!"

即使如此,有的课程仍然相当困难。鉴于这种情况,我和学生会干部李曙白又亲自邀请任课老师,利用自修课和傍晚的时间,为学习困难的同学补习,解决难题。班上的同学还在走廊里办起了墙报,各自把学习的心得体会抄写上墙,供大家学习交流讨论。当时,举凡事关班集体荣誉的学习活动和系校的竞赛,大家都拿出十二分的努力。

有一次,学校开展演讲比赛,要求每班出一名同学参加。胡振民同学积极参加,演讲也很成功,但超时十几秒钟。当时评委对他的成绩评定有不同意见,难以统一。结果全班同学据理力争,最后化机 77 班的张学健同学获得第一名,胡振民同学获得第二名。但是评分进程同学们的力争,也反映出全班非常团结,说明他们有非常强烈的集体荣誉感。

随着时间的推移,我在化工系做政治辅导员的努力和工作成绩也得到了系所和学校的肯定。1981年5月,组织上让我担任了化工系分团委书记和学生党支部书记。

为了进一步做好工作,我专门选拔了一批能力强、有社会工作经验、在同学们中间有群众威信的优秀学生,进入分团委和学生党支部工作。我知道,让优秀的同学担任学生干部,对于他们来说既是一种能力水平的锻炼,又能够在这个平台上、在学生中,发挥他们领头羊和排头兵的作用。如今回眸一望,事实也有力地证明当时做过学生干部的同学,后来在各个领域都成为了骨干和主要领导——

卜凡孝担任校学生会主席,选上人民代表后,留校担任校长助理,后来做到副校长,为浙江大学的基建、后勤保障、安全保卫和紫金港新校区的建设做出了卓越的贡献;

刘奇毕业后,担任了省石化厅副厅长、宁波市委书记、江西省委书记;

分团委副书记邓声明毕业后,长期在中央组织部门工作,曾经是中组部地方干部局处长、局长,后任中组部副部长、部务委员;

胡祖才毕业后,在国家计经委现国家发改委任副主任;

竺延风是中国汽车工业的少帅,30多岁便是一汽集团的董事长、党委书记;

毛伟明毕业后曾担任江苏省武进市委书记、江苏省发改委主任、副省长、国家电网董事长、党委书记等职,现任湖南省委副书记、省长;

王文序学硕博士连读,毕业后担任过浙大团委副书记、绍兴市委副书记等职,现任浙江省副省长;

应一民毕业后,分配到造币厂后担任仙居县县长,现任德尚庄园葡萄酒业集团董事长;

何智芸毕业后,任浙江工业大学党委副书记;

朱秀林毕业分配到苏州大学后,担任苏州大学校长;

李曙白是浙大"求是苑"诗歌编辑,毕业留校后在学校宣传部工作,后去电教新闻中心,再后来成为校史研究员;

我们化工系五个专业的政治辅导员——化工专业的陈欢林、高化专业的孙建中、石化专业的周耀烈、化自专业的李桂樵,我是化机专业,除了我一直留在党政管理部门工作,他们四位都晋升了教授和博士生导师,专业业务都非常

优秀;

……

当时,浙江大学化工系党总支的郑绚书记和郭承璋副书记多次强调学生工作要发扬化工系的优良传统。我们开展学雷锋、创三好活动,开展学习、体育、文明寝室的三面流动红旗竞赛;综合评比后,评出"学习雷锋优胜班"。我们所做的各项活动,都有标准,使用积分制。在化工77班毕业之后,我们着重抓了化机78(2)班作为先进集体,树立为全系标兵;毕业前,该班被评为全校优秀班集体。记得在一次化工系迎春茶话会上,校党委周文骞副书记说:

"我们化工系培养了一批优秀的党政干部,还有一批出类拔萃的科技专业人才和院士,真是不简单啊!这种化工现象值得我们好好研究!"

我觉得,还是我们浙大张浚生老书记说得有道理。在浙江大学建校110周年庆祝大会上,许多77级、78级的同学都回校庆贺母校110周年华诞,张书记应邀参加校友座谈会,他对77级、78级学生给予了高度评价。他说:"77、78级是在非常历史时期入学的两届大学生。一方面,被'文化大革命'耽误了,众多年轻学子们怀抱梦想,涌入考场,历届生、应届生共13届应试者,全国大约有57万考生,只有佼佼者才能如愿进入大学殿堂。尤其是77级,处于恢复高考第一年,竞争尤为激烈。另一方面,一大批经历过社会大舞台历练的青年,在入学之后特别珍惜来之不易的学习机会,他们渴求知识,刻苦学习,同时勇于思考和实践,也给大学带来了前所未有的生机和活力。正如很多同学认知的,'学生以天下为己任,有很强的时代责任感和参与意识'。他们深感时不我待,一心想把被'四人帮'耽误了的时间抢回来,早日为祖国的'四个现代化'建设做贡献!

"一个人不能没有理想信仰,不能没有抱负追求,否则是非常可怕的。这些年轻人在毕业之后,在各自的领域,为国家、为社会做出了突出贡献。改革开放以来,我们国家取得的成就举世瞩目,正是千千万万个社会主义建设者在党的领导下取得的;每个人都做出了贡献。浙江大学无论是在解放前还是在解放后,都培养了众多我国科技文化领域的佼佼者,素以'求是创新'的精神、严谨刻苦的学风、艰苦创业的校风,矗立于我国学界之林。我们广大浙大学生,始终坚持传承'求是精神',以踏踏实实的工作,为党和国家建功立业!

"我想,这种'化工现象',除了时代的造就,还有就是他们都怀有一腔热血,都有远大理想和抱负,立志要为中华民族的崛起而读书。他们恨不得把自己的各种知识补回来而'玩命'学习。从寝室到教室，从阅览室到图书馆，从护校河边到玉泉植物园，再到夜间熄灯之后的路灯下，到处都有他们用功读书的身影。有的同学在食堂吃饭排队，也要拿出单词卡来背上几个单词，甚至是上厕所，也要看上几页书……"

张浚生老书记所讲的，确实是实情。我们化工系的师生都还记得，有一天晚上，化工77级一个男同学蹲坑看书，石化77级一个同学从睡梦中醒来，迷迷糊糊，尿急，也不看看有没有人在上厕所，一泡尿直接浇了蹲坑的同学一身，听到"啊唷"的声音后，赶紧逃走……这样的笑话生活中常有。

张浚生老书记接着说："当时，从外部大的环境讲，粉碎'四人帮'后，百废待兴，整顿教育秩序，像刘丹、王正之、邱清华、张黎群、黄固等一批'文革'中被打倒的革命老干部重新复出工作，有坚强的决心和信心要把浙大办好。他们绘蓝图搞规划，想了不少办法，谋划了不少方案，又起用了一批年富力强、有责任担当的知识型干部充实领导班子。他们坚持坚定正确的政治方向，坚持社会主义大学的教育方针，尊重知识，尊重人才，引进了一批业务能力很强的教师队伍，坚持培养大学生走'又红又专'的道路。"

他说："当时，化工系总支书记是马列主义政治经济学教研室主任，而副书记朱深潮老师一直致力于学生工作的研究，他比较早地提出了大学生德育综合优化的思路，倡导学生成才的自我设计，建立大学生自我评价体系和完善激励机制，广泛倡导并组织各种课外实践活动，重视学生宿舍文化的育人功能。他对我们政治辅导员的工作学习抓得很紧。后来他担任学校组织部副部长兼德育教研室主任，直至担任分管学生工作的校党委副书记。他一直任劳任怨，脚踏实地，加强以'求是'精神为主要内涵的优良校风建设。他认为政治辅导员就是当之无愧的德育老师。思想品德教育课应该成为大学生的必修课。他亲自主编了大学生思想品德修养课教材，培训了校内外德育教师队伍，率先组织浙江大学全年级开设大学生思想品德修养课，这一创举使浙江大学的学生工作走在了全国高校前列。"

张浚生老书记所说的校党委朱深潮副书记，我太熟悉了。他是我尊敬的老领导，曾主持筹建了浙江大学人格研究中心，主编、出版了研究文集《人格与人格塑造》，又率先开设了大学生心理健康课，增设了心理咨询中心。可以这样说，朱深潮老师为浙江大学的大学生思想政治教育做出了杰出的贡献。他勤恳踏实,不图名利,在浙江大学德育求是园辛勤耕耘了 30 多年。他有那么多的研究成果和专著,2022 年已是 78 岁高龄,却仍然以老辅导员的身份,为新辅导员和年轻的党政干部讲课培训,深得大家的敬重。按理说,根据他的资历、能力、水平和学术成就,评正教授绝对没有问题;但是,他却从未申报过教授,认为"老师"便是最让他自豪和光荣的称呼,最能体现他的人生价值,他已经感到非常满足。

张浚生老书记最后说:"正是因为浙江大学有像朱老师这样一批默默无闻、无私奉献、淡泊名利,又有真才实学、深得学生喜爱的德育课老师,坚持用自己的爱心、诚心、耐心和正确的人格塑造理论来培养学生的健康人格,培养大学生自爱、自知、自信、自强,才会有浙江大学的'春华秋实,桃李满园'!"

浙江大学建校 110 周年庆祝大会散会后,张浚生老书记又留我畅谈,我们共同进餐。席间,我对张书记所总结的"化工现象"表达了谢意。张书记对我笑道:

"小冯啊,你不用谢我;你有理由感到骄傲和自豪。因为你留校在化工系工作的那些年,已经把自己的努力熔铸到了'化工现象'的成果中了;因为'化工现象'也是'浙大现象'的一部分啊。"

我听了张浚生老书记的话,深受感动。因为我知道,他所领导的我的母校浙江大学,在全国"211""985"和"双一流高校"建设中,始终走在中国高校的前列,如今正大步走向亚洲乃至世界高校的前列。

四十三、结缘保卫工作

1981 年 5 月,江南草长莺飞,柳丝吐蕊。组织安排我担任化工系分团委书记、学生党支部书记。那时候,我还是单身一人,却成了学校里换宿舍最多的人。开始时,我住在第十宿舍,后来住第七宿舍、第八宿舍、第十二宿舍、内单、外单;住的时间最长的,是第八宿舍和第十二宿舍。

当然,频繁地换宿舍,主要是工作需要,为的是和化工系的学生们同吃同住同学习。白天,我跟化机专业的学生一起听课;晚上,我做学生工作,组织学生干部开会,给入党积极分子上党课。

那时候,我还选修了日语;为了有利于开展学生思想政治教育工作,我还选修了马克思主义哲学、教育心理学和德育课。在学校里工作,最大的优势是只要自己肯学习,工作、学习时间安排好,真的可以学习不少文化知识。

当时,浙大党委副书记张浚生老师分管学生工作。他经常召集我们开会,了解学生思想状况,要求我们政治辅导员、分团委书记全身心投入,做好学生工作。他不止一次在会议上对我们说——

"首先,你们自己政治上要过硬,要识大体、顾大局。要加强马克思列宁主义、毛泽东思想的学习,要掌握基本的思想方法,要提高用马列主义、毛泽东思想的基本观点观察问题、剖析问题、解决问题的能力。其次,学校领导非常支持你们这些留校的青年教师、政治辅导员跟班听课。一方面,这可以提升你们自己的学习水平,巩固和掌握自己学过的专业知识;另一方面,在和同学们共同学习的过程中,也可以增强感情、交流思想,知道他们在想什么、有什么需求、有什么困难,从而有的放矢地开展思想政治教育。"

那时候,我们化工系党总支周文骞书记和朱深潮副书记,以及后来的郑绚书记和郭承章副书记,还有党总支的组织委员吴雅春老师,经常深入学生小班开展思想政治教育,注重在学生干部中培养发展新党员;在全系倡导开展"学雷锋创三好"活动,按照党的教育方针,培养学生德、智、体、美、劳全面发展。

80年代初,我们经常开展班集体"争当新长征突击队"、个人争当"新长征突击手"活动,鼓励大家勤奋好学,团结互助,积极参加公益活动。

每年春天,老和山和校园的植树造林,都有我们的身影;公交车站维持秩序和打扫卫生,学校食堂的帮厨活动,都有我们的参与。我们化工系的化工77班,最终被评为团中央"新长征突击队";化机78(2)班,也成了全校"学雷锋创三好"先进集体。

不说我们化工系在创优方面的骄人业绩,且说我是怎么和高校保卫工作结缘的。

我住在第八学生宿舍(又叫八舍)时,因为它靠近老和山山脚,小偷很多。具体来说,有的同学把洗好的衣服晾出去,从教室回来,便会发现衣服不见了;有的寝室更是经常出现被偷盗的现象,学生们人心惶惶,不免对宿舍安全议论纷纷,意见很大。

那时候,在保卫部门工作的,年纪大的比较多;立案了,破案率比较低。

针对这种状况,我结合自己在部队的历练,把化工系武术队的同学组织起来,建立了治保会组织,开展宿舍巡查、蹲点守候。有时候,我们也把同学们上好的西装和绿色的军装,在上课前放出去晾晒。我组织治保会没有课的同学,在寝室里向外观察……

小蟊贼蠢蠢欲动,伸手了。可以料想,我带着学生治保员犹如神兵天降,逮个正着!

这一招果然很灵。仅1981年,我带领学生治保会的同学就抓获小偷九名,年终受到了学校嘉奖表彰,我们化工系学生治保会也成了学校的先进集体,我个人被评为"校级新长征突击手"。

浙大保卫处王忠处长受到启发,经常来化工系要求我们总结经验,在全校推广。有时候,他还把我请到保卫处,和我探讨工作方法。他说:

"小冯书记,有个问题我很头疼。学生在图书馆阅览室经常发生计算器、书包和贵重物品被偷的现象。我们保卫处干部年龄偏大,反应偏慢,真拿那些小蟊贼没办法。"

我对王忠处长说:"你们保卫处可以和我们学生治保会联动啊。学生治保会成员都是学生,而且都会点武功,不怕那些小偷,哪怕他们带着刀子,也不惧的。"

确实,由于我在部队练过擒拿格斗,能够和学生治保会成员平时练的长拳、内家拳结合起来,平时我们也会练习空手夺刀,对付那些小蟊贼是绰绰有余的。我让我们治保会的同学在阅览室看书、做作业时,故意把计算器亮在大家面前,然后假装上厕所,把计算器放入书包内;在阅览室四个角落都安排上我们治保会的同学边看书,边观察,发现小偷背上有计算器的目标书包往外走时,便跟出来的同学打手势。我就在门口一个别肘锁腕,把小偷擒住,随即交给保卫处的同志。为什么我要身先士卒做这样的事情?主要是考虑学生们的安全,免得他们受到伤害。

与校保卫处如此联动后,1982年一年里,我们化工系学生治保会便配合保卫处破获图书馆、阅览室偷窃案七八起。每当完成这样的协助破案,化工系党总支书记周文骞老师都要表扬我们:

"小冯啊,你们这招欲擒故纵、守株待兔的办法真好!小偷是万万想不到,进了浙大会有天罗地网等着他,一抓一个准!"

写到这里,我深深感恩当时分管我们的校党委副书记张浚生老师。1983年初,张浚生老师调到杭州市任市委副书记、政法委书记。虽然离开浙大了,但他对原来在他领导下工作的同志,仍然是关心有加。当他知道老校长刘丹需要物色一位秘书时,便推荐了我,并亲自带我去见老校长。刘丹同志看到我就说:

"冯时林同志啊,我们早就熟悉了。"

原来,老校长刘丹曾在我的小班抓过试点工作,还记得我。由于张浚生老师事先已经介绍过我的情况,刘丹同志问了问我家庭情况,笑眯眯地说:

"我这里工作不忙,主要是收收发发,帮我收集一下全省文化工作的情况信息。"

我望着老校长,心情很激动,表态说一定把工作做好。因为他和张老师还有工作要谈,我便起身告辞。临走时,他握着我的手说:

"小冯,工作的事情有组织决定安排。你有空可以来我家里做客。"

过了几天,党委书记梁树德老师找我谈话,说是省人大常委会办公厅考虑刘丹同志年事已高,准备退下来,不再单独配秘书;他工作上的服务事项,由秘书处专人兼顾一下就行。

梁书记说:"小冯啊,你千万别有思想顾虑,继续留在学校里,一样干革命工作。你先到学校组织部帮助工作。"

"梁书记,"我说,"我是党员,一切听从组织安排。"

1983年12月至1984年5月,我在学校组织部干了半年,在部长周广仁和副部长邹荣波领导下开展工作,主要任务是参加干部政审外调,清理每个干部的档案。由于"文革"造反派掌权时,把"文革"中的是是非非、莫须有的,甚至一些诬告不实之词统统都归入个人档案内,我们的任务便是把不该归档的内容清理掉。

当时,学校组织部在三楼,保卫处在五楼。保卫处处长王忠同志经常到我工作的办公室看望我。与其说是看望我,倒不如说,他实际上是来做我的思想工作,想调我到他们保卫处工作。他非常诚恳地对我说:

"小冯啊,我觉得保卫处非常适合你,我们也非常需要你。你年轻,我们保卫处没有大学生;你来,学历便是最高的。我自己也50岁多了,党委交给我的任务,是一定要把接班人找好。我们大家都觉得,你来保卫处最合适。"

他不仅自己来动员我,还让干部科姚晨虎老科长找我谈话。

我记得,大约是1984年4月,组织部整理档案的工作基本完成。有一天,浙大党委书记梁树德老师找我谈话。因为我们俩都是化工系出身,个人关系很好。他说:

"小冯,大家对你的工作能力很了解。你在化工系担任分团委书记,做学生工作也很优秀。化工系的学生工作,包括每次学校运动会,你们的成绩总分总是名列前茅。你们五个专业的辅导员孙建中、周耀烈、陈欢林、李桂樵工作能力都比较强、水平也比较高,大家都非常团结,工作氛围也很好,主要是你这个党支部书记头带得好。"

听了梁树德书记的话,我都有点不好意思了,说:"那都是您和张浚生书记领导得好。"

梁书记听了,摆摆手说:"哪里,是你干得好。尤其是你们系的治保会,工作非常出色,抓了不少小偷,全校都出了名了。化工系治保主任朱辉同志和我提过好多次,说你是一个干保卫的料子。现在保卫处王忠处长也找了我好多次,希望你能够去保卫处工作。保卫处没有大学生,学校要加强保卫队伍建设,你去非常合适。"

我明白了梁树德书记的意思,知道他有意让我去保卫处工作。因为他所说的和王忠处长说的,口径基本一致。但是,我那时还没有形成明确的想法。梁

树德书记见我踟蹰,又说:

"你愿不愿到保卫处工作,有什么想法,可以和我讲。其实,你的选项还不止一个,中国计量学院的党委副书记刘广义同志找过你了吧?他也想让你去当校团委书记呢。我给你两天时间考虑。但我个人的意见,是希望你留在学校里。"

"我明白了,梁书记。"我说,"我一定好好考虑。"

中国计量学院的刘广义书记确实找过我,而我说要"好好考虑",其实是想找张浚生副书记和校电教中心主任戟锋老师请教和商量一下。他们一个是我的老领导,一个是我的良师益友。当天晚上,我把梁书记找我谈话的情况向张浚生和戟锋老师汇报了一下。他们都认为,中国计量学院虽然也不错,但是学校太小;他们认为我去保卫处——前提是只要我自己喜欢,就肯定能够做出一番事业来。

张浚生老师当时又是杭州市委副书记、政法委书记,他鼓励我说:

"时林啊,事在人为,以后如果你愿意,可以调到杭州市公安系统工作。"

他们的意见非常真诚,分析得很有道理。我终于下定决心到学校保卫处去工作。

从那以后,我和高校安全保卫工作结下了不解之缘。学校党委梁树德书记、周文骞和朱深潮副书记对我都非常关心,安排我去保卫处担任治安科长,维护学校的治安保卫工作。

这一年的 7 月份,省公安厅正好有一个保卫干部培训班,我参加了为期两个月的保卫业务培训,学习了刑法学、刑事侦查(含现场勘查、指纹学、现场摄影冲洗照片)、犯罪心理学、预审及审讯和基本的擒拿格斗术与射击等科目。当时的任课老师都非常优秀,后来都成了警察学院的院、处领导和技术专家。紧紧张张的两个月培训,让我自己学到了不少新的知识和保卫干部必须掌握的业务技能,这为我开展工作结合实战搭建了良好的发展平台,让我一辈子受益匪浅。

但是,我没有料到,1984 年 5 月间的那一决定,让我在高校保卫事业的岗位上,一干就是 22 年,把青春年华中最好的岁月,献给了我的母校浙江大学的安全保卫事业。

四十四、侦破窃书大案

1984年4月,淅淅沥沥的春雨飘洒在美丽的杭州城上。浙大校园的绿植被春雨滋润,愈加郁郁葱葱,生机盎然。

当月底,浙江大学党委书记梁树德老师找我谈话,说组织上考虑学校保卫处人员结构年龄偏大,大多是部队退伍军人当干部用;为了加强保卫处的班子队伍建设,学校研究正式调我过去任职,并希望我尽快熟悉高校保卫业务,以适应繁重的保卫工作。

"我以前没有专门做过治安保卫工作,"我忐忑地说,"就怕干不好,辜负了领导信任。"

"不会的。"梁书记笑着摆摆手,很有信心地说,"你以前组织和领导的化工系学生治保会,不是做得有声有色、很有成绩嘛。你尽管放手干!"

"好的,梁书记。"我表态道,"我一定全力以赴!"

"组织上信任你。"梁书记说,"我们做任何事要学着去努力,因为只有通过努力才能改变自己,只有努力才能得到自己想要的东西,只有努力才能主宰自己的人生。一个人在成功的道路上,也肯定会有失败的地方;对于失败,要正确地看待和对待。不怕失败的人,则必定成功;害怕失败的人,则一无是处,会更加失败。所有成功的背后,都是苦苦堆积的坚持;所有人前的风光,都是背后傻傻的不放弃。"

"我明白了,梁书记。"我说,"决不辜负组织信任!"

"我本人也相信你。"梁书记笑了,又说,"只要愿意,并为之坚持,努力提升自己,才会有更多的选择,才会有更好的未来。努力提升自己吧,为想要的事业,去好好奋斗!"

1984年5月初,我正式调任到浙江大学保卫处,担任治安科长和浙大派出所副所长。

因为在化工系做共青团工作时,我经常协助配合保卫处工作,和王忠老处长及几个科的科长都非常熟悉,应该说工作开展得很顺利。

浙江大学当时地处城乡接合部,各种盗窃案件高发,这一现象引起了学校党委高度重视。分管安全保卫的副校长胡建雄同志专门召开会议,分析案情,查漏补缺。

"我们学校的安全保卫工作,必须坚持'预防为主,标本兼治,齐抓共管,综合治理'的方针。"他在会议上要求道,"就是说,什么问题突出就抓什么问题,应该做到重点抓、抓重点,上下形成合力,责任到人,在浙大打造缉捕犯罪分子的天罗地网!"

根据学校领导的指示,我作为浙大派出所主抓治安的副所长,带领治安科全体同志,开始深入各重点单位,进行工作交流和指导。

浙大图书馆向我们反映说,一段时间里,丢失了好几套珍藏版图书;一次图书馆三楼值班室的同志去一楼大厅拿盒饭,发现桌上的电话机被人剪走了。

此事引起了我的高度重视,专门到图书馆召开管理层会议,要求大家加强防范,内紧外松;每个人都要多一个心眼,对进入图书馆的形迹可疑的人员,要加强关注。

1984年5月24日下午4时10分左右,一个学生模样的男青年急匆匆地从浙大图书馆文艺书库走出来。正当他从书包架上取下书包要转身离去时,图书馆出借室临时工钱茗突然发现此人的腰围鼓鼓囊囊的,与众不同,立即意识到可能是小偷,便高声喊道:

"这人偷书!"

听到喊声,那个男青年立即夺门而逃。出借室工作人员王大中和杨朝平便迅速追了出去,在二楼男厕所将该男青年抓获,并从那人身上发现图书14本,又从他的书包内查出浙大图书馆流通组开架书库的图书11本,合计25本图书。在该男青年身上,同时查获其携带的作案工具。该盗窃图书嫌疑人随即被扭送至学校保卫部。

我们保卫部立即对他进行了审讯。通过相关资料比对,很快辨认出他就是曾经偷窃浙江图书馆藏书的那个窃书贼。

为什么会如此肯定?此事还得从4月初浙江图书馆图书被盗的事件说起。

4月2日,一男青年持我们浙江大学电机系1982级学生"孙风"学生证进入浙江图书馆中文阅览室。此人在盗书过程中被该馆工作人员抓了现行,当场搜出图书 6 本。但是,在将"孙风"带往办公室的途中,此人挣脱工作人员的钳制,逃脱了。

浙江图书馆保卫科的同志随后将"孙风"的学生证送到浙江大学保卫部,请求我们协助查找该生。不料,经核对,查无"孙风"此人。电机系 1982 级学生中倒是有一位名叫"孙岚"的学生,却是一位女生。但巧合的是,恰是这位女生"孙岚"的学生证早在两个月前登报挂失。我们初步判断,正是这个"孙风"盗窃了"孙岚"的学生证,贴上自己的照片,将"孙岚"涂改为"孙风"混入浙大图书馆和浙江图书馆,伺机盗书。

我们保卫部曾请各院系的辅导员前来辨识照片,以此发现来往人员中的可疑对象。所以,当该盗窃嫌疑人被送到校保卫部时,审讯人员经过短暂回忆,立即意识到,面前的男青年即是在浙江图书馆偷书后逃跑的那个男青年。

经我们审讯查明,该盗窃嫌疑人为宋某某,20 岁,浙江萧山人。此人于 1980 年 9 月考上杭州大学,因嫌杭州大学是非重点大学,因此未去报到。宋某某又于 1981 年考入上海同济大学物理系。1982 年 9 月 8 日,因其盗书屡教不改,被同济大学勒令退学回家。后宋某某为杭州人民中学的工人。

审讯继续进行,但过程异常艰苦。宋某某在审讯中吞吞吐吐,避重就轻,只供认作案 4 次,拒绝进一步交代问题,态度极为恶劣。

在保卫部案情研讨会上,我发表了自己的意见,认为宋某某犯有偷窃前科,被勒令退学回家后,仍不思悔改继续作案,此人有大量窃书前科,且多次被逃脱,其背负案情决不会小。

"这一次,我们绝不能就此罢休,轻易放过他;应一追到底,我建议向西湖公安分局申请搜查令,进一步查清其犯罪行为。"

对于我所提出的侦查的方向和手段,保卫部里出现了意见分歧。派出所董指导员比较保守,认为宋某某涉及的只是个偷书小案,不过是个小蟊贼,罚个款也就行了。

但是,我坚持自己的意见。因为虽然我是派出所副所长,但处理治安和刑事案件工作,所里是以我为主的。我认为宋某涉及不是一般的窃书案,而他本人已经是窃书大盗。

最终,所长的意见和我一致,同意申请搜查令,以扩大线索和战果。在征得浙大保卫部王忠处长同意的前提下,我和治安科副科长丁飞洲到西湖公安分局汇报。西湖分局的俞学信局长听罢汇报后,立即同意了我们申请搜查令的意见。

4月2日晚10时30分,浙江大学保卫部会同西湖公安分局及涌金派出所一行6人,押着宋某某,连夜赶往他的两处住宅进行了搜查——

一处是开元路,是宋某某父母及妹妹居住地。经搜查,发现宋某某所窃书籍2463本及其他赃物。

一处是人民路一幢4楼的小阁楼,是宋某某的住宿地。一打开房门,只见9平方米的房间里除了一张床外,全堆满了所窃取的书籍,还发现了5只收音录音两用机等高档物品。

宋某某见自己的罪行暴露,狗急跳墙,趁看管人员不备,竟然从4楼跳了下去! 由于地上是树木泥土,他未受重伤,又拼命逃跑;跑了近200米,在省人民大会堂附近被再次擒获。

经浙江省中医院检查,宋某某左手骨折,脸部、颈部擦伤。

浙江大学保卫部与西湖区公安分局共17人,用汽车花了两天时间,才将宋某某盗得的所有赃物运回。

经清点,犯罪嫌疑人宋某某共盗窃各类图书、期刊17000余册(其中精装本约占四分之一),基本不重复。另外,还有图书目录卡32.5斤,英文打字机2台,自动幻灯机2台、电话机2台及其他医疗仪器物品——医用手术刀,从小到大,包括锯骨的锯、凿子,一整套骨科医生的手术器械,一应齐全,宋某某盗窃的物品种类就达131种。盗窃的图书中有许多是珍贵的馆藏文献,其中一套八本台湾版的医学文摘,是浙江图书馆的孤本,全国也为数不多。该书1982年失窃后,浙江图书馆保卫人员跑遍了杭城所有公安局派出所,整整查找两年未果。

最终审理结果是,犯罪嫌疑人宋某某盗窃的图书和物品涉及上海同济大学、杭州市新华书店、浙江大学、浙江医科大学、浙江农业大学等省内外15家单位。宋某某作案次数之多,盗得的物品种类之广泛,确实使人惊讶,而其所盗书籍之多,价值之高,在全国都实属罕见。所幸,我们浙江大学保卫部及时侦破了此起以偷窃图书为主的系列盗窃大案,使"盗书大王"宋某某受到了法律的严惩,为社会消除了一大祸害。

我调到浙大保卫处工作不到一个月,参与侦破的宋某某盗书案件被高校安保系统称为"全国盗书第一大案";宋某某则被称为"盗书大王"。第一次参与破案就提出准确的侦破方向和正确的侦破手段并成功破案而生发出的成就感,让我非常自豪,慢慢地也就喜欢上了高校保卫这一事业。谁能料到,我在浙大保卫部竟然一干就是22年呢。

　　说来也很有戏剧性,在离开浙大调到中国计量大学担任副校长之前,我又侦破了一起被盗现金50万元的盗窃大案。对于高校安保事业来说,我也算是慎终如始、善始善终了。当然了,那是后话。

四十五、处置涉外事件

1999 年 5 月 10 日,浙江大学发生了"五·一〇"涉外事件,震惊中外,并惊动了中央领导同志。

是年 5 月 8 日,北约轰炸了我国驻南斯拉夫大使馆。这个消息传出后,浙江大学在校学生都很愤怒,开展了一些抗议活动,但都是在有组织、守纪律的情况下进行的。浙大的学生们还在校园里贴了许多海报和标语,抗议北约轰炸我国驻南斯拉夫大使馆。

10 日傍晚,浙大西溪校区的日本留学生与中国学生发生了摩擦。

起因是,当天傍晚浙大西溪校区两名日本留学生在留学生楼下踢球时,多次将球故意踢到一些中国学生张贴的抗议以美国为首的北约野蛮轰炸中国驻南使馆的标语上,其中一个叫柴山贵晴的,还动手撕扯标语。当计算机系一男一女两名中国学生与他们理论时,日本留学生还脚踢中国学生,并造成轻微伤。这便激起了中国学生的义愤。很多同学围了过来,人愈聚愈多……

当时我担任浙江大学保卫部部长。接到保卫部副部长兼西溪校区保卫办主任陈寿铨的告急电话后,我作出的第一反应便是马上组织保卫干部和校卫队的力量,并第一时间电话向分管安全保卫的副校长卜凡孝同志汇报事态概况,同时下达指令要求全体保卫干部、校卫队员(除留下值班人员外)以最快速度赶到西溪校区保卫办集结,服从统一指挥;随即,在玉泉校区门口打了个的,迅速赶赴西溪校区。在路上,我用手机向市公安局分管内保的副局长郑贤胜同志、省公安厅二处处长徐志尧同志汇报了西溪校区发生事件的基本情况。

卜凡孝副校长听罢我的汇报后马上赶赴西溪校区,同时向已经从新华社香港分社主要领导岗位调任浙江大学党委书记的张浚生老师作了汇报。当时,那个叫柴山贵晴的日本留学生剃着光头,站在椅子上嬉皮笑脸,中文又不好,只敷衍了事地说了声"对不起";楼上的日本留学生还朝楼下的中国学生扔饮料瓶,并且发出嘲笑。如此这般的举动,引起了同学们的强烈不满。根据广大学生的要求和卜校长意见,学校安排日本留学生向中国学生道歉。

大约8点多钟,浙大党委书记张浚生老师赶到现场。当时,保卫办楼下已聚集了上千人。张书记手拿麦克风电喇叭,在我们保卫部同志的簇拥下,开始和同学们对话——

"这件事,首先是日本留学生的错误,要他们道歉是合理的;这也是爱国的行动。"他说,"但是,在现在这种情况下,那个留学生已经无法再出来,大家一定要冷静。请同学们先回去,学校一定会严肃处理此事的。"

但学生们听不进去,不愿意离开。后来,学生们愈聚愈多,最多的时候达到四千多人。他们争论着,是不是可以把那个日本留学生拉到礼堂里道歉。

张浚生书记明确表态道:"这么做是不行的。"

张书记综合现场情况,作出的基本研判是,现场这么多人,这么激烈的情绪,日本留学生一露面,场面就会失控,出什么事都有可能。

这时候,留学生宿舍已经被围得水泄不通。由于该宿舍连着校区保卫办的办公楼,二楼有一个走廊,像"天桥"一样连着。我们一方面和学校领导出面做自己学生的工作,一方面把日本留学生保护转移到保卫办的办公室里。情绪激动的同学们一次次往上冲,我们保卫办窗门上的玻璃都被打碎了。那时那刻,不仅卜凡孝副校长、张浚生书记和我们保卫部除岗位值班外的全体同志,浙江大学所有的党委副书记和副校长们,也都到了现场,学工线的老师和干部也全都赶到现场,一起做学生们的工作。

1999年5月10日,在我的感觉中真是一日长于百年。那天晚上真的是很"难"。这个"难"字,不是怕那些学生情绪过火——年轻人血气方刚,他们是在维护心中一个神圣的理想;他们觉得自己的祖国受到了侵犯,那样的感情是可以理解的。张浚生书记和我们大家感到"难"、也最担心的是——学生们都是热血青年,在那种激动的情绪下,很有可能会有过激行为;如果稍有不慎出了事,那就是重大事件!如果伤害了日本留学生,对国家影响就会非常大——会波及我国正在处理的北约轰炸我驻南斯拉夫大使馆事件的方式和尺度,会增加更多变数,甚至遇到更大麻烦;同时,我们也要尽量保证我们自己学生的安全——他们蜂拥地冲上连接走廊时,张浚生书记和我们就怕"天桥"走廊塌下来伤了那些学生。他和卜凡孝副校长在现场都对我提出了明确要求——

"冯部长,马上疏散天桥上的学生!"

"要防止'天桥'塌下来伤到学生,冯部长!"

当时,学生的情绪是那样激动和愤慨,要疏散他们是真的难啊!但是再难,我还是坚持带领保卫部在现场的同志努力去做——

"同学们,我是保卫部长冯时林!桥外的同学后退三米!桥上的同学跟进后退!现场有没有党团员?带头执行命令!"

其实,令我心疼的是张浚生书记那天也是带着伤痛赶到现场的。说来也巧,5月5日那天,党办孙旭东副主任兼秘书陪他到首都北京,向教育部汇报工作;在抵达萧山机场时,机场外面一个下水道盖板坏了,他一脚踩上去后,那扇盖板竟翘了起来,把张书记掀倒在地。当晚到北京检查后发现,他的腕骨骨折了。在北京忍痛开完会,我们一行人7日回到杭州,又到浙大医学院附属第二医院为他作了检查,才发现他不仅腕骨骨折,肋骨也骨折了。医生给他在手上打了软石膏,肋骨伤情却无法处理。这样,在现场时,张书记疼痛得有多厉害,只有他本人能够体察。

就是在那样的伤痛折磨中,当天晚上张浚生书记一手拿着麦克风,一手按住胸部以减轻疼痛,不停地苦口婆心地做学生们的思想工作,可以说已经到了"声嘶力竭"的地步。但是,现场的同学们对他所讲的话根本就听不进去,一定要强行冲进去,找那个日本留学生理论!

当时的情况已经非常紧张,甚至到了危急的程度。我们保卫干部组成人墙,把学生与张浚生书记隔开,防止冲上来的学生推挤到他。开始时,张书记一直在讲道理;但是,有一些学生似乎失去理智,在下面喊道:

"张浚生,下课!"

张浚生书记刚从新华社香港分社调回浙大不久,还不知道"下课"是什么意思,一时反应不过来。学生后面的喊声更加偏激,也更加极端了——

"汉奸!卖国贼!!"

这一下,可把张浚生书记给气坏了。他敲着栏杆大声地说——

"我给你们已经解释过多少次了,学校会严肃处理此事的!你们还说我是'汉奸、卖国贼'?你们知不知道,在香港,我和英国人面对面斗争了13年?!"

张浚生书记被逼到讲出这样的话,还真是起了些作用,学生们稍微安静了一些。

当时,浙江省领导也到了现场。他们是省委副书记周国富和副省长鲁松庭,正守在学校的会议室里。张浚生书记过去向他们汇报情况。省公安厅一位副厅长到过现场,看到情况危急,有点急躁,在会议室向省领导建议道——

"是不是考虑采取措施,用催泪瓦斯和高压水枪驱散学生?"

"绝对不行!"张浚生书记明确表态道,"现在必须保证两点:一是要保证日本留学生的安全;二是决不能伤害到我们自己的学生!"

"嗯,老张你说。"省委副书记周国富微微颔首道,"我们听听你的想法。"

"我相信我们浙大的学生是明智的,现需要冷静,我们共同来做解释工作。"张浚生书记忍着身上的伤痛和难过的心绪,冷静地说,"就是学生把我打死,我们也不能伤害自己的学生。"

我在现场听了张书记的话,内心深处百感交集。他之所以那样说,是事出有因。因为在学校领导与学生形成对峙局面期间,我们保卫部曾调来一辆交通宣传车,张书记在车上用喇叭对学生进行劝解时,有三块大石头直接砸到了张书记所坐车的车顶上!

当然,在那样复杂的情况下,不排除有社会上的不法分子混入现场。当时情况非常紧急,鉴于我们西溪保卫办只有30多个保卫干部,市公安局陈伟和郑贤胜两位副局长马上从西湖公安分局施金良局长和拱墅公安分局余勇局长处,各调来30多名特警,从西溪圆正宾馆东门进入后,从锅炉房攀爬上二楼,加强我们保卫办的力量。

公安干警和保卫干部把办公桌和椅子做成掩体,与楼下的几千名学生对峙着。学生们用竹竿捅我们,将石块砸向二楼,誓言要保卫办交出日本留学生。被竹竿捅伤和石块砸伤的公安保卫干部有十几人。十几个小时在对峙中过去了。在那十几个小时的对峙中,我们大家坚守岗位,做到了骂不还口、打不还手。当时,我们只有一个想法,就是绝不能让浙大学生和日本留学生发生冲突,恶化事态。

楼下的学生们一会儿唱响《大刀进行曲》,一会儿又到留学生宿舍仓库拿出蚊帐和被单,用火点燃。火势熊熊,形势更加危急。1999年5月10日,在我的一生中留下了永远难以磨灭的记忆,因为处理那样的事件,既相当惊险,又相当艰难。我们保卫部一百多名干部和校卫队员既要管好大门、维护现场秩序,又要守住保卫办,保护被我们藏起来的日本留学生,同时还要保护我们的学生不受伤害。

正在这个紧急关头,浙江省委书记张德江的电话打来了。他十分关心事态,询问解决得怎么样了。周国富同志告诉他,还没有解决;公安厅的同志再次提议采取非常措施,驱散学生。张浚生书记依然坚持不同意。

省委书记张德江同志非常清醒。他表示完全同意张浚生书记的意见,认为不能按公安厅同志提议的那样做,说他马上就过来。

不久,省委书记张德江,省长柴松岳,省委常委、秘书长吕祖善,省委常委、宣传部部长李从军,省委常委、省公安厅厅长俞国行等同志都来了。他们来了之后,在学校会议室听张书记向他们汇报情况。张德江同志询问张书记是怎么向同学们解释的。

张浚生书记说:"第一,这件事情是日本留学生引起的,是日本留学生的错;第二,浙大学生要求日本留学生道歉,是正当的,是爱国行为。但是,现在需要冷静处理,不能冲动,要让同学们先回去,学校会严肃处理的。"

"行,就按你讲的意思做。"张德江同志说,"拟个通告,用学校的名义发布出去。"

这时候,李从军同志说:"我下令调来一部有高音喇叭的宣传车。宣读你们浙江大学通告的时候,声音会很大,在草坪上坐着的学生肯定会回过头来。趁这个时候,你们赶紧把日本留学生带走。"

大家商量了一下,觉得可行。

于是,调来的宣传车就被开到了学生前面。校党委副书记童芍素坐在车上大声宣读通告时,省公安厅的黄子钧和牟高望两位副厅长把省里的决定和做法告诉了我。由于日本留学生是一个光头,市局办公室的同志又找来一个假发套给他戴上。

黄厅长对我说:"老冯,你自己决定把三个日本留学生带到什么地方吧,但必须是安全的地方。你把目的地告诉我,我让当地公安局的同志协助你工作,一定要封锁留学生的去向消息。"

"好的,黄厅长。"我说。

随即,我带着那三个日本留学生从西溪"圆正"宾馆东门乘车一路狂奔,到达余杭的"阳光大酒店",并向余杭公安局的孙云局长转达了厅领导意见:

"一定要封锁消息,保证日本留学生的安全。"

孙局长非常支持,派出文保科的同志协助我们工作,将那三个日本留学生安顿下来。

天,慢慢亮了。各个校区的辅导员、班主任也都陆续过来了。折腾了整整一夜,有些学生也累了,陆陆续续离开了现场。但是,最后还有三百多名同学坚持在那里。做学生工作的老师们在现场把同学们一个一个拉起来,劝他们离开。7点钟左右,现场四千多同学全部散去了。

学校食堂烧了两大锅面条,送来给驻留现场的公安与保卫干部们吃了。大家默默地吃着面条,心里都在为"五·一〇"当夜遏制住了事态的恶化而感到庆幸。

第二天上午9点多钟,学校召开党委会,首先决定,将那名肇事的日本留学生开除学籍!

浙大校党委一致认为,一个外国留学生,不尊重所留学的国家和民族的感情而挑起政治事件,怎么可以容忍;并立即将"五·一〇"事件向教育部报告。其次,校党委接下来便开始研判,防止事态还可能有什么发展;我们保卫部也审慎地作了"事态推演",并拟订了预案。

11日上午,浙江省委书记张德江同志在省委常委会上说:"昨天晚上的事件,不仅省委、省政府高度重视,党中央胡锦涛同志整个晚上曾多次给省里打电话了解情况。因为那两天武汉也出事了。北京、上海也有;成都、重庆也有。所以,省里领导也是一直没睡,到天亮的时候才松了一口气,向胡锦涛同志报告说,浙大的事情已经处理好了,平息了。可以说,浙大的'五·一〇'事件,处理得很恰当。"

11日中午,浙江大学党委书记张浚生向教育部作了"五·一〇"事件及处理报告。陈至立部长听罢,十分赞同浙大的处理方法和处理意见。11日下午,学校的"开除通告"和那个叫柴山贵晴的日本留学生写的"检讨书"同时在全校进行了广播。

需要补叙的是,就在11日凌晨,大约两三点钟,日本驻上海总领事馆得知消息,已经派人来到杭州。当他们知道我们已经把那三个留学生从校园送走,表示非常感谢;对于将宣布开除那名留学生,他们也没有表达任何意见。当天下午3点多钟,日本领事馆派人将三个日本留学生带离杭州,前往上海了。

事后,张浚生书记在北京开会,碰到了中山大学党委书记李延保同志。李延保告诉张书记说:"你们浙大的那个事情,处理得真快、真好。如果你们没有及时处理,发布新华社电讯,我们中山大学的同学已经准备坐车往杭州跑了。"

据李延保书记介绍,当时,中山大学校园里已经贴出大幅标语"大刀向鬼子们头上砍去,坚决声援浙大学生";后来看到网上的消息和新华社广播,说浙大的事已经平息了,他们才没有启程。

实际情况是,不只是中山大学,后来据我们掌握的情况来看,在整个"五·一○"事件中,互联网上各种说法都有,有的居然说什么"日本留学生侮辱中国女学生引起事端"……致使上海、宁波、南京等地也都有大学生要到杭州来声援。所幸在省委、省政府以及学校领导干部和老师们的共同努力下,采取了冷静和果断的措施,事件得到了快速平息。由于处置"五·一○"事件稳妥,浙江省和浙大受到了中央领导同志的赞扬;我们保卫部也获省委、省政府的表彰,被评为全省维稳工作先进集体。

令人暖心的是,事件处置过后第二天,有几位学生在玉泉校区食堂门口张贴了一封给浙大党委书记张浚生的公开信,信里说:

"'五·一○'晚上,我们学生确实不够冷静,但是校党委张浚生书记非常冷静地处理了事态,我们也受到很大教育,向张书记表示敬意。"

那封公开信贴出去后,有六百多名同学在上面签了名。那些学生写的最后几句话,让张书记也深受感动。他们说的是:"张书记,你是我们最敬爱的好书记;我们是我们敬爱的书记的好学生"。

张浚生书记看了那封公开信,当时感动得热泪盈眶。

发生"五·一○"事件时潘云鹤校长在北京开会,他从北京打电话询问事件发生的基本情况并向全体安保人员表示诚挚的慰问。

四十六、粉碎盗窃团伙

1992年11月8日上午8时,浙江大学化工系化机教研室的师傅像平时一样来实验室上班,一打开实验室的门,顿时惊呆了:实验室内的柜子被撬开了,工作室的灯亮着,平时满满当当的实验室里空空荡荡;实验室内的车床、外单位送检的叶轮等大量金属物不见了。见此情景,教研室教师赶紧向保卫处派出所报案。

接警后,我们保卫处火速派人会同西湖区公安分局技术组的干警勘查了案发现场。经现场勘查和该实验室教师对丢失物品的清点,发现该实验室失窃铅砖、试验装置法兰、叶轮、阻尼轴承、钢板、车床、台火钳等物品,初步统计价值为9万余元。

化机实验室承担着国家很多的科研项目,失窃物品中有部分是西南某军工企业委托该实验室进行试验的物品,特别是经过实验后看似"废铁"的叶轮碎片,具有很高的实验价值与经济价值。

此案成为浙江大学建校以来发生的最大实物盗窃案。

案发后,学校党委、行政部门非常重视,书记、校长指示并责成保卫处尽快破案,由我总负责。当日上午,在浙江省公安厅二处、杭州市公安局文保处的大力支持下,"一一·八"特大盗窃案侦破组成立,侦破组组长由保卫处治安科长张惠良同志担任,成员由保卫处治安科会同省市公安部门干警共同组成,成员有李军(保卫处治安科)、韦朝阳(保卫处治安科)、陈忠云(保卫处治安科)、孟华伟(浙江省公安厅二处)、杨炯(杭州市公安局文保处)。我除了直接指挥破案工作外,当即要求保卫处将近期的工作重点转移到侦破"一一·八"特大盗窃案上来,在用车、办案经费等方面给予专案组优先保证,其他同志的工作要服从、服务于专案组的工作;同时,结合浙江大学校园近期夜间经常发生的生产、实验物资被盗情况,组织保卫处其他干警和校卫队员在校园内张网守候,力争抓获现行。这一决定为侦破此案打好了扎实的基础。

专案组成立后,我亲自主持召开了第一次案情分析会。

会上,成员们各抒己见。有的说:"根据现场勘查发现,实验室是被犯罪嫌疑人用外力撬开门后进入室内,窃走大量物品的。"

有的说:"结合咱们校园具体情况,只有西南面靠老和山脚那侧没有围墙,除大门24小时有值班守卫处,其余的都关闭了。"

专案组汇总情况后,我总结道:"同志们说的都很好。目前,是不是可以初步达成以下共识:犯罪嫌疑人较熟悉学校情况,应该是在浙大工作或者曾经工作过的人;当然,也有可能是学校附近或者和学校某些单位有业务往来的;他作案前,事先踩过点,由于窃得物品数量多、分量重,单纯靠人力,是无法把物品带出学校的,应该是得手后,用运输工具将失窃物品从学校西南面没有围墙的地方运出学校的。"

大家都同意我的这个判断。接下来,专案组成员分头进行大范围的走访工作。当天,学校即以保卫处名义通过校内的各种媒体在全校范围内公布案情,要求广大师生员工积极提供线索;对破案提供直接线索的,奖励人民币2000元。此举开了浙江大学保卫处公开悬赏破案的先河。

经过走访,当日下午1时,专案组从群众处获得了一条线索——

11月7日晚至8日晨,有人起来上厕所时,发现化机实验室门口停放有一辆蓝色的5吨卡车,化机实验室的门开着,灯全部亮着,车上站着一个人,另外还有几个人从实验室往车上搬运物品。由于化机实验室的科研任务比较多,经常在晚上装运实验物资,所以当时没在意,也未看清卡车的车牌号码。

这一线索与专案组的判断完全吻合。于是,我们专案组的工作重心立即围绕11月7日进出浙江大学校园的卡车展开。当日下午4时15分左右,调查中又发现另一条重要线索——

11月7日晚10时许,曾有一辆蓝色的东风卡车驶入化机实验室南侧大约30米处一建筑工地,晚11时许离开,车主为余杭市(现杭州市余杭区)闲林镇一个体运石老板。

说来也巧,11月8日凌晨,我带队员曾在化机实验室重点部位蹲守至凌晨4点半才结束,因此推定犯罪嫌疑人作案时间为11月7日晚11时左右。当天下午4时50分,专案组成员立即驱车前往闲林镇查找该个体车主。当晚7时30分,专案组找到该车主,但经过询问及向周围群众了解情况,排除了该车车主作案的可能。

当时正值隆冬,保卫处办公仅有一辆小车和两辆三轮摩托,恰逢小车又坏了。情况紧急,专案组破案心切,我立即下达了"两步走"的命令——

"张惠良,你和孟华伟、杨炯同志,先开摩托赶赴十余公里外的闲林镇。路上风大,注意安全;李军和陈忠云同志,你们随后借辆小车,出发支援!"

经过第一天的紧张工作,专案组成员都感觉到身上的压力沉重,都决心把自己的工作做得更细、更扎实,力争早日破案。

当天晚上,我们进行第一天案情调查总结。我发现,张惠良同志手上的杯子磕得桌子"咯咯"响,便问:"你怎么了,惠良同志?"

他不好意思地说:"路上冻得瑟瑟发抖,没法端稳杯子。"

经过讨论,专案组决定近期的工作重点首先从在浙江大学工作、曾经工作过的或者在浙江大学周围的人展开,特别是注意重点人口的排查;同时,决定请求杭州市公安局刑侦支队帮助,向华东六省一市公安机关发出此案的协查通报。

9日上午8时,专案组的调查工作继续展开。除继续进行走访工作外,一部分同志负责对浙江大学的工作人员和曾经在浙江大学工作过的人进行梳理。至当日深夜,摸排出一些对象,但经过甄别,都被一一否定。

10日上午9时5分,又一群众向专案组反映:听别人讲,20天前,浙江大学南面玉泉村一叫"卢某某(弟)"的人家里曾装出一卡车铁去卖。

同日,专案组成员在对玉泉村进行走访时,获得一条侦破此案的关键线索:8日凌晨2时许,玉泉村一村民睡觉醒来时,隐约听见村中离他家较远的地方有一辆卡车驶出,卡车驶出的方位好像是玉泉村村民卢某某(哥)家附近;而先前那群众反映的卢某某正好是他的弟弟。

在获得这一重要线索后,卢氏兄弟开始纳入专案组视线范围。经了解:卢某某(哥),男,33岁,汉族,农民,住杭州市青芝坞××号(玉泉村),1978年7月因犯盗窃罪被判处有期徒刑三年。刑满释放后,卢某某不思悔改,1981年8月再次因犯盗窃罪被判处有期徒刑十年,押送西北劳改,1990年6月释放,现为杭州三潭印月一个体工商户。卢某某(弟),男,29岁,汉族,浙江大学工人,住杭州市青芝坞××号(玉泉村),因病长期在家休养。

专案组立即围绕卢氏兄弟展开调查工作。在调查中,专案组成员还发现,卢某某(哥)的妻子为浙江嘉善一农民,其妻老家附近有一全国最大的废旧金属交易市场。专案组当即将调查所获的线索进行汇总分析,一致认为化机实验室一案极有可能是卢某某(哥)所为,鉴于他两次因犯盗窃罪被捕入狱,特别是考虑到第二次被判处的十年徒刑是因为其在公安、司法机关出示证据后依然拒不交代犯罪事实而被从重处理的情况,专案组认为必须在不打草惊蛇的情况下掌握充分、有力的证据,只有在浙江嘉善其妻老家找到赃物后才能顺利地将其绳之以法。

11月12日,专案组决定兵分两路:由张惠良同志先带领韦朝阳、陈忠云、孟华伟三同志赶赴卢某某妻子老家——浙江省嘉善县西塘一带的下甸庙镇肖家圩村进行侦查;李军、杨炯在做好对卢氏兄弟的外围调查工作及落实对两人的监控工作后立即去嘉善与专案组其他同志会合。同时,保卫处决定,要不顾严寒,艰苦奋斗,将在校园内已开展的守候工作继续进行下去,直到破获此案为止,防止类似案件再次发生。

至此,专案组干警开始在浙江嘉善进行艰苦的调查、访问、取证和监控工作,保卫处其他同志在白天完成本职工作的情况下,轮班参加夜晚的通宵守候工作。一张侦查、捕获以卢某某为首的特大盗窃犯罪团伙的大网就此撒开。

11月13日,张惠良同志带领韦朝阳、陈忠云、孟华伟出发,奔赴距离杭州一百余公里外的浙江省嘉善县,在浙江省嘉善县公安局的大力配合下进行调查和查找赃物。16日,李军、杨炯做完杭州的调查及落实了对卢氏兄弟的监控工作后赶赴浙江嘉善与专案组会合,一起在当地开展侦查工作。由于浙江省嘉善县西塘一带属于农村水网地带,许多村庄不通公路,村庄内农户居住分散,与外界的联系只能依靠船只或者是步行才能完成。常常是两户农家隔河相望;没船的话,就只能望河兴叹了。同时,由于当时办案条件非常艰苦,经费有限,专案组大部分的调查工作都靠两脚走路、挨家挨户调查询问来完成。

有天晚上,因为没有路灯,专案组有个同志,一不小心掉到了河里。他爬上岸来,浑身湿淋淋的,不好意思地对其他人说:"怎么成了落汤鸡?看来想吃鸡了。"

有时候,大家实在走累了,就向当地的政府工作人员或者派出所民警借自行车骑;只有在目的地非得坐船前往的时候,万不得已才租船前行。由于交通不便利,专案组往往半天只能调查一个村庄,工作进展缓慢。同时由于该地区当时商业极不发达,距县城又远,各村庄很少有饮食摊点,专案组成员往往早上在县城所住旅店吃一顿后,开始驱车赶往下面的村庄调查,直到晚上很迟才能吃上一口热饭。我自掏腰包给同志们加餐,他们叫道:

"别抠门,大菜、硬菜上啊,冯处长!"

"现在还不到喝庆功酒的时候,"我说,"等案子结了,我请你们吃'叫花鸡'!"

"那不行。"他们说,"别光吃面,得加碗羊肉补补!"

确实,那时候办案,实在艰苦。在调查过程中,饿了,同志们就咬几口带去的馒头、饼干果腹充饥;累了,只能在车里蜷缩着休息一下。当时的出差补贴,省内只有6元,且如果住宿的旅店超过标准的话,超过部分还得按比例自己贴上。就这样,最大的改善仍只是在吃面时加一碗羊肉。

"那就加碗羊肉,"我豪迈地说,"这个月豁出去了,不存钱了!"

时至今日,专案组成员仍然认为,那是他们吃得最香的羊肉了。

艰苦的调查工作在浙江嘉善进行了六天。11月20日,专案组在下甸庙镇斜江港村走访时,发现了一条令专案组成员欣喜若狂的线索——

该村一村民反映,11月10日左右,在他去自家的责任田干活时,看见村口桥头公路边放着四五只电动机、10余根长短不一崭新的轴轮,另外还有一只台虎钳。他感觉很奇怪,以为是哪个厂要倒闭了,正在处理这些东西。当时搬运这些东西的人有三个,而且都不认识,其中一个30岁左右,个子中等。他们正把这些东西往旁边一只船上运。

获得这一线索后,专案组成员围绕这一情况继续在村里进行访问了解。21日晚,群众向专案组反映:11月8日早晨,他看见桥头公路旁停放着一辆卡车,车体颜色也是蓝色的,有三个人正从车上往下搬东西;而所搬的东西也恰好像电动机、轴轮一样的物品。专案组成员让村民辨认照片,发现其中一人与卢某某的妻弟徐某某很像,而且徐某某也正好是做废旧金属生意的。由此证明徐某某也有重大作案嫌疑。

虽然基本肯定了化机实验室的盗窃案为卢某某等人所作,但必须找到赃物才能得到最终的证明。为此,查找赃物的工作继续进行。11月21日晚上10时许,专案组得到一条线索,称徐某某20日曾经与提供"阿咪"线索的船主说过,让其22日晨驾船在斜港桥头公路边帮其运货,在专案组找到船主后,船主也承认有此事,也就是说徐某某有可能在当晚去杭州拉"废铁"。由于受当时通讯条件的限制,无法与保卫处直接联系,专案组全体成员只能立即驱车百余公里返回学校,并和保卫处其他同志及校卫队员一起在校内守候,但至凌晨4时仍未果,只能再返回嘉善继续开展调查工作。

经过艰苦访问,11月26日下午2时,专案组找到了11月曾经两次为徐某某运货的一名船主,船主提供了一个重要情况:本月上旬的一天早上,具体时间记不清楚了,他是在斜港桥头公路边用船帮徐某某转运一批"废铁"到嘉善陶庄的废旧金属交易市场。徐某某将这些"废铁"卖给了一个叫"阿咪"的人。当时这些"废铁"是从一辆蓝色的卡车上卸下的。

在获得这一重要证据后,专案组人员发扬连续作战的精神,立即赶赴陶庄,在废旧金属交易市场进行调查。由于船主提供的这个叫"阿咪"的人的资料不准确,在寻找"阿咪"未果的情况下,只能在市场中停放的千余艘船舶中挨艘寻找;同时,为了获得更多的证据,专案组成员扩大查找范围。

功夫不负有心人,经过一天多时间的寻找,11月27日下午3时15分,在陶庄镇民主村一吴姓村民家门口终于找到了与浙江大学化机实验室失窃物品相似的叶轮碎片,并证实此叶轮碎片确系浙江省嘉善县下甸庙镇肖家圩村村民徐某某在11月上旬卖给他的,当时他共向徐某某收购了三吨多此类"废铁"。当天,保卫处立即让化机实验室的教师赶赴嘉善进行辨认。经过辨认,此叶轮碎片确系浙江大学化机实验室"一一·八"特大盗窃案中失窃的叶轮。

1992年11月27日晚,让专案组全体成员为之扬眉吐气的时刻到来了!

当晚18时,卢某某的妻弟、浙江省嘉善县下甸庙镇肖家圩村村民徐某某落网,被星夜押解回杭州接受审查。经过审讯,徐某某供认了11月8日晚卢某某让其从嘉善租车到杭州,并在卢某某的指挥下和卢叫来的三个搬运工一起在浙江大学化机实验室盗窃作案的犯罪事实。

11月28日0时25分,"一一·八"浙江大学化机实验室特大盗窃案主犯卢某某在其青芝坞住所被擒获!经连夜审讯,卢某某对其组织、参与"一一·八"特大盗窃案的犯罪事实供认不讳。卢某某、徐某某于11月28日被西湖区公安分局收容审查。

至此,在我直接指挥和保卫处全体同志的共同配合下,经过全体专案组成员20天的艰苦奋斗,五上浙江嘉善,"一一·八"特大盗窃案胜利告破!

11月29日,专案组成员六上嘉善,追回"一一·八"特大盗窃案部分赃物。11月30日,3名参与"一一·八"案的江西籍搬运工落网。至此,"一一·八"特大盗窃案的犯罪嫌疑人及不知情的情况下的参与者全部落网。

卢某某被收容审查后,专案组成员一直对其因势利导,实行政策攻心。在法律、证据和专案组成员强大的攻势面前,卢某某(哥)供认,除了组织、参与"一一·八"特大盗窃案以外,还多次单独或分别结伙其弟卢某某及杨某某(男,25岁,汉族,浙江省松阳县望松乡石门村农民,1990年2月因犯盗窃罪被判处有期徒刑3年,1992年6月刑满释放),卢某某(弟)的妻弟纪某某(男,26岁,浙江省松阳县岗寺乡十五里村农民)于1992年10月至11月在浙江大学机电设备厂、校内建筑工地等地盗窃作案3起,窃得大量公共财物的犯罪事实。

12月3日,卢某某(弟)落网,在对其住处进行的搜查中,从其家院子里、沙堆中起获钢板、钢管等大量赃物。卢某某(弟)对其犯罪事实供认不讳。

经过近一个月的连续战斗,专案组全体成员已经身心极度疲惫,但在得知杨某某、纪某某畏罪潜逃后,为了尽快抓获杨、纪两名犯罪嫌疑人,专案组部分成员12月3日再次赶赴距杭州200公里以外的浙江省松阳县。在松阳县公安局的配合下,12月4日深夜专案组对杨、纪两人实施抓捕。在此次抓捕行动中,杨某某利用天黑、熟悉地形的便利条件跳河逃脱。纪某某因案发后未回老家,抓捕行动未果。当时,杨、纪两人未落网给整个案件侦破留下了一点遗憾。

然而稍后不久,案件的进展发生了戏剧性的变化,杨某某在松阳逃脱专案组的抓捕后,一路往南流窜逃跑。在其窜至福建厦门时,在南普陀寺院里抽签算命,解签的僧人说其在1993年有牢狱之灾。杨某某自感走投无路,只得如丧家之犬返回杭州,于12月15日向浙大保卫处派出所投案自首。

1993年2月,纪某某以为风声已过,开始在杭州抛头露面。2月28日,专案组在得到线索后将纪某某抓获归案。

卢某某(哥)在1992年11月28日被收容审查后,于1993年2月21日乘人不备逃离羁押场所。"法网恢恢,疏而不漏",同年6月8日晚,在杭州汽车东站录像室窃得一台录像机、一台放像机并转移赃物过程中,他又被"三打一禁"斗争集中统一行动中设卡的民警抓获。

1993年7月5日,杭州市中级人民法院认定卢氏兄弟、杨某某、纪某某等人单独或者分别结伙于1992年8月至1993年6月间,先后窜至浙江大学化机实验室、浙江大学机电设备厂、浙江大学校内建筑工地及杭州汽车东站录像室等地,以汽车、手拉车为运输工具,利用爬窗入室等手段,盗窃作案 8 起,窃得车床、叶轮、录像机、放像机等大量物品。其中卢某某(哥)单独或结伙作案 5 次,窃得物品价值 115000 余元;卢某某(弟)结伙作案 5 次,窃得物品价值 24000元;杨某某参与作案 5 次,窃得物品价值 24000 元,纪某某参与作案 1 次,窃得物品价值 2200 元。法院依法作出刑事判决:以盗窃罪判处卢某某死刑,剥夺政治权利终身,以脱逃罪判处有期徒刑三年,合并执行死刑;以盗窃罪分别判处卢某某(弟)、杨某某、纪某某有期徒刑十一年、十年、一年。1993 年 9 月 15 日,浙江省高级人民法院终审裁定:以盗窃罪判处卢某某(哥)死刑,剥夺政治权利终身。同年,卢某某(哥)被执行死刑。

至此,以卢某某为首的"家族式"盗窃犯罪团伙完全覆灭。

1993 年,浙江大学"一一•八"特大盗窃案专案组因成功破案,受到学校党委书记梁树德、副校长潘云鹤、卜凡孝在全校中层干部大会的表扬和亲切慰问,并荣立杭州市公安局"集体三等功"。梁树德书记在表彰会上,握着我的手说:

"谢谢,老冯,你们辛苦了。干得漂亮!"

会后,潘云鹤和卜凡孝副校长在食堂吃饭时,又专门赶过来和我坐在一桌,说是要给我加菜慰问。我对两位领导说:"不用慰问我,慰问保卫部的同志们吧。在案件的侦破过程中,全体专案组成员克服了各种困难,每天都工作 10 多个小时;遇到有价值的线索时,更是不顾身体疲惫连续作战。正是靠着全体同志兢兢业业的敬业精神,不怕苦和不怕累,'一一•八'特大盗窃案,才顺利告破的。至今,我还欠着他们一顿'叫花鸡'呢。"

潘云鹤和卜凡孝副校长听了,哈哈大笑。潘校长连连说:"哪里还能要你冯处长继续破费? 要请,也得卜校长请才是。"

四十七、击破夜袭魅影

我在前面已经写了不少案子。这绝不是我对敬爱的母校浙江大学有什么想法,专写这些案子来说事;而是我在浙大所从事的工作其性质决定了所写的内容。做高校保卫工作,履行的是啄木鸟的工作——捉出害虫,让树木更加茁壮生长。现在,再来说一桩我们保卫处破获的重要案件——"夜袭队"盗窃案。

王某某,男,21岁,江苏昆山人,浙江大学数学系1989级学生。1992年5月12日下午3时许,他伙同建设银行来杭参加干部培训的许某某(原浙江大学数学系1988级学生),在杭州一商场服务台,互相掩护,窃得杭州手表厂某培训生的两用折合式包一只(内有人民币、工作证等物),许某某携包逃离现场。王某某在逃离时,撞倒在该商场购物的一女顾客。

"哎呀,走路不长眼睛啊!"那个女顾客摔倒在地,疼得大叫。

商场服务员和保安见状,连忙上前扶起女顾客,同时扭住王某某。经检查,女顾客头部右侧裂伤;王某某被扭送至商场保卫科。

商场保卫科查知王的真实身份后,即打电话告诉浙江大学。我们保卫处接报后,迅即组织人员连夜分头行动,一面突击审讯王某某,一面去省建设银行干部培训基地,依法传讯许某某,查清了王某某和许某某在商场作案的事实。

但在办案时,我没有就事论事,而是一方面让办案人员对王某某耐心地政策攻心,另一方面对王某某采取依法搜查及收容审查的法律手段,使得案情大有突破。据王某某交代,他与同班同学殷某某、凌某某,还曾在1992年3月16日晚12时许,爬窗进入学生第四食堂小餐厅,窃得厨房壁柜内铁盒子一只,内有现金440元,菜票1060元,三人共同分赃。

王某某、殷某某等合伙盗窃行为已构成盗窃罪,经检察院批准,主犯王某某、殷某某于1992年6月25日被依法逮捕,凌某某听候处理。已毕业的周、万、许三人的行为违反了《中华人民共和国治安管理处罚条例》,经公安机关裁决,分别给予周某某、万某某治安罚款并退赔所窃财物;许某某治安拘留15天,并建议所在单位给予适当的行政处分。

王某某、殷某某受到了法律的制裁,是咎由自取,罪有应得。然而,此案留给我们的反思,却无法停止。

通过案件审理,我发现王某某、殷某某的盗窃行为有一个由小到大、不断升级的过程。确切地说,他俩和已毕业的1988级学生周某某、万某某从馋嘴开始,去商店里拿几只苹果,夜间到校园中的商店用竹竿钓啤酒、可乐、汽水,几乎把校内的商店、小卖部都偷遍了,还经常爬入食堂偷拿炒菜部的卤菜、牛肉、煎蛋、火腿等食物。由于行为上的放纵和偷摸上的屡屡得手,他们甚至自封为校园内的"夜袭队"。

"夜袭队,夜袭队,干它几票再去睡。"他们经常吃着刚刚从食堂里偷窃来的食物沾沾自喜地自嘲着,并把偷窃的食物分发给在场的同学,为"顺利归来"兴奋不已。

"今天见者有份!"王某某还毫无顾忌地把窃得的一百多元菜票分给在场的同学。

有的同学和他们在一起时经常聆听他们偷摸的"英雄壮举",竟拿着他们的赃物安然自得,无一人告发,致使王某某一伙在犯罪的道路上越滑越远。王、殷的盗窃行为到了不可收拾的地步,在不到一年的时间里,连续作案15次之多。他们从杭州一商场偷到另一商场,从贸易公司经营部偷到大百货商店;从公共汽车偷到电车,凡他们光顾过的地方,可谓留下劣迹一串。盗窃的物品有现金、存单、奖券、西装、夹克、香皂、拳击套、手表、自行车、棉花胎、高级旅游鞋等,可谓是五花八门,无所不有。

本来,王某某出生于一个知识分子家庭;刚进大学时,也有报效国家的拳拳之心。但是,随着社会上文凭热的降温,他原先的理想信念也动摇了,认为读书没有多大用处,渐渐放松了自我要求,旷课、懒散、考试作弊的现象随之滋生,等受了处分后又自暴自弃,力图寻找新的刺激和乐趣;还把"同病相怜"者作为知己,他们结成团伙,热衷于讲吃讲穿,使得思想意识出现严重滑坡,道德观念模糊,是非颠倒。如凌某某,在此案中便充当了不光彩的配角,他曾说:

"由于社会上不良风气的影响,平时思想消沉,精神空虚,在苦闷中碰到了兴趣、爱好相同的王某某,大家在一起抽烟、酗酒、赌博、跳舞、讲吃穿,以前我觉得他挺讲义气,跟着他偷鸡摸狗,使自己走向堕落。"

因此,大学生的堕落现象,除了社会因素影响外,家庭介入因素的淡出也不可忽视。王某某的父亲曾说:

"王某某进了大学,我也认为孩子长大了,可以放心地让他在大学深造,平时只知道从各方面给予满足,而很少过问他的思想表现情况,过多的金钱满足反而养成他大手大脚花钱的习惯,做家长的的确也有责任。"

进了大学后,学生家长与学校的联系显得不如高中时那样密切,出现了家庭教育和学校教育上的脱节。由于自我管理能力缺乏,学生中往往会出现破坏公共财物、偷盗、打架斗殴、赌博、经商、恋爱等错位现象。王某某一伙经常从食堂偷肉食、木耳回来,使用电炉烧熟大家共餐,一边还津津乐道小偷小摸的"英雄壮举"。从中,不难看出我们管理工作上还存在薄弱环节。

此外,还有一个因素也需要重视。现在高校虽然已增设了法律基础课,但由于上大课,满堂灌,出现了理论与实践教育脱节的现象。有些普法教育也仅仅流于走过场。像王某某、殷某某一伙就是佐证,他们自己干了违法犯罪的事情,从来没有感觉到违法,以为拿点、吃点算不了什么,还错误地认为,跟社会上贪污的、受贿的相比,自己拿一点算什么。正因为他们目无法纪、钱迷心窍,才会在罪恶的道路上越滑越深。

对于王某某们的无知行为与青春失落,我们既痛恨,又惋惜。因此,加强大学生的法治教育,预防和减少大学生违法犯罪,保证人才的健康成长,应该成为我们工作中的重要课题。

四十八、骄子诈骗落网

2002 年 4 月的一天,春雨淅淅沥沥地下着,几只麻雀在地面上跳来跳去,抖落着羽毛上的雨滴。这时候,一位中年妇女急匆匆走进江干公安分局凯旋派出所的大门。值班民警起身迎着,询问道:

"大姐,有什么事吗?"

"我要见你们所长。"这位大姐说,"我叫肖洁(化名),有重大敲诈勒索案,要报警!"

值班民警连忙把她引到派出所马所长办公室。马所长给她倒了一杯茶,让她慢慢讲。

报案人肖洁从包里拿出一封信,收信人的姓名显示为她的丈夫黄宝华(化名),一家私人企业的老总。他们是昨天收到那封信的,信的内容大致是写信人被逼无奈,欠了很多债,希望收信人见到那封信,立即向指定龙卡汇款 15 万元;如不当一回事,就会绑架他儿子。信里最后说——

"千万不要报警,不要有侥幸心理;否则,就会永远见不到你们的儿子!"

马所长读罢信件,非常重视;自己的辖区竟然会出现敲诈勒索案件。他马上喊道:

"小李,你马上给报案人填写报案单,再和小王一起做个询问笔录!"

报案人肖洁脸色煞白,带着哭腔问:"所长,我儿子不会有事吧?"

"你不要害怕,也不要有思想顾虑。"马所长安慰道,"民警小李会把他的联系电话告诉你。他是 24 小时开机的。遇到任何情况,你都要及时联系。"

随即,马所长便到分局向王局长作了汇报。王局长让刑侦大队长孙飞(化名)一起听马所长的案情汇报,并作了综合分析。大家认为,犯罪嫌疑人明目张胆敲诈,且对公司地址、老总姓名、其儿子情况都十分清楚,而寄信邮戳又是杭大路邮政所,报案人儿子又正好在浙江大学西溪校区。王局长马上指示刑侦大队和派出所联手办案,并请浙大保卫部派出所协助破案,从他儿子周围的可疑人员查起。孙大队长带领 2 名干警、2 名治安警,通过浙大华家池校区保卫办潘新主任引荐,来到了我们浙江大学保卫部。

当时,我已经担任浙大保卫部长多年。我热情接待了孙大队长一行,并让副部长陈寿铨、西溪校区保卫办主任宋洪富一道来听孙大队长汇报案情。

我们认真剖析了案情,认为江干公安分局王局长的分析很有道理。

会议结束前,我作了现场总结:"同志们,综合案情情况,我们可以初步为犯罪嫌疑人作个基本'画像'了。一是从他敲诈的信件分析,他和敲诈对象黄宝华的儿子黄锋应该认识,知道黄锋爸爸的工作单位和姓名;二是犯罪嫌疑人手头缺钱,平时开销比较大;三是作案手段低劣,很可能是个新手,否则不会在杭大路邮电所寄信;四是他办理的龙卡也值得我们侦查,很可能用假身份证办理,办理银行卡地址与他有一定联系,一般会距离自己的现住址有较远距离。"

孙大队长说:"我完全同意冯部长的总结,请求浙大保卫部给我们一些协助,尽早破案。"

"孙大队长放心。"我又对宋洪富同志说,"西溪校区保卫办要全力支持、积极配合孙大队长,认真做好被敲诈对象儿子黄锋的工作,围绕着他的儿子开展侦查工作。"

大家围绕案情分析会上梳理的几个特征和条件,展开了侦查工作。经过认真走访和调查,黄锋班上一个刘姓的同学露出了水面——他的条件与案情分析会上的"画像"特征十分吻合。

刘某,江西赣州人,23 岁,浙大西溪校区工商管理专业三年级学生。说来也巧,我们和当地公安机关联系协查,敲诈信中的龙卡银行卡,申办行也是赣州一家的建设银行。我们推定,很有可能刘某在寒假里用假身份证办理了龙卡。刘某有重大作案嫌疑!

我们便当机立断,先把他传讯至浙大西溪校区保卫办接受询问。经过心理疏导和深入引导,对其讲清利害关系,刘某的心理防线很快崩溃。

"我说,我全说。"刘某低着头说,"我也是一时鬼迷心窍……"

我们搜查刘某的寝室,果然发现了作案工具和同款的信封、信笺。经过深入审讯,诈骗嫌疑人刘某交代,他对黄锋父亲的敲诈行为是最近的一次,此前他已经有多起敲诈未遂的犯罪行为;而作案的心理动机更是令人咋舌——

刘某,一表人才,一身名牌,有手机和便携式电脑,在浙大校园内堪称"潇洒一族"。2001年5月,他与一名同校女生谈起了朋友,不久就双双到外面租房子过起"准夫妻生活"。由于要在女朋友面前装阔,加上每月450元房租,刘某渐觉捉襟见肘。2002年2月,由于看了不少中央电视台"新闻调查"类栏目,他决定冒充央视"焦点访谈"记者,敲诈他认为可能的"贪官"。他先用150元钱制作了一本假证,假冒"焦点访谈"某知名记者。2月25日,他用便携式电脑打好恐吓信,分别寄给衢州与瑞安的3名局长和1名老总。发函用的是特快专递,信中称:

"我是中央电视台焦点访谈记者,受中纪委委托,已对你明察暗访,用隐藏在包里的摄像机拍下了你受贿、贪污的镜头;如想剪掉这些证据镜头,请在3月5日前将款项汇到我指定的龙卡里。"

刘某敲诈的钱财,少的25万元,多的达35万元。

3月6日,他又向杭州一家酒店老总敲诈8万元,理由是作为央视记者的他,已偷拍了酒店卖淫嫖娼的镜头。

然而,恐吓信发出后,并没有像他想象的那样"钞票滚滚来"。心有不甘的他,又向身边人打起了主意。他见同寝室的一个室友自己炒股发财不说,其父亲还是一家大公司的老总,便随即给室友的父亲——某公司总经理黄宝华发了一封恐吓信,称自己被债主所逼,向其索要15万元,否则绑架其儿子。

然而,他没有料到的是,这一次终于搞出了"声响"。不过不是汇来的钞票,而是室友母亲肖洁向凯旋派出所报警并经由我们破案后铐起他的手铐声。

经与刘某班主任及其寝室同学的座谈,并向其女友了解,诈骗嫌疑人刘某更完整的"画像",也进一步清晰起来——

刘某聪明能干,交际能力较强,较有主见,有想法,擅长搞学生协会工作,曾在学校单独成功地组织过"新东方"专题讲座活动;同时,他胆子较大,性格开朗,自信自傲,遇事很少与同学们商量,同学间相互交流较少。在中学时,刘某在学校组织的智商测试中,其成绩是全班级最高的,经过自身努力与同学帮助,他从学习不用功、成绩一般变成班级里的优秀生。但是,由于高考发挥不理想,他以一分之差没能进北大、清华,而许多平时成绩比他差的同学均考上了北大、清华,导致他进入浙大时产生了一种委屈与抱怨心理,对自己所学专业也不甚满意,学习成绩一度较差,曾有几门功课补考,后因殴打他人被处分,之后学习态度有所转变,到课率提高,成绩也有所好转。

平时,刘某喜欢看外语类和体育类的报纸新闻、电视节目,喜欢听"美国之音",有抽烟的不良嗜好,喜欢参加刺激冒险的活动,比较崇拜金融家、体育明星,对金钱较感兴趣;对国家时事及政治也较有兴趣,特别向往美国,一进大学就打算出国留学。2001年下学期,因为要专心备考GRE,他在校外租了房子,每个月要支付450元房租。另外刘某因有一女友同居,自然要增加开支。虽然刘家条件尚可,但由于开销较大,对钱的需求日益增长,而出国留学的费用亦是一笔大数目,这些因素,都可能是他屡次实施诈骗的诱发因素。

经过江干区公安分局与我们浙大保卫部联合办案,在确凿的人证、物证面前,刘某终于流下了悔恨的泪水,如实交代了多次敲诈作案的全过程。江干区检察院批准对其实施逮捕。一个"天之骄子"成了犯罪嫌疑人,受到了法律公正的审判。

多年以后的2023年1月,在写作这本《人生之旅》的第三卷"浙大岁月"时,我曾在与中国计量大学人文与外语学院的李惊涛教授喝茶时,谈论起刘某的案子。我对他说:"诈骗案件社会上发生的不少,但在高校发生的不多。这个案子发生在'天之骄子'——浙大的一个大学生身上,你怎么看?"

李教授是个作家,沉思片刻说:"这个刘某很聪明。不说北大、清华,浙大在国内是顶级名校之一,考进去已经很不容易。但他三观不正,反而被聪明误了自己的人生。"

李教授说的,我基本认同:"根据了解到的情况看,刘某的确聪明能干,且胆大过人,因此自信自傲;此外,刘某在校外单独租房居住,缺少集体生活,缺少正确、健康和有效的思想交流,对他铸成大错也起到了催化作用。"

"是啊,"李教授也补充道,"同时,对金钱的大量需求,客观上也起到了关键作用。"

"更重要的是,"我说,"他盲目崇拜欧美,受西方思潮影响较大,喜欢独往独来,喜欢冒险刺激,这都是导致他发生人格变异的原因啊。"

我们都在高校工作,对刘某此类的案件聊得深了,不免陷入沉思。好在当月17日,教育部等十三个部门联合印发《关于健全学校家庭社会协同育人机制的意见》,明确学校、家庭、社会三方在协同育人中的各自职责定位及相互协同机制,对我俩谈论的内容多有触及,令人甚为欣慰。

四十九、创新安保模式

　　80年代初,全国的治安形势非常严峻。各种刑事案件发案率居高不下,各种大案、要案时有发生。有些地区,夜幕降临时老百姓闭门居家,足不出户,老人、孩子(尤其是女孩)都不敢自由行走,某些恶性案件甚至惊动了中央。犯罪分子气焰嚣张,已经危及人民群众的生命与财产安全。

　　1983年8月25日,中共中央出台《关于严厉打击刑事犯罪活动的决定》,全国由此拉开打击刑事犯罪分子统一行动的序幕。

　　1983年的"严打",在当时的治安环境下是非常及时的决定,对改善当时的社会治安环境、提高人民群众的安全感、震慑犯罪分子的嚣张气焰,有着积极的作用。

　　适逢此时,我从浙江大学组织部调入学校保卫处。在协助保卫处长深入调研的过程中,我深感浙大的发展日新月异,学校当时已经迈入万人大学门槛。但是,随着社会治安形势的日益严峻,学校的"小社会"格局也日益显现,刑事治安案件居高不下,严重威胁着学校师生员工的生命安全和切身利益。

　　"小冯,"学校保卫处王忠处长在调研中对我说,"我们肩上的担子很重啊。为什么我坚持向校领导申请调你来? 不光是你组织的学生治保会很有成绩,还因为你曾在部队锻炼过,各方面素质都很过硬。再说,你又是我们浙大的'新长征突击手',我们的工作很需要你。"

　　"哪里,"我说,"我要在您的领导下,好好工作!"

　　那时候,虽然社会上的"严打"斗争取得了显著成效,但我们学校保卫部门却没有执法权,对处理一些刑事治安案件感到非常棘手。为加强学校治安管理,维护正常的教学、科研、生产和生活秩序,我在学校保卫处提出了一个大胆设想,并把工作思路、对策与措施向班子成员作了具体解释。保卫处经过慎重讨论和研究后向学校党委作了专题汇报,建议学校向省市公安机关提出一个郑重请示——

在大学内设公安派出所！

我们保卫处的这一设想和请求,校党委书记梁树德和分管保卫工作的胡建雄同志高度重视。当时,我陪同梁树德书记、保卫处长王忠多次到省公安厅向夏仲烈厅长汇报和沟通。我们的这一建议和构想,得到了省公安厅领导的关心和支持,并与省人事厅领导商定了相关办法。

1985年1月21日,浙江省公安厅下达"浙公政治〔85〕16号"文件,批准浙江大学建立校园派出所,名称定为"杭州市公安局西湖分局浙江大学派出所",负责学校内部的治安保卫工作,不管理户口,人员编制19人;派出所属于事业性质机构,编制人员、装备经费由学校解决,公安机关负责配置拨发,业务上受杭州市公安局二处和西湖区公安分局领导。

同年5月16日,根据杭州市公安局西湖区分局党委1号文件,"杭州市公安局西湖区分局浙江大学派出所"正式成立,王忠同志任所长,董耀贤同志任政治指导员,由我任派出所副所长。

浙江大学成立公安派出所,当时在全国高校中是首创;由于"敢为天下先","第一个吃螃蟹",学校的安全保卫工作因此走在全国高校前列,影响之大前所未有,反响良好。全国各大院校保卫部门蜂拥而至,纷纷前来浙大学习、调研和取经。随后,先后有9所高校成立了公安派出所,如杭州大学、浙江医科大学、浙江农业大学、浙江工业大学、杭州电子工业学院、浙江财经学院、中国计量学院、浙江师范大学、宁波大学等,连同我们浙江大学,浙江省一共有10所高校建立了派出所。

学校不是在真空中;作为社会的一个重要组成部分,在市场经济条件下,一些深层次的矛盾不仅难以避免,且日益突显。随着对外交流更加频繁,青年大学生的世界观、人生观、价值观也受到一定影响和冲击。面对新形势和新任务,必须研究新问题,思考新办法。为探索高校治安保卫工作的新规律,从原来的经验工作型上升为理论研究型,用理论指导实践,我们浙江大学保卫部门率先联合50多所高校,成立"浙江省高校保卫工作研究会"。这一创新举措,得到了众多省内高校的热烈回应和支持。

经过积极筹备,1991年6月29日,"浙江省高校保卫工作研究会"正式成立。浙江大学常务副校长胡建雄同志担任首届理事长,由于此时我已升任浙大保卫处副处长,便被选举为研究会副秘书长;不久,又从副秘书长升为理事长。

连我自己也没有想到,自那以后,从浙江大学到中国计量大学,从研究会筹建至今,我竟然一口气干了22年!22年来,我对高保事业赤诚不变,热忱不减。由于常务理事和理事单位同志们的信任,我担任了三届理事长,直到2021年初才卸任,又承蒙大家信任,担任了名誉理事长。

浙江大学在建设世界一流大学的办学历程中,离不开国内外各级领导和知名人士的关心支持。时任国家主席刘少奇、中共中央副主席陈云、全国人大常委会委员长彭真、中共中央政治局常委贺国强、浙江省委书记习近平、国务院总理李克强、浙江省委书记张德江、中共中央组织部副部长沈跃跃,联合国秘书长安南、德国总统罗曼·赫尔佐克,以及著名科学家霍金、诺贝尔奖获得者杨振宁和李政道博士等重要人物和知名人士都曾先后来学校视察和交流……

我列举上述来访的政要和名人,是想说明,在他们到访期间,按照上级指示和要求,省安全厅要负责校外保卫工作,浙大保卫部门则全权负责校内保卫工作。压力之大,可想而知。

在活动开始前,我会提前做好安全保卫工作方案和突发事件应急预案:按照领导视察和参观路线,布置明岗+暗哨,有效控制制高点,确保重要嘉宾人身安全;因保卫工作的特殊性,不仅要保证参加活动人员的人身及财产安全,还要保证车辆安全,通道畅通;不仅要防止火灾和治安事件的发生,还要防止可疑人员进入活动区域。此间,全体保卫人员不可懈怠,确保时刻绷紧安全这根弦,方能使活动顺利进行。

回眸往事,我深感浙大保卫部门人员都是政治合格、素质过硬的同志。大家齐心协力、齐抓共管,全心全意保校园平安,使我在保卫部门工作的22年间,工作上从未出过一丝差错。每念及此,我都会对曾经共事的班子成员和同事们内心充满感激。

浙江省高校保卫工作研究会简称省"高保学会",和浙江大学的发展轨迹一脉相承,保卫工作一直被学校重视。几乎历届校领导都担任过高保学会理事长,胡建雄、梁树德、陈子辰兼任过学会的理事长。记得2003年7月,时任副校长的卜凡孝同志讲到,刘丹老校长曾经在一次校务会议上谈到学校保卫工作时说:

学校安全保卫是一项刚性的工作,它关系到学校安定,直接影响学校的教学秩序,只能搞好,不能出娄子;安全保卫又是一项艺术,它需要智慧和毅力才能达到无招胜有招的那种境界,才能运行自如把工作做好。

卜凡孝副校长讲到的情景,我恰好记得,因为当时他正担任校学生会主席,有幸列席会议。如今,刘丹同志过世已经20多年了,但他对学校保卫工作的讲话,我却记忆犹新,令我难以忘怀。我们保卫战士把老校长的讲话当作自己创造性工作的精神支柱和力量源泉,牢记中央提出的"发展是硬道理,稳定是硬任务"的战略思想,坚持高校"以人为本"的办学理念,不断推进"平安校园"建设。

我在担任浙大保卫部部长和浙江省"高保学会"会长期间,都是根据学校事业的发展和环境的变化,针对不同工作岗位的研究实践,制定出行之有效的规章制度和工作预案,编制出适应多校区运转的组织结构和创新体制,使学校各项安全保卫工作都能落到实处。浙大创造的高保经验在省内高校被普遍推广,在全国也广受关注,作为典型经验吸引众多高校前来学习交流。

峥嵘岁月,风雨兼程,一番创业,一路艰辛。

2006年,浙江大学建校109周年之际,校党委书记张曦同志在全校安保工作会议上讲话。他深情地说:

"同志们,学校保卫工作坚持党委领导、群众路线与专门机关相结合的方针,依靠广大师生员工,群策群力,群防群治,齐抓共管,综合治理,不断开创新局面,总结新经验,同时练就了一支思想素质过硬、业务素质精良、能征善战的专业队伍。在这里,此刻,我要代表全校师生员工,感谢你们!

"你们这支队伍认真学习,锤炼思想,讲政治,讲大局,站稳立场,积极投身学校的改革发展之中。

"你们这支队伍无私无畏,无怨无悔,独立或协助公安机关破获了许多案件,出色地完成了许多艰巨的保卫工作任务。

"你们这支队伍乐于奉献,不怕苦累,面对凶顽不怕流血,不惧生死。为了侦破一起案件,可以十天、二十天不回家,辗转奔波,探寻线索;为了抓获犯罪嫌疑人,多少次挺身而出,毫不畏惧;与'火魔'打交道时,面对熊熊烈火,你们奋勇向前,抢救出了一个个随时都可能爆炸的钢瓶,避免了国家财产损失。

"你们这支队伍,想师生员工之所想,急师生员工之所急,热情地为师生员工服务。为了拯救一个个失足的学子,你们甘愿废寝忘食,晓之以理,动之以情,春风化雨,润物无声。你们把师生员工的满意作为衡量工作的标尺,默默无闻地在平凡岗位上干出了一番不平凡的事业,以自己能成为浙大人而骄傲,以能为浙江大学做出贡献而自豪!……"

张曦书记的讲话,是对我所负责的校保卫部门工作的最大肯定。那一年,恰是我在浙大工作的最后一年。我注意到,我们保卫部门全体同志,都听得深受感动和精神振奋。

是啊,高校保卫工作,是讲政治、讲大局、讲奉献的工作。我作为一名共产党员,应该有时代的使命感和高度责任心,把工作做到最好、做到极致。对于我们高校保卫工作者来说,确实没有周末,也没有寒暑假,日日夜夜始终绷紧校园安全这根弦。我个人的电话,24 小时待机;只要涉及校园安全稳定工作,不分昼夜,随叫随到。因为我们深知,只要师生遇到困难,无论大事小事,事必躬亲,从不推脱。我二十九年如一日,把公事当成家事,关心师生安全就像关心自己的家人和朋友一样。我践行着自己的入党誓词,工作得到了全校师生、学校领导和上级主管部门的一致好评;我所负责的相关工作,也多次受到省、市等主管部门表彰,我个人也多次被评为省、市安保工作的先进个人、优秀共产党员,并两次荣立三等功。

说来也是缘分,浙江大学和中国计量大学都曾组织过浙江"高保学会"年会。此外,学会还多次在浙江工业大学等 50 多所高等院校及浙江机电职业技术学院、丽水学院、嘉兴学院和浙江东方职业技术学院等高职院校举办年会,了解其他学校保卫工作发展状况,总结学会年度工作,部署新年校园安全工作重点,并为年度优秀论文获奖者颁奖。

那时候,只要年会召开,高保学会理事单位都会像过节一样,会场内外彩旗飘扬,鲜花簇拥,同志们笑逐颜开。除了总结工作、表彰先进,我们浙大保卫部门还积极组织或参加高保业务专题研讨,经常举办经验交流会与培训会。

"冯部长,"大家一见我,都热情地对我说,"又见面了,我们好想您啊。"

"我也想念大家啊。"我说,"你们肯定又有好的经验做法了,可不要保密,要拿出米分享哦。"

"哪里,"他们说,"我们是利用这次会议,向你们浙大保卫部学习来了。"

那些曾经战斗在高校保卫战线的前辈和各高校保卫部门的同仁们欢聚一堂，回顾工作，总结经验，展望未来。会上，大家畅所欲言，交流保卫工作经验，分享学术研究成果。我结合高校安全稳定和平时保卫工作实际情况，收集典型案例，总结经验教训，利用业余时间编写了《浙江大学保卫工作志》和《高校保卫学研究论文集》（上、中、下）及其他一批论文及研究成果，供同志们学习交流，为推进保卫科学理论研究作出了积极贡献，受到广泛欢迎。

时任浙江大学党委副书记的郑造桓同志高度评价我们保卫工作者，说我们是学校"最可爱的人"——

学校保卫部的同志们，你们对党的教育事业忠诚，不怕艰辛，不怕牺牲，无所畏惧，是你们朴素而真诚的人品，是你们身上的奋斗精神和献身精神，共同塑造出了高尚的学校卫士群像。你们的工作简单中见复杂，平凡中见伟大，没有忠贞不渝、坚忍不拔的品质，要想取得成绩是很困难的。正是你们，用无私奉献的精神和勇于担当的责任感为校园安全保驾护航，有效减少了校园内各类安全事故的发生，使校园安全状况得到明显改善。你们是'最可爱的人'！

如今，我以"古稀"之年回望来路，可以欣慰地说，无论是在浙大还是在量大，在我主持学校保卫工作期间，在学校所有保卫干部、保卫人员的共同努力下，两所大学均以优异的成绩通过了"平安校园"督查组的督查。现在，我已经光荣退休多年，新的高保领导班子也已经在我们打造的坚实基础上，有效地展开工作。我相信，全省高校的保卫工作者，一定会坚持维护校园稳定、保证师生安全的初心使命，把"平安校园"的建设继续引向深入。对此，我深信不疑。

五十、高保慎终如始

日常工作生活中,有时会发生戏剧性的经历。

前面写到我 1985 年 5 月调入浙大保卫处,当月即破获了"全国最大盗书案"。人生忽如白驹过隙,转眼 22 年过去了,我将调任中国计量大学副校长。就在即将离开浙大保卫处前夕的 2006 年,我又参与了 8 月 14 日发生的一件重大盗窃案的侦破。

当时,浙大生命科学学院办公室主任楼某称,院长吴伟平(化名)办公室被盗现金 20 万元,还有一台索尼超薄型手提电脑。案发时,我正发烧,在家里休息。第二天上班后,浙大紫金港校区保卫办主任陈忠云向我汇报说,学校的生命科学学院发生了重大盗窃案——

西湖区公安分局刑警大队长都到了现场,但没有发现任何有价值的线索:保卫办给吴院长打电话,要他做一个询问笔录,他都不肯来。

我知道了这一情况,思想上立即高度重视起来,便带了陈忠云、姜铭辉两位同志到了生命科学学院吴院长的办公室,了解案件发生情况。通过交谈,我感觉吴院长有些抵触情绪,他总认为钱被盗了,报不报案似乎无所谓,反正案件是侦破不了的。

"你怎么能这样认为呢?"我说。

"不然呢,"他说,"还能怎么着?"

我第一次被吴院长的态度激怒了。但我是学校保卫处长,必须冷静下来,所以对吴院长说得还是比较委婉的。我告诉他——

"老吴,我在浙大也是资深的保卫处长了。浙大的很多刑事案件,都是靠我们自己的力量侦破的。我们保卫处从我 1994 年担任处长后,选调了一批警校毕业生的优秀学生。他们都非常优秀,工作也十分敬业,又肯吃苦。有时候,一个案件大家几天几夜都不休息。我自己也参加过浙江警察学院的刑事侦查培训班。20 多年来,对侦破案件也有相当丰富的经验。"

"我知道您很厉害。"吴院长说,"但是,您不会不知道,道高一尺、魔高一丈吧。"

我听了,很不客气地批评了吴院长,说:"你这个态度,很消极。学院发生了盗窃案件,第一责任人是你院长;我们侦破案件不是猜谜语,需要大家的配合,你们要广泛地提供线索才是。"

我一直记得我的刑侦老师——浙江警察学院副院长寿远景老师上课时说的话:

"盗窃案都有它的一般规律——犯罪嫌疑人作案选择目标,他必须要了解目标的周围环境;一般都会踩点,投石问路。但是,万变不离其宗。他的作案过程必定会露出蛛丝马迹。我们办案,一定注重每个细节和过程,缜密思考,仔细推敲,去伪存真,理出头绪,明确侦破思路和方向。"

当时,我向吴院长介绍了我们保卫处配合刑侦大队侦破的学校系列盗窃案和校园强奸案等一系列案件,希望他积极配合我们开展工作。

"对你学院的这个案件,"我说,"我很感兴趣。"

他见我说得很诚恳,表示愿意配合。他打开了话匣子,说起在 5 月 30 日,在同一楼的 511 室办公室,也丢失过科研奖励费 20 万元。因为觉得侦破的可能性不大,也就没有报案。

"今天,您这个保卫处长亲自来调查此案,"他说,"并且这么有信心,我们非常感动。"

听了吴院长一席话,特别是说到"五·三〇"失窃案未报案,我马上意识到生命科学学院发生案件的严重性。因为两案相加,被盗现金 40 万元,再加一台笔记本电脑,这可以说是浙江大学"四校合并"以来发生的最大盗窃案了。

回到办公室,我马上让陈忠云主任通知西湖区刑侦大队和三墩派出所相关人员,下午在保卫办会议室召开案件分析会。刑侦大队办案人员汇报了现场勘察记录,派出所和学校保卫办的同志汇报了周围老师、工作人员的走访情况。

听了大家的汇报,我和大家综合分析,认真研讨,理出了侦破思路。鉴于此次案件盗窃现金数额很大,师生中一定会有不少疑虑。我从浙大保卫部门角度发表了看法。

"首先,我们保卫部门一定要高度重视,以实际行动投入人力、精力和物力来破案。"我说,"大家一定要和公安部门精诚合作,需要我们保卫部门支持的,我们一定全力支持,用侦破这个案件来给师生员工一个满意的答复,用实际行动树立我们公安保卫部门的威信。"

浙大保卫部门参与案情分析的干部十分认可我的看法,充满信任地看着我。

我接着说:"其次,从现场门锁完好、没有撬锁破坏的痕迹来看,说明是熟人作案。犯罪嫌疑人了解学院情况,第一次盗窃 20 万元,可能误撞上了;来第二次,就说明他是有备而来。他有效地避开了大厅监控,可以说明,是内部人员作案的可能性比较大。我们要确立的重点,是能够接触 511 室钥匙的人员。"

西湖区刑侦大队和三墩派出所相关人员听了,频频点头,认为我的分析很有道理。我继续说:"再则,我们必须重点排查发案时大楼工作人员的活动情况,包括曾经在大楼干过物业的人和清洁工人,以及案发近几天在生命科学学院大楼出现过的可疑人员。"

我的现场分析条理十分清楚,无论是浙大保卫部门还是西湖区公安分局刑侦大队的同志都十分服膺。我强调说:"最后,要认真排查和吴院长和学院领导有过节和闹过意见的师生员工,防止报复性盗窃作案。"

由于我的部署思路明确,大家在会上便作了分工,分成若干小组,按我提出的侦查思路工作要点全面开展走访询问工作。在各组紧锣密鼓地按要求开展排查时,保卫办主任陈忠云、姜铭辉了解到,曾经在生命科学学院大楼干过保安的向乐乐,那几天在学院的大楼里出现过。

了解这一情况后,我们马上召开了案情碰头会。当时我判断,如果是他作案,他肯定要急匆匆离开杭州;能够最快离开杭州的,必然是飞机。他意外地捞了一票,很有可能乘飞机离开。案情分析会结束后,我马上让我的余姚老乡——三墩派出所的任晓波警员调查向乐乐案发后有没有坐飞机以及航班信息。结果是,一查,果然他坐航班离开了杭州。这样一来,我们基本上确定向乐乐为犯罪嫌疑人。

当机必须立断。我们保卫部立即派出副科长庄利民和另外一个同志,配合三墩派出所民警去陕西省安康市洪山镇洪山村,在当地公安机关配合支持下,把向乐乐抓获归案。我们出警的同志在向乐乐家阁楼上,缴获了他盗窃到的赃款。

通过在陕西省安康市洪山镇洪山村现场审理,向乐乐交代他第一次作案是在 5 月 30 日晚上 10 点。当时,他利用担任生命科学学院保安的便利,把学院 511 办公室的钥匙配制后作案,盗窃人民币 20 万元,并于 6 月 1 日提前辞职,离开物业管理公司;又于 8 月 14 日夜间 10 点,第二次以同样手法进入 511 办公室作案,盗窃人民币现金 20 万元,并于次日坐航班返回陕西省安康市洪山镇的老家;同时,他还交代他的同伙白光明仍在三墩镇打工。

庄利民马上将案件进展情况向我作了电话汇报,并把白光明的打工单位和临时住址反馈回来。通过我们保卫部门协同,2006 年 8 月 18 日,三墩派出所立即组织人员出警,在三墩镇三墩街"金华火锅店"将白光明抓捕。通过审讯,他交代了和向乐乐合伙作案两次及分得赃款的相关情况。

生命科学学院 511 室盗窃大案一举破获!

西湖区公安分局对侦破此案的有功人员进行了嘉奖;我们保卫部门也受到了党委书记张曦、常务副书记陈子辰和副校长卜凡孝在全校大会上作的专门表扬。会后,我对他们三位校领导说:"你们过奖了。案件的破获,是大家的精诚合作、互相配合的结果。"

因为知道我已被省委组织部谈过话,即将调任中国计量大学担任副校长,张曦书记对我说的"你们"似乎有些感喟,不无感慨地说:

"老冯,你离开浙大,是我们的一大损失啊。但组织上需要你去兄弟学校担任校领导,我只有忍痛割爱了,祝你到了新的工作岗位一切都顺顺利利!"

我想说明的是,"八·一四"盗窃案的破获,是我离开浙大保卫部门之前的一件富有戏剧性案子。我在浙大保卫部门工作了 22 年,做到了慎终如始、善始善终,圆满结束了我在高校公安保卫部门工作的生涯。高校安保,也是我一生中有非常重要意义的工作。

五十一、恩师华诞抒怀

　　我的恩师朱国辉老师八十寿诞之际,我曾经担任政治辅导员期间的历届学生谈言庐、陈学东、郑津洋几位院士和洪伟荣、陈志平等几位教授,都热情地邀请我参加他们为朱国辉老师庆贺八十大寿的活动。我欣然接受邀请,并现场发表了感悟之言。在这里,我愿意把当时的发言收录部分在这里,盖因念兹在兹,师恩难忘——

　　春秋迭易,岁月轮回。今天,是一个隆重的、喜庆的、难忘的日子,我们欢聚一堂,沐浴师恩,传情言欢,共同祝贺为国家做出巨大贡献、蜚声海内外的著名教授——我们的恩师朱国辉先生的八十华诞!

　　学高为师,身正为范。朱老一生视名利淡如水,敬事业重如山。在八十载的人生征程上,在几十年的教书育人中,他始终兢兢业业、勤勤恳恳工作,岁月年轮勾刻了皱纹,三寸粉笔染白了双鬓。朱老的辛勤汗水,浇铸了满园桃李;他的无私奉献,铸就了灿烂辉煌。作为朱老的学生,我深感自豪,更感激他对我学业、工作、生活的百般关照。遥忆当年,我刚考进浙大化工系时,因基础薄弱,整个班的学习水平参差不齐。恩师不辞辛劳地教育和教导我们。那一次次点拨、一声声教诲,如春风、似瑞雨,永铭我心。我十分珍视那段珍贵的师生情。今天,能在此为恩师祝寿,我深感荣幸。

　　八十是人生的辉煌。朱老的八十,更是一首雄壮浑厚的爱国歌曲。从"立志兴邦"开始,朱老便醉心于他所热爱的学术研究与科技发明,几十年如一日,头顶国家进步之责任,肩扛民族振兴之荣光,双手触摸科技前沿的脉搏,迈步跨过了无数横亘于前的阻碍,侧耳聆听来自祖国召唤的声音。他全心全意、孜孜不倦、拼搏奋进、屡立奇功,在专业科技业务方面取得了令世界瞩目的科学成就。他的发明价值重大,曾获国家技术发明奖及多次国家相关科技重大奖励,其中一项发明甚至入围国际上最具权威的美国 ASME BPV 规范。他的成就为国家创造了数以亿元计的经济效益,挽回了数以亿元计的经济损失,拓宽了我国学者的国际研究视野,提升了我国学者的国际声望,促进了我国科学研究的发展,为推动国家科技的进步做出了突出贡献!

八十是生命的回响。朱老的八十,是一部励志感人的传奇。从大专毕业到大学博导,从破格晋升大学讲师到蜚声中外的知名学者,朱老的一生始终前行在拼搏奋斗的路上。他没有因出身和学历低微而自卑,没有因困难、挫折而退缩,而是百折不挠、越挫越勇。朱老丰厚的人生履历书写了一生的传奇,造就了他科技与人文融合的人格魅力。作为一名学者,他严谨务实,勇于创新,凭借着一颗赤子之心,在科学研究的道路上奋进发力,拿下一个又一个发明,取得一次又一次突破,发出了一声声震撼科技界的巨响。作为一名教师,他无私奉献、循循善诱,三尺讲台传道授业解惑,一支粉笔绘就桃李满园,我至今仍然怀念求教于他的学生生涯;作为一名朋友,他谦虚谨慎、热情开朗,关心他人,让身边的人感到温暖如春、贴心信任。

八十是天赐的吉祥。朱老的八十,是一幅甜蜜喜人的温馨画面。家庭是人生的起点与归宿,拥有一个幸福的家庭是许多人的梦想,更是天赐的吉祥。朱老出生于福建上杭的一个美丽山村,成长于一个勤俭、殷实、和谐的农民家庭。这个家庭,兄妹众多、人丁兴旺、人才济济,幼时的他在这个家庭汲取着"勤劳、朴素、执着、上进"的优秀养分。如今,耄耋之年的朱老也有了自己的子孙后代。他们依照自己的步伐,追逐自己的梦想,收获了丰富的果实。虽然他们分布在各行各业,但都像朱老一样,在各自的岗位上尽职尽责,成为人中翘楚。这个安定、健康、和谐、美满的家庭,其乐融融,美不胜收,令人艳美。

有位哲人说过,每个成功男人背后都有一位默默付出的女人。叶可娘老师就是这样一位贤妻良母。她温良贤达,待人真诚,为朱老全心工作提供了强大的动力和支持,也为朱老的晚年生活带来了数不尽的幸福快乐!

……

这里,我必须承认,浙大化工系的老师和同学有不少知道我和朱国辉老师的关系特殊。是的,他不仅是我的老师,也是我初恋女孩的父亲。从1979年到1983年,我和他的女儿朱叶谈了4年恋爱。朱叶是1979年9月考入浙江医科大学医学系的。三年多的时间里,我们相恋相爱,度过了青春韶华中的美好时光。朱叶一直是我心仪的漂亮女孩。她懂事、文静、温柔、品学兼优和对我父母的孝顺,让她成了我们全家人都认可的未来媳妇。朱老师、叶老师也把我当成朱家的一员。我们的生活很殷实美好。朱老师、叶老师对我更是亲如父母,工作上的关心关怀和生活上的照顾,也是无微不至。

但是,由于当时国际国内环境因素,很多大学生毕业后选择了出国。这对涉世不深的朱叶来说,心中也不免掀起波澜。当时,我正在学校组织部工作,社会上对政工工作有不少偏见,尤其是对工农兵大学毕业生有不少微词。出于各种原因,朱叶最终选择了去美国深造。当时我也经过慎重考虑,认为自己适宜在国内发展。人各有志不可勉强,我们决定分手;作为恋人和朋友,也只能是忍痛割爱。

我至今仍然认为,人不能太自私,应该多为对方考虑。在两位老师的见证下,我和朱叶认了兄妹,友好分手。如今,我们都有美好幸福的家庭,两家的关系也很友好。她的先生是印尼华裔,我去美国密歇根州立大学进修时,曾去看望他们;她的先生和我成了好朋友,他们每次回国时我都会热情款待他们。人与人之间应该这样友好相处;以真诚换真心,必定其乐融融,因为情义无价。

有一个人,以师为名,有一份情,以教为重;有一壶酒,以字为歌,有一种恩,无以为报。

最后我们衷心祝愿我们的恩师朱国辉教授、叶可烺教授身体好、心态好,幸福永远。祝各位老师同学们身体健康、事业进步、再创辉煌。

五十二、敬忆浚生书记

戊戌(2018)新年,正月初三,天空积着阴霾。在老家走亲访友时,我接到好友的电话,说张浚生老师晚上将与中联办一位老同事相聚,请我陪同赴约,便匆忙从余姚赶回杭州。

晚上,大家边喝茶边聊天,相聚甚欢,张老师兴致勃勃地回忆了在香港紧张而富有成效的13年工作经历,讲述了其深度参与香港回归及平稳过渡的全过程,深情回顾了与港英政府三任总督的谈判历程,尤其是与彭定康斗智斗勇的紧张而有趣的场景。他对"一国两制"政策的深刻领悟让我们敬佩不已;他对香港基本法谙熟于心,时不时能背上一段,让我们为之折服;从他的谈笑风生、妙语连珠中,我们感受到他对参与中华民族百年复兴史上的重要历史事件的自豪和荣耀。他对香港充满感情,非常关心香港的稳定和繁荣,也对香港"占中"事件发表了独到的见解和批判,认为应进一步加强对香港青少年中国历史的教育,并对历史教育提出了反思和建议。同时,他也发表了对台湾问题的看法,表达了对习近平治国理政新思想的高度评价。大家促膝长谈四个多小时。在座者无不深深感佩这位80多岁老人坚定的理想信念、深厚的爱国情怀和踏实的工作作风。

翌日下午3点,我突然接到张老师儿子的电话,说张老师正在绿城医院抢救。这个消息犹如晴天霹雳!我和爱人立刻赶到绿城医院抢救室,见到了伤心欲绝的杨老师及其儿子、孙女。杨老师抚摸着张老师安详的脸庞,悲痛万分,喃喃地说:"老张,你怎么一句话也没留下,怎么就走了。"

原来,杨老师超市购物回家后,发现张老师躺在餐厅和会客室的走廊处;当救护车赶到时,张老师已经没有心跳;被送往绿城医院抢救了一个多小时后,仍回天无力。敬爱的张浚生老师于2月19日下午3点一刻,永远地离开了我们!

听到张老师辞世的消息,我的悲痛之情难以言表,一时泪如泉涌,有太多的话想说,太多的事想做,可是一时间竟无语凝噎。昨晚我们还一起小聚,聆听他的真知灼见,领略他的大家风范;饭后我送他回家时,张老师还意犹未尽、精神抖擞,怎么说走就走了呢?他的突然离去,真让我难以置信,更难以接受。潸然泪下间,往事历历涌上心头。

我曾在他手下工作,曾在他身边生活,曾得到他的提携。他在世时,我们可以时常见面,听他侃侃而谈;无论大事小事,他的话语总能让人悟出为人处世的真谛。而今后,再也没有这样的机会了。

斯人已逝,唯有回忆——我心中永远的张老师。

浙大的师生缘分,一生的良师益友

我在浙大学习时,经同乡电机系的戟锋老师介绍,有幸与张老师结识。从此,他成为我人生道路上的良师益友。1976年,敬爱的周总理与世长辞,张老师、罗东、魏益华、周文骞、章荣高、戟锋等一批浙大精英看不惯"四人帮"倒行逆施的行径,冒着被"四人帮"死党抓捕的危险,跟学生们一起,在浙大校门口竖起英雄纪念碑,以大字报特刊形式开展悼念周总理的活动。当时我就被他们正义行为和爱国情怀深深感动。

我记得当时张老师经常深入学生小班、党支部调查研究,抓典型树榜样,动员学生学雷锋争三好,甘当新长征的突击队、突击手。那时,化工系的党团工作开展得非常活跃,党总支班子很团结,抓工作非常得力,各项工作走在了学校前列。我所在的化工77级被评为团中央的新长征突击队,我也获得了校级"新长征突击手"称号。张书记经常来化工系听取工作汇报,有时让郭承章老师和我去他办公室汇报学生工作情况。由于我们的工作踏实有效,经常得到张书记的表扬,我们之间的师生感情也逐渐加深。

1978年我毕业留校,担任化工系的政治辅导员。1981年张老师担任学校党委副书记分管学生工作,我正担任化工系分团委书记和学生党支部书记;因为工作关系,与他的联系更多了。此后30多年来,我与张老师的联系从未中断,友谊日益深厚。张老师成为我一生成长和发展中最具影响力、感染力和人格魅力的导师。

香港回归展风采,浙大合并立功勋

我心中的张老师是一个有大格局、大智慧的人。他亲历并深度、完整参与了我国香港回归和新浙江大学组建两件大事,做出了辉煌业绩。

1985 年,张老师获派到新华社香港分社工作,处理香港回归和统战工作,13 年后,直至香港回归翌年(1998 年)才功成身退。这是他一生中最忙的日子。他把人生中最精华的岁月都献给了香港。他后来跟我回忆起那段岁月时说,那时候的斗争非常激烈,他经常与港督彭定康斗智斗勇。彭定康上午发表言论,他下午就进行反驳;彭定康下午提出异议,他就晚上予以回应。时间紧迫之时,他会在半小时内就对彭定康的观点进行抨击回应。在香港那个复杂多变的环境里,张老师是祖国的发言人,代表了党中央的立场。他以自己的人格魅力、机智灵活的辩才,巧妙地化解了各种危机。他的“缜密灵活,言多不失”赢得了香港新闻界的高度认可,被称为“张铁嘴”。

主持浙大四校合并事关重大,千头万绪,张老师殚精竭虑,勇挑重任。这一重任,从他个人内心来说,绝非第一选择。但在关键时刻,他义无反顾地舍弃个人利益,服从党和国家的安排,抱着“做不好我是要跳钱塘江的”豪情壮志,全身心地投入忘我工作。合并前的四所大学虽说同根同源,但已经分开了 46 年,各自都已经形成了很完整的运作体系,要想真正融合起来是一个非常棘手的问题。

张老师曾举过一个例子,四校合并前校级领导就有 38 人,中层干部有 731 人,其中正处职 278 人,被人称为“处级干部一礼堂,科级干部一操场”。要让他们当中的一部分人转岗分流,难度可想而知。但张老师既然接受了任务,就以真诚、负责的态度,哪怕前面是刀山火海或者地雷阵,他都在所不辞,最后向党和国家交上满意的答卷,仅用四个月就完成了新浙大的筹建工作。如今新浙江大学蒸蒸日上,迅速崛起,成为举世瞩目的名校,张老师在其中厥功至伟。

待人真诚树口碑,淡泊名利有境界

我心中的张老师是一个待人真诚、淡泊名利的人。在香港的 13 年,是他和香港新闻界打交道的 13 年,也是和新闻界结交朋友、坦诚相待、建立感情的 13 年。从媒体董事长、总编到普通记者、编辑,他都以诚相待。张老师和金庸先生交情深厚,他们间的友谊从香港开始,张老师回内地担任浙大党委书记后,盛情邀请金庸担任浙大人文学院院长。金庸慨然应允,并表示要与张老师共进退:“只要张老师在位,我就当这个院长。”两位先生肝胆相照,令人敬仰。

张老师"待人真诚，淡泊名利"的人格魅力，也让他与香港各界人士建立了深厚的友谊，争取到香港各界精英在香港回归祖国过程中的鼎力相助。

对于身边朋友、晚辈，张老师更是以诚相待，知人善任。在1983年至2006年期间，我曾有过三个工作转换的机会。张老师从个人成长发展的角度，以他一贯的主张以及对我的了解，建议我在浙大保卫处安心任职。张老师的鼓励和教导让我深刻认识到，维护学校的安全稳定，保一方平安，是一份对人的细心、耐心、吃苦耐劳、机智果断和甘当孺子牛精神充满挑战的工作。为此，我在保卫处处级岗位上一干就是20多年，这种奉献和淡定得到师生和校领导的认可。张老师的培养教育、引领进步，对我恩泽终生。

严于律己一身正气，廉洁奉公两袖清风

张老师让我真正认识到了什么才是严于律己、廉洁奉公。1983年，党中央重视党的干部队伍建设，重视干部的四化要求和发展，从高校抽调了一批教师干部充实到地方担任领导职务。张老师被省委任命为杭州市委副书记、政法委书记。他离开浙大前，把我叫到办公室说："小冯，我要去杭州市委工作了，明天去报到，我的办公室你帮我整理一下，凡是公家的东西你交给党办，我私人物品包括信件，你把它送到我家里。"我按照他的要求，把公家的物品交给了党办，把他私人物品用了两只纸箱装好，晚上送到他家里。张老师9点左右回来，看到我连连说："小冯，辛苦你了。"他发现箱子里有两件乡镇企业搞活动送的精美纪念品，就对我说："把纪念品送到党办，放到礼品陈列室。我离开学校了，这是他们送给学校的礼品，应该归公，我不能要。"

张书记的一席话使我深感震惊。从一件普通礼品的处理，我看到了张老师的公私分明、廉洁奉公，以及一身正气、两袖清风。

关爱学生成长，情系寒门学子

我心中的张老师还是一个关爱学生、情系贫困生的人。记得我担任化工系分团委书记和学生党支部书记时，有一次他打电话给我，问我在哪个食堂吃饭，他要去学生食堂体验一下生活，叫我准备两个碗一双筷。那天中午，他就在食堂里和学生一起吃饭，询问食堂伙食的情况，征求大家对食堂的意见和建议。

他给大家的感觉是那样和蔼可亲，平易近人。他一再告诫我们做学生工作

的同志,一定要和学生交朋友,要知道他们在想些什么,要了解他们有哪些困难,包括学习困难、家庭困难。对有困难的同学要帮助、关心,不能让一个同学掉队。尤其对贫困地区来的同学要更加关心爱护,一定要用好助学金和困难补助,让大家感到大集体的温暖,从而安心学习。

小时家境贫寒的张老师,经常跟我们提起他中学时的政治老师陈天青对他的关爱。师恩如山,师德难忘。得到关爱的张老师一直惦记反哺社会,退休后他最大的心愿就是在浙大设立助困基金,资助浙大寒门学子,确保他们不因贫困而辍学。

他的想法,很快得到了他的学生、时任浙江大学副校长卜凡孝及一大批朋友的赞同,得到了中天建设集团有限公司董事长楼永良、浙大网新信息控股有限公司董事长赵建、中程科技有限公司原总经理周哲等人的鼎力支持。于是,在 2005 年,一个由内地和香港部分校友及社会人士发起,面向海内外各界人士募资的"浚生助困基金会"正式成立了,用于资助家庭收入低微、未能全部支付学费及生活费的浙江大学在读全日制本科生和非在职研究生。从设立之初的460 万元,到 2017 年 2 月总额超 3000 万的规模,基金会给寒门学子健康成长、顺利完成学业带来了希望与曙光,也实现了张老师的夙愿。

学生工作中也会出现一些突发事件。前文中,我曾写过,1999 年 5 月 8 日,北约轰炸了我国驻南斯拉夫大使馆,消息传来,浙大学生义愤填膺,开展了一些抗议活动。他们在墙上贴了不少海报和标语。偏偏有几个日本留学生往标语上踢球,还动手撕扯海报,中国学生前去阻止时,竟然被日本留学生拳打脚踢。这就激起了中国学生的义愤,人数越聚越多,最后到了 4000 余人,要求学校严办日本留学生。

张老师当时有伤在身,但事发突然,立即赶到现场,要求学生暂时离开。但学生群情激动,不愿退让,甚至喊道:"张浚生下课! 汉奸! 卖国贼!"

张老师一下子生气了,拍着栏杆说:"你们知不知道,我和英国人面对面斗争了 13 年?!"

学生一听这话,也觉得自己用语不当。

这时候,有公安厅的同志提议,是否用武力驱散学生? 张老师坚决制止,他的原则是:一要保证日本留学生的安全;二是不能伤害到自己的学生。

"就是学生把我打死,"他说,"我们也不能伤害自己的学生。"

经过省领导、校领导商讨,最后达成共识是:这件事由日本留学生引起,必须将之开除;学生要求日本留学生道歉,这是爱国行为,是正当的,但此刻需要冷静处理,不能冲动。

与此同时,张老师让我们给日本学生戴上假发,悄悄将他们转移。等我办妥了这件事,天已经大亮,中国学生也陆续离开了。第二天,学校的开除通告和留学生写的"检讨书"在全校进行广播,整件事情终于处理完毕。此举赢得了国内外的一致好评。张老师的果敢与智慧,也在其中展露无遗。

而立之年,我折服于张老师海纳百川的气度;不惑之年,我敬重于他淡泊名利的气节;待到五十而知天命,我则对张老师以诚待人的品格有了新的感悟;如今我已过花甲到了古稀之年,始终牢记张老师严于律己、实事求是、勤奋踏实、无私奉献的精神和作风,尽己所能,做更多有意义的事情。

可是,言犹在耳,斯人已去,纵有千言万语,只愿张老师一路走好;点点滴滴高尚情怀,永存学生心间。

"帝里重清明,人心自愁思。"每逢清明时节,深情缅怀恩师。浚生先生一生坎坷,少年家境贫寒,勤奋好学,浙大五十余年,忠于祖国,热爱人民,对党忠诚。师德为范,桃李满园。十三年香江风雨急骤,不辱使命,与港英政府斗智斗勇,处变不惊,丹心昭日月,为香港回归建树奇功。受领新的使命,为筹建新浙大,殚精竭虑,躬身力行;为争创一流,矢志不渝,政绩斐然。斯人永别,精神长存,谨赋小诗三首,聊表爱戴敬仰之心——恩师千古!

(一)

追寻理想求大同,誓循马列不渝衷。

辞教从政担当重,立德树人桃李丰。

满腹经纶献家国,一生典范比周公。

勤耕铸就丹心谱,求是堪称气象雄。

(二)

百年欺凌痛犹惊,回归中华万缕情。

鲜明旗帜举两制,睿智从容斗肥彭。

广交朋友纳民意,风扬红旗唱繁荣。

搏浪香江十三载,终迎明珠踏归程。

（三）

惊闻噩耗泣苍穹，叹悲英灵落长空。

清池澹澹思旧影，疏梅点点忆尊容。

或因邓公招旧部①，难辞万众哀别送。

幸有祥云放异象，白鹤西归舞霓虹。

---

① 邓小平同志于 1997 年 2 月 19 日仙逝，恩师同日而终。

五十三、心中只有浙大

刘丹老校长已经离开了我们 34 年了,但是他的高大形象和音容笑貌永远烙印在浙大人心中。他的一生光明磊落,胸襟开阔,作风正派,严于律己,深受浙大师生的敬重和爱戴。

时值 1978 年 9 月,我毕业留校担任浙大化工系政治辅导员、学生党支部书记。自那以后,我见证了浙大从拨乱反正到改革发展的历程。浙江大学在老一辈学校党政领导刘丹、黄固、杨士林和韩祯祥等带领下,从整顿教育秩序到发奋图强,迅速恢复了办学实力,使学校各项工作与事业都呈现出欣欣向荣的气象。

现在,年轻的浙大一代对刘丹老校长并不熟悉。在这里,我要怀着特别的敬意,写写我们浙大的老校长刘丹同志。

在长期的革命生涯中,刘丹同志坚持刻苦学习马列主义、毛泽东思想,具有坚定的无产阶级正确立场和为实现共产主义崇高理想而献身的革命精神。

在新民主主义革命时期,他无论在什么岗位上,都忠诚于党的事业。在白色恐怖的战争年代,他不怕流血牺牲、不畏艰难困苦,尽心尽职地完成党交给他的各项任务。他坐过牢、受过刑,历尽千辛万苦,革命意志始终坚定如一,为争取抗日战争和解放战争的胜利作出了积极贡献。

在社会主义建设时期,他长期处于高校领导岗位,始终坚持教育必须为社会主义服务的正确方向,以高度的责任感和强烈的事业心,呕心沥血、不辞辛苦地工作,并为浙江省的社会主义民主和法治建设,加强地方人大工作和社会主义建设做了大量工作,发挥了重要作用。

刘丹同志特别重视社会主义精神文明建设,重视教育科技和文化交流工作。他不顾年事已高,不辞辛苦,多次深入县、乡(镇)基层考察了解中小学基础教育工作,并主持拟定了《浙江省实行九年制义务教育条例》,由省人民代表大会通过执行,为发展浙江省教育事业作出了重大贡献,并为浙江大学的建设和发展建立了不朽功绩,为社会主义建设事业培养和输送了数以万计的科技专门人才,为党和人民奋斗了半个世纪。他的一生是革命的一生,战斗的一生,全心全意为人民服务的一生。

据曾经在刘丹老校长身边工作过的浙大统战部部长邵孝峰、监察处处长储静同志回忆,"文革"前,除了周荣鑫同志任校长的几年外,浙大的实际负责人便是刘丹同志。因此,他的工作担子是很重的。那时候,校机关没有现在这么多部门,也没有这么多工作人员,而政治运动一个接一个,业务工作也很繁杂。要把浙大的事情办得有条有理、有声有色,必须付出巨大的心血。

当年,刘丹同志身处领导岗位,工作极为繁重。但他却很注意深入实际,联系群众,了解动向,感受群众脉搏。

浙大人都记得,20世纪50年代至60年代前期,刘丹同志经常深入系、教研室甚至一些实验室了解情况,帮助解决实际工作困难。正是在他的关心和支持下,浙大一些实验室当时在国内即有了一定地位。如今人们可能很难理解,身处全校负责人岗位的刘丹同志,还曾亲自兼任化自56班班主任;而他的想法却很朴素,就是为了接地气,了解学生情况。他还时常到外地厂矿,检查了解学生生产实习或毕业设计情况;他也曾到余杭、三墩等地亲自和师生一起下田,参加农业生产劳动。

刘丹同志很尊重知识分子。在"文革"前的某些年份,极左思潮比较严重。但刘丹同志一直尊重知识分子;一些专家学者也敢于经常找他谈心,反映意见,提出建议。刘丹同志也采取一些措施,在生活上尽可能照顾知识分子。

20世纪50年代,限于当时的条件,"求是村"家属宿舍造得不多,相当数量的教职工仍然住在大学路,学校每天开班车。刘丹同志便决定,其中有的车辆定为"教师专车",只供教师乘坐,以保证教师来本部进行教学工作的需要。他还决定在学校教职工食堂内(原址为现邵体馆南部),专门为讲师及以上教师开辟一个小食堂,桌椅设备较好;教师点菜,有专门的服务员送上,不付现金和粮票(或饭菜券),由服务员记账,月终结算,比一般的饭店还方便。

"真奇怪。"有些职工私下议论道,"教师难道高人一头? 又是专车又是小灶。"

"就是,"有人开始附议,"同样是浙大人,却有两种待遇。"

由于那两项措施引起一些职工不满,后来停止执行了。但从那样的安排中可以看出,在当时的历史条件下,刘丹同志认为,既然是大学便应该"教学科研优先",必须尊重知识分子、关心知识分子的生活;不能时时、事事搞绝对的"平均主义",应该说殊为不易。

刘丹同志是早年参加革命的老同志,认识许多在新中国成立后担任重要职务的领导。"皖南事变"后,刘丹在新四军军部工作,与陈毅等同志比较熟悉。解放初期,陈毅同志任上海市军管会主任兼上海市人民政府市长,刘丹即任上海市军管会办公厅主任兼上海市人民政府办公厅主任,在陈毅同志直接领导下工作。但是,他却从不为私人的事情找那些领导同志照顾,但是为了浙大,他却愿意求助于过去的老领导。

据邵孝峰、储静同志回忆,1958年,陈运铣教授为进一步研究旋风炉需要特殊设备。那一年,刘丹同志带着邵孝峰和储静到北京去拜访当时任总参谋长的黄克诚大将。黄总长在听取了刘丹同志汇报后,当即表态:

"支持你们浙大的科学研究! 刘丹你说吧,旋风炉哪里有? 需要什么材料,我替你们协调!"

"退役飞机上的发动机就是,"刘丹同志说,"您可以安排拆下来,送给浙大。"

"好啊,"黄总长朗声笑道,"就这么搞!"

刘丹同志还带着邵孝峰和储静去找北京钢铁研究院的领导,并得到了一些市面上没有的急需钢材,由他们租了小汽车,把几百公斤钢材运到杭州火车站,再托运回校。

从那些往事中,我们可以看出,刘丹同志非常重视学校的教学和科研工作;只要是学校的工作,无论大小,他都愿意亲自帮助解决,从而有力地推进了学校的科学研究事业发展。

刘丹同志深知,领导的决策对于学校工作具有至关重要的作用。因此,他在担任领导期间十分注意探索决策过程的民主化。有的同志曾经告诉我说:

"'文革'前,刘丹同志有一个'影子内阁'。"

"'影子内阁'?"我问道,"怎么理解?"

"实际上,"那个同志笑着说,"那是刘丹老校长在作重大决策前,向一些既有真才实学又对党和国家的政策有一定了解、比较懂得学校管理的专家学者征询意见的一种做法。"

"嗯,我明白了。"我也笑道,"那其实像是我们部队中的'参谋部'。"

原来，刘丹同志通过平时的了解，选择若干位符合上述条件的知识分子作为他征询意见的对象，在某种意义上说也可称为"参谋"。方式上，既有个别征询，又有集体研讨；归纳出一个或两个方案后，再在领导班子会议上提出，经过审议讨论，作出决定。

这样一来，学校的一些重大事项，如规划的制订、教育改革的重大措施等，刘丹同志往往采用那样的方式，形成一个相对比较正确的意见。那是一种决策民主化的探索，比凭一时的印象随便拍板要慎重和科学得多；所谓的"影子内阁"，并不干扰有关职能部门的工作。

实际上，刘丹同志很重视发挥各部门现职领导的积极性。一般情况下，他并不越俎代庖，不是事无巨细大包大揽。所以，那时候校领导人数虽然不多，他并不是忙得事务缠身、被动应付，而是能够集中精力考虑一些大事，主动地解决一些问题。

在以刘丹同志为主的校领导带领下，浙大在院系调整后，从一所只有四个系的工科大学，在全国工科院校中率先重建理科，从而一跃成为理工结合的大学。"文革"结束后的1978年，在刘丹同志主持下，按学科调整与系科设置，又新建了几个新系和新专业，在后几任校长的继续努力下，最终使浙大成为一所以工为主、理工结合并设有文管学科的全国重点大学，在国内处于前列并享有一定的声望。

1984年春季，刘丹同志在浙大退居二线，担任名誉校长，但仍有许多工作要做，因为兼任了浙江省人大常委会副主任。为开展爱国统一战线工作，他还担任中国文化交流协会浙江分会会长，创办了《文化交流》杂志，向港澳台同胞和海外华裔进行宣传，对浙江经济、文化发展和爱国统一战线作出了重要贡献。

刘丹同志做出的光辉业绩，在我们浙大人心中是不朽的。今年，我也70岁了，仍然在为党的教育事业不息奋斗着，也是受到了老校长的影响。他最后留给我们的一首诗，深深镌刻在我的记忆中，永远鞭策着我，催我奋进，在新的历史进程中不忘初心，努力前行——

> 无意风流逼上山，
>
> 重操旧业入梦难。
>
> 退而不休学到老，
>
> 尽瘁鞠躬大地间。

自 1952 年以来,刘丹同志长期担任浙大党政领导。三十八载春秋,近一万四千个日夜,刘丹同志为浙大的建设和发展呕心沥血,做出了重大贡献。他熟悉高等教育规律,有丰富的高校管理工作经验、强烈的事业心和高度的责任感。他办学上有独特的创建和建树,是国内高等教育界一位有巨大成就和影响的教育家。他十分重视大学办学条件,为师生员工创造良好的教学、科研、工作生活条件作出了不懈的努力。"浙大求是园"每个角落,都留下了他辛勤工作的足迹。他的革命精神、优秀品质、优良传统作风,在浙大发展史中书写下了光辉的篇章。

五十四、云鹤校长纪事

1994 年,我主持浙江大学保卫部门工作;1995 年,潘云鹤同志担任浙江大学校长。

这种时间上的先后承接,注定了我与潘校长将产生不同寻常的工作关系。

潘云鹤同志是中国 CAD 和计算机美术领域的开拓者之一,长期从事人工智能、计算机图形学、CAD 和工业设计的研究,曾创新性地提出跨媒体智能、数据海、智能图书馆、人工智能 2.0、视觉知识、多重知识表达等概念,在科研事业上业绩斐然,闻名世界。同时,他还是一位目光独到的战略家,一位孜孜不倦的拓荒者,也是一位让人如沐春风的师长;而最让人印象深刻的,莫过于他亲切温和的微笑。曾有记者这样形容——

在担任校长时,这微笑就是浙大的金字招牌,感染了多少师生和社会各界。在中国工程院工作期间,这微笑出现在了更多推动中国科技创新进程的重要场合。近两年,他又回到了毕生钟爱的求是园,开启勇闯人工智能'无人区'的新征程——这微笑不仅从未疲倦,反而更加热切。

1995 年,路甬祥校长因工作需要,赴京担任中国科学院院长,后当选全国人大常委会副委员长。潘云鹤教授接任浙江大学校长,先后和校党委梁树德、张浚生书记共事相处多年。1998 年 9 月 15 日,按照中央部署要求,同根同源的浙江大学、杭州大学、浙江医科大学、浙江农业大学合并组建新浙江大学,实现了几代浙大人共同的夙愿。因为合并后,综合办学实力大大增强,为浙江大学跻身世界一流大学奠定了坚实基础。

潘云鹤校长和张浚生书记等领导班子团结奋斗,脚踏实地,风雨兼程,求实创新,不懈努力,为浙大发展迈上快车道付出了难以想象的艰辛与心血。他担任校长 11 年间,在教育教学、科学研究、人才培养、人事制度改革、紫金港新校区建设、服务社会创新管理等方面,实现了跨越式发展,让学校的事业蒸蒸日上。浙大也被教育部领导称赞为"改革的先锋,发展的典范,全国高等教育改革发展的一面旗帜"。

他提出的"明目扩胸"办学思想,使浙大积极参与国家和地方创新体系建设;他阐述的"以人为本"的教育理念、教学与科研的关系、多维学习的模式,以及知识、能力、素质和创新人才的培养,都见解独到;在分科组织、科学分类组合、引入竞争激励机制等方面,更有前瞻性和国际视野。他为人正直,心胸坦荡,谦虚谨慎,对三任共事的党委书记梁树德、张浚生和张曦都非常尊重。在"四校合并"这个综合性的系统工程实施中,他和张浚生书记坦诚相见,讲大局,讲团结,讲风格,以身作则,可谓珠联璧合。

他担任浙大校长期间,同时担任党委副书记,表现出很强的党性,高度重视党的思想建设和学生的思想政治工作,并切实维护党委的核心领导作用。他经常这样讲——

"浚生书记是我们浙大的老领导,是班子里的老大哥,我们都要支持他的工作。"

他是这样说的,也是这样做的。在我印象中,浙大行政方面的重大事项,他都坚持在党委集体酝酿讨论后作出决策和部署。他是我内心敬重和学习的榜样与楷模,同时也是我的良师益友。

在潘云鹤校长领导下,我担任浙大保卫处(部)长11年,在他的悉心关心指导中学到了很多书本上学不到的东西,并应用到实际工作中;同时,他在我的职称、职务晋升中更是给予了无穷动力与关爱,令我没齿难忘。

1999年浙江大学发生的"五·一〇"事件,我在《敬忆浚生书记》一文中详细记叙过。当时,潘校长正在北京开会。5月13日,他回到学校,对这一涉外事件非常关注,立即让我陪他去西溪校区看看。在我向他汇报"五·一〇"事件整个过程后,对于我们公安保卫干部在浙江省委和学校党委正确领导下稳妥处理这一事件,他给予了高度评价。他说:

"你们做得非常好。如果当时没有保卫部门和公安干警的共同努力,如果日本留学生发生意外,很可能会酿成一件有国际影响的外交事件。你们辛苦了,很好地维护了学校的声誉。请你代表我向大家转达慰问和感谢!"

同时,他在我陪同下,亲自到西湖区公安分局和玉泉派出所慰问,为维护安全稳定的公安干警和保卫人员专门拨发三万元,以慰问在处理这一事件中受伤的公安干警和保卫人员,令大家备受鼓舞和感动。

潘校长非常重视学校保卫部门工作,十分尊重和理解我们的工作,经常来学校保卫部门召开座谈会和征求意见。对于"智慧校园"建设,他有着自己独特的见解,曾经对我们说:

"安全稳定重如泰山;没有安全稳定的局面,什么事都办不成。你们保卫部门,是在全国高校率先开展计算机网络安全管理的部门,干在前面,引领潮流,十分难能可贵!"

对校党委分管安全稳定工作的副书记陈子辰,对学校分管治安综合治理的副校长卜凡孝,他在工作上都十分支持;对于学校保卫部门的工作人员编制和经费,他都会从行政上给予支持和倾斜。令我感到特别温暖的是,1995 年我申报研究员正高职称时,潘校长专门在终评委会议上指出——

"冯时林同志担任学校保卫处副处长、处长 10 多年,很不容易!他把全身心的精力都扑在工作上,既有众多的理论研究成果,又有丰富的实践经验和成就,并多次立功受奖,为浙大安全稳定、保一方平安,作出了重大贡献!这样的同志评职称,我们应该关心支持!"

评审结果,全体评委全票通过。我成了全国高校中唯一一位具有正高职称的保卫处长。

潘云鹤校长对学校安全保卫工作十分重视,多次参加学校安全保卫工作会议。2003 年 7 月 1 日,浙江大学"校园 110 报警求助服务中心"成立时,潘云鹤校长亲自授牌。"校园 110 报警求助服务中心"为全国高校的应急救助开了先河。

浙江大学"四校合并",当时可谓全省闻名,全国轰动,因为合并后的浙大成了教育领域的超级航母。学校的建设和发展,自然离不开教育部和省委省政府的高度重视和大力支持,离不开全社会的关注与帮助。有一次,在和省公安厅凌秋来副厅长的闲聊中,他很风趣地对我说:

"最近给副省级以上的领导发警通牌照,我们也很讲政治。你们张浚生书记为 1997 年香港回归作出了重大贡献,我们给他选了一块'浙 A0097',这是一块很有纪念意义的牌照啊。潘云鹤校长 1998 年 9 月 15 日'四校合并',他是合并后的第一任校长。我们同样给他选了一块'浙 A0098'的牌照。"

"太好了,凌厅。"我说,"你们厅里这么有心,我们浙大更得用心了。"

的确,浙江省公安厅、安全厅、市公安局、安全局对我们浙大工作的支持和指导,堪称情有独钟;我们的友谊也可以说是永驻心间,永难忘怀。

在浙江大学紫金港校区建设中,潘云鹤校长首先提出了"建设浙大之美""新概念浙大建设"的指导思想。他将强大的科技创造力、人才集聚力、发展辐射力、国际影响力和优美的校园集聚在一起,展现出一种和谐之美,并使之成为杭州提升城市品位的有力支撑。在紫金港校区建设之初,他和紫金港校区建设指挥部更是共同筹划,着力打造"新概念浙大"。

在省委省政府、市委市政府的高度重视和大力支持下,市政府划给浙大紫金港校区一期 3100 亩土地,其功能以本科和基础教育为主;二期西区 2500 多亩土地,以从事高水平研究及专业性、交叉性教育为主。整个紫金港校区形成一个研究、交流、开放、共享、创新和综合的一流大学园区。潘校长提出,要把紫金港校区建成若干个优美的示范景点,以体现大学校园之美,如紫金港校区东区的启真湖和明代古居"白鹭双飞",将来西区也要建设具有特色的精彩景点;他同时提出,浙大校园建设要和杭州市委市政府提出的"四在杭州"(即"学在杭州、游在杭州、住在杭州、创业在杭州")紧密结合在一起,从而真正体现杭州美的五个特征:美、雅、新、俗、和。他建议,杭州的城西建设"两西一大"应当同时规划,抓紧建设,以便和谐发展。蓝图绘就,目标方向明确,紫金港校区建设指挥部在卜凡孝副校长总指挥的有力指挥下有序、科学施工,在历经三年多时间夜以继日的建设后,一座新型的大学校园在杭州西溪湿地公园旁毅然矗立,向全国乃至全世界展示了杭州丰富的和谐之美和独特的生态之美。

紫金港校区基本建成后,我陪同张浚生书记、卜凡孝副校长和指挥部的周建华、林荣堂、李五一等同志跑到安吉、长兴、余姚、慈溪等地募集各种苗木,并以县市为单位冠名园林区,如安吉的公安局沈利剑为安吉县捐建种竹园、长兴公安局局长李泽福为长兴县捐建银杏园、慈溪市张慧珍副市长捐建了杨梅林……我的一批担任县市领导的好朋友纷纷积极参与紫金港校区的园林绿化建设,按照学校的总体要求为建设好"新概念浙大"作出了应有贡献。

2006 年 8 月 1 日,中组部宣布中央决定,潘校长卸任浙江大学校长,担任中国工程院副院长,后任常务副院长。走马上任之前,他和党委书记张曦亲自向省委组织部推荐我到省直高校任职。经过民主推荐和省委组织部考察、公示,当年 9 月 27 日,省委组织部任命我到中国计量大学(时称中国计量学院)担任副校长。当年 10 月长假期间,已经担任中国工程院常委副院长的潘云鹤同志专门让秘书傅强(现浙大党委副书记)赠送给我一幅墨宝,抄录的是张继的《枫桥夜泊》:

> 月落乌啼霜满天,
>
> 江枫渔火对愁眠。
>
> 姑苏城外寒山寺,
>
> 夜半钟声到客船。

我能够体会出这幅墨宝中渗透的他对我的友情和惦念。那是一种建立在工作中的信任和思念,也是一种值得终生珍惜的深情厚谊。潘云鹤老校长不仅是科学家、教育家,也是书法家。他曾说:

"对于书法,从字形、章法、意韵之奥秘的层层发掘并予以掌握,犹如对科学的发现与对技术的创造一样,令人着迷。"

他的字疏朗有致,浑然大气,刚健沉稳,字如其人,有一种温润儒雅之美。我非常喜欢潘校长的这幅墨宝,一直挂在我的办公室里,常常欣赏模仿。

2007 年"五一"长假期间,潘云鹤同志回到杭州,宴请浙大的老同事,我也在被邀之列。席间,他赠送给我一部新著《教育七章》。《教育七章》是潘云鹤同志在担任浙江大学校长 11 年中形成的办学理念和战略思维,记录了他十几年来对高校改革的深入思考,也凝聚了他对浙大的拳拳之心。该书详尽地阐述了大学精神、大学结构、大学合并、人才培养、科学研究、优化学科生态圈、拓展大学社会职能、区域合作、强化竞争激励机制、探索新的管理结构、树立全球视野、参与国际竞争,也包括校园建设引入园林理念等浙江大学发展中迫切需要解决的理论与实践问题。

赠送书籍的同时,他还送给我一套湖笔和笔架,并笑着对我说:

"老冯,你之前在保卫部,是拿枪杆子的;现在到高校当领导,要拿笔杆子了。"

"是啊,"我点头称是道,"在新的岗位上,我一定会好好实践您的教育思想和理念,致力于把中国计量学院办成大学。用您赠送的笔与笔架,我一定会把笔握得更稳,架得更牢。"

从此,我牢记潘云鹤老校长的嘱托,在新的岗位上兢兢业业,并将他的教育思想和理念付诸实践,将自己在浙大的工作经验带到了中国计量大学,用《教育七章》指导工作和实践,始终坚毅笃行,也的确做出了一系列新的业绩。

2013年我60岁,年届退休。但因学校更名大学、建设计量博物馆、申报博士点等诸多重要工作要做,我校党委向教育厅、省委组织部申请,我被批准延长退休到65岁。

我和中国计量大学党委书记张土乔等领导班子一起努力,成功将学院更名为大学,并建成了计量博物馆后,学校又返聘我担任学校发展委员会副主任和校友总会会长,并参与申报博士点工作。2021年,光学工程、仪器科学与技术2个学科获批为一级学科博士学位授权点,标志着中国计量大学实现了博士学位授予单位和一级学科博士学位授予点的历史性突破。

莫道桑榆晚,为霞尚满天。近几年,我为母校浙大"浚生助困基金"募集340万元、为中量大募集邵氏基金1000万元、发动我的学生企业家设立"卓越仕林奖教金"500多万元,并争取在中量大建校50周年之际达到1000万元。杭州申昊科技有限公司陈如申董事长对我的工作非常支持,2021年在中量大设立"申昊思政工作奖教金"30万元……

中国计量大学领导班子与广大师生都很感谢我,夸我老当益壮、志在千里,认为我为学校发展、开拓事业做出了重大贡献,评我为"感动量大人物"。但我却觉得,我是从父母辈那里,从浙大老领导刘丹、张浚生、路甬祥和潘云鹤那里,从许许多多革命前辈那里学到的人品人格、理念精神和工作作风,才让我为浙大和中量大不知疲倦地工作和开拓;是他们让我知道,人之为人,要为工作、为事业、为社会、为国家不断进取和奉献,才能无愧存于天地之间。

五十五、师恩永志难忘

浙江大学成立 115 周年校庆之际,我作为浙大学子的五十万分之一,出席了老校长路甬祥《求是与创新——路甬祥教育文集》的发布仪式。能够忝列嘉宾,我十分感谢母校历届老领导、老学长对我的厚爱,更加深了我对母校浓浓的情义。我和老校长路甬祥也许因为同喝一江水、话说一个音和同为一个地域的缘故,更兼他既是我的领导和恩师,又是我的莫逆之交,让我在浙大得到他长年的指导和帮助,使我一生受益良多。在本书卷三"浙大岁月"里,我愿意用和路甬祥老校长交集的点滴记叙和对他治学思想的基本认识来作为压卷文字。

这里,请允许我先说说与路甬祥老校长的交集。记得 1978 年那个"科学的春天"里,一篇书写数学家陈景润的报告文学风靡了全国。有着五项重大发明的路甬祥博士的名字,使刚刚毕业留校的我肃然起敬。我和路校长的直接接触,始于 1985 年。当时他担任浙大副校长,我在浙大保卫处和浙大派出所任副所长。我第一次见到他时,他风度翩翩,一身西装,年轻儒雅又很注意修饰自身的公众形象,并不像有人描述的那样——科学家都是"科学怪人",会"走路撞了树,还说是谁撞了我"。

与他更多的接触,是在 1988 年他担任校长之后;其时我已经在浙大保卫处担任副处长。作为他的学生和部下,在平时的密切接触中,深深感受到路校长的睿智博学、思路敏捷和智慧超群。他始终贯彻执行党的基本路线,坚持教育为社会主义现代化服务的方针,弘扬实事求是、严谨踏实、奋发进取、开拓创新的精神;他有很深厚的马克思主义哲学功底,总是客观地、实事求是地评判事物的发展规律;他那卓尔不群、非凡超越的领导水平和驾驭全局的能力使浙大看到了新的希望。

路校长非常关心学校的安全与稳定,重视学校的安全保卫工作,关注师生员工的安全幸福指数。1991 年 3 月 23 日下午,浙江省公安厅常务副厅长鄢兴华同志带领省厅、市局公安机关的领导,调研老浙大的综合治理工作情况。路校长亲切接见参加座谈的同志,并发表了重要讲话。他从国际国内形势发展趋势,苏共解体的经验教训,高校所处的战略地位,我们应具备的政治意识、大局意识和忧患意识谈起,引申总结出浙大"党委领导、夯实基础、专群结合、公秘结合、预防为主、标本兼治、齐抓共管"的综合治理工作方针,并在最后着重指出——

"新的历史条件下,安全保卫难度加大,需要发动群众、宣传群众、教育群众、依靠群众、群防群治,落实安全保卫责任制,依法治校,在上级公安机关的指导下,为学校创造安全稳定的良好环境,增强师生的安全感。"

邬兴华厅长和在场的厅、市、区公安机关的同志们听后十分赞佩,纷纷说想不到一个大学校长对安全稳定讲得如此透彻到位,不啻给大家上了一堂生动的形势政策课。

记得20世纪90年代初,浙大"求是村"盗窃事件频发,教职工人心惶惶。当时,校保卫处内部对形势研判有不同意见。有的人认为,学校保卫处、派出所以护校河为界,"求是村"的安全应由玉泉派出所管辖。

路校长听了,当时很生气,明确指示——

"保证教职工的安全没有界河!保卫处的职能是为教学、科研服务,为师生员工的安全需求服务,工作职责上有分工,但不等于不管。保卫处应与地方派出所联防联控,联手出击,打击犯罪,还师生员工一个安宁和谐的环境!"

之后,我们遵循路校长的指示,立即与玉泉派出所建立了联防联控和快速反应机制。通过一周的共同蹲点守候,成功将十三名湖南籍夜间攀水管作案的盗窃团伙缉捕归案。

路校长看了我们的简报,非常高兴,批示道——

"请凡孝同志对有功人员给予奖励和慰问。"

卜凡孝副校长亲自转达了路校长的关切和慰问。有校领导的亲切关心和大力支持,我们工作的劲头更足了。在路校长担任校长期间,我们全力以赴,尽一份责任,保一方平安,连续多年被评为省、市、区"治安安全先进单位""综合治理先进单位"等。

接下来,我想说说对路甬祥老校长治学思想的基本认识。

《求是与创新——路甬祥教育文集》这部著作,全面再现了20世纪80—90年代浙江大学的办学理念、发展思路、改革历程和辉煌成绩,是浙江大学办学史上的一件大事,也是我国高等教育发展史上的一大盛事;对于学习、继承和实践"求是创新"精神,具有重要意义。文集中有些内容我非常眼熟,因为二十几年前,在教七影视厅、邵逸夫科学馆的中层干部大会上,我曾多次聆听路校长的演讲和教诲;不过,也有很多内容我以前不知道,令人耳目一新,感觉非常富有感染和震慑的力量。

《求是与创新——路甬祥教育文集》正是路甬祥老校长教育思想的集中体现,立意高远,气势恢宏,论事精辟,析理透彻。全书高屋建瓴,以独特的视角,深刻、系统、全面地论述了我国高等教育的发展趋势和未来方向,提出了一系列颇有建树的理论观点和实践论证;旁征博引,博大精深,处处洋溢着一代教育家"敢为天下先"的豪情和对教育、科技事业矢志追求、勇于奉献的执着情怀。这部文集可谓是中国高等教育研究的皇皇巨著,是高等教育理论与丰富实践成功结合的经典之作,更是中国高等教育特别是高等工程教育理论与实践宝库中的一颗璀璨明珠,是引领中国高等教育特别是高等工程教育发展方向不可多得的宝贵财富和精神动力,是高等教育界所有领导同志学习的范例。

路校长在浙大担任副校长 2 年、校长 8 年,可谓是浙大发展最关键的 10 年。他的成功,凸显了他富有人格魅力和人文精神。他卓越的领导才能和凝聚力,使他积极倡导的"求是创新"的校训得以有效地贯彻落实。他非常注重把自己的认识和实践经验升华,用以指导浙大办学,始终坚持在高等教育中培养大学生"求是创新"精神,在国内率先实施了"学分制""双学位""三学期制""混合班"等有利于创新人才培养的教育改革,积极创新管理体制和运行机制,为浙大实现综合性发展、跨越式发展奠定了基础。

在路校长的带领下,浙大实施了一系列具有重大历史意义的教育教学改革,迅速增强了浙大的整体办学水平、办学质量和综合实力。路校长还深入研究和借鉴国际现代工程教育的成功经验,对我国高等工程教育存在的问题有着深刻而独到的见解,对于推动我国卓越工程师培养教育的改革发展具有前瞻性的指导作用和实践意义。

1988 年 2 月到 1995 年 4 月,是路甬祥老校长与梁树德书记配班子的时间段。此间,浙江大学经历了改革开放后第一次跨越式发展。1988 年,浙江大学与清华大学一起被国家教委确立为综合改革的试点院校。在路甬祥校长和学校领导班子的共同努力、创新发展下,浙江大学实施了一系列具有重大历史意义的改革,办学水平和办学实力快速提升,发展成为居于国内前列、在国际上有一定影响的研究型大学。

路甬祥担任浙大校长期间,全校师生普遍感受到他对党的教育事业的忠诚和热爱。在1989年政治风波中,他始终坚持与党中央保持高度一致,多次亲自到学生聚集的场所,做好帮助教育和劝说工作,要求同学们冷静思考,不要单凭感情用事;要识大体、顾大局,有意见、有想法可以通过正常途径反映解决,千万不要心血来潮,筑路障、堵交通、罢课停教,影响正常的工作生活秩序;要同学们珍惜浙大发展的大好机遇,不要做有损于浙大声誉的事情。他苦口婆心地劝说同学们回校安心学习,语重心长地说:"老师们都等着你们呐。"

他总是说,稳定压倒一切;稳定是一切工作的保证。他20年前在学校综合治理会上的一番讲话,让我们至今受用;当前公安工作方针和综合治理工作原则,就是当时路校长所讲的内容。路校长还身体力行,严谨治学,在科学界作出了杰出贡献。当然,大家感受更多的,还是他对浙江大学的赤子之心和办好浙江大学的坚定信心。他积极推动"求是创新"理念的贯彻落实,深入研究高等教育的发展规律,积极借鉴国际一流大学的办学经验,紧密联系浙大实际,创造性地提出助力浙大发展的新思维、新理念和新举措。韩祯祥老校长曾不无感慨地说:"浙江大学在改革开放时期,能有路甬祥这样一位优秀的校长,是浙大的幸运。"

路甬祥老校长不仅仅是党和国家领导人,而且是管科学的科学家、管教育的教育家,也是一位著名的社会学家。他酷爱读书,涉猎广泛,知识渊博,对事物的分析高瞻远瞩。他有着深厚的马克思主义哲学功底,总是以哲学思想为世界观和方法论,揭示自然界、人类社会和思维的一般规律和特殊规律。他从中央党校学习回来,给我们作报告,总要引述一些哲学观点和分析问题的理论依据,并经常教育我们——

"中层干部要多学点哲学。不懂哲学的领导者,不可能是清醒、聪明的领导者。正确的世界观和方法论可以触类旁通,可以提升驾驭全局的领导能力;当干部,一定要多读书,读好书,同时要理论联系实际。"

现在,再回到我与路校长交集的记叙。他调离浙江大学已经多年,担任了国家更加重要的领导职务,却始终密切关注和支持着浙大的发展,关心着他的老部下的工作和进步。我调任中国计量学院任副校长后,路校长对计量学院更名大学、凝练办学特色、博士点申报以及强化校友工作等都给予了重要指导,提出了至为宝贵的意见,让我感动不已,受益无穷。

同时,我得说,老校长对我家庭的重新组建也给予了莫大关心和帮助。我在担任浙江大学保卫处副处长和派出所副所长时,经常向他汇报工作情况和自己内心的一些想法。他总是非常关心,既肯定成绩,又提出中肯批评,特别是我家庭关系面临破裂时,他既非常理解又严肃地告诫我:

"工作上,大家对你的评价、印象很好;家庭问题,也要处理好。每个家庭都有一本难念的经,但处理问题一定要依法办事,不要授人以柄。结婚、离婚都是很正常的,但一定要慎重处理。"

1992年,我和单位的同事童永炯结为夫妻,办理了结婚登记手续,他听后很高兴,对我说:"小童这个女同志不错,祝福你们永结同心。"

他还马上打电话给梁树德书记,说:"小冯和小童办理了结婚登记手续,可以给小童安排一个新的岗位,告诉单位里有些人,不要说三道四,自愿离婚、再婚,这是法律允许的,应该受到法律的保护。"

正因为老校长的关心支持,我和小童的婚姻很幸福。她经组织批准调动到学工部工作,现在也快30年了。我们永远记得老校长的话,夫妻恩爱、永结同心。

路甬祥老校长倡导的"求是创新",现在已成为浙大学子的行为准则和奋斗目标。在"求是创新"精神指引下,浙大人正以弘扬母校的优良传统为己任,积极创新,勇于进取,用实际行动让浙大的明天更加美好。

附：

贺李虹先生九十华诞

尊敬的李伯伯、王阿姨,尊敬的各位嘉宾:

春秋迭易,岁月轮回。今天,是一个隆重的、喜庆的、难忘的日子,我们欢聚一堂,把酒言欢,共同祝贺为党的革命事业、医疗卫生事业做出重大贡献的李虹老先生九十华诞! 衷心地祝愿李伯伯、王阿姨"福如东海长流水,寿比南山不老松"。

"风雨历程九十载,无量功德勉后人。"李老一生经历时代变迁,一路风尘仆仆,一生无私奉献,从旧中国的积贫积弱,到新中国的繁荣昌盛。他13岁参军,经历了抗日战争、解放战争枪林弹雨的激烈场面,经受生与死的信仰考验,对党忠诚,是一名英勇无畏的革命战士。新中国成立初,李老奉命筹建41疗养所,并出色地完成了以杨得志上将为首的35位将军的疗休养任务,受到了院党委的表扬和首长们的赞扬。

"文革"后,李老主持杭州疗养院的基建工程工作,完成18900平方米工程项目,同时狠抓工程质量,并获南京军区优质工程称号。李老一生与祖国同呼吸共命运,把自己的青春才华奉献给了我党我军的医疗卫生事业。拜读过《枫林夕照》一书,我们不难悟出:李伯伯、王阿姨革命伉俪永结同心、相濡以沫、互敬互爱、相得益彰,他们在漫长的历史长河中,无论遇到多大的艰难险阻和人为的政治运动的冲击,他们都始终坚如磐石、情深似海,共尝酸甜苦辣、共享喜怒哀乐,体现了革命家庭的文明和谐的家风、为人处世的高尚情操,为我们树立了光辉的典范,是我们学习的榜样。他们两老的一生是革命的一生,是对党忠诚的一生,是艰苦朴素的一生,是战斗不息的一生,获得了共和国的诸多殊荣:屡立战功,并荣获中华人民共和国"独立自由奖章""三级解放勋章""功勋荣誉章"和"抗日战争胜利六十周年荣誉章"各一枚及淮海、渡江纪念章各一枚,曾入编《开国将士录》《泰兴名人志》。

"一身正气为人民,两袖清风勤廉政。"李老一生光明磊落、廉洁自律、公道正派的高尚情操在人们心中留下深刻印象。他廉洁奉公,牢记"清廉",不占公家一分便宜,不拿花房一盆花。当国家和社会遭遇水灾、地震等自然灾害时,他们都会忧国之忧、忧民之难,慷慨纾难,支持灾区建设,支持希望工程奖助失学儿童,他们的心比金更闪亮、更珍贵。他们的一生坦荡无私,坚持了共产党员的本色。

　　"禄共厚土同殷实,传统美德世代传。"90年来,李伯伯和王阿姨为家庭辛劳奔波,更为后人孕育了美德。两老刚正不阿的人格尊严,勤劳俭朴的治家之道,宽严有度的养育真谛,为家庭和邻里营造了亲善和睦的良好氛围。如今儿女事业有成,孙辈争强向上,亲邻和睦相敬,这些都是胜过家产万贯的宝贵财富。家无贫贱忧,心无儿女愁,曾经沧海横流渡,几多辛苦化甘甜。

　　"福禄寿三星祝寿,日月星三宝吉祥。"让我们共同祝福今天的老寿星李伯伯和王阿姨,健康长寿、晚年幸福。借此机会,我作诗一首再次表达对二老的敬意:

少年从戎意志坚,

南征北战火中炼。

歼日除顽建奇功,

九死一生历艰险。

留得半生济大世,

杏林春晚远名扬。

伴侣相濡信马列,

不忘初心祖国强。

　　最后,祝愿各位嘉宾身体健康、事业进步、阖家幸福!

　　谢谢大家!

做人·做事·做学问的光辉典范

——写在周文骞教授八十寿诞之际

我在浙大学习工作了 32 年,因工作需要,调任中国计量大学副校长,但浙大情结始终不渝。浙大的老领导、老师和老学长对我恩重如山,我永远不会忘记。今天是我的老领导周文骞老师八十寿诞,我写下这篇文章为他庆贺生日,表达祝福。

最初与周老师相识,是在 30 多年前的浙大化工系。短短几年的相处,他不仅给我留下了终生难忘的记忆,更对我的成长发展带来了极大影响。周老师做学问可谓硕果累累,曾经出版过专著 7 本,省级以上刊物发表学术论文近百篇;承担过国家级课题 2 项,省级课题 30 余项;获得过省哲学社会科学成果奖二等奖 3 项,三等奖 2 项。他在我国宏观经济学、区域经济学领域中留下了不朽的学术思想,他是我们学习的光辉典范。

下面我讲几个小故事,都发生在我与先生交往的过程中,体现了先生做人、做事的风范,对我们高校的管理工作者有极大的教育意义。

一、青年教育工作者的良师益友

1978 年 9 月,我刚留校担任化工系政治辅导员兼学生党支部书记。有一天,系党总支的吴雅春老师通知我们说,新来的党总支书记周文骞老师要和新留校的年轻教师和政治辅导员见面。化工系要来一位新的书记大家早有耳闻,据说是一位在经济学方面有很深学术造诣的学者型领导,50 年代初就在团中央工作过。

周文骞老师与我们第一次见面,就给我们留下了深刻印象。他温文尔雅,平易近人,脸上总挂着和蔼的笑容,一双炯炯有神的大眼睛充满智慧的目光。那时候,他只有 40 多岁,却显得老成持重。他阅历很广,知识渊博,讲话时有一种磁性牢牢地吸引着你,紧扣着你的心弦,给人以一种贯穿和震撼的力量。大家窃窃私语说,团中央的老团干的确不一般。

我们学工科的学生从未听过像他那样精彩的讲话。他讲话没有稿子,但是思路敏捷,逻辑性很强。他那次讲话,大致有几层意思:第一,拨乱反正、百废待兴是我们的责任;第二,学会做人、做事、做学问。青年人必须老老实实做人,讲诚信;必须堂堂正正做事,讲务实;必须认认真真做学问,讲求是。

他告诫我们这些留校的"新兵"说:"你们是一代人当中的幸运儿和佼佼者,都是我们学校百里挑一、品学兼优的学生干部。你们一定要树立理想、信心,千万不能目光短浅。留校不是一项桂冠,别以为戴上它就可以浑浑噩噩,就此满足。你们人生的路很漫长,你们一定要有长远眼光,一定要有鸿鹄之志,才能鲲鹏展翅鹏程万里。"

我们听得极为投入,都在认真做着笔记。

周老师继续说:"一个人一定要正确看待自己,既看到自己的长处,对将来充满信心;但又要看到自己的不足,要敢于迎头赶上。在大学里工作,一定要有真才实学,学校条件很好,自己要学会缺什么补什么。政治辅导员一定要双肩挑,不要脱离自己的专业,边工作边学习。要善于总结工作经验和教训,不断完善提高自己。一定要学会调查研究,学会做思想工作。一定要知道我们的学生在想什么?他们有什么困难?要帮助他们树立远大的理想和人生的奋斗目标。培养我们的学生德、智、体、美全面发展,将来成为社会需要的栋梁之才。"

虽然是第一次见面,但是周文骞老师的讲话至今还常在我耳边萦绕,引导着我做人、做事,努力向前。

1979年,我到浙大化工系党总支担任秘书兼政治辅导员和学生党支部书记。那时候,工作紧张,非常辛苦,经常白天在系里工作,晚上到学生宿舍了解学生的情况,开展党员、积极分子的培训工作,加班加点是常事。但是在周文骞老师身边工作,我总觉得心情愉快。尤其是他对文字的要求很高,用词表达要求准确、文章内容必须翔实。无论是写总结、写冤假错案的平反结论性文件,他都是亲手指导和修改,并告诉我为什么那样写,让我的文字表达能力有了大幅度提高。我在他身边整整工作了四年,在他的精心培养、帮助和潜移默化的影响下,我进步很快,真切地体会到周老师是我们年轻人的良师益友。

二、教师专业发展的坚强后盾

1978年至1981年,周文骞老师是浙大化工系的一把手,为化工系的学科建设和专业发展做出了突出贡献。在他的带领下,化工系的党总支非常团结,工作、教学、科研和学生管理都颇有成效。

浙大化工系在"文革"中是"四人帮"爪牙控制的重点,受损非常严重。因此,要把"文革"中的损失挽回来,拨乱反正的任务非常重。周文骞老师带领党总支一班人精诚团结,严格执行党中央、省委和校党委的工作方针,深入各专业、教研室调查研究。他深入教研室开座谈会,找一些老、中、青不同层次的教授、副教授、讲师谈心,交换对化工系建设和发展的思路和意见,并特别注重倾听像王仁东、周春晖、侯虞钧、汪希萱、潘祖仁等老教授的意见和建议。凡涉及化工领域专业方向的工作,他都不耻下问,虚心请教,把大家的意见记在笔记本上。尽管周老师有着超人的记忆力,却常常讲:"好记性不如烂笔头。"

当时,学校对光、机、电比较重视,有人把化工看作是夕阳产业。他非常重视王仁东、周春晖教授的意见,在学科专业调整上强调学科交叉和优势互补,积极向学校领导建议加大投入,大力扶持化工系的建设和发展。学校领导采纳他的建议,加大了对化工系建设的投入。我们读书时,数据计算全靠计算尺和手摇式计算机。在周文骞等老师的共同努力下,化工系率先建起了计算机实验室。这些投入不仅改善了教学条件,更为教师的专业发展和学生学习奠定了坚实的基础。

周老师还十分重视中青年教师的培养,曾经在全系大会上强调:

"我们既要反对保守僵化,闭关自守;又要反对崇洋媚外,不要认为外国的月亮比中国圆。我们中华民族有五千年文明史,有丰厚的文化底蕴。但我们又必须承认老牌帝国主义的科学技术比我们领先,有许多值得我们学习的地方。我们要扬长避短,要学习外国的精华,去其糟粕。我们有计划地安排中青年教师去国外学习进修,丰富、充实、提高我们自己的本领,为培养'四化人才'服务。"

他对化工的办学思路、发展规划、学科建设、专业调整、硕士点和博士点申报以及大学生培养目标的制定等,都做过非常科学和具有前瞻性的工作。在党政联席会议上,他对问题分析得非常透彻,讲得非常到位。化工系的老师们对周老师都刮目相看。作为学者型的领导干部,他非常尊重知识重视人才,尊师重教。他的领导艺术、政策分析水平和解决问题的能力值得我们后辈学习和发扬。

在化工系党总支一次讨论平反冤假错案、落实党的知识分子政策的会议上，他坚持党的实事求是思想，语重心长地对班子成员说：

"我们的知识分子，绝大部分是热爱党、热爱国家、热爱社会主义的。他们只是对当时的一些政策和方法有些不理解，他们的铮铮忠言，实际上对党是好意，许多意见很坦诚。因为受极左路线的影响，他们当中的有些人被划为右派，有些被树为'白旗'、被批斗。我们一定要按照党的政策和要求，落实好知识分子政策。对他们的过去，要历史地看待，要看主流，要实事求是地判断是非。他们的平反昭雪材料，一定要写实，要客观公正，肯定主流，还人家一个清白。这是关系到党和国家前途命运的大事；否则，就会动摇我们党的社会基础。"

记得我们系的老师朱国辉教授当时发明了扁平绕带压力器，想要申报国家发明奖。当时由于受"文革"影响，有人质疑他，认为这是苏联专家的成果。周文骞老师得知后，亲自调查，摸清缘由，掌握了第一手资料；他充分肯定了朱老师的发明成果，表示对我们的中青年教师与学科带头人要给予支持。他说：

"我们内部一定要团结，学术上和科学研究上的问题可以发扬民主，允许争论，但千万不能意气用事，千万不能搞内讧；搞内讧只有对我们的事业不利。只能使亲者痛，仇者快。"

当时那件事情让朱国辉老师非常感激。后来他成功地获得了国家发明二等奖，成了我国化工压力容器行业中非常有名的专家，具有极高的社会声誉。

三、大学生成长发展的引路人

在化工系学生心目中，周文骞老师是一个非常平易近人、和蔼可亲的人，很有亲和力。他好像一眼能看透你在想什么、你想知道什么。所以每次跟同学们讲话，大家都觉得他能说到心坎上。周老师阅历深广，知识渊博，温文尔雅，讲起话来有一种穿透力和感召力，学生们很喜欢听。他每学期都会给学生做一两次讲座，讲话总是透着哲理，给人以力量、信心和激励。同学们一听说周文骞老师作报告，都会涌向礼堂和俱乐部，常常座无虚席，每次都要加方凳。他的演讲水平堪称一流，只拟讲座提纲，却能引经据典，出口成章，每次演讲都让听者感到耳目一新，回味无穷。演讲中最吸引学生的是，他常常将老一辈革命家——像毛泽东、周恩来、邓小平等青年时期的故事，讲给学生听，并加以分析、点评，讲得充满情感、生动有趣，能从心灵深处感化青年学生。

当时,化工系的学生工作在全校有口皆碑。化工系文艺体育人才济济,像合唱团、男声四重唱、扬琴、笛子、二胡、双人舞、相声表演等都很有名;系里的男女篮球、排球、田径等各项比赛都在学校名列前茅。这些都与当时任化工系书记的周文骞老师领导正确、工作思路清晰和学生工作定位准确有着密切关系。

那时候,周文骞老师对我们政治辅导员要求很严格,要求我们与同学同住、同吃、同学习。我在化工系担任政治辅导员近六年,除了上午在党总支办公室工作,每学期听一门专业课外,每天下午和晚上都在学生宿舍,清晨还要带着学生做早操。当时,工作没有任何补贴和加班费,待遇也一般。但是我们在周文骞老师的领导下,对工作充满热情和信心。班主任们也一样,党总支要求小班班主任每周六下午必须到小班参加班级活动。

当时,化工系的学生工作富有创意,很有特色。我们很重视学生的党建工作,积极培养入党积极分子。党总支一班人轮流为学生讲党课,培养了一批品学兼优、红专结合、在同学当中有威信、有能力的同学加入党组织,也培养了一大批优秀学生干部。那些同学毕业后,在各自的岗位上奋发有为,勇于奉献,成绩卓著,有不少走上了领导和学科带头人岗位——

如中组部秘书长邓声明后担任中组部副部长,吉林省常务副省长竺延风后担任吉林省委副书记,浙江省人大常委会副主任刘奇后担任江西省委书记,国家发改委社会发展司司长胡祖才后担任发改委副主任,江苏省发改委主任毛伟明后担任湖南省省长,还有浙江省副省长王文序、公安消防总局少将朱力平、首钢总裁助理曹忠和浙大副校长卜凡孝、张宏建……

学科带头人有褚健、李平、王慧、李伯耿,以及任其龙、陈学东、郑津洋三位院士……

也有的在教育、科研领域做出了骄人的成绩,涌现出了像闵卫国、廖国勤、王宜、王德明、卢建利、杨海狄等一批杰出的青年企业家。这种"化工现象",已经成为浙大的骄傲。

我在任化工系分团委书记时,和同学们进行过一次探险活动。那次探险还是在周文骞老师的激励下进行的。在一次全系大会上,周文骞老师说:

"听说杭州有个'千人洞',非常深。有人说这个洞可以通向安徽,但谁也没有去过,有没有人敢去探险? 作为年轻人,必须坚强,不畏艰险,敢于探索,敢于冒险。世上无难事,只要肯登攀!"

周老师一席话,让大家生出一种跃跃欲试的冲动和激情。同学们纷纷要求报名参加探险。考虑到同学们的安全,我们从系里挑选 10 名同学组成探险组,首先组织同学进行了一周的体能训练,并从保卫处借来了步话机,准备了手电、蜡烛、砍刀、食品、安全绳,然后才开始我们的探险。

我们从狭小的洞口进去,走过二十几米之后,艰难地从洞口垂直滑到二十几米深的地方,没有攀岩经验的同学竟然也在洞壁上成功地"荡秋千"过去。忽然,一个非常大的"厅"惊现在同学们面前,大家立刻理解为什么叫"千人洞"了:真的可以容纳千人,酷似《智取威虎山》中的威虎厅!再往里走,路越走越窄,几乎是贴着洞壁匍匐前进,而且蜡烛也灭了,人有一种缺氧的感觉。为了安全起见,我决定带同学们退回到"大厅"。在"大厅"里,同学们点起松明,把各自带的食品倒在铺好的塑料布上,开始野餐。在野餐期间,大家表演起了《智取威虎山》片段,很是开心、尽兴。

那次探险,给大家留下了极为深刻的印象,使同学们深深体会到人要有一种精神,勇敢坚强、百折不挠,不畏艰险,勇于探索。那也是时代发展所需要的一种精神。在周文骞老师的感召下,我带领同学们体验并收获着那样一种精神,真是终身受益。

1981 年,周文骞老师因工作需要离开化工系,担任了浙大党委副书记。但是浙大化工系的老师和同学们,都深深地记住和想念他。

今天,是周文骞老师八十岁寿诞。他依然风度翩翩,谈笑风生,精神饱满;他依然在教学、科研园地辛勤耕耘,指导着研究生,向学生们讲述他的做人之道、重师之道、爱生之道,讲述他为中华民族之崛起而进行的经济学研究之道。他像一支明烛,为我们照亮前程,他像"求是园"中的一名园丁,培育我们茁壮成长;他在我国经济学研究界和高校教育界都做出了不朽贡献。我们衷心地祝福他晚年幸福、健康长寿!

2018 年 7 月,浙江省检察院原检察长陈云龙和我们计量校友在武义偶遇

中国计量大学 40 周年原创音乐舞蹈史诗"千秋计量"表演后合影

我们一家与中国女中音歌唱演员、国家一级演员关牧村老师夫妻合影

2018 年夏季,和老朋友张登高夫妇、老哥刘爱平夫妇合影留念

参加中国计量学院 2009 年授予硕士学位留影

参加中国计量学院 2012 年授予硕士学位留影

2016 年 3 月 5 日,中国计量学院更名为中国计量大学

2023年4月13日下午,教育部宣传教育中心夏越主任
来杭调研,我校党委副书记和相关部门负责人参加接待

我和斯大孝(曾任浙江省委常委、省公安厅厅长)、
蔡杨蒙(曾任浙江省公安厅副厅长)合影留念

2022年7月1日,我参加光荣"在党五十年"颁奖活动

2018 年 9 月 26 日,应邀参加邵逸夫奖颁奖典礼,我校获邵逸夫基金三个捐赠项目

中国计量大学副校长金尚忠和学校部分中层干部参观"红色文化主题公园"

中国计量大学纪委书记章建生参加"潭边战斗主题公园"开工典礼

陪同中国计量大学党委书记张土乔学习参观中国工农红军挺进师纪念馆

中国计量大学部分中层干部参加潭边红色主题公园落成典礼

浙江省咨询委员会主任、浙江大学原党委书记张浚生应
邀为新昌县中层干部讲党课并和省委督导组成员合影

中国计量大学国学院正式挂牌成立

我们和章猛进(浙江省原常务副省长)合影留念

中国计量大学艺术与传播学院与黄山市祁门红茶集团合作

中国计量大学部分中层干部和老领导纪正昆书记合影

2021 年 4 月 21 日,时任中国计量大学校
长宋明顺和冯时林一行前往华为集团考察

2018 年 10 月 18 日,计量博物馆开馆仪式上冯时林讲话

2010 年 7 月 8 日,中国计量学院第二次党代会合影

与陈学东院士(左起第五)等合影

2021 年 11 月，中国计量大学原组织部部长刘秀丽
(左三)任宁波卫生职业技术学院党委书记合影留念

2023 年 5 月 19 日，冯时林在第二届中国计量大学计
量科普节启动仪式暨元宇宙计量博物馆发布会上致辞

2023 年 5 月 20 日，首届"杭州高校校友足球联赛"冯时林与中国计量大学足球队合影

2023 年 5 月 20 日，中国计量大学第二届集体婚礼上冯时林与葛洪良副校长合影

2024 年 1 月,刚离任太原理工大学党委书记的郑强教授与浙大校友合影

2024 年 1 月 24 日,陪同新上任的中国计量大学纪委
书记马春波调研对口扶贫单位泰顺县司前畲族自治镇

2024 年 1 月 25 日,陪同校纪委书记马春波走访泰顺县司前畲族镇中心小学

2020 年 12 月 17 日，浙江省高等教育学会高
校保卫工作分会第十届五次会员代表大会合影

2020 年 10 月 11 日，中国计量大学现代科技学
院、中国计量大学义乌研究生院院名石揭幕仪式

老朋友京城一聚,定格美好时刻。左起程立平(浙大校友),余勇(杭州市上城区原政协主席),陈世强(中国民生银行原工会主席),冯时林(中国计量大学原副校长),吴天星(宁波天邦股份有限公司董事长)

2023年10月15日,中国计量大学经管学院杭州校友会成立

2023 年 10 月 15 日，我为中国计量大学经管学院
杭州校友会揭牌，并向会长徐海钗授予校友会会旗

五十六、共襄计量大业

2006年9月27日,浙江省委组织部任命我到中国计量学院担任副校长。从浙大到量院,我在党培养下从一个大学生成长为一位大学副校长,用了30年时间。

现在想来,我与量院似乎天然有缘。记得浙大毕业留化工系工作不久,学校保卫处王忠处长便找党委书记梁树德要我,想让我去他们处工作。梁树德书记征求我意见说:

"你愿不愿意到保卫处工作?有什么想法可以和我讲。其实你的选项还不止这一个。中国计量学院党委副书记刘广义同志找过你了吧?他想让你去做校团委书记呢。"

的确,当时的中国计量学院党委副书记刘广义同志曾经有意"挖"我,让我负责团委工作。只是当时浙大领导层很看好我,没舍得放行,一直延至2006年才让我结缘量院。

当时,量院本部已经从市区搬迁到下沙高教园区。位于学源街258号的中国计量学院,拥有一座美丽的校园,建筑风格独特,校内绿植丰茂,日月湖水潋滟,令人心旷神怡。我到量院报到的那天,看见校园鲜花盛开,彩旗在风中飘扬;秋日艳阳下,大一新生们正在学长与学姐的引领下,簇拥在校园里各类社团"招新"的展牌前;而我在浙江省委组织部、省委教育工委领导陪同下来量院报到,时间是2006年9月29日。

学校党委书记姚盛德、校长林建忠率领导班子热情地欢迎我。浙江省委组织部、省委教育工委领导宣布我担任中国计量学院党委委员、副院长;大家热烈鼓掌欢迎。党委书记姚盛德说:"欢迎冯时林同志来量院工作,与我们一起共襄计量大业。"

"冯时林同志是我在浙大时就很熟的老朋友、老同事。"校长林建忠说,"来量院工作,我们班子的力量更强了!"

因为我的到任,2006 年 10 月 11 日,校党委将领导班子成员工作分工作了调整:我负责保卫、基建、后勤、对外协作(校友)等工作,亦即分管保卫部(保卫处)、基建处、对外协作办公室(校友工作办公室),同时联系经济与管理学院。

分工负责、分管和联系的部门多了,我知道必须像弹钢琴一样将工作做好。此刻,我要写下的是调任量院副校长后干的第一件大事——成立"中国计量学院校友总会"。正像姚盛德和林建忠同志说我到量院来是与他们一道"共襄计量大业"一样,我力推成立校友总会,则是诚邀全国的量院校友一道来"共襄计量大业"。

夜,已经很深了。雪,在办公室窗外下得越来越大。这是校友总会成立大会之前的 1 月 15 日,我组织召开校友总会筹备委员会会议;为各地校友会的成立和校友总会成立大会的顺利召开,我牵头研究制定《中国计量学院校友总会成立大会暨第一届会员代表大会方案》和《中国计量学院校领导联系各地(校友)工作方案》。

有位加班的同志望着窗外大雪对我说:"冯校,雪下得这么大,校车肯定没法派了,要不咱们一起赶快速公交得了。"

"好啊。"我说,"冬天不怕雪大,瑞雪兆丰年嘛。"

为确保顺利成立校友总会,我们专门成立了校友联络走访组。春节过后,走访组用了不到半年时间,奔赴全国各地走访近 20 次,召开校友代表座谈会、校地合作洽谈会近 30 场,出访组员达百余人次,走访校友 300 多人次。

转眼到了 2007 年春天,杭州大地草长莺飞,鲜花盛开,暖风在明媚的春光里吹得游人沉醉。5 月 2 日这天是好天气,中国计量学院的日月湖波光潋滟,湖畔柳絮飞舞,启明广场彩旗飘扬,全校师生在蓝天丽日下笑逐颜开。来自全国各地的新老校友代表和省市领导嘉宾齐集校园,共同见证"中国计量学院校友总会"的成立。

"中国计量学院校友总会"成立大会由我主持。我环视会场,热情而又庄重地说:"各位领导、各位嘉宾、各位校友代表们;女士们、先生们、朋友们:现在,请允许我向与会各位代表介绍出席大会的省市各位领导和学校的领导,他们是……"

浙江省、杭州市的领导与学校党政现任领导和许多老领导都出席了大会;浙江省质量技术监督局副局长唐全东参加会议并致辞;校党委书记姚盛德在会上作了热情洋溢的讲话；校长林建忠同志则从学校沿革、学校特色、校园文化等方面，向大家详细介绍了学校发展的概况；大会通过了校友总会正副会长、名誉正副会长、顾问和秘书长的人选名单；通过了校友总会章程和教育发展基金会章程，并举行了现场捐赠仪式。

掌声阵阵响起，会场氛围热烈，大会取得圆满成功。

在我的工作记忆中，中国计量学院校友总会的成立事关学校发展大计，是一件具有里程碑意义的盛事，也是我调任中国计量学院副校长后干的第一件大事。校友总会成立后，各省、市校友会逐步实现了全国覆盖，从而为学校大展宏图搭建了有效平台。

如今，回望分管量大校友总会期间的那些人与事，我时常深受感动，并不断得到启发。我深刻体会到，热情和热心为校友服务是校友总会必须长期坚守的信念。完全可以这么说，校友是体现学校办学质量的一面镜子，因为以校友为鉴，可以晓育人得失、知办学质量；校友是母校宝贵的资源和财富，母校的建设和发展离不开校友的真情关爱和帮助。是校友与母校之间的浓浓情谊催生了校友工作，并使之成为学校工作中不可或缺的重要组成部分。

我一直认为，量大的校友是最懂感恩的群体之一。那份以"感恩、责任、奉献"为精神内核的情与义绵延数十载，是量大校友群的鲜明特质。那是一种根植于"计量立国、计量兴国、计量强国"的家国情怀，是生发于"精思国计、细量民生"的校训精神，是浸润于"严格、严谨、求实、求新"的优良校风，是成长于爱校、荣校、护校、强校的生动实践，是赓续于大爱无疆、衔环涌泉的感恩与传承。

初到量院担任副校长时，我发现学校校友工作基础十分薄弱，主要表现为：对可持续开发战略的思考不足；校友资源开发与管理，也还停留在表层，难以深入；欠缺服务功能和感情投入，使得校友资源利用存在各种问题与瓶颈，没有充分挖掘出校友资源的潜在价值；校友资源管理工作也存在"打游击"的状况，只是间断性地开展，还没有成为常规性的工作。

经过调研和思考，我形成了自己的工作理念，认为应把开展校友工作、开发校友资源、利用校友能源上升到学校可持续发展的战略高度，并把校友工作贯穿于办学活动的全过程。校友总会成立后，工作秉承"联络聚人、服务聚心、合作聚力"理念，围绕"构建平台、服务校友、贡献母校"宗旨，凝聚校友的爱校之情、助校之力和育人之魂，以最大同心圆共筑量大梦，取得可喜成就。

在这里,我想说说自己在量大的领导岗位上组织的两次"逢十"的大型校庆活动。

尽管量大30周年与40周年校庆已经落下帷幕,但校庆时的欢歌笑语依然时常回荡在师生耳畔,校庆中的精彩画面仍然历历在目,校庆的盛况已深深烙在每位"量大人"的心中,并成为永久珍藏的美好回忆。无论是以笔达意,还是以声传情,全球"量大人"的爱与祝福仿佛还在量大的校园激荡,在钱塘江的云端涌动!

2008年10月18日,中国计量学院迎来的是建校30周年庆典,整个校园成了欢乐的海洋。时任浙江省副省长王建满,国家质量监督检验检疫总局党组成员、国家标准化管理委员会主任纪正昆,浙江省政协副主席陈艳华等领导专门到场祝贺。国内外兄弟院校领导,部分中国科学院、中国工程院院士,海内外校友,学校师生共七千多人欢聚一堂,共同欢度中国计量学院30周年校庆。

我们在老校区召开了量院第一次省、市校友会建设与发展研讨会。来自四川、江苏、江西、湖南、湖北、黑龙江、吉林、辽宁、广东、甘肃、贵州、福建、山西、北京、内蒙古、海南、杭州、温州等省、市校友会的会长、副会长、秘书长、副秘书长和校友会筹备会的负责人等40余人,齐集老校区青工楼。我在讲话中说:

"同志们,各省、市校友会是促进学校与地方经济建设发展的桥梁和纽带,校友会是凝结校友、相互支持、资源共享的有力平台。各省、市校友会要以多种形式加强联系,增进感情;希望各省、市校友会与母校经常保持联络,及时沟通信息,互惠互利,促进发展!"

我讲的是我的心里话,也是我校友工作的理念,得到了与会者广泛认同,赢得了大家热烈的掌声。

校庆期间,学校还隆重举行了庆典大会,专场文艺晚会,院士学术报告月,计量、标准、质量国际高峰论坛,海峡两岸计量学术研讨会,计量文化月等系列庆祝活动。30周年校庆,是学校承前启后、继往开来的里程碑;也是团结奋进、再创辉煌的新起点。

我在前面说过,我分管量院的校友工作办公室、保卫部和基建处工作,同时还要联系经济与管理学院。且说这一天,我在"格致"南楼三楼经管学院调研工作结束后,准备回自己办公室。由于想走楼梯下楼,在二楼碰到了人文社科学院党委书记毕晓光同志。他一见我,便热情地走过来打招呼:

"冯校好！您别老是眷顾经管学院，也抽空到我们人文社科学院来坐坐啊。"

"学校有联系你们学院的领导啊。"我说，"你是不是有什么事儿要找我？"

"冯校一眼就看出我们的心事来了。"他说，"再过两年就是40周年校庆了。我们想为校庆做点事情，还请冯校从学校层面多支持。"

我一听，很感兴趣，便驻足让他说说想法。原来他和邱高兴院长商量好，由于人文社科学院在校园文化活动中已经持续做了十届"中国文化节"，并被教育部列入第四届"礼敬中华优秀传统文化"系列活动示范项目；鉴于师生团队整齐，也积累了一定经验，所以想在40周年校庆的节点上做个大动作——搞一台关于中华计量文化的原创音乐舞蹈史诗。但是在学校搞大型舞台剧，需要校领导出面协调多个部门共同发力，才有可能完成。他知道我是校庆委员会主要负责人，所以向我求助。

"那没有问题。"我当即表态道，"你们人文社科学院主动请缨为校庆做事，我支持！"

得到我的表态，他很高兴，表示人文社科学院一定不会让学校失望。后来听说他们学院开始筹划一部叫《千秋计量》的舞台剧，并成立了文献组、文创组、导演组和剧务组等各个工作小组；编剧李惊涛老师是中国作家协会会员，还做过十年地级市电视台长；导演孙倩是白俄罗斯国立文化艺术大学的舞蹈专业博士，在白俄罗斯还受到过习近平总书记接见。我很欣慰，看来他们为了迎接40周年校庆，已经提前两年策划和动作起来了。了解我工作作风的同志们都知道，我很看重那些积极做事、有所担当的干部和老师，而不问他们的背景是文科还是理工科。我决定支持他们，扶持这部舞台剧。

2018年10月18日，中国计量大学迎来了建校40周年华诞。在广大校友的热情参与和共同努力下，40周年校庆系列活动更是取得了空前成功。由于有量院30周年校庆的经验，我牵头组织实施的量大40周校庆系列活动，全方位、立体式地展示了学校的办学成就和文化特质，极大地激发了全校师生员工和海内外校友的自豪感与凝聚力，进一步提升了学校的知名度、美誉度和影响力，为学校未来发展奠定了重要基础。

值得一提的是，人文社科学院那台由我扶持和力推的原创音乐舞蹈剧《千秋计量》，在10月17日晚"嘉量大会堂"的迎宾演出中获得圆满成功，线上与线下受众达三万多人,受到广大校友和众多媒体的盛赞。演出结束后,我来到流光溢彩的舞台和演职员们合影留念。人文社科学院领导和该剧主创人员见我走上台来,一片欢呼;随即和"嘉量舞蹈团"的演职员们簇拥着我拍照。我知道他们是在用这种方式表达对我曾经给予支持的谢意;但是他们不知道的是,我同样感谢他们。要知道在既无先例可援、又无贯穿始终的人物、更无煽情感人情节的"三无"情况下,仅用科技史素材"无中生有"地原创一台有"计量文化"特色的视觉盛宴,殊为不易。

后来事实再次证明,当时我决定扶持《千秋计量》是正确的。该剧在得到观众广泛赞誉后,国家市场监督管理总局和中国计量研究院领导先后告诉我,说他们想调该剧进京演出,在第 22 个"世界计量日"为出席国际会议专家学者和首都观众专门演两场。2021 年 5 月 18 日晚上和 20 日下午,《千秋计量》在北京会议中心的演出也获得了圆满成功。后来,听说该剧获得 2023 年度"浙江省高校原创文化推广行动作品"立项,已经累计演出 19 场,观众达到七万多人次,生动有效地传播了中华计量文化和精神。

校庆期间,海内外广大校友欢聚母校,畅叙情谊,共话发展。校友们将个人发展与母校事业发展紧密相连,以不同的方式回馈和反哺母校。各界校友和地方校友会或发来贺信贺电,或慷慨捐赠,或提出宝贵意见和建议,通过各种形式为母校 40 周年华诞加油点赞,尽显对母校的赤子之心和拳拳之情。

一所大学精神底蕴的传承,就这样融入了一场场仪式、一幅幅场景和一个个瞬间……

回顾两次"逢十"校庆活动,我必须得说,所有的圆满成功,首先得益于学校党委的坚强领导。校庆筹备期间,校领导班子专题研究校庆工作,党委书记亲自主持校庆工作推进会。在校庆工作领导小组领导下,我们对外协作办公室亦即校友工作办公室的同志们加班加点,共克时艰,圆满完成了各项工作任务。其次我要说,校庆活动的圆满也得益于各单位同仁的鼎力支持。校庆期间,各学院及相关部门同志们精诚协作、通力配合、扎实工作;后勤保障人员、安全保卫人员、广大青年志愿者全天候辛勤付出,为校庆保驾护航。正是全校师生的共同努力,以斗志昂扬的姿态、拼搏奉献的精神和勤勉笃实的行动,才使得我所负责的中国计量大学 30 周年与 40 周年的校庆活动流光溢彩。那无疑是全体"计量人"奋进的最美篇章。

五十七、感恩思源文化

我始终认为,校友对母校的归属感,源于他在校读书期间老师对他的深爱;学校和老师关心现在的学生,实际上是在关心未来的校友;学校关心现在的校友,实际上是在延续关心过去的学生。所以,校友工作必须加强联络聚拢人心,聚焦全覆盖体系建设,从而推动校友工作向纵深发展。

在我的主导下,校友总会开始构筑"上下联动、横向互动"的工作体系,以地区、学院、行业为维度的三维校友组织网络基本建成,逐步从建设期转入发展期。如今,在校友总会模式下,各地已成立地区校友会 44 个,基本实现了全国省级校友组织的全覆盖——

2007 年,宁夏、甘肃、辽宁中国计量学院校友会成立;

2008 年,相继成立了北京、四川、贵州、陕西、江西、江苏、天津、黑龙江、吉林、湖北、湖南、海南、杭州等省、市校友会;

2009 年,重庆、云南、上海中国计量学院校友会成立;

2010 年,义乌、山东、福建中国计量学院校友会成立;

2011 年,新疆、天津、山西中国计量学院校友会成立;

2012 年,青海中国计量学院校友会成立;

2013 年,安徽、广西中国计量学院校友会成立;

2017 年,嘉兴、舟山、衢州、台州、金华中国计量大学校友会成立;

2018 年,苏州、温州、丽水、绍兴、宁波、湖州校友会成立;

2020 年 10 月 19 日,首个海外校友会组织——北美校友会成立;

同年,深圳校友会成立;

……

每个校友会的成立,我都会亲自参加。

"校友们,同志们,"在校友成立会上,我总是热情洋溢地这样致词,"今天,在这里,我代表中国计量大学,对校友会的成立表示热烈的祝贺!对参与校友会筹备工作的校友表示衷心的感谢！……”

每次校友会举行成立仪式时，我都会向广大校友详细介绍学校近年来建设与发展情况，与校友们共同分享学校发展的喜悦；同时希望能把校友会建成校友联络感情、寄托情思、交流信息、资源共享、促进发展的重要平台。

现场的校友们见到我，就像出嫁的女儿见到娘家人；即使踏上返程，他们当时那股激动和热情的劲儿，依然令我心情久久不能平静。

后来，量大校友工作办公室又形成"院为实体"的工作思路，先后成立了现代科技学院、继续教育学院、材料学院等学院校友会，以发挥院系的主动性和有效性，夯实工作基础。与此同时，校友办公室还建立了校领导联系各地校友工作机制，打开校院协同、部处联动、人人参与的新局面。

每年适当的时机，我们还会举行年级校友理事会成立大会暨校友联络员聘任仪式，从而实现了"班班有联系、级级有代表"的网格化联络。我还让办公室加速推进以"人"为中心的新版校友信息系统建设，并取得了实质性突破。

"冯校，"对外联络处的贾岳嵩副处长对我说，"办公室终于厘清了校友'家谱'啦。"

"好啊，"我高兴地说，"我们辛苦些，把有荫凉的大树栽好，以后接替我们的人来做校友工作，就有了基础数据啦。"

在做这些工作的同时，我还要求校友办以统筹推进为主线，构建校友工作"同心聚力·同向发力"的发展格局。这就需要加强顶层设计和具体部署。校友办出台了《中国计量大学进一步加强校友工作实施意见》，进一步明确校友工作的发展定位，凝练形成新阶段校友工作的新理念和新举措；建立了定期调研走访制度，分主题、分模块深入院系、校友组织调研交流，强化与机关部处和直属单位的协同联动，提出针对性的解决方案和落地举措；打造校友工作专业化队伍，建立年初校友工作布置会机制，为院系校友工作提供专业指导并定期交流；开展"校友工作案例"申报评选和分享交流，探索形成可示范、可持续的校友工作典型，激发院系校友工作的同步提升。

很多人会觉得不可思议，认为校友们在离开母校后，仍然与母校保持不断线的联系与互动，动力源是什么。在这里，我得说，肯定离不开我们全周期的校友跟踪和全方位的校友服务。正是校友总会办公室强化与校友的联络，不断聚焦校友服务，不停创新各项举措，以满足不同年龄、不同领域、不同地区的校友的各类需求,才深化了校友与学校的感情。

2019年,我专门前往青海省和西藏自治区,去看望那里的校友。进入青藏高原,我才会深深理解,广大青藏校友多年以来心系祖国、扎根边疆、不计名利、接续奋斗,为国家安定、民族团结和青、藏地区经济社会发展默默奉献,是多么不容易。他们的坚守和付出,是母校的光荣与骄傲;他们的崇高品格和家国情怀,是量大学子们学习的榜样。

像上面所说的走访,每年我都会进行。正是走访各地校友会和校友企业,参加地方校友会理事会会议,才让我体会到,通过聚心聚焦服务,全周期跟踪与联络,才能营造"人人参与•人人受益"的校友生态——

我们适时推出校友卡来打造"校友之家",以标准化流程和套餐支持来开展秩年校友返校系列活动;

我们通过多方协同和形式创新,组织开展每年一度的校庆纪念活动,让校友们以"沉浸式体验"来感受浓浓的母校关爱和思源情怀;

我们积极探索后疫情时代以班级为单位拓展校友返校新模式,并推出行业校友"云沙龙"活动;

我们还成功举办了"首届中国计量大学校友集体婚礼",共有41对校友伉俪齐聚母校,演绎浪漫爱情;

我们还以平台建设为抓手,具体塑造"外树形象、内聚精神"的校友群像……

这里,我想主要说说构建"一网一刊一报两微"融媒体矩阵的形式。

校友工作办公室集聚多个平台、多种形式和多方力量,及时传递母校和校友的最新资讯,有效传播了量大的文化和精神。我要求校友总会主动挖掘校友典型,出版《量大风采》;围绕新中国成立70周年、建党100周年、党的二十大等推出系列主题策划活动,彰显量大校友"不忘初心跟党走,牢记使命勇担当"的时代风采;通过进一步完善校友宣传工作联动机制和优化再造协同工作流程,深化"大宣传"工作理念,聚集各方力量讲述好校友故事、传播好量大声音。与此同时,校友工作办公室还通过大数据挖掘、班级理事等渠道,在周年生日、荣誉加身、公司上市等重要节点及时送达母校祝贺和问候,或定期走访看望。校友们对来自母校的褒奖不仅看重,而且珍惜,纷纷将母校的奖杯和贺信等放在办公室或家中最醒目的位置。

校友们能够这样做,涉及"思源感恩"的文化现象。这里,有个问题需要思辨一下。通常情况下,校友为母校做贡献的最主要方式,是做好本职工作;同时毋庸讳言,母校也热切地希望和期盼校友们以各种力所能及的方式来回馈母校。近年来,校友喜报频传,彰显了母校育人的成效。随着校友工作的不断深入,"饮水思源"的文化在校友中也深入人心。无论是默默无闻的普通校友,还是功成名就的杰出校友,遍布海内外的"量大人"始终都在与母校鱼水相依、携手共进。

"同志们,你们可以用时间和事件来做轴线,推出一系列品牌性和若干代表性的捐赠项目。"我对办公室的同志说,"比如开展'迎双新'活动,为新校友踏入社会呈上美好祝福,联动校友企业来为新同学送上暖心礼包;还可以多角度挖掘和全方位传播感人的捐赠事迹,以'小额带动大额'来推动代表性的集体捐赠和特色捐赠项目。这样,溢出效应就产生了。"

"冯校啊,"校友办的陈子良处长对我说,"您的办法就是多。"

"因为我走的地方多、见到的校友多,"我说,"取的经也就多嘛。"

我们校友办对校友的关心与助力,已经赢得了校友的积极回应;"思源感恩"文化正在形成,协同育人成效已经凸显。在这个基础上,我又要求校友办以项目管理为依托,着力构建捐赠体系。来自校友的重大捐赠,如今已经成为学校基金的重要来源,所占比例持续上升。特别是在疫情防控期间,广大校友心系母校,与母校共克时艰,为打赢抗疫阻击战提供坚实保障,校友与母校荣辱与共的凝聚力更是空前高涨。

除捐赠外,校友们还以不同形式参与和支持学校人才培养和事业发展。我们校友办通过牵线搭桥,来推动校企、校地深度合作,通过聘任校友导师与招生大使,开展校友讲座、校友沙龙、校友企业专场招聘和暑期实践等,让校友深度参与"协同育人"的实践。

由于校友办主动走到校友身边,深入校友企业,加强联络互动,汇聚校友力量,积极促进了校友与母校的双向回馈和共同发展;而我们组织召开的校友恳谈会,更是成为校友们为校友会建设与母校事业发展建言献策的重要平台。

一所大学浓浓温情的传递,是社会与学校的双向发力,是校友与母校的双向奔赴,是师生与学校的双向牵挂。因此,校友工作是一份有情怀、有温度的事业,推动校友工作上水平、创一流,是学校迈向一流大学必不可少的一环。

着眼世界，面向未来，我认为校友总会应当继续攻坚克难、担当作为，向网格化、精细化、精准化转型，以构建校友与母校"发展共同体"为目标，开展有热度的互动、提供有温度的服务、促进有深度的合作、作出有广度和力度的贡献，携手广大校友形成最大合力，打造全国独有的"量大之家"。

历史的长河奔涌浩荡，争流的百舸理当奋楫。如今，中国计量大学已经建校 45 周年。45 年来，量大始终与发展中的祖国同呼吸、共命运；在全球各地，13 万校友也坚定地赓续与光大"精思国计、细量民生"的校训，因为时光不待，未来已来。

目前，以中国计量大学校友总会为支撑，纵横交错的量大校友网络已逐步覆盖全球。充满活力的校友联络体系和共同发展的校友队伍已经基本组建。万千校友们将在母校宏伟的历史卷轴中，为实现中华民族伟大复兴献上最诚挚的力量。

五十八、高保四防并举

量大的安全保卫工作是我分管的业务领域之一。现在想来,当年姚盛德和林建忠两位校领导提议我分管安保工作,大约是想让我先从熟悉的工作做起。这样的分工让我从内心感到温暖,因为自己是从事高校保卫工作多年的"老兵"了。

当然,保卫只是我分工负责的范畴之一。因为除了分管保卫处,我还分管后勤、基建处、对外协作办公室(校友工作办公室),同时还要负责联系经济与管理学院。

且说这一天,天降大雨。我打着伞来到保卫处看望大家。进了保卫处办公区,我见到几位在全省"高保学会"开会时就认识的同志。保卫处的同志看到我来了,都起身热烈鼓掌,纷纷说——

"欢迎冯校! 冯校分管我们处工作,今后一定更上层楼!"

看到他们欢欣鼓舞,我心里很感动,对大家说:"我初来乍到,是向同志们学习来了。"

"冯校是全国第一个有正高职称的'高保'专家。"了解我情况的同志说,"今后,咱们计量的'高保'在全省可就牛了。"

随后,学校保卫处的负责人陪着我来到综合治理办公室、治安管理办公室、消防管理办公室和校卫队走访。我看了他们的办公室、监控室、设备间和各个门岗的情况,了解了他们的工作条件和警械装备状况,胸中已然有数;与浙江大学相比,中国计量学院的硬件设施相对要弱一些。但是保卫处的同志们精神状态不错,并且在现有条件下把工作做得这么好,令我感到欣慰。通过深入调研,我经过慎重思考,决定在量院推出新的工作理念与举措,便让保卫处负责人召集中层干部开会。

"同志们,今天,我到咱们保卫处来开个会。"我环视大家一圈,开始说我的想法,"前不久,在浙江纪念毛泽东同志批示'枫桥经验'40周年大会上,习近平同志曾经明确提出,要牢固树立'发展是硬道理、稳定是硬任务'的政治意识,珍惜'枫桥经验',并且要大力推广、不断创新,以切实维护稳定。"

我见大家都殷切地望着我,知道他们在等我阐释观点,便继续说:"现在是2006年,2004年1月,习近平同志首次提出'平安浙江'的理念,之后浙江省委转发的省委政法委关于进一步加强政法工作、维护社会稳定的若干意见中,首次写入'打造平安浙江'的要求。平安是福,也是家家户户、各行各业的殷殷期盼。我们高校承担着为国家培养人才的重任,更需要一个安全稳定的校园环境。"

大家的神情变得庄重起来。我知道他们想听我这个新任副校长的新理念和新举措,郑重地说:"今后,咱们计量的保卫工作,要'四防并举'。"

保卫处的中层干部们纷纷提笔记录,我放慢语速说:"什么是'四防并举'?就是要以人防、物防、技防、心防来作为工作抓手,推动'枫桥经验'在学校落地生根!怎么生根?具体地说,就是'排查全覆盖、纠纷全介入、问题不激化、矛盾不上交'!"

大家将我的话记下来后,忽然鼓起掌来,因为人人都知道,计量高保工作从此要掀开崭新的一页了。

按照我的工作思路和要求,第一个要落地的举措,是"织密校园治安人防网"。

我前面提到过,学校保卫处下设综合治理办公室、治安管理办公室、消防管理办公室和校卫队等机构。在这个相对完整的安保体系中,部门各司其职,协作是默契的。一直以来,我都很注重队伍建设,在浙大工作时便经常与保卫处的同志和校卫队员们交流;在计量分管高保工作,更应如此。我和保卫处的负责同志多次走访各部门、各学院了解情况,实地察看了解校园安全保卫工作,开始着手组建校园巡防队,每天上午8:00至9:00、晚上6:00至9:30,对校园教学活动区、生活区进行全覆盖地毯式巡查,排查化解安全隐患,协助处理校园突发事件。

那些日子,我几乎很少坐在办公室里。计量保卫处的各个部门,都可以见到我走访的身影。我及时了解他们的工作状态和精神面貌,及时帮助他们解决困难和问题,常态化地开展思想政治教育,并让保卫处开展技能培训,以提升保卫队伍应对突发事件的能力。

"同志们，"我在技能培训开班仪式上讲话说，"2003 年，清华大学的荷园餐厅和北京大学的农园餐厅，相继发生过爆炸事故，直接造成在场 9 人受伤，餐厅建筑物及设施破坏，直接经济损失达 22 万余元。2004 年，云南大学'马加爵案'，更是在全国引起轰动。这些案件都给我们敲响了警钟。我们是做保卫工作的，对于此类案件应该更加敏感！"

参加培训班的同志们认真地听着，并不时做着笔记。我继续说："大家可能已经听说过，我当过兵、扛过枪、枪法准；也破过大案、抓过嫌犯、立过大功。但是，那都是从前了。如今，我让保卫处安排大家进行技能培训，目的很清楚，就是要让大家练就一身硬功夫，队伍在关键时刻能够拉得出、打得响。用我们部队的说法，就是'平时多流汗，战时少流血'！"

很快，2008 年到了。那是中国当代历史进程中具有里程碑意义的一年。

那一年，北京迎来了奥运会。无论是在政治、经济方面，还是从科技、文化角度，北京奥运会的胜利举办，都向世界证明了中国的实力。为了全力支持北京奥运会各项赛事，浙江省也出台了多项举措，确保安保措施全部到位。

在北京奥运会期间，根据上级部门的要求，中国计量学院积极响应，由我牵头，修订了处置学生群体性突发事件、学生伤害事故、灭火和疏散以及重特大自然灾害救助等系列应急预案，并与政府部门紧密联系，配合开展校园周边秩序整治工作，有针对性地加强和改进了各项治安保卫工作。由于练兵在先，培训到位，保卫处全体同志深入开展治安、消防"两大攻坚战"，采取非同寻常的措施大力整治和消除安全隐患，让中国计量学院在 2008 年安然度过。

四年后的 2012 年，为确保"党的十八大""保钓维稳""黄岩岛"等政治敏感时期的校园安全稳定，鉴于全国有些地方突发社会安全事件，我要求保卫处认真做好校园安全隐患排查和维稳信息排摸研判，着力化解各类矛盾纠纷。

为了更加快速高效解决问题，我提出"微元法"概念，将安全稳定排查化解工作分时段，按重点人群、重点区域、重点设施、重点要害部门等关系师生生命财产安全和切身利益的安全隐患来确定排查工作重点，又让中国计量学院在 2012 年平安顺利度过。

"冯校，"年末工作总结时，保卫处的同志对我说，"您这'微元法'还真是管用啊。"

"抓重点、抓要害，"我笑着说，"就是比'无事忙'要好得多。"

"是啊,咱们这里今年没出事。"他们说,"看看其他省会和高校,游行的,打砸的,伤人的,还真是叫人后怕啊。"

"平安无事就是成绩。"我说,"这要感谢同志们的努力!"

其实,"织密校园治安人防网"只是我的第一个举措,而"构建校园治安物防网"则是第二个。《论语》里说:"工欲善其事,必先利其器"。为了确保师生安全,学校必须在物防建设上下足功夫。

考虑到学校发展过程中人才的大规模引进将逐渐增大校园车辆停放的压力,我让保卫处做好规划,先后增设了路面机动车泊位108个,改造了东校区地下车库停车泊位定位器,完善了校园机动车停放管理;另外,又增设地下车库教职工机动停车位240余个。这项举措在大大提升校内规划用地利用率的同时,也为广大教职工提供了便利。

为了切实强化"服务育人"意识,为师生办实事,我们开设了校园110监控中心,24小时接收处理师生各类报警求助。图书馆负一层,是校园110指挥中心值班室,一块大屏幕上24小时实时显示着校园重要部位的监控画面,这里汇集了全校上千个摄像头的存储数据,办公桌上并列放着的3台电脑,分别管理着不同的系统平台;根据治安形势和阶段性发案特点,通过电子屏幕、短信平台等可以有针对性地发出安全预警。这些监控设施建设,是"重装备",需要"高投入"。2012年,学校党政同意列支110万余元,用于视频监控系统和消防自动报警系统的增配、维修、检测。

在前两个举措实施的同时,第三个举措"筑牢校园治安技防网"也在量院有序展开。

当今,大学生大多为独生子女,承载着每个家庭的希望与未来;一旦出现意外,无论是身体疾病还是心灵伤害,都会对家庭乃至社会产生极大影响。考虑到学校对重大事件应急响应效率仍需提升,2007年5月,我牵头起草印发了《中国计量学院紧急重大事件报送制度》,并召开"平安校园"建设工作会议压实责任。会上,由我代表学校与各二级单位签订治安综合治理安全责任书和消防安全目标责任书,以进一步落实领导责任制。

"冯校,"签字的二级学院领导边签字边对我说,"这个字一签,我们可就成了您的兵了。"

"你我都是我们党的兵,"我也笑着说,"都在为高教事业、为全校师生安全尽心尽力!"

通过建立和完善校园安全目标责任制和综合治理目标责任制,我们加强了学校公共安全工作,构建了综合防御体系,并加大了技术防范投入,提高了技术防范水平;与此同时,还建立安全防范工作的考评奖惩机制。多措并举的结果是,学校安全保卫工作迈上了新台阶。

2009年,"智慧安防"逐渐进入"智慧校园"建设布局。为了实现校园治安巡控视频化、消防管理联动化、交通管理智能化、校区治理网格化,我提议学校特别列支40余万元专项经费,用于技防设施提升检核;那以后,又陆续投入百余万元,用于监控系统和消防自动报警系统的维修、检测以及联网报警系统增设、消监控系统的维修和检测。"智慧安防"等板块建设,看似花了一些钱,但充分利用监控资源,智能识别可疑对象,为打击犯罪、活动安保等提供有效服务,使校园安全管控得到了有力的保障。

三个防控措施推出后,保卫处有个部门的中层干部对我说:"冯校,您'新官上任三把火',烧得很有力量;接下来,咱们的安保工作,应该转入常态化了吧?"

我听了,微微一笑,拍了拍那人的肩膀说:"你忘了我在中层干部会上说的'四防并举'了? 我这个'新官'可是要烧'第四把火'的。"

我的"第四把火",指的是"打造校园治安心防网"。

高校的安全稳定工作,具有明显的周期性特点。新生入学后,学校校园安全稳定各项工作进入新一轮周期:一些宗教组织频频向校园渗透,以多种方式拉拢学生参加宗教活动;学生心理问题高发;校园治安案件尤其是失窃案件多发;另外,校园消防安全隐患也剧增。

为了进一步加大宣传教育力度,增强学生的法制观念和安全防范意识,我要求保卫处不定期地开展应急演练,包括学生群体性突发事件、学生公寓高层消防灭火疏散演练等,以提升校园联动应急处突能力。

量大是全国高等院校中第一家火灾逃生教育示范学校,建立了全国高校首个应急避险教育实验室。在我调任量大副校长前,自2003年起,学校便开始建立新型大学生生命安全教育体系的探索与实践,经过十年的努力,教学成效显著,社会影响持续扩大。

我来到量大后,2008年,动议学校建设越障逃生场地。场地项目设计主要用来进行基本生存素质训练及各种紧急情况下的逃生技能培训,比如从高处跳下、垫上滚翻、掩鼻前行、攀越障碍、火口逃生等。2012年,我请浙江省公安消防总队、杭州市公安消防支队来到计量学院,和学校共同承办"浙江省2012年'11·9'消防日启动仪式"。

为了确保此次活动圆满成功,我多次专门召开协调会议,落实布置各项工作任务,并到启动仪式现场检查。活动当天,500多名师生参加了启动仪式及地震应急避险、消防疏散、现场救护演练,各种逃生技能得到精彩展示,省内多家媒体对此作了报道。

保卫处在每年的新生开学季,都会组织开展大型消防安全演练活动。活动前期,安保人员会提前在学生公寓楼内设置突发险情场景,并科学规划疏散演练流程。

演练开始,指令一下,公寓工作人员和学校安保队人员迅速反应,有序开启全部楼宇消防安全门、关停所有楼宇内电梯,指挥引导楼内学生快速有序地按照规定路线向外"逃生",并安全到达应急疏散场地。随后,保卫处清查现场、疏散区域集结、清点上报人数。演练部署每次都很周密,达到了预期效果。

有一次演练结束后,一个学院辅导员主动来到我跟前,对我说:"冯校,您好。这种应急演练很棒,真帮助大家学到了很多东西。"

"哦?"我很有兴趣地问他,"学到了什么东西?"

"除了技能技巧,主要是面临危险时的心态啦。"他说,"以前只是通过书面了解该如何逃生,真正亲身体验过后,才知道很多逃生细节和临危不乱有多么重要!"

"好啊,"我说,"纸上得来终觉浅,绝知此事要躬行嘛。"

"四防并举"措施有效推动量院保安工作迈上了新台阶。事实上,除了安保,量院保卫处还做了其他大量卓有成效的工作,比如积极参与全国第六次人口普查。这项工作事很细繁,要完成包括教职工、学生、外来务工人员等在内的两万余人的人口普查,建立在校生和教职工集体户口查询系统。在几个月的人普工作中,党校办、后勤服务中心、保卫处、人事处和各二级学院等多部门配合,稳步有序推进人口普查工作。人普办通过校网、横幅等多渠道加强宣传引导,让广大师生充分知晓、积极配合。各普查员本着"区不漏房、房不漏户、户不漏人"的工作原则,逐一了解住校师生个人信息和家庭成员信息,顺利完成普查小区图纸测绘、数据搜集、底册录入、长短表录入、比对校验等工作,最终达到区人普办"0"误差的标准,交出了一份高质量的答卷。

我在量大分管安保近八年时间,安保工作得到上级部门和高校同行的高度评价和肯定,学校先后荣获浙江省"平安校园"称号、国家安全人民防线工作"优秀单位"、"浙江省治安安全示范单位"、"全省创建治安安全单位活动成绩突出单位",并多次荣获杭州市、杭州经济技术开发区的各类荣誉称号。学校的安全保卫工作也得到了教职员工的广泛认同,师生的安全感更强了,也更加安心地投入教学、科研和学习生活中。

《诗经》有云:"丧乱既平,既安且宁",娓娓道出了先人对"平安"两字的珍重,更是每一个安全保卫者的殷殷期盼。如今想来,我在浙大从事安保工作22年,在量大分管安保工作8年,三十载的校园安全保卫工作生涯一晃而过,为两所高校的校园安全稳定做了些切实的工作,深感欣慰,与有荣焉!

五十九、我的后勤团队

"同志们，"在中国计量大学后勤工作中层干部会议上，我严肃、郑重地对大家说，"后勤工作是学校管理的重要保障和基石，后勤管理工作直接影响学校教学工作的顺利实施。"

作为分管全校后勤工作的副校长，我深知统一中层干部思想对推动全局工作的重要性。与会的同志们纷纷庄重地看向我，听我继续说："后勤的工作不是中心，但影响中心；后勤的工作不是大局，但牵动大局。因此，后勤的工作不是小事，但又必须从小事做起。"

这几句话后来被学校后勤部门的干部群众广泛传诵。大家都说，他们喜欢听我讲话，说既好懂又好记。其实，那是我在从部队到浙大再到中量院的长期工作中积累下来的经验，就是：无论是说理论还是说事实，永远都要通俗易懂，便于执行。

我是从中量院张硕年副校长手中接过分管后勤保障工作接力棒的。我有决心、有信心做好它，是因为我知道，只要依靠后勤部门的干部班子，相信广大职工觉悟，就不会辜负组织的重托。来看看中量院后勤部门先后担任领导的班子阵容吧，他们是——

党总支书记巢岑，总经理郭志德，副总理黄建湖、朱薇；

总经理吴祖度，总支书记董忠泽，副总经理朱薇、金杰；

他们，都是既有基层管理经验又有执行力，而且敢于担当、作风踏实的好同志。

分管学校后勤工作后，我并没有马上便号令三军，而是先深入调研，再综合分析，最终提出扬长避短、真抓实干的工作思路，指导后勤部门为学校的"两个中心"保驾护航。

到过下沙高教园区的人都知道，中量大的校园环境整洁美丽，在这里的14所高校中可谓"风景这边独好"。能够做到这一点，是因为我分管学校后勤部门以后,要求管理干部立足中心工作,强化开拓创新意识和服务意识,弘扬求真务实的工作作风,把创建文明单位与后勤工作紧密结合,相互促进。

这时候,我在学校副校长的岗位上已经积累了比较丰富的工作经验。我知道,用正确理论武装职工的头脑,有重点、分层次地采取多种形式的学习活动,可以形成正确的舆论导向。因此,我要求在职工中开展学习《公民道德实施纲要》和《卫生法》活动,提高后勤集团职工文明素质,并开展了"争当道德标兵"的创优活动。

当时,后勤部门按照我的指导意见,组织党员参观革命传统教育基地,观看革命题材影片,参观先进人物事迹展览,从而让广大党员进一步明确了新时期保持党员先进性的重要性和紧迫性。

那时候,在嘉兴南湖红船上,省革命博物馆里……处处可见我们党员干部学习参观的身影。学习活动的组织,进一步转变了干部职工的思想观念,树立了"以服务求生存,以贡献求支持"的意识,为他们积极投身学校的建设和发展提供了思想武器和精神动力。

我知道,做到这一步,是必要的;但又是不够的。必须进一步完善领导分工负责安全稳定责任制,明确安全责任和工作内容,如:关心学生和职工生活,在日常服务中改善服务态度,提高服务质量;同时积极做好矛盾的化解工作。各个中心和窗口单位,都要面向服务对象开展广泛的谈心和征求意见活动;对各种意见认真对待,逐一整改。这些工作对稳定师生的思想情绪,化解矛盾,起到了重要作用。

安全稳定永远是前提和基础。接下来,我又要求后勤部门认真抓好各项管理和劳动纪律,严格按照规章制度办事。比如进一步明确安全消防责任,要求各中心坚持节假日值班和检查制度,及时发现和排除不稳定、不安全因素;制订和完善切实可行的停电、停水、停气和生产设备故障及突发事件的应急措施,做到紧急情况有预案。这些工作的落实,确保了后勤服务中心八年内没有发生重大安全事故和影响稳定事件。

在这样的基础上,我经过深入思考,觉得还可以从工作面貌上进一步打造亮点。经过和后勤部门领导班子集体讨论,我们决定将"志愿服务"与后勤日常工作结合,开展文化教育志愿服务、科技科普志愿服务等,在干部职工活动中营造浓厚的氛围。

"同志们，"我说，"当年莫斯科－喀山铁路分局一个机车库里，曾经发生过一个动人故事，大家知道吗？"

"您说的是不是'共产主义星期六义务劳动日'？"后勤部门党总支书记巢岑说，"是当年列宁倡导过的。"

"是啊。时代变了，也前进了。"我说，"我们不再搞'星期六义务劳动'，但是可以开展各种'志愿服务'啊。"

大家听了，都表示赞同，纷纷建言献策，决定围绕社会主义核心价值观，对食堂服务、保洁人员等服务性质的工作人员进行文明礼仪培训，从仪表着装、文明用语、服务质量等方面进行全面规范，不断提升服务质量，争当文明先锋。

在下沙市政和学校对生活区的绿化提升和道路建设项目的大力支持下，经过周密部署、合理安排，并多方征集师生意见，我们后勤部门结合师生的需求和现场施工的实际情况，有条不紊地开展学生宿舍区的绿化恢复、道路建设及屋面改造等环境提升工作。

经过精心施工改造，原来杂草丛生、落叶满地的景象不复存在，生活区重新披上绿色的衣衫，焕发出校园的活力。路面建设后，生活区道路不再坑坑洼洼存在积水，路面更宽敞洁净，停车也更加整齐。

"哎，你们注意到没有？"在校园和教学楼走廊里，我们经常会听到师生们发出这样的赞叹，"校园内外变得整洁漂亮多啦。"

那时候，中量大东区是学校独立学院——现代科技学院建设地段。在那所我后来兼任董事长的独立学院建设过程中，我要求学校后勤部门在保证西校区水、电、暖、气正常运行的情况下，积极投入东校区建设。这给当时的后勤部门增加了不少压力。

"主要是东校区开水房、水泵房还没竣工。"有的同志畏难地说，"也还没验收交接。"

"井没压力不出油啊，同志们。"我说，"有困难，我和大家一起来想办法解决。"

"为了保证东校区开学后水、电、洗浴正常运行，"有的同志建议道，"我们必须在暑假前，就安排有关人员提前介入。"

"这样最好。"我拍板道，"一方面，可以熟悉各种设备、设施的操作使用方法；另一方面，还要尽快组织人员编写东校区水、电、暖、气的运行方案，采购各种配电及浴室设施。"

就这样，在东校区开水房、水泵房还未竣工验收交接的情况下，我们后勤部门不等不靠，把困难留给自己，把责任担当起来，积极主动工作，保证了学生开学就能喝上开水和洗浴。开学后，后勤部门更是以安全高效的设备运行、良好的服务，体现了后勤人的敬业精神，获得了学校特别是现代科技学院师生的啧啧称赞。

随着后勤社会化改革的不断深入，我在工作中又形成了新的思路，认为如何建立现代企业管理制度，使后勤工作管理科学化、规范化，后勤服务标准化，以满足广大师生日益提高的服务要求，是后勤工作亟待解决的问题；而后勤服务实体开展"标准质量体系认证"，强化市场竞争能力，则是提高企业管理水平和后勤服务水平的有效途径。

为树立后勤服务的新形象、新品牌，给后勤服务贴上标准化的"标签"，我与分管的后勤领导班子先后交换看法，达成共识，让后勤公司在学生宿舍区、校园物业以及教学楼区开始开展质量体系的贯标和认证工作。

后勤公司召开了以"贯标"为主题的工作会议。我专门到会讲话，对大家说：

"我们开展这项工作，就是以师生满意为工作的出发点；达标以后，我们还要以预防为主，持续改进工作中存在的不足。因此，对相关的主要管理人员，我们要进行培训，让大家系统地学习 ISO 9000 标准以及相关的知识；还要组织大家参加认证中心组织的统一的内审员考试。所有这一切，都是为'贯标'打下良好基础。希望大家理解、支持、配合，守土有责，扎实做好工作！"

会后，后勤公司组织各部门管理骨干，立足本部门工作实际，以 ISO 9000 标准为准绳，编写《质量手册》《程序文件手册》，并整理了各部门的相关文件。为了使所有员工熟悉标准，对质量目标牢记于心，后勤公司还制定了详细的培训计划，做到人人了解标准、人人通晓目标。在此基础上，大家严格按照文件控制、记录控制、管理评审、员工培训、内部审核、不合格产品控制、预防措施控制、纠正措施控制等八个程序，来实现以顾客满意度为标尺，以预防为主，达到持续改进的新的自我运行、自我监控、自我改进、自我循环的管理模式。

最终，后勤公司通过了 ISO 9001：2000 标准认证，使全公司以标准化为基础，建立起现代企业制度，实现了高起点的现代管理机制的管理。科学的决策、规范的管理、持续的改进使得后勤公司以最低的管理成本获取了最大的经济效益和社会效益。

"同志们,我们还有工作要做。"我召集后勤公司领导班子成员到我办公室开会,又提出了新的工作要求,"接下来,你们要研究一下,如何建立开放式的沟通机制,各个中心都要设置意见箱、意见簿,要有'服务热线'等意见反馈渠道......"

"冯校啊,"后勤班子成员中有人插话说,"这样的高标准、严要求,让咱计量也有了浙大风范啦。"

"不管是浙大还是计量,"我也笑着说,"都要以'师生满意度'的高低,来作为评价各个中心工作的主要依据哦。要使广大师生的意见和要求百分之百地被关注,并结合到实际工作中去。"

会后,后勤公司建立了科学的管理体制,让整个集团成为一个热情、高效、统一的有机整体。公司明确了各中心乃至各岗位的职责权限,并进行有效的协调,建立了完善的质量管理体系,使组织管理更公平、更透明,克服了人治弊端,增强了组织凝聚力;同时也使管理者和员工的素质都得到了提高,真正做到了"事事有依据,时时有记录,人人有目标"——

严格食堂工作人员的个人卫生,在上岗时做到帽、口罩、手套、服装"四个必须";

食堂的进货渠道、蔬菜、食材、洗净、消毒等五个环节,严格执行规范要求;

食堂卫生做到无"四害",无蛛网、无灰尘,防蝇、防鼠、防尘设施设备及时检查,确保有效;

无不新鲜、变质原料,无变质腐败食品;

工作台、水池及各种设施设备清洁明亮,注意下内侧及死角清扫,防止残留食物腐蚀;

地面、墙壁、天花板、玻璃干净清洁,无废弃物,无油腻;货架、冰柜内的物料、成品按分类分开,堆放整齐;

泔水桶平时加盖,保持外部清洁,满后及时运走,并将内侧洗干净;

保持油烟机和抽风机管道的清洁,定期清洗积油,保证网帘和外部洁净光亮;

各加工点要求做到无鼠、无蝇、无蟑螂、无蚊虫,保证各方不受污染;

......

开展标准质量体系认证，为后勤服务工作贴上了有形的"标签"，获得了良好的声誉，形成了良好的部门形象，为后勤实体树立品牌服务打下了坚实的基础。学校师生们都交口称赞说："后勤公司的服务能从我们的所需所想出发，真正践行了'后勤工作为教学、科研及师生服务'的承诺，了不起呀。"

后勤工作就是这样，俏也不争春，在学校各项事业中持续发挥着保驾护航的作用。在后勤公司领导班子和干部职工的积极支持配合下，我分管的后勤保障工作不断取得骄人的业绩，为学校的持续发展营造了良好环境，多次受到省教育厅和学校表彰。

六十、风景这边独好

这里,我要来说一件当时轰动全国网络的事件。

2012 年 5 月,时任浙江省省长夏宝龙在一次全省高校会议时,曾经举过一个例子来说明当代大学生必须重视的一种心理现象,就是理论高蹈,而不愿从小事做起;好高骛远,而不能脚踏实地。

"寝室是大学生独立生活的起点,却常有'脏乱差'的现象。"夏省长说,"一屋不扫,何以扫天下?'脏乱差'的寝室怎么可能培养出优秀的人才?"

信哉斯理。夏宝龙所说的现象引发全国关注,也引起了网络大讨论。

2012 年 9 月,共青团浙江省委、省教育厅、省学联等部门为贯彻落实省委、省政府有关工作要求,联合发起以"我的寝室我的家"为主题的文明寝室创建活动。全省有近 100 所高校、100 万名大学生参与其中。2013 年,浙江省教育厅联合团省委等部门,召开"浙江省高校文明寝室创建工作推进会",向全省青年学生发出了"做一个高端大气上档次的好室友,建设一个低调奢华有内涵的寝室,成为奔放洋气有深度的新一代"的倡议。

中国计量学院党委高度重视,因我分管后勤,让我牵头,研究出台了《中共中国计量学院委员会关于深入开展文明寝室建设工作的实施意见》,提出要着力建设"寝室卫生环境整洁、寝室文化氛围浓郁、寝室服务体系健全、寝室管理职责明晰的新型学生公寓"。

随后,"文明寝室"检查评比标准、党员联系寝室方案、辅导员社区职责规范等方案也相继推出。在此基础上,作为分管后勤工作的副校长,我在全校暑期中层干部会议上,对"文明寝室"提出了具体工作要求和部署。

"同志们,"我说,"寝室是大学生的'第一社会''第二家庭''第三课堂',是同学们人生开始独立生活的起点,争创整洁、温馨、文明寝室,不仅展示着大学生们昂扬向上的青春风采,更体现着同学们的文明素养和思想境界。""在这里,我希望各个二级学院高度重视。我们校后勤部门将配合落实省委、省政府指示要求,在全校深入开展'文明寝室'建设活动!"

全校中层干部会议后,我又在学校后勤部门要求,必须结合学习贯彻省第十三次党代会精神,认真落实夏宝龙省长有关搞好高校寝室卫生、加强学校管理的讲话精神,深化认识,强化管理,改善条件,深入开展文明寝室建设,切实改变学生寝室卫生状况,提高学生寝室教育管理服务水平,为广大师生营造良好的教书育人环境。

会开了,话讲了,所有的工作,都重在落地。

在学校生活区内,共有 12 幢宿舍楼。以前,所有宿舍楼大厅都是同一副"面孔",统一的白墙,简单的桌椅摆设。这种令人视觉沉闷的格局,要不要改变? 允不允许改变? 我召集后勤公司的几个"智多星"集思广益,采集各校信息,研究制定方案,结论是:应该允许学生各宿舍楼室"八仙过海,各显神通"。

我向学校党政班子汇报说明了相关情况后,得到主要领导的首肯与支持。

"老冯,您就着手抓、放手干。"于永明书记说,"我和老林都支持您!"

他说的"老林",指的是校长林建忠同志。他是来自浙大的博导,也是我的老同事,自然大力支持我的工作。

这样,在学校领导支持下,我分管的后勤部门解放思想,放手大干起来。"文明寝室建设"的浩大工程覆盖了生活区的每个细节、每个角落。工程严格对照《普通高等学校公寓配置标准》30 条的要求,逐项进行对照和配置。所有公寓全部安装门禁系统、公用电吹风插座、电吹风搁架及镜子等公用设施。这时候,又碰到了新的问题。后勤公司负责同志又到我办公室请示,是否可以增加些经费支持。

"你们大约需要多少?"我说,"只要不是狮子大开口,该花的钱,我一定支持。"

"大约 60 至 70 万吧。"他们说着,递上了预算表。

我接过预算表看了一下,基本符合实际情况,但还是本着节约精神,对他们初步表态说:"我在校务会上为你们力争 60 万吧。"

果然,我在校务会上为后勤公司陈述增拨经费的原因和理由后,林建忠校长说:

"我看,我们就同意他们这次的 60 万申请。因为老冯花钱从来都抠得很紧,一定会把工作做好!"

如此这般,后勤服务公司增拨60余万,作为"文明寝室建设工程"专项经费,一部分用于修缮、增添公寓配置,另一部分则用于公寓管理人员的考核奖励,全力为学生打造一个宜居、宜学、宜乐的服务型社区。

很快,每栋学生宿舍楼的大厅变得五颜六色,风格也多种多样起来——

新生楼走小清新路线;女生楼走森女系路线;男生楼是灰色墙壁、绿竹耸立;研究生楼大厅的一侧刷着大大的标语"show your spirit",另一面则做成学生风采的展示墙……

公寓大厅的布置,则由学校艺术设计专业的老师们专门设计,根据楼层所住学院来确定色彩方案和格调,展现出不一样的特色、创意和风格,呈现出一楼一品、一步一景的风采。

公寓内,特别布置了休闲吧;每幢楼都配有阅览室、心理咨询室、就业指导中心;生活区专门配备了卫生所,方便师生就诊;重新铺设了人行道,下雨天不再怕溅水……

硬件上去了,软件也要跟进。学校各职能部门对我的工作也给予了很大支持,在把学生宿舍评价纳入学生综合素质考评体系的同时,还将"文明寝室"建设与学生的评奖评优体系直接挂钩,同时开展"流动红旗"竞赛,男女寝室交叉对口检查,举办"文明寝室"主题演讲和主题辩论表演等学生喜爱的活动,营造浓郁的生活文化氛围。

经过不懈努力,学校把学生日常思想教育和管理服务工作的重心,从教学区转向了生活区,学生公寓由单纯的住宿区变成育人区,通过组织进公寓、服务进公寓和文化进公寓,开展"爱我家""筑我家""秀我家"等活动,完善公寓育人机制,将寝室构建成学生成长、文明习惯养成和综合素质提升的重要阵地,最终实现了我所要求的"第一社会""第二家庭"和"第三课堂"效能。

那以后,我要求后勤公司进一步提升社区工作人员的服务管理水平,并深化党团组织进公寓、开展丰富多彩的社区文化活动,进一步营造"清洁、安全、文明"的寝室文化氛围,打造"温暖小家"。省教育厅"寝室文明工程"建设指导小组来到中国计量学院检查,见学生宿舍软硬件建设面貌大变,焕然一新,纷纷交口称赞说:

"嚯,计量学院寝室文明创建真出彩啊,工作扎实到位,'风景这边独好'!"

六十一、舌尖上的计量

民以食为天，食以安为先。

这句话蕴涵的朴素道理提示我，后勤公司是为全校师生的衣食住行等提供保障性工作的职能服务部门，必须坚持"安全第一，服务至上"的理念，始终把"满意后勤"作为工作的出发点和落脚点。

为此，我在平时与后勤班子成员谈话时，经常提醒他们："必须狠抓安全管理，全面提高餐饮质量、服务和管理水平，为师生创造了一个安全、卫生、舒适、便捷的就餐环境。"

"冯校，"后勤党总支书记巢岑知道我当过兵，向我敬了一个举手礼，俏皮地说，"您指到哪里，我们就打到哪里。"

"我不光'指'，我也'打'。"我笑道，"学校已经将食堂管理和食品卫生安全工作，纳入校领导工作职责范畴了。"

"怎么纳入的?"副总理黄建湖和朱薇围着我问。

"一把手负总责，分管领导具体负责，"我对他们说，"你们后勤人员，要分头负责!"

"我明白了。"巢岑反应极快，接口道，"这是一种管理运行模式。后勤及相关职能部门人员既要各履其职，又要相互协调监督。"

"对。就是要形成'一线多管''交叉分管'的管理格局。"我对他们说，"接下来，你们要建立健全相应的制度。"

不久，后勤公司便按我的要求制定出《食品卫生安全管理制度》《食堂常规检查量化考核细则》《食堂违规处罚规定》和《食堂食品安全应急预案》等管理制度和办法，把材料采购、检验验收、加工制作、保管留样、窗口销售、餐具消毒等环节全程统统纳入管理范畴。

我前面说过，对于分管的学校后勤工作，我不光"指"，我也"打"，即习近平总书记倡导的做工作要"抓铁有痕"。那也是我多年来养成的接地气的工作思路和方法。为了提高食堂专业化、标准化水平,增强食堂的安全性,营造良好的就餐氛围,在我的主导下,后勤公司对食堂进行了规范化建设。其中包括——

对食堂的环境、燃气、排烟系统等进行改造,使食堂设施设备布局合理,让就餐环境得到改善;餐厅建筑材料完全按设计标准选用,使之具有耐腐蚀、耐酸碱、耐热、防潮、无毒等特性,且地面防滑性能必须良好;备餐间和餐厅采用不锈钢玻璃全屏隔断,备餐间和操作间之间设传菜窗口,操作间均安装了紫外线消毒灯和灭蝇灯;储存、切配、烹调、面点加工各场所均配置专用冰箱,洗涤、消毒设施齐全;各食堂均设有专用粗加工间(区),荤素分开使用,有明显标志……

这些具体工作落地后,食堂整体面貌焕然一新,让就餐的师生眼前一亮,纷纷称赞。就在后勤公司觉得工作已经做得"差不多了"的时候,我又找他们新上任的班子谈话了。

"在校大学生学习负担重,身体正处在成长定型的时期。"我对总经理吴祖度和总支书记董仲泽说,"再说,教职员工教学、科研和管理的工作,更是压力山大……"

"我们的馒头不大吗? 米饭蒸得不香吗?"吴祖度和董仲泽说,"大家都吃得很饱啊。"

"是啊,冯校。"副总经理黄建湖、朱薇和金杰也围着我说,"您又想到什么了,就直接下指示吧!"

"食以安为先,安以鲜为要。光饱还不够,还得吃好啊!"我笑着说,"我郑重向你们提议:后勤公司要开展食堂厨艺大比拼!"

"原来您是这个想法啊。"他们纷纷表示拥护,说,"是时候让师傅们露一手了!"

"不光是露一手,要露几手。"我和盘托出了自己的思路,"要让学生参加评选菜肴,民主参与餐饮服务;让学生干部参加自愿帮厨,融洽学生与工人师傅的关系,从而了解尊重工人师傅的辛苦和劳动。"

"冯校,"他们听后赞叹道,"您的主意可真多啊。"

"能受得了吗?"我笑道,"又给你们增加工作负担了。"

"哪里,您是黄金点子,师生受益啊。"他们表态道,"我们来策划实施,您尽管来指导督察。"

后勤餐饮管理部轰轰烈烈地搞起来了,先后开展了大灶厨师、面点师、小炒厨师等系列"厨艺竞赛",学校食堂近 30 名"主厨"参加,由各餐厅厨师长及校学生会代表等担任评委。

竞赛场上,好不热闹。大厨们纷纷亮出自己的看家本领,娴熟的刀工、适宜的火候、精美的摆盘令人目不暇接;一道道色、香、味、形俱佳的作品纷纷出炉,受到了学生评委一致赞赏。

"好好吃啊。"学生评委们啧啧称赞,纷纷竖起大拇指,"咱们大计量的美食,可以上央视'舌尖上的中国'啦!"

确实,系列性的厨艺比拼既提升了"主厨"们的厨艺技能、提高了服务水平,又丰富了职工的职业生活,也让部分学生进一步了解后勤餐饮工作。很多同学、老师一直在现场观摩、品尝、参与互动活动。师傅们从切配到用料,从下锅到摆盘,纷纷使出自己的看家本领,他们在炉灶前煎炸烹调,每一道加工程序有条不紊,干净利落,方寸之间将各类食材赋予不同风味,堪称一场"美食嘉年华"。

一位姓司马的同学感慨地说:"我是第一次身临其境地感受到'一粥一饭当思来之不易',对食堂的工作有了全新的认识和理解,对劳动、感恩有了更深刻的理解,希望学校多举办这样的活动。"

参赛选手李师傅表示:"举办这样的活动非常有意义,既展现了食堂的风采,又加强了食堂师傅之间的相互交流,促进了食堂的整体技能水平提升。"

后勤公司副总经理黄建湖说:"系列竞赛的现场互动,让师傅们拉近了与师生的距离,也让师生对食堂工作有了更直观的了解。"

我听了这些反映,心里十分欣慰。因为活动完全达成了我的初衷:后勤部门做厨艺大赛,正是为了践行"服务育人、过程一流、立德树人、落实机制、努力提高后勤服务水平、扎实做好保障工作"的实践活动。

厨艺大赛系列活动好评如潮。那些日子,我走在校园里,不停地收到党委宣传部、校工会、学生处、校团委、保卫处同志的称赞和感谢声。

"哪里。"我笑着说,"后勤公司活动的成功,不正是在你们这些部门的大力支持才取得的吗? 要谢,我这个分管后勤的副校长,可得好好感谢你们才是啊。"

可是党委宣传部和工会、团委、学生处的同志却一再说:"不不不。这些厨艺大赛不仅展示了食堂厨师们高超的厨艺风采和专业素养,同时也丰富了校园文化生活啊。"

师生员工吃得安心、吃得好之后,我对后勤工作又有了新的想法,那就是积极推进管理文化、环境文化和服务文化建设上台阶。因为我想到文化对学生的影响是潜移默化的,必须用润物细无声的方式来展开。

"老吴、老董,"我对后勤公司的两位负责人说,"我要求你们,要在食堂布局和内部环境布置方面,彰显出文化品位来。食堂的布置要从环境育人的角度出发,让学生在用餐时能受到文化精神、气质情调的感化和熏陶。"

"看来,在冯校您这里,餐饮做得安全、做得美味还不够,"他们笑道,"还得做好环境文章啊。可这是个文化活儿,该怎么做才算好呢?"

"可以出去考察考察,看看浙大、北大和清华是怎么做的。"我说,"比如,将印有名言警句的挂图张贴在食堂墙壁上,不是既美化了就餐环境又起到教育人的作用吗?比如,在餐桌张贴厉行节约、杜绝浪费的标语,可以增加就餐环境的人文气息。食堂的宣传栏,也可以根据不同的节气和天气,宣传健康饮食理念和生活小贴士,把绿色餐饮信息广泛、直接地传递给师生员工们。"

后来,他们经过考察策划后,把学校食堂餐饮文化环境的文章做得清新有韵,十分怡人,受到师生员工的好评。但是,就在我们后勤公司将环境文化推上新台阶时,却没料到新问题又不期而遇——

"菜涨价了啊。"有的学生说,"好像油水也有些不足哎。"

"可不?只能吃包子了。"有的学生说,"可肉包子里好像肉也没有从前厚实了。"

物价上涨了。

"同志们,"我立即召开后勤公司班子成员会议,严肃地说,"我的主导思想是:学生食堂一定要严控价格,不赚学生钱!"

后勤公司几位领导心情沉重。桌子上摊开了省教育厅文件,文件精神要求,及时采取相关措施,应对物价上涨对学生食堂工作的影响。

班子成员会议的主题,变成了物价稳定的工作会议。我要求食堂及特色档口菜品维持原有价格不变,严禁私自涨价。副总经理黄建湖和朱薇表示为难。

"巧妇难为无米之炊啊。"他们说,"副食、油和米面的价格都上来了,怎么能不涨价呢?"

"我会根据具体情况,按程序启动平抑基金的。"我安慰了他们俩,又出主意说,"你们可以考虑更好地满足学生个性化的用餐需求,在食堂创建特色饭菜窗口,以满足不同的口味。"

"对对对。"朱薇的思维被我激活了,说,"夏季高温酷暑,食堂各个窗口可以为学生提供免费的绿豆汤来防暑降温。冬季天气寒冷,食堂做好饭菜保温的同时,还可以免费向学生提供姜汤来驱寒。"

"很好!"我赞同道,"同时,为了更好体现'主动服务、热情服务',你们还可以在学生中间发放问卷,调查表中专门设置'食堂服务意见反馈'栏,说学生提出的意见或建议,我们都会高度重视;只要是合理的、经过努力可以做到的,一定创造条件改进到位!"

后来,他们按照会议纪要一一实施,让师生们在食堂的服务质量提升过程中,拥有了更多的获得感,使物价上涨可能带来的负面影响降到了最低。那时候,每年的端午、中秋和春节,全校教职工都会收到丰美的福利品。他们开始并不知道,其中的年糕和榨菜等节日礼品,都是我用自己的关系为教职工创造的福利,几乎没有花学校什么钱;后来有人知道了,他们都表示很感动。

应对物价问题的过程让我想到,在校大学生的素质都是高的,是理解学校工作的;同时,我们如果站位高远,任何工作都可以切实发挥育人功能。为此,我又要求后勤公司开辟勤工助学岗位,主动接纳学生到食堂工作。比如收拾碗筷、打扫食堂卫生、出售饭菜等劳动,都是学生可以亲自参与体验的。

"你们可以开辟一些勤工助学岗位,也可以招募一些食堂管理志愿者。"我对后勤公司新任总经理郭志德说,"这种勤工助学或志愿者活动,既能培养学生们爱惜粮食、尊重劳动、勤俭节约的意识,同时还可以通过学生志愿者参与的日常管理与监督,找出食堂服务工作中的不足和疏漏的地方,从而提升食堂的服务和管理的水平。"

"冯校,您说的是。"郭志德立即领会了我的意图,说,"通过这种方式,我们还可以收集到用餐学生的意见,反馈给食堂,算是架起食堂和学生之间沟通的桥梁了。"

这一招,果然起了作用。后来郭志德总经理向我汇报说,食堂职工与师生接触频繁,成了"不上讲台的老师";食堂人的形象和精神面貌,对用餐师生也产生了潜移默化的作用。

"这就对了。"我听后高兴地说,"这种活动,既能培养学生的主人翁意识和社会责任感，又能提高食堂的服务质量，不正好实现我们'劳动育人'的目标嘛。"

"原来，"郭志德感叹地说，"冯校您是在下一盘大棋啊。"

正是在后勤管理和服务中，我不断探索规律，并且重视党员干部的教育和管理，发挥基层组织的战斗堡垒作用，提升后勤工作的广度和深度。我曾先后向党总支书记巢岑和董忠泽同志提出"强化一个意识，增强三个观念，促进四个变化"的理念，即"强化党的宗旨意识；增强为人民服务的观念，增强求真务实的观念，增强党员的思想观念；促进党员的精神面貌发生显著变化，促进党员组织观念和纪律观念发生显著变化，促进党员工作作风发生显著变化，促进党支部建设中的薄弱状况发生显著变化"，也曾提出"建设好三支队伍"的思路，即"建设一支求真务实、勇挑重担、冲锋在前的党员队伍；建设一支恪尽职守、精干高效、勤政廉洁的干部队伍；建设一支热情周到、精心服务、任劳任怨的后勤职工队伍"。

巢岑和董忠泽同志对我提出的理念和思路都十分理解和认同，并且贯彻得很好。我平时也很注意和他们交流谈心，交换看法，对他们说：

"习近平总书记说的'中华民族伟大复兴，绝不是轻轻松松、敲锣打鼓就能实现的。全党必须付出更为艰巨、更为艰苦的努力'，说得极好。建设一流后勤同样不是一件容易的事，需要你们全体后勤人付出不懈的努力啊。"

"冯校，我们知道。"他们也曾多次对我说，"党组织交给我们的任务，就是带好队伍。"

确实。如今回望我分管后勤工作那些年，全体后勤人始终秉承"三服务三育人"的宗旨，坚持"强服务、重质量、创品牌、谋发展"的质量方针和"一切为了师生"的服务理念，发扬"特别讲团结、特别能吃苦、特别能战斗、特别能奉献"的后勤人精神，群策群力，真抓实干，努力建设一流后勤，为实现学校"双一流"建设目标，为实现建成特色鲜明、国际知名的高水平大学的奋斗目标，无疑做出了切实贡献。

我很感谢中量大后勤人，很感怀和大家一起创造的那些骄人业绩，更感念与他们共事的那些日子。

六十二、东区雄壮乐章

1999 年,浙江省和国家质监局批准设立中国计量学院民办本科二级学院——育英学院;2004 年,经教育部确认,该院为独立学院,更名为"中国计量学院现代科技学院"。

现代科技学院简称"现科",位于下沙高教园区学源街东侧,紧邻母体中国计量学院,占地 500 余亩,量院人都习惯地称为"东校区"。建设东校区,是学校发展的迫切需要,也是学校发展的重要机遇,对学校高质量发展、提升综合办学能力,有着重要的意义。

丙戌岁末、丁亥年初,作为东校区建设的分管校领导、学校基建与修缮工作领导小组组长,我开始密集地召集基建处及其他相关部门,开会研究部署如何正确理解、全面把握和落实学校"十一五"发展规划,充分利用已有资源,挖掘发展潜力,研究东校区建设的特点,科学、合理地制定项目建设方案。

"今天,又把大家召集到这里开会了,任务并不轻松。"我往往开宗明义地说,"主要任务是,按照工作节点部署和要求,研究东校区教学区施工场地的'三通一平'问题。"

我开会的特点是从不开"马拉松"会议,而是明确任务、研究具体问题,集思广益,形成方案,然后再重抓落实。大家对我的工作特点和作风,也都理解。所以,会议往往能够开得紧凑,也开得高效。

"今天会议的任务,"在另一次会议上,我又对大家说,"是研究部署土地详勘工作。"

每次会议议题不同,但是会议间隙我都会到抽烟区抽支烟、整理一下自己的思路和心情,这一点倒是相同的。因为事务头绪繁多,新老问题互相纠缠,症结常常盘根错节、错综复杂;所以尽管知道抽烟有害健康,我还是要抽上几支,提神醒脑。

"冯校,"关心我健康的同志对我说,"香烟少抽,最好戒掉算了。"

"抽完这支再戒。"我笑着说,"刚才说的沙土地基问题,你有解决的办法了吗?"

2007年,在率先解决掉教学区施工场地的"三通一平"和土地详勘问题后,东校区教学区的整体设计工作全面启动。当年8月2日,教学楼工程开工建设。

如今,现科教学楼工程已经投入使用了15年。全校师生都认为东区教学楼宇建得高端、大气、上档次,不仅宽敞明亮,而且设施良好。事实上,我熟悉那些楼宇,早已像熟悉自己的指纹一样,在这里可以如数家珍——

东校区的教学楼工程,由主楼、西南楼、西北楼三部分(现已命名为广宇楼A、B、C楼)组成,建筑面积共33359平方米,钢筋混凝土框架结构,主楼设半地下室,地上四层,西南、西北楼地上六层,共设电梯4部。室内楼梯间采用花岗岩,阶梯教室为自流平耐磨地坪,其他教室及走廊地面采用水磨石地坪。教学楼有50人教室36个、100人教室29个、140人阶梯教室30个、180人阶梯教室6个,共计座位数近10000个。内有300人报告厅1个。基建完成后,外立面由红、白、灰三色互相搭配映衬,线条清晰、风格自然,室内装修追求简洁明快、自然朴实。

介绍完东校区教学楼,我再来说说东校区的生活区。东校区生活区建设项目分为9幢宿舍楼、食堂和辅助用房、室外工程和生活区建筑智能化系统安装调试,共五个标段,项目当时由浙江省教育发展中心主体建设。2007年8月,为便于学校对东生活区的管理与指导,学校与省教育发展中心达成了东校区生活区划转协议;8月20日,经浙江省发改委发文同意项目业主由浙江省教育发展中心变更为中国计量学院。在接管期间,省教育发展中心和我校一起进行了项目通水、通电、通燃气、供蒸汽、消防等验收工作;9月7日,东校区生活区正式竣工了。

2008年,在我的记忆里,是非常不平凡的一年,发生了很多大事。北京奥运会期间,学校安保工作给我带来的压力不小;与此同时,学校基建也处于重要的发展时期。但是,我扛住了压力,不仅让量院现科的教学区土地证在2008年3月31日如期颁发;8月7日,教学区教学楼也顺利竣工。东校区教学楼和生活区的先后竣工,确保了开学前的交付使用。

2008年秋季,中国计量学院现代科技学院迎来了充满朝气的一届学子。他们有的在父母陪同下报到,有的自己来到东校区的现代科技学院。见到漂亮的新校舍,几乎人人眼前一亮——

"哇哦!"萌新和他们的父母们纷纷发出赞叹,"这么漂亮的学校啊。"

听到那样的赞叹声,我和基建处的同志们都欣慰地笑了。那一刻,我们的心里真是比吃了蜜还甜。

但是,我没有沉浸在完成基建的喜悦里。因为此间,我已经两次和吴祖度处长到北京教育部港澳台办丁雨秋主任那里求援,希望能够募集到邵氏集团的赞助。我们的努力和诚心,得到了丁主任的理解和全力支持。

"放心吧,冯校。"她说,"你们这么恳切、有诚意,我一定会促成这桩美事。"

这一年,我们学校成功申报了东校区科研楼项目的邵氏资金资助,获得500万港元的捐赠。东校区科研楼自那以后便冠名为"逸夫科技楼";与此同时,我们还成功申请到本部校区科研项目配套基础设施改造费100万元的拨款。

随着东校区教学楼的投入使用,为东校区整个建设创造了良好条件,量院对东校区建设工作高度重视,将其纳入学校"五大重要工作"之列,要求抓住机遇,全面铺开东校区图书信息楼、实验西楼、逸夫科技楼和行政楼等工程建设,并加快进程。自然,我这个分管副校长,又要和分管部门全体同志,不分昼夜、宵衣旰食地投入工作了。

2009年,在我和相关职能部门全体同志的共同努力下,全校全年基建竣工面积达89532平方米,其中东校区新增行政办公室约8000平方米,图书馆约9000平方米,实验用房约8000平方米,计算机及语音教室约9000平方米,约4500个座席的标准田径场一座,室外球场21片,机动车位244个。到2010年,东校区市政道路、环境景观绿化、大门等配套工程已基本完成,此时"逸夫科技楼"建设已全面进入安装装修阶段。东校区建设已初现雏形。

2011年9月下旬,东校区标志性建筑——"逸夫科技楼"(地上12层)经五方验收合格,该工程项目获评浙江省建筑安全文明施工标准化工地,杭州市安全生产、文明施工标准化样板工地,杭州市建筑节能示范工程,并荣获杭州市建设工程"西湖杯"优质工程奖。

时间不舍昼夜,在建设者这里真如白驹过隙。截至2012年,实验东楼竣工验收交付。这样,东校区教学区除了原先设计规划的游泳馆、体育馆没有建设外,其他都已完成建成,总体量达116591平方米。除了大基建外,为了更好地保障学校教学、科研、办公、生活等秩序的正常进行,给广大师生提供良好的工作、学习、生活环境,我还让分管的职能部门及时高效地组织开展了屋面修漏、外墙翻新、室内装修、道路修复、水电管网抢修、栏杆修补油漆、墙面粉刷、电气改造等日常修缮,项目几乎遍及各校区各楼宇;通过修缮与改造,校内管网破损、屋面墙面渗漏污损、建筑安全隐患等都得到了较大改观。

历时五年,我亲历了东校区建设从无到有、从小到大的整个过程,见证了现代科技学院的一栋栋楼宇耸立、一条条道路铺就、一处处景观成型;建设期间的点点滴滴,时常汇成一股股回忆的溪流,涌入往事的江河,进入生命的海洋。我知道那里的每一朵浪花中,都有我和同事们付出的汗水;因此,海水一定是咸的。

六十三、基建学问真大

"有道是'百年大计,质量第一'。"我对量院基建处的全体干部郑重叮咛,"基建工作是学校发展的基础和保障。我们的工作质量是否过关,关系到学生、教职工的切身利益,关系到学校发展的大局,所以,抓好工程质量,是基建现场管理工作的'牛鼻子'。"

2006 年开始,随着全国高校招生规模的不断扩大,在校生人数也逐年增加,各高校纷纷开疆拓土,建设新校区。中国计量学院新校区在本部东侧,纵向隔着一条文津路与高架的沪昆高速。我来量院担任副校长后,分管基建工作,负责东校区建设工程。该工程被纳入学校重点工作,是我诸多工作中的重中之重。

在"东区雄壮乐章"一文中,我用简洁的文字记叙过基建过程。实际上,基建具有周期长、规模大、投资多的特点,需要消耗大量人力、财力和物力,哪里是两三千字就能够简单搞定的。况且,基建管理的优劣,最终要体现在工程质量上;而要保证工程优质,就必须从基建管理着手,加强管理的科学化。作为东校区建设工作的分管校领导,我十分重视和关心整个基建工程进展情况,明确提出,必须以"提升工程质量"为基建工作核心,来推进东校区建设。

基建处的干部们十分理解和认同我的想法。他们提醒我,提升工程质量,首先在设计,设计要统筹处理好单个工程与整个校区系统建设的关系。单个工程的施工虽然是独立的,但它的风格、功能要完全融入校区系统建设中去。

"这就像给人物做雕塑,冯校。"他们说,"无论先雕哪一部分,最终要符合人体的整体和谐。"

"各位说得对。"我说,"现在,我们就来处理这个人体的局部与整体关系。"

我在浙大学习工作 32 年,对高校保卫工作非常熟悉,也可以说轻车熟路,经验丰富;但是,对于基建管理知识我却是个"门外汉"。我放平心态,以谦虚好学的精神向经验丰富的老同志学习、请教,谨慎地处理工作与工程中的问题,一步步摸索与磨炼,在工作中积极思考,不懂就问,不断提炼和升华自己在基建领域的学识、素质、能力和水平。

从图纸设计开始,我们就与使用部门紧密联系,认真倾听他们的意见和建议,多次与他们一起商量,尽可能在使用功能上满足他们的需求。在整个基建过程中,我们多次协调沟通,凡是使用部门不满意的地方,能改则改;不能改的,则做好耐心细致的解释工作。

但是,从工程打桩开始,我们却面临了一个特殊问题——下沙的土质。

下沙土质问题,是东校区基建的巨大的挑战。

下沙,是钱塘江冲海淤积平原,曾经是一片滩涂,被当地人当作盐场晒盐;经过几次围垦,形成了盐碱沙地,土层主要为粉砂层,也就叫"粉土"或"砂性土"。杭州主城区则不一样,因为远离钱塘江两岸,土质是以"黏性土"为主。相较于"黏性土","砂性土"具有大孔隙比、渗水系数大的特点。当基坑开挖的时候,可能会出现流土和管涌的现象。

"流土和管涌问题必须解决。"我对施工部门说,"不然,很可能导致基础不牢。"

"请冯校放心,"有位老师傅对我说,"我们是老牌资深施工队,处理'砂性土'有办法。"

"嗯,"我说,"我还是要到现场看一下才放心。"

来到施工现场后,我发现施工队在基坑开挖时采取了"深井降水"的措施。所谓"深井降水",就是在深基坑的周围埋置深于基底的井管,通过设置在井管内的潜水电泵将地下水抽出,使地下水位低于坑底。这跟我平常在其他工地看到的基坑施工不一样。平常的"黏性土"基坑,一般都采用钢板桩或者混凝土搅拌桩支护,土方集水坑开挖后,使用抽水泵集水明排……在施工现场,我经过实地察看,并且和带班老师傅深入交谈后,最终放下心来。

和施工队见面多了,每次见我来到施工现场,他们都会主动向我汇报施工进度、质量控制过程。遇到具体问题,有时他们也会向我汇报解决办法与方案;在确保正确和科学的前提下,我也会现场拍板解决。

我始终认为,要有干一行、爱一行、精一行的敬业精神;在基建管理工作中,应以工作为使命,以担当为己任,从细节着手,加强过程控制,全面落实施工、监理和建设单位的质量责任制,做到分层管理,逐级负责,使得工程质量管理规范化、制度化、科学化。那些日子,基建处的同志见我常到工地视察,不避烈日酷暑,不惧雨雪风霜,心里不忍,劝我不必事必躬亲。

"工程施工当中的质量管理,大量工作是在施工现场。"我对他们说,"施工现场的巡检工作必不可少,它是监督施工方、监理方是否按要求开展工作的有效手段。这样做,可以防止简化施工工艺、偷工减料、以次充好等导致安全问题的现象发生。"

在东校区大规模基建工程建设时期,每周我都会实地检查工程质量和进度,重点对用电安全、临时通道及防护措施、原料建材、设备设施等工作进行检查;对存在的问题提出明确的整改意见,并要求施工单位限时整改到位,监理单位负责复查整改情况。

"是的,冯校。"每逢此时,他们都会郑重表态,"这方面我们还要再努力,一定整改。"

"对工程质量来说,你们施工单位是关键。"我对施工单位负责人说,"施工单位必须建立健全工程质量保证体系、安全生产管理体系,要编制切实可行的施工进度计划报给我。"

回过头来,我又对跟在我身后的基建处和负责监理的同志说:"你们检查施工进度计划完成措施,重点查看组织保证、制度保证、资源保证、技术保证是不是真正有效。"

我一般每周至少两次召集学校各相关部门和五方主体(指业主、勘察、设计、施工、监理)单位召开工作例会、监理例会和专题会议等,先听取各方工作汇报,再提出各方工作要求,最后作出工作部署。

"同志们,"我在会议上严肃地强调说,"五方主体的关系中,业主是主角,勘察和设计是基础,施工是关键,监理是保障。各方要各司其职。有了问题不解决,出了问题不汇报,我是要逐一追责的!"

我讲话有时会很严厉,那是责任所在。在实际管理工作中,我的体会是:要充分协调参建各方的关系,调动各方的积极力量,加快建设进度;要加快进度,又不能忽视了质量。这两手都要抓,而且都要硬。要做到两手都硬,只有通过科学规划、精密组织,才能保证施工过程环环相扣、畅通无阻,最终保障基建质量过硬、过关。

当然,基建质量是否过硬和过关,与工程监理单位是否严格执行国家法律、法规、技术标准、规范有关。他们必须切实履行监理合同,在工程过程中负责监督和确保工程质量、进度和安全工作。即便如此,我依然时常对基建处的负责同志耳提面命:

"你们几位,要依靠监理力量,而不是依赖监理力量。要严格考核监理的工作,学校自身的质量管理跟踪要如影相随。"

"我们一直在跟进,"他们说,"但盯得紧了,又担心他们认为我们对他们不放心,影响关系。"

"不是这样的,这样理解是不对的。"我说,"你们要与监理形成合力,以目标为指导,以制度为规范,确保工程质量;要告诉监理单位,他们对工程重点部位和关键工序,要制定出严格的质量保证措施,要严格'旁站'制度……"

"您说的是,冯校。"他们说,"我们这才理解,您为什么要经常到工地上去。您在现场在旁边一站,虽然不说话,施工单位就不由得不认真。"

"是啊,你们也看出来了。"我笑道,"监理单位必须严格按监理程序和质量标准核验工程质量。严格'旁站'制度,对他们来说是个好措施。他们会理解,不会影响关系的。"

困难一个个出现,又被我们一个个克服。量院东校区建设日新月异,一座座新楼宇拔地而起,一条条道路被绿化和亮化……不管是教学、科研、办公用房,还是学生公寓楼;不管是新建项目,还是后期修缮改造,我都始终强调"坚持师生第一"的原则,一切以满足师生需要为出发点,严格把握质量大关,力争楼宇的使用功能达到最完善的地步。如今,15年过去了。东校区建筑质量经受住了时间和使用的双重考验,真正做到了"风雨不动安如山"。

六十四、化解突发事件

说起这桩突发事件,时间要追溯到 2010 年底。这一天,我和往常一样在学校闻厅一楼召集基建工作例会,基建处副处长杨德胜突然接到一个令人心惊的电话——

"东区逸夫科技楼有个施工人员爬上顶楼,想要跳楼!"

消息一出,吓坏了在场的所有人。我马上中断了会议,吩咐基建处吴祖度处长到办公室将这一突发情况报告属地公安局,同时带领杨德胜副处长和保卫处的有关同志迅速赶往东校区逸夫科技楼。

在路上,我迅速了解了该名跳楼男子的具体情况;同时,几个问题在我的脑子里像冒肥皂泡一样浮现——他为什么要跳楼?目的是什么?想表达什么诉求?有什么问题或难处需要解决?

5 分钟后,我们到达现场,只见逸夫科技楼下已经围满了人。大家都在纷纷议论着。我们迅速下车,飞快地朝电梯门厅跑去。

"糟糕!电梯还在调试阶段,目前不能正常运行啊!"基建处一位同志着急地说道,"这可怎么办?只能爬楼梯了!"

逸夫科技楼有 12 层,一口气爬上去,一般人还真受不了。一听说要爬楼梯,杨德胜副处长对我说:"冯校,您别上去了,我们上去吧。"

"没有关系,"我说,"我们一起上去!"

我一边说着,一边一鼓作气冲向一楼楼梯间。此时,我满脑子想的都是要第一时间赶到现场,越快越好;要和当事人进行真诚的对话和沟通;没有什么事比人的生命还重要,一定要把他劝下来。我甚至想到在浙大处置"五·一○"事件时劝解天棚上想走极端的大学生的情景。

要一口气爬 12 楼,真的是费劲。不一会儿,所有人便已满头大汗;等爬到楼顶,已经是气喘吁吁,话都讲不利索了。到了楼顶,我们看见一名大约 30 岁的年轻男子,坐在楼顶外墙的脚手架上,口中不断念叨着:

"过不下去了……你们不要管我……"

见到我们一行人到来，男子越说情绪越激动，作势要跳下高楼。杨德胜副处长首先喊话：

"小伙子，这位是我们学校的冯校长，他都亲自跑到12楼来了！"

"小伙子，你先冷静！"我也喊道，"没什么事情是过不去的。你还年轻，如果你相信我，可以把困难告诉我，看看我能不能帮到你！"

我那样喊话，是想先稳定住男子的情绪。一听我那么讲，并且看到我真诚的表情，男子忽然崩溃大哭，但嘴里仍然不停地念叨着：

"三万多的劳务工资还没给我，我也没钱给管事的送礼，我该怎么办啊？……"

"你不要冲动，先下来。"我继续喊道，"事情总可以给你解决好的。"

"是啊，想想你的家人吧。"同行的人也喊着，"千万不要把生命当儿戏啊……"

众人纷纷劝说着，慢慢地，我们发现男子的情绪好了很多。看到学校领导都亲自出面帮助解决问题，他若有所动，开始回应我们的喊话，并慢慢将腿收了回来。众人见状急忙上前，合力将他拉到了安全地带。

这时候，属地白杨派出所的民警也赶到了，并按照工作流程带他去所里问话做笔录。

稳定好当事人之后，我立即召集开会，开始对问题进行讨论和解决处理。

根据了解，试图轻生的男子是安装项目施工班组的负责人，河南人，此次过激行为是因为工程款没有按时到手，自己垫付了很多资金，临近年关，民工讨薪，造成了巨大的资金和心理压力。

这里，我要补述一个背景。大约从2010年开始，国家的生产资料市场价格涨幅加快，原材料价格、人工费和机械费大幅上涨，有时甚至出现翻倍上涨的现象；而工程造价大多是根据前几年的市场信息价和额定数字计算的，所以导致实际施工总费用远远超出了当年投标价，对施工单位的利润造成很大冲击。但是，工程还没有竣工，学校的进度款还不能正常支付。出于这一系列原因，总承包方在支付下面班组的费用时，由于资金短缺出现了迟滞现象，也就是俗语所说的"拖欠"，从而诱发了此次不测事件。

在厘清相关问题后，我们约谈了施工单位，一方面要求总承包单位必须根据合同约定支付分包方相关工程费用，另一方面，我们也敦促施工单位抓紧做好现场遗留问题整改，提高质量，并抓紧进度。学校则及时配合做好工程项目的监管和付款程序审查，早日验收，以便早日按正常程序支付进度款项。

事后属地派出所在征求学校对那个试图轻生者的处理意见时，考虑到该事件并没有造成负面影响，我们也没再要求派出所追究责任。基建处后来也跟进了进度款项落实情况，了解到当事人已经收到全部款项，并对学校的及时援手表示非常感谢。

"你们计量的冯校长和干部们都是好人。"那个班组长说，"我当时是被逼无奈，考虑不周，向你们道歉，更表示感谢！"

突发的"跳楼讨款"事件虽然被我们妥善化解和处理了，但却无法不引出另一个话题，那就是廉洁问题。因为那人在逸夫科技楼顶上说的一句"我也没钱给管事的送礼"的话，深深刺痛了我的心。

我认为，一个人能否廉洁自律，最大的诱惑是他自己，最难战胜的敌人也是自己。事实反复印证，廉洁只有靠内在的信念引领，才能成为一种自觉的行为习惯。广大党员干部要勤于打扫思想的灰尘，坚守精神的高地，常怀敬畏之心，常惧法纪之威，面对"微腐败"才能不掉以轻心，遇到"潜规则"才能不随波逐流，碰上"人情礼"才能不"欣然笑纳"。

不久，我在自己分工负责、分管和联系的单位和部门召开"廉洁自律会议"，请校纪委的领导同志来做专题讲座，让大家学习中纪委出台的相关文件，深入讨论。

"同志们，我们加强廉政管理制度的学习，是为了增强控制力，时刻绷紧廉政这根弦，做到不碰红线，守牢底线。"我在基建处的学习会议总结发言时强调，"只有这样，才能确保把校园建设成为放心工程、质量合格工程。你们基建处尤其要统筹处理好廉洁与'人情'的关系。与施工单位建立良好的合作关系，是我们开展工作的基础。"

大家听得很严肃，记得很认真。我继续说："我们共产党人讲不讲'人情'？讲。对施工单位要不要讲'人情'？要。但是这个'人情'说的是我们的'奉献'；至于个人，决不允许任何人去领施工单位的'人情'，也就是说的人家给你的'回报'。只有这样，你才能赢得施工单位的尊重。"

由于我组织学习深入及时，强调到位，分管的部门和单位基本没有出现廉洁自律问题。

记得在东校区教学楼建设过程的冲刺阶段，为了确保如期开学，抢抓工程进度，甲方、监理方、承包方及安装、市政绿化班组每天都相聚在工地项目部。大家围坐在方桌两边，谈工程进度、提相关难点、商量解决方案，大大提高了工作效率。到了饭点的时候，我就派代表到学校食堂，刷我们自己的饭卡打包盒饭请施工单位吃。不一会儿，十来个盒饭就端上了方桌。

"冯校啊，"大家边吃边说，"还是您这个办法好、效率高！"

大家一人手里端着一盒饭，有时还要边吃边讨论，15分钟搞定一顿饭，吃完继续工作。频繁的工作交流，让人与人之间心意相通了，目标一致了，工作效率确实提高了。

我认为，基建工程中，施工单位是项目主要力量，是开展各项工作的主力军。一个项目能否保证质量高度稳定和进度如期顺利完成，一个重要因素就是要积极做好施工单位的管理。首先是要在思想上解决问题，业主和施工方不是对立而是合作关系，是"既亲又清"的合作关系，是一起并肩战斗、一起收获成果的合作关系。其次，在做好管理的基础上，关爱也是必不可少的。要坚持以人为本，做好民工兄弟的人文关怀，使他们在工作中能够保持昂扬的精神状态，满腔热情地做好工作。

每年的暑假，都是学校基建任务最重、工作最繁忙的时候，既要"战高温"，又要"斗酷暑"。所有基建工作者、民工兄弟都在经受着"烤验"。所以，每到一处工地，我都要带着相关领导现场慰问大家，带去饮料、西瓜、矿泉水等防暑降温用品，逐一送到每位一线工作者手中。

"谢谢冯校，谢谢领导们。"他们擦着脸上的汗，一迭声地表示着感谢。

"哪里，要感谢的是你们啊。"我说，"我们感谢你们——各位来自五湖四海的建设者，是你们在为学校建设做出贡献！"

我还主动询问施工人员工作生活情况和项目建设中遇到的困难和问题，同时不忘叮嘱管理部门，要认真贯彻"以人为本"的方针，把安全生产放在首位，合理安排作息时间，做到施工人员劳逸结合，并要采取必要的劳动保护措施，做好高温天气防暑降温工作，在保证项目质量的前提下，如期实现各工程项目节点目标。

在工程冲刺的最后关头，我们统筹参建的各方力量，特别是施工单位紧盯时间节点,抢抓建设工期,不分昼夜赶进度,高质量、高标准地推动项目提速提效,终于确保现代科技学院在当年的秋季如期开学。

东校区开学迎新的现场,鲜花怒放,彩旗飘扬。望着从全国各地赶来报到的莘莘学子和陪同前来的学生家长们开心的笑脸,我和基建处的同志们也都笑了。那是欣慰的笑,胜利的笑,比世界上所有盛开的花朵都美。

六十五、督导新昌群教

天姥连天向天横,势拔五岳掩赤城。

一座天姥山,半部全唐诗。历史悠久的新昌,人文底蕴深厚,是浙东唐诗之路、佛教之旅、茶道之源精华所在,也是中国山水诗、山水画的发祥地之一。佛道文化、名士文化、诗歌文化等都曾在此留下浓墨重彩。

2014年,我在新昌工作了一年多。因为年初组织上安排我去浙江省委"第二批党的群众路线教育实践活动"督导组担任新昌县督导组组长。当时,我既忐忑不安,又倍加珍惜,没谈任何条件,欣然受命。

"老冯,省委派出督导组的目的,是强化对这次教育实践活动的督促检查。"省委分管督导工作的负责同志和我谈话说,"您离开杭州常住新昌,有什么要求可以和组织提出来。"

"我没什么要求。"我笑着说,"我是个老党员,已经到了退休年龄,省委却还这么信任我;我一定完成党组织交给我的这次任务。"

"不谈条件好。我们很看重您的政治修养和领导经验。"省委领导说,"但任务是光荣而艰巨的。希望新昌的'群教活动'在您的督导下不走过场、走在前列。要常联系啊,老冯。"

我把省委的此次任命,看作是自己向党奉献和为人民服务的重要机会。一切准备停当后,我按照省委工作要求,率领督导组奔赴新昌县。去的那天路上,忽然乌云遮日,雷声滚滚,暴雨倾盆而下,视线一片昏蒙。我们的商务车只好就近停在高速公路服务区。在服务区里,我将随身携带的茶杯打上开水,和督导组的几个同志谈话。

"到新昌以后,"我说,"我们先认真审阅他们的'群教活动'的实施方案,查一下他们'四风'问题的条目式书面材料,再对照一下他们的检查材料和整改方案。"

"好啊。"随行的小组成员纷纷认可我的说法,又询问我,"我们是不是得全程参与他们的专题民主生活会？"

"要的，我和你们各位还要在会上作现场点评呢。"我说，"当然，重点是督促他们抓好各项工作中每个环节的落实。由于督导工作关系到党的群众路线教育实践活动的质量和成效，所以我们督导组成员，首先认真贯彻党的十八届三中全会精神，落实习近平总书记的重要指示，坚持从严从实督导，积极履职尽责。"

"可是，省委要求我们要做到'到位不越位、帮助不包揽、指导不领导'，"有个督导组成员忧心忡忡地说，"这个分寸该怎么拿捏？"

"要确保这次'群教活动'不虚不空不偏、各环节不走过场，就看我们是不是能够真正'督'到关键处、'导'在点子上，给新昌拧紧螺丝、上紧发条了。"我强调说，"要愿当'包公'，敢唱'黑脸'。实际上，就是发现问题及时点明、提醒纠正，确保教育实践活动高起点开局、高标准开展、高质量推进。"

夏季的雷雨，来得快，落得急，晴得也快。我们的商务车重新上路，感受到了雨后扑面的清新气息。一路上，车行景移，如在画中。山水新昌，自古人文胜迹荟萃，自然风光旖旎，素来被称为"东南之眉目"，令人心旷神怡。

到了新昌，县委书记楼建明和组织部部长赵如浪热情地欢迎了我们。在与县委、县政府主要领导楼建明、赵如浪、潘益民等常委的碰头会上，我代表省委传达了"第二批党的群众路线教育实践活动"的要求和指示精神。

"省委部署的这次'群教活动'，是'一把手抓、抓一把手'。"我笑着说，"也可以理解为是你们'抓'活动，我们'抓'你们。"

"井无压力不出油，人无压力轻飘飘。"楼书记表态说，"我们坚决拥护省委决定，全力贯彻活动要求。"

"这第二批党的群众路线教育实践活动在咱们新昌开展，冯组长又来到家门口督导，"常委们也表态道，"我们欢迎督导组严督实导。"

"一般情况下，我会每周和楼书记、县主要领导沟通一次。"我笑着说，"有重要问题或紧急情况，我们及时沟通。"

碰头会结束后，为深入查找和整改问题，我带领督导组几上几下审核对照检查材料，连续加班加点，对每份材料逐条逐字提出修改意见，常常工作到次日凌晨1点多，几周时间都没有回家。在查找问题时，我发现有的同志担心问题讲多了丢面子，影响威信和个人进步，于是通过与县常委个别谈话、审阅征求意见、反馈材料和对照检查材料等方式，面对面提要求、传压力。

我对新昌县主要党政领导说，"你们做书记、做县长的要带头树靶子、做样子，引导班子成员放下思想包袱，深挖思想根源，把问题找到、找准。不然，大家都在泛泛而谈，个性化特征就不明显了。"

"好啊。"他们郑重表态道，"看来我们自己就不能怕红脸、怕出汗，否则常委成了小脚女人，全县的'群教活动'更迈不开步子了。"

对他们两位给予我的工作配合，我很赞赏；但这并不妨害我对不合标准的做法及时指导，对"走神散光"现象及时纠偏。督导组坚持把严格要求体现和落实到每个节点和每项工作中。我要求督导组成员以大家看、个人提、集体议的方式，认真分析并研究提出每一份对照检查材料的修改意见和建议；对不符合要求的不留情面，坚决退回重写；新昌县大约有四分之三的班子成员、三分之一的个人对照检查材料重写。督导组坚持"主题不变、镜头不换"的要求，督促切实提高活动质量、避免"过关"思想。

开好专题民主生活会和专题组织生活会，是教育实践活动的"重头戏"。

但是，督导组以整风精神展开"批评与自我批评"的专题民主生活会程序后，新一轮的"把脉问诊"量大面广，督导责任更重了。我们督导组对领导班子和领导干部的对照检查材料进行审核把关，与班子成员谈心交心。民主生活会上，督导组担负起督导责任，适时插话、点评。

"这个问题这样认识，深度还不够。"我对县长说，"要'奔着问题去、点到要害处、讲到根子上'。"

县长拿起桌前放置的小毛巾，一边擦汗一边对我说："是啊，这样才能确保达到'红脸出汗、加油鼓劲'的效果。"

由于情境与语境吻合，大家都会心地笑起来。

但是我没有笑，而是郑重地说："同志们，这没有什么可笑的。问题找准，认识到位，才能抓好整改落实，才能建章立制，才能切实解决问题、取信于民，推进经济社会发展。接下来的两个月时间，我要带领督导组成员，深入基层一线。在这里，我要声明一下，我们深入基层，事先不打招呼，也不设线路。我们会直接听取党员群众意见，看看这里谈的问题是否符合实际，以便及时发现问题，督促解决问题。"

由于我用的是强调的口气在讲话，大家的神情也都庄重起来。

督导工作没有捷径,更不能走形式;只有沉下去、迈开腿,从机关到基层,从县机关到乡镇村,唯有"一竿子插到底",才能探到深水、触及根本。

那以后的两个月里,我们督导组成员的身影,经常和新昌县主要领导同志楼建明、王浩萍、柴理明、潘启富、赵如浪、潘益民等常委交叉出现在基层。我们几乎走访了各个机关部门、村、社区、企业等基层组织,挨村挨镇走动,深入民间调研。实践活动开展以来,出现了许多像楼书记、公安局局长潘益民那样"白加黑""2+5"的干部。

我认为,开展党的群众路线教育实践活动,就是要深入群众,才能了解群众的真实想法,自觉站在人民群众的立场上想问题。

因此,我对督导组成员的工作要求是,不能停留在看材料、听汇报,要放下架子、沉下身子,深入开展"基层走亲、连心解忧"活动,进村入企,蹲点调研,用脚步丈量民情,用真情倾听民声,确保教育实践活动不虚、不空、不漏。我对新昌县领导干部的要求是,工作上要模范带头,兢兢业业,吃苦耐劳,真抓实干,敢于担当;要以焦裕禄为标杆,做群众满意的党员干部。

督导组围绕兑现整改承诺加强督导,到新昌县各部门、各单位推动真抓真改。此间,我们也梳理出一些必须认真对待的现象与问题。我经过系统思考和整理,对督导组成员提出了一些督导工作应该遵循的原则。我强调说:

"在新昌督导工作中,要坚持推进从领导改起的原则,要推动领导干部特别是'一把手'提高思想认识,放下心理包袱,切实增强带头整改的思想自觉和行动自觉,真正把自己摆进去,对照查摆出来的问题,对照自己作出的承诺,一件一件去整改,有一件改一件,改一件成一件。

"对那些自己生病、让别人吃药的现象,督导组更要及时提醒、及时纠正,用过硬的措施改正,以严细深实的态度开展督促检查,一件一件督查、一步一步跟进,对改没改、改了多少要有一本明细账,做到心中有数。

"对于整改得好的,督导组及时予以鼓励;对整改不力、解决问题效果不好的,及时约谈,形成真转真改的强大推动力!"

接下来,督导组围绕解决突出问题加强督导、推动整改,取得群众看得见、摸得着的实效。

我在督导组成员会上强调指出:"同志们,下一步工作,要抓住群众受益、群众满意这个关键,贴近民心、顺应民意,把解决群众最关切的问题作为督导的重点和着力点,督促各部门各单位狠刹高高在上、脱离群众的衙门作风,狠刹权钱交易、不给钱不办事、没有关系办不成事的机关歪风,狠刹公款送礼、公款吃喝、奢侈浪费之风,切实解决吃拿卡要、与民争利、侵害群众利益等问题。特别是督促服务部门、窗口单位在为群众办事的环节上,能简化程序的简化程序,能明确时限的明确时限,真正提供让群众顺心满意的服务。"

新昌县"第二批党的群众路线教育实践活动"进入整改阶段后,为了活动向纵深扎实推进,我们督导组全体成员发扬老黄牛精神,放弃周末休息时间,抛开家庭事务的牵绊,有的甚至是带病坚持工作,连续作战,不辞辛劳。在后半程督导工作中,全组牢牢把握工作职责,坚持"从严从实"要求,把握总方向、严格抓督导、贴心强服务,对每个环节拟定督导工作时间节点安排和近期督导工作要求等材料,确保教育实践活动顺利推进。

现在回望那次教育实践督导活动,我的体会是它与以往党内集中教育活动有显著区别,就是时间有限定、目标很明确,没把摊子铺得很大;它是以反对"四风"问题为突破点,从小切口做大文章,下猛药治顽症,在较短时间内让群众看到了明显变化。

当时,我们督导组按照"从严不放松"要求,坚持把学习、调研、纪律贯穿始终,活动一开始就建立临时党支部,制定学习制度,力求先学一步、学深一步;制定内部管理制度、督导工作流程图;制定督导工作纪律,严格执行各项纪律规定。

同时,我要求督导组严于律己,如制定"不得接受宴请、不得收受礼品、不得私自参加所督导单位活动"的"三不"规定;制定"认真学习、勤奋工作、团结协作、严守秘密、廉洁自律"二十字工作要求;召开临时党支部组织生活会,开展批评与自我批评。

在督导组的精心指导下,新昌县各单位各部门纷纷出实招、办实事,以实际成效取信于民,提升了群众满意度。在督导工作结束后,我把在基层群众路线教育实践活动过程中的所见、所做、所思、所感写成了一本书,名为《石城日志》。全书以日志的形式记录,同时按感悟篇、学习篇、调研篇、典型篇、经验篇来分类,是我们当年深入学习领会党的十八届三中全会精神、开展党的群众路线教育实践活动的真实写照。

我深刻体会到,督导组为教育实践活动的开展提供了组织化、制度化保障,发挥了监督、督促和引导、指导功能,体现了我们党加强党风建设的坚强决心和务实的工作作风。

对督导组来说,自身思想政治觉悟是关键,客观公正评价被查单位情况,既要发现问题,又要分析问题和督促解决问题;自身工作能力是保证,不徇私情,不走过场,不被假象迷惑;坚持走群众路线是根本,眼睛向下,多向基层群众了解情况,多做调研,用事实说话。

督导组副组长高扬是市委组织部副部长,熟悉当地情况,工作认真负责,全身心投入工作;联络秘书应焕桃参加过第一次党的群众路线教育,有一定经验,工作务实肯干。督导组全体非常团结,工作氛围很好,党的民主生活会也很正常。大家畅所欲言,大胆干事,严谨作风,确保教育实践活动取得实效。

《石城日志》完稿时,我掩卷而思,感慨万分。回忆参加工作46年的风雨历程,自己每走一步都是党的教育和培养的结果,也是浙大"求是"精神熏陶的结果。我在浙江大学学习工作了32年,做了应该做的工作,但组织上却给我许多荣誉,如"浙大新长征突击手""浙大竺可桢三育人标兵""浙大优秀共产党员",省委、省政府表彰的"维稳先进个人",并荣立三等功两次。我到中国计量学院工作8年,为学校的建设与发展尽力工作,党组织和教职工给了我很高的评价,并挽留我顺延退休,继续发挥余热。

新昌督导一年,快如白驹过隙。作为浙江省委"第二批党的群众路线教育实践活动"新昌督导组组长,我坚持标准,确保质量,有效传导压力,没有降格要求,同时深感自己收获颇丰,学到了许多书本中无法学到的东西。我接触了一大批县级部门、乡镇、企业、农村的基层干部,他们那种朴实无华、无私奉献、敬业爱岗、服务基层、为民务实、廉洁自律的优良作风和对社会主义核心价值观的坚守,都深深感染着我;他们的模范事迹和动人形象,都根植在我的脑海中,永远不会褪色,鼓励我奋楫前行。

同时,新昌人真诚、质朴、深沉、粗犷、强悍的性格给我留下了深刻印象。我也结识了一批好朋友,他们给了我很多无私帮助。新昌虽然地处偏僻,但并不闭塞落后,反而十分开放,很有活力;正是得益于热爱新昌、建设新昌的自立精神,得益于新昌人骨子里的敢于探索、敢于尝试、敢于打破常规的创新意识,新昌突破了前进道路上的种种障碍,走上了快速发展的道路。

眼下,新昌正积极探索着一条以文化动力激活全域旅游的新路径——充分利用浙东唐诗之路和古村、古桥、古驿道等历史遗产,挖掘全县的非物质文化遗产及特有的民俗风情;依托大佛龙井茶、新昌炒年糕、小京生等名优农产品举办节庆活动,让全县 16 个乡镇(街道)个个有产品、处处有特色,合力形成"以文助旅、文旅兴村"的文旅融合发展新模式。天姥山文旅品牌越来越响,文化游正生动地诠释着新昌的全域旅游。

历时一年有余的新昌"群教活动"督导工作结束了。我在工作中实现了自己"干什么像什么、干什么成什么"的人生格言。我认为事情无大小,都要把握好;人活一生,不求轰轰烈烈,但求问心无愧,而人格是最好的范本,最大的力量;担当生前事,何惧身后评,要多做好事、乐为善事。新昌督导工作让我有机会对敬爱的党与前进中的社会贡献出一个老党员、老同志的微薄力量,因为付出努力,所以无怨无悔。

六十六、建计量博物馆

"你们计量大学的逸夫计量博物馆,是中国目前最好的计量博物馆。"

2021年4月的一天,我国著名计量史专家邱光明研究员参观逸夫计量博物馆后,对该馆给予了充分肯定和高度评价。

这座博物馆于2013年6月开始建设,2017年10月正式开馆,共经历了4年的建设时间。该馆由全国人大常委会原副委员长路甬祥题写馆名,现在已经成为国家计量测试学会的科普教育基地、国家市场监督管理总局科普教育基地和浙江省社科普及基地。全馆累计投资超过1000万元,收集展示馆藏文物1000余件。作为量大对外交流与合作的重要窗口,逸夫计量博物馆为提升量大知名度与美誉度、弘扬中华计量文化、传播科技理性精神发挥了积极作用。

2017年10月17日开馆当天,逸夫计量博物馆即受到媒体广泛关注。《中国计量》杂志在2017年第11期刊登了《传播计量文化普及计量知识》的介绍性文章;《浙江日报》《青年时报》《钱江晚报》《杭州日报》、中央人民广播电台以及新华网、浙江在线、浙江新闻、中国教育在线等媒体,都对逸夫计量博物馆开馆仪式进行了报道。中央电视台、《科学时报》《西部时报》《浙江日报》《教育信息报》《教育与职业》等媒体还多次报道学校的办学特色和以计量博物馆为载体的文化特色活动。

逸夫计量博物馆开馆后,社会各界人士纷纷前来参观,目前已接待参观者近6万人次,成为各级领导、兄弟院校与行业人员来校参观的必到之处。参观者在该馆迎门处会见到全国人大常委会原副委员长路甬祥的寄语"传播计量文化普及计量知识",见到中国工程院院士、中国工程院原常务副院长潘云鹤为计量博物馆题写的匾额。开馆近六年来,逸夫计量博物馆已发展成为计量文物展品有特色、计量历史介绍有亮点、计量科普讲解有深度、计量文化有底蕴的全国性特色博物馆。

那么,被邱光明研究员盛赞为"中国目前最好的计量博物馆",是怎么坐落在中国计量大学的呢？作为该馆领导策划与组织建设的亲历者，且听我细细道来。

中国计量大学是全国唯一以计量、标准、质量、市场监管和检验检疫为办学特色的高校，由国家市场监管总局与浙江省合办，理应有属于自己的文化标识——这是量大领导与师生的共识。2013年6月24日，经学校党政研究，决定成立"中国计量博物馆"筹建工作领导小组，由我担任组长，杨政、姜羡萍、兰婷、贾岳嵩任副组长。五人领导小组下设技术支撑组、设计布展组和对外联络组。

根据博物馆筹建进度，2014年6月16日，学校成立"中国计量博物馆"筹建办公室，由贾岳嵩同志任办公室主任，统筹协调藏品收集、场馆建设、设计布展等工作。他宵衣旰食，不辞辛劳，从项目招投标到与设计装修单位沟通都倾注了非凡的热情，付出了艰苦的劳动。

"同志们，"我在五人小组会议上强调说，"博物馆的建设向来是一项系统工程，不仅程序多、专业性强，而且涉及面广。要确保博物馆建筑功能的适用性、艺术形象的标志性和文化性，展示内容的思想性、科学性、知识性和艺术性，体现布展工艺的严肃性、技术的可靠性、造价的合理性，必须在建馆前对整个博物馆建造工程进行统筹思考、认真论证和周密规划。"

"是啊，冯校。"筹建办主任贾岳嵩说，"目前，计量博物馆可用的'前身'，是2008年建造的计量史馆；当时量院出资50万元，在嘉量大会堂三楼建的，可惜面积只有大约200多平方米。"

"计量史馆的规模太小了。"校党政办主任杨政说，"内容也不够丰富。"

"展示的形式也很传统和单一。"马克思主义学院院长兰婷说。

"最重要的缺点是，"校党委宣传部部长姜羡萍说，"展品都是静态展示，并不具备向社会全面开放的条件。"

"是啊，各位说的都对。"我说，"所以，我们要建的计量博物馆应该符合时代要求，具备普及、推广、传播的功能，发挥出现代博物馆应该有的效应来。"

筹建工作启动后，我带领筹建领导小组成员杨政、贾岳嵩、兰婷等同志先后奔赴山东度量衡博物馆、天津计量博物馆、吉林修正药业计量博物馆、西安秦始皇兵马俑博物馆、黑龙江计量博物馆等进行实地考察调研，取经学习——

在山东，我们参观了全国质检系统内首家"度量衡博物馆"；

在天津，我们参观了天津计量博物馆，并与艾学璞老先生进行了交流；

在吉林修正药业集团，我们受到吉林省委副书记竺延风、通化市政府领导、修正药业集团领导和当地政府主管部门的热情接待；

在西安，我们调研组还通过西安古文物研究者向民间搜集了十几件各类度量衡文物进行鉴赏，并走访当地的古玩收藏者，请专家介绍文物的特点和收藏价值，为博物馆的藏品收集打下基础；

……

考察与调研，让我们收获颇丰，获得了很多第一手资料和筹建博物馆的经验。调研走访结束后，大家对各个博物馆的参观调研情况进行了反馈与讨论，交流了各个博物馆可供我校筹建工作借鉴的好经验、好做法。在经过前期的论证、藏品征集、资金争取等相关筹备工作后，我们五人小组初步确定藏馆的选址和设计，出台了《中国计量博物馆藏品征集试行办法》等相关规章制度，初步收集了 200 多件藏品，并获得了 300 万元省财政专项经费的资助。

"重要的是，各位要盯牢自己分内的事情。"我对"五人小组"成员反复叮嘱和强调，"要及时汇报问题、研究问题、解决问题，把每一个环节都衔接好、每一个细节都协调好，高标准、高质量地推进各项工作顺利进行！"

筹建过程中，作为"五人小组"组长，我先后组织召开了 15 次筹建工作推进会，切实加强对项目的指导力度，要求各相关部门进一步提高思想认识，各司其职、互相配合，压实各方责任；同时要提前谋划好后续管理工作，建设现代博物馆的管理体系。

——2015 年 5 月 11 日上午，我在明德楼 A213 会议室主持召开"计量博物馆文本大纲校内专家论证会"。葛洪良、夏哲雷、孙坚、金尚忠、徐时清、陈永良、邱高兴、李东升等校内专家出席会议。

——2015 年 6 月 18 日下午，我主持召开"计量博物馆文本大纲校外专家论证会"。上海交通大学关增建教授、中国财税博物馆副馆长傅欣、浙江省文物局原局长陈文锦、研究员王牧等 4 人组成的校外专家组出席本次会议。马克思主义学院院长兰婷教授演示和介绍了博物馆建设文本大纲。在听取汇报后，与会专家了解了博物馆筹建工作进展情况，对文本大纲作出充分肯定，并畅谈了各自的见解和修改建议。

——2015 年 11 月，我在计量博物馆筹建工作领导小组召开的博物馆筹建工作汇报会和设计方案讨论会上，着重强调设计方案要与文本大纲相契合，做到计量特色鲜明,发展演变有序,整体格调清晰,色彩沉稳厚重,空间布局合理,多媒体手段丰富;要求筹建工作领导小组成员要充分利用各种校内外资源,切实做好博物馆藏品的搜集和捐赠工作。

……

在多方协同配合下,筹建工作不断向前推进。兰婷院长完成的近20万字计量博物馆文本大纲,为计量博物馆的筹建工作奠定了良好的基础,起到了支持保障作用。筹建办和基建处以认真负责的态度完成了1400平方米的展馆扩建工程。我和筹建办贾岳嵩、顾赟等同志又专门到苏州青铜器制造企业,与施工单位进行无缝对接,向技术支撑组做好宣传片、藏品复制、多媒体展示等的相关资料整理和技术说明工作。

在博物馆建设过程中,计量文物的征集是建立博物馆的头等大事,既要遵循文物征集的普遍原则,又要考虑计量文物的特殊性,是一项综合性、实战性较强的工作,需要多方面的配合与努力。我们"五人小组"结合各地征集经验,认为凡是能够反映人类计量科学发展史、计量制度演变史、计量文明变迁史的可移动实物,均在征集范围之列。

作为"五人小组"组长,我带头行动起来,利用自己的资源和人脉,与计量科学和生产部门建立特定联系,将有关部门、机构淘汰和过时的工具、器物、仪器、设备及相关文献收集过来,并将文物收藏的重点放在中国古代计量文物和文献上,使它们成为计量博物馆藏品的核心和最大亮点。利用出差和走访校友的机会,我每到一地都会到古玩市场走访参观,积极主动去搜集计量文物充实馆藏。通过建设博物馆和搜集文物,我的朋友和人脉也有了新的拓展,甚至收到外国的朋友寄回的一些度量衡器具。

我们还建立了一个征集团队,团队成员都具备计量史、文物学和博物馆学等学科背景和文物征集的丰富经验。计量文物的征集要有充足的资金做保障。资金的来源不能仅仅依靠学校,还要积极争取社会资源;实资处也积极配合筹建办做好近现代计量器具的收集工作。

在征集中国古代计量文物方面,我们先请专家鉴别其真伪;在确定为真品的基础上,征集其中最具代表性、保存情况最好、风貌最独特、工艺最精致的文物;同时,在经济条件和文物稀缺性等刚性条件的约束下,我们也有计划地高仿了一批具有科学价值的文物。

计量博物馆筹建以来,得到了社会各界人士和校友的广泛关注与大力支持,学校已接收社会各界人士和校友捐赠的藏品数量多达 600 余件。尤为可圈可点的是,我校 97 级电信 4 班校友林志国向计量博物馆捐赠一批藏品,包括战国时期的刀币、汉代铜权、民国时期的《中外度量衡表折页》等各类图书、实物藏品共计 230 余件,其中很多藏品都具有较高的收藏和研究价值。各界捐赠的藏品极大丰富了计量博物馆的建馆资源和计量文化内涵,加快推进了计量博物馆的建设步伐,有利于我们研究、展示计量文物、计量史料,传承历史,反映现实。正泰电器、浙大中控、海克斯康等一批知名科技企业也加入科普阵营,与学校合作建立了科普宣传阵地。在此我也向浙江昌寿书画艺术院院长倪伟林、浙江嘉能能源有限公司总经理顾小华的慷慨捐赠表示由衷的感谢。

当然,在这里,我必须为邵氏基金会对计量博物馆建设的大力支持郑重地大写一笔;因为多年来量大的建设和发展得到了邵氏基金会的有力支持——

邵氏基金会曾于 2003 年、2004 年、2010 年和 2011 年,先后 4 次向我校图书馆和科技楼项目捐款,共计捐献 900 万港币;2019 年,在邵氏基金会主席陈伟文先生和方氏姐妹的关心与支持下,邵氏基金会又捐赠 500 万元人民币用于计量博物馆的建设和发展。

2018 年,在量大建校 40 周年之际,我们在逸夫科技楼敬立了邵逸夫先生铜像,铭记邵逸夫先生的事迹,学习邵逸夫先生的精神,感恩邵逸夫先生的善举,以激励当代,教育后人。

"一个企业家最高的境界是慈善家。"邵逸夫先生曾说,"我的财富取之于民众,应用回到民众。"

这句话,成了邵逸夫先生一生的写照。邵先生 1907 年出生于浙江宁波镇海,一生爱国爱港,艰苦创业,慈善济世,用毕生善举为世人垂范。1973 年,他在香港设立邵氏基金会,多年来大量捐献善款,嘉惠学子及改善医疗设备,受惠机构遍及全国及世界各地;范围之广、数额之大、项目之多、持续之久,可谓史无前例。1985 年至今,邵氏基金会向内地教育文化事业捐赠巨款,无偿捐赠累计超过 40 亿港元,捐赠项目达到 6000 余个,覆盖全国各省、自治区、直辖市,深受社会各界敬重。2008 年,邵逸夫先生获民政部"中华慈善奖终身荣誉奖"。

落其实者思其树,饮其流者怀其源。我们无法忘记邵逸夫先生捐资助学、兼济天下的善举。邵逸夫先生报效民族的情怀与大爱无言的人生境界,将永久成为量大人心灵深处不朽的精神丰碑。我们对这些"逸夫捐赠项目"的珍重与感怀,就是对他最好的追思。

建馆那年,正值我年届退休。但因为热爱计量,与计量结下难以割舍之情,我退而不休,全身心地投入计量历史、计量文化、计量文物收集、保护、研究和计量科普宣传活动之中,特别是为创建逸夫计量博物馆倾注了全部精力。我深感时间之宝贵,争分夺秒,将传承计量文化作为自己有生之年义不容辞的责任。2017年初,我和计财处陈国旗处长多次跑财政厅反映诉求,得到了厅领导的高度重视和支持,财政厅再次拨款300万元,支持计量博物馆的建设,使其如期开馆得到有力保障。

现在的"逸夫计量博物馆"坐落于学校"求是南楼"四、五两层,主展厅建筑面积约1400平方米,以计量历史文化发展演变过程为主线,按照历史时期分为四个主题,展示内容包括计量文物及复制品,计量历史方面的文字图片、地图、模型、沙盘、蜡像、声像资料等辅助展品,计量方面的壁画、雕塑等美术作品百余件,还有多媒体、动画、观众参与装置、特殊照明设备、安全与环境设备等。那些形状各异的、古锈斑斓的文物里,每一件也许都藏着一个故事、记载着一段历史,它们所承载的可能比其本身还要沉重得多。该馆集中展现了中国古代至近现代计量史,诠释了中华计量文化的发展脉络和内涵精华,可以说是一座集展示、收藏、研究、教育、保护、文化交流、普及推广等功能于一体的国内一流的现代化综合性博物馆。

自正式开馆运行以来,逸夫计量博物馆依托丰厚藏品资源,逐渐形成了以历史文物收藏为特色、以科普展示为载体的场馆特征,在校园文化建设中发挥着重要作用。除日常师生和来访客人参观外,学校每年一度的新生入校日、校友返校日和中学师生开放日,博物馆都是重要活动场所,每年接待访客达万人级别。同时,博物馆每年还培训数十名学生志愿讲解员;他们来自各学院的不同学科,不仅个人能力和综合素质得到锻炼,还将博物馆文化辐射到整个量大校园。

高水平的高校博物馆是大学深厚学术和文化积淀的重要标志,也是优秀大学的重要标志。几年来,逸夫计量博物馆紧密围绕学校全面建成特色鲜明、国际知名的高水平大学的奋斗目标,落实立德树人根本任务,推进一流学科建设,立足学校、面向社会,不断提高管理服务水平,广泛传播计量知识,大力弘扬计量文化,精心打造计量特色育人平台,讲好量大故事,开展了系列丰富多彩的科普活动以及系列特色展览,获得了系列重要奖项,博物馆社会影响力和美誉度不断提升。

如今,逸夫计量博物馆不仅是计量物品的展示平台,也是计量文化的传播平台。她记录着计量历史的变迁,这个变迁过程就是通过测量使量值无限接近真值的过程,也就是精益求精的过程;同时,这个过程还锤炼了计量人孜孜不倦、不断创新的精神。正是这种精神,鼓舞着计量人的士气,推动着计量事业的发展。我们有理由相信,在一代又一代中国计量人的努力下,中国计量将更加成熟地走向世界,更加紧密地连接世界,更加自信地引领世界。

六十七、募集基金设奖

在《建计量博物馆》一文中,我为邵氏基金会对计量博物馆的捐助大写了一笔。这是必须的,但又是不够的。在这里,我要记叙争取该项基金的全过程,以彪炳邵氏的不世之勋。

2018年6月19日,距离量大40周年校庆还有四个月,在党办校办副主任陈子良同志陪同下,我专程赶赴香港,去拜访邵氏基金会负责人,为学校争取第三个邵氏基金资助项目。

访问期间,我受到了邵氏基金会特别顾问、香港科技大学原副校长翁以登博士,秘书姜廉清先生,副经理王绮琳女士的热情接待。我回顾了邵氏基金会支持学校逸夫图书馆和逸夫科研楼建设的情况,向他们表达了感激之情,感谢他们为学校的发展创造了良好环境,表示全校师生对邵逸夫先生支持教育事业的善举和崇高的家国情怀铭记在心;然后,我介绍了量大的历史沿革、师生规模、学科专业、科研平台、办学特色,以及学校筹备40周年校庆的工作进展和计量博物馆的建设运行情况,恳请邵氏基金会对计量博物馆的建设给予支持。

翁以登博士感谢量大对邵氏基金会的信任,对双方的良好合作关系表示赞赏。他介绍了基金会的运作情况和资助项目安排,表示会积极协调基金会支持量大发展,深化与学校的合作。他对学校的人才培养和办学特色表现了浓厚兴趣,详细了解了学校的专业设置、研究生培养等情况,并欣然接受学校的邀请,在适当的时间访问量大。

我和邵氏基金会秘书姜廉清先生是老朋友。在港期间,我们交游甚欢,畅叙友情。姜廉清先生是邵逸夫先生的外甥,在邵氏基金会工作多年,我们相识已经十几年。2009年4月,姜先生曾到访量院,当时我担任副校长,分管基建工作,学校正好启动第二个邵氏基金项目——逸夫科研楼的建设工作,此间结下很深的缘分。从那时候开始,每年我都会在杭州接待姜先生和夫人一行,彼此间建立了深厚的个人情谊。

为了推进邵氏基金第三个捐赠项目尽快落地,我一直和姜廉清先生保持密切沟通。当他们邀请我参加2018年度邵逸夫奖颁奖典礼时,我欣然答应。邵逸夫奖按照已故香港影视巨子邵逸夫先生意愿而设,旨在表彰在学术、科学研究或应用上获得突破成果且该成果对人类生活产生深远影响的科学家;共设天文学奖、生命科学与医学奖、数学科学奖3个奖项,每年颁奖一次,每项奖金120万美元。

　　2018年9月26日,邵逸夫奖颁奖典礼在香港会议展览中心举行。香港特区行政长官林郑月娥以主礼嘉宾身份出席典礼,并为3位科学家颁奖。我在颁奖典礼上又见到老朋友——港澳台办原主任丁雨秋女士。丁雨秋女士对量大的发展非常关心和支持,学校争取到的两个邵氏基金项目都离不开她的鼎力相助;我一直心存感激,每次去北京也会专程去看望她。

　　访港期间,我拜会了邵氏基金会主席陈伟文、特别顾问翁以登博士和基金会其他负责人,介绍了学校40周年校庆筹备进展情况和邵逸夫先生铜像落成仪式的有关安排,邀请邵氏基金会负责人参加学校40周年校庆活动,并积极争取邵氏基金新一轮项目的支持。

　　经过多次努力和争取,2019年5月,邵氏基金会又捐赠500万元人民币,支持计量博物馆建设。2019年10月18日,学校举行"逸夫计量博物馆"揭牌仪式。这样,中国计量大学的计量博物馆正式更名为"逸夫计量博物馆"。

　　为了表达对邵逸夫先生的崇高敬意,2018年10月17日,中国计量大学在建校40周年之际,在东校区逸夫科研楼大厅举行了邵逸夫铜像落成仪式。邵逸夫先生报效民族的情怀与大爱无疆的人生境界,将成为量大人心灵深处不朽的精神丰碑!

　　写下上面的文字后,有必要补叙一下量大获得的第一笔邵氏基金的资助——"逸夫图书馆"项目。该项资助金额为400万港元,系邵氏基金赠款第十六批大学捐赠项目。"逸夫图书馆"位于量大环形中心广场核心部位,正对校园大门,是校园的形象工程和地标性建筑。工程总建筑面积30254平方米,建筑总高度为53.3米,建筑层数为地上十二层。主要用于我校的办公、藏书、阅览、研究等用房,可藏书一百万册。

　　同样,"逸夫科研楼"项目也应该在此叙写一笔。"逸夫科研楼"是量大获得的第二个邵氏基金资助的项目,资助金额为500万港元。"逸夫科研楼"位于东校区中轴线上,建筑面积 24696 平方米,地上十二层、地下一层,建筑高度 47米,为东校区标志性建筑。

据说,浙江高校流传过这样的民谣——

"冯校长是个宝,哪所高校都想讨;冯校长就是钱,哪个大学都眼馋。"

熟悉我的同志都知道,我到量大工作后,利用自己的人脉资源和工作能力为学校募集了不少赞助;邵氏基金的 3 个项目只是其中一部分。在这里,我想提及联系一汽集团捐赠给量院大巴车的事情。

2006 年 9 月 29 日,我离开了学习、工作 32 年的浙江大学来到中国计量学院,正式成为量院人。初到这所建校不到 30 年的大学,我发现她的办学特色是鲜明的,给我留下了深刻印象。学校党政领导班子重新分工后,由我分管后勤、保卫、基建等工作。那些日子,为了尽快熟悉环境、开展工作,我马不停蹄地到各学院、各部门走访调研,倾听师生的意见和建议。

当时,量院启用新校区不久,绝大部分教师都住在市区,需要乘坐班车上下班;而学校现有班车大多是租赁的,每年需要支出一笔不菲的费用。如果购买新的班车,无疑会增加学校办学成本……

如何解决这个难题?我想到了我的学生竺延风。当时,竺延风正担任中国第一汽车集团公司集团董事长、总经理和党委副书记。他是我在浙江大学担任辅导员时带过的学生,对我一直非常尊重;同时,我还是他的入党介绍人。

我到中国第一汽车集团公司找到竺延风,他热情地接待了我。我把学校情况向他作了介绍,请他予以支持。他很痛快,当即表态,向量院捐赠一辆大巴车和一辆小型公务用车!

"冯老师,您以后有事不用亲自登门。"他紧紧握着我的手说,"吩咐学生一声就成。涉及的事情,我都会让办公室办妥的。"

2006 年 11 月 17 日,中国第一汽车集团公司向中国计量学院捐赠的仪式在学校体育馆前隆重举行。捐赠仪式由我主持。中国第一汽车集团公司副总经理安德武、孙国武以及我校党委书记姚盛德、党委副书记于永明、副校长蒋家新以及师生代表出席了捐赠仪式。

姚盛德书记代表学校和全体师生,对中国第一汽车集团公司及竺延风总经理对学校的关心和厚爱表示衷心的感谢!他指出,中国计量学院正朝着"将学校建设成为国内知名的教学研究型大学"的奋斗目标而不懈努力;学校的发展既需要全校师生的共同努力,也离不开社会的关心;既需要学校自身实力的提升,也离不开社会各界的大力支持。他表示,中国第一汽车集团公司向学校捐赠汽车是学校莫大的荣幸,学校将永远铭记中国第一汽车集团公司的深情厚谊!

安德武副总经理表示,第一汽车集团公司在企业发展的同时,始终不忘培育英才、支持教育、回报社会。通过此次捐赠活动,第一汽车集团公司和中国计量学院的联系将更加紧密,友谊将更加牢固,公司也十分欢迎中国计量学院的优秀学子能够到"一汽"来施展才华,开创事业!

仪式上,孙国武副总经理向蒋家新副校长提交了汽车钥匙,于永明副书记向安德武副总经理递交了捐赠证书。我校管理学院副院长周立军代表学校师生在捐赠仪式上发言表示感谢。

仪式结束后,量院部分教职工兴致勃勃地坐上了一汽集团公司捐赠给学校的崭新大巴车,环绕校园一周;由于知道是我联系学生竺延风募集的捐赠,纷纷向我竖起大拇指。大家脸上洋溢着欢乐的笑容,通勤生活的一页自此刷新。

之所以提到一汽集团捐赠校车的事情,是想说起自己一桩重要事项的决定。作为一名在高校工作 45 年的教育工作者,我始终认为人才培养是高等教育的首要任务,而人才培养质量的关键在于教师。从我个人的学习和工作经历来说,感触颇深。至今我都还清晰地记得在浙江大学求学时那些给我上过课的老师;毕业留校工作以后,我更是一直谨记教师的初心和使命,倾心教育事业,用心关爱学生。我曾经带过的很多学生后来都走上领导岗位或成为知名的企业家,但他们一直记得我这个老师,非常尊重和感激我。

我知道,一名好老师对学生的影响,是一辈子的;因此我一直在思考,如何激发一线教师的教学热情与教学活力? 如何让一线教师争当教学业务精湛、教学效果突出、关爱学生成长的优秀教师? 如何在全校形成刻苦钻研教学、潜心教书育人的良好教学氛围,促进教育教学质量不断提高? ……

经过深思熟虑,我萌发了在学校设立"奖教金"的念头,并作出了具体实施。2017 年,我个人出资 30 万元在量大设立"仕林发展基金",以作为奖教金的首批资金。6 年来,我经常向我的学生、朋友以及校友宣传推荐"仕林发展基金",鼓励他们慷慨解囊,支持教育事业,支持中国计量大学的人才培养,使"仕林发展基金"不断壮大,目前基金规模已经达到 500 万元。

经过学校党政研究同意,批准设立"仕林卓越教学奖",每两年评选一次,其中"仕林卓越教学特等奖"1 人,奖金 20 万元/人;"仕林卓越教学奖"不超过 3 人,奖金 5 万元/人;"仕林卓越教学提名奖"不超过 6 人,奖金 1 万元/人。目前,"仕林卓越教学奖"已经评选了两届,卢飒、周立军、焦志伟、郭天太、许素安等 5 位教师获得"仕林卓越教学奖",王常斌、刘辉、李孝禄、李惊涛、邹海雷、黄颖宜、潘家荣、沈小燕、蒋进国等 9 位教师获得"仕林卓越教学提名奖"。

因为新冠肺炎疫情的影响,两届"仕林卓越教学奖"评选工作虽已完成,奖金也已发放到教师,但颁奖仪式却一直未能举行,获奖证书也没颁发到教师手中。有些获奖的老师见到我,纷纷对我表示由衷的感谢。

"你们都是好老师,我要感谢你们才是。"我真诚地对他们说,"我设立这个奖教金,也是在向邵逸夫先生学习啊;初衷就是希望你们再接再厉,教出更多优秀的学生来!"

六十八、实现更名夙愿

中国计量学院更名为中国计量大学,是我在量大工作期间经历的一件非常重要的事情。

1985 年,教育部批准将计量专科学校升格为中国计量学院。自那之后,把中国计量学院提升更名为中国计量大学,成为几代计量人的夙愿。因为在中国高教界,相比学院而言,大学普遍体现了更高的办学水平、更大的办学规模和更好的办学质量,也体现了政府与社会的双重认可。

2012 年,学校打算提出更名为"中国计量大学"的申请。

不料,在推荐出省的环节上,有的专家担忧道:"教育部 2004 年就出台过暂行规定的文件,说新设置高校不得以'中国''中华'和'国家'冠名,也不得冠以'华北''华东''东北''西南'等大区以及大区变体的字样。咱们现在提出更名,行得通吗?"

也有专家给出保守的提议:"要是行不通,还是保留'中国计量学院'名称得了。"

更有的专家建议:"要不,就更名叫'浙江计量大学',总行了吧?"

但是,在我们这些做学校党政领导的看来,更名为浙江计量大学,就意味着丢掉了"中国"二字,也就意味着失去了在计量领域高校的全国唯一性,那样的更名是得不偿失的。

因此,在那一年,我们学校最终未能获得推荐出浙江省到教育部参评的机会。

虽然学校在"十二五"规划起始阶段更名大学未能圆梦,但是计量人梦想依旧,不言放弃,更名大学的准备工作一直没有停歇。2015 年,又轮到中东部地区院校调整设置了。对于我们学校来说,又是一次宝贵的机会;能不能在"十二五"收官之年成功更名大学,成为摆在计量人面前的重大事件。在我看来,这是一个很大的挑战,更是一次难得的机遇。

2015 年 7 月,张土乔同志从浙江大学调到中国计量学院任党委书记。他到任后,谦虚地向我征求对中国计量学院发展的建设性意见:"老冯啊,您是'老浙大'了,来计量也有十个年头了吧。我想好好听听您对学校今后发展的想法。"

"好啊,张书记。"我说,"咱俩是老同事,那我也就不客气——竹筒倒豆子了。"

"倒倒倒,"张土乔书记笑着说,"全倒出来。"

我对张土乔书记说了三点建议:一是更名大学,二是博士点申报,三是建设计量博物馆。

确实,我和张土乔书记在浙大共事三十多年,结下了很深的友谊。他也十分重视学校发展面临的几件大事,更名大学就是其中之一。就更名大学工作,张土乔书记后来曾多次征求过我的意见。

我对张土乔书记明确表示:"更名大学的工作,您要坚信'事在人为'。一来我们学校名字中一直有'中国'两个字,和其他新设置的大学不一样;二来在我们更名之前,就有成功的案例。比如'中国科学院研究生院'成功更名为'中国科学院大学'、'河北联合大学'更名为'华北理工大学'……"

"是啊,"张土乔书记说,"我一直相信,事业发展因人而异。"

"我相信,在您的坚强领导下,通过全校上下的共同努力,"我殷切地望着他说,"我们锚定目标、步步为营,一定可以保留住'中国'两个字,并且成功更名!"

在学校推进更名大学的工作中,我们得到了很多领导、有关部门和朋友的帮助,令我终生难忘——

两院院士、全国人大常委会原副委员长路甬祥给予我校很多指导和支持;北京大学原校长林建华也给予了很多支持和帮助;作为学校更名要件之一,为提升学校办学基本条件,我校与桐庐县洽谈合作办学时,时任中共桐庐县委书记毛溪浩对校地合作给予了鼎力支持:双方快速推进洽谈,签署了校地合作协议,快速审批了学校建设规划用地……

为了让全国高等学校设置评议委员会(下面简称高评委)专家们了解我校更名准备情况,《中国高校科技》杂志执行总编马海泉、中国教育电视台党委书记柯春晖、《中国教育报》副社长夏越等朋友为我校联系了多位专家,让我们有机会向专家详细介绍学校建设发展的情况、保留"中国"二字更名大学的重要性、支持更名建设中国计量大学进而更好服务国家战略等重要情况……

浙江省健康工程院董事长、我校客座教授俞树森为我们联系了北京市领导；浙大的杰出校友、时任江西省常务副省长毛伟明；量院的优秀校友，天津计量院陈兴院长都给了我们很多的支持和鼓励……

在更名大学工作进入关键时刻，我的众多好朋友都非常给力。河南省人大和上海复旦大学专家、我的挚友朱旭东董事长，更是利用一切人脉资源为我们联系了部委办局的诸多专家领导……

在更名大学工作推进过程中，学校领导班子成员在张土乔书记带领下，明确分工，动态跟进，稳扎稳打，有力地表现出团结合作的风范。此间校办王政贵主任、陈子良副主任做好统筹协调，安排好领导分工，发动每位现任校领导和退休老领导的力量，让大家拧成一股绳；而张徐兴等同志则仔细做好相关数据、文字汇报材料、论证报告等，基础工作非常扎实；与此同时，宣传部、教务处、发展规划处等部门也参与进来，对更名工作全力支持。

当然，即使如此，在保留"中国"二字的基础上更名为大学，确实是难度很大的事情。

由于其他兄弟学校运作一年多甚至更长的时间，而我们学校正式启动时间晚，对外宣传汇报较少，国内的许多"大咖"级专家居然都不知道中国计量学院。

有的专家说："你们学校是在北京吗?"

有的专家问："你们学校是专升本啊?"

听了我们的介绍，他们才知道我们学校是该领域唯一一所有实力、特色鲜明的本科高校。但是在向专家评委汇报的过程中，部分专家对我校更名为大学能否顺利通过，持有保留意见。

有的专家说："你们要有心理准备，很可能在评议大会上，会针对贵校更名有比较激烈的争议；也就是说，会有'思想交锋'的!"

有的专家说："教育部有文件在先，可能有专家会有不同意见。这是显而易见的!"

面对这些不利信息，我们没有退却，而是想方设法，热情、诚恳和耐心地向有关专家介绍学校情况，让专家们深入了解我校作为全国唯一的计量领域行业高校的特色。专家们听得认真，同时若有所思，显然也被我们的诚意感动着。

事实上，我们学校更名大学除了有保留"中国"二字的特殊性；更名大学本身的竞争，也异常激烈。2015 年，中东部 15 个省、直辖市人民政府申请更名大学的共有 24 所,要采取差额投票,且每所学校得到赞成票数要超过参会高评委人数的三分之二才能获得通过;更名大学名额只有 14 所,要淘汰 10 所,这也反映了这项工作难度极大。

校党委书记张土乔在党委会上说:"同志们,我在这里提个要求,就是大家要全力以赴支持更名工作;班子的工作——人、财、物、权都要保证!"

张土乔书记的表态,给我们联络推进更名大学的"一线"工作增加了巨大动力。我很清晰地记得,2015 年下半年,我和陈剑波、汪俊斐两位老师多次前往北京,拜访领导和专家。最多的时候,我们在一天内拜访了 8 位专家,几乎走遍了北京的东西南北。有一段时间,我们在北京连续出差近 20 天,我笑称自己都成了"驻京办主任"了。在北京期间,还发生了几件有趣的事情,给我们在一线的紧张工作带来了一些快乐和憧憬。

有一天,我们忙完一上午的工作后,来到了西单大厦附近找吃中饭的地方。在"庆丰包子铺"里刚刚坐下,我们一抬头,看到了一个小吃店的招牌,写着"护国寺小吃"。

我说:"这真的太有禅意了,护国、护国,我们在京正在做的事情不就是护住我们校名中的'中国'二字嘛。"

"可不是嘛,冯校。"大家听了,都忍不住笑起来。那天中午,不过是一碗面条、几笼包子和几碟凉菜,大家却感觉味道美极了……

我们住在西单北大街和辟才胡同交叉口的"西西友谊酒店"。从那里到北京东西南北都很方便。2016 年 10 月 16 日中午,我和陈剑波、汪俊斐在房间里商量事情,下午是专家投票出结果,突然两只硕大的喜鹊落在窗沿,一点不怯生地朝我们叽叽喳喳唱着歌,仿佛在报吉祥、报喜乐。

我开心地说:"这两只喜鹊,很像杭州那两只每天来我家觅食的喜鹊……"

"啊?"汪俊斐说,"看来我们学校就要有喜事喽……"

"喜鹊登枝,定有好事。"陈剑波说。

我望着他们俩,知道自己的想法可能是心理暗示,可就是有一种喜悦的预感。我知道自己的预感源于我们那个时候面对更名大学的工作,全校上下是如何勠力同心、团结奋斗,相信天公不负有心人。

回想刚刚过去的那个紧张忙碌的月份,我能不产生那样的预感嘛。

9 月 12 日开始,以原国家教委计划建设司长徐敦潢为组长的教育部高评委专家组一行6人,对我校更名大学工作进行了2天的实地考察。12日下午,学校举行了更名大学汇报会。国家质检总局人事司副司长王晓红,省委教育工委副书记、省教育厅副厅长鲍学军和专家组全体成员出席会议。王晓红副司长代表质检总局向各位专家、领导莅临中国计量学院指导工作表示热烈欢迎。

"质检总局领导非常关心中国计量学院更名大学的工作,专门致函教育部支持更名工作。"王晓红副司长说,"中国计量学院更名为中国计量大学,既是关系学校发展的大事,也是事关质检事业发展的大事。"

校党委书记张土乔代表学校对各位专家、领导的光临表示了热烈的欢迎和诚挚的感谢。他热情地说:"学校领导班子和全校师生把中国计量学院更名大学作为学校建设和发展的大事,全校师生员工以饱满的精神状态和一流的工作业绩迎接专家组的到来!"

专家组组长徐敦潢表示:"此次考察工作的总体要求是'严上加严'。专家组将通过'听、看、查、问'四个环节进行实地考察,并形成考察报告提交教育部高评委。"

专家组观看了学校更名大学工作宣传片,听取了校长林建忠关于《中国计量学院更名为中国计量大学》的报告。在一天半的时间里,专家对学校进行了实地考察,并审查了相关材料。考察结束后,专家组与校领导和相关职能部门主要负责人进行了座谈,充分肯定了我校的办学水平和办学条件,并就学校的建设和发展提出了宝贵建议。

且说我们那晚还在北京的一线。在专家投票的前一天,我彻夜无眠,心情非常复杂:既阳光,又纠结;既煎熬,又期盼;既渴望成功和喜悦,又担心失利和沮丧……现在回想起来,我得承认,是自己全身心地投入了对计量的爱,所以是一种特别希望能够听到成功的喜讯和胜利而归的期盼的心情占了主导地位。

10月16日,100名高评委专家在位于北京大兴区的外研社国际会议中心讨论评议该年度的院校设置,下午进行了正式投票——我们学校获得了87票的赞成票,顺利通过了高评委的评选!

那一天,是中国计量学院更名为中国计量大学最重要的一天!因为高评委是依据《高等教育法》由教育部设立的专家评议机构。通过了高评委的评审,意味着从法理上我们更名大学获得了通过。

那一天,也可以说是计量人"大喜"的日子!当天晚上,北京校友会的校友们摆了一桌庆功酒。那天晚上大家都很开心,漫卷诗书喜欲狂;很多人都喝高兴了。校友们对母校更名成功的喜悦溢于言表,也让我深深感受到了十多万校友的内心喜悦。

等待更名大学批复文件的日子,大家感觉过得特别慢,都在数着日子,期盼红头文件早日下达。终于,喜讯在 2016 年 3 月 1 日传来,教育部正式向浙江省人民政府发函,同意中国计量学院更名为中国计量大学!喜讯在师生和校友们中间迅速广泛传播开来,大家都在传诵学校成功更名为大学的大喜事。

2016 年 4 月 6 日,是量大建校史上的好日子。上午,骤雨初歇,雨后的校园清新洁净,充满了喜庆祥和的气氛。在师生热切期盼的目光中,简单而又隆重的中国计量学院更名中国计量大学揭牌仪式在学校主校区正门口举行。

校党委书记张土乔、校长林建忠带领班子成员共同为中国计量大学揭牌。现场师生共同见证了这一历史性时刻。至此,中国计量大学时代正式开启!学校以更名为契机,将秉承"精思国计、细量民生"的校训,围绕建设"质量强国"战略和培养适应国家质量监督检验检疫行业高素质人才的时代要求,立足浙江,服务全国,面向世界,力争早日建成特色鲜明的高水平教学研究型大学。

一路走来,学校更名大学这件事,可以说是进入 21 世纪以来,量大发展历程中遇到的第一件里程碑意义的事件。回眸那个时候、那个过程,我们都可谓是背负着千钧重负,直面千难万难,克服千辛万苦,想尽千方百计,不惜千里迢迢,道尽千言万语,尝尽千磨百折,终于在千变万化的环境之下,兑现了千金一诺,迎来了千呼万唤的中国计量大学!

在学校成功更名的过程中,因为我发挥了一些作用,得到了大家的许多赞许,令我感动而又难忘。不过我始终认为,学校成功更名大学,是集体智慧的成果和共同努力的结晶,我只是在其中尽了绵薄之力。在整个更名工作中,学校党委决策果断,发挥集体作用,一线工作给力,后盾支持有力。

令人感到庆幸的是,后来,教育部在 2020 年 8 月发文,正式规定高校设置,校名中不得冠以"中华""中国""国家""国际"等代表中国及世界级的惯用字样。因此,也可以说我们学校是抓住了更名大学的最后机遇,从而实现了几代计量人的心愿。

六十九、怀念力贞大姐

在党史学习教育中,我读罢刘志丹烈士投笔从戎、百折不挠、奋勇杀敌、英勇牺牲的革命事迹和传奇故事后,不禁掩卷沉思,有一个人从记忆深处走来。她就是西北革命先烈刘志丹之女、陕西省人大常委会原副主任,光彩夺目、和蔼可亲的刘力贞大姐。

和力贞大姐相识,是通过她的丈夫《陕西日报》原总编辑张光大哥的朋友、我的亲戚吴再桥表弟引见的。初次相遇,是在西安朱雀路干休所一间朴素的客厅;正面墙上,悬挂着刘志丹烈士的戎装遗像。英姿勃发的志丹将军,穿着黄埔军校时期的军服。这是力贞大姐最喜欢的一张老照片。

"你看,我爸爸那时候多年轻,多英俊威武!"

言谈之中,力贞大姐流露出对父亲深深的敬爱,那是远远超越子女对父辈的一种升华了的感情。

"我爸爸那时候……"这几乎成了力贞大姐和我们交谈的口头禅。她鼻梁高高的,很健谈,笑起来很像她的父亲,眉宇之间透着和蔼与英气。大姐家陈设简单、简朴,沙发和餐桌都使用多年。餐桌上有一个透明罩子,剩饭剩菜都罩在里面,看来肯定要留到下顿再吃。那个透明罩子有过多次洗涤的痕迹,看得出来已经有些年头了。

自认识以后,我同力贞大姐和张光大哥时有接触,建立了深厚友谊,后来又见过两次面。每次见面,大姐与张光大哥都是牵手相迎,深谈不舍。当时,他们已是 80 多岁高龄,小聚时喜欢清静,总嘱咐我们少点菜:

"我们年龄大了,吃得清淡;不要浪费,要光盘行动哦。"

他们平时在家里不喝酒,我去了,也喝一点红酒。

老两口重情重义,话题多以西北地区党的历史和南梁红色革命根据地的创建与发展为主,让我深受教育,受益匪浅。有时候,我也向他们汇报学校的建设和发展情况,如着手建设计量博物馆、申报博士点等。力贞大姐非常关注。她勉励我认真为党的教育事业多做贡献,不时向我进行询问,并提出她的看法和建议。

"一所大学没有博士点,总是一个缺憾。"她说,"小老弟你做的工作很有意义,必须努力坚持;一切成就都是奋斗出来的。"

从力贞大姐的话中,我深深体会到了她的平易近人和敬业奉献精神。如今可以告慰大姐的是,中国计量学院更名大学终于成功,中国计量大学博物馆已经建好,博士点也拿下来了。

张光大哥出生于陕西临潼,不到15岁就参加革命。其实,他本名叫王鹏飞,当年为了参加革命,父亲改姓李、叔父改姓赵,自己则姓张。直到儿子这辈,才改回了王姓。1943年,张光的父亲到陕甘宁边区工作,他也被接到边区上学,4年后在延安走上记者岗位,曾长期在新华社工作,后回到老家担任《陕西日报》总编辑,1993年离职休养。

"岳父名声很大,也很受群众爱戴。"张光曾经这样向我回忆道,"因为他打地主老财,让百姓吃上饭、有了田,自己却和红军战士一样过艰苦的生活。"

在张光看来,人民和革命事业在刘志丹的心中有着至高无上的地位,即便在遭受失败、冤屈时,这两者仍是他心中最重的砝码。

刘志丹是中国工农红军的高级将领,忠诚的共产主义战士,杰出的无产阶级革命家、军事家。1927年大革命失败后,刘志丹奔走陕甘各地组织起义暴动,成为西北红军和西北革命根据地的主要创建者之一。其间,他身经百战,经历了各种各样的失败、挫折,死里逃生,率领的部队在重重围剿中屡屡被打散,却又一次次发展壮大。在刘志丹、谢子长、习仲勋等老一辈革命家的正确领导下,西北革命根据地不断发展壮大,在20多个县建立起红色政权。这块根据地既为党中央和中央红军提供了长征的落脚点,也成为中国共产党领导抗日战争和解放战争的出发地,为中国革命实现历史性转折做出了巨大贡献。1936年3月,刘志丹率红28军参加东征战役,4月14日在山西中阳县三交镇战斗中英勇牺牲,年仅33岁。为纪念他,中共中央决定将保安县改为志丹县。毛泽东、周恩来等中央领导,对刘志丹给予了极高的评价。毛泽东赞誉刘志丹是"群众领袖、民族英雄";而周恩来为刘志丹的题词是:"上下五千年,英雄万万千,人民的英雄,要数刘志丹"。

"他虽然没有留给我们任何的物质财富,但给我们留下了无限的精神财富:

这就是不屈不挠的革命精神和宽广无私的坦荡胸怀。"力贞大姐在回忆父亲的文章中写道,"他使我懂得人生的价值在于奉献,而不在于索取。他毫无保留地把自己的一切奉献给了我们的人民和无产阶级的壮丽事业。"

力贞大姐对于革命前辈,对于父亲的老战友,怀有深厚情谊。提起谢子长、习仲勋、马文瑞、王世泰等当年同父亲刘志丹一同在南梁山区战斗过的老革命,她都亲切地称为叔叔,言谈之中充满了感情。

她曾深情地向我回忆说,当年国民党反动民团抄了他们芦子沟老家,是习仲勋叔叔精心安排,把她们母子安全接到南梁苏区。她还幸福地回忆起母亲同桂荣在豹子川的窑洞里给习仲勋、马文瑞等做剁荞面吃的有趣往事。她在回忆往事时,那天真幸福的神情令人深受感动。

力贞大姐深情地说:"母亲同桂荣是当时为数不多的几名女红军之一,红军指战员都亲切地称她为'刘嫂子',晚辈则称她为'刘妈妈'。'刘妈妈'对红军战士十分关爱,亲自带着边区的妇女们为红军战士做干粮、纳军鞋、缝军服、做军被。"

力贞大姐对于工作,永远都是认真负责的。组织分配干什么就安心干好什么。她原本是学西医的,上世纪 70 年代,毛主席号召中西医结合,需要中医人才;组织派她去学习进修,她就跟随一位老中医悉心钻研中医,成了一名很不错的中医大夫。后来,组织安排她到陕西省人大担任领导工作,她又从头学起,深入调查研究,努力学习做群众工作,全心全意为人民履行职责,设身处地替群众排难解忧。

力贞大姐离休之后,大量的精力放在了调查研究西北地区党史上,宣传刘志丹将军和老一辈革命家的丰功伟绩。她和张光大哥一起,不顾年迈多病,撰写了大量的调查文章,实事求是地填补了不少研究空白,也努力澄清了一些历史的争议问题。

2014 年 11 月 3 日,力贞大姐在西安逝世。非常遗憾的是,我当时受省委组织部委派参加新昌县党的群众路线教育实践活动,在督导组担任组长,正值总结阶段,没能参加大姐逝世的告别仪式,我为她的逝世深感痛心,内心无比沉痛。力贞大姐逝世后,诸多党和国家领导人发来唁电或送来花圈表示悼念。受习仲勋夫人齐心委托,习远平到家中吊唁并出席遗体告别仪式。

力贞大姐是优秀的中国共产党员,忠诚的共产主义战士,1929 年 11 月生于陕西保安(今志丹县),1946 年 5 月加入中国共产党,1947 年 3 月参加工作,历任西北野战军第四后方医院文书、西北运粮总站组织科科员、延安大学校部秘书、西安市医学科学研究所所长、陕西省中医药研究院附属医院院长、陕西省人大常委会副主任等职。1993 年 4 月离休。她四岁时被敌人抄家,自幼随母亲在红军队伍中熏陶成长。1936 年春,刘志丹同志东渡黄河牺牲后,她在党中央和老一辈革命家的关怀下,度过了少年时代,后长期从事中西医结合工作,曾发表多篇医学论文,在医学研究、救死扶伤等方面作出了积极贡献。到陕西省人大工作的十多年间,她以加强社会主义民主法治建设为己任,为教育科学文化卫生体育等方面地方立法、监督做了大量工作。离休后,她担任陕北建设委员会顾问及陕西省老区建设促进会会长,积极开展党史研究,为加快老区建设、弘扬延安精神辗转奔波、忘我工作。

力贞大姐的一生,是革命的一生,战斗的一生,全心全意为人民服务的一生。她曾说,"只要心是热的,脚步就是稳的"。在她的生命历程中,始终澎湃着"只要祖国需要,我必全力以赴"的爱国之情,践行着"振兴中华,乃我辈之责"的报国之志,在人们心中树立起一座巍然屹立的精神丰碑。力贞大姐赓续了刘志丹烈士"为救国救民我可以献出一切"的精神血脉,把个人前途命运与国家、民族的前途命运紧密相连,把个体奋斗融入实现中国梦的时代洪流中,不断超越自我、升华自我,写下了俯仰无愧的人生篇章。她心底无私,顾全大局,勤恳工作,忠于党和人民的精神与价值追求,值得我们永远学习。

2015 年 10 月我专程到西安拜访了张光大哥,哲人驾鹤西去,昔日温馨的家庭变得冷清寂寞,张光大哥一下苍老了许多。张光大哥专门送了一套四本《刘志丹纪念文集》给我留作纪念。每每想起这感人的情景更加深了我对力贞大姐、张光大哥的思念之情。刘力贞大姐虽然永远地离开了我们,但她公而忘私、努力拼搏、百折不挠的精神和谆谆教诲更使我信心百倍、鼓舞斗志,为党的教育事业不忘初心、砥砺前行。她永远活在我们的心中。

七十、断桥边那小楼

1975年9月,我被浙江大学化工系录取后,母亲也为我感到无比光荣和自豪。她写了一封信给在浙江省计经委做领导的同学李赛子阿姨,字里行间表达了她们的情谊和对我的殷切希望,同时拜托李阿姨多多关照我。通过李阿姨,我认识了一位老革命——省人事局副局长丁魁梅,我叫她丁妈妈。丁妈妈住所离李阿姨家不远,是在西湖断桥边北山路上一所两层楼的小洋楼。我陪李阿姨在西湖边散步时,时常会去看望丁妈妈。时间一长,我从她们的交谈中,听到了许多丁妈妈的先生——刘英烈士的革命经历和英勇事迹……

夜静书为友,春深笔吐花

1905年11月26日,刘英出生于江西瑞金的一个农民家庭,原名刘声沐,化名林远志、可夫、爱群等。他自幼家境贫寒,9岁起入小学读书,学习刻苦,成绩优秀,且志向远大,曾在故居墙壁上写下"夜静书为友,春深笔吐花"的诗句,这正是他以书为友、勤奋好学的真实写照。刘英还喜欢绘画、武术和体操,曾为本族祠堂画过八幅壁画,幅幅栩栩如生。17岁小学毕业后,因家贫休学,他在家务农,但从未停止过学习。因品学兼优乡里尽知,18岁时先后被家乡松山小学、性定小学请去任教,有机会阅读到进步报刊《新青年》,接受新思想,以科学、民主理念教育学生。少时打下的文化基础,铺就了他后来的成长之路。

幼时不知路,今日上坦途。赤心献革命,决然无返顾

1929年3月,中国工农红军第四军在毛泽东、朱德率领下,在福建长汀取得长岭寨大捷。刘声沐即奔赴长汀,报名参加红军,改名为刘英,并立下"幼时不知路,今日上坦途。赤心献革命,决然无返顾"的誓言。刘英参加红四军后,因为有文化,在军部先后担任会计、供给部出纳股长等职。同年9月,他加入中国共产党。入党后,刘英在《备忘录》中写道:

"我加入了共产党,做了共产党员,是如何的引以为光荣呀! 从此,我的一切直至生命都交给党去了。"

某天,刘英在宿营地写家信,碰巧被路过的毛主席看见。毛主席见他字迹工整、秀逸,文笔也不错,就和他聊了起来。临走时,毛主席问刘英愿不愿意到军部搞文书工作,他答应了。不久,刘英就被调去军部当了文书,在毛泽东、朱德等党和红军领导人的亲切教导下工作、学习与战斗,进步很快。

1930 年 10 月,蒋介石调集 10 万多兵力对中央革命根据地发动第一次"围剿"。刘英主动要求离开机关,下到一线部队参加战斗。毛主席十分欣赏刘英的决心和勇气,同意了他的要求。在党组织和军队首长的关心培养下,在革命战争烽火中,他经历了五次反"围剿"战争的考验,先后担任过连指导员、营政委、团政治部主任、团政委、师政委,跟随毛泽东、朱德转战于赣南、闽西。

我能舍弃一切,但是不能舍弃党、舍弃阶级、舍弃革命事业

1934 年 12 月,在谭家桥战役中,身为政治部主任的刘英率一个团的兵力组织突围。战斗中,刘英的右前臂被开花弹打穿,腕骨粉碎性骨折,桡动脉破裂,出血不止。由于部队药品奇缺,没有麻醉药品可用,刘英以坚强的意志忍受剧痛,完成了手术。由于创伤组织受损严重,刘英右手有功能障碍,无法写字和使用筷子。为了坚持工作,他以惊人的毅力学会了用左手写字和用枪。他在《备忘录》中写道:

"一切难于忍受的生活,我都能忍受下去,这些都不能丝毫动摇我的决心;相反的,更加磨炼我的意志。我能舍弃一切,但是不能舍弃党、舍弃阶级、舍弃革命事业。我有一天生活,我就应该为它们工作一天!"

当红军危难之际,刘英与粟裕以北上抗日先遣队最后突围出来的 500 人为基础,组建了中国工农红军挺进师。他伤未痊愈,就率部与数倍于己的敌人多次顽强斗争,并取得入浙关键一仗的胜利,打开进入浙西南开辟根据地的通道,创建浙西南、浙南、浙东游击根据地,坚持了三年游击战争。此间,他历任红军挺进师政委、中共闽浙边临时省委书记、省军区政委、国民革命军闽浙边抗日游击总队政委、中共浙江临时省委书记。

1938 年 9 月,浙江临时省委转为正式省委。刘英任省委书记,统一领导党在浙江的工作,并成立了统战部,亲自兼任统战部部长。刘英与以黄绍竑为省

长的国民党浙江省政府建立了上层统战关系,促进了抗日进步力量的发展。1938年夏,刘英指示筹建的台湾义勇队以浙江为主要活动基地,活跃于东南各省,为祖国抗战胜利作出了不可磨灭的贡献。

抛开一切动摇,准备一切牺牲,集中一切力量,
一切的一切都应该服从于革命与战争

1939年7月21日,中共浙江省第一次代表大会召开,选举刘英任浙江省委书记和浙江省出席党的七大的正式代表。会后因国民党反共高潮到来,刘英在率代表团去延安路上,经安徽皖南泾县新四军军部和中央东南局时接中共中央发来电报,大意是:时局发生逆转,浙江的主要领导干部不能离开浙江,要坚持斗争,并指明刘英留在浙江。

当时,刘英离开中央独立开展斗争已经五年整,这期间他无时无刻不在盼望着能回到党中央怀抱,聆听党的领导人的亲切教诲。但是党中央的命令他毅然接受,并给爱人丁魁梅写了一封信。信中说:"魁梅战友,我们要'抛开一切动摇,准备一切牺牲,集中一切力量,一切的一切都应该服从于革命与战争'。"

他这种愿意为革命事业牺牲一切的精神,让我深受感动,永远值得我们学习与铭记。

十年征尘到如今,偷生弹雨息枪林。战死沙场堪自乐,囹圄室内何我兮

1941年1月,国民党顽固派制造了震惊中外的"皖南事变",浙江形势也日趋恶化。1941年5月,党中央任命刘英为中共华中局委员;7月,又任命他为华中局特派员,负责指挥闽浙赣三地区工作。不料,1942年2月8日,由于叛徒出卖,刘英在温州被捕。

刘英被捕后,丁魁梅立即烧掉了党的秘密文件和联络印章,及时向浙江各地中共特委发出"刘英被捕"的密信,并在地下党护送下转移到上海。

当时,日军已经侵占杭州,国民党省政府迁至永康方岩,刘英被关押在那里。

刘英被捕后,国民党顽固派要员欣喜若狂,称"逮住刘英一人,胜过俘敌十万"。他们妄图从刘英身上找到突破口,将浙江地下党组织一网打尽。

刘英在狱中大义凛然,坚贞不屈,鼓励狱友,英勇斗争,表现了共产党人的

崇高气节。面对劝降的叛徒,他严词怒斥:

"滚开,你有什么脸皮来见我?我刘英平生最恨的就是你们这些没骨气的叛徒!"

国民党中统局电示浙江省,誓要"以最大力量,以生死利害关系,反复说明,争取刘英"。国民党中央特派员也专程从重庆赶来"劝降"。刘英虽受尽折磨,回答总是一句话:

"我的情况均在档案里,再没有什么东西可说了。"

不仅如此,刘英还在狱中教育争取了两名看守,帮助他传递消息。在狱中,他留下一首绝笔诗:

> 十年征尘到如今,
>
> 偷生弹雨息枪林。
>
> 战死沙场堪自乐,
>
> 图圄室内何我分。

1942 年 5 月 17 日,蒋介石自重庆发来急电饬速处决刘英。第二天黎明前,敌人谎称转狱,在小路上,趁刘英不注意,从背后开枪杀害了刘英。

刘英是第九位为革命壮烈牺牲的浙江省委书记,时年 37 岁。

为人民牺牲,人民就会永远纪念他

对于为中华民族解放事业英勇奋斗、流血牺牲的千百万革命烈士和先辈们,中国共产党不会忘记,中华民族不会忘记,共和国更不会忘记。新中国一成立,首都北京天安门广场就树立了人民英雄纪念碑,毛主席等党和国家领导人参加奠基并亲笔题字。

1959 年 8 月,毛主席在浙江金华召开县委书记座谈会时,对永康县委书记马蕴生说:

"你们永康还有个刘英,牺牲时还很年轻嘛!为人民牺牲,人民就会永远纪念他的嘛!"

1932 年刘英任红一军团红十五军第四十四师政委时,红一军团政委是聂荣臻元帅,也是刘英的老首长。聂荣臻元帅亲笔为刘英烈士陵园题字。粟裕一同为刘英墓碑题字。每年清明节,广大干部群众都到陵园敬祭刘英烈士,并为共同安葬在陵园的几百位永康籍烈士与牺牲在永康的烈士们扫墓。2003 年 6 月

12 日,时任浙江省委书记的习近平同志在视察永康时,专程祭扫了刘英烈士陵园。

缘分有时候就是如此妙不可言

2018 年底,中国计量大学与温州市泰顺县司前畲族镇台边村开展对口扶贫工作。我代表学校结对帮扶组第一次去司前镇,便受到泰顺县副县长雷子亮和司前镇党委书记林伟的热情接待。在听取司前镇基本情况汇报后,我了解到台边村是红军挺进师打响第一枪的地方;当时挺进师与国民党反动派浴血奋战的师长是粟裕,而政委正是丁妈妈的丈夫——刘英烈士!

从此,我与泰顺县司前镇结下了不解之缘。

我全身心地投入了对口扶贫工作,曾先后 16 次到司前镇帮扶。我们和县委、县政府及镇党委、政府班子认真筹划,探索对策,以抓铁有痕的务实措施,终于使"司前畲族自治镇"成为"全国脱贫攻坚先进集体",受到习近平总书记的表彰。与此同时,我和对外联络处陈子良处长、贾岳嵩副处长及学校派出的驻村指导员陈倩倩、陆勇军一起,采取各种举措和办法,筹款 400 多万元,在当地建立了"红色文化主题公园"。

如今,每当我路过西湖,看见湖面涟漪荡漾、游船往来,看见断桥边绿荫匝地、游人如织,我都会不由自主地望向北山街那座小楼。历经时世沧桑的小楼静静地矗立在断桥边,我知道 1986 年以前,丁妈妈还健康地生活在那里。在走向天国与她的丈夫刘英相会前,四季虽然在交替,我去看望丁妈妈的步履却不会变,时常向她汇报我的工作与思想进步。现在,每当我走近那座小楼,看见春风拂过窗帘、夏雨敲打黛瓦、秋霜凝结粉墙、冬雪覆盖庭园,我便知道,刘英烈士和我的丁妈妈也在天上关注着我们。作为一对令人敬仰的模范革命夫妻,他们襟怀中伟大的英雄主义气概、革命的乐观主义精神、公而忘私的高尚情操和高贵品质,将会激励着我在人生旅途中走好每一步,并永远不迷航。

七十一、打造红色公园

且说 2018 年底,中国计量大学委托我带队到温州市泰顺县司前畲族自治镇"结对帮扶"。

我率领中国计量大学帮扶组第一次到司前镇去,并不知道会与我丁妈妈的丈夫——刘英烈士在那片热土上相遇。当时,县委常委、副县长雷子亮和镇党委书记林伟热情接待了我们。在听取司前镇基本情况汇报后,我了解到台(潭)边村是红军挺进师打响第一枪的地方;而当时挺进师的师长是粟裕,政委正是刘英!

我内心当即萌生了一个想法——在司前镇台边村建设一座"红色文化主题公园",以此纪念英雄先烈,传承革命传统,开展红色爱国主义教育;同时,也借以表达对丁妈妈的崇仰与报恩之心。鉴于 2021 年是中国共产党成立 100 周年,在与县、镇领导进行充分的沟通交流后,我们统一了思想认识,下定决心在台边村建设一个红色文化主题公园。

我的创意得到了学校党委张土乔书记、宋明顺校长的支持和泰顺县委和司前镇党委的赞同。主题公园的规划设计由我校艺传学院吴烨老师设计,经过学校校长办公会议讨论和县委宣传部、镇党委讨论修改定案。司前镇很快进行了土地规划,同时邀请了中国美术学院杨奇瑞教授为刘英烈士设计雕像。学校帮扶干部陆勇军时常来到泰顺县史志办、中国工农红军挺进师纪念馆、刘英纪念馆等查阅相关资料,并调动学校师生资源,积极在互联网、图书数据库中寻找那段感人事迹;经过不懈努力,一条条珍贵的历史记忆重现在人们眼前。

2020 年的金秋十月,"红色文化主题公园"正式奠基。2021 年初,我再次来到司前镇台边村,实地查看"红色文化主题公园"建设进展情况。在县、镇、村三级干部的陪同下,我察看了司前镇"红色文化主题公园"的建设。显然,当地领导非常重视。公园的停车场、卫生间、道路绿化,特别是刘英铜像基座、红军战士浴血奋战的塑像基础已经构建完毕;公园整体建设初型已成,进度令人欣慰。

第二天,在司前镇蓝镇长和包副镇长陪同下,我到文成珊溪镇瞻仰刘英纪念馆。刘英纪念馆就在镇旁的山顶上。纪念馆三面环山,面向楠溪江,鸟瞰整个珊溪镇,可谓风水宝地。从山腰停车场拾阶而上,共 36 级,象征着刘英书记 36 年的革命经历。纪念馆不大,巍然屹立,青松拱卫,白云缭绕。

泰顺县和司前镇的领导一边陪我瞻仰纪念馆,一边向我介绍刘英和粟裕等老一辈革命家的英勇事迹——

1935 年,中共在闽浙边成立临时省委,对加强闽浙边根据地的统一领导、有效组织反"围剿"斗争起到了积极作用,有力推动了红军挺进师在浙西南一带展开革命活动。

1935 年 1 月,刘英、粟裕将军带领红军进入浙江开展游击战争,开辟了浙西南游击根据地。1935 年 3 月,红军挺进师进入浙江后,初步确定以景宁上标为中心创建革命根据地。

为熟悉地情和寻找战机,当年 4 月 19 日,红军挺进师从景宁上标出发,连夜急行军 60 余公里;20 日进入泰顺县境,在今司前镇台(潭)边村突然发现了国民党军队。

侦察排和前卫部队马上发起进攻。经过半个小时的激烈战斗,红军指战员歼灭国民党基干连近一半兵力,余敌仓皇逃入附近深山,次日在叶山被俘缴械。

"台(潭)边村遭遇战"是红军挺进师进入温州地区的第一次战斗。此战打出了军威,扩大了红军在泰顺的影响,对当时浙西南地区革命斗争起到了积极的鼓舞作用。那以后,红军挺进师以顽强的革命意志、大无畏的革命精神,完成了党中央所交代的光荣任务,推动了浙南与浙江革命形势的发展。

……

我一边听着,一边在心里默记下来。我想,几年后我要在自己的书中记下"台(潭)边村遭遇战"的过程,记下参观刘英烈士纪念馆的情景,记下红军挺进师顽强的革命意志和大无畏的革命精神。

2021 年 6 月 26 日,"潭边战斗"红色主题公园正式建成。落成仪式在浙江省泰顺县司前畲族镇台边村隆重举行。泰顺县政协党组书记、主席卢嫱,泰顺县副县长程义和县部门代表、乡贤泰商、司前镇村干部、中国计量大学相关部门负责人等 200 多人见证了公园的落成仪式。

红色主题公园位于司前畲族镇台边村南入口,公园总占地面积 4558 平方米,项目总投资 400 万元。该公园以中国工农红军挺进师转战浙西南为线索,以刘英烈士雕塑为核心,建有红军挺进师战斗场景群雕塑、党员宣誓墙、红色文化长廊等。刘英烈士雕塑像高 2.4 米,铸铜制作,立体生动,高耸挺立,身着戎装,右手附后,左手执书卷,一个智慧、英勇、坚贞又充满浪漫情怀的刘英,就这样穿过时空向我们走来。

刘英烈士的雕塑由我国知名的雕塑艺术家中国美术学院杨奇瑞教授负责设计制作。他曾负责设计制作文成县珊溪镇刘英纪念馆内的刘英烈士雕塑。再塑烈士雕像,他更加成竹在胸,满怀敬仰。

红色公园里的"打响第一枪"群雕,更是栩栩如生。群雕中,指挥官举枪招手,英勇冲杀;战士们姿态各异,有的瞄准敌人射击,有的投掷手榴弹,真实再现了当时的战斗场景。

在整体设计布局方面,红色公园突出红色文化基色,运用红旗、五角星、党徽、地雕等红色元素展现红色历史,发挥了红色品牌效应,打造了多样化空间,形成了一个具有文化支撑、精神引领及教育意义的富有变化的红色文化主题公园。

红色文化主题公园建成了。我为刘英烈士与众多为新中国成立、人民福祉而奉献牺牲的先烈们做了一件实事,也了却了我对敬爱的丁妈妈的一桩心事。因为她离开西湖断桥边北山路那所两层洋楼后,又来到我力倡和建造的这座红色文化主题公园,与自己的丈夫刘英烈士相聚了。刘英和粟裕等老一辈革命家在丽水和温州地区留下的光辉战斗足迹,曾经让她梦绕魂牵;他们缔造的伟大的"浙西南革命精神",曾经在她口中无数次讲述。如今,我敬爱的丁妈妈终于可以和她的丈夫刘英以及他们的战友一起,在这座红色文化主题公园里欣慰地看着前来瞻仰的后人砥砺前行,像他们当年那样不惧风浪,奋楫在中华民族伟大复兴的新征程中。

七十二、帮扶泰顺司前

2021年2月25日,是中华民族"民亦劳止,汔可小康"千年夙愿终于梦圆的辉煌时刻。这一天,习近平总书记向全世界庄严宣告:我国脱贫攻坚战取得了全面胜利! 不忘初心、牢记使命的中国共产党,团结带领全国各族人民攻克了一个又一个贫中之贫、坚中之坚,脱贫攻坚的阳光照耀到每一个角落,脱贫地区处处呈现山乡巨变、山河锦绣的时代画卷。

请瞩目于温州市泰顺县司前畲族自治镇台边村吧,您会看见整洁的村容村貌,看见规划整齐的特色农产品猕猴桃、百香果种植基地,看见村民在蜂蜜专业合作社学习养蜂技术,看见节假日游客在这里的民宿中漫步、品尝特色餐饮……这就是实现脱贫奔小康后台边村的日常景象。

台边村这样的日常景象,来之不易!

泰顺县司前畲族自治镇位于浙江省温州市西南部,是全省18个少数民族乡(镇)之一。2017年,镇总人口1.9万人,其中少数民族人口2966人,生产总值5.83亿元,农村常住居民人均可支配收入16950元,仅为全省平均水平的67.9%,是浙江省经济欠发达乡镇。但是,该镇历史文化悠久,民族风情浓郁,生态资源丰富,生态环境优美。

台边村位于泰顺县司前畲族自治镇西北面,全村共有498户1380人,总面积6699亩,主要农作物有葡萄、猕猴桃、百香果、油茶、茶叶等,工业主要为竹木加工。台边村人文底蕴深厚,圆州古村落是泰顺县第一批历史文化保护区;同时,该村也是革命老区,第二次国内革命战争时期,中国工农红军挺进师主力部队进入温州地区,就是在台边村打响的第一枪。

我省结对帮扶工作制度,是习近平总书记在浙江工作期间亲自谋划、亲自部署的一项重要制度。2018年,根据省委《关于做好新一轮扶贫结对帮扶工作的通知》和《关于做好省级扶贫结对帮扶驻村工作组选派和管理工作的通知》精神,中国计量大学结对帮扶司前畲族自治镇,重点帮扶司前镇台边村。

学校对扶贫结对帮扶工作高度重视,视为重要的政治任务,对标、对表总书记、党中央的决策部署和省委的工作要求,决定由校领导挂帅、相关处室积极联动、二级党委响应支持、师生团队积极参与;挂帅的学校领导便是我。

"又要辛苦您了,老冯。"学校党委书记张土乔同志对我说,"每次总给您加担子,心里很过意不去。"

"我是'老骥伏枥,志在千里'。"我说,"您要是让我窝在哪里享清福,我还真不适应。"

张土乔书记也是我在浙大工作时就熟悉的老同事、老朋友了。他对我的信任,代表了中国计量大学党委的信任。我必须对得起他的信任。

作为结对帮扶工作的领导者和组织者,在近五年的结对帮扶工作中,我先后 14 次奔赴泰顺司前,进行实地调研,制定帮扶方案,推进六大帮扶措施落地生根。学校对外联络处汪俊斐、陈子良、贾岳嵩三位同志,工作认真踏实,做事抓铁有痕;他们先后多次陪同我到司前镇走访调研,指导工作,为对口帮扶做出了很大贡献。所以,扶贫工作每项成绩的取得,都离不开学校里那"一条条"承上启下的"纽带",离不开结对帮扶干部的辛勤付出和无私奉献。他们在工作中做到目标清、路径明、措施硬,为加快畲乡绿色高质量发展、助力乡村振兴、打造新时代最美畲族风情小镇,提供了强有力的智力支持和物质保障。

回首来路,方知道走出了多远;亲历奋斗,才明白付出的意义。现在写下这篇文章,是因为我永远无法忘记在司前镇结对帮扶的日子;驻足回眸,那些在乡村振兴的探索征程中留下的或深或浅的脚印,再度浮现眼前。

我曾多次深入贫困户家庭,进行慰问关心;我熟知哪户"残疾"、哪户"因病"或"因学"致贫……每到一户,我都会与帮扶对象一对一交谈,关切地询问他们的身体健康情况、家庭收入情况及生活中遇到的困难;深入房前屋后、田间地头实地查看,了解他们的生产和生活实际情况,并协调各方面资源落实帮扶措施。

圆满完成学校党委交给我带队的脱贫攻坚任务后,我也对帮扶工作的心得体会作过一番梳理,认为其中最重要的一点,便是脱贫致富和乡村振兴工作既需要兜底保障,更需要依靠产业带动和提升百姓的"造血功能"。

司前镇生态环境良好,蜜粉源植物种类众多,是养蜂宝地。生命科学学院李红亮教授长期从事蜂学研究,2019 年夏天作为学校首批科技服务团专家来到司前镇。在合作社里,李红亮和同事们经常一待就是一整天,手把手地传授技术给当地村民,帮助他们解决蜂产品质量和标准难题。蜂农邓世斌加入了百花蜂蜜孵化园项目后,现在已经成养蜂能手,一年下来能增收一万多元。在他们的指导和培训下,司前镇完成了百花蜂蜜合作社提升改造,创建了国家级三产融合精准扶贫示范区。至 2019 年 11 月,首批 30 户低收入农户依靠蜜蜂养殖顺利实现脱贫增收。

我带到司前镇的量大专家,不只是李红亮教授,还有茶学专家韩宝瑜教授和土壤营养与虫害防治专家林欣大教授。韩老师为村民提供茶叶种植、病虫害绿色防治等方面的技术指导,助力茶叶产量、质量双提升;林老师与当地农户结对子,帮助解决猕猴桃掉叶、百香果结果率低、杨梅甜度低等问题,助力甜蜜产业增产增收;我量大的生物专业团队,更是组成"葡宝特工队",走访当地葡萄种植基地,为果农传授种植技术和产品销售建议,并与泰顺县科技局、司前镇积极对接,联合申报省科技厅 2021 年 26 县绿色发展专项科技需求项目等。

在专家们的指导下,司前镇完成了百花蜂蜜合作社提升改造,成功创建国家级三产融合精准扶贫示范区;形成了从蜜蜂养殖、蜂蜜生产到产品储存的一系列标准规范,建立了绿色生态观光产业规程;首批 30 家低收入农户依靠蜜蜂养殖销售顺利实现增产增收。由于专家的协助,当地建成 700 亩培育葡萄、百香果等特色农产品基地,引进落地首台(套)竹材技术装备应用项目,首期投入 7500 万元,带动就业人员 400 余人。

我还让学校联合司前镇举办乡村振兴专题人才培训班,先后有 100 余名种植业、养殖业、竹木加工业等产业领域的农民技术人员接受了培训。通过农村科技政策宣贯、专业技能培训、乡村振兴示范村现场观摩等多种培训形式,学校对技术人员从政策上进行引导,从技术上进行培训,在示范中进行实践,从而全方位地提升乡土人才的综合技能,有效推动了当地产业发展。其中,驻村指导员陈倩倩开展电商网上带货活动,被评为浙江省高校"优秀共产党员"和省教育系统"最美志愿者"。

在帮扶工作过程中,我还协调浙江省生态环境厅大力支持司前镇申报河流综合治理项目,总投资 3500 余万元。今后,我们还将对乡村振兴任务全面梳理,着力激活经济社会发展的内生动力,朝着共同富裕的目标稳步前行。

在近五年的结对帮扶工作中,我深深体会到党建引领、上下联动、凝心聚力抓落实是保障,帮扶精准、措施得当、集聚优势显特色是核心,拓宽渠道、多管齐下、消费帮扶助增收是关键。扶贫要扶精气神，只有让贫困户真正从精神上站立起来，才能激发其内生动力，产生强大的脱贫动力。

每次去司前镇，我都会带着团队深入细致地做好群众思想工作，鼓励群众靠自己辛勤劳动实现脱贫，靠自己的努力改变命运。我们宣传党和国家的方针与惠农强农政策，与党员、群众交心谈心，让党和政府的政策深入民心，家喻户晓。

"群众的事就是大事，老百姓满意了，我们才满意；老百姓幸福了，我们才幸福。"我对帮扶团队的干部和老师说，"只要老百姓能过上好日子，我们再苦再累也值得。"

"可是帮扶这种事情，"有的同志思想有顾虑，说，"我们做得再多、再好，自己也不能说自己做得有多好啊。"

"所谓'赤子其人，寸心如丹'。"我说，"我们做的事情好不好，要从老百姓的脸上去寻找答案。"

在结对帮扶的战场上，我们量大的驻村干部把对脚下土地、身边人民的热爱，对肩上责任、心中信念的执着书写在泰顺大地上，铭刻在老百姓心间。在结对帮扶的日子里，我们经常是栉风沐雨，风雨兼程，斗罢艰险，再启新程……

在这里，有必要晒一晒我们中国计量大学结对帮扶泰顺司前镇台边村的成绩单——

相较于 2017 年，司前镇实现地区生产总值增长 35.51%，农村常住居民人均可支配收入增长 43.36%，镇本级财政收入增长 5.22 倍。2021 年，台边村集体经济增幅位列全镇第一，泰顺县省级帮扶单位结对村增幅第一。2021 年 2 月，司前镇荣获全国脱贫攻坚先进集体，是浙江省唯一获此荣誉的乡镇。

中国计量大学与温州市泰顺县司前畲族自治镇台边村结对帮扶案例《教育助力产业振兴，打造畲乡共富样板》入选教育部乡村振兴结对帮扶优秀案例；同时，结对帮扶事迹入选浙江省教育厅《2022 年教育助力乡村振兴典型案例》、浙江省发改委《山区 26 县高质量发展典型案例》。教育部报中小、国小的《教育要情》、新华网、光明网、中国教育电视台、《浙江日报》等均对量大的帮扶工作进行了报道。

风起云涌诗难颂，波澜壮阔唱大风。我相信，脱贫攻坚为中华大地留下的不只是一个个物阜民丰的家园，还有一座座内涵丰富的精神富矿，有待于后人长期开掘与思考。

七十三、联盟创建未来

　　现在,我要写下一篇不仅对于中国计量大学发展重要,而且对于一座城市发展同等重要的文章,那就是关于创建校企联盟,来作为全书的压卷之作。

　　先说一桩在中国计量大学发展历程中的重要事件。

　　2019 年 12 月 15 日,"中国计量大学校友企业(创业)联盟"成立大会正式举行。大会由中国计量大学与钱塘新区管委会联合主办,中国计量大学校友总会和量大"国家大学科技园"联合承办。

　　单看主办与承办阵容,相信人们立刻便会掂量出这桩事情的重要程度。中国计量大学是国家市场监督管理总局与浙江省人民政府合办的省级重点高校;钱塘新区管委会是杭州市进行行政区划重大调整后设立的新区,后来直接称为杭州市钱塘区。由这两家厅局级单位联合主办一个"联盟成立大会",相信在召开过 G20 和即将召开亚运会的"人间天堂"杭州市,也并不多见。

　　让我们来看看联盟成立大会盛况。当天上午,280 余位中国计量大学的校友企业代表从全国各地重返母校,济济一堂,共襄盛会。我校校长宋明顺、副校长金尚忠和钱塘新区管委会副主任王永芳出席大会,先后发表重要讲话。大会选举量大 85 级校友、杭州诚智天扬科技有限公司董事长戴寅寅为理事长;为更好地专心服务联盟企业,"联盟"下设专职秘书处,并设立秘书长、副秘书长等专职工作人员。

　　当大会向与会者宣读理事长与正副秘书长人选时,全场掌声雷动。因为联盟机构建立健全的正式程度表明,"中国计量大学校友企业(创业)联盟"来头不小,势头正健,未来可期。

　　联盟的成立,自然受到广大校友的热切关注。不消说,大会前期,量大已为校友企业家和创业校友建立了微信群,加群成员已达 400 余人;收到在官微和计量校友微信公众号发布的 H5 邀请函后,校友们的反响更是热烈,纷纷留言——

"学校资源相互助力,造福校友,点赞!"

"'创业小白'感觉这个联盟好有用!"

"联盟就是抱团,团结就是力量,力量决定未来!"

……

位于杭州市中心武林广场上的"杭州剧院"上方巨大的户外显示屏上,从大会当日下午5:40开始,就在滚动播放祝贺"联盟"成立的信息内容,遥寄校友一份份祝福。

说完"中国计量大学校友企业(创业)联盟"成立这个重要事件,再来说说我对成立该联盟的理论思考与认识。

在我看来,一座城市发展校友经济,必须要有校友企业家组织作为实体,这是一个非常基础的条件。因为校友毕业后分散在四面八方,只有把大家组合起来,才能形成相互影响、相互促进的力量。在量大校友当中,企业家和创业者众多,应该把企业家校友和创业者校友这个群体组织起来,加强与母校的沟通,积极利用母校的人才资源优势,与母校抱团取暖、抱团发展、抱团幸福,大家才能从梦想开始的地方远航。

所以,2019年我从学校战略发展的高度动议成立校企联盟,初衷就是为了联系和团结更多的校友企业家,为广大校友企业家搭建"校友与母校、校友与校友"之间沟通、交流和共谋发展的平台,让广大校友企业家通过这个平台传递信息、联络感情、相互帮助;同时,也要让联盟成为母校联系社会的桥梁,为学校的人才引进、科技交流、技术创新、成果转化、学生就业、服务社会等方面发挥重要作用。

关于校友企业(创业)联盟,我认为发展的战略思路应该是:校友企业应该互信互惠、资源共享,从小合作开始,到深度与全面合作,实现校友企业产业集群化,最大程度惠及校友企业,最终为学校事业发展添光添彩、为行业创新树立标杆、为城市经济与社会事业发展提供原动力。

我们这代人都记得革命导师列宁的一句话,叫做"没有革命的理论,便没有革命的行动"。当业已66岁的我从战略层面思考成熟后,自2019年开始,便领导与推动着"校友企业(创业)联盟"筹备工作的快速推进。

我们相继召开了校友企业家座谈会、校友企业(创业)联盟筹备工作推进会、校友企业(创业)联盟成立预备会等一系列会议,制作完成了H5邀请函,以定向邀请和报名参加相结合的方式诚请加盟者；与此同时，我们还走访校友企业和创业校友，组织各学院发动校友参加。

"亲爱的校友们，你们是学校的宝贵资源和财富。"我在各种会议和走访中，对广大校友说，"学校应该依托校友企业（创业）联盟，全方位地凝聚校友资源，并同校友开展更深入、更广泛的合作，来推动学校和城市的转型与发展！"

我的讲话在校友企业和校友创业者那里引发了强烈反响。大家热情高涨，也坚定了我推动"校友企业（创业）联盟"成立的决心。

事实也正说明，"中国计量大学校友企业（创业）联盟"选举戴寅寅担任理事长是正确的，秘书处的正、副秘书长是称职的。因为"联盟"在2019年成立后，就在戴寅寅理事长的带领下，对中国计量大学和钱塘区经济与社会事业的发展给予了多方有力支持。

我们永远不会忘记，"联盟"成立当月，便给母校量大带来意想不到的巨大温暖。因为新冠肺炎疫情忽然发生！殊为可贵的是，"联盟"心系母校，积极募集物资，捐款捐物，助力母校同心"战疫"。这不仅是作为企业家校友们的拳拳学子心、依依母校情的真情流露，更是全体量大人坚定信心、坚决打赢疫情防控阻击战的信心彰显！

三年疫情处处考验着"联盟"，"联盟"也时时给校友企业和校友创业者带来力量。在广大校友企业家和创业校友的热情参与下，"联盟"秉承"团结、服务、发展"的宗旨，不断加强母校与校友的联系，促进校友之间的交流，深化学校与校友企业之间的合作，在推动学校人才培养、科学研究、社会服务和文化传承等诸多领域都发挥了积极的作用——

"联盟"利用新媒体展示会员企业风采，开展参观走访校友企业活动，组织参加学校校友企业专场招聘会，协办第一届中国计量大学校友创业大赛；

"联盟"开展"走进企业"系列互访活动，走访联盟企业与联盟之外的知名企业，学习他们经营管理的先进经验；

"联盟"推出微信群、公众号，及时共享信息，积淀联盟文化，传递正能量，把联盟打造成一个团结、进取、人文的幸福之家；

"联盟"通过各种培训讲座、课程学习、沙龙互动等方式，让更多校友能够传承和发扬母校文化，让"量大精神"带领广大企业家校友聚集能量，散发光热；

"联盟"通过产业、就业、教育、健康等多方面助力学校结对帮扶活动，担负

企业责任,撒播企业爱心;

"联盟"积极寻求对口合作,主动对接学校、企业、科研院所,结合量大优势,搭建"校企研协同创新机制",推动产学研项目转化落地;

"联盟"搭建融合政府、金融、文化、科研、高校、企业于一体的"智库"平台,引导联盟成员在数字经济、人工智能、大数据、云计算、智慧城市、新材料、新能源等方面的创新创智发展:

"联盟"不断壮大队伍,吸纳更多的校友企业家加入联盟,扩大朋友圈,集众智,聚众力,让联盟扬帆远航;

……

在戴寅寅理事长的倡导下,联盟还准备搭建"共享协作"平台,帮助联盟企业对接发改、工信、税务、环保等政府职能部门,切实解决联盟成员的实际困难和需求,精准划分职能。总之,"联盟"致力于服务企业家校友、推动校友企业间交流合作,已经形成了显著的产学研向心力和协同效益,营造了良好的创新创业氛围与机制环境,实现了校企共赢发展。

前面我已经提及"联盟"协办了第一届中国计量大学校友创业大赛。这个大赛是在"联盟"成立大会举行的时候同时启动的,因此值得在此特别书写一笔——

2019 年 12 月,在杭州市副市长柯吉欣、钱塘区党委书记金承涛等领导的大力支持和关心下,钱塘新区管委会和中国计量大学联合启动了"钱塘筑梦校友归巢"中国计量大学"首届全球校友创新创业大赛"暨"杭州钱塘新区 NQI 创新创业大赛"。

大赛围绕钱塘新区重点产业发展方向,经过项目征集、遴选和初审,最终有 10 个海内外校友项目入围决赛。赛事既有声势,又重实效,吸引了广大校友和社会各界人士的积极参与,得到学校、校友、企业、投资机构和地方政府的广泛关注和大力支持,表明一个汇聚大量创新科技、创业人才和公共资源的生态圈正在孕育和生成。

2020 年 7 月,在杭州钱塘新区国际创博中心,中国计量大学"首届全球校友创新创业大赛"暨"杭州钱塘新区 NQI 创新创业大赛"决赛举行。大赛的成功举办,营造了浓厚的创新创业氛围,吸引更多优秀人才、技术、项目和资本落地钱塘新区,为地方经济高质量发展注入更多的创新活力。

新冠疫情尚未完全消退,但是"联盟"深知时不我待,已经开始向社会发力!

2021年7月,在"联盟"助力和推动下,中国计量大学(钱塘区)校友产业园(以下简称"量大产业园")开园仪式,在钱塘区"大创小镇"举行!这是钱塘区设立后第二个亮相的校友产业园。"量大产业园"位于浙江省海外留学人员创业园区内,由中国计量大学、杭州钱塘区、校友投资机构"量友创投"三方共建,致力于打造全国首个以质量基础设施建设(简称NQI)为特色的校友经济产业园。

2021年10月,校友企业(创业)联盟的计量检测认证行业委员会又宣告成立! 计量检测认证行业委员会的成立,翻开了"联盟"发展和更好服务校友新的篇章,为校友进一步秉承和发挥量大的计量检测认证等特色优势、更好地对接学校与行业特色优势资源搭建了良好平台。联盟行业委员会的平台,集聚了更多行业优势人才和特色校友企业,实现行业与校友优势互补、信息与资源共享,促进"产学研用"深度合作,推动校友和母校互利共赢……

就在"联盟"势头正猛时,我提议召开"校友企业(创业)联盟建设与发展"座谈会。因为我深深懂得,一个好的组织要想行稳致远,必须善于发现问题隐忧,从战略高度谋划未来,而且必须谋而后动。

会上,中国计量大学经济与管理学院的曾宇容副教授结合课题组前期调研与思考,详细介绍了《中国计量大学校友企业(创业)联盟调研项目建议书》,深入剖析了联盟建设和运行中存在的问题,并就"联盟"今后的发展提出了具体建议——

从联盟近年来的发展看,校友们融入城市发展的热情持续高涨,众多校友携带技术、资金、项目、人才、企业团组甚至产业链条齐聚杭州,反哺母校、回报城市,成为钱塘区招商引智新的突破口和生力军;

随着"城市+母校+校友"同心圆涟漪的层层扩散,未来会有更多资金、更多项目投向前沿新兴产业,区、校发展目标将达到高度契合,校友经济对助力经济转型发展、服务国家中心城市建设必将产生积极深远的影响。

从政、校、企合作来看,中国计量大学和校友企业(创业)联盟充分发挥特色优势,推动各种创新要素高端聚集、高度聚集、高速聚集,推进产学研深度融合,共同打造充满活力、更具竞争力的创新生态链。

从产业领域来看,符合杭州市打造生态之城、宜居之城、建设"美丽中国—

浙江样板"的愿景。

从签约主体来看,许多签约项目由开发区、校方、校友企业,包括投资基金充分参与共建,真正体现了政、产、学、研深度融合,突出了"产业园区＋企业＋资本＋成果"的产业发展特色。

从投资企业来看,既有上市公司和大型外地民营企业,也有本土的实力派企业,为加快校地融合发展增添了新元素,为企业间合作提供了大平台。

……

许多企业家和专家学者在"联盟建设与发展会"上发表了很有建设性的看法。我在会上作了一番讲话。

"校友们,同志们,"我说,"'联盟'要实现高质量和可持续发展,必须以更大的勇气,不断提升联盟吸引力和凝聚力;必须以更加主动的姿态积极推动校企合作;必须以更加有效的措施为校友企业服务;必须以更坚实的步伐推动企业稳中求进。因为办好中国计量大学,推动社会前行,是全体'量大人'的共同事业。"

我所讲的"四个必须",引起了与会校友企业家和校友创业者的高度认同,被报以热烈掌声。当然,与会者并不完全知道,还有不到一年时间,我决心退出现有岗位、辞去诸多职务,告别我深深热爱的中国计量大学和诸位校友企业家、校友创业者和诸位同事与朋友;因为我已经年届古稀,必须考虑把事业的担子和未来的发展交给年富力强的"量大人"。提议戴寅寅同志担"联盟"理事长,即是我着眼未来的众多考量之一。自我 2013 年 9 月到达退休年龄,又承蒙省委组织部和量大党政领导竭诚挽留,我又为学校退而不休地工作了 10 年。我们敬爱的党组织给了我最好的工作平台,让我此生为高校和社会发展倾注了青春与年富力强的最宝贵时光……

想到这里,我望着出席"联盟建设与发展会"的校友企业家、校友创业者和专家学者们,动情地说:

"真诚希望校友企业家能返校分享自己创业经历和人生感悟,支持学校的人才培养大计;真诚希望有资源、有热心的校友积极支持经济困难的学生完成学业和改善学校条件;更期盼校友企业家们将前沿的学科动态、产业发展信息和先进的管理经验等及时反馈母校,以提升学校科研水平,促进学校和社会事业的发展!"

大家再次对我的讲话报以热烈的掌声,时间之长让我泪目。因为那一刻,我觉得大家不仅敬重和珍惜我,而且理解和懂得我……

　　人生之旅,与党同步,与国同行,于己无憾,于人无愧,至此足矣。

七十四、先生未曾离去

2014年1月7日,这是一个天地同悲、草木皆泣的日子,邵逸夫先生在家中溘然长逝,走完了他秉持爱国情怀、投身报国事业的一生,走完了他广施善行、泽被后世的一生!

习近平总书记在唁电中表示:邵逸夫先生一生热爱国家,关心民祉,慷慨捐赠,惠及多方。其爱国之情,其为国之志,人们将铭记在心。

犹记得惊闻噩耗时,我悲痛万分、泪水模糊了双眼,心情沉重至极!因恩师张浚生老书记常陪同陪香港实业界人士来浙江开展交流与捐赠活动,我有幸于1987年4月16日第一次与先生在浙江大学相识。在今后几十年的工作中,我又在多个场合目睹先生风采,聆听先生教诲。我深深仰慕先生品格之高贵,钦佩先生思想之深邃,感怀先生风骨之无双。

"爵士功德垂青史,无疆大爱共瞩目。"先生仙逝已9年了。每次经过或走进先生捐赠的医院、图书馆、教学楼、博物馆、学术交流中心……每每回忆与先生相遇的一幕幕场景,我的心里总是涌现出一句话:先生从未曾离去。

每个人心中都有一座"逸夫楼"

在祖国建造一所技术一流、管理一流、设施一流、服务一流的公立医院,是邵先生的"医疗梦"。浙江大学医学院附属邵逸夫医院是邵逸夫先生在内地捐赠的项目中,唯一一家与政府、大学共建的公立医院。1994年5月开业运行。医院现有庆春、钱塘、双菱、新疆阿拉尔四个院区,在建大运河院区、绍兴院区将于2024年开张。

2023年8月8日,我在这所医院做了一个心脏房颤和早搏射频消融手术。在蔡秀军院长、黄昕书记的亲自关心下,手术由目前全省消融手术最好的专家蒋晨阳主任和他的团队负责。从8日上午全面检查,到下午3时进行手术,5时手术即告成功,有赖蒋晨阳主任高超的医术和他的团队的精心护理,有赖医院先进的条件和一流的服务，我没有感到任何不适，并于第二天下午顺利出院。

这是我人生最大的一个微创手术！在准备出院的那一刻，我站在房间窗口凭栏遐想，望着医院郁郁葱葱的绿植，望着医生护士洁净的洁白衣衫，思绪不禁飘回到这所医院奠基的那天。尽管时间已过去34年之久，但热烈隆重的场景依然历历在目……

那是1989年10月31日的上午，当天秋高气爽、天气晴好，邵逸夫医院奠基工地彩旗飘扬、贵客云集。在浙江医科大学后勤职工专门搭建的主席台上，"邵逸夫第一医院奠基典礼"11个醒目大字映入眼帘！

上午9时许，鞭炮齐鸣、锣鼓喧天，贵宾们入场了！年轻漂亮、高雅端庄的邵方逸华女士从精致的小包中拿出一叠红包，分给在场的民工和工作人员。这是香港的规矩，讨个彩头。在奠基典礼上，时任浙江省省长沈祖伦同志和邵先生代表邵方逸华女士为奠基石揭开红绸并培土。时任卫生部部长陈敏章发来电报表示祝贺。

参加典礼的贵宾还有香港中文大学逸夫书院校董会主席马临教授、美国罗马琳达大学董事会董事长代表卡尔文·洛克博士和罗马琳达大学代表方则鹏博士、新华社香港分社副社长张浚生、上海市政府顾问李储文、香港上海总会会长王剑伟、富春公司总经理陈藩、《大公报》副总编辑陈彬、文汇公司总经理张晓影等，浙江省出席的省、市领导有刘亦夫、陈安羽、厉矞华、李德葆、李朝龙等。中顾委委员铁瑛也出席了奠基典礼。

作为浙江省重点工程，省政府专门成立了医院筹建工作领导小组。受邵逸夫先生、省政府委托，医院基建和落成后的管理由美国罗马琳达大学、浙江医科大学具体实施。开诊五年内，美方罗马琳达大学将派遣一定数量的医生、护士、技术人员及管理人员来院工作，提供先进的管理经验和高水准的医疗技术。五年后由浙医大独家管理。

时至今日，浙江大学医学院附属邵逸夫医院已成为国内外知名的现代化综合医院！但在当时的历史背景下，这所医院能够奠基实为不易！因复杂的时代原因，香港的反华势力非常猖獗，他们百般阻止香港实业界人士对内地的支持和捐赠。但先生排除一切干扰，慷慨解囊支持内地的建设，一生捐款超百亿，全部用来兴建与教育有关的学校和医疗项目。

"每个人心中都有一座逸夫楼"，这句话道出了无数人内心的心声，道出了先生胸怀祖国、义无反顾的伟大情操，更道出了先生胸怀大爱、兼济天下的崇高人格！

教育是一个国家最好的投资

先生一生对教育事业尤为关切。1937 年，先生在香港设立邵逸夫基金会，自 1985 年起邵逸夫基金会与教育部合作，每年向内地提供巨额教育捐款，建造邵逸夫图书馆、教学楼、艺术楼、学术交流中心等。

先生给予教育的不仅仅是财富的支持，还有他对教育的前瞻思考，进而赋予教育更加深刻而全面的内涵。先生强调，"国家振兴靠人才，人才培养靠教育，培养人才是民族根本利益的要求"。先生指出，"很高兴看到国家的教育水平近年来不断提高，更多人有机会接受教育。中国要继续发展下去，就必须把教育搞好"。

我在浙江大学学习工作了 32 年，先后任浙江大学化工系政治辅导员、分团委书记、学校组织部组织科正科级主任科员，之后调任学校保卫部担任副部长、部长，派出所副所长、所长等职。1998 年四校合并，我担任四校合并后的浙江大学保卫部部长、综合治理委员会副主任。几十年里，我有幸见证了先生与浙江大学的密切合作，也多次亲耳聆听先生在参加浙江大学活动时的现场讲话，让我得以对先生饱含智慧的教育理念有更加深刻的体会。

——在浙江大学逸夫体育馆落成仪式上，先生身着一身朴素的西装亲临现场。致辞中，先生用富有哲理的语言，强调了体育在教育中不可或缺的作用，"体育馆不仅仅是一个锻炼身体的场所，更是一个培养团队合作和毅力的熔炉"。

——在浙江大学逸夫艺术馆落成仪式上，先生对艺术馆里的展品表现出了浓厚的兴趣。与师生亲切交流中，他深刻指出，"艺术馆不仅是艺术品的陈列窗，更是文化和创新思维的交汇点"。

——在浙江大学医学院附属邵逸夫医院落成仪式上，先生深情说道，"一个人的身体健康是教育成功的基石，我希望逸夫医院能在培养医学人才的同时，也能为社会健康贡献力量"。

在先生教育理念的指引下，浙江大学邵逸夫科学馆建设了多个跨学科的研究和交流平台，以便让不同学科的学者和学生能够在此相互交流和合作，大大加强了浙江大学在科学研究和人文交流方面的综合实力；邵逸夫医院不仅提供先进的医疗设备和一流的医护人员，更加注重医学教育和研究，将医疗服务与高等教育有机结合！

先生曾有一句经典名言，"教育是一个国家最好的投资"。正因如此，我们看到的每一座"逸夫楼"都不仅仅是一栋满足于功能使用的物理建筑，而是一幢蕴含教育情怀，追求身体与精神相协调、科学与人文相统一、研究与应用相支撑的空间标志。"逸夫楼"已成为一个多维度的教育平台，不仅为使用者提供先进的体育设施、科研设备、技术条件，更为使用者提供了一个彼此交流、相互鼓励、追求卓越的梦想舞台！

一座座"逸夫楼"已成为中国万千学子成长过程中不可磨灭的共同记忆，多少学子在"逸夫楼"里强身健体、潜心学习、探究未知。成就这一切的，正是先生对教育的深刻理解和毫无保留的支持，这也成为我持续坚定关注和投入教育事业的信念来源！

对先生最好的纪念

2006 年 9 月，我调任中国计量学院任副校长。到校后，我首先到学校逸夫图书馆调研。静谧敞亮的图书馆里，学生们正自由享受着阅读和学习，阵阵书香气息扑鼻而来，浓厚的学习氛围让人沉醉。这里不仅是知识的海洋，更是精神的灯塔！

后来我了解到，中国计量大学的建设和发展与邵逸夫基金会亦有不解之缘！2003 年、2011 年，基金会向学校图书馆和科技楼项目共捐献 900 万港币。2019 年，在基金会主席陈伟文先生和方氏姐妹的关心与支持下，基金会又捐赠 500 万元人民币，用于学校计量博物馆建造。2001 年、2015 年，我亲自筹建申请"逸夫科技大楼""逸夫博物馆"，两大项目也都得到了邵逸夫基金会的鼎力支持！

"落其实者思其树，饮其流者怀其源。"作为先生和邵逸夫基金会的受益者、见证者，我们无比感激先生的善举。1994 年 5 月 2 日，浙江大学授予邵逸夫先生名誉博士，时任浙江大学校长潘云鹤院士为他佩戴校徽，授予证书。在中国计量大学逸夫图书馆大厅，立着刻有先生头像的玻雕立屏，长 5 米，高 2.3 米，上有邵老的头像和简介，背景为一棵桃树，上面共结了 101 颗桃子，象征"桃李天下,益寿延年"与硕果累累。2018 年中国计量大学建校 40 周年之际,学校在逸夫科技楼敬立先生铜像,以铭记先生的事迹、学习先生精神,激励当代、教育后人!

我们敬仰,先生一生从未停止对教育的身心投入,也用一生践行教育的崇高使命。先生为教育事业留下的不朽遗产,在于深刻揭示教育对个体的作用、对社会的作用、对国家的作用,在于前瞻洞察办好教育之真谛、目的、方法。他的教育思维在全球范围产出了深远的影响。

我们敬佩,邵逸夫基金会对教育事业的严谨认真和远大愿景。基金会始终以极大的热情和高度的责任感参与每个项目的建造,从选址到设计,从奠基到落成。基金会给予我们的,不仅是资金和资源,更是一种态度和力量,让我们更加自信地走在追求卓越教育的道路上。

我们深知,对先生一生贡献最好的纪念,不在于立屏塑像,而在于始终抱有一颗纯粹而执着的心,传承先生的崇高精神和教育理念,以实际行动和坚定信念投身教育工作,尽自己最大努力,推动教育事业迈上新台阶。

先生以其顽强勇毅的品格、厚德载物的情操,艰苦卓绝、潇洒自如地走完了他 107 岁的人生之旅。先生之丰功伟绩,彪炳史册,世代传颂!我愿追随你的脚步,踏上那艰难道路,扛起那沉重的使命,我愿追随你的脚步,用一生书写大丈夫,这是量大人共同的心声。

行文到此,我心里头那句话再次涌现了出来:先生从未曾离去,他永远活在我们心中!

附：

老骥伏枥守初心，勤耕不辍担使命

新思想开辟新时代，新时代凝聚新使命。今年是新中国成立 70 周年，也是中国共产党建党 98 周年。98 年来，中国共产党带领中国人民、创造了让世界惊叹的"中国奇迹"。我们作为共产党员，要认真学习习近平新时代中国特色社会主义思想，学习习近平总书记关于"不忘初心、牢记使命"的重要论述精神，学习党章党规党纪，切实加强思想政治建设，不忘初心，牢记使命，担当作为。接下来，我结合自身经历谈谈如何做一名合格的共产党员。

一、坚守初心使命，争做干事创业的开路先锋

根据主题教育"守初心、担使命，找差距、抓落实"的总要求，我们首先要明确，入党的初心是什么？为什么入党？

不同的历史时期都有不同的时代特征和不同的时代使命。一个人的成长过程是学习接受党的教育的过程。正所谓"有多大担当才能干多大事业，尽多大责任才会有多大成就"。所以，党的十九大向全党提出"牢记使命"这一要求的时候，其实是对中国共产党人的担当精神与担当本领提出了要求。习近平总书记在学习贯彻党的十九大精神研讨班开班式上的重要讲话中指出："以时不我待只争朝夕的精神投入工作，开创新时代中国特色社会主义事业新局面"，更是对新时代中国共产党人应该具备什么样的担当提出要求、发出号召、指明方向。

一个人的成长与家庭教育和社会大背景的影响密切相关。我从小在医生家庭长大，父母救死扶伤、医德为善，从小耳濡目染，受儒家仁、义、礼、智、信的思想影响深刻。我少时酷爱读书，遇到了一位好的语文老师，他介绍我学习了四大名著、《岳飞传》、《野火春风斗古城》、《苦斗》等优秀书籍。50 年前，我刚满 17 岁，因为对军营的向往，我强烈要求参军，把参加人民解放军当一名光荣的士兵看作神圣的荣誉和骄傲，"人才自古要养成，放使干霄战风雨"。当时条件虽

然艰苦,但我们内心单纯,保卫祖国志向远大。六年的军营生活是艰苦的,也是丰富多彩的,当时战士文化比较低,连队有数理化教员。我们这一代人是沐浴毛泽东思想阳光雨露成长起来的,我们的思想政治教育都是毛主席的著作,人人都能背诵"老三篇",毛泽东思想为我们指明方向,因此可以说我们这一代人的人生导师是毛泽东和老一辈的无产阶级革命家们。我们参加了严格的军事训练,练习队列、擒拿格斗、射击、投弹、刺杀,还有野营训练长距离行军、军事实弹演习、战技术训练、打坑道、修工事,每年帮助当地老百姓双抢和秋收。虽然辛苦但一个个斗志昂扬、军歌嘹亮。军营中老前辈、老英雄的言传身教,军区韩先楚、皮定均两位司令,亲自为我们讲党史、军史、社会发展史。邀请老前辈、老贫农忆苦思甜,不忘阶级苦,牢记血泪仇,激励斗志,明确我是谁,为了谁,为谁当兵,为谁打仗,树立远大的共产主义理想,坚定党的信念,明确党指挥枪的道理。听党的指挥,服从命令,能打胜仗。为人民服务是我军的神圣使命和唯一宗旨。大熔炉的锻炼和考验,让我学会了吃苦耐劳,学会了服从上级命令,学会了何为担当,从中学到部队,爱党爱国、保卫边防,苦练杀敌本领。保卫祖国海防是新的使命。

1969 年 6 月我光荣地加入了共产主义青年团,给自己定更高目标——早日加入中国共产党。1971 年,我担任班长,并光荣地加入了中国共产党。从此我更加严于律己,以一个共产党员的标准严格要求自己,无论是抗台救灾,还是抗洪抢险,我都能见危险就上、见困难就上,从不犹豫。1974 年 4 月,在探亲回家时见到落水的儿童,我二话不说跳入水中,把落水儿童救起,事后知道是我小学同班同学的儿子。他们很感动要写信给部队对我表彰,我婉言拒绝了。我用实际行动认真履行党员的职责,两次被评为五好战士,两次获营团嘉奖,考核评上特等射手、投弹能手等称号。1975 年初我光荣退伍,从部队到工厂,我又一次经历了大转折,当时县里新建一座化肥厂,我积极参加工厂的筹建,与工人师傅打成一片,从他们身上学习到了纯朴踏实、不怕艰难、不畏艰险的品质和优良作风。由于表现突出受到全厂职工的一致好评。

军队的岁月是难忘的。然而,天下没有不散的筵席,离开军营后,我努力学习,终于在四十几年前,有幸踏进浙江大学校门进入化工系,在那里学习、工作的 32 年间,我为国家的四个现代化建设努力学习科学文化知识,为建设祖国的伟大事业贡献我一份微薄的力量。所以,成为一名合格的共产党员,不是自己

"说"出来的,更不是自己"喊"出来的,而是靠自己"干"出来、"拼"出来的,是靠"高素质"和"先进性"来体现的。我们共产党员作为先进分子,就应该对自己高标准、严要求,成为全社会的先锋和表率。

由于大学阶段我表现突出,毕业后我留校担任政治辅导员,工作又赋予了我一种新的使命,立德树人,以人为本,德育为先。细细数来,我带过的学生中有8个学生已经成为省部级干部,为祖国建设添砖加瓦。如何当好政治辅导员?要用心、用情安心本职工作,提升自身的能力和素质,为适应工作需要,我选修"心理学""社会哲学和思考""人文美学鉴赏""德育概论"等课程,1980年被评为浙大新长征突击手。

调到组织部工作后,我坚持用人标准,实事求是地评判每一个干部。推荐干部和建立后备干部人才库是我的职责所在。之后我服从学校调动,到保卫部门担任领导干部22年,为学校教学科研保驾护航,保一方平安,保证师生员工有一个平安祥和的生活和学习环境。

在保卫部门工作22年间,我公正执法,依法办事,弘扬正气,打击校园歪风邪气,配合上级公检司打击了"东北帮""温州帮""校园夜袭队""求是村十三太保",扫黑除恶,得到了师生员工一致好评。在工作过程中,我收获了一系列荣誉,两次荣获三等功,2005年浙大首次进行实名制推荐,我被评为校级优秀共产党员。学校多次被省、市公安政法系统评为先进集体,我个人也受到了省委省政府颁发的荣誉奖状,成为维护国家安全的先进个人。

二、坚守初心使命,争做无愧于新时代的合格共产党员

2006年9月,因工作需要,我调到中国计量学院任副校长,负责主管安全保卫、基础建设、校友总会、后勤保障、计量博物馆筹建等工作。其间完成了两个邵逸夫项目共计1000万元的基建,设立了仕林奖教金500万元,完成了学校东区建设,保证规划、设计、环评、施工、进度、安全和质量等工作,完成了计量博物馆的建设,弘扬优秀民族文化,为学校建立了爱国主义社会实践基地。党的多年教育告诉我,必须在自己的岗位上发挥模范作用,这是做一名合格党员的现实要求。我们党员要在自己的工作和生活中做到"党员行为"到位。

一是要敢于担当,根据具体的岗位职责,正确把握"职业标准"和"党员标准",出色完成工作任务。二是要身先士卒,在同事和同行中,起到模范带头作用,成为

业务骨干、行家里手、行业先锋,成为广大师生和人民群众的"带头人"。三是要无私奉献,不计较个人得失,要有功成不必在我、功成必定有我的精神和境界。

记得 2015 年 8 月,在党委的统一领导下,班子成员为更名"中国计量大学","千方百计""千里迢迢""千辛万苦""九牛拉车""个个用力",在北京的一个多月时间里,张土乔书记亲自指挥我们驻京小组,早出晚归、废寝忘食,为了向专家介绍我们学校,有时早上 6 点出发,晚上 8 点才吃晚饭,靠的是信念、真诚、实事求是介绍学校的情况。2016 年 3 月正式更名成功,这是集体的智慧和力量成就了我们的事业。

三、坚守初心使命,争做信仰坚定、对党忠诚的践行者

作为党员领导干部,理想信念坚定是第一标准。大家时刻要有一种紧迫感,要认真学习党章党规,学习习近平新时代中国特色社会主义思想和习近平总书记重要论述精神,当前世界风云变幻,贸易战、香港问题,我们一定要警惕西方敌对势力"亡我之心不死"。颠覆与反颠覆、渗透与反渗透的斗争是长期的,有时甚至是激烈的。

香港问题,一是司法体制,二是教育缺失,两者导致行为的缺失和极端。因此,要切实加强思想政治建设,注重理想信念和宗旨观念教育,切实增强"四个意识",坚定"四个自信",做到"两个维护"。把党员干部的政治思想觉悟升华到坚定信念、对党忠诚、为民服务、廉洁自律上来,不忘初心、牢记使命,增强政治意识,始终与党中央保持高度一致;积极引导学校教职员工和广大学子强化大局意识,知道哪些事可以做,哪些事不可以做,通过主题教育,着力打造一支对党绝对忠诚、综合素质高、专业能力强、勇于担当作为、甘于吃苦奉献的党员和干部队伍,保持党的先进性和纯洁性,增强党的凝聚力和战斗力。

四、坚守初心使命,争做为党育人、为国育才的攀登者

作为中国计量大学的一分子,我见证了学校的跨越式发展,这是全体师生在坚持贯彻和落实党的教育方针和政策下取得的办学成绩。学校要取得长远发展,第一必须坚持办学的正确政治方向,要坚持以本为本,践行"四个回归",学习最新教学理念,将教书和育人更好结合。第二要加大教育投入,深化教育教学改革,老师能真正把一门课讲好,让学生学有所思、学有所获、学有所悟、学

有所成,全校职工各司其职,做好自己的本职工作。第三要加强教育督导评估,尤其要重视对毕业生的评估,扩大学校的知名度和影响力。

近日教育部发布的《关于深化本科教育教学改革全面提高人才培养质量的意见》提到,未来高校要提升学业挑战度,增加学生阅读量和体育锻炼时间并纳入考核,还将严把考试和毕业出口关,坚决取消毕业前补考等"清考"行为,体育课考核不合格不能毕业。一句话,教育部要落实让大学生忙起来、教师强起来、管理严起来、效果实起来的系统部署。大学的根本任务是立德树人,要培养社会主义建设者和接班人。培养爱国爱党、担当奉献的社会主义建设者和接班人,就要立足贯彻落实新时代党的人才战略和党对高等教育的要求,着眼围绕人才培养总目标履行高校教师团队职责使命这一任务,大力培养党和国家事业发展需要的优秀人才。

总而言之,在新时代做一名合格的高校的共产党员,首先应树立正确的价值观,真正做到教育的"四个回归",认真履行教书育人的本职工作,提高自身的师德修养,"学为人师,行为世范"。其次,要立志高远,树立大局意识,加强顶层设计,深化内涵,彰显特色,围绕建好一流学科、引进优秀人才、提升科研水平、提高人才培养质量等重点开展工作。在教书育人的过程中,要多和学生们交流,和他们做朋友,深入了解新时期大学生和研究生的心理特点和认知规律,不断提升教学技能,以饱满热情投入今后的教学和科研实践中。学校要进一步强化党建引领作用,加强党支部建设,全面提升基层党组织的组织力、凝聚力、战斗力。要加强支部党员思想和政治教育,激发党员发挥先锋模范作用的内生动力;要创新教育形式、更新教育理念,特别是要注重发挥优秀党员的带动和辐射作用,号召引领全体党员师生凝心聚力,为量大的建设发展,心往一处想,劲往一处使,共呼吸,同命运,瞄准一流目标,协力同心干事业。

最后,借用习近平总书记在国庆 70 年阅兵仪式上的话:"中国的昨天已经写在人类的史册上,中国的今天正在亿万人民手中创造,中国的明天必将更加美好!"作为一名中国共产党员,我要与党更加紧密地团结起来,记初心、担使命,老骥伏枥,志在千里,老有作为多奉献,继续为实现"两个一百年"奋斗目标、实现中华民族伟大复兴的中国梦而努力奋斗!

2019 年 12 月

六十抒怀（七绝四首）

2012 年 9 月 27 日

俄侵宝岛硝烟起，热血十七著戎衣。
犹憾沙场无御战，军营六载历艰辛。

大学情怀夙愿申，群贤指点梦成真。
峥嵘岁月恩师众，片片蚕丝倍觉珍。

豪情正气贯乾坤，保驾护航律法循。
三十二年求是路，芬芳桃李满园春。

奉调计量逾六载，立人立业善运筹。
耕耘半纪思伏枥，盛世风流乐至游。

写给儿女的信

亲爱的儿子、女儿：

当你们先后大学毕业、踏上时代新的征程的时候，除了欣慰和幸福满满的感慨，做父亲的总觉得有许多的话要讲。每当别人听说我有一双儿女时，往往会投来羡慕的目光，并说："儿女双全，正好凑成一个'好'字啊。"

是的，儿女双全，一般总会被人们视为一种福分。如今，我婚姻幸福，家庭圆满，从为人子到为人夫再到为人父，随着角色的转换，我一直积极地承担着自己的责任。岁月催人老啊，孩子们；一转眼，你们都到了谈婚论嫁的年龄。这个时候，我难免会有感慨，脑海里不禁会浮现出你们从呱呱坠地到咿呀学语、从蹒跚起步到懵懵懂懂事的情景；而你们的小小生命慢慢成长，已经悄然长大了。但是我，仍然能够清晰地记得你们上幼儿园、小学、中学、大学以及刚工作时的情景，因为孩子的每一步成长，都是父母生命里最美好的回忆。

作为父亲，看着心爱的儿女长大成人，深感欣慰和幸福。儿子卓民已过而立之年，英俊潇洒，聪明睿智，在大学学的是法律，研究生读的是金融；现在已是公司老总。女儿楚茵豆蔻年华，从天津音乐学院毕业，经过多年创业，如今已经出落得亭亭玉立了，既是一家公司的老总，还兼任浙江省青少年艺术教育协会副秘书长。在我的印象里，楚茵你一直是个很有想法的孩子，长这么大，从来都不会无理取闹；虽然从不把爱说出口，但总在默默付出，让我感动。

面对你们两个孩子，有一点老爸老妈必须坦言，就是我们对你们的各种选择从来都是支持的，绝不会把我们的想法强加给你们，最多也就是给点指导性意见。因为我在浙江大学保卫部任职 20 多年，看到过太多酸楚和痛苦悲伤的场景。有些家长，甚至把小孩逼到了毫无自信、毫无乐趣的地步；有的孩子甚至不再有勇气面对生活，从而导致一无所成，一无所有。

你们两个孩子，在自主创业的人生道路上砥砺奋斗，已经有一定的成就，但孩子在父母的眼里，永远都是孩子，所以，在这里，我想用我的人生阅历，在你们的婚姻、事业和为人处世方面,给一些建议,希望能对你们有一些帮助。

常言道:"修身,齐家,治国,平天下"。"修身""齐家",顾名思义,指的是修养自身,实现自我价值,治理好家庭,照顾好家人。要修养自身,治理家庭,首先要做到负责:对自己负责、对家人负责。家庭中,不同的身份有不同的责任;单单一个做好,是不够的。今后,你们都要成家,有自己的另一半和自己的孩子。在夫妻关系中,要善于彼此学习,践行真理,并教导给孩子爱与责任,这样才能让相互指责的家庭变为互相负责的家庭。而婚姻,是一生的大事,不可草率,必须慎重。不要因为年龄到了,就匆匆结婚;不要因为钱财家世,就选为伴侣。婚姻不仅要以感情为基础,更要讲究情趣相投;对方的人品是第一位的,家境贫困不用怕,关键是家庭和睦、人品过硬、孝顺父母、心怀感恩、踏实进取、为人勤恳。这些是你们选择伴侣的重要条件;想要人生幸福,想要婚姻稳固,在感性看问题的同时,更要理性。

在婚姻家庭方面,我要对你们说的是——

一、懂得感恩。你们的健康成长和成家立业,离不开亲朋好友的关心和支持;你们将来的幸福婚姻、和睦家庭,离不开夫妻双方相互扶持、同甘共苦、相互尊重。要善待伴侣,孝敬父母,珍惜美好生活,感恩美满人生。你们的老爸,一生中如有什么遗憾或内疚的话,那就是对你们爷爷奶奶的尽孝不足。客观地说,是工作太忙;两位老人家也非常体谅。奶奶多次说,要来杭州看看美丽的西湖,但都没能如愿;爷爷常说,想去首都北京看看,最终也没能实现。父母这些憾事,我是负有责任的。他们健在的时候,理应多尽孝,这是我们做人的基本美德。虽然忠孝不能两全,但我们可以尽己所能、做得更好。此外,要感激人生道路上的竞争对手,是他们使你们认识到自身的差距和不足;要感激那些经常批评你们的人,无论善意与否,他们会使你不断进步和成熟。希望你们不断完善自我,认真做事,坦荡做人,做最好的自己。

二、学会尊重。爱情不是亲密无间,而是宽容有度。每个人都要有自己的社交圈子,不能因为结婚就失去了自己的生活,而应该融入新的社交圈里面,结识更多的朋友,这对于事业也是非常有利的。夫妻双方有时模糊点、保留点,反而更具吸引力。给对方多一点空间,就是给自己多一些自由。婚姻不是占有,而是结合。只有尊重对方,才能凝聚共识,真正做到家和万事兴。

三、学会妥协。婚姻不是 $1+1=2$,而是 $0.5+0.5=1$。结婚后,夫妻双方都要去掉自己一半的个性,作出妥协,并有让步的心理准备。相爱容易,相处难。恋爱中,我们往往会被对方的"锋芒"所吸引,但结婚后也可能因此而受伤。爸爸是过来人,想对你们说,收敛自己的"锋芒",容忍对方的"锋芒",才能做到两情长久相悦。

四、学会谦让。谦让是一种美德,古人云:吃亏是福。近来,你们都相继换了工作岗位。新岗位,新转折,新起点,新的上司和同事,需要一个相互认知、相互磨合的过程。要学会尊重别人、善待同事,多一分理解,多一些谦让,做到"退一步海阔天空"。干事业一定要讲团队精神,多一点担当,少一点埋怨。老爸不指望你们成为什么长、什么家,只希望你们做对社会有用的人、为梦想奋斗的人。

五、学会关爱。家不是讲理的地方,而是讲爱的港湾。俗话说,男人是泥,女人是水,男女的结合就是"和稀泥"。生活中的是非对错如都据理力争,家庭必然会陷入纠缠不清的混乱之中。爱能化解一切的是非对错。希望你们有宽广的胸怀、健康的心理,成为伴侣可以停靠的温馨港湾。

每个人在成长的道路上,只要自己足够优秀,就一定会遇到更多优秀的人。所有的不劳而获都是一种欺骗,只有靠自己努力得来的,才会内心从容!懒惰的人,错失着机会;平庸的人,等待着机会;优秀的人,创造着机会。在这个世界上,机会一直都在,只不过很多时候被问题所掩盖。只要沉下心来将问题完美解决,便会发现存在的机会。人生最好的经验是,我们只要能持之以恒、不断提升自我,那么在人生博弈之道上,就一定能让自身受益匪浅,在未来的职场道路上少走弯路。要树立正确的世界观、人生观和价值观。

在工作和事业上,我也有几点感悟分享给你们——

一、学会坚持。人生总是起起落落,哪怕真的跌入谷底也不可怕;要始终相信老天爷自会怜爱努力的人。我们千万不要"三天打鱼两天晒网",更要反思的是"自己尽到最大的努力了吗"? 只有当我们自己全力以赴的时候,才有资格说自己"努力过,不后悔"。成功的路上,总是铺满了荆棘;想要走过去,只能披荆斩棘,别无他路,更别无选择。努力的程度有多深,决定了我们是否能走到成功的那一天。毕竟一分耕耘,才会有一分收获;咬着牙、拼着命地去努力,一定会发现原来成功就在不远处,等着我们去拥抱。

二、学会自律。一个受人尊重和敬佩的人,一言一行肯定是自律的。所有优秀背后,都有苦行僧般的自律。说要自律的人很多,可坚持自律的人很少。

就像爬一座险峻的高山,越临近山顶,能够咬牙坚持往前走的人越少。好的坚持本身就是一种自律。越自律,越优秀。有诗人曾说过:所有的懒惰、放纵、自制力不足,根源都在于认知能力受限。越自律,认知能力越强。人和人的差距,就是这样逐渐拉开的。一个人的自律中藏着无限的可能性。你自律的程度,决定着你人生的高度和深度。每个人都有权力选择怎样活着,有人认为人生苦短,要及时行乐,没有问题;但我想告诉你,自律的人生其实更加美好。因为当你知道自己想要去哪儿,并且全力以赴奔向目标的时候,全世界都会为你让路。太阳永远照耀着你前进,并助你慨然达到顶峰。

三、不懈奋斗。奋斗是大家时常挂在嘴边的一个词。人生只有奋斗,才会先苦后甜。人生离不开奋斗。只有奋斗,才能实现人生的梦想;只有奋斗,才能使自己过上想要的生活。奋斗是人生的一种内在动力,奋斗是人生的一种生活方式,奋斗也是人生的一种自律。所谓人生,就是你自己不努力、不奋斗,谁也帮不了你。要奋斗,就要知道什么是奋斗的人生、什么是奋斗的目标;为了抵达它,就一定要努力实干。每个人都有自己的人生想法,都有自己的人生追求;有了想法,有了追求,就要付诸行动,这就是人生的奋斗。

人生这条长河,没有人会一直顺风顺水。有人在顺境里养精蓄锐,有人在逆境中绝处逢生。你我都是生活的博弈者,坚持不下去的时候,就看看这几句话,这里蕴含着无人知晓的梦想和披荆斩棘的勇气。宇宙山河浪漫,生活点滴温暖,这些都值得我们向它们前进。每个人心中都有一个梦。自己不去行动,没人替你实现;久了,心中就没了寄托,生命便失了色彩。生活总会不期而遇。人生在世,笑是一种潇洒,哭也是一种潇洒。只要发自肺腑,定会酣畅淋漓。开心每一天,这就是心态。你们的梦想,一定不会辜负你们的努力。那些看似不起眼的日复一日,会在某天让你看见坚持的意义。

在为人处世方面,我要和你们分享的想法是——

一、人贵有恒。干任何事情要有决心、恒心和耐心,要有执着追求的精神,这是成就事业的关键。否则,将一事无成。所谓"滴水穿石,铁棒磨针",讲的就是这个道理。爱国将领冯玉祥说过:"世上成大事者都是傻子。"因为这些人一旦认准目标,只管朝前走,所以才会取得成功。你们的父亲工作的50多年,可谓风雨人生,有太多的感悟。如"中国计量学院"更名为"中国计量大学"就是一件难事,可我们把很多人认为不可能的事做成了。这就需要一种勇气和锲而不舍的精神。相反,有些所谓聪明之人,因为脑子转速太高,干事业左顾右盼、思东想西,结果还是成不了事。只有不断提高自己的修为,才能达到人生的最高境界。

二、低调做人。容别人不容之人,忍别人不忍之事。凡事显露在外,既让人看轻,又于事无益。万事尽收于心,方显英雄本色。鸿鹄有志,便会缄默地一次次搏击长空。一个人如果被脾气拖拽着走,就落了下乘;成熟的人能稳得住情绪,容别人所不容,忍别人所不忍。不要因为有点学问就恃才傲物;常存敬畏之心,才是惜福之道。木秀于林,风必摧之;人拔乎众,祸必及之。太过于锋芒毕露,容易把自身置于众矢之的。要懂得藏锋守拙,低调做人,高调做事,这才是安身立命的长久之道。

三、学会控制。人太狂必有祸,事太过必生灾。气球大了会爆,水杯太满会溢,做人太狂会倒;不加以控制的人生,终究会是一场灾难。一个人成熟的标志,不是自我放纵,而是学会控制。人生真正的醒悟,是从"收敛自己"开始。怨气不断的人,日子只会是阴雨连绵,不见阳光普照。很多时候,绊倒自己的并不是生活,而是对待生活的态度。唯有将怨气收起来,把心态调整好,让阳光照进内心,才是提升幸福感的最佳途径。格局越大的人,越低调;格局越小的人,越高调。凡事都有度,人可以精明,但不可过了头。行走于世间,最高明的处世方式不是"心计过人",而是"德行深厚"。

父母之爱子女,则为之计深远。作为父亲,我想说的话还有很多很多;但说一千道一万,都不如你们亲自去实践。人生如行路,一路艰辛,一路风景,奋斗是成功的阶梯,自律是成功的保障,真诚是人际的桥梁,宽容是处世的境界。守信是一张名片,乐观是一种态度,担当是一种责任,坚韧是一种精神。我们在生活中遇到重担,自己扛起;遇到困难,自己攻克。我们可以不伟大,但不能卑鄙;我们可以不聪明,但不能糊涂;我们可以不交友,但不能孤僻;我们可以不乐观,但不能厌世;我们可以不追求,但不能嫉妒;我们可以不进取,但不能倒退。

卓民、楚茵,你们是我最爱的两个孩子。爸爸不能教会你们所有,也不能陪伴你们一生。希望我这个古稀老人的建议,能够于你们的人生有所助益,并祝你们兄妹俩都有美好的未来!

父名不具

2023 年 3 月 30 日

满江红·献给抗疫一线的勇士们

　　己亥庚子之交,新冠疫情肆虐神州大地,形势险峻。幸有中央运筹帷幄,紧急部署;华夏儿女,众志成城,坚守家园;白衣天使逆行而上,不计生死,无怨无悔;戎装将士挺身而出,一声令下风雷动,鏖战灭瘟神。有感于山河上下同心力,国人齐奋起,赋词一首以明志。祈愿春归风雨后,神州响彻凯歌声。

　　岁月峥嵘,疫疬起,江城告急。齐瞻首,指挥如定,群情若炽。义士兼程连日夜,贤医请命轻生死。战三镇,大纛正飞扬,云天际!

　　初心在,弘正气;多少事,堪歌泣!"雷神"共"火神",南山高屹。众志相凝除大厄,时艰共克成奇迹。看神州,十四亿炎黄,谁能敌?

2020 年 2 月 18 日

我的父亲

　　冯时林老师,是我的父亲。自家父撰写第一部《石城日志》和第二部《扶伤济世有仁心》书开始,我便成了他的忠实读者。原因有二:第一,作为儿子,在书中获得父亲不为自己所知的生活过往,可以满足小小的一点好奇心;第二,作为他生命的一部分,我特别想知道在父亲的笔下,我会获得怎么样的一个侧写。然而,第二点至今只被一笔带过;倒是《石城日志》成了我工作生活中的百科全书,遇到问题时,我常会在书中翻找,获得启发。《扶伤济世有仁心》叙说了农村缺医少药的年代,爷爷、奶奶在农村奋斗了 30 多年;他们仁心仁术,救死扶伤,付出了艰辛和无私的奉献,从而体会到自己成长的每一步无不凝聚着父母的教育、期待和心血,感悟到父母的爱和力量才是自己成长的动力。时间长了,我现在也爱称呼他为:冯老师。

　　感觉是一眨眼的工夫,冯老师的书出到了第三部。今天下午,突然被他老人家的成稿惊讶到。熟悉他的朋友知道,他每出一部书都会热情签名赠书,这也意味着很多从事文教工作的长辈会看到这篇文章。所以,我匆匆忙忙写了这篇文章——"我的父亲"。

　　虽然父亲已近古稀之年,但他在我心中的形象依旧停留在我幼年时期:中等身材,皮肤黝黑,因年轻时参军,部队驻地属福建前线,高强度训练下手臂力量比一般人要强很多,斜方肌很厚实,在那个小小的我看来,父亲的背好似一座小山;口琴的吹奏水平属于业余组中的专业选手;爱钓鱼,爱打猎(当时属于持证合法捕猎)。在脑海里留下最深刻的情景,便是他身着一件短袖白衬衣,伏案于老式台灯下,专注修改文件,时不时还会弹一下烟灰,再"咗"那么一口,吐出一朵烟圈来。

　　我和父亲之间的关系,个人曾经形容为可敬而不可亲——父亲更像是一位老师。这对我的影响非常大。

　　当然,他也有作为父亲特有的舐犊之情的一面。我朋友圈有一篇小作文,是关于幼时父亲因为工作忙,偶尔会把我寄托在戟锋大伯家直到加班结束。文中有提我每次都会在陪着大伟和罗素的故事中睡着。回去的路上,我坐在自行车前面的杠上,父亲会让我靠着他手臂睡,初夏的"求是村"(浙江大学家属区)有一种淡淡的花香,路上灯影婆娑,老式的自行车车速不快,但他总会哄着我:快到家了,快到家了……

青少年时,免不了的叛逆,像极了《动物世界》里"挑衅"狮王的小狮子,动不动就要和父亲掰下手腕。特别有意思的是,"老冯"总要在已经完全占优势的情况下再捏紧一下我的手,让我痛得哇哇直哭。这种特殊的对决,成了当时我唯一的锻炼目标;而毫不意外的是,这个目标也就成了我体育考试满分的青少年阶段唯一的遗憾:一直没赢过。

大学毕业后,我进入了金融系统工作。现在看来,当时是带着满腔的热血和些许想要改变这个世界的冲动踏入工作岗位的。和大多数 80 后一样,工作与自己所学的专业并不对口,而从小我父母亲对我的教育让我对钱这个东西不是特别有概念,主要他们也不怎么和我提钱的事。所以,刚刚进入工作岗位,我对自己的工作范畴理解也非常浅薄,好像就是拉拉存款,录一下报表。这是我对自己这份工作的初期印象。之后入行了,也带了团队、做了管理,虽然工作很辛苦,但并不觉累。但等我真正开始创业,开始从一个陌生的行业用另外一个角度去审视自己所处的这个世界的时候,发现原来的顺风顺水,仅仅也就是情绪催化之下表现得过于自我了。之前工作的顺利,是父亲和陈世强叔叔一手把我托到肩膀上,站在"巨人肩膀"上,当然可以眺望得更远,提高认知的方式也就变得轻松,他们的真情厚爱让我终生难忘。最近两年,我背井离乡,在外闯荡,大事小事都会时不时遇上阻力甚至碰壁,这才让自己时常沉浸在反省当年自己的幼稚和自私之中。

陪同父亲外出参加活动的时候,经常能听见大家说:

"冯老师,您的这个精气神真好,真的看不出实际年龄!"

"冯老师这个工作状态,我们年轻人都要自叹不如!"

诸如此类的话大概是听多了,导致了自己一直忽视父亲在学校工作期间其实一直处在透支体力而工作的情况。

很多老朋友都知道 2012 年春天我父亲患病住院的事情。他应该也会在本书前文提起,具体过程我就不再描述。正也因为这件事情,让我了解到父亲日常的工作状态:在浙二治疗期间,夜间看护的工作由我承担。晚上 8 时 30 分是护士的换药时间,父亲会在药物作用下进入熟睡状态。借这个空隙一同帮忙陪护的李禹老师有时会感慨:

"冯校平时就是太忙了,这次连续出差,辗转好多地方。我们学校几个同行的处长回来就感冒了,你爸爸还继续开了好几天的会……"

其实我很早就听我母亲说过,父亲在年轻时对待工作精进的态度,也听过关于他带队去北京等候教育部批示"量院"更名"量大"的事迹。他带了一个团队,做了大量的工作,以实际行动感动每位专家,同志们连着吃了一个多月饺子。但没承想已入耳顺之年,他还依旧保持着自己年轻时的工作状态。想到这里,望着躺在病床上被各种输液管插满全身的父亲,我竟然也是一时语塞,不知道该如何回应李老师的感慨。

这件事之所以在我内心烙印很深,还有一个原因,就是这是我自成年后第一次和父亲有过那么长的独处时间。按前文所说,他在我心中一向是可敬而不可亲的,因此我们极少有坐下来谈心的机会。每次药效过去已是凌晨 2 时 30 分左右,为了不打搅李老师休息(他已经忙活了一个白天),父亲都会提议我扶他去绕着楼道走走,放松下筋骨。但在此期间,我们并没有太多交流,更多的时候只是听他讲着自己年轻时候的点点滴滴。

凌晨的医院,楼道里只有仪器的滴答声和水管里的流水声陪伴着我们;日光灯的光线白得有些过分,我搀着父亲慢慢地走着。听听他说的以前的事,让我也感受到了无比的放松。此时此刻,我们更像是好朋友,聊聊自己想说的人和事,没有时间的限制,也没有人打电话来打搅。

据说"父子关系"是继"婆媳关系"之后人类第二大社会难题。但自从父亲康复后,我们的关系开始有了明显的变化,虽然我俩不能说无话不谈,但很确定的一点是:他更愿意听我诉说一些事和心境,我们之间的一些隔阂也因敞开心扉而逐渐被化解。

2023 年正好是这件事过去的第 10 年。快 30 岁时,我参加同学会,还会感叹时光如梭,光阴似箭。但写到这里,原来一件事都已经过去快 10 年了。现在回头看,可以说父亲这场病算是有惊无险,从一个"事故"变成了"故事"。在此,作为家属,我非常感谢浙二医院王建安院长、ICU 胡颖红主任及医疗团队在我们亲历的整个治疗过程中体现出的高尚的精神和高超的医术;感谢浙江医院的张虹院长在我父亲康复阶段的精心照顾;感谢时任浙江大学党委常务副书记邹晓东对父亲当时因病情加重进行了高效果断的转院协调;感谢父亲的工作单位——中国计量大学、学校后勤处的同志们对父亲住院时的陪护和料理,感谢朱旭东、巢岑叔叔、奚跃叔叔、邵文均处长、李老师、卢师傅、冯瑶、庞刚、朱虹、章高勇大姐大哥等朋友们如亲人般的照顾;同时也要感谢在父亲住院期间前来探望和来电关心的各位朋友。当时计量学院全体中层几乎都到医院来探望慰问,真是情谊无价;最后我也想借这个机会感谢当时我在民生银行工作的同事们,谢谢你们在那个特殊时期为我担去了很多工作,让我能全心全意照顾我父亲。

父亲病愈出院后讲了两件事,我印象很深。第一件事是,浙大党委书记金德水、常务副书记邹晓东曾经邀请我父亲重回浙大工作。我父亲考虑再三,觉得中国计量学院要做的三件事很有意义:一是更名大学,二是博物馆建设,三是博士点申报。他说:"中国计量学院对我有恩,我不能辜负大家的期待,我还是留在计量协助土乔书记实现中量院十多万校友的夙愿。人活一辈子,名利地位不重要,重要的是对社会做出无私的奉献。"

父亲婉谢了金德水书记和邹晓东副书记的邀请。

第二件事,是他很有感慨地说:"我到阴曹地府后,阎王爷翻了翻生死簿,发现错了,说:'你回去!'我从昏迷中醒来,说明我还有很多事情要做,老天爷不忍心让我走,我算是逃过一劫。"

这件事让我看到了父亲对待生命积极和达观的态度。他锚定的三个目标都已成功实现,他那种咬定青山不放松的锲而不舍的精神永远鼓励着我踔厉前行。

如今,父亲的新书马上就要出版了。虽然尚未见过这本书的全貌,但作为忠实读者,我很期待这部作品的出版。父亲近古稀之年所著,我近不惑之年所读,都是一件有益的事。相比较之前常翻看的《石城日志》,我相信这部作品会给处在人生新阶段的自己带来另一番启发和收获。也祝愿我父亲和各位读者身体健康,生活愉快!

冯卓民

2023 年 4 月 12 日

代跋：戟锋教授对本书的三点看法

小冯：你好！

你近50万字的大作——《人生之旅》，我花了六天时间，终于拜读了一遍。由于近年视力迅速下降，无法持续看屏幕上的文字，所以看得比较慢。好在梅云的平板电脑字比较大，看起来没有手机和电脑上那么吃力！

我知道你的文学功底扎实，文笔不错，预计这本书一定会写得很出色！

4月4日，收到你从微信中发来的电子稿，我急忙打开一看，哇！果然给我一个惊喜——当我细读稿首颇具韵文色彩的四卷74章及附录的篇目之后，觉得《人生之旅》不仅思路清晰、结构完整、层次分明、重点突出，而且在文字上也花费了不少心血！俗话说："先睹为快！"当天下午我就开始逐篇拜读，以慰期盼之心！

"青葱时光""军旅生涯""浙大岁月""量大年华"……半个多世纪的交往，我总以为自己对你还是比较了解的，但拜读全书之后，始知《人生之旅》才使我真正全面、完整、立体地认识你，了解你！我对你数十年来坚持不懈努力、勇于拼搏的精神深感钦佩，也为你取得那么多卓著成绩而感到由衷的高兴！

曾经生活中的点点滴滴,都变成美好的回忆,定格在你的书稿中……

细读全文,我认为《人生之旅》之所以成功,关键有三:

一是内容的取舍——人的一生,都经历过许许多多的人和事,无论是惊心动魄的大事,还是儿时钓鱼游泳等小事,对当事人来说,点点滴滴,都难以忘怀。但作为一部回忆录,不可能事无巨细将所有往事统统记录下来,在题材和内容上都必须有所取舍。当然,大事有大事的分量,小事有小事的情趣,如何在有限的篇幅中,将最能集中反映作者成长过程和心路历程的一件件往事汇总起来,既能反映主人公作为高校党员的精神品格、道德素养、思想境界、学识才华,又能体现主人公作为党的干部,具有坚定的政治立场和担当精神、实干精神,并展示作者的闯劲、能力和多年来所取得的非凡业绩! 我认为《人生之旅》一书,在内容的取舍上,做到了精准有度,恰到好处。

二是细节的描写——回忆录要动情、感人,首先必须真实,真实是回忆录的灵魂和生命。感情存在于细节中,细节才是最真实的生活。没有细节的描写,就没有活生生的、有血有肉、有个性的人物形象;有了细节的描写,使故事更加真实可信。你是描写细节的高手,无论是"青葱时光""军旅生涯",还是"浙大岁月""量大年华",都将从生活中选取的一件件往事写成一个个故事,有时间地点,有人物场景,有对话气氛,描写得非常生动。特别是书中写到有关你领导并参与侦破的几个重大案件,从发生、侦察、破案到审判,全部过程,写得有声有色、一清二楚。

三是真情的倾注——这部回忆录,最大的特点就是你笔下始终倾注了深厚的感情——包括亲情、友情、同窗情、师生情、战友情、同事情,乃至家国情! 你在《后记》中锤炼出三个关键词——"有为""襟怀""感恩",并在"感恩"中写道:"我这一生有三不忘:一不忘父母养育之恩;二不忘领导知遇之恩;三不忘战友、同事和朋友的援手之恩。"你是这样写的,也是这样做的。我想,正是这个原因,使整部《人生之旅》充满了真情!

拜读《人生之旅》书稿，吟诗一首，以表感佩之情：

捧读华章感佩深，行间字里见胸襟。

《人生之旅》真情在，不负悠悠白发心。

戟锋于浙大求是村听泉轩

2023 年 4 月 10 日

后　记

　　这是我写的第三本书。写完交付出版，时间已是 2023 年 3 月底。我把这部纪实文学作品献给广大读者，也算给自己走过的 70 年人生旅程留些雪泥鸿爪，故名《人生之旅》。

　　我这大半生旅途，与我们的共和国始终同频共振，风雨同舟。我出生时，伟大的抗美援朝战争刚刚硝烟落定；我参军入伍时，中苏在珍宝岛已经爆发规模性冲突；我考入浙江大学时，艰辛探索的中国正处在拨乱反正的前夜；我留校任教时，中国已经迈进改革开放新时代。那以后直至现在，我从浙江大学到中国计量大学，从中层走到高层，把自己的青春年华全部献给了踔厉奋发的中国高等教育事业。

　　这本《人生之旅》是一部回眸来路的著作，反映的是我的心路历程。那些波澜壮阔的岁月，那些奋楫争先的战友和同事，那些对我关爱有加的首长和朋友，那些事后回望依然惊心动魄的事件，都历历在目，令我时常怀想和感喟。我知道写下这部近 50 万字的书，对于那些消逝在过往时空中的人与事，是个纪念；对于一直在天国垂顾我的父母，是个告慰；但更多的，则是我想把自己 70 年来所历、所感、所思、所悟记叙为文，作为大时代中的个体文本留存于世。因为个中蕴涵着一位古稀者深刻的人生体验，并且敝帚自珍，视为时间之水淘洗后的金砂；我把它们锤炼为三个关键词，奉献给广大读者——

第一个是"有为"。人生天地当有为。个人在组织中，组织在社会里，社会在天地间，全靠我们有所作为才能进步，才能发展。我这70年来的每一次成长与进步，都是在父母的关爱、党组织的培养、领导的指导、战友和同事们的支持下取得的；所以，我必须以自身的积极努力和主动作为把工作做好、把事情做成、把事业做大来作为回报。否则，我会觉得时光虚度，内心有愧，寝食难安。

第二个是"襟怀"。襟怀纳百川，方能志越万仞山。认识我的人都知道，我这个人做成了很多事，有些事情做得还很大；可熟悉我的人更知道，为了做成那些事情，我视野不能窄、格局必须大。我从父母那里传承了善良，学会了宽容；从首长和领导、战友和同事那里，更是领悟到人格与胸襟必须高远，方能做成事情、成就事业。

第三个是"感恩"。我这一生有三不忘：一不忘父母养育之恩；二不忘领导知遇之恩；三不忘战友、同事和朋友的援手之恩。工作做好了，事情做成了，事业做大了，确实有我，但不止于我；那是领导、战友、同事、朋友与我合力的结果，更属我们党和国家推动社会迈入新时代的成就，我在大学学习工作了半个世纪，我深深体会到，一所大学的成长进步和发展，离不开社会各界的关心帮助和支持。比如我校在更名大学、博物馆建设、博士点申报的过程中，有像朱旭东先生、俞树盛先生、吴天星博士、陈世强先生、马海泉先生等一批热情、真诚的朋友给予的关心帮助，我们量大人决不能忘记，我感铭于怀，感恩在心。相信读者能从书中感受到我感恩的心迹。

这部书中所收的文章（含附录），有不到6％的文章情节源于我2021年出版的第二部书《扶伤济世有仁心》。那是一部为我父亲而写的传记文学。他是师出名门的浙东名医，一生富于传奇色彩，为新中国农村医疗卫生事业奉献了毕生。因为书中有些章节关涉我的童年经历，更缘于人不能两次濯足于同一条河流，所以本书也取了该书几个桥段，就算两书互文吧，恳望读者理解和谅解。

在本书即将出版之际，我要感谢家庭的给力支持，我和童永炯结为伴侣也有30多年了。结为伴侣，一人一半为伴，一人一口为侣。30多年相濡以沫，心心相印，风雨同舟，她是我事业背后的女强人和贤内助。原浙大党委副书记张乃大曾评价说："小童警察院校毕业，能文能武，端庄大气，知书达理，孝敬父母。学工部的同事们都喜欢她。"的确我们彼此相爱，既是缘分更是福分。她为家庭和我的事业给予了很大的关心和支持。在完成写作的过程中，她耗费了不少精力。这些年我几乎不用干任何家务，都是童老师把这个小家打理得井井有条。女儿楚茵的工作室帮我设计书的封面。还要感谢办公室的潘晓英、高洁同志，在我写作的过程中，下载文稿校对勘误，更要感谢潘云鹤老校长专门为我的书题写了书名，浙大电教中心的戴锋教授对本书的写作和内容的修饰提出了很好的意见并作跋。计量的老领导纪正昆副部长、浙大杰出校友陈学东院士在百忙之中抽时间分别为我的书作序。还有我的战友李钊、王榕、杨春华等为我写作提供了部队生活的素材。特别要感谢的是我中国计量大学人文学院的李惊涛教授，放弃2022年暑假和2023年寒假对整本书稿进行修订、策划、指导，花费很大的精力。母校浙大出版社的褚超孚社长、徐有智先生、宋旭华编辑，及中量大的同事顾佳隽、陈子良、汪俊斐、贾岳嵩、倪智丽、柴张民等都非常关心此书的出版，帮助我勘误校对，还有我量大艺传学院宁明渊老师、余姚泗门镇摄影家协会姚捷会长在书中照片的修饰、照片像素提升等方面给予的支持帮助，一并表示感谢！

年华易逝，时光不老；文章付梓，成书为证。相信这些白纸黑字，不仅会让我们在书中因缘际会，成为知音；更会让我们穿越时空，相握未来。人生路漫漫，续写新篇章！老骥伏枥不松套，砥砺前行立新功！

冯时林于杭州

2023 年 3 月

图书在版编目(CIP)数据

人生之旅 / 冯时林著. —杭州:浙江大学出版社,
2024.3

ISBN 978-7-308-24172-4

Ⅰ. ①人… Ⅱ. ①冯… Ⅲ. ①纪实文学—中国—当代
Ⅳ. ①I25

中国国家版本馆 CIP 数据核字(2023)第 167544 号

人生之旅

冯时林 著　书名题词:潘云鹤院士

责任编辑	宋旭华	
责任校对	周烨楠	
出版发行	浙江大学出版社	
	(杭州市天目山路 148 号　邮政编码 310007)	
	(网址:http://www.zjupress.com)	
排　版	杭州朝曦图文设计有限公司	
印　刷	浙江海虹彩色印务有限公司	
开　本	710mm×1000mm　1/16	
印　张	29.75	
字　数	518 千	
版 印 次	2024 年 3 月第 1 版　2024 年 3 月第 1 次印刷	
书　号	ISBN 978-7-308-24172-4	
定　价	98.00 元	